BeBe Loudermilk hat leider kein Glück mit Männern. Als sie auf einem Ball den attraktiven Reddy Millbanks trifft, verfällt BeBe seinem Charme, doch nur kurze Zeit später erleichtert Reddy sie skrupellos um all ihr Geld und ihre Besitztümer. Das Einzige, was ihr bleibt, ist das *Breeze Inn*, ein heruntergekommenes Motel auf Tybee Island. Das Motel wieder auf Vordermann zu bringen stellt BeBe vor ungeahnte Herausvorderungen – vor allem mit dem mürrischen Verwalter Harry Sorentino an ihrer Seite. Harry möchte eigentlich nur genug Geld verdienen, um sich sein Boot zurückzukaufen und wieder ein Leben als Fischer zu führen. Mit BeBes Enthusiasmus und deren bester Freundin Eloise hat er jedoch nicht gerechnet. BeBe und Eloise machen sich mit Feuereifer daran, dem Motel einen neuen Look im Shabby Chic zu verpassen. Vielleicht kann Harry den beiden doch noch hilfreich zur Seite stehen? Und dann taucht plötzlich die Möglichkeit auf, sich an Reddy zu rächen …

Weitere Titel der Autorin:
»Die Sommerfrauen«, »Sommerprickeln«, »Sommer im Herzen«, »Ein Ja im Sommer«, »Kein Sommer ohne Liebe«, »Sommernachsträume«, »Weihnachtsglitzern«, »Winterfunkeln«, »Zurück auf Liebe«, »Liebe kann alles«, »Mit Liebe gewürzt«, »Zweimal Herzschlag, einmal Liebe«, »Liebe und andere Notlügen«, »Das Glück zum Schluss«

Mary Kay Andrews wuchs in Florida, USA, auf und lebt mit ihrer Familie in Atlanta. Im Sommer zieht es sie zu ihrem liebevoll restaurierten Ferienhaus auf Tybee Island, einer wunderschönen Insel vor der Küste Georgias. Seit ihrem Bestseller »Die Sommerfrauen« gilt sie als Garantin für die perfekte Urlaubslektüre

Weitere Informationen finden Sie auf www.fischerverlage.de

Mary Kay Andrews

Auf Liebe gebaut

Roman

Aus dem Amerikanischen
von Tanja Hamer

FISCHER Taschenbuch

Erschienen bei FISCHER Taschenbuch
Frankfurt am Main, Mai 2018

Die Originalausgabe erschien 2006
unter dem Titel ›Savannah Breeze‹
beim Verlag HarperCollins, New York.
© 2006 by Whodunnit, Inc.

Für die deutschsprachige Ausgabe:
© 2016 S. Fischer Verlag GmbH, Hedderichstr. 114,
D-60596 Frankfurt am Main

Vignette: Freepik from www.flaticon.com
Satz: Dörlemann Satz, Lemförde
Druck und Bindung: CPI books GmbH, Leck
Printed in Germany
ISBN 978-3-596-03195-5

Für Patti Hogan Coyle,
»Sie ist nicht dick, sie ist meine Schwester!«
In Liebe.

1

Er wurde mir als »Reddy« vorgestellt – kurz für Ryan Edward Millbanks der Dritte. Und ich hätte es besser wissen müssen. Er war jünger. Zu jung. Sexy. Zu sexy. Verdammt sexy. Ein perfekter Gentleman. Und als er sich zu mir beugte, um mir einen leichten Kuss auf die Wange zu geben, wäre ich um ein Haar in Ohnmacht gefallen, so viel Testosteron verströmte der Typ. »Ich habe schon viel von Ihnen gehört – von Ihrem Exmann«, flüsterte er, und sein Schnurrbart kitzelte mich am Ohr.

In dem Moment hätten bei mir alle Alarmglocken schrillen müssen. Sirenen, Blinklichter. Roboterstimmen hätten mich warnen sollen, ihm ja fernzubleiben. Stattdessen spielte die Band irgendwas Gershwin-mäßiges, und ich hätte sowieso nicht auf die Stimmen gehört. Ich höre immer nur das, was ich gern hören will.

Als er meinen Ex erwähnte, schaute ich mich schnell in dem überfüllten Ballsaal um. »Richard? Was macht der denn hier? Ich hätte doch benachrichtigt werden sollen, wenn er entlassen wird.«

Reddy schien verwirrt und lachte gekünstelt, um seine Verlegenheit zu übertünchen. »Richard? Aber … Ich rede doch von Sandy Thayer, er hat mir von Ihnen erzählt. Sandy meinte, Sie wären seine Exfrau. Genauer gesagt hat er in diese Richtung gedeutet und gemeint, ich sollte mich mal ein bisschen mit Ihnen unterhalten, weil Sie so aussehen, als müssten Sie vor Ihrem Date gerettet werden. Sie sind doch BeBe Loudermilk, oder?«

Jetzt musste ich lachen. »Oh, Sandy. Ja, das stimmt, Sandy ist mein Ex. Oder ich seine. Schon zweimal, um genau zu sein. Entschuldigen Sie bitte, ich trinke schon den ganzen Abend Wein. Was mein Date angeht – ich bin mir nicht einmal sicher, ob er noch weiß, dass er mit mir hergekommen ist.« Ich deutete mit dem Kopf in die Richtung von Tater Love, meinem sogenannten Date, der den halben Abend damit verbracht hatte, mir auf mein Abendkleid zu sabbern und sich jetzt an die Bar geparkt hatte, wo er ein Bier nach dem anderen in sich hineinkippte.

Tater war ein Last-Minute-Notfalldate, und ich hätte gleich wissen müssen, dass das nicht gutgehen konnte. Aber es handelte sich immerhin um den Telfair Ball, was das Ereignis schlechthin in Savannah war. Außerdem hatte ich schon die Tickets gehabt, und es sah nicht wirklich danach aus, als hätte mein ehemaliger Verlobter, Emery Cooper, vor, mich zu begleiten.

Emery Cooper, von Cooper-Hale Bestattungen, hatte mich in der Woche zuvor angerufen, um mir mitzuteilen, dass er und seine Exfrau auf dem Weg nach Jamaica waren, wo sie vorhatten, am selben Strand noch einmal zu heiraten, wo auch ihre erste Hochzeit stattgefunden hatte. Und offenbar würden sie auch ihre zweiten Flitterwochen dort verbringen.

Ich fand, ich war mit der Neuigkeit ziemlich gut umgegangen. Ich hatte mir die Lachsfilets geschnappt, die ich fürs Abendessen gekauft hatte, bin zu seinem Stadthaus am Lafayette Square gefahren und habe sie ihm durch den Briefschlitz in der Tür geschoben. Auf die Weise würden Emery und seine neue Braut etwas vorfinden, was sie an mich erinnerte, wenn sie nächste Woche nach Hause kamen.

Den Telfair Ball konnte ich jedenfalls unmöglich verpassen. Zum einen, weil ich im Veranstaltungskomitee war. Zum anderen, weil inzwischen bestimmt die ganze Stadt wusste, dass mich Emery für Cissy Drobish, die hasenzähnige, millionenschwere Mutter seiner drei Kinder verlassen hatte. Und ich zog es vor, mich der Sache persönlich zu stellen, anstatt die Leute hinter meinem Rücken über mich reden zu lassen.

»Immer schön den Kopf hoch, Mädchen«, konnte ich die Stimme meines Vaters hören. Dann hatte er mir einen Stups mit dem Ellenbogen gegeben, weil ich auf der Kirchenbank in mich zusammengesackt war. Also tat ich, wie geheißen. Ich hatte den ganzen Tag mit Vorbereitungen für den Ball verbracht: Maniküre, Pediküre, Termin bei der Kosmetikerin, Kräutermassage und neue blonde Strähnchen. Außerdem hatte ich meine Große-Mädchen-Juwelen aus dem Safe geholt und Roi, meinen Friseur, angewiesen, mir die Haare zu einer Hochsteckfrisur zu drapieren, so dass alle Welt sehen konnte, dass ich Emerys Diamantohrringe nicht zurückgegeben hatte.

Allerdings konnte ich noch so umwerfend aussehen, es änderte nichts an der Tatsache, dass ich Tater Love an der Backe hatte, den Freund eines Freundes eines Freundes, eingefleischter Junggeselle und zu geizig, um sich zu seinem Smoking auch noch die passenden Schuhe auszuleihen. Abgewetzte-schwarze-Slipper-Tater-Love. Cocktail-Sauce-auf-dem-Hemd-Tater-Love. Es versprach ein endlos langer Abend zu werden. Weshalb ich schon kurz nach unserer Ankunft beschlossen hatte, mich mit Chardonnay zu betäuben.

Reddy fasste mich am Ellenbogen und führte mich bestimmt von der Tanzfläche weg in eine ruhigere Ecke des Saals, in der ein paar lächerlich protzige Marmorstatuen und eine palmenartige Topfpflanze standen.

»Also, das mit meinen Exmännern …«, fing ich an zu erklären.

»Pssst.« Reddy legte mir den Zeigefinger auf die Lippen. »Bin gleich wieder da«, versprach er. Und als er kurz darauf wieder auftauchte, balancierte er eine Platte mit Hummer in der einen

Hand, in der anderen hielt er zwei Champagnergläser. Er stellte alles auf dem Stehtisch vor mir ab, lupfte dann seine Smokingjacke – sah nach Armani aus, ich war mir aber nicht ganz sicher – und zog eine ungeöffnete Flasche Moet & Chandon hervor, die er sich in den Hosenbund geklemmt hatte.

Was eindeutig die nächste Runde Alarmglocken in mir hätte auslösen sollen – nimm dich vor Männern in Acht, die Geschenke in der Hose haben!

Mit einer gekonnten, fließenden Bewegung öffnete er den Champagner – wie sich bald rausstellen sollte, war er in sehr vielen Dingen sehr fachmännisch – und goss uns ein.

Reddy prostete mir zu. »Auf Neuanfänge«, sagte er mit einem schelmischen Lächeln auf den Lippen.

Und das war es dann mit meinen guten Vorsätzen.

2

Ohne einen weiteren Gedanken an Tater oder den Telfair Ball zu verschwenden, warf ich mir den langen Pelzmantel meiner Großmutter Lorena um die Schultern und verließ das Museum. Als ich den vom Mond beschienenen Bürgersteig der Barndard Street betrat, kam schon Reddy im silbergrauen Jaguar angebraust. In einem hautengen Etuikleid mit Schlitzen, die bis fast an die Hüfte reichen, in einen Sportwagen einzusteigen, ist nicht gerade die leichteste Sache der Welt, aber irgendwie schaffte ich es, mich einigermaßen auf dem Beifahrersitz zu platzieren, ehe Reddy auch schon das Gaspedal durchtrat. Als wir quasi auf zwei Reifen um die Ecke schossen, erhaschte ich noch einen Blick auf einen Mann im weißen Jackett, der einsam und verlassen auf der Straße stand und sich an eine Flasche Bier klammerte.

Ich hatte einen plötzlichen Anflug von Schuldgefühlen. Nicht wegen Tater. Tater hatte nach wie vor die offene Bar und zwei weitere kostenlose Mahlzeiten, die ihn an diesem Abend noch erwarteten. Er würde mich kein Stück vermissen. Nein, die Schuldgefühle hatte ich wegen meiner Mutter.

Seit fünf Jahren war sie nun schon tot und begraben, trotzdem konnte ich immer noch hören, wie sie missbilligend mit der Zunge schnalzte. »Also wirklich, BeBe! So ein unsägliches Verhalten ist mir ja noch nie untergekommen.«

In letzter Zeit hatte ich ab und zu diese Aufkleber hinten auf

Autos gesehen: »Was würde Jesus tun?« Mir doch egal, dachte ich dann immer.

Was würde Mama sagen?

Mama war mein Richtwert für korrektes Verhalten. Und über mein Verhalten an diesem Abend wäre sie mehr als entsetzt gewesen. Allerdings – wenn ich so darüber nachdachte – auch über mein Verhalten an allen anderen Abenden in den vergangenen fünf Jahren, seit wir sie drüben auf dem Bonaventure Friedhof begraben haben.

Schnell verdrängte ich die Gedanken an Tater und Mama und konzentrierte mich voll und ganz auf den Mann, der neben mir im Jaguar saß.

Er war groß, natürlich, aber bei meinen Ein-Meter-Sechzig erscheinen mir die meisten Leute groß. In Wahrheit war er wahrscheinlich so um die eins achtzig. Seine Augen waren hellblau und bildeten einen auffälligen Kontrast zu seiner gebräunten Haut. Seine Haare waren dunkelblond und leicht gewellt. Der Haaransatz wanderte bereits merklich nach hinten, im Nacken fielen ihm die Haare über den Kragen. Ich gab ihm ein paar Extrapunkte dafür, dass er sich die Haare nicht so widerlich über den Kopf kämmte. Weiter Punkte brachte ihm der Diamantohrring ein, den er auf der linken Seite trug. Ein Ohrring! *Quel* scandal! Und überhaupt, ich hatte noch nie einen Mann gedatet, dessen Schmuck so teuer war wie mein eigener. Aber der absolute Knaller war sein Grübchen im Kinn. Ich musste krampfhaft die Hände im Schoß falten, um nicht die Hand auszustrecken und das Grübchen zu berühren.

»Wird Ihnen in dem knappen Kleidchen nicht zu kalt werden?« Er schaute kurz zu mir rüber, während wir den Victory Drive in Richtung Strand hinunterrasten. Es war Februar, und in dieser Nacht lag die Temperatur nur bei etwa fünf Grad, was für Savannah arktische Zustände bedeutete.

Ich vergrub das Kinn tiefer im kuschligen Kragen des Pelzmantels, und ein Hauch von Lorenas Chanel No. 5 stieg mir in die Nase. »Kommt drauf an, wo wir hinfahren«, meinte ich. »Für Tybee habe ich nicht wirklich das Richtige an, fürchte ich.«

»Es geht nicht an den Strand«, versicherte er mir. »Aber ich werde Sie bitten müssen, die Schuhe am Pier stehen zu lassen. Diese Absätze wären die Hölle für mein Teakholz-Deck.«

»Ein Boot?« Ich musste grinsen. Reddy grinste zurück.

»Aber das ist doch eine Yacht«, korrigierte ich, als ich das glänzende weiße Schiff erblickte, das beim Wilmington Island Yachtclub vor Anker lag. *Blue Moon* war in fließenden gold-blauen Buchstaben ans Heck geschrieben. »Und sie ist riesig.«

Reddy kletterte behände an Bord und reichte mir dann die Hand. Er zerrte an den Haltetauen, um das Boot näher an die Anlegestelle zu ziehen. Ein verschlagener Ausdruck huschte über sein Gesicht, als ich mein Kleid noch höher ziehen musste, um an Bord zu springen. Er fing mich gekonnt auf und hielt mich einen Moment fest. »Genaugenommen ist es keine Yacht«, flüsterte er mir ins Ohr. »Es ist nur vierzehn Meter lang.«

»Nur.«

Er lachte in sich hinein. »Na ja, man könnte sagen, es ist eine Baby-Yacht.«

Eine halbe Stunde später saßen wir Champagner trinkend auf Liegestühlen auf dem Deck der *Blue Moon* und beobachteten die Sterne, während die Wellen sanft gegen den Bootsrumpf klatschten.

Aus einem CD-Player in der Kabine drang leise Jazzmusik zu uns nach draußen, und wir hatten unsere Stühle so nah wie möglich zusammengerückt. »Erzähl mir was von dir, BeBe Loudermilk«, forderte Reddy mich auf und drückte meine Hand. Er war unaufgefordert zum Du übergegangen, was mich aber kein bisschen störte.

Ich seufzte. »Da gibt es nicht viel zu erzählen. Ich habe mein ganzes Leben in Savannah gelebt. Alle in meiner Familie haben ihr ganzes Leben in Savannah gelebt. Ich habe ein paar Anlagengeschäfte. Ich bin eine echte Blondine. Zum größten Teil. Und derzeit bin ich Single.«

»Derzeit«, wiederholte er. »Wieso habe ich das Gefühl, dass da eine Geschichte dahintersteckt?«

»Ach, das ist schnell erzählt«, entgegnete ich. »Vielleicht hast du gehört, dass ich vor kurzem sitzengelassen wurde. Nicht direkt vor dem Altar, aber nahe genug daran, dass es immer noch wehtut.«

Er schüttelte verwundert den Kopf. »Was für ein Idiot würde jemanden wie dich wieder gehen lassen?«

Ich zuckte mit den Schultern. »Wahrscheinlich ist es das Beste so. Letzte Woche ist er mit seiner Exfrau abgehauen. Und mir sind ein paar wirklich vorzeigbare Schmuckstücke geblieben.«

Er lehnte sich zu mir und knabberte an meinem Ohrläppchen. »Inklusive dieser Ohrringe, die du heute Abend nur getragen hast, um der ganzen Stadt zu zeigen, dass er dir scheißegal ist.«

Ich kicherte. »Bin ich so durchschaubar?«

»Nicht durchschaubar. Faszinierend. Ich liebe es, wenn eine Frau eine Vergangenheit hat.«

»Das würde meine Mutter aber anders nennen.« Ich lächelte trocken. »Mama hat es nie verwunden, dass ich die Erste in der Familie war, die sich hat scheiden lassen.«

»Meine Mutter hat es nie verwunden, dass ich ein Semester vor dem Abschluss das Jurastudium abgebrochen habe«, erwiderte Reddy. »Ich bin der einzige männliche Millbanks in vier Generationen, der keinen Abschluss der Duke-Universität hat.«

»Oha.« Mir lief ein Schauer über den Rücken. »Noch ein schwarzes Schaf.«

»Noch eins? Was soll das denn heißen?«

Der Wind wurde stärker, und trotz der tausend Lagen Haarspray, die Roi auf meinem Kopf versprüht hatte, fühlte ich, wie sich meine Frisur langsam auflöste.

»Du stehst auf Frauen mit Vergangenheit«, erklärte ich und strich mir eine Haarsträhne aus dem Gesicht. »Dummerweise stehe ich wohl auf böse Jungs.«

»Hey, ich muss doch sehr bitten. Ich habe nie gesagt, dass ich böse bin.«

»Das ist nicht nötig.« Ich schlug den Pelzkragen hoch. »Du bist es einfach. Es ist nicht deine Schuld. Und meine auch nicht.«

»Dir ist kalt«, stellte er fest. Er tätschelte seinen Schoß. »Komm her, BeBe. Ich zeige dir, dass ich gar nicht so böse bin.«

Seine Küsse waren tatsächlich alles andere als schlecht. Sie waren lang und süß und zärtlich. Und gefährlich. Und köstlich. Ich glaube, ich war noch nie so gut und so genüsslich geküsst worden.

»Was für eine Art Vergangenheit hast du denn?«, fragte er, als wir nach einer Weile zum Luftholen auftauchten.

»Ich bin eine Geschiedene«, antwortete ich. »Dreimal, um genau zu sein. Schockiert dich das?«

Er lachte. »Eine Geschiedene? Das sagt doch heute kein Mensch mehr. Aber echt jetzt? Drei Mal?«

»Theoretisch schon. Praktisch war ich nur mit zwei Männern verheiratet. Und ich war erst neunzehn, als ich Sandy Thayer geheiratet habe, den Mann, der dir von mir erzählt hat. Er war der beste Freund meines älteren Bruders. Wir sind zusammen weggelaufen, nach Myrtle Beach. In den Frühlingsferien haben wir dann geheiratet, ich war gerade in meinem ersten Studienjahr an der St. Mary's Uni. Meine Eltern waren zu Tode entsetzt. Sie haben die Ehe sofort annullieren lassen. Der Uni haben sie gesagt, ich hätte Pfeiffersches Drüsenfieber. Danach bin ich zurück und habe weiter studiert, als wäre nie etwas passiert.«

Reddy hielt einen Finger in die Höhe. »Okay, die erste Ehe

wurde annulliert, also hat sie eigentlich nie bestanden. Was war mit Ehemann Nummer zwei?«

»Richard Hodges.« Ich erschauderte, als ich seinen Namen sagte. »Was für ein Albtraum. Mein letztes Blind Date. Für immer. Ich war achtundzwanzig und führte mein erstes kleines Restaurant, was mich derart auf Trab hielt, dass ich eigentlich überhaupt keine Zeit hatte, jemanden kennenzulernen, geschweige denn zu daten. Aber Richard schien so ein toller Kerl zu sein. Sehr erfolgreicher Börsenmakler, aus gutem Hause. Wir dateten ein Jahr lang, und ich war total verrückt nach ihm. Sogar meine Mutter liebte den Kerl. Was mir eigentlich schon hätte zu denken geben müssen.«

»Wie meinst du das?«

»Richard«, fuhr ich fort, »hat sich als pervers herausgestellt. Ein erstklassiger Perverser. Wir waren gerade mal zwei Monate verheiratet, da habe ich die Telefonrechnungen gefunden. Er hatte es doch tatsächlich geschafft, zwölftausend Dollar von unserem gemeinsamen Konto auszugeben. Für Telefonsex. Das mit der Internet-Pornografie habe ich erst rausgefunden, nachdem ich ihn schon rausgeschmissen hatte.« Ich verzog das Gesicht. »Da habe ich mir seinen Laptop geschnappt, bin mit dem Auto drübergefahren und habe ihn anschließend in einem Müllcontainer entsorgt. Was ein Fehler war, wie mir mein Anwalt später gesagt hat, weil wir den Computer vor Gericht hätten verwenden können. Aber in dem Moment war mir das egal. Ich wollte ihn nur aus meinem Leben raushaben. Und das ist er. Vollkommen raus. Er hat ein paar Jahre im offenen Vollzug bekommen.«

Reddy zog überrascht die Augenbrauen hoch. »Du armes Ding.« Er küsste mich wieder. »Liebes, deine Vergangenheit ist Vergangenheit. Ich bin nur an der Zukunft interessiert.«

Ich erwiderte den Kuss. »Warte, ich bin fast fertig. Ehemann Nummer drei war Sandy.«

»Wieder Sandy?«

»Yep. Mit ihm habe ich mich über Richard hinweggetröstet. Meine Schwägerin hatte meinem Bruder Arch eine Überraschungsparty zu seinem vierzigsten Geburtstag geschmissen, und Sandy war auch eingeladen. Ich hatte ihn zehn Jahre nicht gesehen. Er war so süß, so aufmerksam. So gar nicht wie Richard. Ich habe mich einfach wieder in ihn verliebt.«

»Ich habe ja nur ein paar Minuten mit ihm geredet, aber er schien mir ein anständiger Kerl zu sein.«

»Das ist er auch«, stimmte ich zu. »Sandy ist echt ein Schatz. Aber nur wenige Monate nach der Hochzeit hat er einen Job in Chicago angenommen. Und es war Januar. Warst du jemals im Januar in Chicago?«

»Nein.«

»Da hast du nichts verpasst«, entgegnete ich. »Es war niemandes Schuld, dass es so gelaufen ist zwischen Sandy und mir. Sandy war einfach immer beruflich unterwegs, und ich saß in dieser versnobten Chicago-Vorstadt fest, was mich zunehmend unglücklich gemacht hat. Irgendwann habe ich nur noch gegessen und die Tage heulend vor dem Fernseher verbracht. Nach anderthalb Jahren hatte ich fünfzehn Kilo zugenommen. Als dann im zweiten Jahr der erste Schneesturm aufkam, stand meine Entscheidung fest. Ich habe meine Sachen gepackt und mir ein Taxi gerufen. Vom Flughafen aus habe ich Sandy angerufen. Er hat es mir gar nicht wirklich übel genommen, aber so ist eben Sandy. Er war noch nie nachtragend. Er würde alles für mich tun und ich für ihn.«

Ich seufzte. »Also, das ist sie. Das ist meine große, schlimme Vergangenheit. Aber was ist mit dir? Was macht dich zu einem bösen Jungen, Ryan Edward Millbanks?«

»Dir ist doch kalt«, stellte er plötzlich fest. Er setzte sich auf und hielt mich in den Armen wie ein großes, in Pelz gewickeltes Baby. »Komm, wir gehen in die Kabine, ehe du dir hier noch eine Lungenentzündung holst.«

Ich schob seinen Ärmel hoch und drehte seine Armbanduhr so, dass ich das leuchtende Ziffernblatt sehen konnte. Es war schon spät. Fast zwei Uhr. »Was gibt es denn da so in der Kabine?«, fragte ich.

»Ach, nur das Übliche. Es gibt zum Beispiel eine hübsche kleine Galerie. Hast du vielleicht Hunger, Liebes? Ich habe ein schlechtes Gewissen, dass du wegen mir das Abendessen auf der Party verpasst hast. Ich könnte uns noch schnell was kochen. Ein bisschen Chili aufwärmen oder so.«

Ich schüttelte den Kopf. »Ich bin nicht hungrig. Nur ein bisschen müde.«

Da war wieder dieses Grinsen. »Okay, wieso hast du das nicht gleich gesagt? Die Schlafquartiere sind ziemlich besonders, wenn ich das mal so sagen darf. Und ich würde mich sehr freuen, sie dir zeigen zu dürfen.«

Ich schüttelte den Kopf. »*Das* habe ich damit nicht sagen wollen. Es ist schon spät. Ich hatte einen langen Tag und muss morgen früh wieder bei der Arbeit sein.« Ich gab ihm einen leichten Kuss. »Es war ein wunderschöner Abend, Reddy. Aber ich glaube, es wäre besser, wenn du mich jetzt nach Hause bringst.«

Er küsste mich zurück. »Nach Hause? Aber ich dachte, wir verstehen uns gerade so gut. Du bist eine Frau mit Vergangenheit, und ich bin ein böser Junge. Wir sind füreinander bestimmt.«

Die Versuchung war zu groß. Ich war zu müde. Und seine Arme fühlten sich zu gut an, wie er mich so festhielt. Ich fühlte mich geborgen. Und glücklich. Und ja, ich gebe zu, ich war auch mehr als ein bisschen scharf auf ihn.

»Bleib bei mir«, flüsterte er mir ins Ohr.

In dem Moment dämmerte mir, dass ich diesen Mann erst ein paar Stunden zuvor kennengelernt hatte. Und ich war schon drauf und dran, mit ihm in die Kiste zu hüpfen.

Was würde Mama sagen?

3

Das wurde ja auch Zeit«, begrüßte mich Daniel, als ich um vier Uhr nachmittags in der Küche des *Guale* auftauchte. Ich gähnte und streckte mich demonstrativ, ohne auf den Kommentar meines Kochs einzugehen. Es stimmte schon, ich hatte den Sonntagsbrunch verschlafen, und für unser wichtiges Dinner-Geschäft war ich auch schon knapp dran. Aber wofür hat man denn sein eigenes Restaurant, wenn man nicht auch mal ab und an verschlafen kann?

Ich blätterte im Reservierungsbuch, um abzuschätzen, was uns an dem Abend erwartete. Sah nicht schlecht aus. Ich entdeckte die Namen einiger Stammgäste und freute mich, zu sehen, dass der neue Rezeptionist des Westin Hotels vier Tische für Gäste reserviert hatte.

»Wie war der Brunch?«, fragte ich Daniel.

»Nicht viel los«, antwortete er. »Aber besser als letzte Woche.«

»Der Hartriegelstrauch in meinem Vorgarten ist voller Knospen. Bald blühen die Azaleen im Forsyth Park, und ehe du dich versiehst, rennen uns die Touristen die Bude ein. Genieß lieber noch die Ruhe vor dem Sturm, mein Freund.«

Er nickte zustimmend. Wir stammten beide aus Savannah, was bedeutete, dass wir uns noch an die Zeiten erinnern konnten, als die Stadt nur eine zwar recht hübsche, aber doch verschlafene Hafenstadt im Süden war. Früher waren der Handel per Schiff und die Papierfabriken die einzigen Industrien, die den Leuten Arbeit garantierten. Als ich klein war, in den Siebzigern, gab es gerade mal ein gutes Hotel in der ganzen Stadt, das DeSoto Hilton, und nur eine Handvoll Restaurants, die man als etwas gehobener bezeichnen konnte. Doch in den Neunzigern änderte sich alles. Nur wegen eines Buches und dem darauffolgenden Film, worin Savannah als dampfende Brutstätte aus Voodoo, Sex, Transvestiten und Skandalen porträtiert wurde.

Heutzutage pumpte die Tourismusbranche jedes Jahr Millionen in unsere Wirtschaft. Ganze Blocks heruntergekommener Geschäfte und Häuser waren restauriert worden und erstrahlten in ihrem ursprünglichen Glanz. Am Flussufer hatten sie eine ganze Reihe neuer Luxushotels hochgezogen. Reisebusse und Gepäckwagen verstopften die alten bemoosten Plätze, und wenn man sich an einen Tisch in einem der neuen Restaurants in der Innenstadt setzte, war es schon fast genauso wahrscheinlich, dass am Nachbartisch Japanisch oder Deutsch gesprochen wurde als der in der Gegend übliche Südstaaten-Akzent.

Aber manche Dinge hatten sich nicht verändert. Die Hochsaison – und der Frühling – begannen in Savannah offiziell am St. Patrick's Day. Die Stadt veranstaltete dann immer eine riesige Party, die angeblich nur von der am selben Tag in New York stattfindenden übertroffen wurde. Wie jedes Jahr waren wir auch dieses Mal schon die ganze Woche vor St. Patrick's Day komplett ausgebucht, und wenn es nicht gerade eine Naturkatastrophe geben würde, sollte unser Geschäft ab dann solide laufen bis Weihnachten.

Daniel hob den Deckel von einem Topf, in dem Kalbsfonds vor sich hinköchelte, und probierte mit einem Esslöffel. Mit dem Kopf deutete er in Richtung meines schrankgroßen Büros. »Da war heut Morgen so ein Typ, der was für dich abgegeben hat«, meinte er, während er mit der Pfeffermühle über dem Topf hantierte.

»Hmm. Hat er seinen Namen genannt?«

»Hab ihn nicht gefragt«, entgegnete Daniel. »Ich hatte alle Hände voll zu tun, den Laden hier zu schmeißen, weißt du?«

Ich zeigte ihm den Mittelfinger und eilte in mein Büro.

Ein riesiges Arrangement blassrosa Rosen in einer gläsernen Vase thronte auf einem Stapel Werbepost auf meinem Schreibtisch. Eine Visitenkarte war mit Tesa an der Vase befestigt. Eine Visitenkarte aus dickem Pergament. »Ryan Edward Millbanks III«, las ich. »Vermögensverwalter.« Keine Adresse, nur eine Telefonnummer. Ich drehte die Karte um. Darauf waren nur zwei Worte geschrieben. »Abendessen heute?«

Ich lächelte in mich hinein. »Auf jeden Fall Abendessen heute.«

»Neuer Freund?«

Ich fuhr herum, mein Gesicht rot vor Scham, dass er mich in meinem verträumt-verliebten Zustand ertappt hatte. Daniel lehnte sich an den Türrahmen.

»Neuer Freund«, erklärte ich. Mit dem Fuß schloss ich die Tür, setzte mich an meinen Schreibtisch und wählte die Nummer auf der Karte.

Das Telefon klingelte viermal, ehe mir eine Stimme empfahl, eine Nachricht zu hinterlassen. »Immer mit der Ruhe, Mädchen«, redete ich mir selbst zu. Ich wollte auf keinen Fall zu eifrig erscheinen. Schnell legte ich auf, ohne eine Nachricht aufs Band zu sprechen. Zeit, an die Arbeit zu gehen. Ich zupfte Reddys Visitenkarte von der Vase und steckte sie mir in die Hosentasche. Die Rosen nahm ich und platzierte sie auf dem hölzernen Empfangspult am Eingang.

Die nächsten Stunden rauschten nur so vorbei. Um fünf Uhr, als gerade die ersten frühen Gäste eintrudelten, meldeten sich sowohl Kevin, der Barkeeper, und Rikki, eine der Kellnerinnen, krank. Es war nicht das erste Mal, dass die beiden am selben Abend nicht da waren, und ich hatte da so einen Verdacht, was es mit ihrer »Krankheit« wirklich auf sich hatte. Aber so schlecht, wie wir besetzt waren, blieb keine Zeit, Nachforschungen anzustellen.

Die meisten Leute denken, ein Restaurant zu besitzen sei der Inbegriff des hippen Szenelebens, aber die Wahrheit ist, dass es die meiste Zeit ein echt hartes Geschäft ist. Für jede Stunde, die ich damit verbringe, lokalen Berühmtheiten Handküsse zuzuwerfen, stehe ich drei Stunden in der stickigen Küche – die Arme bis zum Ellenbogen in schmutzigen Pfannen – und muss zwischen zornigen Köchen und inkompetenten Aushilfen vermitteln. Wenn auf der Damentoilette mal wieder ein Rohr verstopft ist, bin ich diejenige, die den Boden wischt und den Klempner verflucht. Wenn mein Lebensmittellieferant Sahne statt Crème fraîche bringt oder Barsch statt Schnapper, bin ich diejenige, die Daniel beibringen darf, dass er seinen Fisch des Tages ändern muss. Und wenn die Aushilfe krank ist, muss ich einspringen.

Es stimmte schon, ich war ordentlich zu spät gekommen an dem Tag, dafür konnte sich mein Styling sehen lassen: schicker schwarzer Hosenanzug, dazu hohe, elegante Riemchen-Pumps. Ich verbrachte den ganzen Abend damit, zwischen der Bar, der Küche und dem Empfangstresen des Oberkellners hin und her zu rennen, Gäste zu begrüßen, Getränke zuzubereiten und Daniel und seine Küchenhilfen anzuhalten, das Essen zügig und ohne große Diskussionen rauszugeben.

Gegen zehn Uhr, als auch die letzten Gäste – eine trinkfeste sechsköpfige Gruppe – endlich Anstalten machten, sich von ihren Stühlen zu erheben, war ich kurz davor, aus Erschöpfung umzukippen. Meine Zehen waren ein einziger greller Schmerz.

»Großartiges Essen, BeBe«, rief Preston Conover, der rotgesichtige Vizedirektor der Coastal Trust Bank, während er mir den Arm um die Schulter legte und einen Kuss auf die Wange drückte, der für meinen Geschmack etwas zu nah an meinem Mund landete. »Du hast hier einen so schönen kleinen Laden.« Über seine Schulter sah ich, wie seine Frau mit den Augen rollte. Ich schaffte es, seinen Arm unauffällig abzustreifen, und bedankte mich mit so viel Ernsthaftigkeit, wie ich aufbringen konnte. Immerhin war er nicht nur irgendein Bankdirektor. Er war mein Bankdirektor, der persönlich meinen Kredit über eine halbe Million Dollar abgesegnet hatte, damit ich in der Barnard Street meine Lounge erweitern konnte, wofür ich die leerstehende Wohnung neben mir hatte zukaufen wollen.

Preston warf mir die Rechnung und seine Platin-American-Express-Karte hin, und ich schob ihm die Kreditkarte brav wieder zurück.

»Aaach, Bebe«, protestierte er gekünstelt. Dieses Spiel liebte er, um seine Freunde zu beeindrucken. Großmaul Preston bestand regelmäßig darauf, in den besten Restaurants der Stadt für seinen Tisch die Rechnung zu begleichen, in dem Wissen, dass der Restaurantbesitzer sie ihm natürlich erlassen würde. Ehrlich gesagt hätte es mir auch nichts ausgemacht, Preston und Jeanine einzuladen. Aber hier saßen sechs Leute, die alle die teuersten Vorspeisen, Hauptgänge und Wein geordert hatten. Allein ihre Getränkerechnung belief sich auf dreihundert Dollar, was ich deshalb so genau wusste, weil ich sie persönlich den ganzen Abend mit Getränken versorgt hatte.

»Sieh zu, dass du nach Hause kommst, Preston«, meinte ich lächelnd mit einem Nicken in Richtung Tür. Sobald er und seine Gesellschaft das Restaurant verlassen hatten, schloss ich die Tür ab und ließ mich auf einen Hocker an der Bar sinken.

»O Gott«, seufzte ich, während ich mir die Schuhe von den Füßen kickte. »Uuuh«, entfuhr es mir, als mein Blick auf den Spiegel hinter der Bar fiel. Meine Haare hingen mir strähnig und kraftlos um die Schultern, von meinem Lippenstift waren nur noch Überreste geblieben, und mir fehlte ein Ohrring.

Plötzlich klopfte jemand an die Tür.

»Wir haben geschlossen«, rief ich, weil ich zu erschöpft war, um aufzustehen.

Aber es klopfte wieder.

»Versuchen Sie es mal beim Marriott«, rief ich. »Die haben bis zwölf geöffnet.«

Erneutes Klopfen.

Widerwillig erhob ich mich von meinem Hocker und humpelte barfuß zur Tür, die ich genervt aufriss. »Verdammt, ich habe doch gesagt –«

Den Rest konnte ich gerade noch runterschlucken, denn vor mir stand Ryan Edward Millbanks der Dritte.

»Hey.« Er machte einen Schritt zurück. »Ist das gerade ein schlechter Moment für dich?«

Ich zog mir hastig die Schürze aus und strich mir eine verschwitzte Haarsträhne hinters Ohr.

»Langer Tag«, murmelte ich.

Er schielte an mir vorbei in den Gastraum, und ich sah, wie sein Blick an den Rosen hängenblieb. »Die Blumen sind wunderschön«, sagte ich schnell. »Meine Lieblingsfarbe bei Rosen. Ich hatte noch gar keine Zeit, dich anzurufen und mich angemessen zu bedanken, weil wir den ganzen Abend so die Bude voll hatten. Mein Barkeeper und eine der Kellnerinnen sind nicht aufgetaucht, wahrscheinlich haben sie sich in ihr gemeinsames Liebesnest verkrochen. Also musste ich selbst aushelfen und gleichzeitig noch die strahlende Gastgeberin geben. Und dann –«

Er legte mir einen Finger auf die Lippen. »Pssst«, machte er. »Ist egal. Ich wollte nur vorbeischauen, um zu sehen, ob du Lust hast, 'ne Kleinigkeit essen zu gehen.«

»Jetzt gleich? Ich kann so nirgends hingehen, schau mich doch an! Ich bin ein Wrack.«

»Ich finde, du siehst gut aus. Und es muss ja kein schicker Laden sein«, lockte mich Reddy. »Ich bin wirklich nur an ein wenig Gesellschaft interessiert.«

»Es ist Sonntag und fast elf Uhr abends«, erinnerte ich ihn. »Wir sind hier in Savannah, nicht in New York. Hier hat doch nichts Gescheites mehr offen.«

»Ich wüsste da was«, erklärte er und streckte mir die Hand entgegen. »Na los, komm. Du bist doch der Chef, du wirst nicht die Stühle hochstellen müssen, oder?«

Ich lachte trotz meiner Erschöpfung. »Nein. Aber ich muss schnell Daniel Bescheid sagen, dass ich gehe.«

»Ist das der Koch?«

»Genau. Ich glaube, du hast ihn heute Mittag getroffen, als du die Blumen gebracht hast.«

»Na ja, treffen kann man das nicht nennen«, sagte Reddy. »Ich habe die Rosen abgestellt und bin wieder gegangen. Ich hatte außerdem den Eindruck, als wäre er nicht allzu begeistert davon, dass Fremde in seiner Küche aufkreuzen.«

»Hunde, die bellen, beißen nicht«, erwiderte ich. »Er ist ein guter Kerl. Ich würde euch ja mal richtig vorstellen, aber vielleicht nicht gerade jetzt. Wir hatten alle einen langen Tag.«

»Dann ein anderes Mal.«

Ich ging nach hinten in die Küche. Dort war Daniel gerade dabei, seine Messer einzusortieren, was bedeutete, dass er ebenfalls kurz davor war, Feierabend zu machen.

»Ich bin erledigt«, erklärte ich.

»Wie lief es denn da draußen?«, fragte Daniel. »Hat sich jemand beschwert, dass die Muscheln aus waren?«

»Allerdings. Aber ich war zu beschäftigt, um darauf einzugehen. Deine neue Austernvorspeise war ein ziemlicher Hit. Bei dem sautierten Thunfisch hatte ich den Eindruck, dass nicht alle so begeistert waren.«

»Das liegt nur daran, dass sie ihn zu Tode gekocht haben wollen. Das ist erstklassiger Thunfisch, den könntest du für Sashimi verwenden, BeBe. Der ist nur gut, wenn man ihn roh isst«, nörgelte Daniel. »Wir müssen die Geschmacksnerven dieser Leute erst noch erziehen.«

»Nein. Wir müssen ihnen Essen servieren, das ihnen schmeckt«, korrigierte ich ihn. »Wir sollten mal überlegen, ob wir den Thunfisch nicht für eine Weile von der Karte nehmen. Vielleicht probieren wir es mal mit Flunder.«

»Flunder?!« Daniel klatschte empört mit der flachen Hand auf die Edelstahl-Arbeitsplatte. »Wieso servieren wir nicht gleich Fischstäbchen mit Kartoffelbrei?«

»Wir reden am Dienstag noch mal drüber, okay?« Ich wandte mich zum Gehen. »Bis dann.«

»Moment mal, wo willst du denn hin?« Daniel klang überrascht. »Es ist doch Sonntagabend. Die anderen erwarten uns.«

Seit ein paar Jahren hatten meine beste Freundin Eloise – mit vollem Namen hieß sie Jean Eloise Foley – und ich quasi ein stehendes Dinnerdate für den Sonntagabend.

Angefangen hatte es als Mädelsabend, zu einer Zeit, als wir gerade beide tief in der dunklen Scheidungsverarbeitungsphase steckten. Wir trafen uns bei Eloise zum Abendessen und endeten mit alkoholischen Getränken auf der Couch und schauten uns alte Schnulzen an. Am liebsten malten wir uns aus, wie es wäre, sich einmal in einer Szene unserer Lieblingsfilme zu befinden. Daniel war später dazu gestoßen, als er und Eloise etwas miteinander anfingen. Irgendwann waren noch Eloises Onkel James und Jonathan McDowell, seine bessere Hälfte, hinzugekommen.

Die Männer waren eine angenehme Erweiterung – immerhin kochte Daniel wie ein Gott, und James und Jonathan waren schwul und mochten alle Dinge, die wir auch mochten, und waren außerdem noch beide Anwälte, was man auch immer mal gebrauchen konnte.

»Verdammt.« Ich schlug mir auf den Oberschenkel. »Das habe ich glatt vergessen. Ich habe sozusagen ein Date heute Abend.«

»Dann bring ihn doch mit, Eloise ist in Florida, da können wir Verstärkung gebrauchen«, entgegnete Daniel.

»Nein«, erwiderte ich schnell. »Nicht so eine Art Date. Also, ich … Es ist kompliziert, okay? Die anderen werden schon Verständnis haben.«

»Ein Mann also?« Daniel zog eine Augenbraue hoch. »Doch nicht der Typ mit den Rosen?«

»Das geht dich nichts an«, blockte ich ab. »Dann bis Dienstag.«

Er schüttelte missbilligend den Kopf. »Weiß Eloise denn schon von diesem dritten Ryan Edward Millbanks?«

»Du hast die Karte gelesen? Meine private Nachricht?«

»Klar«, meinte Daniel ganz unverblümt. »Da rauscht so ein Typ in meine Küche, will wissen, wo du bist und wie das Geschäft so läuft – verdammt, ja, ich habe die Karte gelesen. Nicht, dass es da viel zu lesen gab. Was soll das denn für 'ne Visitenkarte sein, ganz ohne Adresse?«

»Reddy ist Vermögensverwalter«, erklärte ich. »Er stammt aus einer der besten Familien in Charleston. Er *braucht* keine Visitenkarte, die den Leuten sagt, was er tut oder wo er wohnt. Und ich kann es nicht gebrauchen, dass du deine Nase in meine Privatangelegenheiten steckst.«

»Schon klar«, erwiderte Daniel leicht eingeschnappt. »Weil du auch so berühmt bist für dein ausgezeichnetes Urteilsvermögen, was Männer angeht.«

»Ich habe dich eingestellt«, erinnerte ich ihn. Und ich konnte mir gerade noch verkneifen, hinzuzufügen, dass ich ihn auch feuern konnte, wenn er so weitermachte. Aber so doof war ich nicht. Und außerdem wartete draußen ein überaus attraktiver Mann, der mich zum Abendessen ausführen wollte.

»Sag den anderen liebe Grüße«, rief ich Daniel zu, während ich schon die Tür zum Gastraum aufstieß. »Und halt dich in Zukunft von meinem Büro fern.«

4

Montag war mein einziger wirklich freier Tag, den ich in der Regel dazu nutzte, beim Heim vorbeizuschauen. Offiziell nannte sich die Einrichtung »Magnolia Manor Assisted Living«, aber eigentlich war es auch nur ein Altenheim. Zugegeben, ein sehr komfortables Luxus-Altenheim, in dem meine Großeltern Spencer und Lorena Loudermilk seit drei Jahren gemeinsam wohnten.

Opa öffnete mir die Tür zu dem verputzten, kleinen Häuschen, das er mit meiner Großmutter auf dem Heimgelände bewohnte. Er trug verwaschene rote Jogginghosen, ein kariertes Flanellhemd und eine Schirmmütze von Georgia Tech Golf. Seine riesigen Füße steckten ohne Socken in nicht zugeschnürten Arbeitsstiefeln. Durch die dicken Bifokalgläser seiner Brille schielte er auf mich runter, und als er mich erkannte, funkelten seine hellblauen Augen freudig.

»Engelchen!«, rief er aus und faltete die dünnen Arme um mich. »Wann bist du zurückgekommen?«

»Wieso zurückgekommen?« Ich blinzelte. »Opa, ich war doch gar nicht verreist.«

»Du warst doch in Europa«, erklärte er. »Dein Bruder hat mir gesagt, du wärst zwei Wochen in Europa.«

»Welcher Bruder?«

»Du weißt schon.« Er fuchtelte mit der Hand in der Luft herum. »Der mit den Haaren.«

Ich habe sechs Brüder, und zum jetzigen Zeitpunkt hatten alle noch Haare, soweit ich wusste. Namen waren einfach nicht Opas Stärke. Aber da außer meinem ältesten Bruder keiner der nutzlosen Bande es für nötig erachtete, ab und zu mal bei unseren Großeltern vorbeizuschauen, ging ich davon aus, dass er ihn meinte.

»Arch? Hat Arch euch besucht? Das ist ja nett!«

»Arch«, wiederholte Opa und nickte selig. »Er ist ein ganz schön haariger Brocken, nicht wahr?«

»Opa! Ich finde, Arch ist ein attraktiver Mann. Mit dem Bart wirkt er doch viel seriöser.«

»Behaart wie ein Affe ist er«, entgegnete Opa bestimmt. »Das hat er nicht von den Loudermilks. Die Familie deiner Mutter – das war so ein behaarter Haufen. Ich hab mal einen Onkel von ihr kennengelernt, der sah aus wie dieser russische Rasputin. Aber Ellen hatte nicht so Haare. Oder sie hat sich nur rasiert, und ich habe es deshalb nie bemerkt.«

»Nein«, meinte ich kichernd. »Ich glaube nicht, dass Mama außergewöhnlich starken Haarwuchs hatte.« Ich folgte ihm in das kleine Wohnzimmer, das vollgestellt war mit dunklen verzierten Mahagonimöbeln, einem sperrigen Sofa und einem riesigen Fernseher, der, soweit ich wusste, nur angeschaltet wurde, um den Wetterbericht oder die Aktienkurse zu schauen. Letztere flackerten gerade über den Bildschirm, die Lautstärke bis zum Anschlag aufgedreht.

Ich schnappte mir hastig die Fernbedienung von Opas verstellbarem Sessel und stellte den Ton aus.

»Wo ist denn Oma?«, fragte ich und schielte um die Ecke in die kleine Küche. Mein Blick fiel auf ein offenes Glas Erdnussbutter auf dem Esstisch, in dem ein großer Löffel steckte. Der Tisch war übersät mit leeren Süßigkeitenverpackungen, schmutzigen Tellern und Tassen. »Sie macht doch um diese Zeit noch keinen Mittagsschlaf, oder?«

»Wer?« Opa ließ sich auf seinen Sessel sinken.

»Oma«, wiederholte ich um Beherrschung bemüht. »Deine Frau, Lorena. Schläft sie?«

»Woher soll ich das wissen?«, erwiderte er genervt. »Frag doch die Schwester.«

»Die Schwester?« Ich ging zum Schlafzimmer, das Bett war zwar etwas dilettantisch gemacht, aber leer. »Welche Schwester? Opa, wo ist Lorena?«

Er machte eine vage Geste mit der Hand. »Da drüben.«

»Wie, da drüben?« Ich setzte mich auf die Lehne seines Sessels und packte ihn am Handgelenk.

»Du weißt schon.« Er lehnte sich zur Seite, um den Fernseher besser sehen zu können. »Da drüben in dem Gebäude.«

Ich nahm die Fernbedienung und schaltete den Fernseher aus. »Opa! Bitte. Was für ein Gebäude? Wo ist Lorena hingegangen? Kannst du mir das sagen?«

»Verdammt, ja. Ich kann es dir sagen«, polterte er. »Hältst du mich etwa für senil? Wie gesagt, sie ist da drüben in diesem großen Gebäude. Du weißt schon. An diesem Ort. Der Doktor hat gesagt, sie kann nicht nach Hause, bis das mit dem Pinkeln wieder besser ist.«

»Sie ist im Krankenhaus?« Ich verstand es immer noch nicht. »Willst du sagen, Oma ist im Krankenhaus? Was ist denn passiert?«

»Woher soll ich das wissen?« Opa zuckte mit den Schultern. »Ich kann mir auch nicht alles merken, was hier so vor sich geht. Ich weiß nur, dass ich schon sehr lange keine warme Mahlzeit mehr hatte.«

Ich zog mein Handy aus der Handtasche und rief meinen Bruder Arch an, in der Hoffnung, dass er im Büro und damit erreichbar war.

»Arch? Ich bin's, BeBe. Ich bin im Heim bei Opa. Weißt du irgendwas davon, dass Oma im Krankenhaus ist?«

»Ähm, nein«, antwortete er verwirrt. »Ich habe sie letzte Woche noch gesehen. Ich glaube, es war am Sonntag. Da schien es ihr gutzugehen. Sie war vielleicht ein bisschen daneben, aber eigentlich nicht mehr als sonst. Hat Opa das erzählt?«

»Ja, ich glaube, das wollte er mir sagen.« Ich seufzte. »Also, sie ist jedenfalls nicht hier. Das Bett ist unbenutzt, in der Küche herrscht heilloses Chaos, und ich fürchte, er hat sich die letzten Tage von Erdnussbutter und Schokoriegeln ernährt.«

»O Gott«, seufzte Arch. »Und was wirst du jetzt tun?«

Ich kaute auf der Unterlippe. Ja, was würde ich tun? Was würde er tun? Wo wir schon dabei waren, was würde irgendjemand aus der Familie tun? Es blieb doch immer alles an mir hängen.

»Ich bin ja nun hier«, sagte ich schließlich. »Ich ruf mal beim Krankenhaus an und frage, ob sie dort ist.«

»Mach das«, erwiderte Arch. »Hör mal, es tut mir leid, aber ich habe gleich ein Meeting. Ruf mich doch später an und sag mir, ob du sie gefunden hast, okay?«

Als ich aufgelegt hatte, suchte ich die Nummer des Magnolia-Manor-Krankenhauses raus, und nach fünfzehn Minuten in der Warteschleife bekam ich tatsächlich die Auskunft, dass Mrs Lorena Loudermilk vor drei Tagen mit einer Blaseninfektion eingeliefert worden war.

»Ich bin die Enkelin«, sagte ich in möglichst herrischem Tonfall. »Ich wusste nichts davon, dass sie krank ist. Mein Großvater war die letzten drei Tage auf sich allein gestellt und hat offenbar weder gegessen noch geschlafen. Wieso ist die Familie nicht informiert worden, dass sie ins Krankenhaus gebracht wurde?«

»Das kann ich Ihnen nicht sagen«, meinte die Frau leichthin. Und ganz offensichtlich war es ihr auch völlig egal. »Da müssen Sie den Arzt fragen.«

»Genau das werde ich tun«, entgegnete ich und unterbrach schwungvoll die Verbindung.

»Komm, Opa«, sagte ich gezwungen fröhlich. »Wir gehen Oma im Krankenhaus besuchen, okay?«

»Vielleicht später.« Opa winkte ab und schaute demonstrativ auf die große Wanduhr über dem Fernseher. »Der Rukeyser Report läuft gleich.«

»Ich glaube, wir gehen besser jetzt«, erwiderte ich bestimmt und zog ihn leicht am Ärmel. »Du kannst doch später noch fernsehen.«

Ich kramte den Schlüssel zum Bungalow aus meiner Handtasche und schloss hinter uns ab. »Es ist zu kalt, um bis zum Hauptgebäude zu Fuß zu gehen«, erklärte ich meinem Großvater und deutete auf den weißen Lexus, den ich auf dem Besucherparkplatz abgestellt hatte. »Ich habe gleich da drüben geparkt.«

»Und ich hab gleich da geparkt«, entgegnete Opa und zeigte stolz auf einen ebenfalls weißen Lincoln direkt neben meinem Auto. Er zog einen Schlüsselbund aus der Tasche seiner Jogginghose und klimperte damit vor meiner Nase herum. »Nach dem Krankenhaus können wir noch Eis kaufen, so wie früher immer, als du noch ein kleines Mädchen warst.«

Ich ging um den Lincoln herum und erstarrte, als ich den Aufkleber in der Scheibe entdeckte. Vor mir stand ein brandneuer Wagen, für den irgendjemand stolze 42 698 Dollar bezahlt hatte.

Opa drückte auf dem automatischen Schlüssel herum, bis die Verriegelung hörbar aufsprang. Er öffnete die Beifahrertür und machte eine Handbewegung, dass ich einsteigen sollte. »Nach dir«, sagte er mit vor stolz geschwellter Brust.

Der Fußraum war noch mit Pappe ausgelegt, und die ledergebundene Betriebsanleitung lag auf dem Sitz. Ich schielte auf die Anzeige, die mir verriet, dass das Auto erst dreiundzwanzig Kilometer gefahren war.

»Opa«, sagte ich, als ich eingestiegen war. »Wo hast du dieses Auto her?«

»Mitchell Motors, wie immer«, antwortete er und strich zufrieden über die weichen Ledersitze. »Seit 1964 kaufe ich meine Autos bei den Mitchells. Nette Leute.«

»Dieses Auto hat fast dreiundvierzigtausend Dollar gekostet.« Meine Stimme kam gepresst, weil sie sonst gezittert hätte. »Wie hast du das bezahlt?«

»Cash. Wie immer.«

»Aber woher hattest du das Geld?« Inzwischen fiel es mir wirklich schwer, ruhig zu bleiben. Seit meine Großeltern ins Magnolia-Heim gezogen waren, kümmerte ich mich um die finanziellen Angelegenheiten. Wir hatten ein gemeinsames Konto eingerichtet, von dem ich die monatlichen Rechnungen beglich und den beiden ein Taschengeld für Lebensmittel und andere Dinge auszahlte, wie Omas Friseurtermine oder die Flasche Scotch, die Opa alle paar Wochen nachkaufte. Soweit ich wusste, konnten sich im Haus nicht mehr als ein paar Hundert Dollar Bargeld befunden haben.

Er wedelte mit der Hand. »Ach, ich hab ihnen einen Scheck ausgestellt. Von denen, die du in der Schublade im Sekretär gelassen hast.«

Ich spürte, wie mir alle Farbe aus dem Gesicht wich. Letzten Monat hatte ich das Scheckbuch in der Schublade im Sekretär im Schlafzimmer liegen lassen, nachdem ich es zum Bezahlen der üblichen Rechnungen verwendet hatte. Mir war nicht bewusst gewesen, dass Opa wusste, wo das Scheckbuch war.

»Du hast einen Scheck über dreiundvierzigtausend Dollar ausgestellt«, murmelte ich ausdruckslos.

»Ja, Ma'am«, tönte Opa zufrieden, während er mit dem Schlüssel an der Konsole herumstocherte und versuchte, das Zündschloss zu finden.

»Ach, verdammt«, schimpfte er. »Da braucht man ja einen Hochschulabschluss, um diese neuen Autos zu bedienen.«

Beim nächsten Stochern öffnete sich das Verdeck des Lincoln lautlos, dann schoben sich unsere Sitze automatisch in eine beinahe liegende Position. Opa stocherte weiter, und auf einmal hallte eine fremde Stimme durch den hellen Innenraum des neuen Autos.

»OnStar«, meldete sich die sanfte Frauenstimme.

»Wie bitte?« Opa schaute sich verwirrt nach der Ursache der Stimme um. »Was ist das denn?«

»OnStar«, wiederholte die Frau.

»Wer sind Sie?«, wollte Opa wissen.

»OnStar Pannenhilfe«, antwortete die Frau mit ruhiger Stimme. »Sir, ist bei Ihnen alles in Ordnung?«

Er dachte ein paar Sekunden über die Frage nach.

»Mir geht's gut«, erklärte er schließlich. »Aber Lorena hat so Frauenprobleme.«

»Sir?« Die Frau schien jetzt doch nicht mehr weiter zu wissen.

»Es ist alles in Ordnung«, schaltete ich mich ein. »Fehlalarm.« Schnell drückte ich auf den OnStar-Knopf, um das Gespräch zu beenden.

»Die klang aber nett«, bemerkte Opa, dann ließ er den Motor an und strahlte mich an. »Wo soll's denn hingehen, Engelchen?«

Er brauchte mindestens eine Viertelstunde, um dieses Schiff von einem Wagen aus dem Parkplatz zu manövrieren und uns die paar Straßen bis zum Hauptgebäude von Magnolia Manor zu kutschieren. Wir nahmen den Aufzug in den dritten Stock und folgten dem langen Gang bis zu einer großen Tür mit der Aufschrift KRANKENSTATION.

»Sie schläft gerade«, erklärte uns die Krankenschwester am Empfangstisch. »Mrs Loudermilk legt viel Wert auf ihren Mittagsschlaf.«

»Sicher tut sie das«, erwiderte ich. »Aber ich muss sie dringend sehen und mit ihr sprechen. Es wird auch nicht lange dauern.«

Irgendein Unterhaltungsprogramm dröhnte aus dem an der Wand befestigten Fernseher im winzigen Wartebereich direkt neben dem Empfang. Zielstrebig ging Opa auf einen der freien Stühle zu und ließ sich nieder, den Blick bereits auf den überdimensionalen Bildschirm geheftet. »Ich warte hier«, erklärte er zufrieden.

Die Schwester zog den Vorhang zurück, der den hintersten von drei abgetrennten Räumen umgab. Meine Großmutter lag zusammengerollt auf der Seite, die Augen geschlossen, der zahnlose Mund im Schlaf geöffnet. Ein hellblaues Laken war über sie gebreitet, ein dünner Plastikschlauch führte vom Infusionsständer zu ihrem spindeldürren Arm, ein weiterer Schlauch war mit dem Kathederbeutel verbunden, der seitlich am Bett befestigt war.

»Sie bekommt Antibiotika«, flüsterte die Schwester. »Ihre Urinproduktion ist schon wieder viel besser. Der Arzt geht davon aus, dass er den Katheder bis zum Wochenende wieder entfernen kann.«

Ich legte meine Finger um das bläulich schimmernde Handgelenk meiner Großmutter. Es war so dünn, dass ich das Gefühl hatte, es zweimal umfassen zu können. Warme Tränen liefen mir über die Wangen.

Es war gerade mal eine Woche hergewesen, dass ich sie das letzte Mal gesehen hatte. Aber es schien so, als hätte Lorena Loudermilk seitdem den Körper verlassen, in dem ich sie gekannt und mein Leben lang geliebt hatte. Dieses eingesunkene Wesen war niemand, den ich kannte.

»Was ist sonst noch?«, wandte ich mich an die Schwester. »Was fehlt ihr? Vor einer Woche ging es ihr noch gut. Ich habe sie noch besucht, wir haben Mensch-ärger-dich-nicht gespielt, und sie hat gewonnen, so wie immer. Sie hat Suppe zum Mittagessen gekocht.«

Die Schwester zuckte mit den Schultern. »Ich weiß nur von der

Blasenentzündung. Sie ist eine süße, kleine Frau. Beschwert sich nie.«

Ich starrte sie entgeistert an. Süß? Beschwert sich nie? Okay, hier stimmte aber etwas gewaltig nicht. Meine Großmutter war ein Biest. Sie und mein Großvater waren siebenundfünfzig Jahre verheiratet, und es war kein Tag vergangen, an dem sie sich nicht über irgendetwas beschwert hatte. Lorena Loudermilk war eine komplizierte, wundervolle, anstrengende Person. Süße, kleine Frau – von wegen!

5

Mit Notizblock und Stift bewaffnet, saß ich kurze Zeit später inmitten von Pillenschachteln und Döschen, die ich überall in der Wohnung zusammengesammelt hatte, am Esstisch und machte mich daran, eine Liste aller Medikamente meiner Großmutter zu erstellen. Digoxin. Lasix. Flagyl. Cipro. Vicodin. Ativan. Zolpidem.
»Nimmt Oma wirklich alle diese Tabletten?«, fragte ich meinen Großvater, während ich misstrauisch das Mindesthaltbarkeitsdatum auf der Digoxin-Flasche kontrollierte.

»Wie soll ich das denn wissen, bitte schön?«, erwiderte er, ohne den Blick vom Bildschirm abzuwenden, auf dem gerade die Animation eines großen Wirbelsturms gezeigt wurde, der offenbar demnächst auf Minnesota treffen würde.

Ich seufzte. So lange meine Großmutter im Krankenhaus bleiben musste und Opa sich von Erdnussbutter und Kitkats ernährte, blieb mir wohl nichts anderes übrig, als einzugreifen.

»Wäre es für dich okay, wenn ich ein paar Tage hierbleibe?«, fragte ich schwach.

Er zuckte die Achseln, immer noch, ohne mich anzuschauen. »Mach's dir bequem. Obwohl ich mich frage, wieso du das möchtest, wo du doch so ein schönes Haus hast, das dir einer deiner Ehemänner gekauft hat.«

»Jaa«, erwiderte ich gedehnt. Es war zwecklos, ihm ein weiteres Mal zu erklären, dass ich das Stadthaus in der West Jones Street sowie drei weitere Immobilien in der Stadt alle selbst gekauft hatte.

Meine Eltern hatten in den siebziger Jahren ihr eigenes Makler-büro gegründet, Loudermilk & Partner, und besonders meine Mutter hatte immer gepredigt, wie wichtig es war, eigene Immo-bilien zu besitzen. Mit ihrer Hilfe war ich an günstige Angebote gekommen, noch bevor sie überhaupt auf dem Markt waren, und hatte so bereits mit zweiundzwanzig Jahren mein erstes Haus ge-kauft, ein hässliches rotes Backsteinhaus mit zwei Schlafzimmern im Süden der Stadt, das ich inzwischen für achtundvierzigtausend Dollar an die Bank zurückverkauft hatte.

Mama hatte mir damals fünftausend Dollar für die Anzahlung vorgeschossen und die Hypothek auf das Haus mitunterschrie-ben. Danach jedoch war ich, was Häuserkaufen angeht, immer al-lein unterwegs gewesen. Ich hatte das Backsteinhaus renoviert – und zwei Jahre später für ordentliche dreißigtausend Dollar Profit wieder verkauft. Das Geld steckte ich direkt in mein nächstes Pro-jekt – ein baufälliges Holzhaus an der East Sixtyseventh Street.

Seit meinem ersten Hässliche-Entlein-Haus hatte ich auf diese Art ein Dutzend Häuser gekauft und verkauft, und jedes Haus war ein bisschen schicker und teurer als das vorherige – und ich tastete mich allmählich an den historischen Stadtkern vor, wo ich schon immer hatte wohnen wollen. Schon als kleines Mädchen hatte ich von einem Haus dort geträumt.

Das Stadthaus in der West Jones Street war ursprünglich eines von zwei identischen alten Reihenhäusern aus wunderschönem grauen, Savannah-typischen Backstein, die ein reicher Baumwoll-händler 1853 für seine Zwillingssöhne hatte bauen lassen. Als meine Mutter das Haus entdeckte, war es so heruntergekommen, dass ein riesiger Mimosenstrauch an der Stelle durch das Dach wuchs, wo früher die Küche gewesen war. Ich fand das Haus furchtbar, aber Mama hatte darauf bestanden, dass es ein Rohdiamant war – davon abgesehen, dass es mit einem Preis von 450 000 Dollar das mit Abstand günstigste Haus im ganzen Bezirk war.

Ich steckte Unsummen in das Haus, und es dauerte fünf Jahre, bis es zu dem Schmuckstück wurde, das es jetzt war, und in dieser Zeit hatte ich zwei Scheidungen durchlitten und so viel Herzschmerz erlebt, dass ich mich nicht mehr daran erinnern mochte.

Aber es war eben das letzte Haus, das Mama für mich gefunden hatte. Ich konnte immer noch ihre Stimme hören, die durch den hohen Marmor-Eingangsbereich hallte, als sie mir das Haus vorstellte. »BeBe – schau dir dieses Treppenhaus an. Sieh mal, das gusseiserne Kaminsims. Dieses Haus wird ein Traum. Du wirst einen Traum daraus machen.« Und so war es auch gekommen, aber sie hatte nicht mehr lang genug gelebt, um die Fertigstellung noch mitzubekommen.

Trotz meiner erfolgreichen Immobiliengeschäfte war ich in den Augen meines Großvaters immer noch eine arme, einfältige Geschiedene, die auf die Großzügigkeit von Männern angewiesen war, um in der Welt zurechtzukommen.

»Ich fahre schnell was einkaufen. Willst du mitkommen?«

»Nö.«

Ich schnappte mir seine Autoschlüssel vom Küchentisch. »Ist es okay, wenn ich mir dein schickes neues Auto mal ausleihe?«

Auf einmal hatte ich seine Aufmerksamkeit.

»Das hat aber viel mehr Pferdestärken, als du gewöhnt bist«, erklärte er mir und musterte mich zweifelnd.

»Ich fahre ganz langsam«, versprach ich.

Er nickte zögerlich und fasste dann in die Tasche seiner roten Jogginghose.

»Hier«, sagte er und steckte mir einen Zehndollarschein zu.

»Wofür ist das denn?«

»Für mein Engelchen.« Er lächelte wohlwollend. »Füll den Tank ein wenig auf und kauf dir ein Eis an der Tankstelle.«

Ich gab ihm einen Kuss auf die mit Altersflecken übersäte Stirn. »Danke, Kumpel. Ich bin gleich wieder da.«

Mit dem Lincoln rückwärts aus der Parklücke zu kommen fühlte sich an, als würde man ein Sofa rangieren. Ich war noch nie zuvor mit einem so großen Auto gefahren. Sehr, sehr vorsichtig fuhr ich mit dem Wagen zu Mitchell Motors, die ihr Autohaus am Victory Drive hatten.

Es war vier Uhr nachmittags, und der Himmel war mit dicken Regenwolken verhangen, obwohl eigentlich längst Frühling sein sollte in Savannah. Der gläserne Ausstellungsraum war menschenleer, auf einem riesigen Plasmabildschirm präsentierte ein Werbevideo den neuen Lincoln Navigator. Es war wohl kein guter Nachmittag, um amerikanische Riesenschlitten zu verkaufen, nahm ich an.

Ein pausbäckiger Junge im blauen Anzug, der ihm eine Nummer zu groß zu sein schien, saß am schweren Empfangstisch aus Mahagoni und blätterte in der Märzausgabe der *Maxim*.

»Hi!«, grüßte er, als er mich erblickte, und schob hastig die Zeitschrift unter die Schreibunterlage. »Kann ich Ihnen den neuen Lincoln Navigator vorstellen?«, fragte er und stand auf.

»Nein, danke«, antwortete ich. »Ehrlich gesagt habe ich schon genug Autos. Mein Name ist BeBe Loudermilk. Ich komme wegen des neuen Autos meines Großvaters.«

»Oh?« Er nahm wieder am Schreibtisch Platz. Ich bemerkte das Namensschild, wonach ich es mit Tyler Mitchell zu tun hatte.

»Mein Großvater ist Spencer Loudermilk«, fuhr ich fort. »Jemand hier hat ihm letzte Woche ein neues Auto verkauft – für dreiundvierzigtausend Dollar. Er hat offenbar den regulären Preis bezahlt.«

Tyler Junior nickte. »Ich erinnere mich an Mr Loudermilk. Mein Onkel Ray hat ihm das Auto verkauft. Spitzenwagen, was?«

Ich stützte mich auf dem Schreibtisch ab. »Die Sache ist die, Tyler, mein Großvater ist zweiundachtzig Jahre alt. Er hat grünen Star und Bluthochdruck. Er lebt in einem Pflegeheim und fährt maximal zum nächsten Supermarkt. Sein alter Buick Electra hatte gerade mal fünfundvierzigtausend Kilometer drauf. Aber Ihr Onkel Ray hat ihm diesen riesigen neuen Lincoln verkauft. Der hat ein offenes Verdeck und die teuersten Michelin Reifen und Satellitenradio.«

»Und GPS«, ergänzte Tyler hilfsbereit. »Das ist echt ein Knaller, der Wagen.«

»Aber er ist zweiundachtzig«, wiederholte ich. »Er hat kein Einkommen mehr.« Ich spürte, wie mir das Blut in die Wangen schoss, jetzt, wo wir über Finanzen sprachen. »Hören Sie mal, Tyler, Rentner brauchen keinen Knaller-Wagen. Was sie brauchen, ist ein Buick, der noch nicht zu viele Kilometer drauf hat und den sie ohne Probleme bedienen können. Und sie brauchen Geld, um ihre Medikamente und ihre Arztrechnungen zu bezahlen, und sie brauchen den Platz im Pflegeheim. Nicht zu vergessen, Kitkats und Scotch.«

»Gibt es ein Problem mit dem Lincoln? Wir haben nämlich auch ganz tolle DVDs, auf denen erklärt wird, wie man die Elektronik bedient.« Tyler öffnete die oberste Schublade des Schränkchens unter dem Schreibtisch und zog eine DVD in einer schicken Plastik-Schmuckhülle hervor.

»Eine DVD?« Ich lehnte mich nach vorn, so dass mein Gesicht dicht vor Tylers war. Seine Haut war milchig, ich ging davon aus, dass er sich noch nicht einmal rasieren musste. »Er ist zweiundachtzig, verdammt nochmal! Er denkt wahrscheinlich, DVD ist das Amt, wo man seinen Führerschein abholt. Was ich versuche, Ihnen zu sagen, Tyler, ist, dass Sie den Lincoln zurücknehmen sollen. Ich will, dass Sie mir den vollen Kaufpreis zurückerstatten, *und* ich will, dass Sie mir den 1986er Buick wiedergeben.«

Tyler blinzelte und schob seinen Stuhl zurück.

»Ich glaube nicht«, sagte er kopfschüttelnd. »Nein, ich glaube nicht, dass mein Onkel Ray so etwas machen würde.«

Ich tippte auf das Telefon auf dem Schreibtisch. »Rufen Sie ihn an. Sagen Sie ihm, Sie hätten da eine Kundin, die dringend mit ihm sprechen muss. Sie könnten auch erwähnen, dass ich ziemlich wütend bin. Und dass ich meine Medikamente gerade nicht nehme.«

Tyler schüttelte weiter den Kopf. Er erinnerte mich inzwischen an diese Wackel-Dackel, die manche Leute hinten auf der Hutablage im Auto stehen haben. Opa hatte so einen in seinem alten Buick. »Aber Onkel Ray ist nicht hier«, erklärte er. »Er ist bei der NADA-Konferenz.«

»Alles klar. Holen Sie mir einen anderen Verkäufer.«

»Das kann ich nicht. Die sind alle bei der Konferenz. In Palm Beach. Onkel Ray ist zum besten Händler des Jahres nominiert.«

Ich schob ihm den Schlüssel des Lincoln hin. »Na schön. Ich gehe mal davon aus, dass Sie in der Lage sind, Entscheidungen zu treffen, wenn man Ihnen hier schon allein die Verantwortung überträgt. Geben Sie mir das Geld zurück. Und den Electra.«

Tyler schob den Schlüssel von sich. »Sorry. Das kann ich nicht machen.«

»Hier muss es doch jemanden geben, der mir helfen kann«, rief ich mit erhobener Stimme. »Der Lincoln hat gerade mal zwanzig Kilometer drauf. Die Schutzpappe liegt noch im Fußraum. Mein Großvater kann sich das Auto nicht leisten. Sie müssen mir das Geld zurückgeben.«

Das Telefon auf dem Schreibtisch klingelte, und Tyler nahm hastig ab. »Mitchell Motors«, meldete er sich atemlos. »Kommen Sie heute vorbei und fahren Sie den neuen Lincoln Navigator Probe, und gewinnen Sie mit etwas Glück ein Wochenende für zwei in Montego Bay, Jamaica.«

Ich riss ihm den Hörer aus der Hand und legte krachend auf.

»Tyler! Hier spielt die Musik. Ich will meine dreiundvierzigtausend Dollar zurück. Und den Buick.«

Er errötete vom Hals aufwärts. Die Augen zu Schlitzen verengt, zischte er: »Was ist denn los, BeBe, haben Sie etwa Angst, dass der alte Mann Ihr Erbe verprasst?«

Ohne nachzudenken, holte ich aus und scheuerte ihm eine. Ich schnappte mir die Autoschlüssel vom Tisch und verließ mit quietschenden Reifen den Parkplatz.

6

Meine Hände zitterten vor Wut und Hilflosigkeit, als ich die Eingangstür zu meinem Stadthaus aufschloss. Ich hob die Post auf, die durch den Briefschlitz geworfen worden war, und schaute sie flüchtig durch.

Das Telefon in der Küche klingelte, und ich sprintete zum Apparat, in der Hoffnung, es wäre einer der Ärzte meiner Großmutter.

Aber die digitale Anzeige sagte mir, dass der Anruf aus dem Budget Inn in Daytona Beach in Florida kam.

»BeBe? Hey. Hier ist Rikki.« Meine vermisste Kellnerin klang, als hätte sie mit Kieselsteinen gegurgelt.

»Hi Rikki«, erwiderte ich kühl. »Wie geht's dir?«

Als Antwort hustete es heftig am anderen Ende der Leitung. »Nicht so gut«, antwortete sie mit kratziger Stimme. »Ich bin nur am Husten. Und ich hab schon den ganzen Tag 39 Fieber. Mein Arzt meint, es geht was rum. Er hat mir geraten, im Bett zu bleiben, auch weil ich bestimmt ansteckend bin.«

»Ach, du Arme«, heuchelte ich. »Das ist ja furchtbar. Hör zu, du bleibst mal schön im Bett. Ich bringe dir was von Daniels berühmter Hühnersuppe vorbei und kaufe dir Hustenbonbons.«

Rikki hustete wieder. »Nein, bloß nicht! Ich bin in ein paar Tagen wieder auf den Beinen. Ich will auf keinen Fall, dass du dich ansteckst, das ist echt nicht schön.«

»Oh, das ist lieb von dir«, meinte ich. »Und was ist mit Kevin? Wie geht es ihm?«

»Kevin?«, fragte sie vorsichtig. »Ich … ich weiß nicht.«

»Wirklich? Wieso lehnst du dich nicht einfach mal rüber in eurem Budget-Inn-Bett in Daytona Beach und reichst ihm den Hörer?«

»Was?«

»Ertappt, Rikki. Du kannst mit der Schauspielerei aufhören. Ehrlich gesagt habe ich überhaupt genug von der Scheiße. Aber danke für deinen Anruf, so kann ich euch beide nämlich gleichzeitig feuern. Und das Schöne daran ist, du bezahlst das Ferngespräch auch noch. Tschüss!«

Ich warf den Hörer auf die Gabel. Leider hielt sich meine Genugtuung in Grenzen. Kevin und Rikki waren jetzt nicht wirklich Vorzeige-Angestellte, aber Rikki war eine kurvige Blondine, die es immer schaffte, unseren Gästen den teuersten Wein anzudrehen. Kevin war groß, dunkel und etwas einfältig, aber die weiblichen Gäste liebten ihn. Wahrscheinlich, weil sie von einer heißen Affäre mit dem Barkeeper fantasieren konnten.

Wut stieg in mir auf. Die Hauptsaison stand kurz bevor, und ich hatte plötzlich zwei erfahrene, wenn auch etwas unzuverlässige Angestellte weniger.

Ich ging weiter die Post durch und schmiss den Stapel Werbung wütend auf den Küchentisch, als wieder keine Mietabrechnung meiner Mieterin Brenna dabei war. Obwohl es mich nicht wirklich überraschte. Brenna, die Nichte einer alten Freundin, war schon seit drei Monaten immer zu spät mit der Miete, manchmal bis zu zehn Tagen.

Zeit, mal härter durchzugreifen, beschloss ich. Das Häuschen in der West Gordon Street kostete achthundert Dollar im Monat, und wenn Brenna, die Filmstudentin am Savannah College für Kunst und Design war, die Miete nicht aufbringen konnte, würde ich auf jeden Fall jemand anderen finden, der es konnte.

Nachdem ich Brenna weder auf dem Handy noch auf ihrem Festnetzanschluss erreichen konnte, beschloss ich, ihr einen kleinen Besuch abzustatten – eine gute Gelegenheit, mal wieder zu checken, ob mit dem kleinen Haus alles in Ordnung war. Ich hatte für alle meine Mieter ein striktes Haustierverbot, aber das letzte Mal, dass ich daran vorbeigegangen war, dachte ich, einen Hund bellen gehört zu haben.

Ich schnappte mir Jacke und Schal und entschied mich, die sechs Blocks bis West Gordon zu Fuß zu gehen.

Als ich bei dem Haus ankam, bemerkte ich sofort, dass etwas nicht stimmte. Der Bürgersteig war feucht, genau wie die Straße. Dabei hatte es seit zwei Tagen nicht geregnet. Mir rutschte das Herz in die Hose.

»Nein«, rief ich aus, als ich die Haustür erblickte. Wasser drückte sich unter der Tür durch.

»Brenna!«, schrie ich und hämmerte gegen die Tür.

Hastig suchte ich den richtigen Schlüssel an meinem Schlüsselbund. Der Türgriff ließ sich zwar drehen, die Tür bewegte sich aber keinen Zentimeter. Das Holz war offenbar durch die Feuchtigkeit verzogen.

Ich gab auf und rannte um das Haus herum. An der Hintertür war Gott sei dank alles trocken, und ich konnte sie problemlos öffnen. Ich betrat das Haus und bereute es noch im selben Moment wieder.

Schimmelgeruch schlug mir entgegen. Der Linoleumboden in der Küche war völlig mit Wasser bedeckt, es stand mindestens zwei Zentimeter hoch. Schnell schaute ich mich um. In der Spüle stapelte sich das dreckige Geschirr. Ein Plastikmülleimer lag umgekippt auf der Seite, Coladosen und Lebensmittelverpackungen waren auf dem Boden verteilt.

Ein schneller Blick auf meine dreihundertfünfzig Dollar teuren Wildlederstiefel bestätigte meine Befürchtung. Ruiniert.

Die Ursache der Überschwemmung war schnell gefunden. Das Badezimmer lag gleich neben der kleinen Küche. Die achteckigen schwarz-weißen Fliesen waren unter dem schmutzigen Wasser kaum noch zu erkennen, das über den Rand des vollen Waschbeckens lief.

Ich hätte heulen können. Ich drehte den Knopf, aber der Kaltwasserhahn war offenbar kaputt. Ich hockte mich hin und suchte den Haupthahn, der aber so fest zugedreht war, dass ich nichts ausrichten konnte.

»Verdammt!«, rief ich frustriert. Meine Hose war nass, meine Stiefel hinüber. Schnell warf ich einen Blick ins Wohnzimmer, was meine Annahme bestätigte. Brenna hatte sich aus dem Staub gemacht. Ich brachte es nicht fertig, mir weiter anzuschauen, was meine flüchtige Mieterin mir noch hinterlassen hatte. Geknickt trat ich den Heimweg an, warf die Stiefel in den Müll und ließ mich in meinen Sessel am Kamin fallen, um mich meinem Selbstmitleid hinzugeben.

Es klingelte an der Tür, aber ich blieb, wo ich war. Ich hatte heute schon mehr Scheiße erlebt, als ich an einem Tag eigentlich ertragen konnte. Es reicht, entschied ich. Genug kranke Verwandte, schleimige Autoverkäufer, Drückeberger-Angestellte und unverschämte Mietpreller.

Aber es klingelte wieder.

»Niemand zu Hause«, rief ich mürrisch.

»BeBe?«, rief eine männliche Stimme zurück. »Ich bin's, Reddy. Ich habe gestern meine Armbanduhr bei dir vergessen. Geht es dir gut?«

Ich ließ die Schultern sinken. Reddy sollte mich so nicht sehen. Unsere Beziehung war noch zu nagelneu, um ihn jetzt schon mit meinem verrückten Leben zu konfrontieren. Und außerdem liefen mir zwei schwarze Bäche aus Wimperntusche über die Wangen.

»Ja, alles okay«, rief ich zurück. »Ich habe nur einen echt beschissenen Tag. Ich rufe dich später an, okay?«

»Kann ich mir nicht schnell meine Uhr holen?«

»Ich schiebe sie dir durch den Briefschlitz.«

»Vielleicht kann ich was für dich tun«, erwiderte er. »Bitte, lass mich rein, Liebling.«

Ich seufzte, trottete aber gehorsam zur Tür. Ich öffnete und drehte mich schnell wieder um, in der Absicht, zu meinem Sessel zurückzugehen.

Aber Reddy war schneller, er schlang einfach die Arme um mich. Was nicht gut war. Denn ich fing sofort wieder an zu weinen. Und ich weinte nicht einfach nur. Ich heulte wie ein Schlosshund. Inklusive hysterischer Schluchz-Attacken, Schnappatmung und hoffnungslos laufender Nase. Wirklich kein schöner Anblick.

Aber Reddy schien davon nichts zu bemerken. »Hey«, sagte er leise und strich mir über die Haare. »Hey, was ist los, schöne Frau?«

»Alles«, jammerte ich. »Mein Leben ist total am Arsch. Meine Großmutter ist krank, und mein Großvater hat einen Lincoln gekauft, und dieser kleine Scheißer Tyler vom Autoladen weigert sich, mir das Geld zurückzugeben, und ich musste Rikki und Kevin feuern …«

Hastig schnappte ich nach Luft zwischen zwei Schluchzern.

»Mann, Mann.« Mit dem Zeigefinger wischte er mir Mascara von der Wange. »Du hast ja echt 'nen beschissenen Tag.«

»Ich weiß!«, heulte ich. »Und die Mieterin von der West Gordon Street ist abgehauen, ohne Miete zu zahlen, und das Waschbecken im Bad ist kaputt, und alles ist überflutet …«

Er zog ein Taschentuch aus der Tasche seiner ordentlich gebügelten dunkelblauen Stoffhose und reichte es mir. »Putz dir mal die Nase«, wies er mich an.

Ich tat es.

Er schob mich zärtlich zu einem Sessel. »Setz dich.«

Folgsam ließ ich mich nieder.

Dann verschwand er in die Küche und kam kurz darauf mit einem Tablett zurück, auf dem er zwei Gläser Rotwein und eine kleine Käseplatte mit Crackern balancierte.

»Ich wette, du hast den ganzen Tag noch nichts gegessen, stimmt's?«, sagte er besorgt.

Ich schüttelte den Kopf. »Hab keinen Hunger.« Ich streckte die Hand nach dem Weinglas aus. »Aber Durst.«

Er schob bestimmt meine Hand weg. »Du musst zuerst etwas essen, sonst bekommst du nur Kopfweh vom Wein.«

»Hey«, rief ich erstaunt aus. »Woher weißt du, dass ich von Rotwein Kopfweh bekomme, wenn ich nichts dazu esse?«

Er lächelte verschmitzt. »Solche Sachen weiß ich eben.«

Also knabberte ich an einem Cracker und aß etwas Käse, bis das Schluchzen aufhörte und ich das Glas Wein trinken konnte.

»So«, meinte Reddy und nippte an seinem eigenen Wein. »Jetzt mal von vorne. Erzähl mir genau, was passiert ist.«

Und das tat ich. Ich erzählte ihm vom alarmierenden Zustand meiner Großmutter, vom Lincoln und den Problemen mit meinen Mitarbeitern und dem Desaster in der West Gordon Street.

Er nickte ab und zu nachdenklich, ohne mich zu unterbrechen oder mir gleich Ratschläge zu geben. Er hörte einfach nur zu.

Das war ein ganz neues Erlebnis für mich, ein Mann, der nur zuhörte.

Als ich meine jammervolle Geschichte zu Ende erzählt hatte, lehnte er sich zu mir und küsste mich sanft auf den Mund.

»Alles klar.« Er straffte demonstrativ die Schultern. »Ich fürchte, ich kann nichts für deine Großmutter tun. Ich denke, da musst du es weiter bei den Ärzten versuchen, um etwas rauszubekommen. Aber mit Autoverkäufern kenne ich mich zufällig aus, deshalb sollte ich dir mit der Lincoln-Sache helfen können. Dieser Typ hat die Situation deines Großvaters schamlos ausgenutzt. Und da er den Wagen erst seit einer Woche hat, gibt es keinen Grund, weshalb der Händler ihn nicht zurücknehmen und das Geld erstatten sollte.«

»Ich weiß nicht«, meinte ich zweifelnd. »Der kleine Scheißer war ziemlich hartnäckig. Hatte ich erwähnt, dass ich ihm eine gescheuert habe?«

Reddy zuckte zusammen.

»Ich weiß, ich weiß. Aber er hat angefangen«, verteidigte ich mich.

Er streckte mir die offene Hand entgegen. »Die Schlüssel bitte. Ich sollte in einer Stunde wieder da sein. Ist das genug Zeit für dich, um zu duschen und dich fürs Abendessen fertig zu machen?«

»Klar, aber –«

»Kein Aber«, fiel er mir ins Wort. Dafür küsste er mich wieder. »Und keinen Wein mehr. Zumindest nicht, bis ich zurück bin und mit dir trinken kann.«

Er verließ das Haus, und ich lehnte mich lächelnd im Sessel zurück. Es war das erste Mal an diesem Tag, dass ich einen Grund dazu hatte.

7

Es fing alles so harmlos an mit diesen Schlüsseln. Meine Haare waren noch feucht vom Duschen, als Reddy zurückkam. Seine Hosenaufschläge waren nass, genau wie seine ehemals weißen Sportschuhe.

»Erledigt«, meinte er leichthin und überreichte mir einen Scheck über dreiundvierzigtausend Dollar und ein Paar mir unbekannte Autoschlüssel.

»Wie?«

Er winkte ab. »Das sind die Schlüssel zum Buick Electra deines Großvaters. Und übrigens – du solltest vielleicht in nächster Zeit nicht mehr zu Mitchell Motors gehen. Tyler Mitchell ist nicht gerade ein großer Fan von dir.«

»Aber –«

Er legte mir einen Finger auf den Mund. »Gern geschehen. Ach ja«, fügte er beiläufig hinzu, »ich habe das Wasser in der West Gordon Street abgedreht.«

»Gott sei Dank«, seufzte ich. »Ich habe schon den Klempner angerufen, aber er hätte frühestens morgen Zeit gehabt, es sich anzuschauen.«

»Ist alles repariert«, wiederholte Reddy. »Ich bin mit einem Industriestaubsauger durchgegangen und habe das Wasser größtenteils abpumpen können. Hab die Fenster aufgemacht und mal ordentlich durchgelüftet. Aber die Holzböden sind ruiniert. Und du wirst in den unteren Zimmern neue Farbe und Tapeten brauchen. Das war wirklich der reinste Saustall.« Er verzog angewidert das Gesicht. »Wie bist du überhaupt an die geraten?«

Jetzt war es an mir, das Gesicht zu verziehen. »Sie ist die Nichte einer alten Schulfreundin. Für sie habe ich meine Keine-Studenten-Regel gebrochen, und das habe ich jetzt davon.«

»Überprüfst du nicht die Referenzen der Leute, bevor du ihnen eine Wohnung vermietest?«

»Nein.« Ich seufzte. »Ich schätze, so gründlich bin ich nicht. Normalerweise finde ich meine Mieter über Mundpropaganda, so wie man es in Savannah schon immer macht. Bis jetzt hatte ich auch immer Glück. Kein gebranntes Kind.«

»Aber du nimmst schon die normale Kaution von zwei Monatsmieten, oder?«

»Nein«, antwortete ich kleinlaut. »Ich habe den Leuten immer vertraut. Ziemlich dumm, oder?«

Er zuckte mit den Schultern. »Das ist nicht wirklich das beste Konzept, was Immobilienmanagement angeht, das muss ich schon zugeben.«

»Ich weiß, ich weiß. Ich bin eben mit dem Restaurant so eingespannt, und die Vermietungen brauchen so viel Zeit und Energie. Ich habe schon ernsthaft darüber nachgedacht, sie einer Agentur zu übergeben, aber noch habe ich es nicht umgesetzt.«

»Wie viele Objekte hast du denn?«, wollte Reddy wissen.

»Außer West Gordon habe ich noch das Stadthaus an der East Liberty Street – mit drei Wohnungen, das Studio über der Garage eingeschlossen. Dann das kleine Haus in der President Street – mit zwei Wohnungen – und das Haus in der Gwinnett Street, im Viktorianischen Stadtteil, mit einer Wohnung. Aber das steht auch gerade leer.«

»Wie kommt das?« Er nahm einen Schluck Rotwein.

»Probleme mit der Elektrik«, erwiderte ich. »Der letzte Mieter war so ein Heimwerker, der die Küche selbst installiert hat und dabei um ein Haar das ganze Haus niedergebrannt hätte.«

»Wie lange steht es jetzt leer?«

»Seit November schon«, gestand ich. »Ich bin echt furchtbar, stimmt's?«

Er gab mir einen Kuss. »Nicht furchtbar. Nur ein bisschen verplant vielleicht. Wo wollen wir zu Abend essen?«

Ich schielte auf meine Armbanduhr und schüttelte den Kopf. »Ich kann nicht. Ich muss ein paar Lebensmittel einkaufen und Opa was zu essen machen.«

»Danach vielleicht?« Reddy ließ nicht locker. »Es ist noch früh, und ich hatte ein spätes Mittagessen.«

»Ich fürchte nicht«, sagte ich widerwillig. »Ich werde zumindest heute Nacht dortbleiben, um sicherzugehen, dass er seine Medikamente nimmt und ins Bett geht. Seit Oma im Krankenhaus ist, hat sich niemand um ihn gekümmert, und er kommt alleine nicht zurecht. Er bleibt die ganze Nacht wach und isst Schokoriegel.«

»Ich dachte, du hättest noch mehr Familie in der Stadt.« Reddy klang enttäuscht.

»Tue ich auch. Drei meiner Brüder wohnen in Savannah. Ein anderer wohnt in Hilton Head, einer in Atlanta und noch einer in Jacksonville.«

»Na also? Kann sich nicht einer von ihnen mal kümmern?«

»Könnten sie schon, werden sie aber vermutlich nicht. Arch ist der Einzige, der ab und zu mal was macht. Bert hat vier Kinder, eine manisch-depressive Frau, und noch dazu reist er die ganze Zeit durch die Weltgeschichte.«

»Und Bruder Nummer drei?«

»Carlton. Frag nicht. Er verhält sich, als wäre er ein Einzelkind.«

»Also bleibt es an BeBe hängen«, folgerte er.

»Mir macht es nichts aus«, erwiderte ich und dachte, ich würde es auch so meinen. »Ich bin die Einzige, die Single ist. Ich habe keine Kinder, und unter uns – ich war sowieso immer Opas Liebling. Das wissen die Jungs auch.«

»Trotzdem ist es eine Menge Verantwortung, und du hast doch sowieso schon alle Hände voll zu tun mit dem Restaurant, den Häusern und deinem eigenen Leben.«

»Was für ein Leben?«, fragte ich düster. »Ich arbeite. Ich esse. Ich schlafe. Und manchmal«, fügte ich mit einem verwegenen Grinsen hinzu, »manchmal spiele ich.«

»Dafür müssen wir dringend mehr Zeit schaffen«, erklärte Reddy. »Fürs Spielen.«

»Da werde ich dir nicht widersprechen. Ich weiß, ich bin gerade nicht gut darin, alle Bälle in der Luft zu halten, aber ich weiß einfach nicht, wie ich es sonst schaffen soll.«

»Ich schon«, erwiderte er.

»Ach ja?«

Wir standen im Flur an der Tür, und ich zog mir mein Tuch enger um den Hals. Draußen pfiff der Wind um die Häuser. So viel zum Thema Frühling.

»Lass mich dir helfen«, meinte Reddy. »Wenigstens mit dem Wirtschaftszeug. Davon habe ich nämlich ein bisschen Ahnung, weißt du?«

»Das kann ich nicht annehmen«, erwiderte ich schnell. »Du hast keine Ahnung, wie viel da noch dranhängt. Und ich wüsste nicht mal, wie ich es dir alles erklären sollte. Meine Unterlagen sind das reinste Chaos, und ich weiß noch nicht, wie viel Zeit ich bei meinen Großeltern verbringen muss, bis sich die Ärzte mal äußern.«

Ich küsste ihn zärtlich. »Du bist wirklich ein Engel, das vorzuschlagen. Aber ich könnte dich nicht so ausnutzen. Das geht nicht.«

Er erwiderte meinen Kuss. »Bitte nutz mich aus.«

Das Telefon klingelte. »Bleib genau so«, wies ich ihn an und sprang in die Küche.

»Miss Loudermilk? Hier spricht Robert Walker. Dr. Walker. Ich bin der Arzt Ihrer Großmutter. Sie haben versucht, mich zu erreichen?«

»Ja, genau«, bestätigte ich eifrig. »Ich war heute Morgen bei meiner Großmutter auf der Krankenstation, und ihr Zustand hat mich ziemlich erschüttert. Sie hat so viel Gewicht verloren, und die Schwestern sagen, sie schläft fast nur.«

»Nun ja, sie hatte ziemliche Schmerzen durch ihre Blaseninfektion, dafür haben wir ihr etwas gegeben und etwas, damit sie schlafen kann.«

»Ich habe sieben verschiedene Tabletten gezählt, die sie nehmen soll. So viele Medikamente können doch nicht gut sein.«

»Sieben?« Sein Tonfall wurde spitz. »Ich habe ihr Flagyl und Cipro für die Blase verschrieben, Vicodin gegen die Schmerzen und Zolpidem, damit sie schlafen kann. Das sind nur vier. Ach so, und natürlich bekommt sie jetzt auch etwas gegen die Niereninfektion.«

»Niereninfektion?« Ich riss entsetzt den Mund auf. »Seit wann denn das? Heute Morgen hat mir niemand was von einer Niereninfektion gesagt.«

»Ich habe sie um vier bei der Visite gesehen, und ihre Blutwerte haben mir gar nicht gefallen«, erklärte Dr. Walker. »Deshalb haben wir ihr gleich ein entsprechendes Medikament verabreicht.«

»O Gott«, stöhnte ich. »Aber da waren noch zwei andere Medizinfläschchen in der Wohnung. Mein Großvater meinte, sie hätte auch Lasix und Digoxin genommen. Und Ativan.«

»Oh, wirklich?«

»Das wussten Sie nicht?« Und ich hatte gedacht, es konnte nicht mehr schlimmer werden. Ich blickte zur Küchendecke und fragte mich, wann sie auf mich herabfallen würde.

55

Wir legten auf, und ich ging zurück zu Reddy, der geduldig auf mich wartete.

»Tut mir leid«, sagte ich. Mir schien es zu diesem Zeitpunkt, als hätte ich den ganzen Tag nichts anderes gesagt. Es war wirklich ein Tag zum Leidtun. »Ich musste da drangehen. Es war der Arzt meiner Großmutter. Jetzt hat sie noch etwas anderes, mit den Nieren.«

»Kann ich was für dich tun?«, fragte Reddy hilfsbereit. »Ich habe dir ja schon gesagt, ich bin in einigen Dingen ganz gut. Außer was Krankenhäuser und kranke Menschen angeht. Damit kann ich nicht so.«

»Nein, ich denke nicht«, lehnte ich ab. Aber dann fiel es mir ein. »Warte. Da wäre doch was.« Ich kramte in der großen Kupferschüssel, die ich auf dem Tischchen im Flur stehen hatte. Darin befanden sich alle Schlüssel zu meinen Häusern und Wohnungen sowie der Zweitschlüssel zu meinem eigenen Haus.

»Ich würde gern morgen früh im Krankenhaus sein, um mit dem Arzt persönlich zu sprechen, aber um zehn Uhr wollte sich der Sachverständige von der Versicherung mit mir in der West Gordon Street treffen. Und der Insektentyp ist um zwölf hier, weil ich hier Silberfische habe, gegen die er irgendwas sprühen wollte. Ich würde normalerweise nicht fragen, aber da du schon so nett warst, es anzubieten ... Könntest du das vielleicht übernehmen?«

Er streckte die Hand aus, und ich legte die Schlüssel hinein. »Der Schlüssel mit dem roten Bändchen ist für hier, der grüne ist für West Gordon. Sag Jerry, das ist der Insektentyp, dass er dieses Mal auch den Speicher einsprühen soll.«

Reddy nickte. »Wird gemacht. Dann bis morgen?«

»Ich hoffe doch. Bis dahin kann es unmöglich noch schlimmer werden, oder?«

8

Oma?« Ich saß seit zwei Stunden am Bett meiner Großmutter. Sie hatte sich die ganze Zeit nicht gerührt, schnarchte nur hin und wieder leise vor sich hin. Und der Arzt war auch noch nicht dagewesen.

Plötzlich schlug sie die Augen auf und drückte meine Hand.
»Wie geht es dir? Fühlst du dich besser?«, fragte ich.
Sie verzog das Gesicht. »Schläuche. Ich hasse diese ganzen Schläuche.« Ihr Stimme war schwach, kaum hörbar, aber wenn sie sich schon wieder beschweren konnte, war sie definitiv auf dem Weg der Besserung.
»Ich weiß. Dir ging's nicht so gut diese Woche.«
Sie versuchte mühsam, sich aufzusetzen. »Wo ist Spencer?«
»Er ist zu Hause und schläft noch«, antwortete ich. »Er ist erst spät ins Bett gekommen. Sturmfluten in Kalifornien, Schlammlawinen und ein Tropensturm über den Azoren.«
»Alter Dummkopf«, murmelte sie. »Was für ein Tag ist heute?«
»Heute ist Dienstag.«
Meine Oma zuckte mit den Achseln, sagte aber nichts dazu.
Es klopfte an der Tür. Dr. Walker, ein großer, weißhaariger Bär von einem Mann kam auf uns zu und nahm Großmutters Hand, während er mir höflich zunickte.
»Mrs Loudermilk?«, sagte er in sanftem Tonfall. »Ich habe gehört, Sie hatten eine schwierige Nacht?«

»Ging so«, meinte Oma schwach. »Hatte bisschen Probleme zu atmen.«

»Wir werden Sie jetzt rüber ins Memorial Hospital verlegen, um noch ein paar Tests durchzuführen. Unten wartet schon ein Krankenwagen. Sind Sie damit einverstanden?«

»Noch mehr Tests?« Ihre Stimme war auf einmal spitzer. »Und wie viel wird das alles kosten?«

Dr Walker grinste. »Ich will doch nicht, dass Sie auch noch einen Herzinfarkt bekommen.«

»Ist schon gut«, versicherte ich ihr. »Du bist gut versichert. Du kannst dir alle Tests der Welt leisten.«

Ich schielte auf meine Armbanduhr. Es war schon nach elf. Ich hatte schon ein paar Anrufe vom Restaurant beantwortet und musste mir immer noch überlegen, wie ich die beiden am Wochenende gefeuerten Mitarbeiter ersetzen konnte.

»Sie wird wieder gesund«, sagte Dr. Walker schnell. »Ich treffe Ihre Großmutter dann in einer Stunde dort. Das Krankenhaus ist informiert, welche Tests gemacht werden sollen. Sie können sowieso nichts machen, bis sie vom Röntgen zurück ist, und das dauert bestimmt bis heute Nachmittag um vier.«

»Sind Sie sicher? Ich kann meine Termine auch noch ein bisschen schieben.«

»Ganz sicher«, entgegnete er.

»Geh und kümmer dich um deine Geschäfte«, befahl meine Großmutter in ihrer gewohnt herrischen Art. »Und sag Spencer nichts von den Tests. Du weißt doch, wie er sich immer wegen so Kleinigkeiten aufregt.«

»Ich bringe ihn heut Nachmittag mit, wenn ich dich wieder besuche«, versprach ich. »Bist du sicher, dass ich nicht helfen soll, wenn sie dich verlegen?«

Sie winkte ab. »Jetzt geh schon.«

Es war schon fast fünf, als ich das Restaurant verließ und zurück zu Magnolia Manor fuhr, um meinen Großvater abzuholen und mit ihm zum Memorial Hospital zu fahren.

Opa blieb vor ihrem Krankenzimmer stehen. Er war ganz blass um die Nase. »Es geht ihr schlecht, oder?« Zum ersten Mal sah er wirklich besorgt aus.

»Nicht so schlecht«, beschwichtigte ich ihn. »Sie sind einfach vorsichtig. Nur für den Fall. Du wirst schon sehen, sie wird wieder gesund. Sag ihr nur bitte, dass ich dich gut füttere, sonst bekomme ich Ärger mit ihr, weil ich mich nicht gut genug um dich kümmere.«

Ich wartete im Gang, um ihnen ein bisschen Privatsphäre zu geben. Nach einer Viertelstunde ging ich hinein. Oma hatte eine durchsichtige Plastikmaske über Mund und Nase, ein Schlauch führte von dort zu einem summenden Gerät. Opa saß auf einem Stuhl neben dem Bett und hielt die Hand seiner Frau, während er auf den Fernseher starrte, wo ein uraltes Programm lief.

Er schaute auf, als ich das Zimmer betrat, und zeigte aufgeregt zum Fernseher. »Die haben hier den Spielshow-Kanal. Paul Lynde! Das bekommen wir nicht in unserer Wohnung.«

Oma schob ihre Maske beiseite. »Ich hab diesem alten Dummkopf schon gesagt, dass er endlich damit aufhören soll. Ich bezahl bestimmt nicht für so ein Luxus-Kabelfernsehen. Das kostet wahrscheinlich doppelt so viel wie jetzt.« Sie hätte noch weiter gewettert, wenn sie nicht von einem heftigen Hustenanfall geschüttelt worden wäre.

Eine Krankenschwester schaute rein, betrachtete für einen Moment die Monitore neben dem Bett und schickte uns dann aus dem Zimmer.

Als wir im Flur standen, klingelte mein Handy, und ich ging schnell den Gang runter zum Wartebereich, um den Anruf entgegenzunehmen.

Es war Reddy. »Hey BeBe«, grüßte er. »Wie sieht's bei dir aus?«

Ich seufzte. »Nicht so doll. Sie haben meine Großmutter ins Memorial Hospital verlegt und unterziehen sie noch ein paar Tests. Ich verstehe nicht so viel davon, ehrlich gesagt.«

»Halt durch«, meinte Reddy. »Wer ist denn ihr Arzt?«

»Robert Walker.«

»Ich kenne Robert. Eine meiner Schwestern war mit ihm auf der Emory Universität. Er ist der Beste.«

»Das hoffe ich doch«, erwiderte ich. »Hast du den Sachverständigen getroffen?«

»Ja, alles erledigt«, antwortete Reddy. »Sie schicken dir noch heute einen Scheck über achtzehntausend Dollar. Ich habe einen Fliesenleger angerufen, den ich kenne, und er hat mir gesagt, er kann die Böden für weniger machen. Und der Insektentyp war auch hier. Er hat den Speicher ausgesprüht, so wie du es wolltest. Ich habe ihm einen Scheck ausgestellt, und er meinte, er sieht dich dann nächsten Monat.«

»Du bist ein Schatz«, sagte ich erleichtert und meinte es auch so. »Aber du hättest ihm keinen Scheck geben müssen. Er schickt normalerweise immer einfach eine Rechnung.«

»Der Typ war neu«, erklärte Reddy. »Der, der normalerweise bei dir war, ist im Urlaub oder so. Mach dir keine Sorgen, ich habe mich um alles gekümmert.«

»Okay.«

Es wurde elf, bis ich Opa an dem Abend wieder zurück im Heim hatte. Wir waren beide völlig erschöpft. Er schlief in dem Moment ein, als sein Kopf das Kissen berührte.

Ich hatte meine eigene Decke und mein eigenes Kissen und versuchte, es mir auf der Bettcouch bequem zu machen, die sich anfühlte, als wäre sie als Folterinstrument entwickelt worden. Ich schloss die Augen und wartete auf den Schlaf. Der nicht kam.

Dafür kamen Panikattacken. Meine Großmutter war krank, es

war nicht klar, was sie hatte. Das Schnarchen meines Großvaters hallte durch die kleine Wohnung. Er hatte sich ernsthafte Sorgen um Lorena gemacht, aber auf dem Heimweg hatte er mir unbekümmert versichert, dass sie mit den Tabletten, die sie bekam, schnell wieder auf dem Damm sein würde.

Der Damm. Wehe, wenn er einmal gebrochen war.

9

BeBe?«

»Hmm?«

Ich war kurz vor dem Einschlafen gewesen. Nicht mehr richtig wach, aber auch noch nicht eingeschlafen; in diesem süßen Zwischenstadium.

Wir waren auf der *Blue Moon*, in der luxuriösen Kabine. Ich war erst spät bei ihm angekommen, völlig erschöpft nach einem langen Abend im *Guale*. Die zwei Gläser Champagner und das sanfte Schaukeln des Boots taten ihr Übriges, um mich einzulullen.

Seit über einer Woche rannte ich jetzt zwischen meinem Haus, dem Restaurant, dem Krankenhaus und Magnolia Manor hin und her. Meine Großmutter war zwar endlich auf die Reha-Station verlegt worden, aber mein Großvater war immer noch genauso verloren ohne seine Ehefrau, mit der er seit zweiundfünfzig Jahren verheiratet war. Er aß nur, wenn ich darauf bestand, und schlief meistens im Sessel vor dem Fernseher. Ich spürte jetzt schon wieder, wie das schlechte Gewissen an mir nagte und mir meine süßen Stunden mit Reddy verdarb.

Jetzt, wo ich mit der Versorgung meiner Großeltern so viel zu tun hatte, schaffte ich es nicht mehr, jeden Tag im Restaurant zu arbeiten. Meine verworrenen Termine irritierten Daniel ebenso wie mich selbst, aber ich wusste nicht, wie ich es anders schaffen sollte.

Reddy, der Gute, war zu meinem Helden geworden. Er hatte ein

Gespür dafür, was als Nächstes zu tun war, und die Gabe, es dann ohne großes Aufhebens zu erledigen. In der kurzen Zeit, die wir zusammen waren, hatte er das West-Gordon-Street-Häuschen renoviert und wieder vermietet – sogar für hundertfünfzig Dollar mehr Miete pro Monat. Außerdem hatte er die Elektrik in meinem Haus im Viktorianischen Bezirk reparieren lassen und noch einen kleinen, schicken Bungalow in der East-Forty-Eighth Street gefunden, den wir zum Schnäppchenpreis erstanden hatten, um ihn eine Woche später wieder zu verkaufen. Ich war als voller Partner in dem Geschäft eingetragen und bekam den halben Profit von zwanzigtausend Dollar raus. Reddy hatte auch angefangen, hin und wieder in meinem Büro im *Guale* vorbeizuschauen, um sich unsere Buchhaltung mal anzuschauen – eine Situation, die Daniel so gar nicht schmeckte.

»Wer *ist* dieser Typ?«, fragte Daniel mal wieder. »Er kennt sich doch gar nicht aus mit Restaurants, und trotzdem versucht er, mir einzureden, ich sollte meinen Gemüsehändler wechseln. Und bringt mir diesen billigen Kaffee, den du angeblich abgesegnet hast.«

»Ich habe ihn auch abgesegnet.« Ich schaute kurz von den Rechnungen auf, die sich auf meinem Schreibtisch stapelten. »Wir haben ein Heidengeld für deine Kona-Blue-Bohnen bezahlt. Der neue Kaffee ist in Ordnung – und kostet halb so viel.«

»Der schmeckt nach Schlamm«, murmelte Daniel. »Aber, hey, ich bin hier nur der Koch. Ist doch egal, was ich denke.«

»Dann ist's ja gut.«

Unser Verhältnis war mittlerweile ziemlich angespannt, und es war auch nicht gerade förderlich, dass Eloise gerade in Florida war, um für ihren Antiquitätenladen einzukaufen. Daniel war schon an guten Tagen ein launischer Mensch, aber ohne Eloises beruhigenden Einfluss konnte er sich zu einem regelrechten Griesgram entwickeln.

Dabei vermisste ich Eloise genauso. Sie war mein Rückhalt, eine, mit der ich shoppen gehen und lachen konnte – aber eben auch eine Freundin, bei der ich mich ausheulen konnte. Außerdem konnte ich es kaum abwarten, ihr Reddy vorzustellen.

Der in der Zwischenzeit dazu übergegangen war, an meinem Ohr herumzuknabbern und meinen Rücken zu streicheln und sich auch sonst unentbehrlich zu machen.

»Mmm«, seufzte ich. »Hör nicht auf, ja? Ich gebe dir eine Million Dollar, wenn du versprichst, nicht damit aufzuhören.«

»Leg noch ’ne Million drauf, und ich tue auch noch das«, flüsterte er. Und für das, was er dann machte, war eine Million wirklich nicht zu viel.

»Mmm.« Ich küsste ihn träge. »Aber ich muss jetzt wirklich etwas Schlaf bekommen. Ich habe Großvater versprochen, ihn um acht für seinen Termin beim Augenarzt abzuholen. Was bedeutet, wenn ich nicht bis halb acht bei ihm bin, ruft er die Polizei an und meldet mich als vermisst.«

Reddy stand auf und brachte einen Stapel Papiere ans Bett. »Du musst nur noch schnell ein paar Sachen unterschreiben.« Er küsste mich auf den Nacken und reichte mir einen Stift. »Wir werden ein Angebot für das Haus in der Huntington Street abgeben, neben dem, das du bereits besitzt.«

»Jetzt?« Ich gähnte und kniff die Augen zusammen, um die winzige Schrift zu entziffern. »Meine Lesebrille liegt noch oben an Deck. Hat das nicht bis morgen Zeit?«

»Ich habe morgen auch einen frühen Termin«, sagte Reddy. »Ein paar Investoren aus Oklahoma kommen, und ich hole sie am Flughafen ab. Ich will das Angebot noch vorher beim Maklerbüro vorbeibringen. Wenn das Haus in die Mehrfachnotierung geht, verkauft es sich innerhalb von Sekunden.«

»Okay«, gab ich nach. Er legte den Finger auf die gestrichelte Linie, wo ich unterschreiben sollte, und zeigte mir dann noch drei oder vier andere Stellen. Danach konnte ich die Augen kaum noch aufhalten. »Schlaf jetzt ein bisschen«, meinte Reddy leise.

Morgens war er schon weg, aber er hatte Kaffee gekocht, und ein Bananenmuffin lag auf einem Teller, daneben eine Papierserviette. Ich goss mir lächelnd eine Tasse Kaffee ein und knabberte an meinem Frühstück. Den sollte ich behalten, dachte ich bei mir. Die Sonne schien schwach auf das graublaue Wasser des Yachthafens. Eine einsame Möwe saß auf dem Mast eines Segelboots, das zwei Anlegeplätze weiter lag, und kreischte lautstark, als ich an Deck der *Blue Moon* trat.

Ich hatte verschlafen, also blieb mir keine Zeit mehr, noch einmal nach Hause zu fahren und mich umzuziehen. Stattdessen fuhr ich so schnell wie möglich nach Magnolia Manor, wo mein Großvater bereits ungeduldig auf dem Bürgersteig vor seiner Wohneinheit auf und ab marschierte. Er hatte sich richtig rausgeputzt: schwarze Hosen mit Bügelfalte, weißes Hemd, gestreifte Krawatte und Panamahut.

»Wo warst du letzte Nacht? Ich hab mir Sorgen gemacht, als du nicht nach Hause gekommen bist.«

Ich hatte ihn vom Restaurant angerufen und Bescheid gesagt, dass ich nicht kommen würde, aber das hatte er offenbar in dem Moment wieder vergessen, als er aufgelegt hatte. »Erinnerst du dich, ich habe dich angerufen, um dir zu sagen, dass ich länger arbeiten muss? Ich war so erschlagen, dass ich nur noch nach Hause ins Bett wollte.« Ich überkreuzte im Geist die Finger bei der Lüge und schalt mich gleichzeitig, dass ich im Alter von fünfunddreißig – und nachdem ich dreimal verheiratet gewesen war – immer noch nicht den Mumm hatte, meinem Großvater gegenüber zuzugeben, keine Jungfrau mehr zu sein.

»Tut mir leid!« Ich ging ums Auto herum, um ihm die Beifahrertür zu öffnen.

Er tippte mit vorwurfsvollem Blick auf seine Armbanduhr.

»Wir brauchen doch nur fünf Minuten zur Arztpraxis«, entgegnete ich mit absichtlicher Untertreibung.

»Zeit ist Geld«, erwiderte Großvater spitz und mühte sich mit dem Gurt ab. Ich beugte mich zu ihm und half ihm.

Während er im Behandlungszimmer war, trat ich vor die Praxis und rief beim Krankenhaus an, um mich wie jeden Morgen nach meiner Großmutter zu erkundigen. Die Besuchszeit war eigentlich erst ab drei Uhr nachmittags, aber Opa bestand darauf, morgens immer gleich zu erfahren, wie es ihr ging.

Ich wählte die Durchwahl zu Großmutters Krankenzimmer. Sie nahm beim vierten Klingeln ab.

»Spencer?« Ihre Stimme war eher ein Wimmern. »Ich will, dass du mich sofort abholst. Die Bedienungen hier sind furchtbar. Ich war nie in meinem Leben in einem so schlechten Hotel.«

»Oma, ich bin's, BeBe.«

»Wer? Was haben Sie gesagt?«

»Hier ist BeBe«, sagte ich lauter.

»Gib mir Spencer!«, verlangte sie bestimmt.

»Das geht gerade nicht. Er ist beim Augenarzt«, erklärte ich ihr. »Oma, du weißt, dass du im Krankenhaus bist, oder? Du bist auf der Reha-Station im Memorial. Erinnerst du dich?«

»Ich will aus diesem Hotel auschecken«, jammerte sie schwach. »Sofort. Sag das Spencer.«

Damit legte sie auf.

Als wir beim Augenarzt fertig waren, fuhr ich mit Opa zu McDonalds, wo wir beim Drive-in sein Lieblingsfrühstück bestellten, Pfannkuchen und Würstchen. »Der Arzt hat gesagt, ich hab die Augen eines jungen Mannes«, berichtete er zufrieden kauend. »Weißt du, woran das liegt?«

»Nein«, erwiderte ich. »Woran?«

»Gute Gene«, antwortete er. »Alle Loudermilks haben gute Augen. Mein Großvater? Er wurde neunzig und hat niemals eine Brille gebraucht. Das liegt an den Genen. Und an der Butter-milch.«

»Wirklich?«

Er schielte vielsagend in Richtung meiner Lesebrille, die ich mir auf den Kopf geschoben hatte. »Du hast nie viel Buttermilch ge-trunken, stimmt's?«

»Nicht so viel, nein«, gab ich zu.

Er nickte nachdenklich. »Das erklärt einiges. Außerdem hat die Familie deiner Mutter schlechte Augen. Hatten sie alle.«

Wir bogen auf das Gelände von Magnolia Manor ein. »Ich sollte mich lieber beeilen«, sagte er, während ich die Haus-tür aufschloss. »Hab noch viel zu tun heute Morgen. Es ist Donnerstag, weißt du. Da sind die Coupons in der Zeitung.« Er machte eine Scherengeste mit den Fingern. »Ich muss sie aus-schneiden. Donnerstag ist Doppel-Coupon-Tag für Rentner bei Kroger.« Er schaute sich suchend auf dem Parkplatz um und stutzte, als er seinen alten Buick Electra anstelle des neuen Lin-coln entdeckte.

»Was, hast du gesagt, ist mit meinem neuen weißen Lincoln passiert?«

»Das habe ich dir doch erzählt. Erinnerst du dich? Der, äh, Lin-coln wurde zurückgerufen, Opa. Ja, genau. Der Händler hat mich angerufen und gesagt, dass die neuen Modelle fehlerhafte, äh, De-fibrillatoren haben und die Regierung sie zwingt, sie alle zurück-zurufen. Weißt du, wenn du zu stark beschleunigst, könnte es zu spontanen Entzündungen kommen.«

Großvater nahm seinen Hut ab und fuhr sich mit den Fingern durch das schüttere weiße Haar. »Das ist ein Haufen Mist, junge Dame. Du willst mir sagen, dich hat jemand angerufen und dir den Quatsch erzählt, und du hast es geglaubt?«

»Ja, Sir«, erwiderte ich kleinlaut. Ich hatte Angst, ihm in die Au-gen zu schauen. »Ich wollte dich nicht damit belästigen, jetzt da

Oma krank ist und so. Also habe ich den Lincoln einfach zurückgebracht, und sie haben mir dein altes Auto zurückgegeben.«

Er dachte eine Weile darüber nach. »Defibrillatoren, was?«

»Irgendwas in der Art.«

Er seufzte. »Na schön. Hast du mein Geld wieder bekommen?«

»Ja, Sir.«

»Verdammte Schande so was«, schimpfte er kopfschüttelnd. »Die amerikanische Automobilindustrie ist auch nicht mehr das, was sie mal war. Lass dir das gesagt sein.«

»Ja, Sir. Ich hole dich dann um sechs fürs Krankenhaus ab. Vergiss nicht, heute Nachmittag deine Tabletten zu nehmen.«

Aber ich schaffte es nicht bis sechs Uhr. Das *Guale* war mittags zum Brechen voll mit Geschäftsleuten, und um vier Uhr nachmittags, als wir gerade die Küche zumachen wollten, um das Abendessen vorzubereiten, kam eine Busladung ausgehungerter Rotarier an. Sie hatten eigentlich um eins reserviert, aber ihr Busfahrer hatte sich irgendwo nördlich von Charleston verfahren. Bis wir die sechsundachtzigköpfige Gruppe abgefüttert und aus der Tür hatten und ich es zurück nach Magnolia Manor geschafft hatte, war es eher gegen halb acht.

Großvater starrte mich im Krankenhausfahrstuhl finster an. »Lorena isst gern mit mir zu Abend«, meinte er vorwurfsvoll. »Jetzt haben wir *Glücksrad* und *Jeopardy* verpasst.«

Die beiden schauten zusammen fern, und als ich Opa danach wieder zu Hause abgesetzt hatte, rief ich wieder Reddy auf dem Handy an. Er ging nicht dran, und anders als sonst meldete sich auch keine Stimme, die mich aufforderte, eine Nachricht zu hinterlassen.

Das sah Reddy gar nicht ähnlich. Er ging nie ohne sein Handy weg und checkte ständig seine Mailbox. Ich begann, mir Sorgen zu machen. Vielleicht hatte er irgendein Problem. Vielleicht war er krank. Ich hatte in letzter Zeit so viel mit meinem eigenen

Kram um die Ohren, dass ich diesem neuen, wundervollen Mann in meinem Leben wohl kaum genug Aufmerksamkeit geschenkt hatte.

Ich raste den Victory Drive runter zum Yachthafen, riskierte sogar, bei Rot über die Ampel zu fahren, obwohl an der Stelle eigentlich immer eine Polizeistreife lauerte. Ich parkte den Lexus und lief den Pier runter zur Anlegestelle der *Blue Moon*. Als ich in der Kabine und an Deck Licht erblickte, atmete ich erleichtert auf. Doch da fiel mein Blick auf ein neues Schild am Bug des Bootes. *ZU VERKAUFEN*. Und darunter war eine mir unbekannte Telefonnummer angegeben.

Hatte Reddy beschlossen, die *Blue Moon* zu verkaufen? Unmöglich. Er liebte die Yacht. Verbrachte jeden Samstag damit, sie zu waschen und zu polieren, wie ein Teenager mit seinem ersten eigenen Auto. Ich zog an der Bugleine, wie er es mir gezeigt hatte, streifte meine Schuhe ab und kletterte an Deck.

»Reddy?«, rief ich. »Darf ich an Bord kommen?«

Das Boot schaukelte sacht. Ein Mann streckte den Kopf aus der Kabine. Nicht Reddy. Nicht mal nah dran. Er war Ende fünfzig, seinen kahlen Kopf zierte nur noch ein schmaler Kranz schlohweißer Haare über den Ohren. Obwohl es draußen schon dunkel war, trug er eine goldumrandete Sonnenbrille.

»Ma'am? Kann ich Ihnen helfen?«

Er trat aufs Deck. Ich wich einen Schritt zurück. »Wer sind Sie?«, fragte ich und spürte ein leises Schaudern. Ich hatte gerade erst vor kurzem gelesen, dass es öfter vorkommt, dass Yachten entführt werden – von modernen Piraten, gewalttätigen Kriminellen, die gestohlene Boote für den Drogenschmuggel benutzten. »Wo ist Reddy?«

»Wer?« Er schob sich die Sonnenbrille auf den Kopf. Er trug ein ausgewaschenes Hawaiihemd und weiße Shorts. Außerdem war er barfuß und ziemlich sicher unbewaffnet. Bei genauerer Betrachtung musste ich zugeben, dass er überhaupt nicht wie ein brutaler Drogenschmuggler aussah. Andererseits war er vielleicht nur in die Jahre gekommen.

»Reddy. Reddy Millbanks«, erklärte ich etwas lauter. »Ihm gehört die *Blue Moon*.«

Der Mann lachte leise, obwohl er alles andere als amüsiert aussah. »Das hat er Ihnen erzählt, ja?«

»Natürlich«, erwiderte ich ungehalten. »Wie war noch mal Ihr Name? Und was genau haben Sie hier zu suchen?« Ich zog mein Handy aus der Tasche. »Ich kläre das nur schnell mit meinem Freund ab, ob Sie die Erlaubnis haben, heute Abend auf seinem Boot zu sein.«

»Tun Sie das«, entgegnete der Mann. Er wandte sich ab, um wieder in die Kabine zu gehen. »Die Polizei sollte jeden Moment hier sein. Dann werden wir das alles aufklären.«

10

Das blau-weiße Polizeiauto kam kurz darauf mit Blaulicht und Sirene am Pier an. Ein Polizist sprang aus dem Wagen, das Funkgerät in der einen, den Schlagstock in der anderen Hand – bereit, am Hafen auf Verbrecherjagd zu gehen.

»Oh, hey, Mann, das ist doch nicht nötig«, rief ihm mein potentieller Pirat zu, der sich selbst als Jimmy Yglesias vorgestellt hatte und darauf bestand, dass er der rechtmäßige Besitzer der *Blue Moon* war. Yglesias stellte sein Bier auf dem kleinen Beistelltisch an Deck ab und stand auf. »Es ist ja nicht so, als ob jemand ermordet worden wäre oder so.«

Der Polizist errötete, schob den Schlagstock aber folgsam in das Holster an seiner Seite und kletterte an Bord. Er war eher schmächtig, Mitte zwanzig, mit einem fransigen aschblonden Schnauzer und kleinen braunen Augen, die nervös blinzelten, während er seine Fragen stellte. Seiner offiziellen Polizeimarke zufolge war sein Name »D. Stonecipher«.

Yglesias erzählte seine Geschichte und ich meine, und der Polizist verstand nur Bahnhof.

»Erzählen Sie mir bitte noch einmal, wie Sie den Verdächtigen kennengelernt haben«, forderte er mich auf und lehnte sich in dem Liegestuhl nach vorn, dem rot-weißen, auf dem Reddy mich an unserem ersten Abend im Arm gehalten hatte. Aber jetzt war Reddy weg, und an seiner Stelle saß dort dieser Polizist, der noch grün hinter den Ohren war, und machte sich übereifrig Notizen in seinen Spiralblock.

»Er ist kein Verdächtiger«, protestierte ich empört. »Das versuche ich Ihnen doch die ganze Zeit zu erklären. Sein Name ist Ryan Edward Millbanks der Dritte. Wir haben uns beim Telfair Ball kennengelernt. Er ist Vermögensverwalter. Aus Charleston. Sehr erfolgreich.«

»Erfolgreicher Betrüger vielleicht«, schnaubte Yglesias. »Mich hat er jedenfalls gelinkt, und das ist nicht so einfach.«

Ich starrte Yglesias an und wandte mich dann wieder an Stonecipher. »Ich bin mir sicher, das ist alles nur ein Missverständnis.«

»Kein Missverständnis«, erwiderte Yglesias und nahm einen großen Schluck aus seiner Bierdose. »Sie sagen, der Name Ihres Freundes sei Millbanks. Mir hat er gesagt, er hieße Mariani. Joe Mariani. Joe Aufschneider wäre wohl passender. Er hat die *Blue Moon* von mir gemietet, mit der Option, sie zu kaufen. Allerdings war er mir die Miete schon zwei Monate schuldig. Ich habe immer wieder versucht, ihn deshalb anzurufen, aber er war nie erreichbar. Gestern Morgen bin ich dann einfach hier vorbeigefahren. Er wollte gerade mit seinem schicken Jaguar abdüsen. Ich habe ihm gesagt, er soll mir mein Geld zahlen oder sich von meiner Yacht verpissen. Er hat mir irgendeine fadenscheinige Geschichte von irgendwelchen wichtigen Geschäftsangelegenheiten aufgetischt, und ich Trottel habe ihn auch noch ziehen lassen. Später, als ich noch mal darüber nachgedacht hatte, kam mir alles ziemlich spanisch vor. Also bin ich direkt wieder hergefahren und habe ein paar Vorkehrungen getroffen.«

»Vorkehrungen?« Der Polizist strich sich wichtigtuerisch über seinen Schnurrbart.

Yglesias grinste und entblößte dabei strahlend weiße Zähne, die sich deutlich von seiner gebräunten Haut absetzten. »Ich habe den Motor abgeklemmt. Es gibt einen Knopf, mit dem man die

Luftzufuhr abstellen kann, also habe ich das getan. Dachte mir, wenn er versucht abzuhauen, wird ihn das auf jeden Fall aufhalten. Ich hätte ja auch hier auf ihn gewartet, aber ich musste hoch nach Hilton Head, wo ich bei einem Golfturnier teilgenommen habe. Danach bin ich sofort wieder hergefahren. Und siehe da, Mariani – oder wie auch immer er jetzt heißt – hatte schon seine Sachen geholt. Und dann kam diese Dame hier und hat nach ihm gesucht. Da hatte ich Sie bereits angerufen.«

Der Polizist nickte zustimmend. »Gut, dass Sie das getan haben. Wie viel Geld schuldet Ihnen der Verdächtige?«

»Er ist kein Verdä-«, setzte ich an.

»Ich sage es nur ungern«, unterbrach mich Yglesias kopfschüttelnd. »Da wären allein dreitausendsechshundert Dollar Mietschulden. Und er hat alle meine elektronischen Geräte mitgehen lassen. Wir reden hier von einem Furuno Split-Screen GPS-Plotter mit Radarfunktion, Autopilot und Farb-Tiefenmesser. Das sind locker noch mal dreißigtausend. Ich könnte mich in den Arsch beißen, dass ich nicht früher etwas unternommen habe. Ich habe mir die ganze Zeit schon gedacht, dass mit dem Kerl was nicht stimmt.«

»Sie meinten, es wäre Ihnen spanisch vorgekommen?« Stonecipher schaute von seinen Notizen auf. »Was denn genau?«

Yglesias wirkte gequält. »Was? Na ja, er hat bar bezahlt. Beide Monate. Nur in Zwanzigern.«

»Sie sagten, die Miete wären dreitausendsechshundert Dollar gewesen? Das sind aber eine Menge Zwanziger. Hat er Ihnen einen Grund genannt?«, wollte Stonecipher wissen.

»Er sagte mir, seine Exfrau wollte ihn mit Alimenten ausbluten lassen. Deshalb würde er alles cash bezahlen. Hey, das habe ich selbst durchgemacht. In dem Moment klang es glaubhaft. Doch dann wurde es etwas seltsam. Wissen Sie, als er mich das erste Mal angesprochen hat, wegen der Yacht, war ich eigentlich gar nicht daran interessiert, sie zu vermieten. Ich lag an einem Sonntagnachmittag hier vor Anker und habe gerade irgendwas an Deck gemacht, als er auf mich zukam und sich vorstellte. Meinte, wir hätten einen gemeinsamen Bekannten. Jemand, den er in einer Bar in Lauderdale kennengelernt hätte. Er konnte sich angeblich nur nicht mehr an den Namen des Mannes erinnern. Aber er nannte mir die Bar. Die *Kompassrose*. So eine kleine Spelunke, in der die Bootbesitzer immer abhängen. Ich war selbst schon dutzende Male dort. Er beschrieb mir den Mann. Ende Vierzig, schütteres graues Haar, Frauentyp. ›Spoony?‹, fragte ich. ›Bert Spoonmaker? Hat eine Einundzwanzig-Meter-Hatteras?‹ Und Mariani erwiderte: ›Ja, genau. Spoony. Das ist der Mann. Ich habe ihm erzählt, dass ich darüber nachdenke, nach Savannah zurückzugehen, und er hat mir vorgeschlagen, Sie zu kontaktieren. Also, hier bin ich. Und ich habe vor, eine Yacht zu kaufen. Wollen Sie zufällig verkaufen?‹«

Yglesias leerte mit einem großen Schluck sein Bier und zerdrückte dann die Dose in der Faust. »Ich habe ihn zunächst ausgelacht. Ihm gesagt, dass ich nicht verkaufe. Er hat es sportlich genommen, mir nur seine Karte gegeben und gesagt, ich solle ihn anrufen, wenn ich meine Meinung ändere. Ich hatte nie vor, die *Blue Moon* zu verkaufen. Zumindest am Anfang nicht. Doch dann bin ich leichtsinnig geworden. Gierig. Ich rief Mariani zurück und fragte ihn nur aus Neugier, was er sich so vorgestellt hätte. Der Preis, den er mir nannte, war lächerlich. Neunhunderttausend Dollar. Ich sagte ihm, dass man dafür ein neues Boot bekäme. Dieses hier hat bereits ein paar hundert Stunden auf dem Buckel. Aber er sagte, ihm gefiele die *Blue Moon*. Wir trafen uns zum Abendessen im *Elizabeth's*, und er machte mir dieses Angebot, dass er sie erst ein paar Monate mieten und dann kaufen wollte. Wir hatten einen netten Abend. Sehr viel Wein. Der Typ warf mit dem Geld nur so um sich. Am Ende dachte ich, was soll's. Ich hatte letzten März eine Knie-OP und hatte das Boot im letzten Sommer nicht mehr als fünfmal benutzt. Also, vielleicht sollte es so sein.« Yglesias spuckte über die Reling. »So viel zu meiner Intuition. Ein paar Wochen später bin ich in Jacksonville Spoony begegnet. Habe mich bei ihm für die Empfehlung bedankt. Sie wissen schon, an Mariani. Er sah mich an, als wäre ich verrückt geworden. Er hatte nie einen Mann namens Mariani getroffen.«

Stonecipher wandte sich an mich. »Ma'am? Was ist mit Ihnen? Hat der Verdächtige Sie ebenfalls bestohlen?«

Mein Mund war trocken, dafür waren meine Hände triefnass. Mir war schlagartig übel geworden. »Er ... es ist ein anderer. Es muss ein anderer sein.«

»Gut aussehender Kerl?«, sagte Yglesias. »1,80 Meter, vielleicht 1,85 groß? Hellblaue Augen, Schnurrbart, dunkelblonde Haare, hohe Stirn? Und ein Diamantohrring. Verdammt! Was habe ich mir nur gedacht? Der Typ trägt einen Diamantohrring, um Himmels willen.«

Eine zentnerschwere Last senkte sich auf meine Brust. Ich konnte kaum noch atmen. Ich stand so ruckartig auf, dass das Boot unter mir schwankte und ich mich an der Reling festhalten musste, um nicht umzukippen.

»Ma'am?« Stonecipher sah mich fragend an. »Hat diese Person Ihnen etwas gestohlen? Geht es Ihnen gut?«

»Nein«, erwiderte ich nach ein paar Sekunden. »Ich muss los.«

Auf dem Weg in die Stadt sagte ich mir immer und immer wieder das, was ich auch diesem Polizei-Bubi gesagt hatte. Dass es sich um ein Missverständnis handelte. Es war falsch. Das war nicht Reddy. Nicht mein Reddy. Ich hatte schon von Identitätsdiebstahl gehört. Einem unserer Stammgäste war das mal passiert, und es war ein Albtraum gewesen. Das musste es sein, irgendein Krimineller hatte sich als Reddy Millbanks ausgegeben und diese Verbrechen in seinem Namen begangen. Ich versuchte wieder, ihn auf seinem Handy zu erreichen, aber jetzt erklärte mir eine Stimme, dass die Nummer nicht vergeben war.

Wo steckte er bloß? Ich war inzwischen völlig außer mir. West Jones Street, sagte ich mir selbst. Er war bestimmt dort. Es war nach Mitternacht. Er schlief wahrscheinlich tief und fest in meinem Bett. Nackt, auf die Seite gedreht, den einen Arm über das Kissen gelegt, die Kleider ordentlich auf dem Stuhl in der Ecke gefaltet. Als ich auf die Parkplätze hinter dem Haus einbog, spürte ich Panik in mir aufsteigen. Keine Spur von seinem Jaguar. Stattdessen stand ein rostiger alter Pickup-Truck auf Reddys üblichem Parkplatz. Die Arrendales, ein aufdringliches Yankee-Pärchen, die irgendwie über das Internet an Geld gekommen waren, hatten vor einem Jahr das Stadthaus neben meinem gekauft. Sie hatten die schlechte Angewohnheit, ihre Gäste auf meinem Stellplatz parken zu lassen, wenn ich nicht da war. Und da ich das in letzter Zeit oft nicht war, hatten sie wahrscheinlich angenommen, ich sei im Urlaub. Reddy war bestimmt gezwungen gewesen, irgendwo vorn an der Straße zu parken.

Wütend riss ich das Messingtor zum Innenhof auf. Ich nahm mir vor, gleich morgen früh den Arrendales unmissverständlich klarzumachen, dass es absolut nicht in Ordnung war, dass sie meinen Parkplatz benutzten.

Der Hof lag im Dunkeln. Ich hatte schon lange vorgehabt, die kaputte Glühbirne über der Tür auszutauschen, aber da ich die letzten Wochen so viel um die Ohren gehabt hatte, war die Lampe nur ein Punkt auf meiner viel zu langen To-do-Liste gewesen. Ich stieß mir das Schienbein an etwas Hartem, Metallischem und fluchte laut auf. »Scheiße!« Ich befühlte den Gegenstand und kam zu dem Schluss, dass es sich um die Schubkarre handeln musste, die eigentlich im Werkzeugschuppen stehen sollte.

Ich tastete mich vorsichtig zur Hintertür vor und hantierte mit den Schlüsseln herum. Doch die Tür wollte sich nicht öffnen lassen. »Scheiße«, murmelte ich wieder. Das Schloss musste auch dringend repariert werden. Noch ein Punkt auf der To-do-Liste.

Ich hämmerte an die Tür, um zu sehen, ob ich Reddy damit wecken konnte. Doch nachdem ich ein paar Minuten lang vergeblich geklopft und mit gedämpfter Stimme seinen Namen gerufen hatte, gab ich auf und ging um das Haus herum zum vorderen Eingang.

Auch auf der Veranda war die Lampe kaputt. Doch die Straßenlaternen tauchte die Vorderseite meines Backsteinhauses in ein kaltes, unbarmherziges Licht. Was ich erblickte, ließ mir das Blut in den Adern gefrieren. Eine schwere Eisenkette mit Vorhängeschloss war durch die polierte Messingklinke gefädelt. Ein kleines, stilvolles Schild stand in dem großen Erkerfenster, in dem eigentlich der geraffte seegrüne Damastvorhang mit Fransen hängen sollte, für den ich vor sechs Monaten ein kleines Vermögen ausgegeben hatte. Aber das Fenster war leer. Das Schild sagte alles: *VERKAUFT*.

Innerhalb einer Minute hatte ich allen Anstand über Bord geworfen. Ich betätigte wie wild den Messing-Türklopfer, und als das nichts nutzte, ging ich dazu über, so fest ich konnte, gegen die Holztür zu hämmern. »Reddy!«, schrie ich schrill. »Reddy! Reddy! Reddy!«

Ich hörte, wie der Pekinese der Arrendales im Nachbarhaus kläffte. Kurz darauf ging das Licht im ersten Stock an. Es war mir egal, ob ich die ganze Nachbarschaft aufweckte.

»Reddy!«, schrie ich wieder und wieder, während ich die Tür weiter mit Schlägen und Tritten bearbeitete. Ich hörte erst damit auf, als Steve Arrendale barfuß und nur in einem Frottee-Bademantel aus dem Haus trat, den aufgebrachten Pekinesen im Arm.

»BeBe! Um Himmels willen, machen Sie doch nicht so einen Lärm«, bat er mich und setzte den Hund auf dem Bürgersteig ab.

»Was ist los? Haben Sie plötzlich Zweifel, ob der Verkauf richtig war?«, fragte er und kam zu mir auf die Veranda.

»Mein Haus«, rief ich hysterisch. »Das ist mein Haus.«

Arrendale fuhr sich mit der Hand durch die dunklen Haare und zeigte auf das Schild im Fenster meines Stadthauses.

»Aber Sie haben es doch verkauft. Ihr Freund hat uns erklärt, Sie hätten beschlossen, sich etwas zu kaufen, das näher am Heim Ihrer Großeltern liegt. Wir wussten nicht mal, dass das Haus auf dem Markt ist«, fügte er leicht eingeschnappt hinzu. »Wenn Sie uns was gesagt hättest, hätten wir Ihnen ein Angebot gemacht. Gretchen ist schwanger, und wir brauchen mehr Platz. Wenn wir Ihr Haus hätten kaufen können, hätte ich die Wand durchbrechen können und –«

»Ich habe mein Haus nicht verkauft!«, kreischte ich. »Ich würde mein Haus niemals verkaufen.«

»Aber Sie haben es getan«, erwiderte er unnachgiebig. »Ihr Freund hat es uns erzählt. Ich habe noch nie einen Umzug so schnell über die Bühne gehen sehen.«

»Umzug!« Ich fuhr herum und drückte das Gesicht an das kleine Flurfenster neben der Tür, aber es war zu dunkel, um drinnen etwas erkennen zu können.

»Ja, es waren drei Männer«, erzählte Arrendale. »Mexikaner, würde ich sagen. Ich hätte nicht gedacht, dass sich die Typen so schnell bewegen können. Normalerweise sieht man die immer nur auf Baustellen rumlungern, auf Schaufeln gestützt, ihre Tacos essend oder was auch immer. Aber diese Jungs waren echt fix. Drei Stunden lang immer rein und raus. Ich habe noch zu Gretchen gesagt, dass wir uns ihre Nummer geben lassen sollten, weil –«

Ich packte Arrendale am Kragen seines Bademantels. »Was haben sie mitgenommen? Meine Möbel?«

Er schüttelte meine Hand ab. »Hey. Das ist jetzt aber nicht angebracht. Ich sage Ihnen doch nur, wie es war. Natürlich haben sie die Möbel mitgenommen. Das tut man doch bei einem Umzug. Soweit ich es beurteilen kann, haben sie alles mitgenommen. Außer diesem Gemälde über dem Kamin. Und ich kann Ihnen sagen, Gretchen war total begeistert, dass Sie es uns verkaufen wollten. Wir wollten schon immer eine Maybelle Johns haben. Haben Sie eine Ahnung, was ihre Bilder wert sein werden, wenn sie erst mal tot ist? Gretchen plant schon, die Veranda neu zu streichen …«

Er plapperte immer weiter. Ich hörte nicht mehr hin, sondern setzte mich benommen auf die Verandastufen. Meine Verandastufen. Es war mir egal, was irgendwer sagte, das waren meine verdammten Stufen, und niemand konnte sie ohne meine Erlaubnis verkaufen. Das war alles ein riesiges Missverständnis, sagte ich mir selbst.

»Moment mal.« Ich schaute auf. »Haben Sie gesagt, Sie haben eins meiner Gemälde gekauft? Das über dem Kaminsims? Welches denn?«

»Das Maybelle-Johns-Porträt über dem Kamin im Wohnzimmer«, erklärte Arrendale. Er hüpfte auf und ab, um sich warm zu halten, was ein lustiger Anblick war mit seinen dünnen weißen Beinen, die sich blass gegen die Dunkelheit abhoben. »Das Bild von dem kleinen rothaarigen Mädchen in dem blauen Kleid? Gretchen hat es in einem Katalog über Savannahs Künstler entdeckt. Aber ich habe Ihrem Freund gesagt, nur weil ein Gemälde einen geschätzten Wert hat, heißt das nicht, dass man das Geld auch dafür bekommt.«

»Das Maybelle-Johns-Gemälde. Von meiner Tante Alice. Das hat er Ihnen verkauft?«

»Oh, das kleine Mädchen war Ihre Tante?« Arrendale sieht mich begeistert an. »Warten Sie nur, bis Gretchen das hört. Sie hat sich schon gefragt, was der Ursprung des Bildes ist. Sie meinte, das könnte für den Wiederverkaufswert relevant sein. Nicht, dass wir es verkaufen wollen. Zumindest nicht, solang Maybelle Johns noch lebt. Ich habe gehört, sie ist schon im Altersheim. Wenn sie stirbt, werden die Preise für ihre Kunst durch die Decke gehen.«

Ich sprang auf und packte ihn wieder am Kragen. »Das Gemälde zeigt die kleine Schwester meiner Mutter. Sie ist zwei Jahre, nachdem das Bild gemalt wurde, gestorben. Sie war erst acht Jahre alt. Das Gemälde können Sie nicht kaufen. Er hatte kein Recht, es Ihnen anzubieten. Das ist ein Familienerbstück. Es ist das Wertvollste, das ich besitze. Es ist unverkäuflich.«

Arrendale wich zurück. »Jetzt nicht mehr.«

Damit lief er zu seinem Haus zurück und verschwand durch die Tür. Ich hörte noch, wie von innen der Riegel vorgeschoben wurde.

In dieser Nacht schlief ich im Lexus, den ich vor dem Haus geparkt hatte. Sobald es hell war, stand ich auf und schaute durch die Fenster meines Hauses. Steve Arrendale hatte nicht übertrieben. Soweit ich sehen konnte, hatten Reddys Umzugshelfer alles mitgenommen. Meine orientalischen Teppiche, alle Gemälde und Möbel, sogar den Kronleuchter, der über dem Esstisch gehangen hatte. Ich checkte die Fenster und Türen im Erdgeschoss, doch sie waren alle verschlossen, und meine Schlüssel passten nicht mehr.

Ich fuhr zu meinen vermieteten Häusern: West Gordon Street, East Liberty, President Street und Gwinnett. Alle hatten dasselbe kleine VERKAUFT-Schild im Fenster. Die Schlüssel zu den Häusern waren in der Schreibtischschublade in der West Jones Street gewesen. Aber der Schreibtisch war weg und mit ihm die Schlüssel. Nicht, dass ich davon ausgegangen wäre, dass sie noch gepasst hätten. Dafür hatte Reddy garantiert gesorgt.

11

Eloise

Ich stand gerade in der Schlange zum Bezahlen bei einem Garagenflohmarkt in einem vollgestopften Dreißiger-Jahre-Bungalow in St. Petersburg, als mein Handy klingelte. Um dranzugehen, musste ich den schweren Korbschaukelstuhl abstellen, den ich von der Garage reingeschleppt hatte. Sobald ich ihn losgelassen hatte, stürzte sich eine korpulente Frau mit blondiertem Wuschelkopf wie aus dem Nichts darauf und packte ihn an der Lehne, an der ein Zeitschriftenhalter angebracht war.

»Hey!«, protestierte ich scharf und ließ mich besitzergreifend in den Stuhl fallen. »Denken Sie gar nicht erst daran.«

Die Frau wich zurück, irgendetwas von wegen »Immer diese blöden Händler« murmelnd. Ich klappte mein Telefon auf. »Hallo?«

»O Eloise.« Es war BeBe. »Ich brauche dich dringend«, flüsterte sie. »Kannst du nach Hause kommen?«

»Sobald ich den Truck beladen habe«, antwortete ich. »Sechs Stunden, Süße. In sechs Stunden bin ich da.«

BeBe Loudermilk war meine beste Freundin. Ich kannte sie schon, seit mein Hund Jethro ein Welpe gewesen war, und in all den Jahren, in denen wir befreundet waren und in denen wir viel miteinander durchgestanden hatten, inklusive des Todes ihrer Eltern und ihrer drei Scheidungen, hatte sie mich nie um Hilfe gebeten. Deshalb musste sie mir gar nicht sagen, was los war. Ich hörte ihrer flehenden Stimme an, dass etwas richtig Schlimmes passiert sein musste. Es war selbstverständlich, dass ich kommen würde, wenn sie mich brauchte.

Es war natürlich auch selbstverständlich, dass ich zuerst meinen Einkauf beenden würde. Ich bin Antiquitätenhändlerin, und Müll ist wortwörtlich mein Leben und mein Lebensunterhalt. Sogar meiner eigenen Mutter ist klar, dass im Fall ihres verfrühten Ablebens der Trauerzug einen ungeplanten Umweg machen müsste, wenn auf dem Weg von der Kirche zum Friedhof ein interessanter Flohmarkt liegen sollte.

Ich war schon viele Jahre eine Antiquitätensammlerin gewesen, ehe ich endlich vor einem Jahr meinen eigenen kleinen Laden eröffnet hatte. Er heißt *Maisie's Daisy*, nach meiner Großmutter Maisie, die ich immer Meemaw genannt hatte. Er befindet sich in dem alten Eisenbahnhaus neben meinem Stadthaus in der Charlton Street im historischen Stadtteil. Es hat mir riesigen Spaß gemacht, den Laden einzurichten, jeden Raum zu streichen, die Schilder anzubringen und schließlich die Menschen zu empfangen, die meinen Schätzen ein neues Zuhause geben würden. Der Haken ist nur, dass ich auch immer genug Dinge zu verkaufen haben muss.

Nach nur drei Wochen meines als vierwöchigen Trip geplanten Ausflugs nach Florida war ich schon ziemlich erschöpft. Mit dem Aufkommen von eBay und entsprechenden Verkaufssendern im Fernsehen war auf einmal jeder scharf auf Antiquitäten. Guter Schrott war wesentlich rarer als damals, als ich mit achtzehn mit dem Sammeln angefangen hatte, und die Preise gingen durch die Decke. Eine zerkratzte Eichenkommode, die ich vor drei Jahren noch für dreißig Dollar bei einem Privatflohmarkt bekommen hätte, wurde jetzt einfach lieblos mit weißer Farbe gestrichen und als »Shabby Chic« für hundertfünfzig Dollar in irgendeinem Trödelladen verkauft. Gute Einzelstücke waren ebenfalls Mangelware geworden, und man konnte es fast vergessen, noch irgendwo gute Korbmöbel zu finden. Ich hatte ganz Florida abgegrast, hatte an jedem Flohmarkt, Trödelverkauf und Garagenflohmarkt halt-gemacht, und trotzdem war mein kleiner Laster nicht mal halb voll.

Aber ich hatte einen guten Morgen gehabt. Auf dem Weg zum *Seahorse*, meinem Lieblings-Frühstücksrestaurant an meinem Lieblingsstrand, Pass-A-Grille, hatte ich den handgeschriebenen Zettel an einer Palme entdeckt. Die Vollbremsung, die ich darauf-hin hinlegte, hatte ein Hupkonzert verursacht. Frühstück konnte warten.

Mein Puls raste, als ich den Truck rückwärts in die Einfahrt des kleinen Bungalows einparkte. Ich wusste sofort, dass ich den Jackpot der Trödelsammler erwischt hatte – ein richtiger, echter Amateur-Garagenflohmarkt. Die Vorzeichen waren äußerst viel-versprechend. Der Verkauf war nicht beworben worden, was ich wusste, weil ich mir gleich morgens eine Ausgabe der *St. Peters-burg Times* und das lokale Anzeigenblatt gekauft hatte, um nach Flohmärkten zu schauen. Es war Mittwoch. Professionelle veran-stalteten ihre Verkäufe nie unter der Woche. Neben der Haus-tür hatte eine etwas ungepflegte Frau in einem geblümten Haus-kleid einen Gartentisch aufgestellt. *NUR BARBEZAHLUNG* stand auf einem Stück Karton, das mit Klebeband am Tisch festgemacht war.

Innerhalb einer Viertelstunde wirbelte ich durch das winzige Haus und sahnte ordentlich ab. Den Korbschaukelstuhl fand ich hinter der Garage bei den Mülltonnen. Bei solchen Flohmärkten checkte ich immer die Mülltonnen, weil Amateure fast immer Dinge wegwarfen, die sie für zu alt, zu kaputt oder zu peinlich hiel-ten, um sie noch zu verkaufen. Oft genug musste ich mich schon durch Plastik-Urinflaschen, vergilbte Unterwäsche und zerbro-chene Aluminium-Gartenstühle wühlen, aber genauso oft stieß ich auf Korb- oder Rattanmöbel, die nur geringfügige Reparaturen benötigten, wundervolle alte Kinderbücher, verwaiste Porzellansets oder Töpfe und Pfannen. Natürlich verkaufte ich keine Töpfe und Pfannen, aber die meisten Leute waren sich nicht bewusst, wie kostbar gusseiserne Pfannen einer guten Marke sein können.

Im Haus fand ich ein vierteiliges grünes Gläserset aus der Zeit der Großen Depression für fünfzehn Dollar, einen Bierkarton voller alter Straßenkarten und Postkarten für einen Dollar, ein paar hässliche Blumenvasen aus den Fünfzigern in Braun, Grau und Senfgelb für fünfundzwanzig Cent das Stück, eine kleine Kiste fleckiger Stofftaschentücher und eine weitere Kiste voll mit Florida-Souvenirs, die ältesten aus den zwanziger Jahren. Das Florida-Zeug war das beste, das ich bisher auf dem Trip gefunden hatte. Es gab Dutzende alter Blechtafeln, auf denen verschiedene Touristenorte in Florida vor Disney abgebildet waren, wie Cypress Gardens, Bok Tower Gardens, Silver Springs, Weeki Wachee Springs, Monkey Jungle und Gatorland. Außerdem fanden sich darin ein paar wunderbar scheußliche Muschelarbeiten: eine Muschellampe, die eine Südstaatenschönheit zeigte, Muschel-Buchhalter und -Bilderrahmen und sogar eine aufreizende Meerjungfrau-Figur mit entblößten Muschel-Nippeln. Verstohlen öffnete ich eine Schranktür in einem der zwei winzigen Schlafzimmer und quietschte freudig auf, als ich einen riesigen ausgestopften Tarpun entdeckte.

Um die Kollektion zu komplettieren, schnappte ich mir noch ein handbemaltes Gläserset, bestehend aus Karaffe und sechs Saftgläsern, für fünf Dollar. Genau die gleiche Karaffe hatte ich schon mal in einem Katalog für antike Küchenwaren gesehen, wo sie fünfunddreißig Dollar hätte kosten sollen. Und mit den sechs dazugehörigen Gläsern war sie natürlich noch viel mehr wert.

Ich schleppte alles nach draußen zum Bezahlen und umwickelte alles mit meinem »Verkauft an Foley«-Kreppband. Die Kassiererin im Blumenhauskleid nahm den ausgestopften Tarpun zur

Kenntnis, ohne mit der Wimper zu zucken. »Mein Daddy hat den 1968 im Manatee Fluss gefangen«, erklärte sie. »Mama hat ihm die Hölle heißgemacht, als sie rausgefunden hat, was er ausgegeben hat, um das Ding ausstopfen zu lassen.«

»Wie viel wollen Sie?«, fragte ich.

»Geben Sie mir fünf«, antwortete sie. »Das Teil stinkt.«

Sie schnippte die Asche ihrer Zigarette auf den sandigen Boden und tippte mit flinken Fingern die Zahlen in ihren Taschenrechner. Als sie zu dem Schaukelstuhl kam, stutzte sie. »Wo haben Sie den denn gefunden?«, fragte sie mit zu Schlitzen verengten Augen.

»Im Müll«, entgegnete ich unbekümmert. »Wie viel?«

»Das ist gute, alte Korbarbeit«, sagte sie, offenbar ihre Chance witternd. »Der war schon im Haus, als Mama es gekauft hat, und das war 1962.«

»Wie schön«, erwiderte ich fröhlich. »Wie viel?«

»Dafür muss ich fünfundzwanzig nehmen«, sagte sie mit musterndem Blick.

»Okay.« Ich kramte mein Bargeld aus der Tasche, als mir der Stuhl, auf dem die Frau saß, ins Auge fiel. Es war ein schweres schmiedeeisernes Stück mit Schnörkel-Ranken-Verzierungen. Ein zweiter Stuhl der Art stand ein paar Meter hinter ihr auf dem Rasen. Ich vermutete, dass die Stühle aus einem Gartenmöbel-Set der fünfziger Jahre stammten, zu denen in der Regel ein Tisch mit Glasplatte gehörte.

»Ist der Stuhl, auf dem Sie sitzen, vielleicht auch zu verkaufen?«, fragte ich höflich. »Der und der da hinter Ihnen?«

»Keine Ahnung. Was würden Sie mir denn dafür geben?«

»Zehn pro Stück«, antwortete ich schnell. »Mehr, falls es noch weitere passende Teile dazu gibt.«

»Zehn pro Stück!« Sie lachte. »Lady, bei meiner Schwester stehen noch vier davon, die hinter der Garage vor sich hinrosten. Außerdem noch ein Tisch, aber die Glasplatte ist zerbrochen, und eine Sitzbank und ein paar sesselartige Stühle mit Armlehne. Wollen Sie das Zeug auch alles?«

»Klar«, erklärte ich heiter. »Ich nehme alles, was Sie davon verkaufen wollen. Wie wäre es mit hundert Dollar für alles zusammen?«

»Abgemacht.« Sie nahm ihr Handy, das auf ihrem Päckchen Zigaretten lag. »Lassen Sie mich nur schnell meinen Neffen anrufen, der kann den Kram herbringen.«

»Ich habe einen Truck dabei, und kann alles abholen, wenn Sie mir die Adresse geben.«

Eine Stunde später war ich erschöpft und schweißgebadet, aber mein kleiner Laster war randvoll. Die Gartenmöbel waren ein unerwarteter Glücksfall. Ich hatte zwei Chaiselongues, eine Dreier-Sitzbank, zwei Lehnstühle, den Glastisch und zwei Beistelltische bekommen. Es gab zwar keine Sitzkissen mehr, und alles war rostverkrustet, aber ich hatte mich sofort in das Set verliebt. Ich würde damit ein Strandhaus auf Tybee Island einrichten, und wenn ich die Möbel erst mal abgestrahlt und neu lackiert und meine Freundin Tacky Jacky neue Kissen dafür genäht hätte, würde ich es locker für zweitausendfünfhundert Dollar verkaufen können. Türkis, beschloss ich, während ich den Truck in Richtung I-75 und Savannah steuerte. Alle Stücke würde ich in Meerestürkis lackieren. Ich musste noch den passenden Stoff für die Kissen finden, am besten mit Rindenmuster, und ich wusste schon, wo ich als Erstes suchen würde. Ich hatte nämlich neulich diesen Online-Shop gefunden, der fantastische bedruckte Stoffe verkaufte.

Während ich schon dabei war, im Kopf das fabelhafte Arrangement zu entwerfen, das ich mit den Florida-Artikel designen würde, mit dem ausgestopften Tarpun als Herzstück, klingelte mein Handy. Ich warf einen schnellen Blick aufs Display. Es war

Daniel. Ich hatte den ganzen Tag nicht an ihn gedacht. Genauso wenig wie an BeBe, wie mir jetzt auffiel. Nicht mehr seit ihrem Panikanruf vor zwei Stunden.

Der Schrott musste warten. Ich hatte noch ein Liebesleben, um das ich mich kümmern musste. Und eine beste Freundin zu retten.

12

Eloises Onkel James hat die freundlichsten Augen, die ich je gesehen habe. Sie sind dunkelgrau, und wenn er lächelt, reichen die Lachfalten bis zu seinen Ohren. Und selbst wenn er nicht lächelt, scheinen seine Augen zu sagen: »Na, na, wird doch alles gut.«

Doch es war kein Tag zum Lächeln. Wir saßen in seiner Anwaltskanzlei mit Blick über den Fluss, die in dem alten Büro eines Baumwollhändlers am Factor's Walk untergebracht war. Draußen regnete es in Strömen, und der Schatten eines Flussfrachters lauerte geisterhaft im Nebel, als würde er bei uns ins Fenster lugen. James Foley machte einen besorgten Eindruck. Er hatte einen gelben Notizblock vor sich auf dem Schreibtisch liegen, dessen oberste Seite vollgeschrieben war, daneben ein Aktenordner mit offiziell aussehenden Dokumenten. »Du siehst nicht gerade aus wie das sprühende Leben«, stellte er fest. »Wann hast du das letzte Mal richtig geschlafen?«

Ich senkte den Blick auf meine zerknitterte Cordhose, zu der ich ein Sweatshirt mit Kaffeeflecken und alte Turnschuhe trug, die ich vor Monaten mal in den Kofferraum meines Autos geschmissen hatte. Das waren die einzigen Kleidungsstücke, dir mir noch geblieben waren, außer denen, die ich in der Nacht getragen hatte, als mein Leben auseinandergebrochen war. Ich wusste, ohne in den Spiegel schauen zu müssen, dass meine Haare einen unordentlichen Knäuel bildeten. Meine Nägel waren allesamt runtergekaut, und ich war ungeschminkt.

»Ich gehe schon ins Bett«, erzählte ich wahrheitsgemäß, »aber ich schlafe nicht. Ich kann nicht einschlafen.«

James seufzte. »Ich habe leider auch nicht wirklich gute Nachrichten.«

»Sag es mir trotzdem«, verlangte ich und setzte mich aufrecht hin, wie es mir meine Mutter beigebracht hatte. Ich faltete die Hände im Schoß und reckte tapfer das Kinn in die Höhe. *Was würde Mama sagen?* Das dachte ich die ganze Zeit. Was würde sie sagen, wenn sie wüsste, in was für einen Schlamassel ich mich gebracht hatte?

»Ryan Edward Millbanks der Dritte existiert nicht«, fing James an. »Natürlich wusstest du das bereits. Es gibt allerdings einen Ryan Edward Millbanks Junior. Er hat irgendeinen offiziell klingenden Titel im Betrieb seiner Familie in Charleston, aber dort arbeitet er nicht wirklich. Er war nie verheiratet und hat ganz sicher keine Kinder. In meiner Generation nennt man Männer wie ihn ›eingefleischte Junggesellen‹. Oder wie meine Schwägerin es ausdrücken würde: ›Er ist stockschwul.‹«

Wir lachten beide herzhaft darüber, was in Ordnung war, da James selbst schwul war. Ich merkte, wie ungewohnt es für mich geworden war, zu lachen, aber es fühlte sich nicht schlecht an. Und ich durfte James' Lachfalten sehen, was an diesem grauen, furchtbaren Tag viel wert war.

»Ich habe mit Jay Bradley gesprochen. Erinnerst du dich an ihn? Der Police Detective von Savannah? Er hat sich ein bisschen umgehört. Inoffiziell. Der Mann, den du als Reddy kennst, heißt eigentlich Roy Eugene Moseley. Geboren in Hardeeville, South Carolina. Er ist achtundzwanzig Jahre alt. Soweit wir wissen, nicht verheiratet. Mehrfach vorbestraft wegen Bankbetrugs, Hehlerei und betrügerischen Diebstahls. Er ist definitiv kein unbeschriebenes Blatt, aber bis dieses Jahr war er immer eher ein Kleinganove. Jay hat mit einem Detective gesprochen, aus ...«

James linste kurz auf seinen Notizblock. »Vero Beach, Florida. Die hiesigen Polizeibeamten würden sich gern mal mit Roy Eugene Moseley über ein fragwürdiges Geschäft unterhalten, das er dort getätigt hat. Sie gehen davon aus, dass er rund drei Millionen Dollar von einer vierundfünfzigjährigen Witwe gestohlen hat, die den Winter über in Vero wohnt. Aber das Opfer weigert sich, Anzeige zu erstatten.«

Opfer. Ich zuckte bei dem Wort zusammen. Ich war noch nie zuvor ein Opfer gewesen. Hatte mir nie erlaubt, an das Wort »Opfer« auch nur zu denken. Aber heute fühlte ich mich definitiv wie eins, wie ich da in uralten Klamotten saß, die ich eigentlich zur Kleidersammlung hatte geben wollen, quasi in meinem Auto wohnte und auf dem Sofa meiner Großeltern schlief.

Mein Auto und die Kleider, die ich am Leib trug, waren wirklich das Einzige an Besitz, das mir geblieben war – außer dem *Guale*, das ich dichtmachen musste, weil ich das Personal nicht mehr bezahlen konnte. Reddy hatte mir alles genommen. Es gab kein wohlklingenderes, sozial akzeptiertes Wort für mich. Ich war ein Opfer. Punkt.

»Er benutzte bei der Frau in Florida dasselbe Vorgehen wie bei dir«, fuhr James fort. »Er hat sich bei einem Wohltätigkeitsball reingeschummelt, sich vorgestellt und sich mit seinem Charme in ihr Leben gewieselt.«

»Und in ihr Bett«, fügte ich hinzu.

James wurde rot und schaute schnell weg. Bevor er Anwalt wurde, war James Pfarrer gewesen, und er war immer noch recht altmodisch. Ich schätze, er war nicht daran gewöhnt, dass Frauen über ihr Sexleben redeten.

Ich lehnte mich nach vorn und tätschelte seine Hand. »Ist

schon okay, James. Ich schäme mich, bin erniedrigt. Ich habe mit dem Typ geschlafen, und er hat mich um meine gesamten Ersparnisse betrogen. Ich bin ein großes Mädchen. Ich werde über den Sex-Teil hinwegkommen. Aber nicht darüber, wie wütend ich über alles andere bin. Wütend auf ihn. Und auf mich selbst.«

Er nahm einen Schluck aus seiner Kaffeetasse.

»In Florida hat er sich Randall Munoz genannt. Es gibt dort eine echte Familie Munoz, alte Zuckerbarone aus Belle Glade. Moseley hat sich als Dotcom-Unternehmer ausgegeben, der ein Vermögen mit Technik-Aktien gemacht hat, ehe er ausgestiegen ist, um es sich mit seinem Geld gutgehen zu lassen. Irgendwie hat er die Frau dazu gebracht, ihn über ihre Finanzen ›schauen‹ zu lassen. Ehe sie sich versah, hatte er ihre gesamten Wertpapiere aufgelöst und mit dem Geld die Stadt verlassen. Das war Ende Januar.«

»Und mich hat er nur ein paar Wochen später getroffen«, stellte ich fest. »Der Typ lässt aber auch nichts anbrennen, oder?«

James schüttelte den Kopf. »Bradley meinte, dass solche Männer meistens auf diese Weise vorgehen. Sie arbeiten so schnell, dass das Opfer keine Zeit hat, zu merken, was vor sich geht. Du solltest dich nicht schlecht fühlen, BeBe. Du bist nicht sein erstes Opfer.«

»Aber sein Großzügigstes«, erwiderte ich bitter. »Und das Dümmste. Also versuch gar nicht erst, mich aufzubauen, James, denn es wird nicht klappen. Sag mir einfach, wie meine rechtliche Situation aussieht. Im Klartext.«

James durchforstete die Papiere auf seinem Tisch, bis er die richtigen gefunden hatte.

»Das hier«, sagte er dann und klopfte auf den Ordner auf seinem Schreibtisch, »sind Kopien der Kaufverträge für dein Haus in West Jones und deine anderen Immobilien. Dem Makler wurden alle Häuser vor drei Tagen verkauft. Offenbar hatte dieser Reddy eine Vollmacht, die ihm gestattete, die Verkäufe zu tätigen.«

»Nein!«, rief ich empört aus. »Die hätte ich ihm doch nie gegeben.«

James hob die Hand. »Dazu kommen wir gleich. Alle Immobilien sind von einem Käufer erworben worden, einer Gesellschaft, die sich St. Andrews Holdings nennt.«

»Nie gehört«, murmelte ich, den Tränen nahe.

»Ich habe Janet beauftragt, da mal ein paar Nachforschungen anzustellen«, erklärte James. »Aber die Verkaufsunterlagen scheinen in Ordnung zu sein. St. Andrews Holdings hat zwei Millionen für alles gezahlt.« Er schaute mich über den Rand seiner Brille an. »In bar.«

»Die Papiere, die du am letzten Abend an Bord der *Blue Moon* unterzeichnet hast, von denen er dir erzählt hat, dass sie für den Kauf des Hauses in der Huntingdon Street sind, waren eigentlich Vollmachten«, fuhr James fort.

Er wedelte mit ein paar Blättern. »Kommt dir das bekannt vor? Ist das deine Unterschrift?«

Ich setzte meine Lesebrille auf und überflog die Dokumente. Ganz unten erkannte ich meine Unterschrift mit den vertrauten Schwüngen und Schleifen. Viel zu großspurig, wie ich jetzt feststellte.

»Ja, das ist meine Unterschrift«, meinte ich. »Aber ich könnte dir nicht mehr sagen, ob das die Papiere waren, die ich an dem Abend unterschrieben habe. Es war schon spät. Ich hatte ziemlich viel Champagner getrunken und war total erschöpft. Und ich hatte die Brille nicht auf. Reddy, ich meine, Roy oder wie auch immer er wirklich heißt, musste mir zeigen, wo ich unterschreiben muss. Ich habe es getan, bin eingeschlafen, und am nächsten Morgen war er weg.«

James nickte unglücklich. »Es könnte auch sein, dass er dir

irgendeine Droge in das Getränk gemischt hat. Das lässt sich nicht mehr nachvollziehen, weil er auf dem Boot sehr gründlich sauber gemacht hat. Aber Bradley geht davon aus, dass es so gewesen ist.«

»Und was ist jetzt mit den Papieren?« Ich tippte mit der Fingerspitze darauf. »Ich meine, das ist doch nicht legal, oder? Ich habe sie unter Vorspiegelung falscher Tatsachen unterzeichnet.«

»Aber es ist deine Unterschrift«, stellte James fest. »Daran besteht kein Zweifel. Und die Sache ist die, du hast ihm damit die Vollmacht erteilt, dein Haus in West Jones sowie die anderen Immobilien zu verkaufen.«

»Er hat mich angelogen!«, rief ich verzweifelt aus. »Ich hätte mein Haus niemals verkauft. Genauso wenig wie die anderen Häuser. Und was ist mit meinen ganzen Sachen? Meine Möbel, meine Gemälde, das Silber meiner Großmutter? Und alle meine Kleider. James, mein guter Schmuck war in dem kleinen Safe im Schlafzimmerschrank. Der Verlobungsring meiner Mutter war dort drin. Und der Verlobungsring ihrer Mutter und, o Gott, Omas Ringe. Und ihre Ohrringe und die Perlen, die ihr Opa aus Korea mitgebracht hat.«

Entgegen meiner eisernen Vorsätze brach ich doch wieder in Tränen aus. Als ich rausgefunden hatte, dass meine Großmutter im Krankenhaus war, hatte ich meinen Großvater überredet, ihren Schmuck in meinen Safe legen zu dürfen. Wie ihre Krankheit verlief, hatte ich Sorge, dass sie den Schmuck an demselben »sicheren« Ort verstecken könnte wie den Zweitschlüssel des Buick, den ich seitdem nie wieder gefunden hatte. Und jetzt war der ganze Schmuck weg. So wie alles andere auch.

James stand auf und ging um den Schreibtisch herum. Unbeholfen tätschelte er mir den Rücken. »Es ist nicht deine Schuld«, wiederholte er immer wieder. »Mach dir keine Vorwürfe. Das hättest du nicht ahnen können.«

Aber wir wussten beide, dass es *sehr wohl* meine Schuld war. Wenn ich nicht so verdammt wütend auf Emery Cooper gewesen wäre, weil er mich hatte sitzenlassen, wenn ich nicht so bereitwillig mit dem erstbesten Typen ins Bett gesprungen wäre, der mir auch nur freundlich zunickte, wenn ich mich nicht wie ein blinder, dummer Idiot verhalten hätte, wäre das alles nicht passiert.

Es war jetzt drei Tage her, dass ich die Wahrheit über Reddy Millbanks rausgefunden hatte. Drei Tage seit ich nach Hause gegangen war, um festzustellen, dass ich kein Zuhause mehr hatte.

Ich fühlte mich wie betäubt. So müde. Meine Augen brannten, und mein Kopf pochte. Mir war kalt. Ich schaute aus dem Fenster und betrachtete den großen grauen Frachter, der auf einer Nebelbank aufgelaufen zu sein schien.

»Hast du gehört, was ich gesagt habe, BeBe?« James stützte sich auf den Schreibtisch. »Kann ich dir etwas bringen?«

»Wir werden rausfinden, wer hinter dieser St. Andrews Holdings steckt«, fuhr er fort. »Wir werden ihnen erklären, was passiert ist. Ihnen erklären, dass du Opfer eines Betrügers warst. Es sollte offensichtlich sein, dass sie die Immobilien zu Spottpreisen erworben haben. Wenn sie ehrenwert sind, werden sie verstehen, dass du bestohlen wurdest, und den Kauf rückgängig machen.«

»Und wenn sie nicht ehrenwert sind?«

»Wir können vor Gericht gehen. Das war kein gutgläubiger Erwerb. Wir haben bei der Polizei Anzeige erstattet, und Jay Bradley zufolge wird es eine Ermittlung geben. Ich habe mit Jonathan darüber geredet …«

Er errötete wieder. Jonathan McDowell war der Chefassistent des Staatsanwalts von Chatham County. Außerdem war er sozusagen James' bessere Hälfte. Zu einem anderen Zeitpunkt hätte mich James beschämtes Verhalten sicherlich amüsiert.

»Und Jonathan wird veranlassen, dass sich jemand aus der Abteilung für Wirtschaftskriminalität mit dir in Verbindung setzt.«

»Was ist mit meinem Haus?«, fragte ich ausdruckslos. »Wann kann ich wieder in mein Haus?«

James seufzte. »Das wird noch eine Weile dauern. Es tut mir leid, BeBe. Aber bis wir jemanden von St. Andrews Holdings erreicht haben, können wir nicht in dein Haus. Oder in eins der anderen. Sie sind verkauft.«

»Und meine Sachen? Die Möbel? Mein Schmuck?«

»Bradley wird dich anrufen. Du musst ihm eine genaue Liste aller gestohlenen Dinge geben. Wenn du Fotos hast, wäre das auch sehr hilfreich. Die Polizei kann dann in Pfandleihhäusern und ähnlichen Orten suchen. Bradley wird deinen Nachbarn anrufen und ihn um eine genauere Beschreibung dieses Umzugswagens bitten.«

»Steve Arrendale«, schnaubte ich wütend. »Dieser miese kleine Bastard. Reddy hat ihm das Maybelle-Johns-Porträt von meiner Tante Alice verkauft. Er reagiert nicht auf meine Anrufe. Geht nicht mal mehr an die Tür, wenn ich klopfe. Kannst du mir mein Gemälde zurückholen, James?«

»Wahrscheinlich, aber es wird wohl vor Gericht gehen«, antwortete James. Er hustete und schaute aus dem Fenster. »Hör zu, BeBe. Die Sache ist die, Arrendale hat Anzeige gegen dich erstattet. Wegen Belästigung.«

»Gegen mich?! Belästigung? Der weiß doch gar nicht, was Belästigung ist. Er hat mein Gemälde gestohlen. Er kann froh sein, dass ich ihn nicht habe einbuchten lassen.«

»Ruf ihn lieber nicht mehr an«, meinte James nur. »Halt dich von seinem Haus fern. Sonst machst du es nur schlimmer. Wir kümmern uns um Arrendale, wenn sich die Lage etwas beruhigt hat.«

»Und wann wird das sein?« Ich sank in meinem Stuhl zusammen. »James, das ist alles so furchtbar. Und es wird einfach immer furchtbarer. Ich habe alles verloren.«

»Na ja«, erwiderte er mit Blick auf seinen Notizblock. »Ehrlich gesagt, nicht alles.«

»Ja«, entgegnete ich frustriert. »Ich habe noch mein gutes Aussehen, stimmt's?«

»Das und … das Breeze Inn.«

»Das was?«

»Das Breeze Inn. Meinen Unterlagen zufolge handelt es sich um ein Motel mit fünfzehn Einheiten auf Tybee Island. Du hast es letzte Woche gekauft.«

»Ich habe noch nie etwas auf Tybee Island gekauft«, entgegnete ich bestimmt. »Ich war seit Jahren nicht dort. Ich hasse den Strand. Und Tybee.« Ich schauderte. »Viel zu schäbig.«

»Ich weiß nur, dass die Urkunde auf deinen Namen lautet. Du, oder jemand, der in deinem Namen gehandelt hat, bezahlte sechshundertfünfzigtausend Dollar für das Breeze Inn. Um ehrlich zu sein, könnte das deine Chance sein. Die Immobilienpreise auf Tybee sind in den letzten Jahren durch die Decke gegangen. Auch wenn dieses Breeze Inn ein verfallenes Straßenmotel ist, muss es mehr wert sein als sechshundertfünfzigtausend.« Er schaute wieder in seine Unterlagen. »Das dazugehörige Grundstück umfasst knapp sechstausendfünfhundert Quadratmeter. Es liegt im Süden der Insel.« Er lächelte. »Vielleicht bist du ja bald wieder im Geschäft.«

»Ich werde nie wieder im Geschäft sein«, entgegnete ich trübsinnig. »Ich musste das Restaurant schließen. Ich habe kein Geld mehr, meine Leute zu bezahlen. Das sind sechzehn Leute, die jetzt arbeitslos sind. Weil ich mein Kleid nicht anbehalten konnte.«

James zuckte zusammen, lächelte dann aber wieder tapfer. »Weißt du, was meine Mutter immer gesagt hat?«

»Etwas gnadenlos Fröhliches, nehme ich an. Aber ich brauche jetzt keine aufmunternden Worte. Ich brauche meine Sachen zurück. Mein Gemälde. Mein Haus. Mein Leben.«

James lehnte sich in seinem Schreibtischstuhl zurück. »Trotzdem. Sie sagte immer: ›Gott schließt nie eine Tür, ohne nicht ein Fenster zu öffnen.‹«

»Und meine Mutter sagte immer: ›Vulgarität ist die Krücke der Schwachen und Unwissenden‹«, entgegnete ich. »Aber was wusste sie schon?«

13

Der heftige Regen drückte das graugrüne Sumpfgras nieder, das sich rechts und links der Tybee Road auf weiten Flächen erstreckte. Ich musste das Lenkrad des Lexus mit beiden Händen umklammern, um nicht von den Sturmböen aus der Fahrspur geweht zu werden. Nicht, dass es etwas ausgemacht hätte. Bei diesem Sauwetter und am späten Nachmittag gab es fast keinen Verkehr in Richtung Strand.

Ich warf einen finsteren Blick auf das Wasser unter mir, als ich die Brücke bei Lazaretto Creek überquerte, und rümpfte die Nase ob des salzig modrigen Geruchs. Dieser Kauf war eine Niete, da war ich mir sicher. Trotz James' ekelhaftem Optimismus, unbedingt noch einen Silberstreif an meinem düsteren Finanzhorizont zu entdecken, hatte ich keinerlei Hoffnung, dass mich auf Tybee Island eine positive Überraschung erwartete. Reddy war mit eiskalter Effizienz vorgegangen, als es um den Verkauf meines gesamten Besitzes ging. Wieso sollte er mir ausgerechnet ein wertvolles Strandgrundstück hinterlassen, wo er doch sonst alles so gründlich veräußert hatte?

Die Straße folgte der gebogenen Form der Insel, und ich verlangsamte das Tempo, um mich zu orientieren. Wann war ich das letzte Mal auf Tybee gewesen? Nicht seit meiner Collegezeit, entschied ich. Sogar damals, in den späten Achtzigern, war Tybee alles andere als angesagt. Wenn es nach mir und meinen Freunden ging, fuhren wir immer in Richtung Süden, nach St. Simons, oder nach Hilton Head im Norden oder sogar zu den Golfstränden auf der Florida Panhandle, Destin oder Panama City. Niemals nach Tybee, mit seiner deprimierenden Ansammlung von Keksdosen-Hütten, billigen Motels und schäbigen Bars. Soweit ich wusste, gab es nicht ein gehobenes Restaurant oder einen Tennisplatz, geschweige denn einen Golfplatz auf Tybee.

Natürlich kannte ich Leute, die Strandhäuschen auf Tybee gekauft und renoviert hatten. Sie nannten Tybee malerisch, authentisch, sogar charmant. Daniel, zum Beispiel, bestand darauf, dass er an keinem Ort lieber wohnen würde.

Na gut. Wenn die Immobilienpreise am Strand wirklich so sehr gestiegen waren, wie James behauptete, gab es vielleicht doch noch was zu holen beim Breeze Inn. Auch wenn ich das stark bezweifelte.

Ich schaute mich neugierig um, während ich auf der Butler Avenue weiter nach Süden fuhr. Tybee hatte sich definitiv verändert. Es gab ein neues Rathaus aus Backstein mit angeschlossenem Jugendzentrum, neue Hotels und hohe Wohngebäude, die den Blick aufs Meer blockierten. Andere Dinge hatten sich nicht verändert. In jedem zweiten Gebäude schien unten ein kleiner Kramladen zu sein. Das einzige große Lebensmittelgeschäft der Insel, der Tybee-Markt, war ebenfalls noch da, und je näher ich der Ansammlung an dreckig-grauen Betongebäuden kam, die die Einkaufsmeile bildeten, musste ich feststellen, dass die schäbigen Bars und Touristenfallen noch genauso vorhanden waren, obwohl die meisten inzwischen bestimmt dutzende Male die Inhaber und den Namen gewechselt hatten.

Schließlich ging die Butler Avenue in die Seventeenth Street über, und ich fand die Adresse, die James mir gegeben hatte.

Ein großes, verblasstes Schild auf dem gekiesten Parkplatz wies nach links zum *BREEZE INN*, dazu wiegten sich gezeichnete Palmen in der nicht sichtbaren Meeresbrise. Es war schon fast dunkel, und eine Neonleuchtschrift verkündete: *ZIMMER FREI.*

Was mich nicht überraschte. Ich bog auf den Parkplatz ein, und obwohl ich absolut keine Erwartungen gehabt hatte, war meine Ernüchterung groß. Acht flache Gebäude waren um das Hauptgebäude gruppiert, das – unpassenderweise – in Form einer Holzhütte gebaut war. Eine weiß getünchte Holzhütte, um genauer zu sein, eine, die sich verdächtig nach links neigte und deren verrostetes Blechdach so aussah, als würde es beim nächsten Windstoß in den nahegelegenen Ozean flattern, den ich hinter der nächsten Sanddüne vermutete. Ein kleines, handgeschriebenes Schild wies die Hütte als Büro des Managers aus.

Eine mitgenommene, verblichene amerikanische Flagge wehte an einem krummen Mast, der auf der Veranda der Hütte angebracht war. Genau ein Auto parkte auf dem Parkplatz, ein alter Vista Cruiser Kombi aus den Siebzigern, der dem meiner Eltern glich, mit dem wir in meiner Kindheit immer in den Sommerurlaub gefahren waren.

Ich hielt neben dem Vista Cruiser und stieg aus. Die Bungalows waren zweigeteilt, so dass jeweils zwei Einheiten vermietet werden konnten. An den meisten Türen fehlten die Nummern. Die Fenster waren länger nicht geputzt worden und starrten vor Fliegendreck. Jede Wohneinheit hatte eine kleine, überdachte Veranda, die mit klapprigen Aluminiumstühlen und billigen Plastiktischen versehen waren. In keinem der Bungalows brannte Licht.

»Ist ja wie das Bates Motel am Strand«, murmelte ich und schlug den Weg zum Verwaltungsgebäude ein. Durch das Fenster schimmerte der bläuliche Schein eines Fernsehbildschirms. Es war also jemand zu Hause. »Dann lernen wir mal den Manager kennen«, sagte ich wenig enthusiastisch, während ich die Stufen zum Eingang hochstapfte und die Klingel neben der Tür betätigte. Von drinnen vernahm ich die Stimme eines Fernsehmoderators, der irgendein Spiel kommentierte. Es klang wie Football, was seltsam war, da es Februar war.

Schritte näherten sich der Tür, sie blieb aber verschlossen. Ich klingelte wieder.

»Hallo?«, rief ich. »Ist jemand zu Hause?«

»Gehen Sie weg«, rief eine kratzige Männerstimme. »Wir haben geschlossen.«

Ich machte einen Schritt zurück und warf einen erneuten Blick auf das Schild des Breeze Inn.

»Hey«, rief ich wieder. »Da steht aber, dass Sie Zimmer frei haben. Sie können also nicht geschlossen haben.«

Die Schritte schienen sich zu entfernen und dann zurückzukehren. Beim nächsten Blick auf das Schild zeigte die Leuchtschrift *BELEGT* an.

»Niedlich. Wirklich niedlich«, sagte ich laut. »Aber da stehen gar keine anderen Autos auf dem Parkplatz. Keiner der Bungalows ist belegt. Außerdem sind Sie ein Motel. Sie können nicht geschlossen haben. Jetzt machen Sie schon auf, verdammt.«

»Verdammter Mist«, hörte ich den Mann auf der anderen Seite der Tür fluchen. Das Schloss klickte, und die Tür öffnete sich ächzend. Ein großer, tiefgebräunter Mann mit einem dichten Dreitagebart lugte durch den von der Sicherheitskette freigegebenen Türspalt.

»Hören Sie«, sagte er unfreundlich. »Ich habe hier zu tun. Wenn Sie ein Zimmer suchen, probieren Sie es im Holiday Inn oder im Days Inn. Die haben offen. Und dort funktionieren wenigstens die Toilettenspülungen.«

Er wollte die Tür schon wieder schließen, aber ich konnte gerade noch die Spitze meiner Turnschuhe dazwischenschieben.

»Ich will aber nicht ins Days Inn«, entgegnete ich beharrlich. »Ich will dieses Motel.«

»Warum?« Er reckte das Kinn angriffslustig in die Höhe. Sein

Blick wanderte zum Parkplatz, wo er offenbar meinen Lexus entdeckte. »Sie können sich doch etwas viel Besseres leisten als dieses Dreckloch.«

Wenn der wüsste. Ich holte tief Luft. »Ich bin zufällig die Besitzerin dieses Drecklochs. Kann ich jetzt reinkommen?«

»Seit wann das denn? Johnny Reese ist der Besitzer des Breeze.«

»Nicht, seit ich es letzte Woche gekauft habe.«

Er entfernte die Sicherheitskette und öffnete die Tür etwas weiter. »Na gut, dann kommen Sie eben rein, wenn es sein muss.«

Von innen war die Hütte genauso deprimierend wie von außen. Wir standen in einem langen, schmalen Raum. Ein riesiger Kamin, der aussah, als hätte man ihn mit Klebstoff bestrichen und dann mit Muschelschalen beworfen, war anstelle einer Feuerstelle mit einem hässlichen Holzofen versehen. Die Böden waren schmutziggrau, und die Möbel hätte wahrscheinlich sogar der Sperrmüll abgelehnt. Ein überdimensionaler Fernseher füllte die eine Seite des Raums fast vollständig aus, und auf dem alten Küchentisch lag ein teilweise auseinandergebauter Außenbordmotor eines Boots. Ein Blick genügte, um mir zu bestätigen, was ich bereits befürchtet hatte – dass dieser Ort ebenso ein Kandidat für die Abrissbirne war wie der Rest des Breeze Inn.

Mein Gastgeber verschränkte die Arme über seiner breiten Brust und musterte mich misstrauisch. Er war mit einem verblichenen Hawaiihemd und weiten Khakishorts bekleidet und trug keine Schuhe. Er hatte kurze braune Haare, ein wettergegerbtes Gesicht und graugrüne Augen. Sein Alter war schwer zu schätzen. Vielleicht Mitte vierzig? Und er wirkte genervt.

»Und Sie wären dann …?«, fragte ich und bedachte ihn mit meiner Version eines genervten Blickes.

»Ich wäre jetzt in das letzte Viertel des Spiels Notre Dame gegen Michigan vertieft, wenn Sie hier nicht reingeplatzt wären«, fuhr er mich gereizt an. »Aber wenn Sie meinen Namen wissen wollen, ich heiße Harry Sorrentino. Ich bin hier der Manager. Und was ist mit Ihnen?«

»BeBe Loudermilk«, antwortete ich. »Ist die Footballsaison nicht vorbei?«

»Nicht für mich«, erwiderte er. »Ich schaue ESPN Classics. Sonst noch Fragen?«

»Äh, wie lang arbeiten Sie schon hier?«

Er ignorierte meine Frage. »Die Reeses haben mir gar nichts davon gesagt, dass sie planen zu verkaufen.«

»Für mich war es auch eine Überraschung.« Ich würde einen Teufel tun, diesem Fremden die Umstände des Kaufs zu erklären. »Also noch einmal, wie lang arbeiten Sie schon hier?«

»Etwa drei Monate«, antwortete er. »Johnny Reese hat mich angestellt, nachdem sein Dad gestorben war.«

»Ich gehe davon aus, Sie leben hier?«, fragte ich und machte eine Armbewegung über den Fernseher, den Außenbordmotor und das wacklige Bücherregal neben dem Kamin.

»Das ist richtig«, erklärte Sorrentino. »Mietfrei. Ich sollte zusätzlich hundert Dollar pro Woche bekommen, aber das Geschäft läuft gerade nicht so, also ist das irgendwie hinten runtergefallen.«

»Läuft nicht so«, sagte ich gedehnt. »Vielleicht eher gar nicht?«

»Es ist keine Saison«, verteidigte sich Sorrentino, der allmählich einen roten Kopf bekam. »Schauen Sie sich doch die anderen Hotels hier am Strand an. Um die Jahreszeit ist hier tote Hose.«

»Besonders, wenn Sie sich weigern, jemandem ein Zimmer zu vermieten, der an Ihre Tür klopft«, stellte ich trocken fest.

»Ach, scheiß drauf«, fluchte Sorrentino. »Ich bin gerade dabei, die Zimmer instand zu setzen. Wände streichen, Sanitäranlagen überholen, solche Dinge. Johnny wusste das. Das tut man eben, wenn keine Saison ist. Instandhaltung. Das war so ausgemacht.«

Ich schaute mich weiter in der Hütte um. Es gab eine kleine Küche, gleich neben dem Wohn-Schrägstrich-Esszimmer. Sie war

103

mit uralten roten Resopalarbeitsplatten und rostigen weißen Metallschränken versehen. Der Kühlschrank war eins dieser abgerundeten alten Modelle, wie mein Dad einen in der Garage stehen hatte. Für eine Männerküche war es erstaunlich sauber. Kein schmutziges Geschirr in der Spüle, kein Dreck auf dem Boden. An die Küche schloss sich ein großer Hauswirtschaftsraum an, in dem zwei riesige Waschmaschinen und Trockner sowie ein weißgestrichenes Regal voller ordentlich gefalteter Bettlaken und Handtücher, Toilettenpapier und Shampoofläschchen und Seifen in Hotelgröße standen.

Sorrentino trat in den Türrahmen zur Küche. »Suchen Sie nach etwas Bestimmtem?«

»Ach, ich schaue mir nur meine Investition an«, sagte ich unbekümmert. »Es macht Ihnen doch nichts aus, oder?«

»Ein Anruf wäre schon nett gewesen«, entgegnete er eisig. »Um mir zu sagen, dass sie vorbeikommen. Ich hätte noch etwas aufgeräumt.«

»Ich hatte keine Telefonnummer«, erklärte ich. »Außerdem sieht doch alles ordentlich aus. Gibt es auch ein Schlafzimmer?«

»Ja, gibt es. Aber das ist mein privater Bereich. Johnny ist hier nie so reingeschneit und hat in meiner Wohnung rumgeschnüffelt. Und ich wäre Ihnen sehr verbunden, wenn Sie das auch nicht tun würden.«

»Na schön«, sagte ich. Doch insgeheim brannte ich darauf, das Schlafzimmer zu sehen. Und wieso wollte er nicht, dass ich mich dort umschaute?

»Und, wie ist jetzt der Plan?«, fragte Sorrentino.

»Der Plan?«

»Na ja, mit mir. Kann ich den Job behalten? Und die Wohnung? Johnny und ich hatten eine Abmachung. Dass ich den Sommer über hierbleiben und arbeiten könnte, bis ich mein Boot wieder seetauglich habe.«

»Was für ein Boot ist das denn?«

»Die *Jitterburg*«, antwortete er stolz. »Ein neun Meter langes Aluminiumboot, eine T-Craft. Ich habe einen Charter-Fischereibetrieb. Das Boot liegt im Trockendock drüben im Marsden-Hafen. Sobald ich sie wieder zum Laufen gebracht habe, bin ich hier weg. Wird September werden wahrscheinlich.« Er schenkte mir ein widerstrebendes Lächeln. Seine Zähne waren weiß und ebenmäßig. »Also, steht die Abmachung?«

»Harry«, erwiderte ich. »Lassen Sie uns ehrlich miteinander sein. Sie wissen genauso gut wie ich, dass das Breeze Inn schon bessere Zeiten gesehen hat. Um ehrlich zu sein, ist es abrissreif.«

»Ein bisschen Farbe und ein paar Reparaturen«, protestierte er. »Ich habe das Dach erst letzte Woche gemacht. Toiletten sind bestellt. In spätestens zwei Wochen sind wir restlos ausgebucht.«

»Nein«, widersprach ich, »sind wir garantiert nicht. Wie viel kostet eigentlich ein Zimmer hier?«

»In der Hochsaison? Die mit einem Schlafzimmer bringen siebenhundertfünfzig Dollar die Woche, die anderen fünfhundert. Johnny sagt, das Geschäft läuft gut, die Stammgäste kommen jedes Jahr wieder. Gerade gestern erst haben Leute aus Tifton angerufen, die Zimmer Nummer sechs für den vierten Juli reserviert haben.«

Ich schüttelte wieder den Kopf. »Das reicht nicht. Ich habe die Steuerunterlagen des Motels noch nicht gesehen, aber ich wette, es sieht nicht gut aus. Der wahre Wert ist die Lage. Ich besitze hier sechstausendfünfhundert Quadratmeter, und es handelt sich um ein Grundstück mit Meerblick. Und das ist das magische Wort, Harry. ›Meerblick‹.«

»Scheiße.« Er wandte sich ab. »Nicht Sie auch noch.«

»Was soll das denn heißen?«

»Schauen Sie sich auf der Insel doch um«, entgegnete er bitter. »Die verdammten Bauunternehmer machen alles kaputt. Alles, was hier ein gewisses Alter und damit auch einen Charakter hat, wird abgerissen. Stattdessen ziehen sie dann irgendwelche Betonbunker hoch. Das Breeze ist das letzte dieser alten Motels. Als ich noch ein Kind war, ist meine Familie mit uns hier immer eine Woche im Juni hergefahren. Und Sie wollen es abreißen, nur um ein bisschen schnelles Geld zu machen.«

Ich biss mir auf die Zunge. Er hatte keine Ahnung, wie schnell ich wirklich Geld machen musste. Ich wollte mein Haus zurück. Ich wollte mein Restaurant wieder aufmachen können. Und wenn das bedeutete, dass ich dafür dieses Motel plattmachen musste, dann war das eben so.

»Ich bin Geschäftsfrau«, erklärte ich. »Und um im Geschäft zu bleiben, muss ich Profit machen. Soweit ich sehe, geht das hier nur, wenn man den Laden völlig umkrempelt, um das Beste aus ihm herauszuholen.«

»Ja, wie Sie meinen«, sagte Sorrentino resigniert. »Sind wir hier fertig? Ich habe noch ein Spiel zu schauen und einen Motor zusammenzubasteln.«

»Ja, ich bin fertig«, erwiderte ich. »Und es tut mir leid wegen dem Breeze. Ich werde gleich morgen ein paar Anrufe tätigen und die Dinge in Gang bringen. Ich versuche, Ihnen möglichst schnell Bescheid zu geben, damit Sie sich etwas anderes zum Wohnen suchen können, aber mehr kann ich Ihnen leider nicht versprechen.«

»Spitze.« Er ließ sich in einen Sessel vor dem Fernseher plumpsen und drehte die Lautstärke auf. Ich war entlassen.

14

Eloise

Daniel stand gerade an meinem Herd und briet Zwiebeln an, als ich zur Hintertür reinkam. Er drehte sich um und grinste mich an. Jethro sprang von seinem Lieblingsplatz unter dem Küchentisch auf und stellte mir seine riesigen Pfoten an die Brust, um mein Gesicht liebevoll abzuschlabbern. Wie schön, wieder zu Hause zu sein.

Als Jethro mit seiner Begrüßung fertig war, kam Daniel zum Zug. Seine fiel nicht annähernd so feucht, aber nicht weniger herzlich aus, wie ich feststellte.

Ich streckte mich und gähnte, ehe ich mich auf einen der abgeschliffenen Holzstühle sinken ließ. »Ich bin total fertig«, sagte ich. »Was gibt's zu essen?«

»Fleischbällchen mit Knoblauch-Kartoffelbrei, grünen Bohnen und Kürbisauflauf«, erklärte er und drehte den Herd runter. »Ich mach nur noch schnell das Tomatensugo fertig, dann können wir in 'ner Viertelstunde essen.«

»Perfekt. Ich habe mich die letzten Wochen nur von Fastfood ernährt. Ich würde töten für frisches Gemüse oder alles, das nicht frittiert oder supersized ist.« Ich lehnte mich nach vorn und kraulte Jethro hinter den Ohren. »Es liegt mir fern, mich zu beschweren, meinen Privatkoch zu haben, aber wieso bist du eigentlich nicht im *Guale*?«

Er setzte sich auf den Küchenstuhl neben mich und goss mir ein Glas Cabernet ein. »Hast du noch nicht mit BeBe gesprochen?«

»Doch. Deshalb bin ich ja so schnell zurückgekommen. Sie klang ziemlich verzweifelt. Als ich versucht habe, sie zu Hause anzurufen, hieß es, ihr Anschluss wäre nicht mehr gültig. Was ist denn los?«

»Es ist eine Tragödie«, erwiderte Daniel. »Dieser neue Freund, den sie hatte? Reddy, dieser Playboy-Typ? Wie sich rausgestellt hat, war er ein hinterhältiger Betrüger. Falscher Name, alles falsch. Er hat sie abgezogen, Eloise. So richtig. Hat ihr Haus verkauft, alle anderen Immobilien auch, ihr Bankkonto leergeräumt. Alles. Sie musste das *Guale* dichtmachen, weil sie uns nicht mehr bezahlen konnte.«

»O mein Gott.« Ich rieb mir über die Augen. »Wie das denn? Ich meine, ich war nur drei Wochen weg. Wie konnte das passieren? BeBe ist doch kein Dummkopf. Wie um alles in der Welt?«

»Ist eine lange Geschichte«, sagte Daniel und nippte an seinem Weinglas. »Aber die kurze Antwort ist wohl, dass sie sich in diesen Kerl verliebt hat. Und ich habe ihn mal getroffen. Er ist echt aalglatt. Ich schätze, er kam einfach zum richtigen Zeitpunkt, als BeBe gerade Hilfe gebraucht hat, und sie war so abgelenkt mit allem, was gerade bei ihrer Großmutter los war, und den Problemen mit ihren Mietern, dass sie einfach nur dankbar war, dass er sie unterstützte. Dein Onkel James sagt, der Typ hat sie dazu gebracht, ihm eine Vollmacht zu unterschreiben, und sobald er die hatte, hat er all ihren Besitz verkauft. Inklusive des Hauses in der West Jones und alles, was sich darin befunden hat.«

»O mein Gott.« Es war nicht sehr einfallsreich, aber mir fiel gerade nichts anderes ein, was ich dazu sagen konnte. »Nicht ihr Haus. Wo sie es doch durch beide Scheidungen gerettet hat. Dieses Haus bedeutet ihr alles. Ich kann es einfach nicht glauben. Und die vermieteten Häuser auch? Ist wirklich alles weg?«

»James sagt, es sieht ziemlich schlecht aus«, erklärte Daniel. »Ihr ganzer Besitz wurde an eine Holding-Gesellschaft verkauft, die nicht hier ansässig ist. Das Schlimme ist, James geht davon aus, dass es sich um eine seriöse Firma handelt, und mit BeBes Unterschrift scheint der Verkauf rechtmäßig zu sein. Er arbeitet noch daran, aber soweit ich weiß, schläft sie gerade in ihrem Auto.«

»Daniel! Und was ist mit ihren Großeltern?«

»Das ist die einzige gute Nachricht. Ihre Großmutter wurde gestern aus dem Krankenhaus entlassen. Und sie haben eine Schwester, die sie zu Hause pflegt. Ich schätze, deshalb war dort kein Platz für BeBe. Aber ich weiß es nicht sicher.«

Ich boxte ihn nicht gerade sanft an die Schulter. »Wieso hast du nicht darauf bestanden, dass sie hier schläft?«

Er schüttelte den Kopf. »Ich habe es versucht. Aber du kennst ja BeBe. Sie will nicht zur Last fallen und hasst es, jemanden um einen Gefallen zu bitten. Und es ist ihr total peinlich, vor allem, weil ich sie noch vor dem Kerl gewarnt habe und sie nicht auf mich hören wollte. Hat mir gesagt, ich soll mich raushalten.«

»Was ist mit dem Restaurant? Das hat er aber nicht auch noch verkauft, oder?«

»Das hätte er bestimmt, wenn er gekonnt hätte. Für den Moment hat BeBe das Restaurant geschlossen. Vorübergehend, wie sie hofft. Die Angestellten haben ihren Gehaltsscheck bekommen, aber die meisten von uns lösen ihn noch nicht ein. Wir warten alle irgendwie ab, um zu sehen, ob sie es nicht doch wieder auf die Reihe bekommt.«

»Kann sie das denn? Und was hast du vor?«, fragte ich. »Ich meine, dein Haus und dein Auto sind ja abbezahlt. Aber wie willst du es langfristig machen?«

Er zuckte mit den Achseln. »Die Neuigkeit hat schon die Runde gemacht. Jeder in Savannah weiß, dass BeBe in Schwierigkeiten steckt. Ich hatte schon drei oder vier Anrufe, die mir Jobs angeboten haben. Ich will aber noch nichts Dauerhaftes annehmen. Ich gehöre ins *Guale*. Ich habe ein paar Catering-Jobs zugesagt, und

BeBe meinte, ich könnte die Küche im *Guale* benutzen, so dass ich finanziell erst mal kein Problem habe. Ein paar der Mädchen wollen bei den größeren Veranstaltungen den Service übernehmen. Aber um BeBe mache ich mir Sorgen.«

Der Timer am Herd piepste, und Daniel sprang auf. Mit Topflappen bewaffnet zog er die brutzelnden Fleischbällchen aus dem Ofen und goss das Tomatensugo darüber.

Jethro erhob sich und schob schnuppernd den Kopf auf die Tischplatte. Ich konnte es ihm nicht verübeln. Die Küche roch unglaublich gut nach selbstgekochtem Essen, die Fenster waren beschlagen, und ich war auf einmal den Tränen nah. Ich war so froh, zu Hause zu sein, hier mit diesem Mann und diesem Hund, die mich beide liebten, und gleichzeitig litt ich mit meiner besten Freundin, der so übel mitgespielt worden war.

Ich deckte den Tisch, und Daniel goss uns Rotwein nach.

»Hast du sie heute gesehen?«, fragte ich.

Er schüttelte den Kopf. »Ich glaube, sie geht mir aus dem Weg.«

Ich nahm meine Gabel und drückte sie auf den Hügel aus Kartoffelbrei, wodurch etwas vom Tomatensugo drauffließen konnte. Nach dem ersten Bissen wäre ich fast in Ohnmacht gefallen, so gut war es. Als Daniel gerade nicht schaute, schmuggelte ich ein Stückchen Fleisch zu Jethro unter den Tisch, der sich sofort auf den Rücken drehte und ekstatisch umherrollte.

»Also, mir kann sie nicht aus dem Weg gehen«, sagte ich entschieden. »Ich werde sie finden und hierherschleifen, wenn es sein muss. Gleich, nachdem ich zu Ende gegessen habe.«

»Gleich danach?« Daniel zog eine Augenbraue hoch. »Ich habe dich seit drei Wochen nicht gesehen.« Er legte seine Hand unter dem Tisch auf meinen Oberschenkel. Jethro leckte seine Hand und mein Bein gleich mit.

»Na ja, vielleicht auch *danach*«, lenkte ich ein.

Daniel lächelte.

»Und nachdem du mir geholfen hast, den Truck zu entladen«, fügte ich schnell hinzu. »Warte nur, bis du siehst, was für tolle Sachen ich in St. Petersburg gekauft habe. Und da du gerade eh nicht arbeitest, könntest du mir vielleicht morgen helfen, ein paar Fensterrahmen zu streichen, wenn wir uns um BeBe gekümmert haben. Ich habe große Pläne mit den alten Florida-Sachen, du wirst begeistert sein …«

15

Die gute Nachricht war, dass meine Großmutter aus dem Krankenhaus entlassen und wieder in ihre Wohnung in Magnolia Manor gebracht worden war. Die schlechte Nachricht war, dass ich gerade auch dort lebte; und ohne Job, zu dem ich jeden Tag gehen konnte und ohne eigenes Zuhause drehte ich allmählich wirklich am Rad.

Es klingelte an der Tür, und ich sprang sofort auf, dankbar um jede Ablenkung.

»Babe!« Eloise umarmte mich stürmisch.

»Geht es dir gut?«, fragte sie.

Ich schüttelte unmerklich den Kopf.

»Wer ist denn da an der Tür?«, rief Oma aus dem Wohnzimmer und verrenkte sich schier den Hals, um etwas sehen zu können. »Wenn es wieder dieser Junge ist, der Zeitschriften verkaufen will, schick ihn weg. Ich hab genug Zeitschriften.«

»Ich bin's, Eloise, Mrs Loudermilk«, erwiderte Eloise und ging zu meiner Großmutter. Sie zog ein kleines, hübsch verpacktes Päckchen aus der Tasche und überreichte es ihr. »Es tut mir leid, dass ich Sie nicht im Krankenhaus besucht habe, aber ich war die letzten Wochen nicht in der Stadt.«

Oma lächelte Eloise selig an und riss das Päckchen auf. Eine Schachtel Russel-Stover-Milchschokolade kam zum Vorschein. »Ist das nicht nett?« Sie tätschelte Eloises Hand. »Wenn

112

ich nicht Diabetes hätte, würde die bestimmt wunderbar schmecken.«

Eloises Lächeln erstarb so plötzlich, dass ich lachen musste. »Ist schon okay, Eloise«, sagte ich. »Opa liebt Schokolade. Der wird sich gern darum kümmern.«

»Das habe ich vergessen«, stammelte Eloise. »Es tut mir so leid, Mrs Loudermilk. Ich bringe Ihnen etwas anderes vorbei, versprochen.«

»Musst du nicht«, sagte ich zu ihr. »Hier drinnen ist es viel zu warm. Lass uns ein bisschen spazieren gehen.«

»Aber –«, protestierte Eloise.

Ich packte sie am Arm und zog sie nach draußen. Die Sonne schien, und die frische Luft tat unglaublich gut. In der Wohnung war es furchtbar stickig und roch nach Opas Pomade und Omas Thunfischcreme auf Toast – was das Einzige war, das sie essen wollte, seit sie im Krankenhaus gewesen war.

Ich setzte mich auf die Stoßstange meines Lexus und legte den Kopf in den Nacken, um die Sonne auf dem Gesicht zu spüren.

»Gott sei Dank bist du vorbeigekommen«, sagte ich mit geschlossenen Augen zu Eloise. »Die beiden machen mich noch wahnsinnig mit ihrem Gezanke. Ich liebe sie wirklich, aber ich habe keine Ahnung, wie lang ich es dort noch aushalte. Die Sprungfedern im Sofa pieksen mir in den Rücken, und das Polster riecht modrig. Opa räuspert sich jeden Morgen eine halbe Stunde lang, und es klingt, als würde er einen riesigen Haarballen hochwürgen oder so. Und sie ist genauso schlimm. Sie summt! Die ganze Zeit. Schief noch dazu. Das ist wie diese chinesische Wasserfolter, Eloise.«

»Ich weiß, was du meinst«, erwiderte Eloise. »Mein Dad klimpert immer mit dem Kleingeld in seiner Hosentasche, bis ich total genervt bin. Und Mama muss immer alles laut vorlesen. Jeden Artikel in der Zeitung. Jedes Schild, das wir auf der Straße sehen.«

Ich nickte zustimmend. »Ich werde noch verrückt, wenn ich

nicht bald etwas zu tun bekomme. Ich habe schon ernsthaft darüber nachgedacht, einen Job bei McDonalds anzunehmen, einfach nur, um von den beiden Folterknechten da drinnen wegzukommen.«

»Ich kann mir vorstellen, wie schwer es ist.« Eloise lehnte sich an die Kühlerhaube. »Ich habe heute Morgen mit Onkel James gesprochen. Er hat mir alles über Reddy erzählt.«

»Schöne Scheiße, oder?«

»Allerdings«, meinte Eloise. »Du hättest mich früher anrufen sollen, BeBe.«

»Du hättest doch auch nichts tun können«, entgegnete ich. »Niemand kann etwas tun, bis ich diesen Bastard gefunden und mein Geld zurückbekommen habe.«

»Ich habe ein bisschen Geld. Der Laden läuft ziemlich gut, und das habe ich nur dir zu verdanken.«

»Nein«, widersprach ich. »Fang gar nicht erst davon an. Ich nehme kein Geld von dir. Ich habe mir das selbst eingebrockt, und ich komme da auch selbst wieder raus.«

»Aber wie denn?«, fragte Eloise. »James hat gesagt, die Firma, die deine Häuser gekauft hat, verhält sich ziemlich fies.«

»Er wird das schon hinbekommen«, sagte ich zuversichtlicher, als ich mich tatsächlich fühlte. »Außerdem habe ich immer noch das Breeze Inn.«

»Dieses Motel auf Tybee?« Eloise klang nicht überzeugt.

»Es ist eine totale Bruchbude«, stimmte ich zu. »Aber ich habe mich umgehört. Die Grundstückspreise dort sind in letzter Zeit durch die Decke gegangen. Das Motel steht auf einer Fläche von sechstausendfünfhundert Quadratmetern. Allein das Grundstück sollte über eine Million wert sein.«

»Daniel meinte, dort lebt noch jemand«, erwiderte Eloise. »Ein Fischer? Daniel hat von ihm manchmal Fisch gekauft für das *Guale*. Harry irgendwas?«

»Sorrentino. Harry Sorrentino. Er erinnert mich an Captain Crunch«, sagte ich abfällig. »Er hat angeblich eine Abmachung mit dem vorherigen Besitzer. Behauptet, er wäre der Manager und Hausmeister oder so. Aber er lebt jetzt seit drei Monaten dort mietfrei, und das Motel ist in miserablem Zustand, soweit ich das beurteilen kann. Ich habe ihm gesagt, er kann dort bleiben, bis ich verkauft habe, aber das sollte nicht lang dauern.«

»Du willst es wirklich abreißen lassen?«, fragte sie mit wehmütigem Unterton. Ich kannte das schon von ihr. Eloise dachte, alles, was alt und heruntergekommen ist, hat einen unschätzbaren Wert. »Daniel und ich sind schon ein paar Mal am Breeze Inn mit den Fahrrädern vorbeigefahren. Wenn man es wieder herrichtet, könnte es echt süß sein. Du könntest es im alten Stil einrichten, mit Rattanmöbeln und –«

»Fang gar nicht erst damit an«, warnte ich sie. »Es ist einfach furchtbar. Punkt. Ich hätte sowieso kein Geld, um es herzurichten. Und ich habe kein Interesse an Tybee Island. Außerdem habe ich keine Wahl. Je schneller ich das Breeze Inn verkaufe, desto schneller kann ich das *Guale* wieder aufmachen und mein Leben wieder auf die Spur bekommen.«

»Ich wollte schon immer wissen, wie die Zimmer des Motels aussehen. Hey«, meinte Eloise, und ihre Augen leuchteten unternehmungslustig, »vielleicht gibt es da ja noch alte Sachen, die du verkaufen könntest. Wie alte Standspülbecken und Badewannen oder Küchenschränke. Ich habe immer Kunden, die nach so was suchen.«

»Das wage ich zu bezweifeln«, entgegnete ich. »Ich habe das Innere des Verwaltungshäuschens gesehen. Es ist alles total heruntergekommen.«

»Wir sollten es uns trotzdem mal anschauen«, beharrte Eloise. »Komm schon. Lass uns einfach nach Tybee rausfahren und uns ein bisschen umsehen.«

»Na gut, warum nicht?«, erwiderte ich, immer noch nicht wirklich überzeugt. »Ist ja nicht so, dass ich hier viel zu tun hätte. Die Krankenschwester wird bald da sein, um Oma beim Waschen zu helfen und ihr die Medikamente zu geben. Und Opa ist sowieso in seinem Fernsehsessel festgeklebt. Was soll's. Lass uns fahren.«

Eloise bestand darauf, dass wir ihren Truck nahmen. »Nur für den Fall, dass es etwas zu holen gibt«, argumentierte sie.

Auf der Fahrt nach Tybee war ich schon wesentlich besser gelaunt. Zum einen schien die Sonne, und ich kam endlich aus der winzigen Wohnung meiner verrückten Großeltern raus. Aber hauptsächlich war es einfach schön, mit meiner besten Freundin in ihrem klapprigen Truck unterwegs zu sein, die mir fast das Gefühl gab, dass alles wieder gut werden würde. Eloise legte eine CD ein, und wir fuhren mit offenen Fenstern, lauthals zu Sheryl Crow mitsingend, als hätten wir keinerlei Sorgen.

Meine gute Laune hielt ungefähr eine halbe Stunde, so lang, wie es dauerte, bis wir auf Tybee Island ankamen und auf den Parkplatz einbogen, auf dem ein neues, riesiges Schild prangte.

HIER ENTSTEHT:
SANDCASTLES
14 LUXUS-MEERBLICK-VILLEN
Preise vor Baubeginn ab 600 000 Dollar
Exklusiv bei Sandcastle Realty Associates
Tel.: 083 58 72 16

Mir blieb vor Verblüffung der Mund offenstehen.

»Hey!«, rief Eloise. »Du hast mir gar nicht gesagt, dass du das Motel schon verkauft hast.«

»Habe ich auch nicht«, entgegnete ich und starrte finster das Schild an. Ich zog mein Handy heraus und wählte die Nummer, die am unteren Rand des Schilds angegeben war. »Ich weiß nichts davon.«

Es klingelte ein paar Mal, dann ging ein Anrufbeantworter dran. Ich hinterließ eine Nachricht, dass ich dringend mit einem Verantwortlichen für die Sandcastle-Villen sprechen musste. Dann rief ich James Foley an. Während ich wartete, dass seine Assistentin Janet mich zu ihm durchstellte, kletterten Eloise und ich aus dem Truck und gingen zum Verwaltungsgebäude rüber.

Harry Sorrentino kam uns schon entgegen, und er war offenbar ziemlich aufgebracht.

»Hey!«, rief er. »Was zum Teufel soll das?«

»Wie bitte?«, erwiderte ich. »Ich bin hier gerade am Telefonieren, wie Sie vielleicht sehen können.«

»Was? Sind Sie schon dabei, eine Ihrer exklusiven Meerblick-Villen zu verkaufen? Sie sind mir vielleicht eine, Lady.«

Eloise wandte sich beschämt ab.

»BeBe?«, meldete sich James am anderen Ende der Leitung. »Janet meint, es sei ein Notfall. Was ist denn los?«

Ich hielt die Hand vor das Telefon und starrte Sorrentino an. »Einen Moment, ja?«

»James, ich bin gerade draußen beim Breeze Inn. Da steht ein riesiges Schild auf dem Parkplatz, auf dem Meerblick-Villen ab 600 000 Dollar angeboten werden. Irgendwas mit Sandcastles.«

»Verdammt«, fluchte James leise. »Was steht da sonst noch drauf?«

»Nur irgendwas von wegen exklusiv von Sandcastle Realty. Und es gibt eine Telefonnummer. Ich habe schon angerufen, aber es ist nur der Anrufbeantworter drangegangen. Ich habe eine Nachricht hinterlassen, dass sie mich dringend zurückrufen sollen.«

»Gib mir die Nummer mal durch. Janet soll sich das anschauen. Und ich rufe dich zurück, sobald ich etwas weiß.«

»Wie konnte das passieren?«, fragte ich mit einem Anflug von

Panik. »Ich meine, du hast doch gesagt, das Motel gehört eindeutig mir. Also, wie kann dann so was passieren?«

»Ich habe keine Ahnung«, erklärte James kleinlaut. »Aber beruhig dich erst mal. Wir werden das schon klären.«

Ich klappte das Handy zu.

Harry Sorrentino stand mit verschränkten Armen vor mir. »Und?«

Ich seufzte. »Das war mein Anwalt. Es hat wohl ein Missverständnis gegeben. Er wird rausfinden, was passiert ist. Aber ich habe keine Ahnung, wer diese Sandcastle-Leute sind und wie sie auf die Idee kommen, so ein Schild auf mein Grundstück zu stellen.«

»Na klar«, meinte Sorrentino. »Irgendein Idiot taucht hier einfach auf und nagelt ein Schild da hin ohne Ihre Erlaubnis. Nachdem Sie mir Ihr Wort gegeben haben, mir genug Zeit zu geben, eine neue Wohnung und einen neuen Job zu finden. Sie erwarten wohl nicht, dass ich Ihnen das glaube?«

»Es ist die Wahrheit«, schaltete sich Eloise ein. »Sie hatte keine Ahnung, dass das passieren würde. Wir sind heute spontan hergefahren, um uns ein bisschen umzuschauen. BeBe hat noch gar nichts verkauft. Sie würde bei so was auch nicht lügen.«

»Die Typen, die das Schild aufgestellt haben, sagten mir, der Abriss solle schon Anfang nächster Woche stattfinden. Wie zur Hölle soll ich denn bis dahin eine neue Wohnung finden?«, echauffierte sich Sorrentino weiter.

»Hören Sie zu, Harry«, versuchte ich ihn zu beruhigen. »Sie können mir glauben, niemand wird hier irgendwas abreißen, bis ich es sage. Jetzt regen Sie sich mal nicht auf, okay?«

»Sie haben leicht reden«, grummelte Sorrentino und wandte sich zum Gehen. »Sie haben einen Ort zum Wohnen. Niemand schubst Sie herum.«

»Von wegen«, murmelte ich kaum hörbar. »Hey«, rief ich ihm dann nach.

»Was denn noch?« Er drehte sich nicht einmal um.

»Ich brauche die Schlüssel zu den Zimmern. Ich will mir gern mal die ganze Anlage anschauen.«

Er verschwand ins Büro und kehrte eine Minute später mit einem riesigen altmodischen Schlüsselring zurück, den er mir zuwarf.

Ich machte einen Satz nach vorn, um die Schlüssel aufzufangen, was nicht klappte. Der Bund landete im Staub.

Sorrentino erlaubte sich ein kurzes, genugtuendes Grinsen, als ich mich danach bücken musste.

»Ich fahre jetzt zum Hafen«, erklärte Sorrentino. »Heute Abend bin ich wieder da. Die Tür zu Zimmer sieben klemmt. Sie müssen richtig fest daran ziehen. Ich bin noch nicht dazugekommen, die Dächer von neun und zehn zu reparieren, es wird dort also noch etwas Wasser auf dem Boden sein. Schließen Sie bitte wieder ab, wenn Sie gehen, ja?«

»Klar«, versicherte ich ihm zähneknirschend. Ich hätte gern irgendwas Schweres zur Hand gehabt, das ich auf ihn hätte werfen können. Aber es gab nichts, und außerdem wollte ich es ihm nicht gönnen, ein weiteres Mal Zeuge meiner Tollpatschigkeit zu sein.

Er ging zu dem klapprigen Kombi, verharrte jedoch an der Fahrertür. »Also, Sie haben wirklich nicht verkauft?«

Langsam nervte es. »Nein«, antwortete ich. »Noch nicht.«

Er pfiff durch die Zähne, und ein winziger weißer Fellball kam durch die Tür des Büros geschossen. Es war irgendein Terrier, doch da ich kein Hunde-Fachmann war, konnte ich mir nicht sicher sein.

»Los, komm, Jeeves«, rief Harry und trat von der geöffneten Fahrertür zurück, um den Hund ins Auto springen zu lassen. Er lächelte das erste Mal, seit ich ihn getroffen hatte. »Lass uns eine kleine Fahrt machen.«

»Jeeves?« Ich drehte mich mit hochgezogenen Augenbrauen zu Eloise um. Sorrentino bemerkte den Blick, und sein Lächeln erstarb augenblicklich.

»Ich mag zufällig Wodehouse«, verteidigte er sich. »Haben Sie ein Problem damit?«

Ich hatte keine Ahnung, wer Wodehouse war, aber das würde ich Sorrentino gegenüber natürlich niemals zugeben. »Ich wusste nicht, dass Sie einen Hund haben.«

»Na, dann wissen Sie es jetzt.« Damit stieg er ein und schmiss die Tür hinter sich zu. Dann rauschte er in einer Staubwolke vom Parkplatz.

Eloise grinste. »Er wirkt nett.«

Meine Hände waren staubig geworden, ich wischte sie schnell an meiner Hose ab und machte mich auf den Weg zum Verwaltungshäuschen. »Er ist Geschichte«, entgegnete ich grimmig. »Sobald ich das Ding hier verkauft habe.«

16

Eloise

BeBe drehte den Schlüssel im Schloss und lehnte sich gegen die Tür. Nichts. »Ich habe irgendwie kein gutes Gefühl.« Sie verzog das Gesicht.

»Lass es mich versuchen«, sagte ich und schob sie beiseite. Ich drehte den Schlüssel und rammte meine Hüfte – die wesentlich umfangreicher war als ihre – gegen die Holztür. Eine Sekunde später war ich drinnen – allerdings langgestreckt auf dem Boden.

»Iiiiih«, kreischte BeBe, die hinter mir den Kopf durch die Tür streckte. »Diese Jeans wirst du verbrennen müssen.«

Ich stand auf und wischte mir die Hände am Hosenboden ab, an denen zugegebenermaßen irgendein undefinierbarer Dreck klebte, und schaute mich um.

Das Zimmer war klein, nicht mehr als zwanzig Quadratmeter. Die Wände hatten eine altmodische Holzvertäfelung, die aussah, als hätte sich Schmutz von sechzig Jahren daran festgesetzt. Durch die zwei großen Fenster sollten wir auf die Sanddünen schauen können, aber die Scheiben waren ebenfalls mit Staub und Dreck überzogen. Eine nackte Glühbirne baumelte von der Decke, und auf dem Boden lag ein avocadogrüner Teppich, der nicht abgewetzter hätte sein können.

»Los, komm«, sagte BeBe und packte mich an der Hand. »Wir gehen wieder. Das Einzige, das diesen Laden noch retten kann, ist ein Kanister Benzin und eine Streichholzschachtel.«

»Warte doch mal.« Ich riss mich von ihr los. »Sei doch nicht gleich so pessimistisch. So schlimm ist es auch nicht.«

Am anderen Ende des Zimmers war eine Küchenecke eingebaut, bestehend aus einer grünen Resopalarbeitsplatte, Metallküchenschränken, einem uralten kleinen Kühlschrank, einer winzigen Edelstahlspüle und sogar einem Herd mit zwei Kochplatten. Ein kurzer Tresen und zwei Barhocker aus Fake-Bambus, deren grüne Plastiksitze mit Klebeband notdürftig verarztet worden waren, vervollständigten die Miniküche.

»Es ist ein kleines Apartment«, stellte ich fest und drehte den Wasserhahn in der Spüle auf. Es gurgelte in der Leitung, und dunkelbraunes Wasser tröpfelte heraus. »Das Wasser läuft«, verkündete ich.

»Juhu«, murmelte BeBe, kam aber dennoch zu mir. »Dann sollten wir dich gleich mal im Hotel Hölle einbuchen.«

Ich ignorierte ihren Sarkasmus und drehte den Herd auf. Innerhalb weniger Minuten glühte die Platte orange, und ein unglaublicher Gestank erfüllte das Zimmer.

»Um Himmels willen«, rief BeBe und hielt sich die Nase zu. »Mach das aus, bevor uns die ganze Bude um die Ohren fliegt.«

Ich drehte den Herd schnell aus und mühte mich mit dem winzigen Fenster in der Küchenecke ab.

»Das ist doch super«, sagte ich und wedelte frische Luft ins Zimmer. »Die Leitungen funktionieren, und der Herd geht noch. Das bedeutet, du musst nichts Neues einbauen. Ich bezweifle, dass irgendjemand noch so kleine Küchen herstellt. Schau dir doch mal an, wie süß das ist. Diese alten Chromarmaturen. Sieht aus, als hätte Donna Reed daran gekocht.«

»Wenn Donna Reed in einer runtergekommenen Bruchbude gehaust hätte, vielleicht«, meinte BeBe und schüttelte angewidert den Kopf. »Jetzt mal ehrlich, Eloise, schau dich doch um. Nicht mal du kannst denken, dass hier was zu retten ist.«

»Da muss das Bad sein.« Ich ging auf die schmale Tür an der langen Seite der Wand zu.

BeBe schlug sich die Hände vors Gesicht. Sie war schon immer eine Dramaqueen. »Ich kann gar nicht hinsehen«, jammerte sie. »Du weißt doch, dass mir so leicht schlecht wird.«

Ich atmete vorsorglich durch den Mund. Man weiß ja nie. Die Badezimmertür schwang quietschend auf. Rostiges Wasser tropfte in ein dreckiges, pinkes Porzellan-Waschbecken. Ein Loch in den rosa-türkisen Bodenfliesen markierte den Ort, wo wohl mal eine Kommode oder so etwas gestanden hatte. Die rosa Badewanne war rostverkrustet. Es gab ein Fenster über der Badewanne, aber es war vernagelt. Die Wände waren in einem hässlichen Altrosa gestrichen und mit einem Kranz aus hässlichen blauen Delfin-Aufklebern geziert.

Ich atmete tief durch. »Okay. Es hat Potential. Definitiv.«

BeBe lugte zwischen ihren Fingern hindurch. »Übel.« Sie wich stöhnend zurück.

Ich verließ das Bad und holte BeBe an der Eingangstür ein, die sie hinter uns wieder abschloss.

»Auf keinen Fall.« Sie schüttelte den Kopf, während sie mit Mühe den Schlüssel wieder aus dem Schloss zog. »Auf keinen Fall kann das wieder hergerichtet werden. Tut mir leid, Eloise, aber du hast es doch selbst gesehen. Das ist am Ende noch gesundheitsgefährdend.«

»Ist es nicht.« Ich folgte ihr über den Parkplatz. »Lass uns die anderen Zimmer auch noch anschauen.«

»Nein«, widersprach sie bestimmt und marschierte zu meinem Truck. »Ich habe genug gesehen. Sobald dein Onkel die Sache mit diesen Sandcastle-Leuten geklärt hat, stelle ich das Motel zum Verkauf.«

Ich packte sie am Arm und brachte sie dazu, mich anzuschauen. »So schlimm ist es nicht«, meinte ich bestimmt. »Es ist nur ziemlich verdreckt. Und heruntergekommen. Aber glaub mir, das Motel könnte eine Goldmine sein.«

»Du bist doch verrückt«, entgegnete sie. »Ich weiß, dass du dich mit Antiquitäten und so auskennst, aber, Eloise, ich kenne mich zufällig mit Immobilien aus. Und das Grundstück, auf dem dieses Motel steht, ist weit mehr wert, als ich jemals mit dem Betrieb dieses Ladens reinholen könnte.«

»Glaub ich nicht«, widersprach ich. »Hör zu. Du weißt doch, dass ich grad von einer Einkaufstour aus Florida zurückkomme. Und da unten gibt es so was wie das hier nicht mehr. Es gibt nur noch Hotelblocks und Türme mit Wohnungen. Die ganzen Strände sind verbaut. Außer einem Ort. Ein befreundeter Antiquitätenhändler hat mich mit dorthin genommen. Es heißt The High Tide und liegt in Sarasota. Es besteht aus lauter schäbigen Hütten, genau wie die hier. Und es liegt nicht mal direkt am Strand. Aber ein paar schwule Typen haben die Anlage vor vier Jahren gekauft und wieder hergerichtet. Babe, ich wünschte, du könntest dir die Anlage anschauen. Jede Hütte ist in einer anderen Pastellfarbe gestrichen – von der Straße aus sieht es aus wie ein Haufen Bonbons. Die Hütten sind hufeisenförmig angeordnet, um einen kleinen Pool herum, und sie haben das alte Café in eine Espressobar umgewandelt. Es ist der angesagteste Ort am ganzen Strand. Linda, eine andere befreundete Händlerin, meinte, es gäbe eine achtzehnmonatige Warteliste für die Zimmer – Sommer und Winter. Sie waren schon im *Southern Living* und drehen die ganze Zeit Werbung fürs Fernsehen und so.«

»Das ist eben Florida«, stellte BeBe fest. »Hip. Trendy. Das hier ist Tybee. Schäbig, heruntergekommen. Die einzige Sehenswürdigkeit sind die riesigen Kakerlaken.«

»Du kennst Tybee doch gar nicht«, protestierte ich. »Es hat sich verändert. Hier tut sich auch etwas. Und das Breeze Inn ist einzigartig. Es gibt hier nichts mehr in der Art.«

BeBe lehnte sich gegen die Ladefläche meines Trucks und verschränkte die Arme über der Brust. »Du hörst mir nicht zu, Eloise. Ich kann das nicht. Ich kann es einfach nicht. Selbst wenn ich wollte. Ich bin total pleite. Ich habe überhaupt kein Geld, um das Motel herzurichten. Die einzige Lösung für diesen Schlamassel ist, es zu verkaufen.« Sie schob sich eine blonde Haarsträhne aus der Stirn und lächelte bitter. »Und sobald ich es verkauft habe, werde ich Roy Eugene Moseley ausfindig machen.«

»Wen?« Ich öffnete die Fahrertür und stieg ein.

»Roy Eugene Moseley.« Sie schlüpfte auf den Beifahrersitz. »Natürlich hat er mir gesagt, er heißt Ryan Edward Millbanks der Dritte. Kannst du dir vorstellen, dass ich ihm das abgekauft habe?«

»Reddy«, sagte ich.

»Reddy. Ich werde ihn jagen wie einen Hund. Und ich werde mein Geld zurückbekommen. Und mein Haus. Und die Perlen meiner Großmutter. Und das Gemälde von meiner Tante und jede einzelne Sache, die er mir gestohlen hat.«

»O-kay«, erwiderte ich langgezogen und ließ den Motor an. »Können wir uns erst noch was zu trinken besorgen, bevor wir auf die Jagd gehen? Und vielleicht ein Sandwich? Ich hatte kein Mittagessen.«

Sie drehte sich mit einem traurigen Lächeln zu mir um. »Geht nicht.«

»Ich lad dich ein.«

Eine Viertelstunde später saßen wir an der Bar des *North Beach Grill*. Das Restaurant war fast leer, und der Typ an der Bar war damit beschäftigt, auf einem Fernseher an der Wand ein Golfturnier zu verfolgen. Ich bestellte Krabbensandwich und Eistee für uns beide.

BeBe knabberte misstrauisch an ihrem Sandwich. »Hm, gar nicht schlecht.«

»Es ist richtig gut, das kannst du ruhig zugeben.« Ich nahm eine Gabel voll Krautsalat. »Was ist eigentlich los? Was hast du gegen Tybee?«

»Nichts.« Sie wischte sich die Finger an der Papierserviette ab. »Ich habe nichts gegen Tybee. Ich finde es nur nicht ganz so fantastisch wie du. Ist das eine Sünde? Du kennst mich. Ich bin in der Stadt aufgewachsen.«

»Und äußerst wohlbehütet noch dazu.«

Ihr Handy klingelte, und sie zog es hastig aus der Tasche.

»Hey James«, sagte sie ins Mikro. »Was hast du rausgefunden?« Sie lauschte angestrengt. »Du machst Witze. Steve Arrendale? Derselbe Steve Arrendale, der neben mir gewohnt hat? Du bist dir absolut sicher, dass es derselbe Mann ist? Unfassbar. Ich bring ihn um. Wirklich. Also, nicht wortwörtlich, aber er wird es bitter bereuen, sich mit mir angelegt zu haben.«

Sie hörte wieder zu, fluchte in sich hinein und löcherte meinen Onkel mit Fragen, ehe sie schließlich das Handy zuschnappen ließ. Der Barkeeper warf ihr einen genervten Blick zu, den sie geflissentlich ignorierte.

Ich aß mein Sandwich und wartete, dass sie mich auf den neuesten Stand brachte. Sie nahm einen großen Schluck Eistee und schob dann ihren Teller von sich. Sie hatte ihr Essen kaum angerührt.

»Sandcastle Realty«, fing BeBe an zu erklären, »ist Steve Arrendale.«

»Dein Nachbar«, half ich nach.

»Exnachbar. Ich besitze kein Haus mehr in der West Jones.«

»Das ist doch derselbe Kerl, der dein Maybelle-Johns-Gemälde gekauft hat, oder?«

»Yankee-Abschaum«, brodelte BeBe. »Hinterhältiger, sozial hochgemogelter Yankee-Abschaum. Es scheint so, als wäre das Gemälde nicht das Einzige, das Reddy ihm verkauft hat.«

»Ich glaube, ich komme nicht ganz mit«, gestand ich.

»Es ist auch etwas kompliziert. Deinem Onkel James zufolge war das eine der typischen Maschen von Reddy. Er hat das Breeze Inn zu einem Spottpreis mit meinem Geld gekauft. Dann, noch bevor die Tinte auf dem Kaufvertrag trocknen konnte, hat er ein dreimonatiges Vorkaufsrecht auf den Besitz an Steve Arrendale verkauft. Für dreihunderttausend Dollar gegen einen Gesamtpreis von drei Millionen.«

»Wieso nur ein Vorkaufsrecht? Warum hat er es nicht gleich ganz verkauft?«

»Das kann James sich auch nicht erklären«, meinte BeBe achselzuckend. »Er denkt, vielleicht hatte Reddy geplant, an mehr als eine Person Vorkaufsrechte zu verkaufen, musste dann aber zu schnell die Stadt verlassen und ist nicht mehr dazu gekommen.«

»Ist das legal?«, fragte ich.

»Hoffentlich nicht. James wird eine einstweilige Verfügung gegen Arrendale und Sandcastle Realty vor Gericht erwirken. Er wird ihn auf Betrug verklagen, was es natürlich auch ist, und veranlassen, dass Arrendale keine Verkaufsberechtigung für seine Meerblick-Villen bekommt.«

»Das sind doch gute Nachrichten, oder?«

»Nun ja, selbst wenn der Richter eine einstweilige Verfügung genehmigt, was er wahrscheinlich tut«, erklärte BeBe, »wäre es nur eine vorübergehende. James sagt, es wird Arrendale zwar davon abhalten, das Motel zu verkaufen. Aber er sagt auch, dass *ich* dann in dieser Zeit ebenfalls nicht verkaufen kann. Nicht, bis das Ganze vor Gericht durch ist.«

Ich musste den Kopf einziehen, um mein Grinsen zu verbergen.

»So eine Scheiße«, murmelte BeBe leise. Ich riss den Kopf wieder hoch. Ihr standen Tränen in den Augen.

»Scheiße«, wiederholte sie und tupfte sich mit der Serviette die Augen. »Ich kann einfach nicht fassen, dass mir das passiert.«

Ich streckte die Hand aus und zupfte noch ein paar weitere Servietten aus dem Spender, die ich ihr reichte.

»Ich *hasse* es«, sagte sie bitter und drehte sich auf dem Barhocker, so dass sie mit dem Rücken zur Bar saß. Der Barkeeper fand unsere Unterhaltung auf einmal gar nicht mehr so langweilig. »Ich kann nicht zurück zu meinen Großeltern gehen, Eloise. Ich kann ihnen nicht in die Augen schauen.«

»Wieso denn nicht? Ihnen ist es doch egal, ob du pleite bist. Sie lieben dich, BeBe. Sie sind deine Familie. Und sie brauchen dich auch.«

»Du verstehst das nicht«, flüsterte sie. »Es ist ja nicht nur mein Geld, das weg ist. Ihrs auch. Reddy hat alles genommen.«

»Wie denn?« Die Loudermilks gehörten zu den alteingesessenen reichen Familien in Savannah. Ihnen hatte einst das teuerste Möbelgeschäft der Stadt gehört. Es war zwar schon seit zwanzig Jahren geschlossen, aber ich war mir sicher, dass die Familie ein ordentliches Vermögen besaß. Und BeBes Großvater mochte zwar einen alten klapprigen Wagen fahren, aber ich wusste, dass er Mitglied im Oglethorpe Club war. Der Großteil der erlesenen Möbel und Gemälde in BeBes Haus in der West Jones Street stammte von ihren Großeltern, die ihr die Sachen nach dem Umzug ins Pflegeheim vermacht hatten.

BeBe biss sich auf die Unterlippe. »So dumm. Ich war so verdammt dumm. Du weißt doch, dass ich mich um ihre Finanzen gekümmert habe, oder?«

Ich nickte.

»Opa ist noch nicht senil. Ganz und gar nicht. Er ist nur ziemlich vergesslich geworden. Und er kann es nicht haben, wenn er vergisst, eine Rechnung zu zahlen oder so. Er ist da sehr altmodisch. Er erträgt die Vorstellung nicht, dass ihn jemand für einen Schnorrer halten könnte. Also hat er alle ihre Konten auf mich übertragen. Meine Brüder hatten keine Lust, sich darum zu kümmern. Und ich war froh, wenigstens das für sie tun zu können. Und jetzt …«

Sie vergrub schluchzend das Gesicht in den Händen. Der Barkeeper wandte sich ab, offenbar war ihm BeBes emotionaler Ausbruch unangenehm. Ich streichelte ihr über den Arm, ohne zu wissen, was ich sagen sollte.

Nach einer Weile setzte sie sich auf und straffte die Schultern. »Es ist meine eigene Schuld. Nachdem Opa diesen blöden neuen Lincoln gekauft hatte, versuchte ich, den Händler dazu zu bringen, ihn zurückzunehmen. Er hat sich aber geweigert. Und Oma war im Krankenhaus, und es ging ihr so schlecht, und ich weiß auch nicht, es war einfach alles zu viel. Und Reddy war für mich da. Er hat gesagt, er kümmert sich darum, und das hat er auch getan. Er hat sie dazu gebracht, den alten Buick wieder rauszurücken und uns den Kaufpreis des Lincoln zurückzuerstatten. Und er bot an, mir mit den vermieteten Häusern zu helfen, und ich habe ihn gelassen. Er sagte, er wollte sich um mich kümmern. Weißt du?«

Wir tauschten wissende Blicke aus.

»Das hat noch nie jemand für mich getan«, sagte BeBe traurig. »Ich habe immer selbst für mich gesorgt. Sogar, als ich noch ein kleines Mädchen war, und obwohl ich die Jüngste war, konnte meine Mutter mir Dinge anvertrauen, die erledigt werden mussten.«

»Du bist die stärkste Frau, die ich kenne«, versicherte ich ihr. »Und die schlauste.«

»Nein«, widersprach sie und schüttelte vehement den Kopf. »Ich bin eine Versagerin. Sieh mich doch an. Dreimal verheiratet. Zweimal mit demselben Mann! Ich lerne einfach nicht dazu. Und jetzt ist es zu spät. Reddy hat nichts ausgelassen. Nach der Sache mit dem Auto wusste er, wo ich die Bankunterlagen meiner Großeltern aufbewahre. Er hat ihr Konto geleert. Bis auf den letzten Cent.«

»Ach, BeBe.« Ich musste nun selbst ein paar Tränen wegblinzeln. »Das wusste ich nicht.«

Sie putzte sich mit der Serviette die Nase. »Sie wissen es auch noch nicht. Ich bringe es nicht übers Herz, es ihnen zu sagen. Ich kann ihnen kaum in die Augen sehen. Sie haben mir vertraut. Und sieh dir nur an, was passiert ist.«

»Was hast du jetzt vor?«

Sie zuckte die Achseln. »Vorerst ist es kein Problem. Ihnen gehört die Wohnung in Magnolia Manor, und für die Mahlzeiten im Hauptspeisesaal ist im Voraus bezahlt worden, obwohl Opa immer meckert, dort würde alles nach gekochtem Rosenkohl schmecken. Sie haben auch eine Zusatzversicherung für Krankenhausaufenthalte, ich mache mir also keine Sorgen wegen der Medikamente und so. Es ist eher das andere, das Taschengeld. Ich habe ihnen immer ein bisschen was für den Alltag gegeben. Aber jetzt habe ich es einfach nicht mehr. *Sie* haben es nicht mehr.«

»Was ist mit deinen Brüdern? Können die nicht einspringen?«

»Sie wissen nichts davon. Und ich habe auch vor, es dabei zu belassen. Sie würden mir das ewig vorhalten. Und mal davon abgesehen, bin ich mir nicht sicher, ob einer von ihnen überhaupt in der Lage wäre, finanziell auszuhelfen.«

»Und was machst du jetzt?«

»Ich finde einen Käufer für das Breeze Inn.« BeBe hüpfte vom Barhocker. »Und dann suche ich diesen Reddy Millbanks und hole mir mein Geld zurück.«

17

Ein Restaurant zu haben, bedeutet normalerweise total verrückte Arbeitszeiten. In der Vergangenheit bin ich deshalb selten früher als Mitternacht vom *Guale* nach Hause gekommen, manchmal auch erst um eins. Doch selbst dann war ich meistens noch zu aufgedreht, um direkt ins Bett zu gehen. Ich trank ein Glas Wein, las ein Buch oder schaute alte Filme. Und morgens um zehn war ich wieder im Restaurant.

Aber mein altes Leben existierte nicht mehr, woran ich jeden Tag unzählige Male schmerzhaft erinnert wurde. Ich steckte stattdessen in dieser seltsamen Zwischenzone, in der ich versuchte, mich und mein Leben neu zu finden.

Nicht alles war furchtbar. Oma wurde täglich stärker. Sie bestand schon darauf, kurze Spaziergänge zu machen, und manchmal richtete sie sogar schon für uns alle das Frühstück. Dass sie wirklich auf einem guten Weg ist, wusste ich, als sie ihren wöchentlichen Termin bei der Kosmetikerin wieder wahrnehmen wollte. Opa ging es auch deutlich besser. Er fuhr sie zu ihren Arztterminen und zum Einkaufen und traf sich sogar mit seinen alten Bekannten zum Lunch.

Ich dagegen versank in Selbstmitleid. Nach wie vor schlief ich auf dem Sofa in der Wohnung meiner Großeltern und rief heimlich bei James Foley an, um den Fortschritt meiner rechtlichen Situation zu checken. Außerdem hatte ich mir angewöhnt, zu seltsamen Zeiten ein Nickerchen einzuschieben, weil ich nachts nicht genug Schlaf bekam. Gerade am Abend zuvor hatten die Great Lakes wieder irgendeinen Wettereffekt auf den Mittleren Westen, und dazu kam noch ein heftiger Waldbrand in den Sierra Madres, so dass Opa bis drei Uhr morgens den Fernseher nicht ausschalten wollte. Nachdem er dann endlich im Bett war, hatte Oma angefangen, gefühlt alle halbe Stunde auf die Toilette zu gehen.

Eines sonnigen Tages wurde ich von meiner Großmutter geweckt, die mich vorsichtig an der Schulter schüttelte.

»Was ist?«, nuschelte ich und blinzelte sie verschlafen an.

»BeBe, Liebes«, sagte sie. »Dein Opa und ich müssen mit dir reden.«

»Geht es dir wieder schlechter?«, fragte ich und war schlagartig wach.

»Mir geht es gut«, sagte sie und setzte sich zu mir aufs Sofa.

Ich richtete mich auf und gähnte. »Wie viel Uhr ist es denn?«

»Fast zwei Uhr nachmittags«, antwortete Oma mit leicht vorwurfsvollem Unterton.

»Ja«, stimmte Opa ein. »Und du liegst da und verschläfst den ganzen Tag.« Er runzelte missbilligend die Stirn. »Darüber wollten wir auch mit dir reden. Das kann nicht so weitergehen, junge Dame.«

»Spencer!«, rief Oma. »Sei still.« Sie errötete leicht.

»Liebes«, wandte sie sich wieder sanfter an mich und nahm meine Hand. »Dein Opa und ich haben uns unterhalten. Und wir sind so stolz auf dich und so dankbar, dass du so eingesprungen bist und uns geholfen hast, als ich krank war. Du warst echt ein Segen.«

»Meistens«, fügte Opa hinzu. »Aber jetzt ist es an der Zeit –«

»Spencer!«, fuhr sie ihn an. »Wir haben doch ausgemacht, dass ich das Reden übernehme.«

»Du redest doch nur um den heißen Brei herum«, grummelte Opa. »Sag es ihr doch einfach.«

»Mir was sagen?« Ich schaute von einem zum anderen.

»Na ja … es ist nur, ähm, mir geht es schon viel besser. Und der Arzt meint, dass ich wieder alles machen kann, wenn ich vorsichtig bin. Und wir dachten …«

»Wir denken, es ist Zeit, dass du wieder nach Hause ziehst«, schob Opa dazwischen. »Höchste Zeit. Du kannst nicht einfach immer den ganzen Tag hier auf dem Sofa liegen.«

»Spencer, um Himmels willen!«, rief Oma empört.

»Moment mal«, sagte ich. »Nur damit ich das richtig verstehe. Ihr werft mich raus? Darüber wolltet ihr mit mir reden?«

»Na ja«, meinte Oma beschwichtigend. »Ich würde nicht sagen, wir werfen dich raus. Aber wir sind uns einig, dass es mir wieder gut genug geht, dass du nach Hause gehen kannst.«

»Ja«, stimmte Opa zu. »Ich hab sogar schon deine Sachen gepackt. Nicht, dass da viel gewesen wäre. Du reist ja mit ganz schön leichtem Gepäck, muss ich sagen.«

Ich blinzelte. »Du hast schon meine Sachen gepackt. Und ihr wollt, dass ich gehe.«

»Lorena hat für heute Nachmittag ihre Freundinnen vom Bridgeclub eingeladen«, erklärte Opa. »Und sie liegt mir schon die ganze Zeit in den Ohren, dass ich das Wohnzimmer saugen soll. Was ich schlecht tun kann, wenn du hier rumliegst.«

Oma stand auf und boxte Opa an den Oberarm. »Spencer Loudermilk! Was soll ich nur mit dir machen?« Doch dann legte sie ihm den Arm um die Hüfte, und er gab ihr einen Kuss auf den Kopf. Und für diesen Moment sahen die beiden aus wie zwei frisch verliebte Teenager.

»Okay.« Ich schaute mich im Zimmer nach meinem zuvor erwähnten Gepäck um und entdeckte es in einer braunen Papiertüte vom Supermarkt. »Ich schätze, dann gehe ich mal, äh, heim. Tut mir leid, Leute, wenn ich euch im Weg war. Mir war nicht aufgefallen, dass ich euch so behindere.«

»Du warst nicht im Weg«, sagte Oma versöhnlich. »Hör nicht auf deinen Großvater. Er ist ein alter Trottel. Er macht nur so einen Aufstand, weil morgen Abend seine Pokerfreunde vorbeikommen wollen, und er weiß, dass du meckern wirst, wenn sie hier drinnen Zigarre rauchen.«

»Ist schon gut«, entgegnete ich und stand auf. »Er hat ja recht. Dir geht es schon viel besser, und ihr zwei braucht auch eure Privatsphäre. Dann geh ich mal nach Hause. Außer ihr braucht noch irgendwas?«

»Nein, gar nichts«, erwiderte Opa etwas zu schnell. Er legte einen Arm um meine Schulter und schob mich schon fast zur Haustür. Dann küsste er mich auf die Stirn und steckte mir etwas in die Hosentasche.

»Was ist das denn?«, fragte ich verdutzt.

»Nur ein bisschen Taschengeld«, antwortete Opa. »Das ist doch das mindeste, nach dem ganzen Babysitten, das du hier geleistet hast.«

Ich zog das Bündel Geldscheine hervor. Es waren fünf neu aussehende Hundertdollarscheine.

»Wo hast du das her?«, fragte ich alarmiert. Hatte er von einem Konto Geld abgehoben, das schon leer war?

»Mach dir darüber keine Sorgen«, sagte er leichthin. »Ich hab meine Quellen.«

»Nein, jetzt mal im Ernst«, entgegnete ich. »Ich weiß, dass du es nicht von eurem normalen Konto haben kannst, denn das Scheckbuch ist gar nicht hier. Wo kommt das Geld her, Opa? Ich muss das wissen, wenn ich eure Konten verwalten soll.«

»Du kennst aber nicht *alle* unsere Konten, junge Dame«, erwiderte er augenzwinkernd. »Ich hab mein Geld ein bisschen verteilt. Und mehr musst du darüber nicht wissen.«

Ich bekam allmählich Panik. »Ihr habt aber nicht hier in der Wohnung irgendwo Geld gebunkert, oder? Das ist nämlich wirklich keine gute Idee. Wenn es mal brennen sollte oder –«

Oma lachte. »Keine Sorge. Er hat keine Keksdose voller Hundertdollarscheine unter dem Bett versteckt, falls du das glaubst. Dein Großvater hat immer noch einen sehr guten Sinn für Zahlen. Das hatte er immer schon. Wir sind gut versorgt. Und ihr Kinder werdet das auch sein, wenn wir mal nicht mehr sind. Also, geh beruhigt nach Hause. Dusch mal wieder und mach dir die Haare. Und wieso ziehst du nicht eins deiner schönen Kleider an, die du sonst immer anhast?«

»Ja, kann ich machen.« Ich trottete missmutig zur Tür. »Ich komme dann Ende der Woche noch mal vorbei, um nach euch zu sehen.«

»Ruf aber vorher an«, sagte Opa.

Ich hätte schwören können, dass ich hörte, wie sich ein Schloss hinter mir drehte, als ich zu meinem Auto ging.

Eine Stunde lang fuhr ich ziellos durch die Stadt. Es war einer dieser eklig-kalten Tage, an denen man regelrecht sehen konnte, wie die blühenden Azaleen unter dem eisigen Wind erzitterten, der durch den Forsyth Park peitschte. Natürlich fuhr ich nicht wirklich ziellos umher. Ich fuhr am Park vorbei und umkreiste meinen alten Block um die West Jones Street dreimal, immer Ausschau nach Steve Arrendale haltend. Ich wollte ihn am liebsten überfahren, oder ihn zumindest schwer verstümmeln. Doch es war später Nachmittag, und die Straßen waren verlassen. Jedes Mal, wenn ich an meinem Haus vorbeifuhr und das *VERKAUFT*-Schild im Fenster sah, fluchte ich leise vor mich hin.

Jetzt schon sah das Stadthaus verlassen und verwahrlost aus. Die Buchsbäume in ihren antiken, gusseisernen Übertöpfen hatten große braune Flecken, und der Efeu, der den Eingang umrankt hatte, war verdorrt und hatte einen Teppich aus toten Blättern auf der Veranda hinterlassen. Unter dem von Säulen gesäumten Vordach hatten sich Tauben eingenistet, und der Bürgersteig musste auch dringend mal gekehrt werden.

Hör auf damit!, ermahnte ich mich schließlich selbst. Ich fuhr weiter zu Eloises Haus in der Charlton Street. Ich war müde und frustriert, ich hatte den ganzen Tag noch nichts gegessen. Ich konnte etwas Trost gebrauchen. Und starken Alkohol. Und meine beste Freundin.

Ich klemmte mir mein Papiertütengepäck unter den Arm und klingelte an der Haustür.

»Oh!« Marian Foley trug einen blassrosa Jogginganzug und sah mich erstaunt an. »Hallo, BeBe«, grüßte sie. »Wie schön dich zu sehen. Erwartet Eloise dich?«

»Hi Mrs Foley.« Ich gab ihr einen flüchtigen Kuss auf die Wange. Eloises Mutter legte viel Wert auf Förmlichkeiten. »Nein, Eloise erwartet mich nicht. Ich habe einfach spontan beschlossen, vorbeizuschauen. Komme ich ungelegen?«

»Nein, gar nicht.« Sie winkte ab. »Wir sitzen nur gerade in der Küche bei einer Tasse Tee zusammen und plaudern ein wenig von Mutter zu Tochter. Ich bin mir sicher, sie wird sich riesig freuen, dich zu sehen.« Doch ihr Blick strafte ihre Worte Lügen.

Ich folgte Marian nach hinten in Eloises Küche, wo sie an dem großen Eichentisch saß und ziemlich betreten dreinschaute. Vor ihr standen eine Kanne Tee, zwei Tassen und ein Teller mit seltsam geformten Muffins in Neonorange.

»BeBe!« Eloises Gesicht hellte sich auf. Ihr Blick fiel auf die Papiertüte.

»Hey«, erwiderte ich matt. »Ich wusste nicht, dass deine Mom hier ist. Ich kann auch später wiederkommen. Ruf mich einfach an. Aber auf dem Handy«, schob ich mit Nachdruck hinterher, in der Hoffnung, dass sie verstand, was ich ihr sagen wollte.

»Oh, Mom macht es nichts aus, oder?«, sagte Eloise mit fragendem Blick in Richtung ihrer Mutter.

Marians halbherzigem Achselzucken zufolge machte es ihr sehr wohl etwas aus.

»BeBe wollte mir sicher nur die alten, bestickten Taschentücher ihrer Großmutter vorbeibringen, die ich für meinen Laden verwenden will«, log Eloise, ohne mit der Wimper zu zucken. »Ich wollte kleine Ansteckblumen daraus machen und in *Maisie's Daisy* verkaufen.«

»Die alten Taschentücher von jemandem?« Marian schauderte sichtbar. »Wieso um alles in der Welt sollte man gutes Geld für so etwas bezahlen?«

»Das ist auch so ein verrückter Trend, nehme ich an«, sagte Eloise schlagfertig. Sie packte mich am Ellenbogen und schob mich aus der Hintertür in Richtung ihres Ladens. »Wir sind gleich wieder da, Mama. Gieß dir ruhig schon mal einen Tee ein.«

»Ich hebe dir einen Muffin auf, BeBe«, erklärte Marian. »Sie sind Orange-Pistazie, ein neues Rezept. Man nimmt Orangenlimonade, Wackelpudding und eine Mandarinendose und –«

»Später, Mama«, wiegelte Eloise ab und verdrehte die Augen, sobald sie ihrer Mutter den Rücken zugewandt hatte. Marian Foley war, soweit ich wusste, eine nette Dame. Sie war ihr Leben lang eine heimliche Trinkerin gewesen, bis sie vor ein paar Jahren in eine Entzugsklinik gegangen war und danach das Kochen als Therapie für sich entdeckt hatte. Das Problem war nur, dass sie eine wesentlich bessere Trinkerin als eine Köchin war.

»Ich bringe mich um«, murmelte Eloise. »Oder sie.«

Sie schloss die Tür zu ihrem Antiquitätengeschäft auf und schaltete auf dem Weg nach drinnen das Licht an. Leise klassische Musik drang aus verborgenen Lautsprechern, und sie sank in einen aufwendig restaurierten Messingstuhl. Dann tätschelte sie auffordernd den daneben stehenden Korbsessel.

»Was ist wirklich los?«, fragte sie dann ohne Umschweife.

»Geld. Eine halbe Million. Habe ich gestern im Lotto gewonnen. Hast du es nicht gehört?«

»Nö.« Sie zog die Augenbrauen hoch. »Mama schaut ununterbrochen den Koch-Kanal. Die ganze Stadt könnte niederbrennen, und ich würde nichts davon mitbekommen.«

»Was macht sie eigentlich hier?«

»Der Heißwasserboiler im Haus meiner Eltern ist explodiert. Das ganze Haus steht unter Wasser. Ihr Teppich ist ruiniert, und sie können erst wieder einziehen, wenn er wieder getrocknet ist.«

»Und so lang wohnen sie bei dir?«

»Mama schon. Und das ist das Problem. Daddy ist sofort nach South Carolina zum Jagen gefahren. Also bleiben nur Mama und ich.«

»Und die Muffins«, fügte ich hinzu.

»Hast du je so etwas Furchtbares gesehen? Ich weiß, ich sollte nicht so sein«, sagte Eloise kopfschüttelnd. »Ich schäme mich schon dafür. Aber sie macht mich …«

»… wahnsinnig?«, bot ich an.

»Genau. Ich kann nicht länger als eine Stunde mit ihr in einem Raum sein. Es ist, als würde sie den gesamten Sauerstoff absaugen.«

»Ich weiß«, stimmte ich zu. »Sie ist eine wunderbare Frau, aber …«

»Unmöglich«, ergänzte Eloise. »Aber ich stehe das schon durch. Irgendwie. Aber genug von mir und meinen Problemen. Was ist bei dir los? Ist was passiert?«

»Ich bin obdachlos«, platzte ich heraus. »Meine Großeltern haben mich rausgeschmissen.«

»Echt jetzt?«

»Fürchte schon«, erwiderte ich. »Und ich habe mich für eine gute Enkelin gehalten, die sich aufopfernd um ihre Großeltern kümmert. Doch dann stellt sich raus, dass sie sich gegen mich verschworen haben, um mich loszuwerden.«

»Wieso denn?«

»Ich kann es ihnen nicht mal verübeln«, seufzte ich. »Sie brauchen mich nicht mehr. Oma fühlt sich viel besser. Sie haben ihr eigenes Leben. Und sie können es nicht gebrauchen, dass ich da nur rumhänge.«

»Du kannst natürlich jederzeit hierbleiben«, sagte Eloise. »Mama kann mit mir in meinem Zimmer schlafen, und du kannst das Gästezimmer haben.«

»Auf keinen Fall«, lehnte ich ab. »Um ehrlich zu sein, bin ich gekommen, um dich genau darum zu bitten, aber jetzt kann ich unmöglich auch noch bei dir wohnen. Du hast genug mit deiner Mutter zu tun.«

»Ich flehe dich an.« Eloise drückte meine Hand. »Bitte. Ich brauche doch einen geistig klaren Menschen zum Reden.«

Aber ich schüttelte nur den Kopf und stand auf. »Das kann ich nicht machen.«

»Aber wo willst du denn jetzt hingehen?«, fragte sie.

»In ein Motel«, sagte ich und überraschte mich damit selbst. »Ich denke, ich werde mich mal in die Wohnung des Besitzers im Breeze Inn einquartieren. Tybee soll um diese Jahreszeit ja ganz wunderbar sein.«

Eloise grinste. »Reservier mir schon mal ein Zimmer. Wenn die das mit dem Teppich nicht bald hinbekommen, muss ich hier auch raus.«

18

Harry Sorrentinos Kombi parkte nicht auf dem Parkplatz des Breeze Inn. Ich runzelte die Stirn und spielte nervös an dem Schlüsselbund in meinem Schoß herum. Ich hatte meine Rede auf der ganzen Fahrt nach Tybee geprobt. Ich würde Harry auf ruhige und vernünftige Art und Weise sagen, dass er die Wohnung des Managers räumen musste, weil ich einziehen wollte. Sofort. Es war die einzige Möglichkeit, würde ich ihm sagen, wie ich meine Besitzrechte gegenüber den Bauunternehmern schützen konnte, die versuchten, mir das Motel unter den Füßen weg zu stehlen. Und ihm auch. Ich hatte in einem Anflug von Gutherzigkeit beschlossen, Harry weiter mietfrei dort wohnen zu lassen, so lang er in eins der freien Motelzimmer zog und seine Renovierungsarbeiten voranbrachte. Wenn ich das Breeze Inn nicht, wie ursprünglich geplant, sofort verkaufen konnte, wollte ich es wenigstens soweit in Schuss haben, dass ich Zimmer vermieten und etwas Geld damit machen konnte.

Eine Möwe sauste über die Windschutzscheibe des Lexus hinweg und hinterließ einen grünlich-weißen Placken als Souvenir. Ich hätte schwören können, dass die hinterhältige Kreatur mich auslachte, während sie davonschoss, und ich betätigte grummelnd die Scheibenwischanlage.

Im Breeze Inn angekommen, hämmerte ich an die Tür der Managerwohnung. Doch es rührte sich nichts. Ich klimperte ungeduldig mit dem Schlüsselbund und ging um die Blockhütte herum, wo ich meinte, eine Verandatür gesehen zu haben. Vielleicht war Harry doch zu Hause, schlief aber. Oder er war einfach wieder zu dickköpfig, wie beim ersten Mal, als ich zum Breeze Inn gekommen war.

Die Verandatür war salzverkrustet, und durch die Scheibe war keine Spur meines Motel-Managers zu entdecken. Im gedämpften Licht einer kleinen Tischlampe fand ich den Raum beinahe unverändert vor, nur der Außenbordmotor auf dem Küchentisch fehlte. Stattdessen war ein riesiges Wurfnetz über den Tisch und drei der Stühle ausgebreitet.

Ich klopfte an die Glasscheibe der Verandatür. »Harry! Ich bin's. BeBe Loudermilk. Harry, sind Sie zu Hause?«

Keine Antwort. Seufzend ging ich zurück zur Haustür. Ich warf einen Blick auf mein Handy. Es war fast halb sechs, und mit der einsetzenden Dunkelheit wurde es auch deutlich kühler. Sehnsüchtig dachte ich an den hässlichen Holzofen in der Hütte. Dann fiel mir meine Lieblingswinterjacke ein, ein weicher hellbrauner Steppmantel mit Burberry-Futter, zu dem ich immer einen passenden Burberry-Kaschmirschal getragen hatte. Der Mantel und der Schal waren im Schlafzimmerschrank in der West Jones Street gewesen. In meinem Haus. Meinem Zuhause. Weg – alles weg. Ich schauderte und zog den alten roten Pullover, den Eloise mir gespendet hatte, fester um mich.

Verdammter Harry Sorrentino. Wo steckte der Kerl bloß? Ich wollte nicht einfach einziehen und ihn rausschmeißen, ohne meine kleine Rede losgeworden zu sein. Aber jetzt mal im Ernst, genug war genug. Mir war kalt, und ich war hundemüde, und, wenn ich es mir recht überlegte, auch total ausgehungert. Für einen kurzen Moment bereute ich es sogar, die verunglückten Orangen-Muffins von Marian Foley ausgeschlagen zu haben. Doch nur für einen Moment.

Auf einmal fiel mir wieder das Geld ein, das Opa mir zugesteckt hatte. Schnell fasste ich an meine Hosentasche, um sicherzugehen, dass es noch da war. Ich könnte diesen verfluchten Ort verlassen und mir im Holiday Inn die Straße runter ein Zimmer nehmen, mir ein schönes Fischrestaurant suchen und essen gehen, danach in einem richtigen Bett schlafen, ohne dass der Wetterkanal mir in den Ohren dröhnte und ständig jemand ins Bad schlurfte und mir die Springfedern des Sofas in die Rippen pieksten.

Ich stieg wieder in meinen Lexus und war schon dabei, auszuparken, als ich meine Meinung änderte.

Nein, dachte ich. Verdammt, nein. Klar konnte ich mir ein Hotelzimmer nehmen, und das Geld würde ein paar Tage reichen, aber was würde ich dann tun? Meinen Großeltern gestehen, dass ich mittellos und ohne Heimat war – und noch schlimmer, dass ihnen wahrscheinlich dasselbe Schicksal blühte, dank meiner grenzenlosen Dummheit?

Auf keinen Fall. Egal, was passierte, ich war jetzt die Besitzerin und einzige Eigentümerin des Breeze Inn. Und Harry Sorrentino sollte sich besser damit abfinden. Sobald er wieder auftauchte. *Falls* er wieder auftauchte.

Ich fuhr schnell zum Tybee-Markt, um etwas fürs Abendessen einzukaufen. Ich hatte damit gerechnet, nur das Nötigste in dem altmodischen Supermarkt zu finden, doch ich wurde positiv überrascht. Es gab eine gut sortierte Feinkostabteilung, sogar frischen Fisch und eine ausreichende Gemüseauswahl. Ich blieb vor der Fleischtheke stehen und betrachtete gierig die frisch gemachten Crabcakes und den Berg frisch gefangener Riesengarnelen, die auf einem Bett aus Eiswürfeln ruhten. Doch ich entschied mich dann gegen solch dekadente Ausgaben und kaufte stattdessen eine Dose Tomatensuppe, eine Schachtel Kekse, leistete mir aber wenigstens eine Flasche kalifornischen Chardonnay und eine Ecke gut gereiften Cheddar.

Als ich wieder beim Breeze ankam, war von Harry immer noch nichts zu sehen. Was auch ein gutes Zeichen war, wie ich mir sagte. Dennoch, als ich die Tür zu der kleinen Verwaltungshütte aufschloss, zögerte ich, die Schwelle ungebeten zu übertreten.

»Harry?« Meine Stimme bebte ein wenig vor ungewohnter Unsicherheit. Ich versuchte es noch einmal etwas selbstsicherer. »Harry?«

Ich stellte die Supermarkttüte auf der Küchenanrichte ab und die Papiertüte mit meinen Habseligkeiten auf den Sessel vor dem Fernseher. Ich musste erst ein Sixpack Heineken aus dem Kühlschrank nehmen, um überhaupt etwas einräumen zu können. In der Küche waren alle Töpfe und Pfannen ordentlich in einem Holzregal neben dem Ofen verstaut, und ich verspürte einen Anflug von schlechtem Gewissen, als ich die Suppe in einen kleinen Topf füllte und auf dem Herd erhitzte.

Das Gefühl verstärkte sich, als ich die Tür öffnete, die ins Schlafzimmer führen musste. Bei meinem ersten Besuch hatte Harry, was diesen Bereich anging, deutlich auf seiner Privatsphäre bestanden.

Ich zuckte mit den Achseln und öffnete die Tür trotzdem. *Sein* privater Bereich war jetzt eben *mein* privater Bereich. Das Zimmer war größer, als ich erwartet hatte, obwohl es immer noch nur etwa halb so groß war wie mein Schlafzimmer in der West Jones Street. Ein altes, eisernes Bettgestell mit einer durchgelegenen Matratze und einem ausgeblichenen, aber ordentlich drapierten Chenilleüberwurf stand an der Wand gegenüber der drei tiefen Fenster. Am Kopfende waren rechts und links alte Obstkisten als Nachttische aufgestellt. Ein hölzerner Lehnstuhl und eine billige Kommode mit Resopalplatte waren die einzigen anderen Möbelstücke im Schlafzimmer. Der blanke Linoleumboden wirkte frisch gefegt.

Ich öffnete eine schmale Tür und fand den Wandschrank. Er

war so groß wie der Besenschrank in meinem Haus, und auf der einzigen Holzstange hingen ein paar Baumwollhemden und Khakihosen. Ich checkte kurz die Schilder in den Hemden, obwohl sich mein schlechtes Gewissen längst wieder gemeldet hatte. Ralph Lauren. Was machte dieser Fischer-Typ mit Anzughemden, die siebzig Dollar das Stück kosteten?, fragte ich mich. Ich fuhr mit den Fingern über die anderen Kleider auf der Stange und zog erstaunt die Augenbrauen zusammen, als ich einen dunkelblauen Blazer in der Ecke entdeckte. Der Wollstoff war samtweich und eindeutig hochwertig, weshalb ich keine Skrupel hatte, mir das Label anzuschauen. Auf dem Satinschildchen stand J. Parker, was das beste Bekleidungsgeschäft für Männer in ganz Savannah war.

Auf dem obersten Regalbrett im Schrank lag ein Koffer. Gut. Ich holte den Koffer heraus und legte ihn aufs Bett. Ich ließ mir Zeit und faltete die Kleidungsstücke ordentlich, ehe ich sie einpackte. Vor der Kommode blieb ich zögernd stehen. Mein Blick fiel auf den alten, gesprungenen Spiegel darüber, und ich betrachtete mein Gesicht. Wer war diese Person? Was tat sie hier?

Hemden, Hosen und Jacken waren eine Sache. Aber in dieser Kommode befand sich vermutlich alles, was Harry Sorrentino besaß. Persönliche Dinge. Es war eine Sache, seinen Kleiderschrank auszuräumen. Aber in den privaten Dingen eines Fremden zu wühlen war etwas ganz anderes. Ich musste daran denken, wie furchtbar ich mich an jenem Morgen gefühlt hatte, als ich durch das Fenster in der West Jones Street gelugt und den nackten Fußboden erblickt hatte, auf dem meine Teppiche gelegen hatten, die nackten Wände und Fenster, wo Bilder und Vorhänge gewesen waren. Ich dachte daran, wie ich mich gefühlt hatte, als ich rausgefunden hatte, dass alles, was ich besessen hatte, absolut alles – bis auf die Kleider, die ich am Leib trug, und ein paar Habseligkeiten im Auto – von Fremden eingepackt und weggefahren worden war.

Ich schauderte bei der Vorstellung, dass fremde Männer meine Unterwäsche angefasst und meine Blusen und Kleider und Pullover und Schuhe in Pappkartons geworfen hatten. Ich konnte sie über mich reden hören, über meine Sachen, spürte ihre schwitzigen Hände in meinem Nacken. Seufzend sank ich aufs Bett. Das konnte ich Harry Sorrentino nicht antun.

Ja, Harry musste ausziehen. Es gab keine andere Möglichkeit. Aber ich würde Harry Sorrentino nicht genauso mies behandeln, wie Reddy Millbanks – oder was auch immer sein richtiger Name war – mich behandelt hatte. Ich packte den Koffer wieder aus und hängte die Kleider zurück an ihren Platz. Dann ging ich in die Küche, um meine Suppe zu essen und auf Harrys Rückkehr zu warten.

Behutsam faltete ich einen Teil des Fischernetzes zusammen, so dass ich mich auf den Sessel vor dem Fernseher setzen konnte. Ich schaute irgendeine blöde Sendung und knabberte Cracker und Käse, während ich mit einem Ohr immer auf Autogeräusche vom Parkplatz lauschte. Ich fühlte mich wie Goldlöckchen, das darauf wartet, dass die drei Bären nach Hause kommen.

Es war kühl in der Hütte. Ich schaute mich vergeblich nach einer Heizung um, bis ich mir murrend eingestehen musste, dass die einzige Wärmequelle in meinem neuen Zuhause der verbeulte Ofen im Wohnzimmer war. Verdammt. In meinem Haus in der West Jones Street gab es vier Kamine, die ich alle vor längerem schon mit Einsätzen versehen hatte, so dass sie mit Gas betrieben werden konnten. Feuer machen sah bei mir so aus, dass ich den Knopf an der Fernbedienung drückte.

Seufzend stand ich auf, um Holz zu holen, zuckte jedoch zurück, als mir beim Öffnen der Haustür ein eiskalter Wind entgegenblies. Schnell huschte ich ins Schlafzimmer, wo ich mir ein warmes Flanellhemd aus dem Schrank nahm. Es war von Pendleton. Wer auch immer das mal gekauft hatte, hatte nicht zu wenig

145

dafür hingelegt. Die Ärmel hingen mir bis fast zu den Knien, aber ich krempelte sie hoch, schlug den Kragen auf und machte mich bereit, den Elementen zu trotzen. Wenigstens gab es Holz. Ich hatte es schon vorher auf der Veranda entdeckt, ein großer Stapel, der unter einer blauen Plane hervorlugte. Ich packte mir die Arme voll Holzscheite und nahm noch eine Handvoll Kleinholz aus einem kleinen Kessel neben der Tür. Drinnen hockte ich mich vor den eisernen Ofen und versuchte, mich an meine Pfadfinderzeit zu erinnern. Ich drapierte die Holzscheite so, wie unsere Pfadfinderleiterin, Miss Betsy, es uns über die Jahre immer gepredigt hatte: das Kleinholz in der Mitte und die Scheite drumherum, wie ein Tipi. Dann noch etwas Zeitungspapier zu einer kleinen Fackel gerollt und angezündet. Mit angehaltenem Atem beobachtete ich, wie die kleine orange-gelbe Flamme an den Ecken des Kleinholzes leckte.

»Komm schon, Baby«, flüsterte ich, den Blick wie gebannt auf meine Kreation gerichtet. »Brenn schon, los.«

Als die Stöckchen Feuer fingen, klatschte ich vor Begeisterung in die Hände. »Dafür bekomm ich das Verdienstabzeichen!« Um meinen Sieg zu feiern, öffnete ich die Flasche Chardonnay und setzte mich im Schneidersitz auf den Boden, von wo aus ich Wein trinkend zuschaute, wie mein Feuer aufloderte. Ich machte erneut den Fernseher an, doch es lief nichts außer dümmlichen Reality-Shows und Sitcoms. Genervt schaltete ich wieder ab und durchforstete das Bücherregal nach Lesbarem.

Harrys Literaturgeschmack war definitiv speziell. Ich fand ein komplettes Set aller Erstausgaben von P. G. Wodehouse sowie Regalbretter voller Taschenbücher von John D. MacDonald. Außerdem standen in dem Regal mindestens ein Dutzend Bücher über die Geschichte Kubas und Lehrbücher für Jurastudenten. Eine neu aussehende Ausgabe von »Der Sturm« war sogar signiert. Seltsam. Ich nahm eins der Jurabücher heraus und bemerkte beim Durchblättern, dass etliche Stellen mit grünem Textmarker unterstrichen waren.

Als Nächstes zog ich einen der »Travis-McGee«-Romane hervor, dessen Cover eine besonders grauenhafte Illustration zierte, in der eine schwarzhaarige Frau über den Lauf einer Pistole starrte. Damit setzte ich mich in den Sessel und tauchte ein in die Welt von Bahia Mar, einer zwielichtigen Hafengegend, wo der Gin kalt, die Frauen heiß, die Steaks roh und Moral rar war. Wenn ich so darüber nachdachte, fiel mir ein, dass mein Vater auch so eine Sammlung ranziger Taschenbücher hatte, die er irgendwo versteckt hielt. Männerbücher. Ich hatte noch nie eins davon gelesen, aber vielleicht war heute Abend der Zeitpunkt gekommen, um dem alten John D. eine Chance zu geben.

Die Sprache war so archaisch und politisch so wenig korrekt, dass ich lachen musste. Die verschiedenen Eroberungen Travis McGees wurden als Miezen, Strandhäschen, Hotties oder Schlampen bezeichnet. Heutzutage würde er mit so etwas niemals durchkommen. Trotzdem hatte die ehrliche, kompromisslose Art und Weise, wie MacDonald das Florida vor Disney beschrieb, etwas, das mich die Seiten immer eifriger umblättern ließ und in die Welt von Travis McGee auf seinem Hausboot, *The Busted Flush*, hineinzog. Ich konnte die Luftfeuchtigkeit des Zypressensumpfs schmecken, das Summen der Moskitos hören und das goldene Sonnenlicht sehen, das durch den Vorhang aus Spanischem Moos sickerte.

Schließlich begann mich die Hitze des Kamins und der Chardonnay einzulullen. Ich stellte die Lehne des Sessels ein wenig zurück und schloss die Augen. Auf einen Schlag war ich hundemüde. Ich nahm gerade noch wahr, dass das Buch zu Boden fiel. Ich sollte es aufheben, dachte ich. Das Geschirr abwaschen. Meine Zähne putzen. Zahnseide verwenden. Mir das Gesicht eincremen. *Ach, was soll's.* Das war mein letzter bewusster Gedanke.

Im Traum war ich ein Strandhäschen im knappen Bikini, das sich in der Kajüte der *Busted Flush* an den braungebrannten Adonis schmiegte, der Travis McGee war und mich gerade vor einer gierigen Meute Bauunternehmer gerettet hat. Ich warf mir elegant die platinblonde Mähne über die Schulter und begann, mein Bikinioberteil aufzuknoten, so dass meine von der Sonne geküssten Brüste …

»Hey!«

Die Stimme war zu laut und sie klang ziemlich genervt. »Was zum Teufel machen Sie hier?«

»Trav?«

»Wie bitte?!«

Es war Harry Sorrentino, nicht Travis McGee, der berechtigt zürnend vor mir stand. Ich setzte mich auf und versuchte, mich zu orientieren. Wo war ich? Wer war ich?

Ich rieb mir den Schlaf aus den Augen, während mich die Realität wieder einholte.

Ah, ja. Ich war BeBe Loudermilk. Versagerin, Geschiedene, pleite und obdachlos. Und kurz davor, dem wütenden Verrückten hier den Job wegzunehmen.

»Also, Sie sind wieder da«, sagte ich möglichst würdevoll.

»Offensichtlich«, erwiderte er. »Ich wohne hier, schon vergessen?«

»Nein. Das ist mir bewusst.«

»Gut. Was zur Hölle tun Sie dann hier, um Mitternacht, mit meinem Hemd an, schlafend in meinem Sessel? Und was haben Sie mit meinem Bier gemacht?«

»Bier?« Ich blinzelte und versuchte, mich zu erinnern. »Ich habe kein Bier getrunken.«

Er hielt die halbleere Flasche Chardonnay hoch. »Nein. Sie haben das hier getrunken. Aber Sie haben mein Bier aus dem Kühlschrank geräumt.«

»Ja«, gestand ich. »Das stimmt.«

Er fuhr sich mit den Fingern durch die kurzgeschnittenen Haare, so dass sie nach oben standen. »Lassen Sie mich die Frage wiederholen. Was zum Teufel tun Sie hier?«

Ich stellte die Lehne des Sessels wieder aufrecht. »Ich bin hergekommen, um Ihnen etwas mitzuteilen. Aber Sie waren nicht da. Ich habe ziemlich lang gewartet, aber es wurde immer später, und ich war müde, also bin ich eingeschlafen.«

»Was gibt Ihnen das Recht, hier einfach so reinzuspazieren?«, fragte er aufgebracht. »Was gibt Ihnen das Recht, meine Sachen zu durchwühlen und sich an meinen Klamotten zu bedienen, und was – um Himmels willen – gibt Ihnen das *Recht*, mein gesamtes Bier warm werden zu lassen?«

Ich stand auf und sah ihm fest in die Augen. »Nicht Ihr gesamtes Bier. Es sind noch zwei Flaschen im Kühlschrank. Im untersten Fach. Hinter der Sojamilch.«

Er wandte sich abrupt ab und marschierte in die Küche. Ich hörte, wie etwas beiseitegeschoben wurde, anschließend Klappern von Glas, gefolgt vom Zischen der Kohlensäure, als er eine Flasche öffnete.

Und dann stand er wieder vor mir. Einen Finger hatte er um den Hals der geöffneten Flasche gelegt. Sie war schon halb ausgetrunken. Die zweite Flasche hatte er sich auch gleich mitgebracht.

»Also gut, probieren wir es noch mal.« Er nahm einen tiefen Schluck aus der Bierflasche. »Was zur *Hölle* haben Sie hier zu suchen?«

Ich versuchte, mich an die überzeugenden Argumente aus meiner im Auto zurechtgelegten Rede zu erinnern, aber es war schon spät, und ich war so schläfrig.

»Mir gehört das Motel«, sagte ich plump.

»Leider. Das ist mir klar«, entgegnete er missmutig. »Oh, ich verstehe. Sie sind eine dieser Großstadt-Designerdrogen-Frauen, stimmt's? Ist es das? Na, dann würde ich Ihnen raten, jetzt nicht zurück in die Stadt zu fahren, weil die Cops Sie auf jeden Fall anhalten und Ihren süßen Hintern in eine Zelle schmeißen werden. Die stehen drauf, reiche Tussis auf Drogen aus dem Verkehr zu ziehen.«

»Nein!«, protestierte ich vehement. »Ich nehme keine Drogen. Ich habe zwei Gläser Wein getrunken. Vor Stunden. Ich bin einfach nur müde, das ist alles. Ich schlafe in letzter Zeit nicht sonderlich gut.«

»Das tut mir aber leid«, sagte er mit gespieltem Mitgefühl. »Könnten Sie dann bitte nach Hause fahren? Es war ein langer Abend. Ich bin selbst ziemlich müde, und morgen habe ich auch einen langen Tag.«

»Ich bin zu Hause«, erklärte ich. »Deshalb bin ich ja hergekommen. Um Ihnen die Situation zu schildern. Und meinen Plan.«

»Ihren Plan?« Er zog eine Augenbraue hoch. Der Hund – Jeeves? Derselbe weiße Terrier, den ich neulich schon gesehen hatte, kam ins Zimmer getrottet. Er bellte einmal entrüstet auf und fletschte die Zähne in meine Richtung, ehe er auf den Sessel sprang, den ich gerade verlassen hatte. Er drehte sich ein paarmal im Kreis und kuschelte sich dann in das ausgeblichene grüne Polster, die Schnauze zwischen den Pfoten vergraben.

»Ihren Plan?«, wiederholte Harry und kraulte den Hund zwischen den Ohren. »Wieso muss ich mir Ihren Plan um Mitternacht in meinem Wohnzimmer anhören?«

Ich seufzte. Er hatte offenbar nicht vor, es mir einfach zu machen.

»Hören Sie zu«, setzte ich an. »Ich wollte auch nicht, dass es so abläuft. Ich bin heute Nachmittag hier rausgefahren, um Ihnen alles zu erklären. Wieso sich etwas ändern muss.«

Er verschränkte die Arme vor der Brust. »Und wieso muss sich etwas verändern?«

»Weil es ums Geschäft geht«, erwiderte ich, während ich spürte, wie ich rot wurde. »Das Breeze Inn ist ein Geschäft. Es läuft vielleicht gerade nicht besonders gut. Genau genommen ist es wahrscheinlich gerade eine äußerst miese Investition. Aber trotzdem steht dieses Motel auf einem sehr wertvollen Stück Land mit Meerblick.«

»Das ist mir auch klar«, entgegnete er gereizt.

»Dann muss Ihnen doch auch klar sein, in was für einer Situation ich stecke. Irgendwie hat ein Bauunternehmer eine Option für dieses Grundstück erworben. Wie ich Ihnen bereits gesagt habe, hatte ich nichts damit zu tun. Mein Anwalt arbeitet gerade daran, die Sache zu klären.«

»Ihr Anwalt.« Er grinste schief. »Wieso macht es das nicht besser?«

»Der Punkt ist, dass ich das Breeze Inn in ein profitables Geschäft verwandeln muss, bis wir das geklärt haben.«

»Und?«

Ich straffte die Schultern und bemerkte, dass ich immer noch *sein* Hemd trug. »Ich habe das Gefühl, dass ich vor Ort wohnen sollte. Um die Renovierungsarbeiten zu überwachen. Ganz direkt.«

»Hier?« Er machte eine Armbewegung durch den Raum. »Sie glauben, Sie werden hier wohnen?«

»Na ja«, erwiderte ich zögernd. »Ja. Deshalb bin ich heute hergekommen. Um Ihnen mitzuteilen, dass ich hier einziehen werde. Und dass Sie, äh, ausziehen müssen.«

Er fuhr sich wieder mit den Händen durch die Haare und glättete dabei das, was er vorher verwuschelt hatte. Er kaute auf der Innenseite seiner Wange, während er offenbar darüber nachdachte.

»Das meinen Sie ernst.«

»Ja.«

»Einfach so.«

»Na ja, ja. Es tut mir leid. Aber so ist es. Ich dachte, Sie könnten vielleicht in eins der Zimmer ziehen. Vielleicht in Nummer sieben, das ich mir gestern angeschaut habe. Es ist ein wenig primitiv, das gebe ich zu. Aber Sie haben doch gesagt, dass sie die neuen Toiletten bestellt haben, und das Dach ist ja bereits gemacht.«

»Sind Sie verrückt? Ich kann das Zimmer frühestens in einer Woche fertig haben. Außerdem, wieso haben Sie es denn so eilig? Ich habe Ihnen doch gesagt, dass ich alles unter Kontrolle habe. Noch ein bisschen Arbeit an den sanitären Anlagen, ein bisschen Dachausbesserung und frische Farbe. In zehn Tagen können Sie die Zimmer wieder vermieten. Okay? Zehn Tage. Ich verspreche es.« Er rang sich ein Lächeln ab.

»Hmmmf.« Wir wandten uns beide ab und starrten den Sessel an. Jeeves schlief tief und fest und seufzte selig. Der Schlaf der Gerechten, dachte ich.

»Die Sache ist die«, sagte ich bestimmt. »Ich ziehe hier ein. Sofort.«

Er starrte mich an, als würde er es immer noch nicht begreifen. »Hier?«

»Genau hier«, antwortete ich. »Jetzt sofort.«

19

Harry verengte die Augen zu Schlitzen. »Das können Sie nicht tun. Sie können nicht einfach hier reinmarschieren und mich rauswerfen. Mitten in der Nacht.«

»Es war aber nicht mitten in der Nacht, als ich hier angekommen bin«, wendete ich ein. »Es war noch helllichter Tag. Und Sie waren nicht da. Ich hatte keine Ahnung, wo Sie waren.«

»Es geht Sie auch nichts an, wo ich war. Ich bin Ihnen keine Rechenschaft schuldig.«

Der Hund setzte sich ruckartig auf und schnüffelte. Vielleicht spürte er die Spannung zwischen uns.

»Hören Sie«, versuchte ich es etwas versöhnlicher. »Das bringt uns doch nicht weiter. Es ist spät. Ich bin müde, Sie sind müde. Wieso fahren Sie nicht einfach zu einem Freund und schlafen heute Nacht dort. Morgen können Sie dann anfangen, Zimmer sieben fertig zu machen.«

»Auf keinen Fall.« Er machte auf dem Absatz kehrt und ging in die Küche. Ich beobachtete ihn sprachlos. Holte er sich noch ein Bier? Oder vielleicht ein Messer?

»Sie können mich nicht rauswerfen«, rief ich ihm hinterher. »Das haben schon ganz andere versucht. Finden Sie sich besser damit ab. Ich bin hier und ich bleibe.«

Er kam zurück, beladen mit Laken, einem Kissen und einer Decke, was er mir kurzerhand übergab.

»Sie wollen bleiben. Schön«, sagte er. »Das Schlafzimmer ist belegt. Ich sehe, Sie haben schon rausgefunden, wie der Ofen funktioniert. An Ihrer Stelle würde ich noch ein bisschen Holz nachlegen, ehe Sie schlafen gehen. Die Temperatur soll heute Nacht unter fünf Grad fallen, und die Wände sind nicht isoliert. Bis morgen.«

Ehe ich etwas erwidern konnte, war er auch schon durch die Schlafzimmertür verschwunden, die er hinter sich zuwarf. Kurz darauf vernahm ich das Geräusch eines Riegels, der vorgeschoben wurde.

»Hey!«, rief ich ihm hinterher. »Wir sind noch nicht fertig miteinander.«

»Ich schon.«

Ich würde ihm nicht die Genugtuung verschaffen, an die Tür zu hämmern und zu verlangen, dass er das Schlafzimmer räumte. Heute Nacht – und wirklich nur heute Nacht – würde ich hier draußen schlafen. Ich drehte mich zum Sessel um.

Jeeves setzte sich aufrecht hin und fletschte die Zähne. Dazu knurrte er warnend. »Okay, okay.« Ich wich zurück. »Hab's verstanden. Ich nehm das Sofa.«

Nachdem ich so viele Holzscheite wie möglich in den Ofen gestopft hatte, breitete ich das Laken über das Sofa aus und versuchte, es mir darauf gemütlich zu machen, was ein Ding der Unmöglichkeit war. Das Sofa sah aus wie eins der Möbelstücke, die Eloise in ihre Strandhäuser gestellt hätte, ein Dreisitzer-Rattanteil mit einer schmalen Sitzfläche und drei lächerlich dünnen Schaumstoffkissen. Ich wälzte mich hin und her, drückte mich gegen die Lehne und schlief irgendwann erschöpft ein.

Gefühlte fünf Minuten später hörte ich Wasser laufen. Ich öffnete ein Auge und schloss es wieder. Draußen war es immer noch stockdunkel. Ich hatte meine Armbanduhr abgelegt, doch ich war mir sicher, dass es nicht später als zwei Uhr morgens sein konnte. Kalt. Im Zimmer war es kalt wie in einer Gruft. Ich zog mir die dünne Wolldecke über den Kopf und versuchte, mich von unten zusätzlich in das Laken einzuwickeln. Ich betete, dass Harry Sorrentino rauskäme und das Feuer wieder anmachte. Oder mir eine zweite Decke brächte. Oder noch besser, mir das Schlafzimmer anböte. Ich hatte vorher ein kleines Heizöfchen darin gesehen. Inzwischen war es dort bestimmt kuschelig warm.

Ich richtete mich auf und zog mir die Decke um die Schultern. Die Tür zum Schlafzimmer stand offen, die zum Badezimmer war geschlossen. Wasserdampf quoll unter der Tür hervor. Blasslila Licht ergoss sich durch die Scheiben der Verandatür. Konnte das tatsächlich schon der Sonnenaufgang sein? Ich stand auf und wickelte die Decke um mich. So bekleidet tapste ich zur Terrassentür, um nach draußen zu schauen.

Ein blühender Busch, kleine Palmen und ein paar vom Wind zerzauste Pinien bildeten einen scharfen Kontrast zu dem Weiß der Dünen. In der Ferne konnte ich den Atlantik durch einen Vorhang aus sich wiegendem Strandhafer silbern funkeln sehen.

Ich betrachtete die friedliche Szenerie gebannt. Konnte das Tybee sein? Ich stand da und starrte den schmalen Streifen Landschaft an und fühlte mich wie auf meiner eigenen kleinen Insel.

Auf einmal tauchte ein älterer, leicht gebeugt laufender Mann am Strand auf. Seine nackte, braungebrannte Brust glänzte in der aufgehenden Sonne, genau wie sein fast vollständig kahler Kopf. Die langen, knochigen Arme bewegte er im Rhythmus seiner Schritte. Er trug eine knappe Badehose und sonst nichts, außer Kopfhörern. Ich erschauderte unwillkürlich. Beim Joggen bewegte der alte Mann den Kopf hin und her, und plötzlich war da ein ebenfalls betagter schwarzer Labrador, der fröhlich hinter ihm hertrabte und dabei in der Brandung plantschte.

Die Badezimmertür ging auf, und Harry Sorrentino trat umgeben von einer Dampfwolke heraus. Seine Haare waren feucht, er

155

trug ausgewaschene blaue Jeans und ein kariertes Flanellhemd.
Sein Gesicht war gerötet, und ich entdeckte ein paar kleine Krat-
zer, wo er sich offenbar beim Rasieren geschnitten hatte.

»Sie sind also wach«, stellte er in meine Richtung nickend fest.
Er ging zur Eingangstür und öffnete sie. Dann pfiff er einmal kurz.
»Jeeves!«, rief er.

Der Terrier setzte sich auf, blinzelte und streckte sich.

»Los, Junge. Wir gehen pinkeln.«

Ich eilte ins frei gewordene Badezimmer und dachte mir, dass
das die erste gute Idee von ihm gewesen war.

Als ich geduscht und angezogen war, war es draußen hell. Die
ausgeblichenen Holzwände der Hütte waren in Sonnenlicht ge-
taucht, und das Feuer in dem kleinen Ofen knisterte fröhlich vor
sich hin. Aus der Küche drang der Duft von frisch aufgebrühtem
Kaffee und gebratenem Schinken. Harry stand mit dem Rücken
zu mir am Herd, Jeeves saß schwanzwedelnd hinter ihm, offenbar
ungeduldig auf das Frühstück wartend.

Das Laken und die Bettdecke waren von dem Rattansofa verschwunden. Es war, als hätte er bewusst alle Anzeichen meiner
Anwesenheit beseitigt.

Ich verstaute meine Toilettensachen wieder in der Papiertüte,
die Harry – als Wink mit dem Zaunpfahl – schon an die Tür gestellt hatte.

»Kaffee?« Er schob mir auf der Anrichte eine gefüllte Tasse hin.

Es war zwar gegen meinen Stolz, doch ich nahm sie gern an,
legte die Hände um die Tasse und atmete gierig den schweren Kaf-
feeduft ein.

»Wir müssen uns unterhalten«, sagte ich zwischen zwei Schlu-
cken.

»Von meiner Seite aus ist alles gesagt«, erwiderte er und an-
gelte die Schinkenstreifen aus der Pfanne und platzierte sie auf
einem mit Haushaltspapier ausgelegtem Teller. »Ich hatte eine

Abmachung. Ich habe Hunderte Stunden an Arbeit in die Reno-vierung gesteckt, und keinen Cent Lohn dafür gesehen. Es sieht vielleicht nicht nach viel aus, aber als ich hier eingezogen bin, gab es nicht mal einen Wasserboiler. Das Dach war undicht wie ein Sieb, das Fundament hätte bald nachgegeben, die Elektrik war am Arsch, und die Leitungen durchgerostet. Das habe ich alles re-pariert und noch mehr. Jetzt kommen Sie hier reinstolziert und erklären die Abmachung für nichtig. Neuer Besitzer, neuer Plan. Ihr neuer Plan lässt mich im Regen stehen, und das passt mir gar nicht.«

»Ich habe doch gesagt, Sie können hierbleiben.«

»Nein. Sie haben gesagt, ich muss ausziehen. Gestern Nacht ha-ben Sie angeboten, dass ich in eins der Zimmer ziehe, obwohl ich Ihnen gesagt habe, dass ich mindestens noch eine Woche brauche, um es fertig zu machen.« Er drehte sich zu mir um und grinste mich boshaft an. »Wie clever von Ihnen.«

Er warf dem Hund ein Stück Schinken zu, das dieser in der Luft fing und sofort verschlang.

Ich runzelte die Stirn. »Das ist bestimmt nicht gut für ihn.«

»Das können Sie ruhig mir überlassen, was gut und nicht gut für meinen Hund ist«, fuhr Harry mich an. »Wir sind wunderbar klargekommen, bis Sie hier aufgetaucht sind.«

Ich wollte gerade etwas erwidern, überlegte es mir dann aber anders.

»Jedenfalls, wie Sie gesagt haben, Ihnen gehört das Motel jetzt. Und wenn Sie hier einziehen wollen, auch wenn ich nicht ver-stehe, wieso Sie das wollen, kann ich nichts dagegen tun. Was be-deutet, dass ich und Jeeves hier auf der Straße stehen. Ich kann nichts dagegen tun. Die Reeses und ich hatten keinen Vertrag oder so, nur eine mündliche Abmachung, was natürlich vor keinem Gericht der Welt etwas wert ist, wie wir beide wissen.«

Er schaltete den Herd aus und stellte die Pfanne in die Spüle.

Dann ging er zum Tisch und nahm ein Blatt Papier, das er mir mit einer schroffen Bewegung reichte.

»Was ist das?«

»Nur eine Auflistung, was Sie mir schulden«, sagte er ungerührt und goss sich noch einen Kaffee ein. »Gute Handwerker verdienen vierzehn Dollar die Stunde, egal, wo sie hier draußen arbeiten. Ich habe nur zehn berechnet. Den Unterschied habe ich als Miete für die Wohnung hier genommen. Nach meiner Rechnung – mit allem, was ich für Material ausgegeben habe und was Sie mir für meine Arbeit schulden, sagen wir zwanzig Stunden die Woche, sechs Monate lang – kommt das auf etwa viertausendachthundert Dollar.«

Ich starrte erst das Blatt Papier und dann ihn an.

»Nach Ihrer Rechnung, ja?« Ich atmete tief durch.

»Genau«, bestätigte er kopfnickend. »Zahlen Sie mir einfach, was Sie mir schulden, und ich bin hier weg.«

»Viertausendachthundert Dollar«, wiederholte ich.

»Für Sie mag das nicht viel sein, aber ich kann davon eine Weile leben.« Er nippte an seinem Kaffee. »Wenn ich eine neue Wohnung finde, muss ich zwei Monatsmieten Kaution bezahlen. Und ich muss jemanden finden, der mir beim Umzug der Möbel hilft.«

Ich zog eine Augenbraue hoch und schaute mich um. »Der Möbel?«

»Ja, Ma'am. Das Zeug hier gehört alles mir. Die Wohnung war leer, als ich eingezogen bin. Also, bis auf die Tauben.« Er grinste mich hämisch an. »Und die Mäuse.«

»Mäuse?«

»Hauptsächlich Mäuse. Die eine Ratte, die ich gesehen habe, hat Jeeves erledigt.« Er steckte zwei Scheiben Vollkorntoast in den Toaster und drückte den Hebel runter.

Ich musste mich sehr anstrengen, mein Pokerface zu wahren. Aber ich gönnte ihm die Genugtuung nicht, die es ihm verschafft hätte, wenn ich »Iiih! Eine Maus!« schreiend aus dem Haus gerannt wäre. »Ich bin froh, dass Jeeves sich darum gekümmert hat. Mäuse finde ich ja noch ganz niedlich, aber es wäre schlecht fürs Geschäft, wenn sich rumsprechen würde, dass wir ein Rattenproblem haben.«

»Wir?«

Ich seufzte. Sein Pokerface war mindestens genauso gut wie mein eigenes. Ich war mir ziemlich sicher, dass die Gerüchteküche von Savannah schon brodelte mit Geschichten über BeBe Loudermilks wohlverdiente Strafe. Immerhin war das *Guale* geschlossen und mein Haus verkauft. Aber wir waren hier auf Tybee, und mit ein bisschen Glück kannte Harry Sorrentino niemanden aus meinem erlesenen sozialen Umfeld. Trotzdem konnte ich nicht sicher sein, ob er nicht doch mehr über mich wusste oder gar von meiner brenzligen Finanzlage. Ich hatte nicht vor, ihm zu sagen, dass ich keine viertausendachthundert Dollar hatte, um ihn auszuzahlen. Und ich hatte garantiert nicht vor, ihn wissen zu lassen, dass das Breeze Inn mein allerletzter Strohhalm war.

»Ich weiß, dass es nicht leicht ist, gute Handwerker zu finden«, meinte ich. »Ich bestreite nicht, dass Sie die Arbeit erledigt haben und Ihr Gehalt verdienen. Und vielleicht war ich etwas voreilig, was unsere Wohnsituation hier angeht. Wir können uns bestimmt auf einen Kompromiss einigen. Einen, der Ihnen erlaubt, auf dem Gelände wohnen zu bleiben und mit den Reparaturarbeiten fortzufahren, während ich mein Kapital einsetze, um die Renovierung zu vollenden, damit wir so schnell wie möglich mit dem Motel schwarze Zahlen schreiben können.«

Er nahm noch eine Scheibe Schinken zwischen die Finger, riss eine Hälfte ab und warf sie Jeeves zu. Das andere Stück aß er selbst. Mir knurrte der Magen. Ich war am Verhungern.

»Was für einen Kompromiss haben Sie sich denn da vorgestellt?«, fragte er misstrauisch.

Ich zuckte mit den Achseln. »Welches der Zimmer ist denn schon am ehesten bezugsbereit?«

»Nummer zwei ist fast fertig«, antwortete er widerwillig. »Das Dach ist gemacht, die Leitungen auch. Ich muss nur einen neuen Warmwasserboiler einbauen. Alle Zimmer hier haben so altmodische Heizgeräte, aber sie sind ziemlich simpel, deshalb müsste ich das hinbekommen. Davon abgesehen ist es nur noch ein bisschen Fleißarbeit.«

»Alles klar.« Ich leerte meine Kaffeetasse in einem langen Zug. »In Fleißarbeit bin ich gut. Ich fange gleich heute Morgen an. Wie schnell können Sie den Boiler einbauen?«

»Sobald Sie einen gekauft haben«, erwiderte er. Die Toastscheiben schossen hoch. Er faltete die eine Brotscheibe in der Hälfte und schob ein paar Stücke Schinken hinein. Dann streckte er mir das Sandwich entgegen. »Frühstück, Ma'am?«

Er machte sich das gleiche Sandwich, und wir standen nebeneinander an die Küchentheke gelehnt und kauten in einträchtigem Schweigen.

Als wir gegessen hatten, nahm ich mir ein paar Blatt Haushaltspapier und reinigte damit die gusseiserne Pfanne. Auf dem Teller lag noch eine letzte Scheibe Schinken. Ich schaute Sorrentino an und dann Jeeves, der schon erwartungsvoll schnüffelte.

»Aber nur noch eins«, sagte Harry und nickte in Jeeves Richtung. »Von Schinken muss er so viel furzen.«

Ich verzog das Gesicht, kniete mich aber trotzdem hin und verfütterte dem Hund den Rest unseres Frühstücks. Er leckte mir fast die Haut von den Fingerspitzen, so begeistert war er.

»Okay«, sagte ich, nachdem ich die Oberflächen und den Herd abgewischt hatte. »Ich würde vorschlagen, Sie zeigen mir mal dieses Zimmer Nummer zwei.«

»Sofort.« Er suchte etwas in seiner Hosentasche. Dann hielt er einen Penny hoch.

»Wofür ist der denn?«

»Ich fordere Sie heraus«, verkündete er. »Bei Kopf bleibe ich hier, bei Zahl ziehe ich in Zimmer zwei.«

»Auf keinen Fall.«

Er steckte die Münze wieder ein und ging auf die Tür zu. »Dann bis bald.«

Ich wusste, wann ich verloren hatte. »Na gut.«

Er machte eine große Show daraus, das Geldstück erneut hervorzukramen und in die Luft zu werfen. Er fing den Penny und schlug ihn sich in die linke Handfläche.

Ich machte mir im Geist eine Notiz, dass ich unbedingt Eloise anrufen musste. Ich brauchte so schnell wie möglich Möbel, um ins Zimmer Nummer zwei einzuziehen.

20

Drei Stunden und eintausendsechshundert Dollar später stand ich in der Kassenschlange von Home Depot und reichte der Kassiererin mit zitternden Händen meine Visa Card. Ich war sonst immer sehr konservativ gewesen, was Kredite anging, hatte jeden Monat pünktlich meine Rechnungen bezahlt, doch jetzt, wo ich hier in der Schlange stand, fiel mir plötzlich auf, dass ich keine Ahnung hatte, ob Reddy sich auch meine Kreditkarten geschnappt hatte, als er den Rest meiner privaten Finanzen plünderte.

Ich stand regungslos da, während der Computer meine Kreditkarte verschluckte, und wartete darauf, dass ein riesiges Netz über meinem Kopf geöffnet wurde und ein Neonpfeil mit dem Schriftzug »Karte abgelehnt« aufblinkte. Doch nichts passierte. Die Kassiererin gab mir meine Karte zurück, ich unterschrieb den Zettel und lief im Eilschritt raus zum Parkplatz, nur für den Fall, dass die Kreditkarten-Götter ihre Meinung änderten.

Bis zum Mittag war fast jeder Zentimeter meines Körpers mit einer Schmutzschicht überzogen. Wie sich rausstellte, war Zimmer zwei noch weit davon entfernt, bewohnbar zu sein. Wie Harry versprochen hatte, funktionierten die Leitungen, und das Dach war repariert. Aber der Rest war ein totales Chaos.

»Home sweet home«, murmelte ich sarkastisch, während ich in meiner neuen Wohnung stand und die Lage abschätzte. Die kleine Hütte bestand aus einem schmalen, rechtwinkligen Raum.

Ein mickriges, mit Fliegendreck übersätes Fenster schaute auf eine Sanddüne hinaus, was man wohl als Meerblick werten konnte. Der Wind pfiff durch die Ritzen im Fensterrahmen.

»Das muss nur ein bisschen abgedichtet werden«, bemerkte Harry, als er sah, wie ich Zeitungspapier in die Ritzen stopfte.

Die Wand gegenüber dem Fenster war zum Schlafalkoven ausgebaut, mit eingebauten Ablagen für Lampen und einem Bücherregal am Kopfende. Das ganze Zimmer war mit einer Holzvertäfelung aus den vierziger Jahren ausgekleidet, die mit der Zeit fast schwarz geworden war.

In einer weiteren Nische war die winzige Küchenzeile untergebracht, die der glich, die wir in Nummer sieben gesehen hatte – von der Eloise so begeistert gewesen war. Ich öffnete die kleine Kühlschranktür und hielt mir sofort die Hand vor den Mund, weil es so stank. Doch Harry tätschelte den Kühlschrank liebevoll. »Funktioniert super«, erklärte er. »Spüren Sie, wie kalt er ist? Ein bisschen Bleiche, und er ist so gut wie neu.«

Er kniete sich vor den Heizkörper an der Wand und drehte an einem Knopf herum. Nach fünf Minuten lautem, metallischem Klapperns glühten die freiliegenden Heizspiralen rot vor Hitze. Weitere fünf Minuten später mussten wir die Tür und alle Fenster öffnen, um das Zimmer etwas abzukühlen. »Heizung läuft«, verkündete Harry.

Das Bad war, wenn man mich fragte, ein Totalausfall. Die Porzellanbeschichtung der gusseisernen Badewanne war an unzähligen Stellen abgeplatzt und längst nicht mehr weiß, die Bodenfliesen wiesen Risse und Flecken auf, und das freistehende Waschbecken hatte keine Hähne.

Mir wurde ganz schummrig, als mir dämmerte, worauf ich mich da eingelassen hatte.

Was würde Mama sagen?

Vielleicht, dachte ich, war es an der Zeit, meinen Großeltern die

Situation zu erklären. Wenn sie wüssten, wie es um mich steht, würden sie mir sofort wieder ihr Sofa in Magnolia Manor anbieten. Und dieses Mal wäre ich wirklich dankbar. Wenigstens bot die Wohnung meiner Großeltern eine ordentliche Toilette, eine Heizung und die Annehmlichkeiten grundlegender Hygiene. Das hier, dachte ich bei mir, war schlimmer als jede öffentliche Toilette, die ich in meinen jungen Jahren als Backpackerin durch Europa gesehen hatte.

»Okay.« Harry klatschte fröhlich in die Hände. »Sie sollten besser loslegen, wenn Sie heute Abend einziehen wollen.«

Ich verbrachte die nächsten zwei Stunden mit Brecheisen und Teppichmesser auf dem Boden und versuchte, den zerschlissenen Teppich und die rissigen Linoleumfliesen rauszureißen, in der Hoffnung, darunter ein schönes Kiefernholz vorzufinden. Stattdessen kam ein Flickenteppich völlig zerkratzter Dielen zum Vorschein, die aus verschiedenen Holzarten zu bestehen schienen – Eiche, Kiefer und noch etwas, das ich nicht identifizieren konnte. Vielleicht die Seitenteile eines alten Wohnmobils?

»O Gott«, stöhnte ich. »Das ist hoffnungslos.«

»Was ist denn jetzt schon wieder?«, fragte Harry und streckte den Kopf aus der Badezimmertür, wo er gerade dabei war, den Warmwasserboiler und die neue Toilette einzubauen. Ich zeigte auf den Boden.

»Wir könnten neuen Teppich drauflegen, aber das wird gleich wieder teurer«, schlug Harry vor.

»Nein, keinen Teppich mehr. Ich habe eine bessere Idee. Haben wir noch weiße Lackfarbe?«

»Klar. Literweise. Draußen im Schuppen. Sie wollen den Boden streichen?«

»Den Boden, die Wände, die Leisten. Alles, was sich nicht bewegt«, erwiderte ich.

Ich fand eine lange Stange für den Farbroller, einen Zwanzig-

Liter-Eimer weiße Lackfarbe und Energiereserven, von denen ich nicht wusste, dass ich sie noch hatte. Zuerst nahm ich mir die Wände vor.

»Hey«, protestierte Harry. »Das ist echtes Kiefernholz. Sie machen es kaputt.«

»Halten Sie sich ans Badezimmer«, wies ich ihn an. »Und ich übernehme die Inneneinrichtung.«

Die alte Holzvertäfelung schien jeden Tropfen Farbe aus meinem Eimer nur so aufzusaugen, doch nach einer Stunde hatte ich die Wände gestrichen.

»Nicht schlecht«, kommentierte Harry, als er mit ein paar Wasserhähnen, die er im Schuppen gefunden hatte, durchs Wohnzimmer ging. Er zeigte auf eine Ecke bei der Schlafnische. »Aber Sie haben eine Stelle vergessen.« Ich nahm den Farbroller und besserte die Ecke sofort aus. Dann verpasste ich ihm einen Strich auf sein graues T-Shirt.

»Das haben Sie jetzt davon«, sagte ich.

Er schüttelte nur den Kopf und ging ins Bad.

Um drei Uhr machte ich eine Mittagspause und rief Eloise vom Büro aus an.

»Wie läuft's?«, fragte sie.

»Läuft.«

»Ich habe Mama von deinem kleinen Projekt erzählt.«

»Sie weiß Bescheid? Über Reddy und so?«

»Nein! Ich habe ihr nur erzählt, dass du das Breeze Inn gekauft hast und jetzt dort einziehst«, versicherte mir Eloise. »Sie hat erzählt, dass sie und Daddy mal ein Wochenende im Breeze Inn verbracht haben, als sie frisch verheiratet waren. Sie hat es ›ihre kleine Flitterwochen-Hütte‹ genannt. Sie brennt darauf, es sich anzuschauen. Sie hat auch angeboten, zu helfen.«

»Keine Ahnung«, erwiderte ich zweifelnd. »Es ist alles ein ziemliches Chaos.«

»Wieso kommst du heute Abend nicht einfach in die Stadt und übernachtest bei uns?«, fragte Eloise und fuhr mit gesenkter Stimme fort. »Sie ist gerade in der Küche und macht Thunfisch-Nudelauflauf. Wenn dir unsere Freundschaft je etwas bedeutet hat, dann kommst du vorbei und hilfst mir, das Ding die Toilette runterzuspülen.«

»So verlockend das Angebot auch ist«, entgegnete ich, »fürchte ich, dass ich absagen muss. Ich wollte nur wissen, ob du mir ein paar Möbel zusammenstellen könntest.«

»Möbel?« Eloise lachte. »Hat Ethel Kennedy ein schwarzes Kleid? Herzchen, seit ich das Motel das erste Mal gesehen habe, bin ich dabei, es im Geist einzurichten. Sag mir einfach, wann ich mit dem Truck vorbeikommen soll.«

»Ich kann dir nichts zahlen«, warnte ich. »Zumindest nicht im Moment. Ich habe meine Visa Card heute schon im Home Depot bis zum Anschlag belastet, und ich habe keine Ahnung, wie viel ich noch ausgeben muss, um auch die restlichen Zimmer in Form zu bringen.«

»Mich bezahlen?«, rief Eloise aus. »Hast du den zinsfreien Kredit vergessen, den du mir gegeben hast, als ich das *Maisie's Daisy* aufgemacht habe? Oder wie du die Kaution für mich bezahlt hast, als ich nach dieser furchtbaren Nacht in Beaulieu im Gefängnis saß, weil die Cops dachten, ich hätte Caronline DeSantos umgebracht?«

»Das ist doch Schnee von gestern.« Ich winkte ab. »Du hast es mir doch zurückgezahlt, als der Laden lief. Aber ich weiß ehrlich gesagt nicht, wann oder ob ich überhaupt in der Lage sein werde, es dir zurückzuzahlen.«

»Das lass mal meine Sorge sein«, entgegnete Eloise bestimmt. »Sag mir einfach, was du alles brauchst.«

»Da ist gar nicht so viel Platz. Aber ein Bett auf jeden Fall. Eine Kommode, ein Tisch und ein paar Stühle. Vielleicht noch irgendwas anderes zum Sitzen. Und eine große Packung Ibuprofen. Jeder Muskel in meinem Körper fleht gerade um Gnade, und ich habe mit Küche und Badezimmer noch nicht mal angefangen.«

»Wird gemacht«, antwortete Eloise. »Willst du, dass ich dir die Möbel schon heute Abend bringe?«

»Eher nicht. Ich glaube kaum, dass die Farbe bis dahin trocken ist. Ich ruf dich morgen an.«

»Warte noch«, sagte Eloise hastig. »Gott, jetzt hätte ich das fast vergessen. James hat angerufen. Er muss mit dir reden, aber dein Handy funktioniert nicht.«

»Hab es ausgeschaltet. Ich kann die Rechnung eh nicht zahlen. Hat James gesagt, was er mir mitteilen wollte?«

»Sorry, keine Ahnung. Er hat nur gesagt, dass du ihn anrufen sollst.«

Ich war gerade dabei, James' Nummer zu wählen, als Harry ins Zimmer kam. Schnell legte ich den Telefonhörer wieder auf.

»Ihre Toilette ist installiert. Und Sie haben heißes Wasser«, verkündete er. Er wusch sich in der Küche die Hände, nahm seine Autoschlüssel und pfiff Jeeves zu sich, der wieder im Sessel geschlafen hatte.

»Dann bis später.« Er wandte sich zum Gehen, den Hund dicht auf den Fersen.

»Moment mal.« Ich folgte ihm zur Tür. »Sie gehen? Was ist mit der ganzen Arbeit, die in Zimmer zwei noch auf uns wartet?«

»Das wird schon«, meinte er leichthin. »Im Schuppen ist noch jede Menge Farbe. Und wenn Sie heute Abend fertig sind, schließen Sie unbedingt ab. Da sind meine ganzen Werkzeuge und meine Fischereiutensilien drin, ich habe keine Lust, dass mir die geklaut werden. Das Zeug ist teuer.«

»Wo fahren Sie denn hin?«, fragte ich. »Es ist gerade mal drei Uhr. Ich kann den Rest nicht allein erledigen. Ich dachte, wir hätten eine Abmachung.«

»Haben wir auch.« Harry stieg in den Kombi und ließ den Motor an. »Mein Teil ist erfüllt. Den Rest müssen Sie allein schaffen. Ich schätze, Sie werden noch eine Nacht auf dem Sofa verbringen. Und vergessen Sie nicht, sich genug Feuerholz reinzuholen. Bis dann.«

Er setzte schwungvoll zurück und schoss in einer Staubwolke davon.

Ich stand noch eine Minute sprachlos da, dann ging ich zurück ins Büro, um meinen Anwalt anzurufen.

»Bitte sag mir, dass du gute Neuigkeiten hast«, sagte ich ohne Umschweife, als sich James Foley am anderen Ende meldete.

»Okay«, sagte er freundlich. »Ich bin gerade vom Arzt zurückgekommen. Mein Cholesterin ist wieder runter. Und ich habe zwei Kilo abgenommen seit meinem letzten Check-up. Jonathan bringt mich dazu, dass ich fast jeden Tag im Forsyth Park spazieren gehe.«

»Das freut mich. Aber ich hatte gehofft, dass es in meiner Angelegenheit gute Neuigkeiten gibt.«

»Oh«, erwiderte er. »Ja, das auch. Jay Bradley meinte, er hätte Reddys Spur aufgenommen.«

»Und, wo ist er? Haben sie ihn schon festgenommen?«

»Leider nicht«, antwortete James etwas zu fröhlich für meinen Geschmack. »Jay ist sich ziemlich sicher, dass er sich irgendwo in Florida aufhält. Aber der Staat ist groß.«

»Ich weiß, du hast gesagt, er hat dort unten eine andere Frau betrogen? Hätte er dann nicht den Staat verlassen, so wie er es bei mir auch gemacht hat?«

»Wenn er clever wäre, hätte er das getan«, stimmte James zu. »Aber in Florida ist es sehr angenehm im Winter. Der ganze Sonnenschein und das Meer und diese schönen großen Boote.«

»Boote? Was hat das denn damit zu tun?«

»Jay Bradley hat noch mal mit Jimmy Yglesias gesprochen, dem

Besitzer der *Blue Moon*, der Yacht, die Roy sich ›geliehen‹ hatte, als er in Savannah war«, sagte James. »Und im Steuerhaus der Yacht ist ihm eine kleine Messingplakette auf dem Armaturenbrett aufgefallen. ›Seeigel‹. Er hat Yglesias nach der Bedeutung gefragt, und der hat ihm gesagt, dass es sich um den Namen des Herstellers der *Blue Moon* handelt. Irgendwie ein seltsamer Firmenname. Seeigel. Die Seeigel-Gesellschaft von Charlevoix, Michigan. Und da ist Bradley wieder diese Frau aus Vero Beach eingefallen. Er hat dann den Detective angerufen, der dort an dem Fall arbeitet, um zu fragen, ob es neue Entwicklungen gibt.«

»Und war es so?«

»Neue Entwicklungen gab es keine. Aber Bradley hat nachgefragt, ob das Opfer in Vero Beach ein Boot besitzt. Und siehe da, der Detective bestätigte, dass der verstorbene Mann des Opfers eine einundzwanzig Meter lange Yacht namens *Polly's Folly* besessen hat. Polly Findley ist der Name des Opfers. Und so hat die Frau Moseley auch kennengelernt. Sie und ein paar Freunde aßen eines Tages auf der im Hafen liegenden *Folly* zu Mittag, als Moseley mit einem anderen Boot angefahren kam und sie in ein Gespräch verwickelt hat. Eins führte zum andern, und kurz darauf leisteten sie sich ›Gesellschaft‹.«

»Sie haben es getrieben, wolltest du sagen«, entgegnete ich verbittert.

»Wenn du das sagst«, erwiderte James. »Jetzt kommt aber der spannende Teil, BeBe. *Polly's Folly* stammt von demselben Schiffsbauunternehmen, der Seeigel-Gesellschaft von Charlevoix, Michigan.«

»Ich verstehe noch nicht ganz, wieso das so interessant ist. Also gut, Roy mag Yachten. Und wohlhabende Frauen. Das wussten wir doch bereits.«

»Wir wussten aber nicht, wie sehr er genau diese eine Sorte von Yacht mag«, erklärte James.

»Janet stellt gerade ein paar Nachforschungen zu dieser See-igel-Gesellschaft an. Es ist ein sehr kleines, aber äußerst erfolgreiches Schiffsbauunternehmen in Familienbesitz, das Luxusyachten baut. Alles ist handgemacht. Diese Boote sind sozusagen die Bentleys unter den Yachten. Die Firma baut nur etwa acht Stück pro Jahr. Und Roy Eugene Moseley hatte allein im letzten Jahr schon mit zwei Seeigeln etwas zu tun.«

»Okay«, sagte ich. »Ich schätze, das ist ein Anfang. Aber wie hilft uns das weiter, Moseley zu finden?«

»Das wissen wir noch nicht«, gestand James. »Wir wissen nur, dass Moseley auf Seeigel-Yachten steht. Wir wissen, dass er wahrscheinlich vorhatte, die *Blue Moon* zu stehlen, bis er von dir abgelenkt wurde. Und es besteht die Möglichkeit, dass es bei der *Polly's Folly* so ähnlich war. Er hatte Mrs Findley schon fast überredet, ihn im Oktober mit der Yacht nach Costa Rica runterfahren zu lassen. Aber ihre Kinder haben davon Wind bekommen und es verhindert. Also hat er sie stattdessen um ihr Geld betrogen.«

»Zu blöd, dass er nicht dazu gekommen ist, das dumme Boot zu stehlen«, grummelte ich. »Vielleicht wäre er damit in den Sonnenuntergang gesegelt, und ich wäre ihm nie begegnet.«

»Das wage ich zu bezweifeln«, widersprach James. »Hör zu, BeBe, das sind jetzt wirklich gute Neuigkeiten. Bradley hat mit den Leuten von Seeigel gesprochen. Sie haben ein nationales Register aller Besitzer ihrer Yachten. Wenn die mit der Polizei kooperieren, könnte man herausfinden, ob es weitere Opfer gibt. Oder ob er gerade im Moment wieder ein Ding dreht. Jedenfalls dachte ich, du würdest dich sicher freuen, zu hören, dass die Polizei Moseley auf der Spur ist.«

»Es tut mir leid, James«, sagte ich und bereute meine Patzigkeit von vorher. »Es ist nur … Diese ganze Situation hier im Breeze Inn macht mich total fertig. Ich bin müde und pleite, und das Motel ist völlig heruntergekommen, und ich habe den ganzen Tag geschuftet, aber es ist trotzdem noch ein grauenvolles Dreckloch. Ich kann mir nicht vorstellen, wie ich das hinbekommen soll. Wirklich nicht.« Ich spürte, wie mir die Tränen kamen, und als ich mir über die Augen wischen wollte, fiel mir auf, dass meine Hände voll mit Farbe waren, so dass mein Gesicht jetzt sicherlich weiße Streifen hatte. Ich schniefte selbstmitleidig auf.

»Weinst du?«, fragte James besorgt. »Ach, Kindchen, jetzt wein doch nicht. Dann fühle ich mich gleich wieder wie ein Priester. Demnächst lasse ich für dich noch eine Andacht beten.«

»Dabei bin ich nicht mal katholisch.« Ich musste trotz Tränen lachen. »Und du bist kein Priester mehr.«

»Gott sei dank«, seufzte James. »Aber meinen Glauben habe ich noch. Und du musst auch an etwas glauben. Wir werden das wieder hinbekommen. Wir werden Roy Eugene Moseley finden und dein Geld zurückholen. Und das mit dem Breeze Inn wird auch wieder in die Reihe kommen. Arrendale und seine Sandcastle-Freunde haben mit dieser Vorverkaufsrecht-Sache keinen legalen Stand. Es ist alles nur ein Kartenhaus. Du wirst schon sehen.«

»Ich hoffe es.«

»Ich verspreche es dir«, sagte James. »Jetzt geh raus und mach einen Strandspaziergang. Das wird dir guttun.«

»Das bezweifle ich«, entgegnete ich. »Außerdem kann ich jetzt nicht spazieren gehen. Ich habe ein Badezimmer zu schrubben.«

»Erst spazieren, dann schrubben«, wies mich James bestimmt an. »Das Badezimmer läuft dir schon nicht weg.«

Nachdem ich aufgelegt hatte, ertappte ich mich tatsächlich dabei, wie ich durchs Fenster auf den Strand starrte. Es war gerade Ebbe, und der Sand war feucht und grau. Eine Möwenschar flog tief über das Wasser, und ich meinte, am Horizont ein Segelboot zu erkennen. Ansonsten war keine Menschenseele zu sehen.

Vielleicht hat James recht, dachte ich. Das widerliche Badezimmer konnte warten. Der Strand lag gleich hinter dem Haus. Selbst zu dieser Jahreszeit umkreisten Investoren das Breeze Inn und Tybee Island wie Bussarde, um sich selbst das kleinste Stück Land mit Meerzugang zu sichern. Vielleicht sollte ich wirklich mal rausgehen und einen Strandspaziergang machen, um selbst zu sehen, um was der ganze Rest der Welt so ein Aufhebens machte.

21

Ich fand einen Weg aus Holzplanken, der über die Dünen führte, und ohne groß darüber nachzudenken, zog ich Schuhe und Socken aus.

Sobald meine Zehen den kalten, feuchten Sand berührten, bereute ich meine übereilte Entscheidung, barfuß zu gehen.

Zu spät, dachte ich und rollte die Beine meiner Jeans hoch, wobei mir auffiel, in welch erbärmlichem Zustand meine Zehennägel waren. Der schicke rote Nagellack, den ich vor Wochen bei meiner Mani- und Pediküre hatte auftragen lassen, war abgeplatzt und verblasst, und von den billigen Turnschuhe hatte ich Blasen an den kleinen Zehen. Aber an eine Fünundzwanzig-Dollar-Pediküre war bei meiner aktuellen Finanzlage nicht zu denken.

Ich ging runter zum Wasser und vergrub die Zehen im nassen grauen Sand und rechnete irgendwie damit, dass etwas Magisches passieren würde.

In der Ferne glitten zwei Segelboote über den Horizont, und ich entdeckte die Lichter eines größeren Boots, das in Richtung der Flussmündung unterwegs war. Vielleicht eine Yacht? Gar eine »Seeigel«-Yacht, wie sie mein diabolischer Exlover bevorzugte?

Ich biss mir auf die Lippe. Irgendwo unten in Florida war der aalglatte Schnösel, den ich als Reddy Millbanks kannte, wohl gerade dabei, die nächste ahnungslose Dame zu bezirzen. Wahrscheinlich lud er sie noch von meinem Geld zum Gourmet-Dinner ein, während ich mir nur Tomatensuppe aus der Dose leisten konnte und in einem Motel schlief, aus dem selbst die Bettwanzen ausgecheckt hatten. Ob Reddy *ihr* auch rosa Rosen schickte, wie er es bei mir getan hatte? Ich kaute auf der Innenseite meiner Wange. Bald, dachte ich bei mir, ist Zahltag.

In der Zwischenzeit würde ich den Trostpreis, mit dem er mich zurückgelassen hatte, nehmen und in einen Goldesel verwandeln. Mit dem *Guale* war mir das auch gelungen, genau wie mit meinen Immobilieninvestitionen, und wenn Gott wollte, würde ich es wieder schaffen. Beim letzten Gedanken musste ich grinsen, weil mir James einfiel, der mir geraten hatte, an etwas zu glauben. So wie es aussah, war Glaube auch das Einzige, was mir geblieben war.

Der Schrei einer Möwe über mir ließ mich aufschauen, und instinktiv bedeckte ich den Kopf mit den Händen. Der Vogelschwarm drehte ab und flog wieder hinaus aufs Meer. Vielleicht war das einzig Magische, das mir heute widerfahren sollte, nicht von einer Möwe angekackt zu werden. Ich drehte den Kopf und ließ den Blick über den Strand schweifen. In nördlicher Richtung entdeckte ich einen schwarzen Hund, der ausgelassen in der Brandung spielte. Ich schlenderte los.

Ich war erstaunt, wie ruhig es zu dieser Jahreszeit am Strand war. Nur ich, ein paar Möwen und ein schwarzer Hund. Und, ja, wenn der Wind drehte, war das Aufheulen einer Motorsäge und das rhythmische Klopfen eines Hammers zu hören. Ich beschattete meine Augen, um zu sehen, wo der Lärm herkam. Da war es, ein paar hundert Meter weiter den Strand runter auf der anderen Seite der Dünen: Baugerüste einer ganzen Ansammlung neu entstehender Häuser. Ich zählte die Dächer und kam auf vierzehn Häuser, die auf dem schmalen Gelände hochgezogen wurden. Mit den vier Stockwerken würden die Gebäude jegliche Sicht auf die Küste an diesem Teil des Strandes versperren.

Ich ging weiter. Als ich näher an die Baustelle kam, hörte ich ein langgezogenes Pfeifen. »Hey, Chica!«, rief eine Männerstimme vom Gerüst. »Schon was vor heute Abend?«

»Ja, streichen!«, hätte ich erwidern sollen. »Willst du vorbeikommen und helfen?« Doch ich tat es nicht. Ich ging einfach mit erhobenem Kopf weiter, als hätte ich nichts gehört.

Beim Näherkommen erkannte ich den Hund als denselben schwarzen Labrador, den ich am Morgen schon gesehen hatte. Er hatte dasselbe rote Halstuch umgebunden. Auf einer Decke mit dem Rücken zu den Dünen saß der ältere Mann. Zum Glück trug er dieses Mal ein Shirt und ein paar blaue Laufshorts. Ein silbernes Fahrrad lag im Sand neben ihm.

»Ist alles okay bei Ihnen?«, rief ich und beschleunigte meine Schritte. Vielleicht war er vom Fahrrad gefallen. Vielleicht war er verletzt oder desorientiert.

»Wie bitte?« Er drehte sich zu mir um. »Was haben Sie gesagt?«

Das Gesicht des Mannes schien nur aus braunen Falten zu bestehen. Er hatte einen ordentlich gestutzten weißen Schnurrbart, und von nahem konnte ich die sehnigen Muskeln erkennen, die sich unter seinem engen weißen T-Shirt abzeichneten. Für einen älteren Mann war er noch ziemlich gut in Form.

Ich errötete. »Ich habe Ihr Fahrrad dort liegen sehen und gedacht, Sie bräuchten vielleicht Hilfe.«

Er lachte. »O nein, mir geht's gut, danke trotzdem. Buddy hat dort in den Wellen einen Pfeilschwanzkrebs entdeckt und musste ihn sich unbedingt näher anschauen. Also hab ich beschlossen, ebenfalls eine kleine Pause zu machen.«

»Dann ist es ja gut.« Ich wandte mich zum Gehen. »Schönen Abend noch.«

»Ihnen auch, junge Frau«, erwiderte er. »Hab Sie noch nie hier gesehen, dabei kenne ich fast alle Leute, die regelmäßig auf der Insel sind. Besonders die Hübschen. Sind Sie zu Besuch?«

Ich dachte kurz darüber nach. »Nein«, antwortete ich dann. »Ich wohne hier. Bin grade erst hergezogen.«

»Wohin denn?«, wollte er wissen. »Wenn ich fragen darf.«

»Natürlich. Ich wohne im Breeze Inn.«

Seine hellblauen Augen weiteten sich erstaunt. »Wirklich. Ich dachte, das wäre dicht. Hab das Schild gesehen, dass da neue Häuser entstehen sollen. Ich bin davon ausgegangen, dass das alte Motel abgerissen wird.«

Ich verzog das Gesicht. »Es ist ein bisschen kompliziert. Der Bauunternehmer, der das Schild aufgestellt hat, war etwas voreilig. Ich bin die Besitzerin des Breeze Inn, und ich habe nicht vor, es abzureißen. Zumindest nicht sofort.«

Er nickte. »Das freut mich zu hören.« Dann erhob er sich erstaunlich flink und streckte mir die Hand entgegen. Sein Händedruck war fest. »Mikey Shannon.« Er zeigte aufs Wasser. »Und das ist Buddy, der große Krebsjäger.«

»BeBe Loudermilk«, entgegnete ich. »Freut mich, Sie kennenzulernen.«

»Sie haben also wirklich den Reeses das alte Ding abgekauft?«, fragte er. »Ich hatte gehört, dass die Kinder das Motel auf den Markt werfen wollten, nachdem ihr Vater den Herzinfarkt hatte, aber wir wussten nicht, was damit passieren würde.«

»Ich bin jetzt die Besitzerin«, sagte ich ohne weitere Erläuterung, wie ich zu einem solchen Hauptgewinn gekommen war.

»Dann nehme ich an, Harry Sorrentino arbeitet jetzt für Sie?«, fragte Mikey weiter.

Ich blinzelte. Es war faszinierend, wie schnell sich Neuigkeiten auf dieser kleinen Insel herumsprachen. Viel schneller als in der Stadt. Tybee war offenbar gut verdrahtet, was Klatsch und Tratsch anging.

»Ja, na ja«, gestand ich schließlich. »Harry hilft mir bei den Reparaturen und so.«

»Sie sind Single?«

Ich lachte. »Ist es so offensichtlich?«

Er deutete auf meine linke Hand. »Kein Ring. Solche Dinge fallen mir auf.«

»Ja, das merkt man.«

»Guter Kerl, Harry. Bester Fischer auf der Insel. Eine Schande, was mit seinem Boot passiert ist.«

»Was ist denn damit passiert?«, fragte ich plötzlich neugierig. Harry war nicht gerade auskunftsfreudig gewesen, was sein Privatleben anging.

»Er hat es Ihnen nicht erzählt?«, fragte Shannon. »Die letzte Saison war für alle Fischer hart. Drei Hurrikane hintereinander, die Fische haben nicht angebissen, und das Chartergeschäft lief auch schlecht. Zu allem Überfluss sind auch noch die Dieselpreise in die Höhe geschossen. Der Hafen hat Harry verklagt, weil er Schulden für Treibstoff und Eis hatte und die Liegegebühr nicht mehr bezahlen konnte. Haben ihm die *Jitterburg* knallhart abgenommen. Jetzt sitzt sie im Marsden-Hafen auf Holzblöcken mit einem *ZU-VERKAUFEN*-Schild am Rumpf. Verdammte Schande für Harry.«

»Wie furchtbar«, murmelte ich.

»Aber ein glücklicher Zufall, dass Sie im Breeze Arbeit für ihn haben«, meinte Shannon. »Er ist ziemlich beliebt bei den Damen im Ort«, fügte er augenzwinkernd hinzu. Seine strahlend weißen Zähne blitzten in seinem nussbraunen Gesicht auf. »Sie könnten es schlechter erwischen als mit Harry Sorrentino.«

Ich wurde rot. »Ich habe viel zu viel zu tun mit dem Motel, als dass ich Zeit für Romantik hätte.«

»Clever.« Der alte Mann nickte mir zu. »Arbeit und Privates sollte man immer trennen, das ist auch mein Grundsatz. Jedenfalls kann ich mir vorstellen, dass Sie jede Menge zu tun haben, wenn Sie das Breeze wieder in Form bringen wollen. Ich hab gehört, die Kinder haben es in den letzten Jahren ziemlich verlottern lassen. Also, richtig schick war es ja nie.«

»Mir wird sicher nicht langweilig«, stimmte ich zu. In dem Moment kam Buddy zu uns getrottet und ließ einen riesigen braunen Krebs auf meinen Fuß fallen.

»Oh!«, rief ich erschrocken aus und machte einen Satz nach hinten. Um seiner Freude über meine Reaktion Ausdruck zu verleihen, nutzte der Hund den Moment, sich ausgiebig zu schütteln, wodurch ich von oben bis unten mit eiskaltem Salzwasser besprenkelt wurde.

»Buddy!«, wies Mikey ihn zurecht. »Sitz!«

Der Hund setzte sich hin und senkte beschämt das Haupt.

»Entschuldigen Sie«, sagte Mikey. Er nahm ein Strandhandtuch von seiner Decke und begann, mich damit trocken zu tupfen.

»Ist schon okay«, wehrte ich ab. »Ich wollte sowieso gerade zurück zum Motel gehen. Bis ich da bin, ist das getrocknet.«

»Böser Hund.« Mikey schüttelte den Zeigefinger vor der Nase des Hundes. »Du hast das erste hübsche Mädchen verscheucht, das ich heute ansprechen konnte.«

»Bestimmt nicht das erste«, sagte ich und schaute auf meine Armbanduhr. »Ich habe Sie heute Morgen schon am Strand laufen gesehen. Sie hatten also den ganzen Tag Zeit, ihre Anmachsprüche zu üben.«

Er grinste. »Um diese Jahreszeit ist nicht viel los. Sagen Sie mal, was machen Sie heute Abend? Ich könnte Sie auf einen Burger zu *Fannie's* einladen?«

»Ein anderes Mal«, erwiderte ich.

»Sind Sie Vegetarierin oder so?«, fragte er mit hochgezogener Augenbraue. »Man bekommt dort auch Salat. Oder Crab Cake. Oder Pasta.«

»Ich bin überzeugter Fleischesser«, versicherte ich ihm. »Aber ich habe heute Abend wirklich noch jede Menge zu tun. Ich versuche, ein paar der Zimmer bis zum St. Patrick's Day fertig zu bekommen. Und, wie Sie richtig vermutet haben, sind sie in schlimmem Zustand. Können wir das verschieben?«

»Natürlich«, erwiderte Shannon. »Ich komme mal beim Breeze vorbei und schau, wie weit Sie sind.«

»Passen Sie lieber auf, sonst werden Sie noch zur Arbeit verdonnert.«

»Kein Problem«, sagte Mikey Shannon und schaute aufs Wasser hinaus. »Sie sollten lieber losgehen, wenn Sie zum Breeze zurückwollen. Gehen Sie am besten auf der Promenade an der Seventeenth Street und zurück über die Butler. Es wird hier draußen schnell dunkel.«

Ich nickte zustimmend und machte mich in der von ihm gewiesenen Richtung auf den Weg. Die Temperatur fiel merklich, und meine Füße froren im kalten Sand. Als ich bei der Promenade ankam, setzte ich mich und zog Socken und Schuhe wieder an, dankbar darüber, dass sie wieder trocken – wenn auch total sandig – waren.

Die Promenade an der Seventeenth Street endete an der Tybrisa, einer schmalen Straße, die auf beiden Seiten von Super-8-Motels, Eisdielen, Bars, Restaurants und Souvenirshops gesäumt wurde, inklusive des alten T. S. Chu's Kaufhauses.

Um fünf Uhr nachmittags parkten nur wenige Autos entlang der Straße, doch eins war ein schäbiger, alter Vista Cruiser Kombi. Davon gab es garantiert nicht zwei auf Tybee.

Ich ging an dem Auto vorbei und lugte möglichst unauffällig durch die Scheiben, um meine Vermutung zu bestätigen. Ein großer Sack Hundefutter lag im Kofferraum, daneben ein Zwanzig-Liter-Eimer Farbe.

Hier verbrachte Harry also seine Nachmittage und Abende. Verstohlen schaute ich die Straße rauf und runter und überlegte, in welchem der Geschäfte der Besitzer des Wagens sich wohl

179

aufhalten mochte. Mein Blick blieb an *Doc's Bar* hängen, an deren Fensterscheibe ein Aufkleber mit der Aufschrift »Seit 1948« prangte. Ein kleiner Terrier sprang drinnen bellend auf und ab und kratzte an der Scheibe.

Erwischt.

Eine Sekunde später ging die Tür auf, und Jeeves rannte auf den Bürgersteig und begrüßte mich stürmisch.

»Ich glaube, er mag sie«, stellte Harry fest, der in den Türrahmen getreten war.

»Er wird drüber wegkommen«, meinte ich und bückte mich zu dem Hund, um ihn hinter dem Ohr zu kraulen.

»Wie geht das Streichen voran?«, fragte Harry.

»Ganz okay«, antwortete ich, auf einmal verunsichert. »Ich habe gerade eine kleine Pause eingelegt. Schätze, ich mach mal weiter. Ich will heute Abend wenigstens eine Lage Farbe auf den Boden bringen.«

Er nickte. »Dann bis bald.«

Verdammt. Wieso musste mich dieser Hund auch auffliegen lassen?

»Hey«, rief Harry mir nach. »Wollen Sie vielleicht auf ein Bier oder so reinkommen?«

»Nein, danke«, warf ich ihm über die Schulter zu und beschleunigte meine Schritte. »Es wird dunkel. Hab keine Taschenlampe dabei.«

»Wie Sie meinen.« Er pfiff Jeeves zu sich, und die beiden verschwanden wieder in der Bar.

Während ich nach Hause ging, um zu streichen und mich schwarz zu ärgern.

22

Eloise

Mit Jammern, Betteln, Schmeichelei und finsteren Vorhersagen, was unser zukünftiges Liebesleben angeht, brachte ich Daniel dazu, zum Abendessen zu uns zu kommen. Ich erwähnte, dass Mama kochte, sparte jedoch die Tatsache aus, dass ihr grauenhafter Thunfisch-Nudelauflauf auf dem Speiseplan stand.

»Komm um sechs«, wies ich ihn an, als er anrief.

»Um sechs? Das ist doch barbarisch. Niemand isst um sechs Uhr zu Abend.«

»Mama und Daddy sind eben frühe Vögel«, erwiderte ich. »So haben sie mehr Zeit zum Verdauen, ehe sie um neun schlafen gehen. Und vergiss nicht, Wein mitzubringen, viel Wein«, fügte ich flüsternd hinzu. Meine Mutter fuhrwerkte lautstark in der Küche herum. »Und Nachtisch. Schokolade wäre toll.«

»Was gibt es denn?«, fragte Daniel. »Soll ich weißen oder roten Wein mitbringen?«

»Bring was mit, das zu grauenhaft bis ungenießbar passt«, entgegnete ich resigniert.

Er seufzte den Seufzer des Märtyrers. »Wie lange wird sie denn noch bei dir bleiben? Du bist gerade erst von deiner Tour zurückgekommen, als sie eingezogen ist. Ich vermisse dich.«

»Du bist notgeil«, stellte ich fest. »Du brauchst dich nicht wie der Lone Ranger zu fühlen. Ich habe auch Bedürfnisse, weißt du?«

»Vielleicht könntest du mir irgendwas Schmutziges am Telefon erzählen«, schlug er vor.

»Auf keinen Fall. Sie hört wahrscheinlich am Apparat in der Küche mit. Ich habe eine bessere Idee. Komm einfach vorbei und tu, was ich sage. Und habe ich den Wein erwähnt?«

Um Punkt sechs klingelte es an der Tür. Daniel hatte zwar einen eigenen Schlüssel, aber um meiner Mutter willen versuchten wir, ein wenig Förmlichkeit zu wahren.

»Ich mach auf, Mama«, rief ich und ging schnell zur Tür. Ich begrüßte ihn mit einem langen, leidenschaftlichen Kuss, dem ich ein liebevolles Tätscheln seines Schritts als Dankeschön hinzufügte.

»Tu das nicht.« Er stöhnte leise auf. »Spiel keine Spielchen mit mir.«

»Später«, versprach ich. »Hast du den Wein dabei?«

Er hielt eine braune Papiertüte hoch. »Hab ich doch immer.«

»Hi Mrs Foley«, grüßte Daniel, als wir gemeinsam nach drinnen gegangen waren, und gab meiner Mutter einen pflichtbewussten Kuss auf die Wange. »Mmm. Was riecht denn hier so gut?«

Sie tätschelte Daniel den Kopf, wie sie es immer tat. »Ach, hören Sie doch auf. Es ist nur mein üblicher Thunfisch-Nudelauflauf. Obwohl ich dieses Mal ein paar Salt-and-Vinegar-Kartoffelchips darüber zerbröselt habe, um es extra knusprig zu machen.«

»Kann es kaum erwarten«, murmelte er und schluckte.

Nachdem Mama das Tischgebet gesprochen hatte, gaben wir uns beide redliche Mühe, den Auflauf auf unserem Teller hin und her zu schieben und uns immer wieder an grünem Salat und Kräuterbaguette zu bedienen.

»Also, Daniel«, setzte Mama an und lud ihm einen zweiten, riesigen Löffel Auflauf auf den Teller. »Wie läuft es so im Restaurant?«

Ich verpasste ihm einen warnenden Tritt unter dem Tisch, und er legte seine Hand auf meinen Oberschenkel.

»Nicht so gut im Moment«, sagte er und versuchte, einen Klumpen Auflauf unter einem Salatblatt zu verstecken. »Wir, äh, renovieren gerade ein bisschen, deshalb haben wir vorübergehend geschlossen.«

»Sie sind arbeitslos?« Sie griff sich entsetzt an den Hals.

»Ist schon gut, Mama«, versicherte ich ihr. »Es ist ja nur vorübergehend. Daniel hat schon eine ganze Liste Aufträge als Caterer. Er kommt schon klar.«

Sie schüttelte den Kopf und schnalzte mit der Zunge. »Ich weiß noch, als du ein Baby warst, Eloise, und dein Vater mal so schlimme Warzen an den Fußsohlen hatte und wochenlang seine Route nicht gehen konnte. Aber die Post hat ihn trotzdem bezahlt. Das ist eben das gute an einem Beamtenjob«, fügte sie hinzu und nickte bedeutungsvoll. »Man kann sich immer darauf verlassen.«

»Daniel hat mehr Jobangebote, als er annehmen kann«, entgegnete ich. »Gute Köche werden immer gebraucht. Er hat sogar Anfragen aus Jacksonville und Charleston und Atlanta.«

»Ich nehme an, Daniel«, sagte sie, ohne auf das, was ich gesagt hatte, einzugehen, »wenn sich die Lage nicht bessert, sollten Sie Eloises Dad mal anrufen. Er hat immer noch gute Verbindungen zur Post. Und für einen Familienvater haben sie dort wirklich allerbeste Bedingungen. Krankenversicherung. Und dann noch die ganzen staatlichen Feiertage! Und keine Nachtschichten. Sie könnten jeden Tag um fünf Uhr zu Hause bei Ihrer Frau und Ihren Kindern sein, genau wie es Eloises Daddy immer war.«

»Mama!«, ermahnte ich sie. »Hör sofort auf damit.«

»Was?« Sie setzte eine Unschuldsmiene auf. »Habe ich was Falsches gesagt?«

Daniel blieb, Gott sei Dank, ruhig und griff über den Tisch

nach meiner Hand. Er drückte sie, und während er schon dabei war, drückte er mit der anderen auch gleich meinen Oberschenkel unter dem Tisch. »Okay, danke schön. Ich werde es mir merken, Mrs Foley, für den Fall, dass es mit dem Job im Restaurant nichts mehr wird.«

»Ach, nennen Sie mich doch Marian«, sagte Mama. »Wir können uns auch gern duzen, wir sind ja praktisch Familie.«

»Das kann ich nicht annehmen«, erwiderte Daniel.

»Dann sag Mama Marian zu mir.« Sie strahlte erst ihn und dann mich an.

Ich beschloss, schnell das Thema zu wechseln.

»Übrigens, Daniel, ich habe heute mit BeBe gesprochen«, sagte ich und sprang auf, um die Teller abzuräumen. »Ich soll ihr eine Ladung Möbel zum Breeze Inn rüberfahren. Sie hat das erste Zimmer fast bezugsfertig.«

Ich schnitt den Mississippi-Mud-Pie auf, den Daniel mitgebracht hatte und trug die Kuchenplatte und drei Desserttellerchen zum Tisch.

»Daniel hat den Kuchen selbst gebacken«, erklärte ich meiner Mutter stolz. »Nach seinem eigenen Rezept. Sie verkaufen ihn im Restaurant für acht Dollar das Stück.«

»Hmmm«, machte Mama.

Daniel schob je ein Kuchenstück auf die Teller und reichte sie an uns weiter. »Klingt ja so, als würde sie dieses Motel wirklich wieder auf Vordermann bringen. Wenn so was jemand hinbekommt, dann BeBe.«

»Daniel«, sagte Mama und verharrte mit der beladenen Kuchengabel in der Luft, »wusstest du, dass Joseph und ich unsere Flitterwochen im Breeze Inn verbracht haben?«

»Nein, das wusste ich nicht«, erwiderte er. »In welchem Jahr war das?«

»1960«, antwortete sie blitzschnell. »Aber ich hatte in der Woche ganz schlimmen Scheidenpilz, so dass Joseph mich nach nur drei Tagen zum Arzt bringen musste, dabei hatten wir schon für eine Woche im Voraus bezahlt – zwölf Dollar die Nacht! Und dieser fiese Hotelmanager, dessen Namen ich vergessen habe, wollte uns nichts zurückerstatten.«

»Mama, hör auf!«, rief ich. »Das ist ja ekelhaft.«

»Was denn?« Sie schaute mich erstaunt an. »Daniel ist ein erwachsener Mann. Er muss verstehen, dass Frauen mit diesen Problemen zu kämpfen haben, sobald sie intime Beziehungen zu Männern haben.«

Daniel verschluckte sich so heftig an seinem Kuchen, dass ich aufstehen und ihm den Rücken klopfen musste.

»Das liegt am Kuchen«, meinte Mama mitfühlend und reichte ihm sein Glas Wein. »Ich wollte ja nichts sagen, aber der Rand ist wirklich ein wenig trocken geraten. Vielleicht könntest du nächstes Mal eine dieser guten Mrs Smith's Schokoladencremetorten mitbringen.«

»Mrs Smith's«, krächzte Daniel um Luft ringend. »Ich werd's mir merken.«

Mama erlaubte uns widerstrebend, die Küche aufzuräumen; und während sie im Wohnzimmer *Glücksrad* schaute, warfen wir den Rest des Thunfisch-Auflaufs in den Müll – den wir luftdicht verschlossen – und erledigten den Abwasch.

»Was sollte das denn eben mit den Möbeln, die du BeBe bringen sollst?«, fragte Daniel.

»Sie braucht wirklich Möbel für ihr Zimmer im Motel«, antwortete ich. »Aber ich habe mir gedacht, wenn wir die Sachen nachher rüberfahren, kann ich Mama sagen, dass es so spät war, als wir mit dem Ausladen fertig waren, dass ich zu müde war, um noch nach Hause zu fahren, und wir deshalb lieber bei BeBe übernachtet haben.«

»Bei BeBe? Wieso sollten wir das denn tun?«

185

»Idiot! Das sage ich doch nur Mama. In Wahrheit checken wir uns im Stipanek Sheraton ein.«

»Der Plan gefällt mir.« Ein breites Grinsen stahl sich auf sein Gesicht. »Nur du und ich und der Mondschein.«

»Sobald wir die Möbel zu BeBe gefahren haben. Und aufgebaut haben. Und geschaut haben, ob sie noch Hilfe braucht.«

»Hilfe?«

»Da herrscht echt das reinste Chaos, Daniel. Ich kann sie damit nicht einfach alleinlassen. Sie braucht mich jetzt.«

»Ich brauche dich auch«, sagte er und küsste mich in den Nacken.

»Aber auf eine andere Art. Sei ein Schatz und hilf mir den Truck zu beladen.«

Um halb acht bogen wir auf den Parkplatz vor dem Breeze Inn ein. Obwohl BeBes Lexus das einzige andere Auto war, blinkte das Schild mit der Aufschrift: *BELEGT*. Die Tür und die Fenster von Zimmer zwei standen sperrangelweit offen, und alle Lichter brannten.

Ich hupte einmal, und kurz darauf tauchte BeBe im Türrahmen auf. Ihr Anblick war gelinde ausgedrückt erschreckend. Die blonden Locken lugten unter einer roten Bommelmütze hervor, und sie trug einen ausgewaschenen blauen Overall, der mit weißen Farbspritzern übersät war. Sie hatte dunkle Ringe unter den Augen, und ich stellte überrascht fest, dass es das erste Mal war – in all den Jahren, die wir jetzt schon befreundet waren –, dass ich sie ohne Schminke sah. Trotz allem winkte sie uns munter mit ihrem Farbroller zu.

»Hey!«, rief sie. »Habt ihr auch eure Pinsel mitgebracht?«

»Noch viel besser«, sagte ich und hüpfte auf der Beifahrerseite aus dem Truck. »Warte ab, bis du die wahnsinnig tolle Essecke siehst, die ist –«

»Und Pizza«, unterbrach mich Daniel und zog einen Pizzakarton von *Vinnie VanGo's* hervor und wedelte damit unter ihrer Nase. »Und Wein. Wir haben dir eine richtig große Flasche Wein mitgebracht.«

»Meine Retter«, sagte BeBe überschwenglich. »Aber jetzt nochmal zu den Pinseln –«

»Später«, winkte Daniel ab. »Erst mal wird gegessen.«

»Aber ich dachte, Eloise Mama hat heute Abend für euch gekocht«, sagte BeBe mit hochgezogenen Augenbrauen.

»Genau«, entgegnete Daniel. »Deshalb haben wir ja bei *Vinnies* haltgemacht. Hier. Du hältst die Pizza, während ich deinen Esstisch auslade. Wo soll er denn hin?«

»Noch nirgends.« BeBe verzog das Gesicht. »Ich stecke in der Streichhölle fest. Die Wände sind fertig, und die erste Lage auf dem Boden ist trocken, aber es braucht noch mindestens drei weitere Lagen Farbe.«

»Dann wird es wohl das Büro des Managers«, sagte ich und schaute mich auf dem Parkplatz um. »Wo ist dein werter Herr Manager eigentlich? Ich dachte, er sollte dir helfen, die Zimmer zu renovieren.«

»Mr Sorrentino ist gerade sehr beschäftigt«, erklärte BeBe, »seinen Stammplatz drüben in *Doc's Bar* warmzuhalten.«

🏠 23

Dein Manager sitzt den ganzen Tag in einer Bar, während du dir hier ein Bein ausreißt, um den Laden wieder in Schuss zu bekommen?«, fragte Daniel und schob sich den letzten Bissen Pizza in den Mund. »BeBe, mal ehrlich, wenn sich im *Guale* jemand so was erlaubt hätte, wäre derjenige sofort hochkant rausgeflogen. Es ist doch ganz einfach, oder? Wenn er nicht für dich arbeiten will, feuere ihn und setz ihn vor die Tür.«

»So einfach ist es leider nicht«, widersprach ich. »Ich kann ihn nicht feuern. Ich schulde ihm noch Geld.«

»Wie das denn?«, fragten Daniel und Eloise wie aus einem Mund.

»Er hat seit sechs Monaten hier gearbeitet und Material aus seiner eigenen Tasche bezahlt, ohne etwas dafür zu bekommen. Heute Morgen hat er mir eine Rechnung über viertausendachthundert Dollar vorgelegt, die ich nicht habe.«

»Verdammt«, erwiderte Daniel.

»Allerdings«, stimmte ich zu. »Ich kann das hier nicht allein renovieren, wenn ich am St. Patrick's Day aufmachen will, und ich kann es mir nicht leisten, jemanden anzustellen. Ich bin geliefert.«

»Wir helfen dir«, sagte Eloise schnell. »Ich kann streichen und sandstrahlen. Und ich schulde dir was, nach all der Hilfe, die ich von dir bekommen habe, als ich das alte Pförtnerhaus für *Maisie's Daisy* hergerichtet habe.«

»Ich weiß.« Ich drückte sie kurz. »Und das weiß ich zu schätzen. Aber du und ich können die Sanitäranlagen nicht machen. Oder die Elektrik. Dafür brauche ich dummerweise Harry Sorrentino.«

»Aber du hast doch gerade gesagt, er hängt eh nur in der Bar rum«, wandte Eloise ein.

»Das tut er ja auch.« Ich machte ein paar Kniebeugen und streckte mich dann stöhnend. »Aber ich habe heute erfahren, dass er auch in finanziellen Schwierigkeiten steckt. Er weiß nicht, dass ich es weiß, aber Harry Sorrentino braucht offenbar dringend Geld, damit sein Fischerboot nicht verpfändet wird. Irgendein Hafen hat es trocken gelegt, weil er ihnen Geld für Liegegebühren und Treibstoff schuldet. Ich habe deshalb vor, ihm einen einfachen Vorschlag zu machen: Je schneller er mir hilft, das Motel wieder startklar zu bekommen, so dass es Profit abwirft, desto eher kann ich ihm das Geld zahlen, das ihm noch zusteht.«

Daniel schüttelte den Kopf. »Kann ich dir einen Rat geben?«

»Kann ich dich davon abhalten?«

»Ich kenne diesen Harry Sorrentino ja nicht«, setzte Daniel an. »Aber ich weiß, wie ich mich an seiner Stelle fühlen würde. Ich glaube, du solltest das mit dem Boot nicht gegen ihn verwenden. Stell dir mal vor, wie er sich fühlen muss – das Boot war sein Leben.« Er schaute mich vielsagend an. »Ein bisschen so wie bei dir. Und das ist doch ganz schön erniedrigend, oder?«

Ich seufzte. »Ich hasse es, wenn du recht hast. Okay, ich werde die Sache mit dem Boot nicht erwähnen. Dann setze ich eben meinen unwiderstehlichen Charme und meine Überzeugungskraft ein, um zu bekommen, was ich will.«

»Du meinst, du wirst ihn zu Tode nerven.« Daniel grinste.

»Wo du schon davon sprichst …« Ich ging zur Spüle und nahm den Farbroller heraus, den ich dort abgelegt hatte.

Die beiden folgten mir zu Zimmer Nummer zwei.

»Oh, wow«, rief Eloise, als sie den Kopf durch die Tür streckte. »Ich kann nicht glauben, dass das mal genauso heruntergekommen ausgesehen haben soll wie Zimmer sieben.«

»Wirklich? Meinst du nicht, es war Frevel, die alten Holzvertäfelungen zu überstreichen?«

»Das war nötig«, meinte Eloise und befühlte prüfend den gestrichenen Boden. »Der ist trocken. Und ich glaube nicht, dass er eine zweite Lage braucht.«

»Aber man kann die Holzmaserung noch durchsehen«, wandte ich ein. »Und die Stellen, wo der Boden ausgebessert wurde.«

»Das macht doch nichts.« Eloise streifte ihre Schuhe ab und ging in die Mitte des Raums. »Das ist Tybee, nicht das Telfair Museum. Was hier passt, ist so ein unkonventioneller Shabby Chic. Die Holzmaserung soll man sogar sehen. Und die Möbel stellen wir einfach so, dass sie die Flecken im Boden verdecken. Vertrau mir, das wird ganz großartig.«

»Mir würde schon ›bewohnbar‹ oder ›gesundheitlich unbedenklich‹ reichen. Außerdem warte lieber, bis du das Badezimmer gesehen hast«, warnte ich, woraufhin Eloise gleich auf die Tür zuging. »Das kann keine Farbe der Welt richten.«

»Aber das Bad ist doch toll«, rief Eloise aus, und ihre Stimme hallte in dem leeren Raum. »Kommt und schaut es euch an.«

Ich streckte den Kopf durch die Badezimmertür.

Der Raum war völlig verwandelt. Die alten schwarz-weißen Mosaikfliesen blitzten vor Sauberkeit. Ein altmodischer Kupfer-Lampenschirm, den ich noch nie gesehen hatte, hing an der Decke, die Wände waren frisch gestrichen, und das Waschbecken, das zwar immer noch eher grau als weiß war, hatte alte, aber polierte Messing-Armaturen. Glänzende Messing-Handtuchhalter ersetzten die billigen Plastikteile von vorher, und das Medizinschränkchen aus Holz war in lackschwarz gestrichen worden. Sogar die gläsernen Einlegeböden waren geputzt.

»Ich hatte keine Ahnung«, sagte ich langsam. »Ich meine, Harry hat den ganzen Morgen hier drinnen gearbeitet. Ich wusste, dass er den neuen Warmwasserboiler installiert und das neue Klo eingebaut hat. Aber ich war im Wohnzimmer so beschäftigt, das alte Linoleum und den Teppich rauszureißen, dass ich gar nicht mitbekommen habe, dass er das alles gemacht hat.«

Eloise kniete sich hin und betrachtete die freistehende Badewanne genauer. »Sieht aus, als hätte er hier einen Spezialreiniger verwendet. Wenn du mal ein bisschen Geld übrig hast, können wir die Wanne und das Waschbecken neu lackieren. Es wird schon ein paar hundert Dollar kosten, aber das Ergebnis wäre großartig.«

Jetzt streckte auch Daniel den Kopf durch die Tür. »Ich dachte, du hättest gesagt, der Kerl hängt nur in der Bar rum. Aber dieses Bad sieht ziemlich cool aus. Hier würde ich auch einchecken.«

Eloise knuffte ihn in den Oberarm. »Vergiss es, Liebling. Es ist schon fast Mitternacht. Wir sollten mal die Möbel abladen und uns dann zu unserem Hotel aufmachen.«

Daniel nahm ihre Hand und küsste sie, dabei zuckte er vielsagend die Augenbrauen in meine Richtung. »Du siehst ja, wie es ist. Sie kann nicht genug von mir bekommen.«

Unter Eloises Anleitung entluden Daniel und ich den Truck.

»Den Teppich zuerst«, befahl sie, und er trug eine lange, in Papier gewickelte Rolle herein. Als er den Teppich ausrollte, musterte ich ihn zweifelnd und sagte mir, dass man einem geschenkten Gaul nicht ins Maul schauen sollte.

Es war ein alter Orientteppich, dessen Flor fast vollständig abgewetzt war, die Farben zu hellem Rosa, Grün und Blau verblasst. Ein Ende sah aus, als wäre es von einem Schwarm wütender Motten angefallen worden, die Ecken waren teilweise ausgefranst.

»Du musst ihn noch umdrehen«, wies ihn Eloise an.

»Häh? Habe ich die falsche Seite oben?« Daniel drehte den Teppich um. Die Farben auf der Rückseite waren noch blasser, und das verwischte Muster hatte etwas Impressionistisches.

»Perfekt.« Eloise klatschte begeistert in die Hände. »Ich hatte schon fast vergessen, dass ich das Ding habe. Mein Ex hat mich den Teppich nicht ins Haus legen lassen, deshalb war er auf dem Dachboden vergraben.«

»Was soll ich denn mit dem Metallbettgestell machen, dass noch im Truck ist?«, wollte Daniel wissen.

»Stell es auf«, antwortete Eloise und fuhr an mich gewandt fort: »Die Matratze ist brandneu, und den Teppich habe ich auch reinigen lassen. Du musst dir also keine Sorge machen, dass deine süßen Füßchen von Läusen befallen werden oder so.«

»Von wegen«, murmelte ich. Dann stapfte ich wieder nach draußen, um die restlichen Sachen aus dem Laster zu holen. Eloise hatte ja recht. Das war kein Herrschaftshaus, und ich war nicht Lady Astor.

»Bringt den Schaukelstuhl und die Nachtschränkchen als Nächstes rein«, rief mir Eloise hinterher. »Und die Lampen.«

Als wir die gewünschten Sachen ausgeladen hatten, war Eloise bereits mit dem Bett fertig. Sie hatte es mit frischen Laken bezogen und eine flauschige Decke darauf ausgebreitet. Wie versprochen verdeckte das Bett den schäbigsten Teil des Teppichs, der sich auf dem weiß gestrichenen Boden wirklich gut machte. Das geschwungene schwarze Messingkopfteil des Bettes hob sich von der weißen Wand ab, und mit dem Stapel fluffiger Kissen und der hellblauen Bettdecke sah die kleine Bettnische auf einmal sehr verlockend aus, wie ich zugeben musste.

»Sehr hübsch«, sagte ich anerkennend und befühlte den weißen Spitzenrand des Kissenbezugs.

»Target macht's möglich«, meinte Eloise, wobei sie Target französisch aussprach. »Das Laken ist tatsächlich aus ziemlich hochwertiger Baumwolle. Und die Bettdecke habe ich im Sommerschlussverkauf für 9,99 Dollar erstanden. Du erinnerst dich wahrscheinlich nicht, aber ich hatte ihn im Laden in der Auslage, mit einem bunt gemusterten Quilt darüber.«

»Du bist ein Genie«, sagte ich. »Und ich bin eine verwöhnte Prinzessin.«

»Das stimmt.« Sie lächelte und nahm eine kleine weiße Lampe mit kleinen Bommeln am Schirm, die sie auf den kleinen dreibeinigen Nachttisch neben dem Bett stellte. Auf der anderen Seite stand ein dunkelgrünes, quadratisches Bambustischchen, auf das sie eine andere Lampe stellte. Dann schaltete sie beide ein.

»Die Lampen sind aus Milchglas«, erklärte Eloise. »Sie sind gar nicht so furchtbar alt. Aus den Sechzigern, würde ich sagen. Ich glaube, Meemaw hat sie mal gekauft.« Sie platzierte den Schaukelstuhl neben dem Bett und betrachtete ihr Werk mit gerunzelter Stirn. Dann griff sie in die Target-Tüte und holte eine gelbe, gerippte Sitzunterlage heraus, die sie auf dem rissigen roten Lederkissen des Stuhls ausbreitete.

»Besser.« Sie nickte zufrieden. »Diesen Stoffrest habe ich schon ewig. Tacky Jacky hat damit einen alten Sessel neu bezogen, aber mit dem Rest hier konnte man nicht mehr viel anfangen. Wir bräuchten hier noch eine Leselampe, aber ich habe im Laden noch eine, die passen würde.«

Ohne uns abzusprechen, traten wir beide einen Schritt zurück und betrachteten die neugestaltete Schlafecke. Ich umarmte meine beste Freundin, aber sie entzog sich und verfiel wieder in ihre ernste Ich-habe-hier-das-Sagen-Rolle.

»Los, hol mir mal die Bilder vom Beifahrersitz«, befahl sie. »Und sag Daniel, dass er das Sofa und den Sessel abladen soll.«

»Sofa?« Ich zog die Augenbrauen hoch. »Wo willst du denn das hinstellen?«

»Es ist nur ein kleiner Zweisitzer. Holt mir einfach alles rein«, sagte Eloise im Befehlston. »Wo die Sachen hinkommen, ist meine Sache.«

»Hey«, meinte ich, als Daniel ein Türkis gestrichenes schmiedeeisernes Sofa hereintrug. »Ist das nicht das Teil, das du von deiner letzten Einkaufstour nach Florida mitgebracht hast?«

»Ja, und?« Eloise wandte sich Daniel zu. »Stell es dort an die Wand. Und der Sessel kommt dorthin«, fuhr sie fort. »Und der kleine Glastisch kommt dazwischen.«

»Der Punkt ist, dass das nicht irgendein alter Schrott vom Speicher ist, sondern Ware aus deinem Laden. Ich kann keine guten Sachen annehmen, die du noch verkaufen könntest.«

»Ich verkaufe es ja noch«, sagte Eloise und arrangierte die Kissen auf dem Sofa. »An dich, oder an jemanden anderen, irgendwann. Bis dahin lagere ich ihn hier, ich habe sowieso keinen Platz im Geschäft für all die Dinge, die ich aus Florida mitgebracht habe. Hast du ein Problem damit?«

»Nein«, erwiderte ich schwach. »Was soll ich mit den Bildern machen?«

»Bring sie mir einfach, und dann brauche ich noch einen Hammer und eine Wasserwaage.«

Ich wagte es nicht, ihr zu widersprechen. Ich zuckte nur ein wenig zusammen, als ich die bunten Bilder, eins von einem Reiher, das andere von einem Flamingo sah, die sie über mein Bett hängte.

Natürlich durchschaute sie mich sofort. »Ich *weiß*, das ist nicht das, woran du gewöhnt bist«, meinte sie augenrollend. »Das sind nur ein paar alte Malen-nach-Zahlen-Bilder aus den Fünfzigern. Nicht gerade Maybelle Johns, schon klar. Aber sie sind süß und passen hier rein. Und …«, fügte sie verschwörerisch hinzu, »der Preis stimmt. Außerdem ist Malen nach Zahlen gerade sehr angesagt. Diese Dinger bringen im Laden fünfzig Dollar das Stück.«

»Du hast nicht zufällig ein *Letztes Abendmahl* aus Samt in dem Stapel, oder?«, fragte ich grinsend.

»Kein Samt«, bestätigte sie.

Daniel trug einen rechteckigen Tisch auf dem Kopf herein.

»Da rüber, in die Küche«, sagte Eloise, ehe sie ihm zum Truck folgte, um die letzten Sachen reinzuholen.

Sie kehrten mit jeweils einem Aluminiumstuhl mit Vinylsitzen in Aquamarin zurück, die farblich zur Resopalplatte des Tischs passten.

»Gefällt es dir?«, fragte Eloise und ging um den Tisch herum. »Sag mir, dass es dir gefällt, oder ich muss dich umbringen.«

»Es gefällt mir sehr«, gab ich lachend zu. »Es bringt mich zum Lachen. Ich habe seit Jahren kein Esszimmer-Set mit Resopalplatte mehr gesehen.«

»Dreißig Dollar! Bei Bon Wille in Sallie Mood.«

»Bon Wille?«, fragte Daniel. »Was ist das denn?«

»Das ist Goodwill eingefranzösischt«, erklärte ich. »Es ist perfekt, Eloise. Alles ist einfach perfekt.«

»Ich weiß«, sagte sie stolz. »Ich habe ein Talent für Müll.« Sie zog Daniel am Ärmel. »Lass uns gehen, Kumpel. Unsere Arbeit hier ist getan.«

Ich folgte ihnen auf den Parkplatz. »Mal ehrlich. Ich kann euch gar nicht genug danken. Sobald ich wieder zu etwas Geld komme, zahle ich es dir zurück.«

»Das ist nicht nötig«, winkte Eloise ab und stieg auf der Beifahrerseite ein. »Das ist ja nur der Anfang. Sobald die anderen Zimmer fertig sind, werde ich sie auch mit meinem Müll vollpacken. Und dann legen wir meine Visitenkarten in den Zimmern aus, wo draufsteht, dass die Einrichtung von *Maisie's Daisy* stammt. Dann habe ich meinen eigenen Showroom.«

»Du bist verrückt«, rief ich, als sich der Truck in Bewegung setzte.

»Ich weiß«, rief Eloise und winkte aus dem Beifahrerfenster.

24

Ich schickte ein Stoßgebet gen Himmel und drehte den Heißwasserhahn in der Badewanne auf. Teebraunes Wasser plätscherte heraus, klärte sich aber nach ein paar Sekunden, und das brühend heiße Wasser, das folgte, war sauber.

Ich hatte mir einen kleinen Stapel Badhandtücher und eine Seife aus dem Vorratsraum mitgenommen. Sogar ein Miniaturfläschchen Badeschaum hatte ich gefunden, das so alt war, dass das Etikett vergilbt war. Ich entleerte die ganze Flasche in die Wanne und sank genüsslich in den warmen Schaum, um meine müden Muskeln zu entspannen.

Morgen, dachte ich schläfrig, musste ich noch mal von vorn anfangen, um die anderen dreizehn Zimmer herzurichten. Noch mehr Böden rausreißen, schrubben, sandstrahlen. Aber, ich schwor mir, dass ich das nicht allein machen würde. Harry Sorrentino arbeitete für mich, und das würde er, verdammt nochmal, auch tun.

Schließlich, als das Wasser nur noch lauwarm war, stieg ich mit vor Müdigkeit weichen Knien aus der Badewanne, trocknete mich ab und taumelte ins Bett, wo ich sofort einschlief.

Grelles Sonnenlicht flutete das Zimmer, und ich blinzelte geblendet. Gähnend streckte ich mich und schaute auf meine Uhr. Halb sieben! Ich brauchte dringend irgendwelche Vorhänge für die Fenster gegenüber vom Bett.

Ehe ich die Füße aus dem Bett schwingen konnte, klopfte es schon an der Tür, gefolgt von ungeduldigem Kratzen und Bellen.

»Ja, bitte?«, krächzte ich müde.

Harry öffnete die Tür und streckte den Kopf herein. »Sie haben gestern Abend nicht abgeschlossen«, warf er mir ohne Umschweife vor. »Ich bin heimgekommen, und die Wohnung war offen.«

Ich blinzelte. »Fehlt denn etwas?«

»Nein. Aber darum geht es nicht, verdammt. Sie haben das Büro offen gelassen. Was zur Hölle ist mit Ihnen los?«

Als mir auffiel, dass ich anstelle eines Schlafanzugs lediglich ein altes T-Shirt und Unterhosen trug, wickelte ich die Decke um mich und stand möglichst würdevoll auf.

»Wir haben bis nach Mitternacht hier gearbeitet. Ich war müde. Ich hatte kaum geschlafen. Also, ja, ich habe vergessen, abzuschließen. Wofür ich mich entschuldige. Aber wenn Sie vielleicht etwas früher nach Hause gekommen wären, hätten Sie mir noch helfen können und ich wäre vielleicht nicht so dermaßen erschöpft gewesen.«

»Ich habe gestern acht Stunden hier gearbeitet, falls es Ihnen nicht aufgefallen ist«, verteidigte er sich trotzig.

»Schön für Sie«, erwiderte ich patzig. »Und ich habe sechzehn Stunden gearbeitet. Und heute wird es nicht weniger werden. Was Ihnen natürlich völlig egal ist.«

Jeeves ließ ein tiefes, kehliges Knurren vernehmen. Harry warf mir einen Blick zu, der dem menschlichen Äquivalent eines Knurrens entsprach.

»Schließen Sie nächstes Mal einfach ab, okay? Wenn mir meine Werkzeuge geklaut werden, kann ich gar nicht mehr weiterarbeiten.«

»Na gut, mache ich«, lenkte ich zähneknirschend ein und eilte ins Bad, wo ich die Tür geräuschvoll hinter mir schloss.

Er verstand den Wink mit dem Zaunpfahl offenbar nicht. Ich hörte das Klackern von Jeeves Krallen auf dem Holzboden meines Wohnzimmers, gefolgt von Harrys schweren Schritten.

»Sieht schön aus, das Zimmer«, rief Harry durch die geschlossene Tür.

»Nicht dank Ihnen«, murmelte ich vor mich hin und betrachtete kritisch mein Spiegelbild. Ich hatte immer noch weiße Farbkleckse im Haar. Meine Hände waren in noch schlechterem Zustand: Die Knöchel waren rissig und wund, und mein rechter Zeigefingernagel war schwarz und geschwollen, weil Eloise mir aus Versehen mit dem Hammer daraufgehauen hatte.

»Ich mag den weißen Fußboden«, teilte mir Harry mit. »Machen Sie das dann in allen Zimmern so? Praktisch für die Reinigung, wir müssen uns keine Sorgen um Teppichflecken machen, und Sand sieht man auf dem hellen Holz auch nicht, so dass nicht ständig gesaugt werden muss.«

»Ja«, rief ich zurück. »Daran habe ich auch schon gedacht.« Was ich ihm nicht sagte, war, dass wir massig billige Farbe, aber kein Geld für Teppiche oder Staubsauger hatten – geschweige denn jemanden, der den Staubsauger bediente.

»Wo haben Sie denn die ganzen Möbel her?«, fragte er. »Im Schuppen sind auch noch ein paar Betten und Kommoden, aber nichts so Hübsches.«

»Hat mir eine Freundin geliehen.«

Wieso ging er nicht endlich? Ich musste mal pinkeln, wollte aber nicht, dass er von draußen zuhörte.

»Dann bis später«, rief ich, in der Hoffnung, dass er den Hinweis dieses Mal verstand.

»Haben Sie Kaffee?«, fragte er stattdessen.

»Nein. Kein Kaffee, keine Kaffeemaschine, keine Tassen, keine Löffel«, zählte ich auf.

»Oh. Na ja, ich könnte uns welchen machen.«

»Tun Sie das«, sagte ich und drehte den Wasserhahn in der Badewanne auf, um peinliche Geräusche zu übertönen.

»Okay.«

Als ich mich in meine Arbeitsklamotten geschmissen und die Haare unter der Bommelmütze versteckt hatte, stapfte ich rüber zum Büro, wo Harry mit einer dampfenden Kaffeetasse am Tisch saß, einen Haufen Metallteile vor sich.

»Was ist das denn?«, fragte ich und goss mir ebenfalls einen Kaffee ein.

»Der Motor des Wäschetrockners«, antwortete er und deutete mit dem Schraubenzieher darauf.

»Mist.« Ich nahm ihm gegenüber Platz. »Kann man ihn reparieren?«

»Vielleicht. Aber ich kann nichts versprechen.«

»Wir haben nur den einen Trockner, oder?«

»Ja.«

»Dann muss er reparabel sein. Ich kann mir keinen neuen leisten.«

Er zog eine Brille aus der Brusttasche seines Hemds und setzte sie sich auf die Nase, um den Motor genauer betrachten zu können. »Ich weiß«, sagte er beiläufig. »Ich weiß alles über Ihr kleines Problem.«

Meine Kopfhaut begann zu kribbeln, und meine Hände zitterten plötzlich so stark, dass ich die Tasse abstellen musste, um den Kaffee nicht zu verschütten.

»Welches kleine Problem denn?«

Er seufzte. »Ach, kommen Sie schon, Tybee ist nicht Sibirien. Die Leute reden eben. Sie reden sogar über Sie. In *Doc's Bar* sind Sie gerade ein heißes Thema.«

Ich verzog das Gesicht. »Super. Und was sagt man in *Doc's Bar* so über mein kleines Problem?«

Harry griff nach einer Blechdose, die randvoll mit Schrauben und Nägeln war. Er fand, was er gesucht hatte, und platzierte geschickt ein winziges Schräubchen im Motor.

»Mal sehen, ob ich es noch zusammenbekomme. Sie hatten sich so einen Toyboy zugelegt, irgendein reicher Knabe aus Charleston mit Yacht und Luxuskarre. Nur blöd, dass er in Wahrheit weder reich noch aus Charleston war – und die Yacht war auch nicht seine eigene. Und als sich der Nebel gelichtet hatte, war der Freund verschwunden und mit ihm Ihr ganzes Geld. Er hat Ihr Haus verkauft und alles, was sich darin befunden hatte, Ihre Konten geleert und mit wehenden Fahnen die Stadt verlassen.«

Er nahm einen Schluck aus seiner Kaffeetasse. »Kommt das so hin?«

Ihn anzulügen erschien mir zwecklos. Vielleicht war es an der Zeit, die Karten offen auf den Tisch zu legen. »Ja, das kommt so hin. Ich würde Reddy nicht gerade als meinen Toyboy bezeichnen, aber im Wesentlichen, ja – er hat mich total ausgenommen.«

»Und jetzt mussten Sie Ihr Restaurant schließen. Und Sie sind pleite.«

»Völlig pleite«, gab ich verdrossen zu.

»Und praktisch obdachlos«, fügte Harry überhaupt nicht hilfreich hinzu.

»Nicht mehr. Mir gehört ja das Motel. Und das Grundstück hat Meerblick. Extrem wertvoller Meerblick-Grundbesitz, der mir allein gehört. Damit bin ich wieder im Spiel.«

»Na ja.« Harry zog die Augenbrauen hoch. »Sandcastle Realty hat eine Option auf das Breeze. Ihr Anwalt geht zwar dagegen vor, aber in der Zwischenzeit sind Ihnen die Hände gebunden. Sieht schlecht aus, Schätzchen.«

»Nennen Sie mich ja nicht Schätzchen«, zischte ich. »Ich weiß ja nicht, was Ihnen die Weisen drüben bei *Doc's* erzählt haben, aber die kennen mich nicht. Und Sie kennen mich auch nicht.«

»Tue ich nicht?« Er nahm den Motor und ging damit in den

Hauswirtschaftsraum, wo er sich vor dem ausgenommenen Trockner auf den Boden kniete.

Ich folgte ihm beflissen. »Sie denken, ich bin nur eine naive Großstadttussi, die denkt, sie kann Motel-Barbie spielen, stimmt's?«

Er wandte mir den Rücken zu, ich hörte ihn lediglich schnauben.

»Ist mir egal, was Sie von mir denken«, fuhr ich fort. »Und es ist mir genauso egal, was ein Haufen Versager in einer Bar von mir denkt. Aber die Sache ist die, Harry, St. Patrick's Day fällt auf einen Montag, was bedeutet, dass wir ein verlängertes Wochenende haben, für das die Gäste alles zahlen werden, um an dem Tag in Savannah sein zu können. Ich habe die Preise in den Hotels in der Stadt gecheckt. Das Gastonian, das Ballastone, Planter's Inn? Alle ausgebucht. Schon seit vor Weihnachten. Sie berechnen alle mindestens dreihundertfünfzig Dollar pro Nacht an St. Patrick's Day. Und vermieten die Zimmer nur für drei Tage oder mehr. Wir können bestimmt an die tausend Dollar nehmen für unsere Zimmer. Das macht vierzehntausend Dollar für vierzehn Zimmer am Eröffnungswochenende. Sie sehen also, Harry, das Breeze muss bis dahin geöffnet haben und voll ausgebucht sein.«

Er lachte. »Lady, das ist hier aber nicht das Gastonian. Nicht mal das Motel Six. Niemand wird solche Preise bezahlen, um auf Tybee zu wohnen. Vor allem nicht im Breeze Inn. Ich sage Ihnen, das ist aussichtslos.« Er drehte sich zu mir um. »Sie wissen doch, wie Ihr Zimmer ausgesehen hat. Und das war noch das schönste. Die anderen sind zehnmal schlimmer. Es geht nicht mal nur um die Zeit. Ich brauche auch neues Material. Dachziegel, Kloschüsseln, Rigipsplatten, Holz. Drei der Eingangstüren sind verrottet. Das ist alles nicht billig.«

»Überlassen Sie das nur mir. Ich habe immer noch meine Kreditkarten. Machen Sie einfach eine Liste«, wies ich ihn an. »Ich leihe mir einen Truck, und wir treffen uns in einer Stunde bei Home Depot.«

»Okay.« Er machte sich wieder an die Arbeit.

»Und da ist noch was«, fügte ich hinzu.

»Da bin ich aber gespannt.«

»Sie werden nicht mehr um drei hier abziehen und ihren Kummer in *Doc's Bar* ertränken. Ich weiß, Sie haben auch Ihre Probleme, aber durch Saufen werden die auch nicht besser. Und außerdem brauche ich Sie hier. Den ganzen Tag. Jeden Tag.«

»Fuuuuck«, fluchte er langgezogen und setzte sich auf. »Sie haben mir neulich nachspioniert? Geht es darum? Tja, Pech gehabt, Lady. Was ich tue, wenn ich meine Arbeit erledigt habe, ist ganz allein meine Sache. Und sobald Sie mir mein Geld gezahlt haben, können Sie sich einen anderen Doofen zum Rumkommandieren suchen.«

»Ich bin mir bewusst darüber, wie viel Geld ich Ihnen schulde«, entgegnete ich ruhig. »Und das bekommen Sie auch. Jeden Penny, das schwöre ich. Die Polizei hat schon eine Spur im Fall Reddy. Sobald sie ihn gefunden haben, werde ich mein Geld zurückbekommen. Und mein Haus und die anderen Immobilien. Mein Anwalt ist ziemlich optimistisch. Und die Geschichte mit Sandcastle wird sich auch klären. Doch in der Zwischenzeit kann ich Ihnen so lange nichts zahlen, wie wir die Zimmer nicht vermieten können.«

»Sie leben in einer Traumwelt«, stellte er kopfschüttelnd fest. Er befestigte die Rückwand wieder am Trockner und stand auf. Nachdem er sich die Hände an der Jeans abgewischt hatte, drückte er einen Knopf am Bedienfeld der Maschine. Wir beugten uns beide gleichzeitig nach vorn, um durch das runde Glasfensterchen zu sehen. Mit lautem Wummern begann sich die große Stahltrommel zu drehen. Der Trockner funktionierte wieder. Zumindest ein Traum war heute bereits wahr geworden.

»Mein Held«, sagte ich und tätschelte ihm den Rücken.

25

Bis zu dem Tag, an dem ich die geheime Vorliebe für Internetpornographie meines zweiten Ehemannes Richard entdeckte, hatte ich mich immer für einen ziemlichen Glückspilz gehalten. Mein Leben war fast immer golden gewesen. Glückliche Kindheit, liebevolle Familie, ein Haufen Freunde – und ein natürliches Händchen fürs Geschäft. Natürlich hatte es auch auf meinem Lebensweg hin und wieder Schlaglöcher gegeben, aber ich habe es immer gut gemeistert, sie zu umgehen oder mich danach schnell zu erholen.

Doch die Sache mit Richard hatte mich ordentlich aus der Bahn geworfen und mein Selbstbewusstsein auf einen ungeahnten Tiefstand gedrückt. Es war alles so klischeehaft. Ich weiß noch, dass ich mich wie in einer Seifenoper gefühlt hatte. Wie hatte ich mich nur so in jemandem täuschen können? Wieso war mir nicht aufgefallen, mit was für einem Schleimbolzen ich da zusammenlebte?

Nach der Scheidung stürzte ich mich in meine Arbeit. Meine Eltern waren beide gestorben, als ich Anfang dreißig war, also hatte ich mein kleines Erbe genommen und zwei kleine Cafés in der Stadt aufgemacht, die mäßig erfolgreich waren, und weiter Immobilien erworben. Ich arbeitete viel zu viel, hatte kein Sozialleben, aber das war mir egal. Ich war über dreißig und musste mir und allen anderen beweisen, dass es BeBe Loudermilk allein schaffte.

Als das *Guale* das angesagteste Restaurant in Savannah wurde, war ich mir sicher, dass mein Glück zurückgekehrt war. Ich war immer noch wahnsinnig beschäftigt, doch ich gestattete mir, auch ab und zu mal einen Gang zurückzuschalten und den angenehmen Zustand, alles tun zu können und alles zu haben, zu genießen.

Jetzt stand ich das vierte Mal innerhalb einer Woche in der Schlange von Home Depot und betete, dass meine letzte Kreditkarte nicht durch diesen Einkauf von Fugenmasse und Fensterabdichtung überzogen werden würde. Da blieb mir wenig Zeit, darüber nachzudenken, wie sich mein aktueller Lebensstil im Vergleich zu früher verändert hatte.

In zwei Tagen würde das Breeze Inn offiziell öffnen. Zumindest, wenn Harry und ich uns nicht vorher noch gegenseitig umbrachten.

Am Samstagabend wäre es beinahe eskaliert. Harry hatte den ganzen Freitag und den halben Samstag damit verbracht, in den Zimmern, die im schlimmsten Zustand waren, Rigipsplatten auszutauschen. Er zeigte mir sogar, wie man sie verklebte und die Fugen glättete. Ich hatte mich gar nicht so schlecht angestellt. Doch am Samstagnachmittag, als ich mal wieder von Home Depot zurückkehrte, war er verschwunden.

Ich flippte total aus. Es war gerade mal halb vier, und er hatte beschlossen, einfach schon Feierabend zu machen. Ich stieg wieder ins Auto und raste zu *Doc's Bar*. Als ich durch die Tür trat, fühlte ich mich wie ein Revolverheld in einem dieser alten Western. Ich war bereit für einen Showdown mit Harry.

Das Problem war, dass er gar nicht dort war. Vier Männer saßen an der Bar, und alle Augen richteten sich neugierig auf mich.

»Harry Sorrentino«, sagte ich kurz angebunden. »Wo ist er?«

Die Barkeeperin war eine elfenhafte Kreatur mit kurzem weißen Haar und tiefgebräunter Lederhaut. Trotz ihres Alters, das ich auf Mitte fünfzig schätzte, und der maximal zehn Grad draußen trug sie hautenge Jeansshorts und ein leuchtend oranges Trägertop. Sie musterte mich eingehend aus hellbraunen Mandelaugen und nahm einen tiefen Zug von der Zigarette, die ihr an der Unterlippe klebte. »Harry ist nicht hier, Schätzchen. War er seit Donnerstag nicht mehr. Können wir sonst noch was für Sie tun?«

»Irgendeine Ahnung, wo er sein könnte?«

»Sind Sie die Lady, der das Breeze gehört?« Der Sprecher hatte einen grauen Rauschebart, der dieselbe Farbe hatte wie der geflochtene Zopf, der ihm lang über den Rücken fiel. Auch er war mit abgeschnittenen Jeans bekleidet, dazu trug er eine Camouflage-Armeejacke ohne Ärmel, eine Sonnenbrille und eine schwarze Baseballkappe mit der Aufschrift »Tybee Bomb Squad«.

»Ja, die bin ich«, antwortete ich.

Er nickte bedächtig. »Dachte ich mir schon. Harry geht normalerweise nicht mit Frauen aus, die so alt sind wie Sie.«

»Und ich gehe nicht mit Männern aus, die so alt sind wie Harry, das passt also. Wissen Sie zufällig, wo er gerade stecken könnte?«

Er zuckte mit den Achseln. »Bin schließlich nicht seine Mom. Er meldet sich nicht bei mir ab.«

Die anderen Männer lachten hämisch und wandten ihre Aufmerksamkeit wieder dem Fernseher zu, der über der Bar angebracht war und auf dem ein alter Schwarz-Weiß-Western mit John Wayne lief.

»Arschlöcher«, murmelte ich kaum hörbar.

Ich war gerade dabei, den Lexus aufzuschließen, als die Bar-Elfe wie aus dem Nichts neben mir auftauchte.

»Ignorieren Sie die Typen da drinnen einfach«, sagte sie. »Die sind alle harmlos. Hören Sie zu, ich weiß zwar nicht mit Sicherheit, wo Harry sein könnte, aber ich dachte, Sie könnten es mal im Hafen von Marsden versuchen.«

»Dort, wo sein Boot trocken liegt?«

205

Sie sah mich verwundert an. »Er hat Ihnen von der *Jitterburg* erzählt?«

Ich schüttelte den Kopf. »Jemand anderes hat es mir erzählt. Wieso sollte er dort sein?«

»Er versucht, das Geld zusammenzubekommen, um die *Jitterburg* auszulösen. Wenn er nicht gerade hier in der Bar arbeitet, heuert er auch manchmal auf einem der Charterboote als Matrose an.«

»In der Bar arbeitet? Hier?« Jetzt war ich diejenige, die große Augen machte.

»Klar. Meine Tochter braucht mich nachmittags oft mal zum Babysitten und auch am Abend. Dann vertritt mich Harry immer. Bis letzte Woche zumindest.«

Als ich ihm das Ultimatum gestellt hatte, dachte ich.

»Danke«, sagte ich. »Dort werde ich es probieren.« Ich hatte keinen Grund, mich dieser Frau anzuvertrauen, aber irgendwie verspürte ich das Bedürfnis, ihr zu erklären, wieso es so wichtig war, dass ich Harry wieder zurück zum Hotel brachte.

»Wir sind über St. Patrick's Day voll ausgebucht und haben immer noch viel Arbeit, bis die Zimmer so weit sind, dass wir sie vermieten können«, erläuterte ich.

»Hm-hm.«

Ich hatte immer noch das Gefühl, mich verteidigen zu müssen. »Die Rigipsplatten sind hochgezogen, aber wir müssen noch streichen, und ein paar der Badezimmer haben noch gesprungene Fliesen, und –«

»Ich weiß, Schätzchen.« Sie tätschelte mir aufbauend den Arm. »Harry hat mich vor ein paar Wochen im Breeze Inn rumgeführt, kurz bevor Sie es gekauft haben. Was für eine Bruchbude! Aber er hat gesagt, Sie haben schon wahre Wunder vollbracht. Sie machen das gut. Seien Sie nur nicht so streng mit Harry. Es bringt ihn um, dass er die *Jitterburg* verlieren könnte. Jemand wie Harry, der immer sein eigenes Boot hatte … Na ja, er ist nicht gerade daran gewöhnt, von jemand anderem herumkommandiert zu werden.«

»Ich kommandiere ihn doch gar nicht herum«, widersprach ich.

»Jemand muss ja das Sagen haben«, meinte sie. »Und wenn es eine Frau ist, wird sie immer gleich als Zicke bezeichnet, stimmt's?«

»Genau.« Ich lächelte.

Sie streckte mir die Hand entgegen. »Ich bin übrigens Cheri Johnston. Wir können doch Du sagen, oder?«

»Gern. Ich bin BeBe«, sagte ich und schüttelte ihr herzlich die Hand. »Danke, dass du mir den Tipp mit dem Hafen gegeben hast. Ich werde gleich mal dort nach ihm sehen. Wie komme ich denn da hin?«

»Beim Lemon Creek rechts«, wies sie mir den Weg. »Wenn du die erste Brücke überquert hast in Richtung Thunderbolt, biegst du links ab, wo das Schild vom *Coco Loco's* steht.«

»Alles klar.« Ich stieg ins Auto.

Sie klopfte ans Fenster, und ich ließ es herunter. »Und sag ihm ja nicht, dass ich dir den Tipp gegeben habe.« Sie grinste. »Wir Frauen müssen doch zusammenhalten.«

»Amen, Schwester.«

Ich biss mir auf die Lippe, als ich auf dem Weg das Motel passierte. Das Neonschild flackerte immer noch unruhig. Noch ein Punkt auf der endlosen To-do-Liste, und wir hatten nur noch zwei Tage bis zur Eröffnung.

Aber wir waren schon so weit gekommen.

Es war Eloises Idee gewesen, unsere Aufmerksamkeit auch auf das Äußere des Motels zu richten. »Wenn die Leute sehen, wie süß es ist, werden sie anrufen und nach den Zimmerpreisen fragen«, hatte sie prophezeit.

Unter Eloises Anleitung strich ich das alte, halb verwitterte Namensschild des Motels in einem frischen Weiß mit türkisfarbener Schrift, und Harry hatte Bodenlichter installiert, die palmenförmige Schatten auf die Außenwände zauberten. Eloise und Daniel hatten einen vollen Tag damit verbracht, die gakeligen, alten Palmen zu trimmen und kistenweise grell-pinke Petunien zu setzen. Daniel karrte neuen Kies für den Parkplatz an und füllte die Schlaglöcher damit aus. Eloise stellte sogar je ein paar türkis gestrichener Adirondack-Gartenstühle auf die Veranda jedes Zimmers.

»Die sind eine Leihgabe von Acey, das ist der Typ, der für mich immer die Reparaturarbeiten übernimmt«, erkärte sie. »Er baut sie selbst, und ich habe ihm gesagt, dass das eine super Werbung wäre.« Sie zeigte auf die kleine Messingplatte an der Lehne des Stuhls. *Stühle von Acey* war dort eingraviert, darunter eine Telefonnummer. »Die Leute könnten sie gleich bei dir im Büro kaufen«, schlug Eloise, die unverbesserliche Geschäftsfrau, vor. »Sie kosten neunzig Dollar das Stück, und du bekommst auch zehn Dollar Provision für jeden Stuhl, den du verkaufst. Und Acey kann dann immer neue hinstellen.«

Sogar ich musste zugeben, dass sich das Breeze Inn von einer totalen Bruchbude zu einer modernen Shabby-Chic-Pension verwandelte. Solange man bei manchen Zimmern nicht die Tür öffnete zumindest.

»Nenn es nicht mehr Motel«, wies ich Harry an, als wir mit den Außenarbeiten fertig waren. »Es ist jetzt ein Inn. Und wir berechnen Inn-Preise.« Mit einer geliehenen Digitalkamera hatte ich Fotos vom Breeze gemacht und sie zusammen mit einer kurzen (heillos übertriebenen) Pressemitteilung per E-Mail an die Reiseredakteurin von der *Atlanta Journal-Constitution* geschickt, die vor einer Weile mal eine glühende Lobeshymne auf das *Guale* verfasst hatte.

»Super«, schrieb sie zurück. »Das sieht alles ganz zauberhaft aus! Wir bringen noch einen Last-Minute-Reisetipp für den St. Patrick's Day heraus.« Sobald die Geschichte in der Mittwochsausgabe der Zeitung erschienen war, stand das Telefon nicht mehr still. Bis zum Abend waren wir für die ganzen vier Tage restlos ausgebucht.

»Die Leute sind verrückt«, lautete Harrys Kommentar, als ich ihm die volle Reservierungsliste zeigte.

»Wir sind diejenigen, die verrückt sind«, widersprach ich. »Ich hätte fünfhundert Dollar pro Nacht verlangen sollen. Nicht ein Einziger hat versucht, über den Preis zu diskutieren.«

Jetzt waren es nur noch achtundvierzig Stunden. Und mein einziger Angestellter hatte sich verdünnisiert. Mal wieder.

Ich fand den Hafen ohne Probleme. Er bestand aus einer Ansammlung heruntergekommener Holzhäuser, darunter ein Fischmarkt und ein Geschäft für Fischereibedarf. Ich entdeckte Harrys Auto sofort. Es parkte neben drei Pick-up-Trucks und einem glänzenden roten Ford Explorer mit Atlanta-Kennzeichen. Doch von Harry war weit und breit nichts zu sehen. Auch nicht von Jeeves. Oder sonst einem lebendigen Wesen.

Schließlich fand ich doch jemanden im Fischmarkt. Sie saß an einem Plastiktisch in der Mitte des kargen Raums mit Betonboden und war damit beschäftigt, Prinzessin Jasmin in einem verwegenen Pistazienton auszumalen. Auf einem riesigen Fernseher an der Wand lief *Arielle, die Meerjungfrau*.

»Hallo«, sagte ich und schaute mich in dem Laden um. In der Auslage waren Garnelen auf Eis, Krebse, Austern und Flundern ausgebreitet. »Ist deine Mama oder dein Papa in der Nähe?«

»Nö.« Das kleine Mädchen legte den Buntstift hin und starrte mich auf diese entnervte Kinderart an. »Wer bist du?«

»Ich bin BeBe. Wie heißt du?«

»Ich darf nicht mit Fremden reden«, entgegnete sie und verschränkte die Arme vor der Brust.

»Das ist gut«, stimmte ich zu. »Darfst du denn hier ganz allein sein, ohne dass Erwachsene in der Nähe sind?«

»Ich bin nicht allein«, widersprach sie ernst. »Jesus ist immer bei mir.«

Sehr tiefgründig. Aber nicht sehr hilfreich, dachte ich bei mir.

»Ich suche meinen Freund«, erklärte ich ihr. »Er heißt Harry, und er hat so einen süßen kleinen Hund namens Jeeves. Kennst du Harry? Oder Jeeves?«

Sie nickte.

»Hast du sie heute schon gesehen?«

Erneutes Nicken.

»Wie lang ist das her?«

»Die Uhrzeit lesen lerne ich erst nächstes Jahr.«

Na schön. Ich warf einen Blick auf den Fernseher. Es sah so aus, als wäre *Arielle* bald zu Ende.

»War Harry hier, als der Film angefangen hat?«

Nicken.

»Gleich am Anfang?«

Nicken. »Der Film gehört Harry. Er lässt ihn mich nur schauen, wenn er vorbeikommt.«

»Weißt du, wo Harry hingegangen ist?«

»Er ist mit Daddy rausgefahren, um Köder zu fangen. Sie kommen wieder, wenn im Film alles gut wird.«

Was der Musik zufolge nicht mehr lang dauern konnte.

In dem Moment öffnete sich eine Tür hinter der Theke, und eine junge Frau in weißen Fischer-Gummistiefeln und schwarzer Gummischürze schleppte eine große weiße Wanne voller Krabben herein.

»Hey Mama.« Das kleine Mädchen strahlte. »Diese Frau kennt Harry und Jeeves.«

»Hallo«, grüßte die Frau verhalten und stellte den riesigen Behälter auf dem Boden ab. »Kann ich Ihnen helfen?«

Ich schenkte ihr ein möglichst offenes Lächeln. »Ihre Tochter ist wirklich klug. Sie redet nicht mit Fremden, besonders wenn sie allein ist.«

»War sie nicht«, erwiderte die Frau. »Ich würde Amber nicht alleinlassen. Ich war nur drüben im Schuppen und hab Krabben geputzt. Ich konnte aber alles hören, was hier passiert ist.« Sie zeigte auf ein Babyphone mit blinkendem grünen Licht, das auf der Theke stand und mir vorher gar nicht aufgefallen war.

»Was wollen Sie denn von Harry?«, fragte sie.

»Er arbeitet für mich«, erklärte ich, und es klang selbst in meinen Ohren irgendwie dämlich. »Im Breeze Inn.«

»Ja, davon habe ich gehört«, erwiderte sie. »Wie Amber schon gesagt hat, sie sollten jede Sekunde zurück sein. Mein Mann hat heute Morgen ein Boot gechartert, und Harry ist mitgefahren, um ihm beim Köderfischen zu helfen. Hätte er das erst mit Ihnen abklären müssen?«

»Nein«, antwortete ich kurz. Ich wünschte, ich wäre gar nicht erst gekommen.

Draußen ertönte Motorengeräusch, und die Frau reckte den Hals, um aus der offenen Tür schauen zu können.

»Da sind sie schon«, rief sie und sauste aus der Tür, um ihnen entgegenzugehen.

Ich blieb in der Tür stehen und fühlte mich furchtbar fehl am Platz, während die Männer das Boot festmachten und mit dem Abladen begannen.

»Jeeves!« Das kleine Mädchen stand auf einmal neben mir und pfiff laut auf den Fingern. Der Hund sprang über die Bordkante und wäre um ein Haar im Hafenbecken gelandet. Er trottete schwanzwedelnd auf das kleine Mädchen zu, das ihn glücklich in die Arme schloss.

Sie vergrub die Nase in seinem Fell und verzog das Gesicht. »Iiiiigit.« Sie lachte. »Du stinkst!« Damit setzte sie den sich windenden Hund ab, der sich prompt vor meine Füße hockte und mich erwartungsvoll anschaute.

»Er mag Sie«, rief Harry. Er kam in einem gelben Regenmantel und ausgewaschenen Jeans auf uns zu, im Arm einen weiteren weißen Plastikeimer voll Fisch. Seine Haare waren vom Wind zerzaust, sein Gesicht sonnenverbrannt, und er sah so glücklich aus, wie ich ihn noch nie erlebt hatte.

»Ich weiß«, sagte ich und ließ den kleinen Hund an meinen Händen schlecken, was er herzerwärmend enthusiastisch tat. Ich war noch nie ein großer Hundefreund gewesen, aber ich musste zugeben, dass mir der kleine Kerl langsam ans Herz wuchs. »Aber er riecht ein wenig.«

Harry lachte. »Er ist vorhin in den Ködereimer gesprungen, den wir benutzt haben. Zerriebene Makrele kann schon mal ein wenig riechen. Was gibt's denn?« Harry öffnete den Reißverschluss seines Regenmantels. »Und wie zur Hölle haben Sie mich hier gefunden?«

»Ich, äh, na ja«, stammelte ich. »Es war schon ziemlich spät, und ich bin von Home Depot zurückgekommen, und Sie waren verschwunden, und wir müssen heute Abend unbedingt noch die anderen Zimmer fertig bekommen ...« Ich biss mir auf die Lippe. »Und Sie hätten mir ruhig sagen können, dass Sie zum Fischen gehen. Mir einen Zettel schreiben oder so. Ich habe gedacht, Sie wären saufen gegangen. Also bin ich zu *Doc's Bar* gefahren ...«

Sein Gesicht verfinsterte sich. »Sie sind zu *Doc's* gefahren? Sie haben da drinnen nach mir gesucht?«

»Ja, na ja. Jedes Mal, wenn Sie verschwinden, sind Sie am Ende doch wieder dort. Und Sie hätten mir ruhig sagen können, dass Sie noch andere Jobs haben. Ich hätte es schon verstanden. Und die Sache mit Ihrem Boot – das tut mir wirklich leid. Ich weiß, wie es ist, pleite zu sein –«

»Sie wissen gar nichts!«, erwiderte er mit heiserer Stimme. »Halten Sie mich für einen Faulpelz?«

»Nein!«, protestierte ich. »Aber wir haben noch so viel Arbeit im Breeze, und wir haben diese Reservierungen, und Sie sind einfach weggefahren und haben die Arbeit liegenlassen, dabei müssen wir noch streichen –«

»Ich habe die Arbeit nicht liegenlassen.« Seine Augen waren schmal. »Die Fugenmasse muss erst trocknen, ehe wir drüberstreichen können, was erst in ein paar Stunden soweit ist. Ich wäre auf jeden Fall rechtzeitig zurück gewesen, um mit dem Streichen anzufangen. Aber Sie gehen einfach davon aus, dass ich ein alkoholabhängiger Versager bin –«

»Ich wusste es ja nicht«, entgegnete ich möglichst ruhig. »Wenn Sie mir Ihre Situation einfach erklärt hätten, dann –«

»Meine Situation«, zischte er, »geht Sie einen Scheißdreck an. Ich bin nicht Ihr Sozialfall. Ich bin wunderbar klargekommen, bis Sie hier aufgetaucht sind. Ich streiche Ihr verdammtes Motel, und ich repariere Ihnen auch noch den Rest, und sobald ich mein Geld habe, sind Sie mich endlich los. Aber können Sie mir bis dahin einen Gefallen tun?«

»Was denn?« Ich biss die Zähne zusammen, entschlossen, nicht vor ihm zu weinen.

»Lassen Sie mich gefälligst in Ruhe.«

26

Als am Freitagmorgen die Sonne aufging, zog ich gerade den finalen Pinselstrich im Bad von Zimmer vierzehn. Meine Knie schmerzten wie die Hölle, als ich mich bückte, um die Abtropfwanne aufzuheben. Doch ich bemerkte es kaum, da mir sowieso jede Faser im Körper weh tat.

Geschafft. Oder zumindest, soweit es zu schaffen war. Ich rollte das Malervlies zusammen und hinkte zur Tür. Von dort warf ich einen letzten, prüfenden Blick zurück. Das Zimmer erstrahlte in einem weichen goldenen Gelbton. Es war Eloises Idee gewesen, jedem Zimmer einen Namen zu geben statt einer Nummer und die Deko entsprechend anzupassen. Und natürlich geschah das auch unter Eloises Anleitung und nach ihren sehr speziellen Vorstellungen.

Und so war aus dem ehemaligen Zimmer vierzehn die Sonnenblumen-Suite geworden. Darin standen zwei alte Metallbetten, die wir im Schuppen gefunden hatten. Eloise hatte sie mattschwarz lackiert, wodurch sie ihren ursprünglichen Krankenhaus-Look verloren hatten. Eine abgewetzte Eichenkommode, die im Schuppen als Werkzeugbank gedient hatte, war ebenfalls schwarz angestrichen worden, und darüber hatte Eloise drei hübsche Spiegel aufgehängt, die sie in ihrem Lieblingsladen – Target – gefunden hatte. Der »Wohnbereich« bestand aus einem Paar Korbsesseln von *Maisie's Daisy* und einem flachen Tisch, der aus einem

Stapel alter Lederkoffer bestand, die Eloise angeblich in der Gasse hinter ihrem Haus in der Charlton Street gefunden hatte.

Und der krönende Abschluss kam von unerwarteter Seite: Marian Foley.

Ich hatte mir die ganze Zeit schon den Kopf zerbrochen, was ich mit den vielen Fenstern machen sollte. Beim Gedanken daran, wie viel ordentliche Jalousien oder Vorhänge kosten würden, wurde mir ganz schlecht. Doch dann kam Eloises Mutter mit der perfekten Lösung um die Ecke.

»Wieso zaubere ich nicht einfach ein paar Vorhänge für euch?«, fragte sie, als sie die Schüssel Bohnenauflauf abstellte, den sie uns unbedingt zum Abendessen vorbeibringen wollte.

»Zaubern?«, fragte ich verwundert.

»Mama, das ist eine super Idee«, erwiderte Eloise begeistert. »Komm, wir schauen mal da hinten im Schuppen, wo ich auch die Betten und die Kommode gefunden habe. Im Regal liegen stapelweise alte Laken. Vielleicht können wir daraus was schneidern oder so.«

Sie kehrten schon nach fünf Minuten zurück, die Arme mit weißem Stoff beladen.

»Schau mal, Überwürfe aus Chenille!«, krähte Eloise begeistert. »Das müssen an die dreißig Stück sein da draußen. Und sie sind alle gleich. Sogar mit Fransen.«

»So was könnt ihr? Vorhänge aus Bettüberwürfen nähen?«

»Na klar«, erwiderte Marian leichthin. »Man muss nur darauf achten, dass die Nähte und der Saum gerade sind. Nichts leichter als das.«

Eine Stunde später hatten sie alles aufgebaut, und die Marian-Foley-Vorhangkollektion ging in Produktion.

»Die werden wundervoll«, sagte ich und lehnte mich zu Marian, um sie zu umarmen. »Und du bist auch wundervoll. Dass ich nicht mal wusste, dass du nähen kannst.«

»Jede Frau sollte nähen können«, stellte Marian fest. »Ich habe immer Eloises Kleider genäht, bis sie in die Highschool kam und entschied, dass selbstgenähte Sachen ›uncool‹ sind.«

»Ich war eine verzogene Göre«, gab Eloise zu. »Aber du bist ein Genie, Mama.«

Und jetzt war es Freitagmorgen, und ich war fast bereit, das Motel zu eröffnen. Fast.

Die letzte Ladung Laken und Handtücher für die Badezimmer waren noch im Trockner, der zum Glück immer noch funktionierte. Und ich musste Harry noch dazu bekommen, die kleinen Plaketten, die Eloise gemalt hatte, über den Türen der Suiten anzubringen.

»Suite. Von wegen!«, schnaubte Harry, als er kurz darauf vor der Sonnenblumen-Suite stand und seinen Werkzeuggürtel umschnallte.

»Geben Sie es zu, es sieht großartig aus«, erwiderte ich.

Er ignorierte mich und stieg murrend auf die Tretleiter, um die Plakette anzubringen.

So war es nun schon die ganze Zeit zwischen uns, seit ich ihn am Hafen aufgesucht hatte.

Er arbeitete wie ein Besessener, tat alles, worum ich ihn bat, und noch mehr, doch trotz meiner wiederholten Entschuldigungen redete er kein Wort mit mir, das nichts mit der Arbeit zu tun hatte.

»Wollen Sie über Ihrem Zimmer auch so ein Ding?«, fragte er mit Blick auf den Korb voller Plaketten.

»Ja«, sagte ich seufzend. »Meins heißt Surfside-Suite. Der Concierge des Gastonian hat mich gestern Abend angerufen. Einer ihrer Stammgäste hat sich kurzfristig entschlossen, das Breeze Inn zu testen, und er hat mich gebeten, sie noch irgendwo unterzubringen.«

»Sie haben doch gesagt, wir sind ausgebucht?«

»Nicht ganz. Ich habe den Preis auf sechshundert pro Nacht für das Surfside angehoben. Für das Geld kann ich auch bei Eloise auf dem Sofa schlafen.«

»Wollten Sie nicht die ganze Zeit hier sein, falls Sie gebraucht werden?«

»Mist, das stimmt. Ich schätze, dann muss ich mir hier einen Schlafplatz suchen.«

»Jeeves teilt vielleicht seinen Sessel mit Ihnen.«

»Ich denke, ich nehme lieber die Couch.«

Er nickte und wandte sich wieder seiner Arbeit zu.

»Harry?«

Er drehte sich zu mir um.

»Es tut mir wirklich leid. Wir hatten einen missglückten Start miteinander. Und ich bereue das. Aber Sie sollten wissen, dass ich es wirklich zu schätzen weiß, was Sie hier leisten. Wissen Sie, ich führe jetzt schon seit vielen Jahren mein eigenes Geschäft, und ich habe noch nie jemanden so hart und so gewissenhaft arbeiten gesehen wie Sie in den letzten Wochen. Ich weiß, ich war eine ziemliche Nervensäge, aber jetzt, wo das Breeze eröffnet wird, werde ich dafür sorgen, dass Sie Ihr Geld bekommen und die *Jitterburg* auslösen können.«

»Ist schon okay«, erwiderte er. »Sie hatten auch eine harte Zeit. Und ich habe es Ihnen nicht gerade leichtgemacht.«

Ich streckte ihm die Hand hin. »Waffenstillstand?«

»Waffenstillstand.« Er schüttelte meine Hand.

»Ach, verdammt.« Missmutig betrachtete Harry seine Handfläche, die jetzt mit sonnenblumengelber Farbe beschmiert war.

»Wenigstens ist es Latexfarbe«, sagte ich grinsend.

In dem Moment rauschte ein schwarzer Dodge der Marke Ram Truck auf den Parkplatz und wirbelte beim Bremsen eine riesige Staubwolke auf.

»Mensch, Daniel«, rief ich dem Fahrer zu. »Du machst meinen

schönen Parkplatz unordentlich.« Doch mein Lächeln zeigte, dass ich es nicht wirklich ernst meinte.

Er sprang aus dem Wagen und holte dann einen großen Karton heraus. »Ich habe ein paar, äh, Muffins gebacken«, sagte er schroff. »Ich, äh, wollte etwas tun, um die Eröffnung des Motels zu feiern.«

»Des Inns«, korrigierte ich. »Des Breeze Inns.« Ich öffnete den Deckel des Kartons und schnupperte den süßen Duft der warmen Backwaren. »Daniel, die riechen himmlisch.«

Er scharrte verlegen mit den Füßen und schob sich eine dunkle Haarsträhne aus den Augen.

»Eloise bringt später Blumen und das andere Zeug vorbei«, erklärte er. »Aber ich dachte, du könntest vielleicht einen Korb Muffins für deine Gäste hinstellen, oder so.«

Ich gab ihm einen Kuss auf die Wange und gratulierte mir nachträglich dazu, damals so schlau gewesen zu sein, Daniel Stipanek als Chefkoch für das *Guale* einzustellen. Er hatte das Temperament eines wahren Künstlers, und ich war auch nicht gerade unkompliziert, aber unsere Differenzen waren nie persönlich gewesen und auch nie von Dauer.

»Was sind es denn für welche?«, fragte ich mit knurrendem Magen.

»Banane-Nuss, Orange-Mohn und Honig-Pekannuss«, erklärte er. »Ich habe die dreifache Menge vom Rezept gemacht, du kannst also den Rest einfrieren, der nicht gegessen wird.«

»Oh, da wird kein Rest bleiben«, versprach ich ihm. »Ich werde sofort einen essen. Komm mit mir ins Büro, da kann ich uns eine Tasse Kaffee dazu machen.«

»Ich kann leider nicht. Ich übernehme das Catering beim großen Dinner der Hibernian Society, und ich muss dringend noch das Dessert machen. Bailey's-Irish-Cream-Cheesecake-Törtchen.«

Die Hibernian Society war Savannahs älteste und angesehenste Gesellschaft irischstämmiger Bürger. Es waren nur Männer zugelassen, wie bei den meisten dieser traditionellen Vereine. Soweit ich wusste, war die wichtigste Veranstaltung bei den Hibernians das große Galadinner nach der Parade am St. Patrick's Day.

»O toll! Was servierst du?«

»Als Vorspeise mache ich einen Fischgang mit Shrimps und Krebsen, dann frische Austern mit Bienville-Sauce ...«

»Das klingt aber nicht sehr irisch«, neckte ich ihn.

»Ist es auch nicht«, gestand er. »Aber Billy Hennesey ist dieses Jahr Präsident der Hibernians. Du kennst Billy doch. Er hat oft bei uns im Restaurant gegessen. Er ist ein gutgläubiger Feinschmecker.«

»Ich kenne Billy. Aber ich wusste nicht, dass er Präsident der Hibernians ist.«

»Ja. Jedenfalls hat Billy gesagt, die jüngeren Mitglieder würden sich schon seit Jahren darüber beschweren, dass es immer das gleiche Essen gibt, obwohl sie einen Haufen Asche für den Abend hinlegen. Deshalb hat er mich gebeten, ein Menü zusammenzustellen, das wir auch so im *Guale* angeboten hätten.«

»Das freut mich für dich«, sagte ich.

»Wir machen noch Baby-Lammkoteletts mit Knoblauch-Feigen-Marmelade, geröstetem Spargel –«

»Keine Kartoffeln? Daniel, das sind Iren. Du musst unbedingt Kartoffeln machen.«

»Für wen hältst du mich?« Daniel sah mich gekränkt an. »Das Lammkotelett wird auf einem Bett aus Rosmarin-Frühkartoffeln angerichtet.«

»Natürlich. Wie konnte ich nur an dir zweifeln.«

»Und zum Nachtisch gibt es verschiedenen Törtchen. Pekannuss-Bourbon, die Bailey's-Irish-Cream und noch Limone-Himbeer.«

»Die alten Moorhasen werden denken, sie sind gestorben und direkt im Himmel gelandet«, sagte ich grinsend.

»Das hoffe ich. Diese Sache mit dem Galadinner ist eine große Nummer. Eine Menge einflussreicher Leute werden extra dafür in die Stadt kommen.«

Ich verspürte einen vertrauten Anflug von schlechtem Gewissen. Es war meine Schuld, dass Daniel sich ein Bein ausriss, um mit Catering-Jobs über die Runden zu kommen. Meine Schuld, dass er und die anderen Angestellten des *Guale* arbeitslos waren.

»Wie läuft es denn so?«, fragte ich.

»Ganz okay.« Er grub die Spitze seiner Gummi-Clogs in den Kies. »Ich hatte ein paar Anrufe von Leuten, die mich anstellen wollen, aber im Moment komme ich gut klar mit den Aufträgen, die ich habe.«

»Ich habe Gerüchte gehört, dass Sherry und Kick Thibadeux sich trennen«, sagte ich in Bezug auf ein bekanntes Pärchen aus Charleston, deren gehobenes Restaurant in der Boundary Street der trendigste Ort in ganz South Carolina war. »Sie hat endlich geschnallt, dass Kicks Interesse an jungen Kellnern ein wenig unnatürlich ist. Er behält offenbar das Restaurant in der Innenstadt, und Sherry will in Hilton Head etwas Neues aufmachen.«

»Ja, sie hat mich schon angerufen«, erwiderte Daniel. »Aber ich weiß nicht, BeBe. Ich will das *Guale* einfach noch nicht aufgeben.« Er bedachte mich mit einem schiefen Grinsen. »Außerdem ist es besser, seine Feinde gut zu kennen.«

»Du süßer Teufel, ich wusste gar nicht, dass es dir so viel bedeutet.«

»Du wirst wieder auf die Beine kommen. Garantiert. Eloises Onkel James hat ihr erzählt, dass die Polizei schon eine Spur hat, wo sich dieser Reddy-Schnösel in Florida aufhalten könnte.«

»Ja, aber erst müssen sie ihn schnappen. Und dann ist auch nicht sicher, ob ich mein Geld zurückbekomme.«

Er schüttelte den Kopf. »Oh, doch. Du wirst auch noch den letzten Penny aus ihm rausquetschen. Du hast wohl vergessen, dass ich mal gesehen habe, wie du in einem engen Minirock und High Heels ein paar College-Bengel die ganze Straße runtergejagt hast, nur weil sie versucht haben, eine Zwanzig-Dollar-Zeche zu prellen. Sobald sie den Kerl finden, ist er so was von fällig.«

»Das hoffe ich«, sagte ich seufzend. »Bis dahin werde ich mich wohl als Motelbesitzerin versuchen.«

»*Inn*-Besitzerin«, korrigierte Daniel. »Du bist eine Inn-Besitzerin. Und du wirst richtig rocken. Da bin ich mir sicher.«

»Dein Wort in Gottes Ohr.«

27

Der Check-in war um zwei Uhr nachmittags, was ich jedem Gast bei der Reservierung ausdrücklich gesagt hatte. Mein ganzer Tag war auf diese Uhrzeit hin geplant. Zwei Uhr war die Ziellinie des Wettlaufs mit der Zeit, um das Breeze Inn für die Eröffnung bereitzumachen.

Um zwölf stand ich unter der Dusche in Harrys Wohnung und versuchte, die verschiedenen Wandfarben von meiner Haut und aus meinen Haaren zu entfernen. Das Gelb der Sonnenblumen-Suite, das Korall des Hibiskus-Zimmers, das Blassgrün des Meerglas, das Hellblau des Seesterns. Ich ging im Kopf gerade noch meine To-do-Liste durch, als ich die Türklingel hörte. Einmal, zweimal, dreimal. Das war bestimmt nicht Harry. Er war vor einer Stunde zu Sam's Club gefahren, um Seife und Shampoo für die Zimmer zu holen. Ich trocknete mich hastig ab und schlüpfte in schwarze Jeans und passendes Sweatshirt, was ich mir bei meinem letzten Besuch bei Target geleistet hatte. Ich zuckte innerlich zusammen, als ich meine Füße in die billigen schwarzen Ballerinas steckte, die ich bei Payless mitgenommen hatte, und trauerte einmal mehr um meine exquisite Schuhsammlung.

»Juu-huu! Ist jemand zu Hause?«, vernahm ich eine helle Frauenstimme. »Ist der Hotelmanager nicht da?« Das Klingeln begann erneut, und jetzt konnte ich auch Jeeves draußen bellen hören.

»Ich komme schon«, rief ich und eilte zur Tür. Ich schaute mich im neu eingerichteten Bürobereich um. Harry hatte einen Stapel Holz, das einmal zu einer Verkleidung einer Villa im Norden des Strandes gehört hatte, die gerade renoviert wurde, geholt und damit einen wunderschönen Empfangstresen gezimmert. Dahinter hatte ich einen richtigen Schreibtisch aufgebaut, auf dem unser brandneues Kreditkartenlesegerät und Harrys altes schwarzes Retro-Telefon standen. Es war noch weit entfernt davon, wie ein normaler Empfangsbereich in einem Hotel auszusehen, aber Eloise hatte mir versichert, dass die Gäste, die sich das Breeze auswählten, genau nach dieser Art Ambiente suchten.

»Wenn sie Computer und Fax wollen, sollen sie doch ins Days Inn gehen«, sagte sie.

Behutsam berührte ich die Farbe des Schilds, das Harry vorn am Empfangstresen angebracht hatte, um zu sehen, ob die Farbe trocken war. *BREEZE INN. SEIT 1948. SIE SIND ZU GAST BEI BEBE LOUDERMILK*, stand in fetten Buchstaben darauf.

Die neue Gastgeberin öffnete jetzt die Eingangstür mit einem strahlenden Lächeln und wurde wider Erwarten mit ihrer Vergangenheit konfrontiert.

Die Frau, die ungeduldig im Türrahmen wartete, war groß und gertenschlank mit glänzenden schwarzen Haaren, die sie schulterlang trug, makelloser Alabasterhaut und auffälligen grünen Katzenaugen, denen nichts entging. Genau wie damals, als wir zusammen auf die Savannah Country Dayschool gegangen waren.

»BeBe Loudermilk? Was um alles in der Welt machst du hier auf Tybee Island?«

»Hallo, Sadie«, begrüßte ich sie möglichst herzlich, doch es wollte mir nicht recht gelingen. »Ich bin die Besitzerin«, erklärte ich und machte eine Handbewegung in Richtung des neuen Schilds. »Hast du ein Zimmer bei uns gebucht?«

»Das hoffe ich doch«, erwiderte sie gedehnt. »Hast du meine Reservierung nicht erhalten?«

»Komm erst mal rein«, sagte ich und öffnete die Tür etwas weiter. Hinter ihr auf der Veranda stand ein kleiner Berg Gepäck und ein kleiner, verstört wirkender Junge.

Sie packte ihn am Arm. »Peyton, Liebes«, sagte sie spitz. »Komm jetzt hier rein.«

»Nein.« Er entwand sich ihrem Griff und machte einen Schritt zurück. »Ich will den Hund sehen.«

»Peyton!« Ihre Lippen waren eine wütende rote Linie. »Wage es ja nicht, diese Veranda zu verlassen, oder ich rufe sofort deinen Daddy an.« Sie hielt ihr Handy drohend in die Höhe. »Soll ich Daddy in Atlanta anrufen?«

»Nein.« Er ließ die Schultern hängen. Blass, dünne Beinchen, die aus grauen Flanellshorts hervorragten, passender grauer Kaschmirpulli, der lose um seinen knochigen Körper hing. »Ich komm ja schon.«

Ich ging schon mal voraus und stellte mich hinter den Tresen, wo ich schnell im Reservierungsbuch nachschaute, in der Hoffnung, dass sie im falschen Hotel war. Erst vor einer Stunde hatte ich die Liste durchgesehen, und mir wäre garantiert aufgefallen, wenn Harry oder ich eine Reservierung für Sadie Troy notiert hätten.

Eben diese Sadie Troy war die Königin unserer exklusiven Privatschule gewesen. Seltsamerweise passte sie gar nicht ins Schema der typischen Highschool-Hoheit. Sie war weder Cheerleader noch Schulsprecherin oder Homecoming Queen, und ganz bestimmt nicht das beliebteste Mädchen auf der Schule gewesen. Nein, Sadie Troy wurde eher gefürchtet als geliebt. Sie war die Anführerin einer Mädchenclique gewesen, die die It-Girls der Savannah Country Day waren. Ich bewegte mich damals an der Peripherie dieser Clique, eigentlich nur geduldet, weil ich wusste, wie man sich die Haare schön machte, wie man den Bund des karierten Schulrocks umschlug und die verhassten Kniestrümpfe runterrollte, und am wichtigsten – wie man andere Mädchen quälte, die nicht in unserer Clique waren. Was war das für eine Erleichterung gewesen, als ich nach dem Abschluss endlich in eine Welt ohne Sadie Troy entweichen konnte.

Jetzt fuhr ich nervös mit dem Finger über die Reservierungsliste. »Ich finde deinen Namen gar nicht.«

Sie fasste über den Tresen und entriss mir das Buch. »Hier steht es doch.« Sie tippte auf einen Namen. »Mrs Peyton Hausbrook die Dritte.«

»Alles klar«, entgegnete ich missmutig. Sie war also die Last-Minute-Buchung über das Gastonian gewesen, sie war diejenige, die heute in meinem Bett schlafen würde. »Willkommen im Breeze Inn.«

Sie schaute sich im Büro um und hob schnuppernd die Nase. »Feuchte Farbe? Ich hoffe, meine Suite riecht nicht genauso. Peyton hat furchtbare Allergien. Besonders auf Chemikalien.«

Sie drehte sich zu ihrem Sohn um, der auf dem Boden saß, die Ärmchen glücklich um einen sich verzweifelt windenden Jeeves geschlungen.

»Auf Hunde ist er auch allergisch!«, rief sie und entriss dem Jungen den Terrier, den sie quer durch den Raum schleuderte. Jeeves kläffte protestierend auf und schoss aus der offenen Eingangstür.

»Hunde sind im Hotel doch sicherlich verboten«, sagte sie, wieder an mich gewandt.

»Äh, ja, schon«, stammelte ich, immer noch etwas benommen von Sadies plötzlichem Wiederauftauchen in meinem Leben. »Jeeves gehört meinem ... äh ...«

Wie sollte ich Harry bezeichnen? Meinen Manager? Aber ich war jetzt die Managerin. Handwerker? Das klang irgendwie zu ge-

225

ringschätzig. Er würde mich wahrscheinlich umbringen, wenn er hörte, wie ich ihn so nannte.

»Mädchen für alles.«

Wenn man vom Teufel sprach. Harry erschien im selben Moment, als ich das sagte, im Türrahmen, in jeder Hand einen von Sadies Koffern. »In welche Suite darf ich die bringen, Miss Loudermilk?«

»In mein, äh, ich meine die Surfside-Suite. Danke, Harry.« Und das meinte ich wirklich so.

Er nickte. »Sonst noch etwas?«

»Im Moment nicht«, sagte Sadie, als wäre er damit entlassen. »Ich klingele, wenn ich Sie brauche.« Sie fasste in das quietschgelbe Handtäschchen, das an ihrem Arm baumelte, und zog eine Brieftasche heraus, die nur so vor Kreditkarten starrte. Dann streckte sie Harry mit spitzen Fingern eine Fünfdollarnote hin. »Sehen Sie zu, dass immer genügend Eis da ist, ja? Und was für einen Wodka haben Sie in der Minibar?«

»Minibar?« An so etwas hatte ich gar nicht gedacht, weil ich mit so grundlegenden Dingen wie funktionierenden Toiletten beschäftigt war.

»Ich fülle sie gerade auf«, entgegnete Harry, ohne mit der Wimper zu zucken. »Welche Marke hätten Sie denn gern?«

»Stoli.« Sadie gab ihm noch einen Zwanziger. »Holen Sie auch gleich frische Zitronen.«

»Ich bin in höchstens zehn Minuten zurück.« Harry nickte uns beiden zu – der Inbegriff von Höflichkeit – und verschwand aus der Tür.

Ich atmetet tief durch und warf einen Blick auf die Uhr. 12.10 Uhr.

»Ehrlich gesagt«, setzte ich vorsichtig an, »bist du ein bisschen zu früh, Sadie. Check-in ist erst um zwei.«

»Um zwei? Nein, das geht bei mir gar nicht. Wir werden um

226

halb drei bei Patti Mazzone zum Tee erwartet. Du erinnerst dich doch noch an Patti aus der Highschool, oder? Und wenn ich nicht in den nächsten fünf Minuten eine heiße Dusche bekomme, kann ich für nichts garantieren. Wie du siehst, bin ich ein totales Wrack nach vier Stunden im Auto mit diesem kleinen Mann hier.« Sie nickte in Peytons Richtung.

Sie sah absolut nicht aus wie ein Wrack. Ihre grünen Hosen wirkten wie frisch gebügelt, der passende Blazer – aktuelle Armani-Kollektion? – war mit einem Taillengürtel über der cremefarbenen Seidenbluse verschlossen. Dazu trug sie jadegrüne Ohrringe und große Armreifen; der einzige Ring war ein Türklopfer-großer quadratischer Diamantring an ihrer linken Hand.

Peyton stand nur da und sah mich aus seinen blassblauen Augen ernst an.

»Warst du ein braver Junge, mit deiner Mom im Auto?«, fragte ich ihn.

»Sie ist *nicht* meine Mutter«, kreischte das Kind.

Sadies Wangen erröteten unmerklich.

»Peyton.« Sie packte ihn an den Schultern. »Du musst hier deine Drinnen-Stimme benutzen, okay?«

»Ist sie aber nicht«, beharrte er, dieses Mal leiser.

»Stiefmutter«, formte Sadie lautlos mit den Lippen.

Ich nickte.

Peyton ging zur Tür und blieb dort mit dem Rücken zu uns stehen.

»Unmöglich.« Sadie verdrehte seufzend die Augen. »Was hattest du gerade gesagt?«

»Ich habe gesagt, dass der Check-in erst um zwei ist«, wiederholte ich. »Es tut mir leid, aber wir sind gerade erst mit ein paar grundlegenden Renovierungen fertig geworden, und dein Zimmer wird vor zwei nicht bezugsbereit sein.«

»Mir hat niemand was von zwei Uhr gesagt«, erwiderte Sadie

stirnrunzelnd. Sie fasste erneut in ihre Brieftasche und schob mir einen Zwanziger zu.

»Hör zu, BeBe, es war echt toll, dich nach all den Jahren wiederzusehen. Wir sollten später dringend mal ein bisschen plaudern. Aber im Moment ist es *zwingend* notwendig, dass ich sofort in mein Zimmer kann. In zehn Minuten habe ich eine wichtige Telefonkonferenz, und ich brauche einen ruhigen Ort, damit wir ein Achtundzwanzig-Millionen-Einkaufszentrum in Jacksonville schließen können.«

Ich schob den Zwanziger zurück in ihre Richtung, um Beherrschung bemüht. »Der Punkt ist, dein Zimmer ist einfach noch nicht fertig.«

»Dann gib mir ein anderes. Irgendein Zimmer, so lange es Eis, Fernsehen, Zitronen und Wodka gibt.« Sie bedachte mich mit diesem berechnenden Lächeln, das ich noch aus den dunklen, alten Tagen kannte. Es erinnerte mich an diese Raubtiere aus Tierdokus, die kurz davor sind, ihre Jungen zu verspeisen.

»Check-in ist um zwei«, wiederholte ich stoisch. »Und keins der Zimmer hat einen Fernseher. Unsere Gäste kommen hierher, um mal Ruhe von Telefon und Fernsehen zu haben.«

Ich hielt es nicht für nötig, ihr zu sagen, dass wir es uns nicht leisten konnten, solche modernen Gerätschaften anzuschaffen.

Sadie wurde sichtbar blass um die Nase. »Kein Fernseher?« Sie lehnte sich nach vorn, ihre Augen funkelten bedrohlich. »Ich habe ein vierjähriges Kind dabei, falls es dir nicht aufgefallen ist. Wie zur Hölle soll ich den kleinen Bengel bitte unterhalten, bis sein Vater kommt, wenn es keinen Fernseher gibt?«

Langsam ging sie mir wirklich auf die Nerven. Plötzlich fiel mir auf, dass ich mich längst nicht mehr von Sadie Troy einschüchtern lassen musste. Die Erkenntnis war befreiend.

»Ich kann verstehen, wenn du deine Reservierung stornieren willst«, sagte ich. »Vielleicht suchst du dir besser ein Hotel, das deinen Anforderungen besser entspricht. Natürlich fällt laut unserer Geschäftsbedingungen im Fall einer kurzfristigen Stornierung eine Gebühr in Höhe des Zimmerpreises für eine Nacht an.«

»Es ist St. Patrick's Day. Die ganze verdammte Stadt ist ausgebucht, und das weißt du genau«, zischte Sadie. »Es gibt nicht ein einziges freies Zimmer mehr. Ich habe es bereits überprüft.«

»Das stimmt«, erwiderte ich mitfühlend. »Na ja, vielleicht kannst du ja etwas früher zu Patti gehen. Oder irgendwo etwas zu Mittag essen. Und wenn du um zwei zurückkommst, sollte dein Zimmer soweit sein.«

»Ich habe Hunger!«, verkündete der kleine Peyton. »Ich will ein Happy Meal.«

Auf Sadies Wangen erschienen helle rosa Flecken. »Die Drinnen-Stimme, bitte.«

»Mit Extra-Pommes!«, krähte Peyton mit seiner schönsten Draußen-Stimme.

Das Telefon auf dem Schreibtisch klingelte. »Breeze Inn«, sagte ich fröhlich in den Hörer.

»Wie läuft's?«, fragte Eloise. »Bist du schon reich?«

Auf einmal hatte ich eine Idee.

»Gut!«, sagte ich. Und dann: »Ach, herrje, Sie sind auch ausgebucht?«

»Was?«, fragte Eloise verwirrt. »Mit wem redest du da?«

»Ich werde mal nachschauen.« Ich legte die Hand über die Muschel. »Das ist das 1790 Inn. Sie haben einen Gast, der verzweifelt nach einem zweiten Zimmer sucht. Soll ich ihnen sagen, dass deins frei ist?«

»Nein!«, protestierte Sadie. Sie nahm den Zwanzigdollarschein und stopfte ihn zurück in ihren Geldbeutel. »Wir gehen was essen und sind Punkt zwei wieder hier. Okay?«

»Okay. Sadie, willst du mir vielleicht schon mal deine Kredit-

229

karte geben, damit ich das Zimmer für dich halten kann, falls du unerwartet aufgehalten wirst?«

Sie reichte mir wortlos ihre Platin-Karte. Ich ließ sie durch den Schlitz im Lesegerät gleiten, und sobald Sadie die Karte wieder hatte, rauschte sie ab, wobei sie die Tür hinter sich zuwarf.

»Was ist denn bei dir los?«, wollte Eloise wissen. »Wer ist Sadie? Ist alles okay?«

»Alles super«, antwortete ich kichernd.

Als Harry eine Viertelstunde später mit Wodka und Zitronen zurückkehrte, hatte ich meine Haare gekämmt, etwas Mascara und Lippenstift aufgelegt und war bereit, die Zimmer ein letztes Mal durchzugehen.

Um Viertel vor zwei checkte der erste Gast ein. Den ganzen Nachmittag klingelte abwechselnd das Telefon und die Tür, und Jeeves kam aus dem Kläffen gar nicht mehr heraus.

Die meisten der Gäste waren total begeistert vom frisch renovierten Breeze.

Alle, außer die Bewohnerin der Surfside-Suite.

Um sieben Uhr tauchte Sadie am Empfang auf. »Hat jemand für mich angerufen?«

Ich schaute Harry fragend an, der den Telefondienst übernommen hatte, während ich kurz weg war, um mir ein Sandwich zu besorgen. »Gab es irgendwelche Anrufe für – tut mir leid, Sadie. Ich habe deinen neuen Nachnamen vergessen.«

»Hausbrook«, antwortete sie schnell. »Mrs Peyton Hausbrook. Ich erwarte einen Anruf von meinem Ehemann. Er hätte längst hier sein sollen. Auf dem Handy hat er nicht angerufen, deshalb dachte ich, er hat es vielleicht hier versucht.«

»Hat er nicht«, sagte Harry, ohne von seinem Fischerei-Bedarf-Katalog aufzuschauen. »Es gab gar keine Anrufe für einen der Gäste.«

»Sind Sie sicher?« Sie trommelte mit den Fingerspitzen auf dem Schreibtisch herum. »Der Name ist H-A-U-S –«

»Sicher«, unterbrach sie Harry. »S-I-C-H-E-R.«

Sie dampfte beleidigt ab, und er schaute mich fragend an. »Alte Schulfreundin von Ihnen?«

Ich schauderte. »Lange her.«

Um acht Uhr klingelte das Telefon. Es war Sadie. »Bist du sicher, dass mein Mann noch nicht für mich angerufen hat?«

»Sehr sicher.«

»Egal«, fuhr sie fort. »Ich denke, du solltest besser den Mann vorbeischicken. Mit meinem Waschbecken im Bad stimmt etwas nicht. Jedes Mal, wenn man den Hahn aufdreht, riecht es nach faulen Eiern.«

»Das ist das Tybee-Wasser«, erklärte ich. »Es hat einen hohen Schwefelgehalt. Ist sehr gesund, voller Vitamine.«

»Ist ja ekelhaft.« Damit legte sie auf. Doch eine Viertelstunde später klingelte das Telefon wieder.

»Eis.« Schon wieder Sadie.

»Wie bitte?«

»Wo zum Teufel is' das Eis?« Sie lallte. Wie groß war denn die Wodkaflasche gewesen, die Harry ihr ins Zimmer gestellt hatte?

»Die Eismaschine ist im Durchgang, rechts von deinem Zimmer«, erklärte ich. »Einen Eisbehälter findest du auf der Kommode.«

»Verdammt.«

Weitere Gäste checkten ein. Ich gab Wegbeschreibungen in die Stadt, empfahl Restaurants und musste am Telefon immer wieder sagen, dass wir leider bis auf die letzte Besenkammer ausgebucht waren. Um zehn rief ein Mann an und fragte nach Harry Sorrentino.

Er war schon halb vor dem Fernseher eingeschlafen, auf dem irgendein Sportkanal lief, doch er nahm den Anruf entgegen und hörte mit wachsendem Interesse zu.

»Ja. Okay. Kein Problem. Ich bin sofort da.«

Er legte auf. »Ich muss los.«

»Alles klar«, erwiderte ich.

»Ich arbeite seit heute Morgen um sechs«, stellte er fest.

»Ich weiß. Gehen Sie schon.«

»Es könnte eine Weile dauern«, warnte er. »Haben Sie ein Problem damit?«

»Überhaupt nicht«, entgegnete ich müde. »Ich wünschte, ich hätte Ihre Energie.«

Um elf Uhr begann ich immer wieder neidisch in Jeeves Richtung zu schauen, der bereits seelenruhig im Sessel schlief. Um halb zwölf klingelte das Telefon wieder.

»Breeze –«

»BeBe!«, kreischte Sadie in den Hörer. »Komm sofort rüber! Die verdammte Toilette ist kaputt.«

Als ich beim Zimmer ankam, lief das Wasser bereits unter der geschlossenen Tür durch. Sadie Troy saß im roten Satin-Schlafanzug in der Mitte ihres Betts, umgeben von ihrem Gepäck, ein halb volles Cocktailglas in der Hand. Der kleine Peyton, ebenfalls im Schlafanzug, kauerte mit aufgerissenen Augen auf dem Schaukelstuhl.

»Was ist passiert?«, fragte ich, während ich zum Badezimmer watete.

»Weiß nich'«, antwortete Sadie und fuhr sich mit den Fingern durch die schimmernden dunklen Haare. »Peyton war Zähne putzen und auf einmal is' das verdammte Ding explodiert oder so.«

Ich schielte ins Bad. Wasser lief über den Rand der Kloschüssel. Ein kleines Seifenstück schwamm an meinem Fuß vorbei, und eingeweichte Handtücher waberten im Wasser über die Bodenfliesen.

»Um Himmels willen, mach, dass es aufhört!«, befahl Sadie.

Ich hockte mich vor die Toilette und begutachtete die Lage. Rechts daneben entdeckte ich einen Wasserhahn in der Wand. Einen Versuch war es wert. Ich drehte ihn zu, und tatsächlich hörte das Wasser auf zu laufen. Doch was jetzt? Eloise hätte gewusst, was zu tun war. Eloise konnte nur mit einem Buttermesser und einer Rolle Klebeband ein ganzes Haus neu verkabeln.

Aber mein Name war nicht Eloise Foley. Mein Name war BeBe Loudermilk. Ich war Vizepräsidentin der National Honor Society der Savannah Country Dayschool gewesen. Ich hatte mit achtzehn am St-Cecilia-Debütantinnenball in Charleston teilgenommen, und einen Bachelor in Kunstgeschichte, aber als Hobby-Klempnerin hatte ich null Erfahrung.

Ich schloss die Augen und überlegte krampfhaft, was zu tun war. Mein Daddy war auch nicht gerade der handwerklich begabte Typ gewesen. Wenn früher in unserem Haus etwas kaputt gewesen war, rief er einfach seine Sekretärin an und ließ sie einen Handwerker organisieren.

Doch plötzlich fiel mir ein, dass wir einmal an einem Sonntag eine verstopfte Toilette gehabt hatten, die mein Vater dann mit einem großen Gummi-Pömpel bearbeitet hatte. So ein Ding hatte ich im Bad auch irgendwo gesehen. Ich fand den Pömpel in einer Ecke und pumpte damit beherzt los, immer auf und ab, bestimmt ein Dutzend Mal.

Als ich schon dachte, es funktionierte nicht, hörte ich ein lautes »Plopp«. Als ich den Pömpel rauszog, hing ein Fetzen pinken Stoffs daran. Ich betrachtete es genauer. Es handelte sich um einen bestimmt nicht billigen pinken Spitzen-BH.

»Sadie?«, rief ich und ging mit meiner Beute ins Schlafzimmer. »Kommt dir der bekannt vor?«

Sie blinzelte. »Was zur Hölle?« Sie zeigte auf das Kind, das immer noch auf dem Schaukelstuhl kauerte. »Peyton! Hast du meinen BH im Klo runtergespült?«

»Neeeeeein«, heulte das Kind. »Ich will meine Mamaaaaa.«

»Peyton!« Sadie sprang vom Bett und schnappte sich den BH, dann den Arm des Jungen und rief: »Du sagst mir jetzt sofort die Wahrheit. Warst du das?« Dabei hielt sie Peyton das pinke Ding vor die Nase.

»Neeeeeein«, kreischte er wieder und wand sich unter ihrem Griff.

»Verlogenes kleines Biest«, murmelte sie. »Warte nur, bis dein Daddy kommt.«

»ICH WILL MEINE MAMA!«, schrie Peyton.

»Ich auch, Kind«, sagte ich gähnend. Dann machte ich mich auf die Suche nach einem Wischmopp.

28

Ich räkelte mich am weißen Traumstrand von Mango Cay, die warme Sonne glitzerte auf dem azurblauen Wasser, eine laue Brise strich mir über die nackten Schultern. Travis McGee griff nach dem Eisbehälter, in dem der Dom Perignon seit unserem Nachmittagsschwimmen kalt gestellt war. Dann gab er mir einen heißen, leidenschaftlichen Kuss auf die warmen, willigen Lippen. Der Champagner kitzelte beim Trinken in der Nase, und plötzlich hörte ich ein lautes, nerviges Klingeln.

Gefolgt von heftigem Klopfen.

»Hey! Ist jemand zu Hause?«

Ich setzte mich auf, und mir wurde schlagartig und schmerzhaft bewusst, dass Mango Cay nur ein Traum gewesen war und meine Realität aus einem alten Sofa in einem Motel bestand. Es war sechs Uhr morgens. Ich hatte bis etwa ein Uhr gebraucht, um Sadie Troys geflutetes Badezimmer sauber zu machen, war dann in Harrys Wohnung getaumelt und sofort auf dem Sofa eingeschlafen.

»Komm ja schon«, rief ich zurück.

Der Mann in der Tür hatte nasse Haare. Er trug ein weißes Unterhemd, gestreifte Schlafanzughosen, offene Turnschuhe und machte keinen glücklichen Eindruck. Mr Abel von der Seestern-Suite.

»Guten Morgen Mr Abel«, grüßte ich verschlafen. »Haben Sie gut geschlafen?«

»Ja«, antwortete er wenig begeistert. »Aber Sie haben uns nur zwei Badehandtücher gegeben. Meine Frau ist gerade laufen gegangen, und wenn sie zurückkommt, wird sie Handtücher wollen.«

»Kein Problem.« Ich nickte. »Bin gleich wieder da.« Ich holte zwei große Handtücher aus dem Wäscheraum und brachte noch eine zusätzliche Seife mit, als Ausdruck meines Wohlwollens.

»Passt das so?«, fragte ich, als ich ihm die Sachen reichte.

»Ja. Außerdem habe ich keine Kaffeemaschine in unserem Zimmer gesehen.«

Kaffeemaschinen für alle Zimmer standen auf meiner Einkaufsliste, aber das würde warten müssen, bis wir einen ordentlichen Cashflow vorzuweisen hatten.

»Oh«, sagte ich und versuchte, mir schnell etwas einfallen zu lassen. »Ich schätze, ich habe vergessen, Ihnen zu sagen, dass wir von acht bis zehn hier im Büro für alle Gäste Kaffee und Muffins servieren.«

»Kein Kaffee im Zimmer?« Er runzelte die Stirn.

»Sie können sich ja welchen abholen und mit aufs Zimmer nehmen«, schlug ich vor. »Aber auf die Weise können sich die Gäste auch untereinander kennenlernen.«

»Wie auch immer.« Er stapfte davon.

»Und Ihnen auch einen guten Morgen, Mister Sonnenschein«, murmelte ich.

Nachdem ich Kaffee aufgesetzt hatte, sprang ich schnell unter die Dusche, zog mich an und räumte im Büro etwas auf, da wir offenbar gleich unser erstes Kaffeekränzchen dort haben würden. Ich klopfte leise an Harrys Tür, aber er antwortete nicht. Ich ging zum Fenster und schaute raus zum Parkplatz. Von seinem Kombi war weit und breit keine Spur.

Wo steckte Harry nur? War er letzte Nacht gar nicht zurückgekommen? Er hatte mir nicht gesagt, wohin er wollte, und nach unserem letzten großen Streit würde ich mich hüten, nachzufragen, geschweige denn, noch einmal nach ihm zu suchen.

Stattdessen wurschtelte ich im Büro herum und nahm Telefonate entgegen. Es kamen tatsächlich noch weitere Reservierungen für Wochenenden im April dazu, und sogar – Halleluja! – zwei für jeweils eine Woche Ende des Monats, wo anscheinend manche Schulen in Atlanta Frühlingsferien hatten. Ich schrieb den Gästen kleine Zettel, auf denen ich sie zu Kaffee und Muffins ab acht einlud, die ich ihnen dann jeweils unter der Tür durchschob.

Bis acht Uhr hatte ich Kaffee und Tee und eine Platte warme Muffins vorbereitet und eine kunterbunte Sammlung an Tassen und Teller bereitgestellt.

»Halloooo.« Ein Kopf tauchte in der Eingangstür auf, gefolgt von einem zweiten. Es waren Michael und Eugene, das Pärchen aus der Palmen-Suite, die gestern Abend erst um zehn angekommen waren, erschöpft von der langen Fahrt von Atlanta.

»Sind wir zu früh dran?« Das, dachte ich, war Eugene, der mir letzte Nacht noch erzählt hatte, dass er sich von seinem Job beim Bildungsministerium frühpensionieren ließ. Er war groß, mit hoher Stirn und dünner werdendem braunen Haar, und er lachte immer so verschmitzt.

»Sie hat schon Kaffee gekocht«, meinte sein Partner schnuppernd. »Und jemand hat gebacken!«, fuhr Michael fort. Der kleinere des Duos hatte dichte weiße Haare, einen Schnurrbart und trug eine dunkle Hornbrille. Gekleidet war er in weiße Leinenhosen, einen irischen Fischerpullover und polierte Slipper ohne Socken.

»Das war nicht ich«, gestand ich. »Ich kann zwar viele Dinge, doch Backen gehört nicht dazu. Die hat ein befreundeter Koch gebacken. Und da Sie die Ersten sind, können Sie noch frei wählen.«

»Supi!« Eugene griff freudig in den Korb und nahm sich einen Muffin. Während er und Michael sich Kaffee eingossen, begrüßte ich die anderen Gäste, die nach und nach eintrafen. Mutter und Tochter aus der Meerglas-Suite stellten sich erneut als Judy und Sarah Murry vor. Sarah, eine Collegestudentin, die an einer Dose Cola light nippte, war braungebrannt und hatte unverschämt lange Beine, die durch ihre pinken Hotpants besonders zur Geltung kamen. Judy war eine geschiedene Modedesignerin aus Florida, deren gepiercte Augenbraue ihr das Aussehen einer exotischen indischen Prinzessin verlieh.

»Nichts Süßes!«, stöhnte Sarah. »Ich bin auf Atkins.« Ihre Mutter schob sich genüsslich ein Stückchen Muffin in den Mund. »Ach, Sarah, hör doch auf. Ich habe deine ewigen Diäten satt.«

Um neun war Harrys Wohnzimmer gut gefüllt mit Gästen, die über ihre Wochenendpläne plauderten. Um halb zehn tauchte eine bleiche Sadie ohne Peyton im Büro auf.

»Morgen«, sagte ich. »Habt ihr zwei noch etwas schlafen können?«

»So gut wie nicht«, klagte sie. »Der kleine Mann ist um Punkt sieben aufgewacht und wollte wissen, wieso er seine Samstagmorgen-Cartoons nicht schauen kann.«

»Tut mir leid.«

»Du glaubst nicht, wie sehr es mir leidgetan hat«, sagte sie und goss sich eine Tasse Kaffee ein. Sie nickte in Richtung des Muffin-Korbs. »Croissants?«

»Muffins«, erwiderte ich fröhlich. »Vom besten Restaurant in Savannah.«

Sie zog eine Augenbraue hoch. »Wirklich? Wie heißt das? Kannst du uns für heute Abend einen Tisch reservieren?«

»Das Restaurant heißt *Guale*«, antwortete ich stolz. »Dummerweise haben wir gerade geschlossen, weil wir umbauen. Aber du solltest in ein paar Monaten noch mal nachfragen.«

»Hmm«, machte sie und brach das obere Teil eines Muffins mit den Fingerspitzen ab. »Ich weiß nicht, wann wir das nächste

Mal hier runterkommen. Unsere Terminkalender sind unglaublich voll.«

»Wo ist denn der kleine Peyton heute Morgen?«, fragte ich.

Sie verdrehte die Augen. »Noch im Zimmer. Er hat unablässig gequengelt, bis ich mit ihm zu einem McDonalds gefahren bin und er endlich seine verdammten Pfannkuchen und Würstchen haben konnte.« Sie schüttelte sich angewidert. »Seine Mutter lässt ihn unter der Woche jeden Scheiß essen, und natürlich muss ich das am Wochenende, wenn sein Vater ihn hat, dann ausbaden.«

»Und dein Mann? Kommt er heute Morgen dazu?«, fragte ich boshaft.

»Heute Nachmittag erst. *Falls* er nicht seinen Flug verpasst. Wir sind heute Abend zu einer Party eingeladen, und ich habe ihm gesagt, dass ich es ihm nie verzeihen werde, wenn er es nicht rechtzeitig schafft.«

»Daumen sind gedrückt«, sagte ich mit falschem Lächeln und machte mich eilig aus dem Staub. Insgeheim brannte ich darauf, den Mann kennenzulernen, der sich freiwillig auf ein Leben mit Sadie eingelassen hatte.

»Miss?« Eine Frau in den Fünfzigern in weißen Tennisshorts und Sweatshirt betrat das Büro, ihr rundes Gesicht gerötet, die Haare von Schweiß verklebt. Das war Ellie Cater, eine Hundezüchterin aus North Carolina. »Ich bin gerade in mein Zimmer zurückgekommen, und das Zimmermädchen hatte noch gar nicht saubergemacht.«

Ach, ja. Das Zimmermädchen.

»Tut mir leid.« Ich stellte die Kaffeekanne ab. »Wir sind dieses Wochenende etwas dünn besetzt. Ich kümmere mich sofort darum.«

Zwei Stunden später, nachdem ich vierzehn Betten gemacht, den Sand aus vierzehn Zimmern gefegt und vierzehn Toiletten geputzt hatte, erhaschte ich einen Blick auf mein Spiegelbild im Bad der Sonnenblumen-Suite. Dunkle Ringe unter den Augen, die Haare ein einziges, unordentliches Knäuel. Kein Make-up. Meine Mutter hätte ihr Schlafzimmer niemals ohne eine Lage Make-up von Merle Norman, blassrosa Rouge und tiefschwarzem Mascara verlassen. Sie hatte diesen einen korallenroten Lippenstift so sehr geliebt, dass sie in jeder Tasche und jeder Jacke einen bei sich trug. Als sie starb, musste ich ungefähr ein Dutzend davon wegwerfen, und alle waren bis auf einen kleinen Stummel abgenutzt.

Was würde Mama sagen, wenn sie mich so sehen könnte, fragte ich mich. Ich hatte sie auch nie in ihrem Leben richtige Hausarbeit erledigen sehen. Von meiner frühen Kindheit an hatten wir eine Reihe »Mädchen«, die den Loudermilk-Haushalt am Laufen hielten.

Jetzt war *ich* das Mädchen. Ich streifte die ellenbogenlangen Gummihandschuhe ab und stopfte sie in eine Seitentasche des großen rollbaren Putzwagens, den der vorherige Besitzer im Schuppen zurückgelassen hatte. Als ich den Wagen durch den überdachten Laubengang schob, ließ ich den Blick über den halb vollen Parkplatz schweifen. Harrys Auto war immer noch nicht da.

Zurück im Büro, cremte ich mir die Hände ein und hörte den Anrufbeantworter ab. Die meisten Anrufer suchten noch nach Unterkünften für dieses Wochenende, doch ein paar Anfragen für danach waren auch dabei. Ich rief zurück, nahm Reservierungen entgegen, und mittags gönnte ich mir einen Muffin und eine Tasse Kaffee.

Als um zwei Uhr das Telefon klingelte, ging ich sofort dran. »Breeze Inn.«

»BeBe?« Es war meine Großmutter. »Bist du das BeBe?«

»Ja, Oma«, sagte ich schnell. »Wie geht es dir? Fühlst du dich wieder schlechter?«

»Mir geht es gut«, beruhigte sie mich. »Was hast du da gesagt, als du ans Telefon gegangen bist?«

»Oh. Breeze Inn.«

»Was ist denn ein Breeze Inn?«

»Es ist ein Hotel, Oma. Ich habe ein ganz süßes Inn gekauft, hier draußen auf Tybee Island. Und es macht mir total Spaß, es herzurichten und zu leiten.«

Hah! Dafür müsste mich eigentlich der Blitz treffen, dass ich meine Großmutter so unverhohlen anlog. »Aber woher weißt du, wo du mich erreichen kannst?«

»Diese Freundin von dir, Eloise. Ich hab sie heute Morgen im Drogeriemarkt getroffen und erwähnt, dass wir seit einer Woche nichts mehr von dir gehört haben. Ein Hotel? Wieso das denn?«

»Na ja, es war einfach eine so gute Investition, dass ich nicht widerstehen konnte«, log ich weiter. »Direkt am Meer, am südlichen Ende des langen Strands.«

»Das klingt nett«, meinte sie. »Aber was ist mit deinem Restaurant?«

»Wir bauen gerade ein bisschen um, und ich wollte nicht nur untätig rumsitzen, also habe ich das Inn hier gekauft. Es war eine spontane Idee, könnte man sagen.« Wow. Das Lügen fiel mir zusehends leichter.

»Warte mal kurz, Liebes«, sagte Oma. »Spencer will noch mit dir sprechen.«

»BeBe?«, dröhnte die Stimme meines Großvaters. »Lorena glaubt, du bist sauer auf uns.«

»Nein!«, widersprach ich.

»Du hast nicht angerufen. Uns nicht besucht. Seit über einer Woche.«

Ich zuckte innerlich zusammen. »Tut mir leid. Ich bin nicht sauer auf euch. Ich habe nur ein neues Geschäftsprojekt. Ein Inn auf Tybee Island. Ich war einfach sehr beschäftigt damit.«

Ich konnte meine Großmutter im Hintergrund hören. »Spencer Loudermilk, gib mir sofort den Hörer zurück.«

Jetzt war sie wieder am Apparat. »Er ist derjenige, der sich dauernd Sorgen macht. Ich hab ihm gesagt, ›Spencer, BeBe ist eine erwachsene Frau. Sie hat nicht die Zeit, sich ständig um zwei langweilige Alte wie uns zu kümmern‹.«

»Ihr seid keine langweiligen Alten!«

»Dein Opa schon«, sagte sie kichernd. »Was ist? Ja, okay. Er will noch mal mit dir reden. Also, wenn du Zeit hast, kannst du uns ja mal wieder anrufen.«

»BeBe?« Ich musste den Hörer weghalten, weil er so laut sprach. »Hör mal, da ist irgendwas komisch mit einem unserer Bankkonten. Es ist nichts Tragisches, aber wenn du das nächste Mal vorbeikommst, sollten wir uns das mal gemeinsam anschauen.«

Ich schluckte. Er wusste es. Er wusste, was ich getan hatte.

»Alles klar, Opa«, erwiderte ich schwach. »Hat es Zeit bis nach dem St. Patrick's Day?«

»Natürlich«, antwortete er wieder viel zu laut. »Dann bis bald. Ruf deine Großmutter mal an, ja? Sonst jammert sie mir wieder die Ohren voll.«

»Spencer!«

Ich legte auf und ließ den Kopf auf den Tresen fallen. Wie hatte ich sie nur in diesen Schlamassel mit reinziehen können? Und wie konnte ich es wiedergutmachen?

29

Irgendwie überstand ich die nächsten vierundzwanzig Stunden. Zwischen Zimmerservice und Reservierungen entgegennehmen und Waschladungen voll Laken und Handtüchern spielte ich die lächelnde Hotelbesitzerin und hielt dabei immer die Augen nach meinem vermissten Mädchen für alles, Harry Sorrentino, offen. Dabei schwankte ich zwischen besorgt und fuchsteufelswild über sein Verschwinden.

Am Samstag und Sonntagmorgen hatte ich ein halbes Dutzend Mal den Hörer in der Hand, um die Polizei anzurufen und ihn vermisst zu melden. Genauso oft beschloss ich, einfach seine Bücher und Kleider und Werkzeuge zu packen und auf die Straße zu werfen. Wie konnte er es wagen, mich einfach so hängenzulassen? War er am Ende ertrunken? Ich hatte keine Ahnung und wusste auch nicht, wie ich es in Erfahrung bringen sollte.

Am Sonntagnachmittag hatte ich mich selbst davon überzeugt, dass es mir egal war, wo er steckte. Ich saß in einem der Adirondack-Stühle vor dem Managerbüro und genoss bei einem Glas Wein die Nachmittagssonne, als der alte Kombi auf den Parkplatz einbog.

»Arschloch!«, murmelte ich. Ich musste mich beherrschen, nicht sofort aufzuspringen. Jeeves hörte das Auto und kam aus der offenen Bürotür gerannt, lautstark sein verlorengeglaubtes Herrchen begrüßend.

»Hey, hey, Kumpel«, lachte Harry und kniete sich hin, um dem Hund, der sich auf den Rücken geworfen hatte, den hingestreckten Bauch zu kraulen. Jeeves krümmte sich freudig unter seiner Berührung und sprang dann auf, um wie ein Wilder um Harry und das Auto herumzurennen.

»Mach mal langsam, Kumpel«, befahl Harry dem Hund. »Lass mich erst meine Sachen ausladen.« Er öffnete die Heckklappe des Kombis und holte ein halbes Dutzend Angelruten, einen Werkzeugkasten und eine große Kühlbox heraus. Damit kam er dann zur Veranda rüber, auf der ich saß.

Er war sonnenverbrannt, salzverkrustet und dreckig, und obwohl er eine verspiegelte Sonnenbrille trug, wusste ich, dass er vor guter Laune nur so sprühte. Was man von mir nicht gerade behaupten konnte.

»Hallo«, sagte ich unterkühlt.

Er nickte mir zum Gruß zu. »Hey. Ist hier alles gut gelaufen?«

»Easy peasy«, entgegnete ich.

»Super. Ich geh mal duschen.« Als er ins Haus ging, erhaschte ich einen Anflug von Dieselgeruch und den unverkennbaren Gestank nach totem Fisch.

Eine halbe Stunde später ließ er sich barfuss und in ausgewaschenen, aber sauberen Khakihosen und blauem Flanellhemd neben mir in den zweiten Gartenstuhl sinken. Er öffnete ein Bier und nahm einen langen Zug.

»Aaah.« Er hob die Flasche und prostete damit gegen mein Weinglas. »Auf uns«, verkündete er fröhlich. »Das Inn sieht großartig aus.«

»Uns?«

»Ja, klar. Wir haben das doch geschaffen.« Er machte eine ausladende Geste über das Anwesen. »Jedes Zimmer, ich meine, jede Suite ist belegt. Ich schwöre bei Gott, dass ich niemals geglaubt hätte, dass aus dem Ort noch so was rauszuholen wäre.«

Ich presste die Lippen aufeinander, um nicht laut aufzuschreien, und umklammerte die Armlehnen des Sessels, um mich davon abzuhalten, ihm das selbstgefällige Lächeln aus dem Gesicht zu schlagen.

Er nahm noch einen Schluck Bier und rülpste lautstark. »'tschuldigung«, schob er verlegen hinterher. »Ich habe so lang allein gelebt, dass ich wohl meine guten Manieren vergessen habe.«

»Hatten Sie ein schönes Wochenende?«, brachte ich mühsam hervor.

»Oh, ja. Hätte nicht besser laufen können. Und Ihres? Gab es irgendwelche Probleme?«

Wollte der mich veräppeln?

»Hm, mal sehen«, erwiderte ich und versuchte, im Kopf eine Liste aller Probleme zu erstellen. »Ich schmeiße den Laden jetzt seit zwei Tagen ganz allein. Ich war Manager, Zimmermädchen, Handwerker und Hausmeister. Ich musste vier Mal Verstopfungen in der Toilette der Surfside-Suite beseitigen, zwei Mal den Trockner reparieren und an die zweihundert Handtücher waschen, trocknen und zusammenlegen. Und«, fügte ich mit vielsagendem Seitenblick hinzu, »habe viel zu oft Hundekacke im Laubengang weggeräumt.«

»Das tut mir leid«, sagte er. »Jeeves ist immer ein bisschen nervös, wenn ich weg bin.«

»Ja«, entgegnete ich. »Ich auch.«

Er nahm die Sonnenbrille ab. »Was?«

Ich holte tief Luft. »Sie bekommen mitten in der Nacht einen Anruf, dann verschwinden Sie für zwei Tage. An unserem Eröffnungswochenende!«

»Oh«, machte er. »Ja. Aber Sie haben es doch gut hinbekommen, oder?«

»Ich hatte ja keine andere Wahl«, erwiderte ich trocken. »Aber es wäre schon schön gewesen, etwas Hilfe zu haben. Ich habe noch nie ein Motel geführt, ich meine ein Inn.«

»Dafür haben Sie es aber gut gemacht. Niemand ist gestorben. Die Gebäude stehen noch.« Er streckte den Arm aus und tätschelte mir anerkennend das Knie. »Sie sollten stolz auf sich sein. Sie sind ein Naturtalent.«

Ich wog meine Worte sorgfältig ab, weil ich einen weiteren Streit vermeiden wollte. Aber ich brannte darauf, zu erfahren, wo er hingefahren war und was er dort getrieben hatte.

»Sie waren also fischen?«, fragte ich schließlich.

»Yep.«

»Beißen die Fische denn um diese Jahreszeit hier überhaupt an?«

»Wenn man weiß, wo man sie suchen muss, schon. Und das tue ich.« Er zeigte auf die Eingangstür. »Ich habe Ihnen ein Geschenk mitgebracht. In der Kühlbox. Das beste Filet, das sie je gesehen haben. Red Snapper.«

Das hatte ich auch noch nie. Männer hatten mir schon Rosen und andere Dinge geschenkt, aber noch nie einen Fisch.

»Danke«, sagte ich. »Aber wie? Ich meine, ich dachte, der Hafen hat Ihr Boot trockengelegt.«

»Psst.« Er legte sich den Finger auf die Lippen. »Betriebsgeheimnis.«

»Und mehr wollen Sie mir nicht erzählen?« Schließlich riss mir doch der Geduldsfaden. »Verdammt, Harry! Sie waren zwei Tage verschollen. Ich weiß, ich bin weder Ihre Mutter noch Ihre Partnerin oder so. Aber ich bin Ihr Arbeitgeber, und ich denke, ich verdiene eine Erklärung, wo Sie gewesen sind und wieso es gerade dieses Wochenende sein musste – das Eröffnungswochenende des Breeze Inn.«

Er ließ sich in den Sessel sinken. »Scheiße, BeBe. Ich dachte einfach, Sie wissen schon, es lief doch eigentlich alles super hier. Wir hatten alles rechtzeitig fertigbekommen, um eröffnen zu können, und, na ja, okay, vielleicht habe ich auch nicht richtig nachgedacht.«

»Vielleicht?«

Er schaute sich um, als wollte er sichergehen, dass niemand sonst mithörte. Es war kein Mensch zu sehen. Die meisten unserer Gäste waren entweder in der Stadt auf der großen Party oder in ihren Zimmern, um sich zu erholen und später wieder loszuziehen.

»Na gut, ich werde Ihnen sagen, wo ich war. Aber Sie müssen mir versprechen, es für sich zu behalten«, flüsterte er kaum hörbar. »Ich meine es ernst. Sie dürfen niemandem davon erzählen.«

»Was denn? Ich weiß ja gar nichts, das ich weitererzählen könnte.«

Er lehnte sich nach vorn. »Ich habe den süßen Ort gefunden.«

Ich runzelte die Stirn. »Ist das irgendein Sexclub oder so was? Denn wenn es so ist, können Sie sich die schmutzigen Details ersparen, Harry Sorrentino. Ich hatte in meinem Leben schon mit einem Perversen zu viel zu tun.«

»Sex? Nee, doch nicht so was. Ich meinte, ich habe den ultimativen Honigtopf gefunden.«

Ich sprang empört auf. »Okay, das reicht jetzt. Packen Sie Ihre Sachen und verschwinden Sie. Ich werde Ihnen das Geld, das ich Ihnen noch schulde, in Raten zahlen müssen, aber ich will Sie hier nicht mehr sehen!«

Er packte mich am Handgelenk. »Hey, hey. Beruhigen Sie sich mal. Wie kommen Sie denn auf solche Gedanken? Ich rede vom Fischen. Ich glaube, ich habe einen Weg gefunden, die *Jitterburg* zurückzubekommen.«

»Das haben Sie?«

»Holen Sie sich mal lieber noch ein Glas Wein«, schlug er vor. »Dann erzähle ich Ihnen die ganze Geschichte. Oh, und bringen Sie mir noch ein Bier mit, wenn Sie schon reingehen, ja?«

»Sie haben genau eine Stunde«, erklärte ich. »Die Gäste kommen um fünf Uhr zur Happy Hour ins Büro.«

Als ich zurückkam, hatte Harry eine Karte auf seinen Knien ausgebreitet. Ich setzte mich wieder auf meinen Platz, und er schob mir den einen Zipfel der Karte rüber. Sogar eine Landratte wie ich erkannte, dass es eine Karte von der Küste Georgias und South Carolinas war.

»Hier«, er tippte mit dem Zeigefinger auf einen breiten Streifen Ozean, »war ich die letzten zwei Tage. Die Snapper-Bänke.«

»Okay.« Klang plausibel.

»Aber nicht einfach irgendwo in den Snapper-Bänken«, fuhr er fort. »Es ist eigentlich nämlich noch zu früh für gutes Offshore-Fischen. Fische wandern, das wussten Sie, oder?«

»Ich weiß, dass Vögel wandern, aber das Einzige, was ich über Fische weiß, ist der Preis, den ich für die guten Sorten im Restaurant bezahle.«

»Aber Sie verstehen nicht, wie schwer es ist, diese großartigen Fischgründe zu finden.« Er tippte wieder auf die Karte. »Das Wasser in dieser Gegend ist genau kartiert. Jeder ordentliche Kapitän auf jedem Boot weiß, wo die Fische sind. Ihr Vorkommen hängt von der Topographie des Meeresgrundes ab, von Felsen und Korallenformationen, Wellenbrechern, Riffen, Schiffswracks, was auch immer. Ein Wrack zum Beispiel ist wie ein Magnet für Fische. Aber all das ist kartiert. Deshalb kämpfen alle darum, als Erster dort zu sein, um die guten Stellen vor den anderen zu erreichen. Je weiter man rausfährt, umso mehr Zeit und Geld kostet es ...«

»... einen Honigtopf zu finden«, ergänzte ich.

»Genau.« Er nickte, glücklich über meine neu gewonnene Erkenntnis.

Seine Augen begannen zu leuchten. »Und ich habe ihn gefunden. Bei Gott, ich habe ihn gefunden. Und niemand weiß davon. Dort bin ich Freitagnacht hin. Ich bin rausgefahren und habe das hier gefischt.« Er klopfte sich auf seine Hosentasche. »Sie denken

248

vielleicht, ich lüge. Mann, ich kann es ja selbst kaum glauben. Aber in zwei Tagen haben wir fast zweitausend Pfund Red Snapper und Zackenbarsche gefangen. Ich dachte schon, das verdammte Boot sinkt unter der Last des ganzen Fischs. Zweitausend Pfund!«

»Ist das viel?«

»Charlie Russo zahlt 3,10 Dollar pro Pfund Red Snapper«, erklärte Harry. »Also, ja, das würde ich schon gut nennen.«

Würde ich auch. Besonders, da ich wusste, was ich Russos Fischhandel für den Fisch zahlte, wenn ich für das *Guale* dort einkaufte.

»Aber wie das?«, fragte ich. »Ich meine, Sie haben doch gar kein Boot.«

Er lehnte sich wieder zurück. »Ich hab mir quasi eins geliehen. Nur für zwei Tage.«

»Quasi?« Langsam bekam ich ein schlechtes Gefühl. Hatte Reddy seinen gefälschten Besitz der *Blue Moon* auch so gerechtfertigt? Dass er sie »quasi« geliehen hatte?

Ich schüttelte den Kopf. »Ich will gar nicht mehr wissen. Wenn sie ein Boot gestohlen haben, Harry, könnten Sie wirklich Ärger bekommen. Und ich habe schon genug eigene Probleme. Was das Rechtliche angeht, sind Sie auf sich gestellt«, sagte ich und fügte bitter hinzu: »Kumpel.«

»Mann. Sie denken auch immer das Schlimmste von mir, oder? Dass ich ein Alkoholiker bin und ein Dieb und ein Taugenichts?«

»Sie geben mir auch nicht gerade viel an die Hand, was mich vom Gegenteil überzeugen könnte«, entgegnete ich eisig.

»Das Boot, das ich geliehen habe, war die *Jitterburg*«, gestand er. »Mein eigenes verdammtes Boot. Ist das genug Information für Sie?«

Ich hielt das Weinglas gegen das Sonnenlicht und schwenkte den Chardonnay. Es war ein ziemlich billiger, 9,99 Dollar im Tybee-Markt, aber wenn man ihn in ein schönes Glas füllte und schnell trank, fiel die fehlende Qualität fast nicht auf. Ich plante jedenfalls den Chardonnay und einen vergleichbar schlechten Merlot gleich den Gästen des Breeze Inn zur Happy Hour zu servieren, zusammen mit Ritz Crackern und Frischkäse – ebenfalls vom Tybee-Markt.

»Die Hafenbesitzer haben Ihnen erlaubt, sich die *Jitterburg* auszuleihen? Das ist aber wirklich großzügig von ihnen.«

»Großzügig? Tricia Marsden würde sich nicht mal die Zeit nehmen, auf mich zu pissen, wenn ich in Flammen stünde. Nein, ich habe leider vergessen, um Erlaubnis zu fragen.«

»Verzeihen Sie, wenn ich kleinkariert wirke, aber wenn man etwas leiht, ohne den Besitzer um Erlaubnis zu fragen, nennt man das nicht Stehlen?«

»Nicht in meinem Fall«, widersprach er dickköpfig. »Sehen Sie, ich habe das Boot genommen, weil sich dieses Wochenende eine spezielle Gelegenheit ergeben hat, die so schnell nicht wieder kommt. Der Mond stand richtig, und die Wellen haben gepasst. Das Wasser hat sich erwärmt. Und der Himmel war klar. Ich hatte einfach das Gefühl, dass ich den Honigtopf finden könnte, wenn ich jetzt da rausfahre. Und das habe ich auch. Und jetzt kann ich ihnen tausend Dollar geben und meine Schulden reduzieren.«

»Nur tausend?« Ich zog eine Augenbraue hoch.

»Ich musste Treibstoff kaufen und Eis und Köder. Und meinen Kumpel bezahlen«, erklärte Harry. »Und ja, ich habe auch etwas zurückgelegt für meinen eigenen Lebensunterhalt. Aber der Rest geht an Tricia.«

Es ging mich eigentlich nichts an. Aber ich musste es einfach wissen. »Wie haben Sie es geschafft, das Boot zu ›leihen‹, ohne dass es jemand bemerkt hat?«

Er pfiff durch die Zähne. »Der Anruf am Freitagabend? Das war ein Freund von mir, der mir mitgeteilt hat, dass Tricia übers Wochenende nach Florida zu ihrer Schwester fährt. Sie kommt erst heute Abend wieder. Und dann ist die *Jitterburg* genau dort, wo sie war, als sie weggefahren ist. Sauber geschrubbt. Und was Tricia nicht weiß, macht sie nicht heiß.«

Ich hörte, wie am Ende des Laubengangs eine Tür geöffnet wurde. Michael und Eugene kamen aus ihrem Zimmer, die Hände gegen das Sonnenlicht über die Augen gelegt.

»BeBe!«, rief Michael und torkelte in meine Richtung. »Aspirin, Liebes, sofort.«

»Muss los«, sagte ich zu Harry. »Party Time.«

30

Eines sonnigen Morgens zwei Wochen später saß ich im Büro des Breeze Inn und starrte stirnrunzelnd das Reservierungsbuch an. Als die Tür aufging, schaute ich ruckartig auf, in der Hoffnung, eine Wagenladung Gäste zu erblicken, die unbedingt sofort einchecken wollten.

Aber es war James Foley. Er trug eine abgewetzte Ledertasche unter dem Arm, und die Lachfältchen um seine Augen verstärkten sich, als er mich grüßte.

»James!« Ich sprang vom Schreibtisch auf. »Sag mir, dass du gute Nachrichten hast. Sag mir, dass ich mein Haus zurückhaben kann. Sag mir, dass du diese Bastarde von Sandcastle Realty geschnappt hast. Oder sag mir wenigstens, dass ich das Bild von meiner Tante Alice wiederhaben kann.«

Er stellte seufzend die Tasche auf dem Tresen ab. »BeBe, ich wünschte, ich könnte dir alle diese Sachen sagen. Aber tut mir leid, das kann ich nicht.«

Ich rang mir ein gequältes Lächeln ab. »Dann sag mir wenigstens, dass du mich zum Mittagessen ausführst.«

»Das kann ich machen«, entgegnete er. »Und ich lade dich auch gern ein.«

Da es so ein sonniger Tag war, entschieden wir uns für das *Crab Shack*. Während die Blaukrabben und der Eistee serviert wurden, brachte mich James auf den neusten Stand.

»Ich habe nicht nur schlechte Nachrichten«, setzte er an. »Der Richter hat entschieden, dass Sandcastle keine Aktionen starten darf, das Breeze Inn zu verkaufen oder sonst etwas damit zu machen, basierend auf unseren Beweisen, dass Reddy Millbanks in betrügerischer Absicht gehandelt hat, als er die Option ohne dein Wissen verkaufte.«

»Gott sei Dank.«

»Das habe ich schon erledigt«, erwiderte James augenzwinkernd. Er fasste über den Tisch und tätschelte meine Hand. »Ich bin noch aus einem anderen Grund heute hier rausgefahren.« Er senkte die Stimme und schaute mir fest in die Augen. »Ich glaube, ich weiß, wo Roy Eugene Moseley ist.«

Es klingt abgedroschen, aber in dem Moment stellten sich mir wirklich die Nackenhaare auf.

»Reddy? Du hast ihn gefunden?«

»Vielleicht«, erwiderte James. »Nur vielleicht.«

Ich atmete tief durch. »Wo?«

»Unten in Florida. Fort Lauderdale, um genau zu sein.«

»Fort Lauderdale. Wo die Mädchen sind.« Ich lachte bitter.

»Frauen«, korrigierte James. »Roy Eugene Moseley steht auf Frauen. Frauen mit Geld. Jedenfalls ist es nicht das Geld, das ihn nach Fort Lauderdale gebracht hat. Es sind die Boote.«

»Schon wieder Boote?«

James nickte. »Fort Lauderdale ist die inoffizielle Boot-Hauptstadt der Welt.«

»Das wusste ich nicht. Aber was ist jetzt mit Reddy? Kann die Polizei ihn nicht festnehmen?«

Er streckte mir die Handfläche entgegen. »Einen Moment. Nicht so schnell. Erinnerst du dich, dass Detective Bradley rausgefunden hat, dass Moseley eine Witwe in Vero Beach betrogen hat, kurz bevor er nach Savannah gekommen ist und dich getroffen hat?«

253

»*Polly's Folly* hieß das Boot. Wie könnte ich das vergessen? Ich erinnere mich sogar daran, dass er auf Seeigel-Boote steht. Also hat Reddy in Fort Lauderdale die nächste reiche Lady mit einer Seeigel-Yacht aufgetan?«

»Gut möglich«, sagte James. »Anders als bei dir hatte Polly Findley noch einiges an Geld übrig, als Roy Eugene Moseley die Stadt verlassen hat. Er hat sie zwar auch abgezogen, aber dank ihrer sehr misstrauischen Kinder, die um jeden Preis ihr Erbe schützen wollten, ist noch genug Geld von ihrem Vermögen übrig geblieben.«

»Wie schön für sie.«

»Mrs Findleys Kinder hätten allerdings gern das *gesamte* Geld ihres verstorbenen Vaters«, sagte James grinsend. »Ihre Mutter ist verständlicherweise beschämt und erniedrigt von der ganzen schmutzigen Affäre. Sie würde es am liebsten einfach vergessen. Aber ihre Kinder, besonders die älteste Tochter, Sandra, hat nicht vor, die Sache auf sich beruhen zu lassen. Sandra Findley hat die Polizei von Vero Beach seither fast täglich genervt. Als der Detective dort erwähnte, dass Moseley noch ein weiteres Opfer in Savannah hatte, rief Sandra sofort unseren Detective Bradley an, um die bisherigen Erkenntnisse abzugleichen.«

»Und?«

»Bradley hat sie über unsere Situation informiert und dann vorgeschlagen, dass sie sich mit mir in Verbindung setzt, was sie auch getan hat. Heute Morgen hatten wir ein ausführliches Gespräch. Sehr interessant.«

»Was weiß sie über Reddy, ich meine Roy Eugene Moseley, das die Polizei nicht weiß?«

»›Wissen‹ ist nicht der richtige Ausdruck«, erwiderte James vorsichtig. »Es ist mehr ein Verdacht. Aber eins muss man schon sagen: Sandra Findley hat zwei wichtige Vorteile gegenüber der Polizei, wenn es um die Suche nach Roy Eugene Moseley geht.

Erstens ist sie hochmotiviert. Und zweitens hat sie die Zeit dafür. Sie ist nicht verheiratet, hat keine Kinder und muss offenbar auch nicht arbeiten, um sich ihren Lebensunterhalt zu verdienen.«

»Glück gehabt.«

»Sie ist besessen davon, Moseley zu schnappen und zur Verantwortung zu ziehen. Ich glaube, sie hat zu viele Folgen von *Detektiv Rockford – Anruf genügt* gesehen.«

Ich umklammerte die Tischplatte mit den Händen. »Komm schon, James. Spann mich nicht länger auf die Folter. Sag mir einfach, was du weißt. Oder was Sarah Findley zu wissen glaubt.«

»Sorry.« Seine Augenwinkel legten sich in noch mehr Falten. »Okay, also Sandra hat mit Jay Bradley geredet, und als sie gehört hat, dass Moseley hier in Savannah an Bord einer Seeigel gewohnt hat, beschloss sie, der Sache nachzugehen. Sie rief bei der Firma in Michigan an und erhielt die Namen der Bootsverkäufer, die in Florida Seeigel-Yachten verkaufen. Davon gibt es nur zwei Stück an der Ostküste. Sandra fuhr zu beiden hin und zeigte ihnen das einzige Foto, das sie hatte, einen verschwommenen Schnappschuss von ihrer Mutter und Moseley an Bord der *Polly's Folly.*«

»Und?«

»Nichts«, antwortete James. »Wie gesagt, das sind sehr teure Yachten. Die günstigste kostet schon an die acht Millionen Dollar. Laut Sandra werden sie für gewöhnlich von Rockstars oder von den Chefs internationaler Großkonzerne gekauft. Sehr exquisit. Keiner der Händler hatte schon mal jemanden gesehen, auf den Moseleys Beschreibung passte.«

»Aber du hast doch gesagt, er ist in Fort Lauderdale. Wie kommst du denn nun darauf?«

»Einer der Bootshändler, mit dem Sandra geredet hat, meinte, dass jemand wie Moseley – mit einem kriminellen Hintergrund – wahrscheinlich gar nicht versuchen würde, eine neue Seeigel zu kaufen. Potentielle Käufer dieser wertvollen Yachten werden erst gründlich durchgecheckt, bis sie sich einem der Boote auch nur nähern dürfen. Der finanzielle Status wird überprüft, Banken angerufen, Referenzen gecheckt. Nicht einmal Roy Eugene Moseley würde ein solches Risiko eingehen. Der Händler war der Meinung, wenn Moseley versuchen würde, eine Yacht zu kaufen – oder zu stehlen –, würde er es auf dem Sekundärmarkt probieren.«

»Ich verstehe nicht ganz«, entgegnete ich verwirrt.

»In gewisser Weise ist der Kauf einer Yacht eher mit dem Kauf eines Hauses als mit dem eines Autos zu vergleichen«, erklärte James. »Wenn man eine Yacht kaufen will, kann man zu einem autorisierten Händler gehen. Oder man geht direkt zu einem Hafen und schaut sich um. Oder sucht in den Kleinanzeigen. Man kann sogar online Yachten kaufen. Sandra hat sich das alles mal angeschaut. So ist sie auf die BUC gestoßen.«

»Bug? Bug wie Heck?«

»Nein«, erklärte James. »BUC ist die Abkürzung für eine Firma, die sowohl gedruckte Kataloge von Yachten, die zum Verkauf stehen, herausbringt als auch online eine Liste zur Verfügung stellt. Und da ist Sandra auf *Pair-o'-Docs* gestoßen.«

»Du meinst ein Paradoxon?«, fragte ich stirnrunzelnd.

»Sorry«, erwiderte er kopfschüttelnd. »Das ist der Name eines Boots. *Pair-o'-Docs* – verstehst du? Zwei Ärzte. Einer ist plastischer Chirurg, der andere Radiologe.«

»O Mann.« Jetzt war es an mir, den Kopf zu schütteln. »Was ist eigentlich daraus geworden, sein Boot einfach nach seiner Frau oder seiner Mama zu benennen, wie es die Fischer hier draußen tun?«

»Diese beiden Ärzte haben zusammengenommen wohl sieben Exfrauen«, erklärte James. »Jedenfalls ist diese *Pair-o'-Docs* eine dreiundzwanzig Meter lange Seeigel, die in der Liste der

BUC für den Schnäppchenpreis von vier Millionen Dollar gelistet war.«

»Das ist günstig?«

»Sehr günstig«, bestätigte James. »Vier Millionen ist gar nichts für ein solches Boot. Die Frau des Radiologen hat offenbar rausgefunden, dass er und der Chirurg auf der Yacht Partys mit Prostituierten schmeißen. Daraufhin hat sie einen Privatdetektiv engagiert, der in der Kabine heimlich eine Kamera installierte, und mit dem Material ist sie dann zu ihrem Anwalt gegangen, der sich an den Anwalt ihres Mannes gewandt hat. Die Frau bestand darauf, dass sie bei der Scheidung die Yacht zugesprochen bekommt. Danach hat sie sie sofort für vier Millionen auf den Markt geworfen, einfach nur, um sich an ihrem untreuen Ex zu rächen.«

Ich kaute auf der Zitrone in meinem Eistee herum. »Was ist das nur mit den großen Yachten und den untreuen Männern? Erscheint dir das nicht auch sehr phallisch?«

James errötete, und ich beschloss, den Gedanken nicht weiter zu verfolgen.

»Das ist in der Tat eine sehr unterhaltsame Geschichte, aber du hast mir immer noch nicht gesagt, wie Reddy da reinpasst«, stellte ich fest.

»Reddy – oder besser gesagt, der Mann, von dem wir annehmen, dass er Roy Eugene Moseley heißt – hat Interesse an der *Pair-o'-Docs* angemeldet«, erklärte James. »Offensichtlich hat er das Angebot in der BUC-Liste gesehen und die Exfrau des Arztes angerufen, um einen Besichtigungstermin zu vereinbaren.«

»Aha«, machte ich.

»Derzeit benutzt er den Namen Rodolfo Martinez«, fuhr James fort. »Gibt sich als Kubaner aus.«

Ich schnaubte verächtlich. »Reddy? Kubaner? Der ist der ultimative Weiße. Ich habe noch nie jemanden gesehen, der mehr wie ein typischer Amerikaner aussieht.«

257

»Sabrina zufolge passt er in die Rolle. Dunkle Haare, braungebrannt, dunkle Augen.«

»Sabrina? Rodolfo? Bist du sicher, dass du dir das nicht einfach alles ausdenkst, um mich von meinen eigenen Problemen abzulenken?«

»Da traust du mir zu viel zu«, erwiderte James. »Die Exfrau des Arztes heißt Sabrina Berg. Sie fand diesen Rodolfo charmant. Etwas zu charmant. Wissen Sie noch, das war diejenige, die rausgefunden hat, dass ihr Mann sie betrügt. Sie war misstrauisch. Er tauchte am Hafen in einem gemieteten Jaguar auf. Er nahm nie die Sonnenbrille ab – nicht einmal, als sie im Restaurant über die Yacht gesprochen haben. Und er war ziemlich vage, was seinen Beruf anging. Das machte sie nervös. Und ihren Anwalt auch.«

»Was ist dann passiert?« Ich lehnte mich gespannt nach vorn. Jetzt wurde die unterhaltsame Geschichte langsam interessant.

»Nichts. Sie hat ein weiteres Angebot von einem vertrauenswürdigen Interessenten erhalten, über einen Vermittler, und hat die Yacht verkauft. Sie hat diesen Rodolfo angerufen, um ihm mitzuteilen, dass das Boot nicht mehr zu haben ist, aber er hat sie nicht zurückgerufen. Und seitdem hat sie nichts mehr von ihm gehört.«

»Verdammt!« Ich schlug frustriert auf die Tischplatte. »Ich dachte, du hättest gesagt, das wären gute Neuigkeiten.«

»Du hast mich auch noch nicht zu Ende erzählen lassen«, entgegnete James ruhig. Er nahm einen Schluck von seinem Eistee. »Erinnerst du dich an die Videokamera in der Kabine der Yacht?«

»Sag bloß.« Ich riss die Augen auf. »Sie hat Reddy auf Video?«

James nickte selbstgefällig. »Sie schickt mir eine Kopie der Aufnahme zu. Ich sollte das Band morgen haben. Und das ist noch nicht alles. Der Hafen, in dem die *Pair-o'-Docs* vor Anker gelegen hat, ist mit einer Schranke abgeriegelt. Von jedem Auto, das die

Schranke passiert, wird das Kennzeichen notiert. Dank Sandra Findley haben wir jetzt also sein Kennzeichen.«

»Gedankt sei der Schwesternschaft gehörnter Frauen«, sagte ich feierlich. »Und was nun? Die Polizei sucht ihn, nimmt ihn fest, und ich bekomme mein Geld zurück?«

James senkte den Blick auf sein Essen.

»James?«

»Ich fürchte, ganz so einfach ist es nicht.«

31

Die Bedienung kam an unseren Tisch, um unsere Gläser aufzufüllen. Ich hatte das Gefühl, etwas Stärkeres als Eistee zu brauchen, doch ich hatte feststellen müssen, dass es nicht hilfreich war, tagsüber schon Alkohol zu trinken, wenn man ein Hotel leitete. Also gönnte ich mir stattdessen ein bisschen Zucker im Tee.

»Wieso kann die Polizei Reddy nicht festnehmen?«, fragte ich. »Er ist ein Betrüger und ein Dieb. Das ist doch sogar in Florida ein Verbrechen, oder?«

»Nur wenn es Opfer gibt, die Anzeige erstatten«, erklärte James. »Und Polly Findley ist nicht bereit, das zu tun. Ihr Anwalt und ihre Kinder haben sie angefleht, aber sie weigert sich. Der Polizei sind die Hände gebunden.«

»Und was ist mit dem Verbrechen, das er an mir begangen hat? Ich bin auch ein Opfer. Wieso kann Detective Bradley nicht nach Florida fahren und Moseley verhaften?«

James lachte. »Wann hast du das letzte Mal Zeitung gelesen, BeBe? Oder Nachrichten geschaut?«

»Ich schaue keine Nachrichten«, erwiderte ich. »Das ist nur deprimierend. Ich werfe höchstens mal einen Blick auf die Schlagzeilen der Titelseiten, um zu sehen, mit wem wir gerade Krieg haben, aber davon abgesehen kümmere ich mich um meine eigenen Dinge – was mich durchaus auslastet im Moment.«

»Jay Bradley fährt so schnell bestimmt nicht nach Florida. Er steckt mitten in den Verhandlungen des Los-Locos-Mordfalls. Erinnerst du dich an diese vier Gangmitglieder, die letzten Herbst die Wohnung einer rivalisierenden Gang in Port Wentworth zusammengeschossen haben?«

»Nein. Sollte ich? Ich glaube, ich war noch nie in Port Wentworth.«

»Du solltest wirklich etwas mehr rauskommen«, stellte James fest. »Das ging im Oktober durch alle Medien. Sechs Menschen wurden getötet, darunter ein zweijähriger Junge und die sechzigjährige Großmutter eines der Gangmitglieder, die auf das Kind aufgepasst hat. Die Presse in Savannah hat sich überschlagen, und die Verteidigung hat eine Verlegung der Verhandlung beantragt. Deshalb ist der Fall in Macon vor Gericht gekommen. Und die Angeklagten werden einzeln verhandelt. Jay Bradley war der Chefermittler in dem Fall, weshalb er wohl noch ein paar Monate in Macon zu tun haben wird.«

»Dann sollen sie eben jemand anderen schicken. Savannah ist doch nicht Mayberry. Und Jay Bradley sollte nicht der einzige Detective der Polizeidirektion sein.«

James schüttelte den Kopf. »Solange Bradley die meiste Zeit in Macon verbringt, sind sie unterbesetzt. Und du musst es mal aus Sicht der Polizei sehen. Moseley hat niemanden umgebracht. Er hat niemanden körperlich verletzt. Und er befindet sich nicht mehr in ihrem Zuständigkeitsgebiet.«

Ich schob den Stuhl zurück. »Na und? Willst du mir sagen, dass er einfach so davonkommen wird, nach allem, was er mir angetan hat?«

James legte die Handflächen auf die Tischplatte. »Ich sage dir nur, wie es ist, BeBe. Und bitte dich, deine Erwartungen realistisch zu halten. Was die Sache mit Sandcastle angeht, bin ich zuversichtlich, dass wir das hinbekommen. Aber ehrlich gesagt, bin ich mir nicht sicher, ob Moseley jemals zur Rechenschaft gezogen werden kann. Oder ob du dein Geld und deinen gestohlenen Besitz zurückbekommen wirst. Deshalb würde ich dir empfehlen, nach vorn zu blicken. Du verfügst über enormes Talent und erstaunliche Energie. Ich glaube, du kannst aus dem Breeze Inn wirklich etwas machen. Konzentrier dich lieber darauf. Anstatt auf Roy Eugene Moseley.«

»Du verstehst das nicht, James.« Ich senkte die Stimme, meine Wangen glühten vor unterdrückter Wut. »Es geht nicht nur um die Sachen, die er gestohlen hat. Es geht nicht nur ums Geld. Es geht darum, was er mir angetan hat. Er hat mir mein Zuhause genommen, mich meines Lebens beraubt. Meiner Träume. Er hat mich zum Opfer gemacht. Als ich rausgefunden habe, dass er fort ist – ich kann dir kaum beschreiben, wie ich mich da gefühlt habe. Es war, als hätte er mich physisch verletzt. Du hast recht. Ich habe einen guten Geschäftssinn. Ich bin clever und arbeite hart. Und ja, ich hatte ein Startkapital von meiner Familie, aber ich habe mir alles von Grund auf selbst aufgebaut, ohne Hilfe von anderen. Und jetzt will ich verdammt sein, wenn ich zulasse, dass mir das alles einfach genommen wird.«

»Was gedenkst du jetzt zu tun?«

Ich wusste die ganze Zeit, was ich zu tun hatte. Ich stand auf und zog meinen Geldbeutel aus der Hosentasche. Ich legte einen Fünfdollarschein für das Trinkgeld auf den Tisch. So viel konnte ich mir gerade noch leisten. Ich schwor mir insgeheim, dass es das letzte Mal gewesen war, dass mir jemand mein Essen bezahlen musste.

»BeBe?« James erhob sich ebenfalls.

»Ich fahre runter nach Florida und suche nach dem Bastard.«

»Und was dann? Mal angenommen, du findest ihn, was hast du dann vor?«

Ich straffte die Schultern. »Oh, ich werde ihn auf jeden Fall finden. Aber mach dir keine Sorgen, James, ich bin nicht der Typ für

Schusswaffen. Und ich werde ihn auch nicht mit dem Auto überfahren, weil das schlecht für den Lack ist. Ich werde Reddy suchen,
und wenn ich ihn finde, werde ich ihm dasselbe antun, was er mir
angetan hat.«

Ich gab James ein Küsschen auf die Wange und schenkte ihm
ein herzliches Lächeln. »Ist das in Ordnung?«

»Ich möchte nicht in seiner Haut stecken«, entgegnete James
augenzwinkernd. »Ich nehme an, ich kann dir dabei nicht helfen?«

»Na ja, vielleicht doch. Und es kostet dich keinen Cent«, versicherte ich ihm. »Ich brauche die Telefonnummern dieser zwei
Frauen, Sandra Findley und Sabrina Berg. Und, ach ja, das hätte
ich fast vergessen. Ich will eine Kopie dieses Videos von Reddy.«

32

Es war schon spät am Nachmittag, als ich zurück zum Motel kam. Doch das erste Mal seit Tagen stand Harrys Kombi auf dem Parkplatz, direkt neben einem großen schwarzen Mercedes mit Atlanta-Kennzeichen, und Jeeves lag ausgestreckt vor dem Büro in der Sonne. Ich hatte also nicht ganz so ein schlechtes Gewissen, dass ich so lang weg gewesen war.

Der Hund hob kurz den Kopf, als er meine Schritte auf dem Kies hörte, gähnte und schlief sofort weiter.

»Danke, Kumpel«, sagte ich und streichelte ihm kurz über die Ohren. »Ich hab dich auch vermisst.«

Harry saß drinnen am Schreibtisch und betrachtete stirnrunzelnd das Reservierungsbuch.

»Sie sind wieder da«, stellte ich fest. »Wie lief das Fischen?«

»Ganz okay«, antwortete er. »Konnte die *Jitterburg* nicht bekommen. Ich fürchte, Tricia ahnt etwas. Sie hat das Boot auf einen Anhänger verladen, der direkt vor einem Fenster des Hafengebäudes steht, so dass ich nicht mehr drankomme, ohne von irgendjemandem gesehen zu werden. Ich musste also das Boot von einem Freund leihen. Abzüglich der Kosten für Benzin und Eis und des Anteils vom Fang, den ich meinem Kumpel abgegeben habe, kam ich dieses Mal nicht mal annähernd auf tausend.« Er schüttelte den Kopf. »Auf die Weise wird es Monate dauern, bis ich meine Schulden bezahlen kann. Und in der Zwischenzeit wird es immer wärmer. Meine Stammkunden fragen jetzt schon an, Bootstouren zu buchen, und ich muss mir faule Ausreden einfallen lassen, weshalb ich nicht verfügbar bin. So kann ich einfach kein Geld verdienen. Und ich hasse es wie die Pest, andere um Gefallen zu bitten.«

»Ich auch«, stimmte ich zu. »Was geht hier so? Wessen Mercedes ist das auf dem Parkplatz?«

»Irgendein Typ aus Atlanta. Er hat vor einer Stunde eingecheckt. Ich hab ihm die Sonnenblumen-Suite gegeben. Er hatte keine Reservierung, aber es ist ja nicht so, als wären wir gerade ausgebucht. Jedenfalls hat er für zwei Tage im Voraus bezahlt. In bar.«

Ich nahm das Reservierungsbuch und schaute nach, wie unser neuer Gast sich eingetragen hatte. »John Smith« stand da in großen Blockbuchstaben. Als Adresse war ein Postfach angegeben.

»Sie machen Witze«, sagte ich mit hochgezogenen Augenbrauen. »John Smith? Und ein Postfach? Was haben Sie sich dabei gedacht, Harry?«

»Ich habe mir gedacht, ›Hmm. Bargeld‹. Haben Sie ein Problem damit?«

Ich lief nach draußen und notierte mir das Kennzeichen des Mercedes, dann kam ich wieder rein.

»Entspannen Sie sich mal«, forderte Harry mich auf. »Na und, dann benutzt der Kerl eben einen falschen Namen. Mich juckt das nicht.«

»Mir gefällt das gar nicht«, erwiderte ich ungehalten. »Das ist ein respektables Inn, kein Stundenhotel oder so. Ich bin die Besitzerin, und es ist mein Ruf, der hier auf dem Spiel steht. Fragen Sie sich doch mal selbst, was für Leute unter falschem Namen und falscher Adresse in ein Motel einchecken? Und noch im Voraus und bar bezahlen? Kriminelle, so sieht es doch aus!«

265

»Entspannen Sie sich doch mal«, wiederholte Harry. »Dieser Mercedes da draußen ist nicht gestohlen, das habe ich überprüft.«

»Wie denn? Bei wem?«

»Ich habe einen Kumpel bei der Polizei hier in Tybee«, erwiderte Harry grinsend. »Er hat das Kennzeichen bei ihnen in den Computer eingegeben. Ich bin kein totaler Idiot, wissen Sie. Ich habe sogar den richtigen Namen und die Adresse von dem Typ, falls es Sie interessiert.«

»Schreiben Sie mir das auf.« Ich tippte auf das Buch. »Wenn etwas mit Mr John Smith schiefläuft, will ich wissen, wer er wirklich ist und wo er wohnt. Was, wenn er das Zimmer verwüstet? Wir haben gerade erst die neuen Telefone installiert. Was, wenn er mit irgendwelchen Ferngesprächen eine horrende Rechnung produziert? Wir haben nicht mal seine Kreditkartendaten, so dass wir es ihm in Rechnung stellen könnten. Nicht auszudenken, was alles passieren könnte«, plapperte ich aufgebracht.

»Schon gut, schon gut«, gab Harry nach. »Ich schreibe ihnen alles auf. Aber ich sage Ihnen, da ist nichts Großes dahinter. Das ist nur ein Kerl, der ein bisschen Spaß sucht, ohne dass seine Frau es spitz bekommt.«

Es klingelte an der Tür, und zwei junge Pärchen traten ein, die nach einer Unterkunft fürs verlängerte Wochenende suchten. Meine Laune besserte sich schlagartig. Ich buchte sie ein, zog ihre Kreditkarten durch das Lesegerät und bot unseren neuen Gästen an, sie auf dem Gelände ein wenig herumzuführen.

»Ich muss dann auch mal los«, verkündete Harry und streckte sich. »Muss die Teile für die Klimaanlage in der Meerglas abholen, die ich bestellt habe. Danach streiche ich noch die Fensterbänke in der Palmen-Suite fertig.«

Mit einem Anflug von Neid schaute ich Harry nach, als er davonfuhr. Ich war im Moment Hotelbesitzerin, Managerin,

Haushälterin und Concierge in einem. Bis ich es mir leisten konnte, jemanden anzustellen, war ich dauerhaft an das Breeze Inn gebunden. Ich hatte meinen Großeltern jetzt schon des Öfteren versprochen, sie am Wochenende zu besuchen, hatte es aber doch nie in die Stadt geschafft. Jedes Mal, wenn ich auch nur für kurze Zeit das Gelände verließ, war mir nur allzu deutlich bewusst, dass ich mein Geschäft verlieren konnte.

Die nächsten beiden Stunden konzentrierte ich mich ganz darauf, nämlich aufs Geschäft. Die jungen Leute, befreundete Paare aus Birmingham, kamen wieder ins Büro, um sich Empfehlungen für ein Restaurant zu holen, Infos über Fahrradverleihe und eine Wegbeschreibung zu einer guten Stelle, wo sie ihre Kajaks zu Wasser lassen konnten. Ich hatte außerdem einen Berg Papierkram zu erledigen, und als ich das alles geschafft hatte, stahl ich mich zu meinem Laptop am Tresen.

Ich hatte meinen Schwur, Reddy zur Strecke zu bringen, nicht vergessen. Ich öffnete den Browser und suchte nach BUC, der Seite für Bootsverkäufe, von der James mir erzählt hatte. Ich fand drei Einträge für Seeigel-Yachten, die im Süden Floridas angeboten wurden, eine davon in Fort Lauderdale. Ich druckte mir gerade die Informationen zu diesem Boot aus, als es an der Tür klingelte.

Mein Besucher war mittleren Alters, trug eine dunkle Sonnenbrille, Khaki-Outdoorhosen, ein Golfshirt, eine Schirmmütze und Segelschuhe. »Hallo«, grüßte er und sah überrascht aus, mich zu sehen. »Ich, äh, bin John Smith. Aus der Sonnenblumen-Suite«, fügte er hinzu. »Und wer sind Sie, wenn ich fragen darf?«

»BeBe Loudermilk«, antwortete ich unterkühlt. »Ich bin die Managerin. Und die Besitzerin. Willkommen im Breeze Inn.«

Er ließ eine makellose Reihe weißer Zähne aufblitzen und schüttelte meine Hand etwas zu lang, während er mich unverhohlen abcheckte. »Wunderschön haben Sie es hier«, sagte er. »Ziemlich ungewöhnlich. Ich habe mich gefragt, wo ich hier in der Nähe etwas zu Mittag essen könnte. Und vielleicht eine Flasche Scotch besorgen.«

»Es ist schon fast vier Uhr«, stellte ich fest. »Die meisten Restaurants servieren nur bis drei Uhr Mittagessen, damit die Küche sich für den Abend vorbereiten kann. Aber in Ihrem Zimmer gibt es eine Liste mit Restaurants und Cafés in der Nähe. Sie könnten es bei *Fannies* versuchen. Dort gibt es den ganzen Tag warmes Essen. Und Schnapsläden gibt es an beiden Enden der Insel.«

»Super. Vielleicht haben Sie ja Lust, einen Cocktail mit mir zu trinken, wenn ich zurückkomme?«

Ich spürte, wie sich die Haare auf meinem Armen aufstellten. Kein gutes Zeichen. Plötzlich fiel mir auf, dass Harry gefahren war, ohne mir den richtigen Namen und die Adresse von John Smith aufzuschreiben.

»Sorry«, entgegnete ich, ohne es so zu meinen. »Ich muss noch Gäste einchecken und Papierkram erledigen. Ich bin mir sicher, Sie haben Verständnis dafür, wie es mit einem eigenen Geschäft ist.«

»Was ist denn mit dem Typ, bei dem ich vorhin eingecheckt habe? Er kann doch sicher die Rezeption übernehmen, während Sie sich um Ihre Gäste kümmern.«

»Mr Sorrentino ist mit seinen eigenen Projekten beschäftigt«, erklärte ich. »Er hat mich vorhin nur vertreten, weil ich einen wichtigen Termin hatte.«

»In Ordnung«, sagte Smith und zwinkerte mir zu. »Sie wissen ja, wo Sie mich finden, wenn Sie es sich anders überlegen sollten.«

»Natürlich«, entgegnete ich.

Als der Mercedes den Parkplatz verlassen hatte, schrieb ich John Smiths Kennzeichen unter seine Registrierung ins Buch. Nur für alle Fälle.

Um fünf Uhr kam Eloise ins Büro gestürmt. »Ich hab es!«, rief sie und tätschelte einen Umschlag aus Manilapapier, den sie auf dem Empfangstresen ablegte. »Ist heute Nachmittag gekommen, und ich musste es dir gleich mit den anderen Sachen für das letzte Zimmer bringen.«

Das letzte Zimmer war genaugenommen unser ehemaliger Lagerraum, der vor langer Zeit einmal ein Motelzimmer gewesen war. Die letzten Jahre hatte er nur dazu gedient, eine Sammlung verrosteter Strandstühle, überflüssiges Werkzeug und endlose Meter rissiger Gartenschläuche zu beherbergen.

Auf mein Drängen hatte Harry den ganzen Schrott zur Müllhalde gefahren und das Zimmer saubergemacht, und jetzt wandelte Eloise es in unsere einzige »Luxussuite« um.

Ich tippte mit einem Fingernagel auf den Umschlag. »Und was ist da drin?«

Sie nahm mir den Umschlag weg. »Das ist die Inspiration für die Suite. Das Thema sozusagen. Aber nicht linsen. Nicht, bis ich mit dem Einrichten fertig bin.«

»Und was, wenn es mir nicht gefällt?«

»Du wirst es lieben«, versicherte mir Eloise. »Ist Harry mit Streichen fertig?«

»Ja, ist er. Neongrün, bist du dir sicher?«

»Margaritaville«, korrigierte sie mich. »Findest du die Namen von Farben nicht auch immer ganz großartig? Ich kann kaum erwarten, es dir zu zeigen. Es wird einfach fabelhaft.«

»Und wann genau werde ich es zu sehen bekommen?«

Sie schaute auf ihre Armbanduhr. »Gib mir eine Stunde, um alles an Ort und Stelle zu bringen, dann hole ich dich ab für die große Enthüllung. Genau wie bei diesen Fernsehsendungen, wo sie den Leuten die Wohnung einrichten.«

Das Telefon klingelte, und Eloise rauschte wieder ab, ehe ich weitere Fragen stellen konnte.

»BeBe? Hier ist Janet, aus James Foleys Kanzlei. Er hat mich gebeten, Ihnen die Telefonnummern von Sandra Findley und Sabrina Berg zu geben.«

»Perfekt«, sagte ich und notierte mir eifrig die Nummern, die sie mir durchgab. »Hat James auch etwas von einem Video gesagt, auf das er wartet?«

»Es kam vor fünf Minuten an«, antwortete Janet. »Ich werde Ihnen eine Kopie anfertigen. Soll ich dann einen Kurier zu Ihnen schicken?«

In den guten alten Zeiten, als das *Guale* noch mehr Geld einbrachte, als ich ausgeben konnte, hätte ich ohne mit der Wimper zu zucken die vierzig Dollar bezahlt, die es kostete, etwas mit dem Kurier zu verschicken. Jetzt war mir nur zu deutlich bewusst, was man mit vierzig Dollar alles kaufen konnte. Und ich konnte das Geld gerade wirklich nicht entbehren.

»Nein, das müssen Sie nicht. Ich hole es morgen früh einfach ab, wenn ich eh in die Stadt fahre«, sagte ich zu Janet.

Als ich aufgelegt hatte, wählte ich die Nummer von Sandra Findley in Vero Beach, erwischte aber nur den Anrufbeantworter. Ich hinterließ meine Nummer mit der Bitte, mich sobald wie möglich zurückzurufen. Dann versuchte ich es bei Sabrina Berg.

Doch auch dieses Mal ging nur die Maschine dran. Ich stöhnte frustriert auf. Ich hatte es satt, untätig rumzusitzen und darauf zu warten, dass jemand anderes Reddy fand. Am liebsten wäre ich sofort in ein Flugzeug nach Fort Lauderdale gestiegen und hätte ihn auf eigene Faust gesucht. Ich wollte etwas tun. Okay, ich wollte hauptsächlich Rache.

Für den Moment zwang ich mich dazu, mich auf mein Geschäft zu konzentrieren. Kurz nach sechs checkte ich eine Familie aus North Carolina ein, die die nebeneinanderliegenden Suiten, Seepferdchen und Hibiskus, für vier Tage gebucht hatte. Um halb sieben, als ich gerade dabei war, der Familie eine Bootstour zu

270

den Delfinen zu organisieren, sah ich, wie der Mercedes von John Smith wieder auf den Parkplatz rollte. Er stieg mit einer braunen Papiertüte in der Hand aus und schlenderte zu seinem Zimmer.

Eine Viertelstunde später klingelte das Telefon auf meinem Schreibtisch. Es war wieder unser Mr Smith.

»Hallo? Wer ist da, bitte?«, fragte er.

»Hier ist BeBe Loudermilk.«

»Hören Sie, BeBe, da ist eine riesige Kakerlake in meiner Badewanne.«

»O nein«, rief ich entsetzt auf. »Das tut mir furchtbar leid. Ich verstehe gar nicht, wie das passieren konnte. Wir lassen den Insektenjäger eigentlich regelmäßig vorbeikommen und alles einsprühen.«

»Dann muss er mein Zimmer vergessen haben«, erwiderte Smith. »O Gott! Ich habe grade noch zwei der kleinen Scheißer über den Boden laufen sehen. Ich denke, Sie kommen besser sofort her und tun etwas dagegen. Verdammt, nicht auszudenken, dass ich in einer Wohnung mit Ungeziefer schlafen sollte. Wenn ich es mir recht überlege, vergessen Sie es. Ich packe und reise ab.«

»Tun Sie das nicht«, redete ich ihm zu. Ich stand auf und warf einen Blick auf den Parkplatz. Harrys Kombi parkte hinten bei dem Zimmer, an dem Eloise gerade arbeitete. »Ich schicke Ihnen den Haustechniker sofort vorbei, der kümmert sich darum.«

»Haustechniker? BeBe, das ist eine ernste Angelegenheit. Ich rufe gleich das Gesundheitsamt an. Die müssen über die Zustände in diesem Hotel in Kenntnis gesetzt werden.«

»Bitte, tun Sie nichts dergleichen, Mr Smith«, bat ich ihn. »Ich bin sofort da und erledige das persönlich.«

Ich schnappte mir eine Flasche Insektenspray und eine Plastik-Fliegenklatsche aus dem Hauswirtschaftsraum und lief zähneknirschend rüber zur Sonnenblumen-Suite. Dort angekommen, klopfte ich laut an die Tür.

»Das wurde auch Zeit«, rief Smith von drinnen. »Kommen Sie rein.«

Ich öffnete die Tür und betrat den schwach beleuchteten Raum. Er hatte die Vorhänge zugezogen. Das einzige Licht kam von seiner Nachttischlampe. Doch von ihm keine Spur. »Mr Smith?«, rief ich vorsichtig.

»Hier.« Die Stimme kam aus dem Badezimmer. Die Tür stand einen Spalt offen.

»Es tut mir wirklich entsetzlich leid«, wiederholte ich, während ich aufs Bad zuging. »Wir können Ihnen gern ein anderes Zimmer geben, wenn Sie wollen. Das ist die erste Beschwerde wegen Ungeziefer, die wir je hatten. Ich verstehe wirklich nicht, wie …«

Doch als ich die Tür öffnete und das Bad betrat, verstand ich sehr wohl. John Smith lag ausgestreckt in der Badewanne, die nur halbvoll war mit schaumigem Wasser. Er trug nichts außer derselben dunklen Sonnenbrille, die er auch mittags schon anhatte, in der einen Hand hielt er ein Glas Scotch, in der anderen seinen erigierten Penis.

»Hi!«, grüßte er mich freudig. Er schwenkte das Glas über seine Mitte. »Darf ich Ihnen meinen Freund vorstellen?«

Und dann tat er es wirklich. Er schüttelte ihn.

»Arschloch!«, schrie ich. Ohne nachzudenken, streckte ich den Arm aus und besprühte ihn mit Insektenspray.

Er brüllte auf und bedeckte das Gesicht mit den Händen. Er hustete und würgte und versuchte, aus der Badewanne auszusteigen, rutschte aber aus und fiel mit einem lauten Platschen zurück in das seifige Wasser.

»Hören Sie sofort auf damit«, krächzte er. »Ich glaub, ich hab eine Gehirnerschütterung.«

»Ich gebe Ihnen gleich Gehirnerschütterung, Sie perverses Schwein«, schrie ich und verpasste ihm noch eine Ladung aus der Spraydose. Er sprang auf mich zu und schlug mir die Dose aus der

Hand. Daraufhin ging ich mit der Fliegenklatsche auf ihn los und bearbeitete damit seine Hände und Arme, ehe er es schaffte, mir die Klatsche ebenfalls zu entreißen.

Er stand auf, ein Fuß noch in der Wanne. »Kleine Schlampe«, knurrte er. »Verdammte Schlampe. Ich werd's dir zeigen …«

In dem Moment wurde die Badezimmertür so heftig aufgemacht, dass sie fast aus den Angeln riss. Harry Sorrentino stürmte herein und schwang einen zersplitterten Baseballschläger über dem Kopf.

»Was wollen Sie ihr zeigen, Mr Peyton Hausbrook?«

33

Peyton Hausbrook? Das ist sein richtiger Name?« Ich sah verwirrt zwischen Harry und »John Smith« hin und her. Letzterer war inzwischen aus der Wanne gesprungen und hatte sich hastig eine Hose übergestreift. Jetzt rannte er barfuß aus der Tür der Sonnenblumen-Suite.

Auf einmal zitterte ich am ganzen Körper, so dass ich mich aufs Bett setzen musste, um nicht umzukippen.

»Lauf nur davon, Arschloch«, rief Harry ihm nach. »Wir haben deinen richtigen Namen und deine Adresse. Und wir werden die Polizei rufen.«

»Ach was, die Polizei. Ich rufe deine Frau an!«, rief ich zornentbrannt.

Eine Autotür wurde zugeworfen, und wir hörten den Motor des Mercedes aufheulen.

Harry rannte ihm noch hinterher, aber ich konnte schon hören, wie der Kies unter den Reifen des davonbrausenden Autos aufspritzte. Als das Motorengeräusch in der Ferne verklang, kehrte Harry zurück und setzte sich behutsam neben mich. »Hat er Ihnen weh getan?«, fragte er besorgt. »Sie angefasst?«

»Nein«, antwortete ich mit zittriger Stimme. »Er war zu sehr damit beschäftigt, sich selbst anzufassen. Wenn Sie nicht in dem Moment reingekommen wären, wer weiß, was er getan hätte. Ich kann es nicht fassen, dass ich ihn mit dem Insektenspray und der

Fliegenklatsche attackiert habe. Wie dumm kann man sein. Er war total wütend. Wie so ein Wahnsinniger.«

Zu dem Zeitpunkt zitterte ich am ganzen Körper und weinte. Ich schluchzte, um genau zu sein.

»Hey«, sagte Harry sanft und legte zaghaft den Arm um meine Schultern, die er unbeholfen drückte. »Es ist doch nicht Ihre Schuld.«

»Ist es wohl«, heulte ich. »Ich hätte einfach kehrtmachen und verschwinden sollen. Es ist ja nicht so, als hätte ich noch nie einen nackten Mann gesehen. Aber ich war so geschockt. Und dann bin ich echt wütend geworden. Ich hab die Kontrolle verloren. Er hat sich auf mich gestürzt. Er hätte mir was antun können. Wirklich was antun können, wenn Sie nicht …«

Ich war jetzt hemmungslos am Schluchzen und plapperte unzusammenhängend vor mich hin. »Wenn Sie nicht«, versuchte ich es erneut, kam aber nicht zu Atem.

»Psst«, machte Harry und legte jetzt beide Arme um mich. Ich vergrub das Gesicht in seinem ausgewaschenen Flanellhemd. »Sie sind doch auch ganz gut ohne mich klargekommen. Arschlöcher wie der sind selten eine echte Gefahr. Exhibitionisten schwenken ihren Schwanz vor fremden Frauen, weil sie nicht in der Lage sind, eine normale, äh, Beziehung zu führen.«

»Aber er ist verheiratet«, wandte ich ein. »Erinnern Sie sich an diese furchtbare Frau, Sadie Troy, und ihren kleinen Jungen, Peyton, die am St. Patrick's Day hier waren? Er ist ihr Ehemann.«

»Peyton Hausbrook«, murmelte Harry bei sich. »Deshalb also kam mir der Name bekannt vor, als ich ihn aufgeschrieben habe. Verdammt.« Er drückte leicht meine Schulter. »Ich hätte auf Sie hören sollen. Sie wussten von Anfang an, dass an dem Kerl was faul war.«

»Nein«, widersprach ich. »Es war allein meine Schuld. Er hat mich von der ersten Minute an blöd angemacht. Ich hätte wissen müssen, dass er ein Schwein ist. Ich habe immerhin Erfahrung mit solchen Männern. Er hat mich auf einen Drink in sein Zimmer eingeladen. Ich habe ihm gesagt, dass ich beschäftigt bin. Aber er hat mich ausgetrickst. Er hat im Büro angerufen und behauptet, dass er Kakerlaken im Bad hat. Er hat damit gedroht, dass er uns ans Gesundheitsamt verpfeift. Also habe ich Panik bekommen und bin gleich rübergelaufen, um ihn zu beruhigen. Gott! Wie dumm kann man sein, auf so eine Geschichte reinzufallen.«

»Ä-häm.« Es klopfte leise an der offenen Tür. Eloise streckte den Kopf herein. »Ich will euch nicht stören, aber da ist gerade ein Auto mit Karacho vom Parkplatz gerauscht. Ist alles okay?«

Harry sprang auf. »BeBe hatte ein unschönes Erlebnis mit einem unserer Gäste.«

Eloise betrat das Zimmer und schaute sich um. Hausbrooks Koffer lag geöffnet auf der Kofferablage neben dem Schrank. Sein Geldbeutel und seine Uhr lagen auf dem Nachttisch, und eine fast volle Flasche Whiskey stand auf der Kommode.

»Ist da jemand abgehauen, ohne seine Rechnung zu bezahlen?«, fragte sie.

Aus irgendeinem Grund fand ich das lustig. Ich begann zu kichern und konnte nicht mehr aufhören. Harry schaute mich einen Moment an, dann prustete er ebenfalls los. Kurz darauf bog er sich vor Lachen. Bis ihm die Tränen über die Wangen liefen. Mir ging es genauso. Eloise stand mit verschränkten Armen vor uns und beobachtete unsere kleine Show verwirrt, bis wir uns wieder unter Kontrolle hatten.

»Tut mir leid, Eloise.« Ich wischte mir mit dem Ärmel meines blauen Arbeitshemds über die Augen. »Es war einfach so ein seltsamer Tag.«

»Ganz offensichtlich«, entgegnete sie. »Der Typ hatte es aber ganz schön eilig, was?«

Ich zeigte auf Harrys Baseballschläger, den er auf dem Bett liegen gelassen hatte. »Er hatte wohl den Eindruck, Harry könnte den gegen ihn einsetzen.«

»Oha«, machte Eloise, der offenbar langsam dämmerte, was passiert war. »Ein Exhibitionist?«

»Mein erster als Hotelbesitzerin.« Ich nickte. »Ich schätze, das ist eine Art Meilenstein, was?«

»Hoffentlich auch Ihr letzter«, meinte Harry.

Eloise nahm einen der Krokodillederslipper, die Peyton Hausbrook zurückgelassen hatte, in die Hand. »Hey, die sind von Gucci. Sehen nagelneu aus.« Sie ging zum Koffer und schnüffelte auch dort herum. »Wow. Louis Vuitton. Und zwar die echten Sachen, nicht dieser nachgemachte Mist, den man im Internet kaufen kann.« Nacheinander nahm sie die Kleidungsstücke aus dem Koffer und verkündete die Marken wie die Aufstellung bei einem Baseballspiel. »Die Krawatte ist von Armani. Hosen – auch Armani. Hemden von Turnbull and Asser. Britisch. Very expensive.«

Sie schaute uns an. »Das billigste Teil in diesem Koffer ist wahrscheinlich die Ralph-Lauren-Sportjacke. Dieser Typ hat ein Heidengeld für seine Klamotten hingeblättert.« Auf einmal stutzte sie. »Hey. Wisst ihr, was hier fehlt?«

»Lass mich raten«, sagte ich. »Unterwäsche?«

»Da drin sind Kleider für eine Woche, aber keine einzige Unterhose.«

»Iiiih«, machten wir gleichzeitig.

Harry schaltete sich bei dem Spiel ein, indem er Hausbrooks Geldbörse von der Kommode nahm. »Sechshundert Mäuse in bar. American Express Platinum Card, Diner's Club, Visa, Neiman-Marcus, MasterCard. Führerschein. Und das hier.« Er hielt einen schmalen goldenen Ehering zwischen den Fingern.

»Drecksack«, kommentierte ich bissig. »Sadie Troy und Peyton Hausbrook. Ich würde sagen, da haben sich zwei gesucht und gefunden. Obwohl eigentlich niemand so ein perverses Schwein wie den verdient hat.«

Harry steckte den Ring zurück in die Geldbörse. »Was machen wir denn jetzt mit dem ganzen Zeug?«

Ich schnitt eine Grimasse. »Ihm alles hinterherschicken, nehme ich an. Ich habe keine Lust, dass er die Polizei einschaltet und uns vorwirft, wir hätten es ihm gestohlen.«

Harry schnaubte. »Ich werde die Polizei selbst anrufen. Mein Kumpel von der Polizeistation auf Tybee kann den Kollegen gleich Bescheid geben, dann wird der noch vor Macon rausgezogen.«

»Nein, keine Polizei«, erwiderte ich. »Die tun doch eh nichts.«

»Ich rufe die Polizei trotzdem an«, entgegnete Harry und nahm den Telefonhörer auf dem Nachttisch ab. »Hören Sie, wenn er das heute bei Ihnen gemacht hat, macht er es wieder. Und was, wenn es das nächste Mal ein kleines Kind ist? Wollen Sie, dass das Kind von jemandem so was sieht?«

»So beeindruckend war es auch nicht.«

»BeBe!«, rief Eloise entrüstet.

»Sorry. Ich weiß, es ist nicht lustig. Harry hat recht. Peyton Hausbrook ist schon ein unheimlicher Typ. Aber wisst ihr, es war gar nicht die Tatsache, dass er mir sein Ding entgegengewedelt hat, was mir Angst gemacht hat, sondern wie wütend er geworden ist, als ich mich gewehrt habe. Er ist richtig auf mich losgegangen. Bis Harry gekommen ist.«

Ich schauderte beim Gedanken daran, was noch hätte passieren können.

Harry sprach kurz am Telefon und legte dann die Hand über die Muschel. »Adam Thompson, mein Kumpel, ist gerade im Einsatz. Aber er wird später vorbeikommen und Ihre Aussage aufnehmen. Okay?«

Ich nickte.

»Na, komm mal her.« Eloise zog mich auf die Füße. »Du

brauchst dringend Ablenkung. Und ich will dir zeigen, was ich drüben in der anderen Suite gemacht habe.«

»Gehen Sie ruhig«, forderte mich Harry auf. »Ich schließe dann ab. Adam will sich vielleicht hier umsehen.«

»Er soll eine Liste von allen Gegenständen machen, die er zurückgelassen hat, okay?« Ich ließ den Blick über das Zimmer schweifen. Dann hatte ich einen sadistischen Gedanken.

»Ich würde zu gern den Ausdruck auf Sadies Gesicht sehen, wenn sie das Paket öffnet, in dem sich die Kleider ihres Mannes befinden, sein Geldbeutel *und* sein Ehering.«

»Ich würde gern den Ausdruck auf *seinem* Gesicht sehen, wenn die Polizei bei ihm vor der Tür steht«, entgegnete Harry. »Bestimmt kein schöner Anblick.«

34

Eloise

Ich wartete, bis wir außer Hörweite waren, ehe ich BeBe die Frage stellte, die mir schon die ganze Zeit unter den Nägeln brannte. »Dann erzähl mal.« Ich lehnte mich im Gehen etwas zu ihr. »Was ist da los zwischen euch zwei? Ihr saht ja ziemlich harmonisch aus zusammen, als ich vorhin reingekommen bin.«

BeBe blieb abrupt stehen. »Nichts! Nichts ist da los. Lass mich in Ruhe, Eloise. Ich bin gerade dem Angriff eines Wahnsinnigen entgangen und war total hysterisch. Harry hat nur versucht, mich zu beruhigen. Meine Güte! Der Mann arbeitet für mich, schon vergessen?«

»Ja, schon klar«, sagte ich grinsend. »Aber ihr beide lebt praktisch seit zwei Wochen zusammen. Da ist so was doch fast unvermeidbar.«

»Hör auf, mich so anzuschauen!«, verlangte sie. »Da geht nichts zwischen mir und Harry Sorrentino. Du solltest das am besten wissen. Er ist so was von nicht mein Typ, dass es nicht mal der Rede wert ist.«

»BeBe, wenn es um Männer geht, ist alles der Rede wert. Ich finde ihn jedenfalls ganz entzückend.«

»Er ist viel zu alt«, wandte BeBe ein. Wir gingen auf das Zimmer zu, an dem ich den ganzen Nachmittag gearbeitet hatte. BeBe hatte schon die Hand an der Türklinke.

»Er ist gar nicht zu alt«, widersprach ich. Schnell legte ich meine Hand auf ihre, um sie davon abzuhalten, die Überraschung zu ruinieren. »Was denkst du, wie alt er ist?«

»Ich bin mir sicher, dass er auf die fünfzig zugeht. Es ist pervers, nur darüber nachzudenken. Lässt du mich jetzt da rein? Damit wir aufhören können, über dieses lächerliche Thema zu reden?«

»Nein.« Ich blockierte den Eingang. »Ich wette, Harry ist nicht mal vierzig. Er sieht nur älter aus, weil er einer dieser wettergegerbten Outdoor-Typen ist. Nicht wie die hübschen Jungs, auf die du sonst stehst.«

»Hübsche Jungs?!«, rief BeBe entrüstet auf. »Alle Männer, mit denen ich je zusammen war, waren überaus männlich. Vielleicht ein wenig jung – was Reddy angeht zumindest. Wie auch immer, du hast Reddy ja nie kennengelernt, du kannst also gar nicht darüber urteilen.«

»Daniel hat mir von ihm erzählt«, sagte ich. »Und wenn ich Reddy getroffen hätte, kannst du dir sicher sein, dass ich dich vor ihm gewarnt hätte. Ich kenne diese Typen. BeBe, tut mir leid, dass ich das sagen muss, aber du suchst dir immer solche Männer raus. Gutaussehend, geschniegelt, wohlhabend. Mehr Schein als Sein. Vielleicht solltest du das Menü mal ein wenig variieren? Vor allem in Anbetracht deiner schlechten Erfahrungen mit diesem Männertyp.«

»Nach der Sache heute glaube ich eher, dass ich mal komplett auf Männer verzichten sollte«, meinte BeBe seufzend. »Hey, können wir uns jetzt dieses Zimmer anschauen, oder was?«

»Du musst erst die Augen schließen«, wies ich sie an. »Ich will, dass du alles auf einmal siehst.«

»Lächerlich«, murmelte sie. Doch sie tat trotzdem wie geheißen, und ich öffnete die Tür und schob sie sanft hinein.

»Jetzt kannst du schauen«, forderte ich sie auf.

»Oha«, machte BeBe nur und trat in die Mitte des Raums.

Ihre Reaktion war eine Enttäuschung. Ich hatte dieses Zimmer geplant, seit ich das erste Mal im Breeze Inn gewesen war. Eigentlich sogar schon, seit ich meinen Lieblings-Elvis-Presley-Film, *Blue Hawaii*, gesehen hatte.

»Wir werden es Tiki-Suite nennen«, erklärte ich. »Gefällt es dir?«

»Wow«, sagte sie statt einer direkten Antwort. »Wo hast du das ganze Zeug denn her?«

»Ich kaufe seit Jahren hawaiianische Sachen. Aber ich hatte bisher nie Gelegenheit, sie richtig einzusetzen. Für meinen Laden sind sie nicht wirklich geeignet, dafür ist das meiste einfach *too much*.«

Ich zeigte auf das Himmelbett aus dicken Bambusstangen, die mit Bast zusammengebunden waren. »Daniel hat das nach einem Szenenbild aus einem alten Film gebaut. Ich habe die Palmenblätter darüber gespannt. Bringt irgendwie einen Hauch Karibik nach Tybee, finde ich.«

BeBe befühlte den hauchdünnen Stoff des Bettvorhangs. »Wirklich schön.«

»Das ist der günstigste ungebleichte Musselin, den ich finden konnte. Ein Stoffballen hat mich nur zwanzig Mäuse gekostet. Ich habe ihn gewaschen und feucht drapiert, damit er diesen leicht knittrigen Look behält.«

Sie fuhr mit den Fingern über den handgestickten Überwurf, der sich mit seinen tropischen Farben wunderbar von der leuchtend grünen Wand abhob.

»Den hat Mama gemacht«, erklärte ich. »Ich habe schon seit Ewigkeiten immer wieder Hawaiihemden auf Flohmärkten gekauft. Ich finde, sie hat einen tollen Job gemacht, auch wenn sie die ganze Zeit behauptet hat, die ganzen grellen Farben würden sie noch zum Halluzinieren bringen.«

»Es ist wunderschön«, sagte BeBe. »Ein richtiges Erbstück.«

»Wenn du mal beschließen solltest, das Breeze wieder zu verkaufen, will ich den Quilt zurück.«

»Geschenkt ist geschenkt«, grinste BeBe und ging ins Bad, wo sie sofort in Gelächter ausbrach.

»Meine Güte, Eloise.« Ihre Stimme hallte von den gefliesten Wänden wider. »So was kann auch nur dir einfallen. Ich liebe es. Wirklich. Es ist ganz anders, als ich es erwartet hätte. Ich hätte vorher nie gedacht, dass mir so was gefällt, aber ich könnte sofort hier einziehen.«

Glücklich, dass die Suite BeBe doch so gut gefiel, steckte ich den Kopf durch die Badezimmertür. Sie zeigte auf das Waschbecken, an dessen Sockel ich ein Hula-Baströckchen geklebt hatte. »Wo zur Hölle hast du das denn her?«

»Gott sei Dank gibt es Chu's Kaufhaus«, sagte ich. »Von dort stammen auch die chinesischen Papierlaternen im Schlafzimmer. Und die Muscheln, die ich mit Heißkleber am Spiegel befestigt habe.«

Sie prustete erneut los, als sie entdeckte, was ich über die Badewanne gehängt hatte.

Es war ein abgewetztes, eingerahmtes Plattencover. Don Hos *Tiny Bubbles*.

»Die Inspiration für das ganze Zimmer«, erklärte ich ihr. »Ich habe seit Jahren danach gesucht, und es endlich bei einer Online-Auktion erstanden. Ist grade gestern mit der Post gekommen.«

Sie umarmte mich. »Ich finde es großartig. Für das, was du hier geleistet hast, stehe ich auf ewig in deiner Schuld. Und in Daniels. Und ja, sogar in Harrys. Ihr habt mir echt das Leben gerettet.«

»Ich habe ja nicht mal ansatzweise ausgeglichen, was du alles für mich getan hast während meiner Scheidung und dem Schlamassel mit Caroline DeSantos«, erwiderte ich und löste mich aus ihrer Umarmung. »Und was Harry angeht, denke ich, du solltest deine Standards ein bisschen lockern. Ach was, du solltest dich generell mehr entspannen. Das ist einer von den Guten, glaub mir.«

283

Sie verdrehte die Augen und streckte mir die Zunge raus. »Ich habe kein Interesse an Harry Sorrentino. Ich habe gerade überhaupt kein Interesse an Männern. Mein einziges Interesse gilt gerade dem Geldverdienen, damit ich diese Bruchbude so schnell wie möglich wieder verkaufen und zu meinem alten Leben in der Stadt zurückkehren kann.«

Wenn man vom Teufel spricht – in dem Moment hörten wir Harrys Stimme über den Parkplatz dröhnen. »BeBe! Telefon für Sie!«

Sie ging zur offenen Eingangstür und rief zurück: »Kann ich später zurückrufen?«

»Es ist irgendeine Frau, die aus Vero Beach, Florida anruft. Sie behauptet, Sie hätten Sie zuerst angerufen.«

»Ich komme«, rief BeBe und rannte in einer Geschwindigkeit über den Parkplatz, die ich ihr gar nicht zugetraut hätte.

Ich ging noch mal durchs Zimmer und nahm eine der kitschigen Keramiktassen mit Tiki-Muster in die Hand und stellte sie wieder hin, strich über die Lampenschirme der Tiki-Gottheit-Lampen und ging auch sonst noch mal alles durch. Als ich mit meinem Werk zufrieden war, streckte ich mich auf dem Hawaii-hemden-Quilt aus und gähnte. Ich steckte die Lichterkette in die Steckdose, die ich durch das Palmenwedeldach des Himmelbetts gewoben hatte, und lächelte. Vielleicht sollte ich mit Daniel mal eine Nacht hier verbringen. Ich konnte es schon vor mir sehen, wie wir uns auf der kleinen Veranda mit Mai Tais zuprosteten. Ich schloss die Augen und träumte von meinem eigenen Abenteuer im Paradies.

35

Mit klopfendem Herzen nahm ich im Büro den Hörer in die Hand, und das lag nicht nur daran, dass ich gerade über den Parkplatz gesprintet war, um den Anruf entgegenzunehmen.
»Hallo?«
»Ist da BeBe Loudermilk?« Ihre Stimme war tief und kratzig.
»Ja, genau. Danke, dass Sie mich zurückrufen, Sandra.«
»Ich habe gehört, Sie und meine Mutter haben etwas gemeinsam?«
Ich zuckte zusammen, als sie so direkt zum Thema kam. »Sieht fast so aus.«
Ihr Lachen klang wie ein Wiehern. »Also, was kann ich Ihnen sagen, das uns hilft, diesen Bastard hinter Gitter zu bringen?«
»Ich weiß es auch nicht genau. Aber ich habe gehört, Reddy hält sich unten in Florida auf.«
»Leider ja«, erwiderte Sandra. »Meine Mutter hat ihn hier in Vero kennengelernt, und jetzt ist er in Lauderdale aufgetaucht. Es sind diese verdammten Boote. Ich schwöre, er liebt die Boote genauso sehr wie das Geld, das er diesen naiven Frauen abknöpft.«
»Autsch«, machte ich.
»Sorry. Meine Mutter sagt immer, es ist eine schlechte Angewohnheit von mir, zu sprechen, bevor ich denke. Ich meine es nicht so. Ich bin nur selbst so frustriert darüber, was passiert ist. Dieser Hurensohn hat ihr über drei Millionen Dollar gestohlen.

Und sie weigert sich trotzdem noch standhaft, etwas dagegen zu unternehmen. Mein Bruder sagt, ich sollte die Sache einfach vergessen. Er hat leicht reden. *Er* hat ja auch einen überaus lukrativen Job bei der Bank meines Großvaters. Und das Geld seiner Frau. Aber wir reden hier von *meinem* Erbe.«

»Das ist schlimm«, stimmte ich zu. »Und ich bin genauso frustriert wie Sie. Wir sind so nah dran, ihn zu fassen. Aber die Polizei hier in Savannah ist nicht wirklich daran interessiert, habe ich das Gefühl. Und mein Anwalt hat mir erzählt, dass Ihre Mutter keine Anzeige erstatten will. Also …«

»Also, legen wir einfach die Hände in den Schoß und halten den Mund wie brave, kleine Mädchen und lassen ihn davonkommen«, sagte Sandra sarkastisch.

»Ich war nie gut darin, ein braves Mädchen zu sein«, entgegnete ich.

Harry, der am Tisch saß und ein Fischernetz flickte, belauschte offenbar schamlos unser Gespräch, denn er nickte jetzt zustimmend.

»Ich auch nicht«, sagte Sandra.

»Ich werde selbst die Verfolgung aufnehmen«, beschloss ich.

»Was haben Sie denn vor?«, fragte Sandra. »Ich meine, tut mir leid, dass ich das noch mal erwähnen muss, aber er kennt Sie doch, oder? Ich meine, ich habe gehört, dass Sie mit ihm geschlafen haben. Er ist nicht dumm. Wenn Sie in seine Nähe kommen, wird er sofort verschwinden. Leider kennt er mich auch. Mutter hat ihn ein paar Mal zum Abendessen zu uns mitgebracht. Wir haben uns auf Anhieb gehasst. Also, was sollte es bringen, wenn Sie hier runterkommen?«

»Ich weiß es noch nicht genau«, gab ich zu. »Aber ich werde einen Plan haben, wenn ich da bin. Ich warte noch auf den Rückruf von Sabrina Berg, der Frau, deren Seeigel-Yacht er sich in Lauderdale angeschaut hat. Sie hat uns eine Kopie des Videos geschickt, das sie von Reddy auf ihrer Yacht aufgenommen hat. Er hat sein Aussehen verändert und gibt sich jetzt als Kubaner aus. Nennt sich Rodolfo Martinez.«

»Uns hat er gesagt, sein Name sei Royce Milstein«, meinte Sandra. »Und dass sein Großvater den Erdbeer-Zuckerguss auf den Pop-Tarts erfunden hat. Immer wenn er zu uns kam, hat er so einen riesigen Karton Pop-Tarts mitgebracht. Deshalb hat meine Mutter ihm auch seine Geschichte abgekauft, weil sie davon ausging, er würde sonst nicht an solche Mengen von den Dingern kommen, wenn er nicht mit der Herstellerfirma zu tun hatte.«

Wir lachten beide herzhaft über diese einfallsreiche Geschichte.

»Okay«, sagte sie schließlich. »Rufen Sie mich an, wenn Sie in der Stadt sind. Oder noch besser, rufen Sie meinen Anwalt an. Sein Name ist Owen Techet. Er hat jede Menge Connections. Vielleicht hat er eine Idee, wie er uns helfen kann. So lange Sie nicht etwas total Illegales vorhaben.«

Ich zögerte einen Moment.

»Sandra?«

»Ja?«

»Ich denke gerade, na ja, die Polizei wird wahrscheinlich keinen Finger rühren, um uns zu helfen. Deshalb könnte es sein, dass ich etwas, äh, nicht ganz Regelkonformes versuchen könnte.«

»Hmm«, machte sie. »Klingt spannend. Was genau hoffen Sie denn zu erreichen? Wenn Sie den Typ finden, meine ich?«

»Ich will es zurück«, antwortete ich entschieden. »Alles. Das Geld, das er mir gestohlen hat, meine Sachen …«

»Ihr Selbstbewusstsein«, fügte Sie hinzu.

»Na ja, das auch.«

»Ich will nur mein Erbe zurück«, entgegnete sie. »Ich habe nicht vor, für meinen Lebensunterhalt arbeiten gehen zu müssen. Wenn ich Ihnen also irgendwie helfen kann, sagen Sie mir Bescheid.«

»Super.«

»Ich meine es ernst. Kommen Sie bei mir vorbei. Wir trinken was zusammen. Essen ein paar Pop-Tarts.«

Als ich aufgelegt hatte, sah Harry von seinem Netz auf, an dem er gearbeitet hatte. »Sie planen einen Ausflug?«

Ich atmete tief durch. »Ja. Reddy, ich meine Roy Eugene Moseley, der Mann, der mein Geld gestohlen hat, ist unten in Fort Lauderdale aufgetaucht. Er hat sich mit einer Frau in Verbindung gesetzt, die ihre Yacht verkaufen wollte – dieselbe Art Yacht, die er auch gemietet hatte, als ich ihn getroffen habe.«

»Was für eine Yacht war das?«

»Eine Seeigel.«

Er pfiff durch die Zähne. »Exquisiter Geschmack. Aber wieso wollen Sie selbst nach Florida fahren? Kann das nicht die Polizei erledigen?«

»Sie können oder wollen nichts machen«, sagte ich. »Und selbst, wenn sie ihn festnehmen würden, welche Befriedigung würde mir das verschaffen, außer ihn hinter Gittern zu sehen? Ich will mehr als das.«

»Sie wollen Ihr Geld zurück«, folgerte Harry. »Das scheint ja ein wiederkehrendes Thema bei Ihnen zu sein.«

»Ich hätte gedacht, dass Sie das nachvollziehen können«, entgegnete ich. »Vor allem Sie. Ich meine, Ihnen wurde Ihr Boot weggenommen, und jetzt arbeiten Sie Tag und Nacht – riskieren sogar, das Boot ›auszuleihen‹ –, nur um Ihre Schulden begleichen zu können und die *Jitterburg* zurückzubekommen.«

»Das ist doch nicht dasselbe«, widersprach Harry. »Ich hege keinerlei Rachegefühle gegen Trish. Sie ist eine kaltherzige Schlampe, aber darum geht es nicht. Es geht darum, dass ich meinen Lebensunterhalt damit verdienen möchte, was ich gern tue und gut kann.«

Draußen knirschte der Kies auf dem Parkplatz, und Harry

stand auf und schaute aus dem Fenster. »Das ist Adam Thompson. Sind Sie bereit?«

Officer Thompson stellte sich als kompetenter, kahlköpfiger, dickbäuchiger Fischer-Kumpel von Harry heraus. Er hörte kommentarlos zu, als ich ihm erzählte, wie Peyton Hausbrook mich unter dem Vorwand, eine nicht existente Kakerlake zu vernichten, zu seinem Zimmer gelockt hatte. Nicht mal bei meiner detaillierten Beschreibung, wie sich Hausbrook vor mir entblößt hatte, verzog er die Miene. Erst als Harry erzählte, wie unser Gast vor den angedrohten Prügel mit dem Baseballschläger weggelaufen war, nickte er zustimmend. Thompson schrieb sich alles auf, sah sich die Sonnenblumen-Suite an und notierte alle Gegenstände, die Hausbrook zurückgelassen hatte, ehe er sie in Kisten verpackte und im Kofferraum seines Polizeiautos verstaute.

Er gab mir zum Abschied die Hand, klopfte Harry auf die Schulter und versprach, seinen Bericht sofort einzureichen. »Ihnen ist aber schon klar, dass nichts passieren wird, oder?«

»Was?« Ich riss verblüfft die Augen auf. »Wieso denn nicht?«

»Nichts für ungut, aber Erregung öffentlichen Ärgernisses ist selbst hier auf Tybee nur eine Lappalie«, erklärte er. »Es ist eine Ordnungswidrigkeit. Ich reiche den Bericht ein, und wir können einen Haftbefehl ausstellen, aber so lange er nicht in nächster Zeit wieder hier auftaucht, wird sonst nichts passieren.«

»Wieso können Sie nicht in Atlanta anrufen und ihn festnehmen lassen?«, fragte ich.

Thompson lachte. »In Atlanta haben sie mit allen möglichen Arten von Verbrechen zu kämpfen. Sie werden nicht gleich mit Blaulicht ausrücken, um einen kleinen, jämmerlichen Perversen wie diesen Kerl zu schnappen.«

Er sah Harry hilfesuchend an. »Du weißt doch, wie es ist, oder?«

»Ja«, sagte Harry widerstrebend. »Ich weiß es, aber es ist trotzdem ärgerlich.« Er gab Thompson einen Klaps auf den Rücken. »Danke, Kumpel.«

»Sorry«, sagte Harry zu mir, als Thompson in seinen Wagen stieg und davonfuhr.

»Ich hätte seinen verdammten Geldbeutel und sein Geld behalten sollen«, ärgerte ich mich.

Harry lachte, fasste in seine Hosentasche und zog ein Bündel Zwanzigdollarscheine heraus.

»Ich dachte, ein kleines Schmerzensgeld von vierhundert Dollar wäre mehr als angebracht, nach dem Schock, den er Ihnen verpasst hat«, erklärte Harry. »Ich habe es schon kommen sehen, dass das so laufen könnte.«

Als wir ins Büro zurückkamen, saß Eloise am Schreibtisch und blätterte in einer alten Zeitschrift.

»Es ist schon ziemlich spät«, stellte sie fest. »Ich weiß nicht, wie es euch geht, aber ich könnte ein Abendessen vertragen.«

»Ich habe keinen Hunger, aber ich brauche dringend einen Drink«, erwiderte ich. »Einen starken Drink.«

»Ich bleibe hier, Sie können ruhig mit ihr Essen gehen«, bot Harry an.

Also machten Eloise und ich uns auf den Weg zur Butler Avenue.

»Wie wäre es mit dem *Doc's*?«, schlug Eloise vor, als sie die übriggebliebene Weihnachtsbeleuchtung erblickte, die immer noch in der Fensterscheibe der Bar blinkte.

»Ich weiß nicht recht«, wandte ich ein. »Das ist doch eher eine Männerbar. Ich glaube, da komme ich mir komisch vor.«

»Ach, Quatsch. Wieso denn?« Eloise zog an meinem Ärmel. »Daniel und ich gehen da immer hin. Die machen sogar ganz passable Burger.«

»Na schön«, gab ich nach. »Schaff mich einfach da rein und verpass mir einen Drink. Nach dem Tag, den ich hatte, habe ich es mir verdient, mich zu betrinken, auch wenn es erst Donnerstag ist.«

Doc's Bar wirkte abends ganz anders als bei Tag. Das letzte Mal, dass ich dort gewesen war, um Harry zu suchen, waren die Gäste ausschließlich männlich gewesen und eher so die typischen Kneipenhocker. Heute war fast jeder Stuhl in der Bar belegt, aber sowohl von Männern als auch von Frauen. Zwei Frauen spielten Billard, ihre Queue gefährlich nah an unschuldig am Tresen Stehenden.

Eloise steuerte zielstrebig auf einen Tisch am anderen Ende des Raums zu und ließ sich auf einem der beiden Bänkchen nieder. Ich setzte mich ihr gegenüber. Die Frau, die unsere Bestellung aufnahm, erkannte ich sofort und sie mich ebenfalls.

»Ach, hallo«, grüßte sie herzlich. Sie trug enge schwarze Lederhosen und eine schwarze Lederweste. Die Haare hatte sie unter einer schwarzen Lederkappe versteckt.

»Cheri, stimmt's?«, sagte ich.

»Ja. Und du bist BeBe, oder?«, erwiderte sie. »Was wollt Ihr Mädels denn trinken?«

Ich bemerkte, wie Eloise mir einen bewundernden Blick zuwarf, ehe sie bestellte. »Ich bekomme ein Glas Merlot. Und einen Cheeseburger. Medium, mit Senf, Gurken, keine Zwiebeln, keinen Salat.«

»Jackie mit Wasser«, bestellte ich. »Mach mir gleich einen doppelten.«

»Geht klar.« Sie ging davon.

Als wir unsere Getränke vor uns stehen hatten, leerte ich mein Glas mit einem Zug gleich zur Hälfte und entspannte mich allmählich. Jedenfalls dachte ich das.

»Deine Hand zittert«, bemerkte Eloise.

Ich senkte den Blick und sah die Whiskeypfütze auf der Tischplatte. »Wohl eine verspätete Reaktion.«

»Das ist völlig normal«, meinte Eloise. »Ich wäre ein nervliches Wrack, wenn ich das durchgemacht hätte, was dir passiert ist.«

»Ach, wird schon wieder. Ich hatte heute eine Erleuchtung, weißt du.«

»Was? Als sich der Typ vor dir entblößt hat?«

»Nein, davor. Als ich mit deinem Onkel James beim Mittagessen war.«

Sie schüttelte den Kopf. »Er kann sich einfach nicht damit abfinden, dass er kein Priester mehr ist.«

»Nicht die Art Erleuchtung«, entgegnete ich. »Ich bin mir nur über etwas klargeworden. Was Reddy angeht, um ehrlich zu sein.«

»Hm-hm«, machte sie, während sie einen Schluck Merlot nahm.

»Er ist unten in Florida. In Fort Lauderdale. Also werde ich dorthin fahren.«

»Nimmst du das Insektenspray und die Fliegenklatsche mit?«, fragte Eloise.

Ich grinste. »Ehrlich gesagt hatte ich gehofft, dich mitzunehmen. Also, nur wenn du Lust hast.«

Eloise lehnte sich nach vorn. »Ich bin ganz Ohr.«

»Erinnerst du dich noch an die Aktion, als wir versucht haben, rauszufinden, was dieser schleimige Antiquitätenhändler in diesem alten Lagerhaus in der Stadt im Schilde geführt hat?«

Sie nickte. »Die Verkleidungen haben mir am besten gefallen. Weißt du noch, wir hatten diese schwarzen Outfits, ich mit dem Leopardenprint-Schal und du den Catsuit mit dem Leoparden-Gürtel? In so einem engen Ding konntest auch nur du gut aussehen. Bei mir hätten alle gedacht, ich geh zu einer Halloween-Party oder –«

»Eloise!«, unterbrach ich sie. »Es geht hier nicht um unsere Outfits. Obwohl ich mich erinnere, dass wir ziemlich heiß ausge-

292

sehen haben. Mein Punkt ist, wir wussten, dass der Kerl in irgendwas Illegales verwickelt war, also haben wir getan, was wir mussten, um in dieses Lagerhaus zu gelangen.«

Eloise nickte begeistert. »Das war brillant, wie du diesen Mexikanern erzählt hast, du wärst Immobilienmaklerin und wolltest dir das Lagerhaus für einen Kunden anschauen. Ich kann es immer noch nicht glauben, wie du da einfach so reinmarschiert bist, als würde dir der Laden gehören.«

Ich nippte am Whiskey und wartete darauf, dass meine Hände aufhörten zu zittern. Gleichzeitig überlegte ich, wie ich Eloise dazu bringen konnte, bei dem Plan mitzuspielen, der gerade in meinem Kopf Gestalt annahm.

»Warte mal«, sagte Eloise. »Ist es das, was du auch in Fort Lauderdale vorhast?«

»So in etwa.«

»Was stellst du dir genau vor?«, fragte sie neugierig. »Würden wir uns wieder verkleiden?«

»Auf jeden Fall«, versprach ich. »Du spielst eine sehr wohlhabende geschiedene Lady. Mit einer wundervollen Yacht, und jeder Menge Kohle, mit der du nur so um dich schmeißt.«

»Mmmm«, machte Eloise und leckte sich über die Lippen. »Urlaubskleidung. Ich habe gehört, in Lauderdale gibt es ein paar wunderschöne Boutiquen, die Vintage-Mode verkaufen. Was meinst du, wie würde ich in einem heißen pinken Lilly-Pulitzer-Minikleid aussehen? Vielleicht mit einem dieser passenden Hütchen mit Blumenapplikation?«

»Du wirst fantastisch aussehen. Reddy wird dir aus der Hand fressen.«

»Reddy?« Sie runzelte die Stirn.

Cheri kam mit Eloises Burger zum Tisch, und auf einmal, als ich gerade kreativ so in Fahrt war, stellte ich fest, dass ich am Verhungern war.

»Ich bekomme doch auch einen Cheeseburger«, sagte ich zu Cheri. Und fügte mit einem Tippen an mein leeres Glas hinzu: »Und noch einen Jackie mit Wasser. Und noch einen Merlot für meine wohlhabende, geschiedene Freundin hier.«

Als Cheri gegangen war, schnappte ich mir eine Pommes von Eloises Teller.

»Hör zu, Eloise«, setzte ich mit meiner Erklärung an, »wir werden Reddy eine Falle stellen, oder Roy Eugene, oder Rodolfo, oder wie auch immer er sich gerade nennt.«

»Und ich bin der Köder«, fragte sie. »Ist das nicht gefährlich?«

»Nein, überhaupt nicht«, versprach ich. »Du bist sowieso nur Teil des Köders. Der andere Teil ist die Yacht.«

»Und wo bekommen wir eine Yacht her?«, fragte sie.

»Nicht irgendeine Yacht. Eine Seeigel. Die kosten ab acht Millionen, wenn man sie neu kauft.«

»Nicht schlecht«, meinte Eloise und knabberte an ihrem Burger. »Dann kann ich auch noch Yacht-Klamotten tragen. Vielleicht einen blauen Blazer und Seidenhosen. Hey, warte mal.« Sie zog eine Augenbraue hoch. »Du hast mir immer noch nicht gesagt, wo wir diese große, teure Yacht herbekommen.«

»Wir leihen uns einfach eine«, erklärte ich. »Wenn wir in Fort Lauderdale sind.«

»Wann geht's los?«

»Sobald ich im Inn alles geklärt habe«, antwortete ich. »Ich muss erst sicherstellen, dass Harry für mich einspringen kann.«

»Wieso kann Harry nicht mit uns nach Fort Lauderdale fahren?«, fragte Eloise. »Er kennt sich doch mit Booten bestens aus. Ich wette, er könnte uns helfen, eins zu bekommen.«

»Nein. Das schaffen wir auch allein. Wir sind doch starke, unabhängige Frauen, weißt du noch?«

»Was ich weiß, ist, dass wir das letzte Mal nicht gerade wenig Hilfe von einem Mann hatten«, stellte Eloise fest. »Daniel war der

Fahrer unseres Fluchtwagens. Und ob es dir gefällt oder nicht, ich denke, wir brauchen auch dieses Mal einen Mann, der die Schwerarbeit erledigt, BeBe.«

»Dann nehmen wir Daniel mit.«

»Geht nicht.« Eloise schüttelte den Kopf. »Er ist die nächsten beiden Wochen in Charleston, wo er einem Freund hilft, der ein neues Restaurant eröffnet.«

»Aber nicht Harry«, widersprach ich. »Ich will ihn nicht um einen Gefallen bitten müssen.«

»Dann tue ich es.« Und damit biss Eloise herzhaft in ihren Burger, so dass ihr der Fleischsaft am Kinn runterlief.

36

Es klingelte an der Tür im Büro, als ich gerade am Telefon war und Vorbereitungen traf, die Stadt für ein paar Tage zu verlassen. »Herein. Ich bin sofort bei Ihnen«, rief ich, ohne aufzuschauen.

»Ich kann warten.«

Mir rutschte das Herz in die Hose. Die Stimme gehörte meinem Großvater. Seit Wochen nahm ich mir schon vor, in Magnolia Manor vorbeizufahren, aber mein Leben war gerade so verrückt, und um ehrlich zu sein, wusste ich auch nicht, wie ich meinen Großeltern ins Gesicht schauen sollte, wo ich doch wusste, dass ich an ihrem finanziellen Ruin schuld war.

Ich beendete hastig das Gespräch und stand mit zitternden Knien auf.

»Opa? Ist bei Oma alles in Ordnung?«

»Bestens.« Er umarmte mich flüchtig. Dann schaute er sich neugierig im Büro um. Er war schon fast förmlich gekleidet – in einen alten Seersucker-Anzug, ein ordentlich gebügeltes weißes Hemd, das schon leicht vergilbt war, rote Fliege und polierte schwarze Slipper. »Das ist also dein neues Unternehmen«, stellte er fest und nickte langsam. »Sehr schön.«

»Es gibt immer noch viel zu tun«, erwiderte ich. »Und wenn sich alles stabilisiert hat, verkaufe ich es zu einem ordentlichen Preis. Reihenhäuser wahrscheinlich. Ich denke, an eine bewachte Wohnsiedlung.«

Opa hob die Hand. »Kind, hör auf. Ich weiß über alles Bescheid. Wie dieser Scharlatan dich mit einer List dazu gebracht hat, ihm deine Immobilien zu überschreiben. Wieso das Restaurant geschlossen ist und du hier lebst und dich mühsam mit Badewannen schrubben und Zimmer vermieten über Wasser hältst.« Er schüttelte traurig den Kopf. »Warum hast du denn nichts gesagt?«

Ich spürte, wie meine Unterlippe zu zittern begann. »Ich … es war einfach … Ich habe mich so geschämt. Und als ich festgestellt habe, dass er auch euer Geldmarktkonto ausgeräumt hat …« Ich presste mir die Fäuste auf die Augen, um die sich sammelnden Tränen zu unterdrücken. »Es ist alles weg«, brachte ich hervor. »All euer Geld. Eure Jahre harter Arbeit. Ach, Opa, es tut mir so leid. Ich werde mir das nie verzeihen. Es ist alles meine Schuld. Aber ich werde es wiederbekommen. Ich schwöre bei Gott, ich werde jeden Cent zurückholen, den er euch gestohlen hat.«

Opa ging im Wohnzimmer umher, betrachtete Harrys Bücherregale, klopfte an die Wände und bewunderte den Holzofen.

»Ist ganz gemütlich hier«, stellte er fest. »Gar nicht so schäbig, wie ich gedacht hatte. Deine Großmutter wird erfreut sein, das zu hören. Du weißt doch, dass sie sich immer gleich Sorgen macht. Von den Berichten, die wir gehört haben, na ja, da haben wir schon befürchtet, du würdest in der letzten Absteige leben, um ehrlich zu sein.«

»Berichte?«, fragte ich stirnrunzelnd. »Mit wem habt ihr denn geredet?«

Opa kam zum Schreibtisch und setzte sich auf den hölzernen Küchenstuhl daneben. »Denkst du, ich bin blind? BeBe, ich war sechzig Jahre lang Geschäftsmann in Savannah. Ich bin vielleicht alt, aber ich bin nicht dumm. Außerdem sind die Hälfte der Männer in meinem Pokerclub pensionierte Banker. Banker sind furchtbare Tratschtanten, weißt du. Vertraue nie einem Banker ein Geheimnis an.«

»Also, weiß die ganze Stadt Bescheid? Meine Brüder auch? Arch?«

Er nickte. »Wenn Arch es weiß, wissen es alle.«

»O Gott«, stöhnte ich. »Das werden sie mir ewig vorhalten. Und ich kann es ihnen nicht mal verübeln. Ich war für eure Finanzen zuständig. Und ich habe es vermasselt.«

»Ich bin verantwortlich für unsere Finanzen«, korrigierte mich Opa mit Bestimmtheit. »Das war ich immer. Ich habe dir ein paar Dinge anvertraut, und du hast deine Sache gut gemacht, bis du einen dummen Fehler gemacht hast.«

»Dumm ist noch milde ausgedrückt«, meinte ich. »Ich war ein Vollidiot. Und ich habe alles verloren.«

»Nicht alles«, widersprach Opa. »Das versuche ich dir doch die ganze Zeit zu sagen. Das Konto, um das du dich gekümmert hast, na ja, es war eine Menge Geld. Aber es war nicht alles.« Er erlaubte sich ein kurzes Lächeln. »Nicht annähernd alles.«

»Ihr seid nicht pleite?«

»Nicht reich, aber auch nicht pleite«, erklärte er. »Wir sind in einer bequemen Lage. Mehr wollte ich nie. Lorena und ich hatten viel Glück. Und wir waren immer vorsichtig«, fügte er hinzu.

»Gott sei Dank«, sagte ich erleichtert. »Mein eigenes Geld zu verlieren ist eine Sache. Aber dass Reddy auch euch bestohlen hat, war unerträglich. Ich hatte schon Angst, ihr könntet euren Platz im Heim – äh, ich meine, im Magnolia Manor – verlieren. Dass ihr auch auf der Straße enden könntet, genau wie ich.«

»Da braucht es aber mehr als diesen schnöseligen Grünschnabel, bis Spencer Loudermilk auf der Straße landet«, entgegnete mein Großvater. Er tätschelte mein Knie. »Also, mach dir keine Sorgen um uns alte Leute. Wir kommen gut zurecht.«

»Nein«, widersprach ich. »Das war euer Geld, das Reddy gestohlen hat. Ich werde nicht eher ruhen, bis ich es zurückbekommen habe. Und das werde ich. Warte nur ab. Ich werde nach Fort Lauderdale runterfahren und jeden Cent, den er genommen hat, wiederbekommen. Mit Zinsen.«

»Ist das so?« Großvater sah wenig überzeugt aus. »Und wie genau hast du dir das vorgestellt?«

37

Harry fuhr. Aber ich hatte auf dem Beifahrersitz bestanden, also saßen Eloise und Opa auf dem Rücksitz des Buick und dösten den ganzen Weg auf der Interstate 95 nach Fort Lauderdale vor sich hin. Opa schnarchte so laut, dass ich es kaum fassen konnte, wie Eloise bei dem Lärm schlafen konnte.

Während unsere Komplizen friedlich ihr Nickerchen hielten, vertrieben Harry und ich uns die Zeit mit Zanken.

»Haben Sie Cheri gezeigt, wie man das Lesegerät für die Kreditkarte bedient?«, fragte ich.

Er warf mir einen vielsagenden Blick zu. »Sie weiß, wie man damit umgeht. Sie arbeitet in einer Bar, schon vergessen?«

»Was ist mit dem Zimmerservice? Sind Sie sicher, dass Cheris Tochter verstanden hat, wie wichtig es ist, dass die Zimmer jeden Tag absolut sauber sein müssen?«

»Klar, hat sie das verstanden.«

»Ich hoffe, sie denkt auch daran, nicht zu viel Bleiche in die Waschmaschine zu geben«, plapperte ich weiter. »Das letzte Mal haben Sie Löcher in die Laken gebleicht.«

»Ich habe ihr gesagt, nicht mehr als einen Messbecher pro Ladung«, erwiderte Harry.

»Ich nehme immer nur einen dreiviertel Messbecher.«

»Und bei Ihnen sieht die Weißwäsche nie so strahlend aus wie bei mir«, entgegnete er grinsend.

»Cheri ist ein sehr netter Mensch. Verstehen Sie mich nicht falsch, ich bin wirklich sehr dankbar, dass sie eingesprungen ist, das Breeze zu leiten, während wir weg sind. Ich hoffe nur, dass sie nicht im Lederlook dort aufkreuzt. Ich will nicht, dass unsere Gäste denken, wir wären so ein Biker-Schuppen.«

»Was ist denn verkehrt an Bikern?«, wollte Harry wissen. »Ihr Geld ist genauso gut wie das eines jeden anderen. Nächsten Monat kommt ein Harley-Davidson-Club zu uns. Sie haben für ein Wochenende jedes Zimmer, das wir haben, gebucht.«

»Was? Seit wann denn das?«, fragte ich schockiert.

»Sie haben doch selbst die Reservierung entgegengenommen.«

»Mit Sicherheit nicht.«

»Es ist aber Ihre Handschrift im Reservierungsbuch. PAHLs?«

»Ach so, ja doch«, gab ich zu. »Ich bin davon ausgegangen, das wäre irgend so eine gutbürgerliche Organisation. Die Frau am Telefon klang ziemlich kultiviert.«

»Piedmont Area Hawg Lovers«, erklärte Harry. »Ich schätze, man könnte sie als gutbürgerlich bezeichnen. Sie waren letztes Jahr auch für ihre Frühlingsausfahrt im Breeze Inn, obwohl die Hälfte der Zimmer noch wie ein Schweinestall aussah.«

»O Gott.« Ich fuhr mir mit den Händen durch die Haare. »Was für anderes Gesindel haben Sie noch hinter meinem Rücken bei uns eingebucht?«

»Biker sind kein Gesindel, verdammt«, entgegnete Harry genervt. »Diese Leute sind angesehene Geschäftsleute, Ärzte und Anwälte. Ich weiß, dass sogar ein Richter vom Obersten Gerichtshof dabei ist.«

»Ist auch egal«, sagte ich und schloss kurz die Augen, um ihm zu signalisieren, dass wir mit diesem speziellen Thema für heute durch waren. »Egal, was ich sage, Sie werden mir immer vorwerfen, ein Snob zu sein.«

»Weil Sie ein Snob sind«, erwiderte Harry. »Sie urteilen über

Leute nur nach ihrem Aussehen. Was unter anderem der Grund ist, weshalb wir gerade auf dem Weg nach Florida sind.«

»Ich bin überhaupt kein Snob«, verteidigte ich mich. »Ich habe Freunde aus allen Schichten. Barkeeper, Köche, Antiquitätenhändler.«

»Hochnäsige Großstadt-Parasiten«, schnaubte Harry.

»Ich führe diese Diskussion nicht länger«, entgegnete ich kopfschüttelnd.

»Na schön«, meinte Harry versöhnlicher. »Dann lassen Sie uns über den Plan reden. Mir ist das nämlich noch nicht so klar.«

»Der Plan ist ja auch noch in Arbeit«, gab ich zu. »Aber die Grundidee ist, mein Geld von Roy Eugene Moseley zurückzustehlen – oder von Rodolfo Martinez, oder wie auch immer er sich gerade nennt. Und der Schlüssel dazu ist es, uns eine Yacht zu besorgen, denke ich.«

»Und nicht einfach irgendeine Yacht«, fügte Harry hinzu. »Eine Seeigel, die, wie Sie selbst gesagt haben, erst ab acht Millionen zu kaufen ist.«

»Stimmt.«

»Okay. Und wie sollen wir dann Ihrer Meinung nach an eine solche Yacht kommen?«

»Na ja … Eloise ist eine sehr attraktive Frau.«

»Danke schön«, murmelte eine verschlafene Eloise von der Rückbank. Sie richtete sich auf und rieb sich die Augen. »Wieso bekomme ich am helllichten Tag solche Komplimente von dir?«

»Weil es stimmt«, erwiderte ich lächelnd. »Bei einer solchen Aktion, wie wir sie vorhaben, muss man alle Waffen einsetzen. Und wir haben keine wirklichen Waffen.«

»Ich hasse Waffen«, meinte Eloise.

»Ich auch«, stimmte ich zu. Dann tätschelte ich das Handschuhfach des Buick Electra. »Trotzdem habe ich Opas kleine 22er für unseren Ausflug ausgeliehen.«

»Was?«, riefen Harry und Eloise gleichzeitig aus.

»Was ist los?« Jetzt war auch Opa wach. »Ist es schon Zeit fürs Mittagessen?«

»Wir haben doch vor einer Stunde zu Mittag gegessen«, stellte ich fest. »Du hattest Kartoffelbrei, grüne Bohnen und drei Schweinekoteletts, nicht zu vergessen das riesige Stück Kuchen zum Nachtisch. Du kannst unmöglich schon wieder Hunger haben!«

»Loudermilks haben einen extrem regen Stoffwechsel«, erklärte Opa stolz. »Als ich noch ein Junge war, konnte ich ein Pfund Schinken und ein halbes Dutzend Eier zum Frühstück essen, dazu noch Hafergrütze und Marmelade. Das habe ich inzwischen ein wenig reduziert. Aber ich nehme kein Gramm zu.« Er klopfte sich auf den Bauch. »Diese Hosen, die ich gerade trage, habe ich 1956 im Wagstaff's Kaufhaus in der Broughton Street gekauft.«

Besagte Hose war einmal schwarz gewesen, inzwischen hatte sie eine aschgraue Farbe, und die Rückseite war so durchgesessen, dass sie schon schimmerte.

»Wow«, machte Eloise bewundernd. »Ich erinnere mich an Wagstaff's. Da gab es so einen alten, farbigen Gentleman im Frack, der den Aufzug bedient hat. Als ich ein kleines Mädchen war, dachte ich immer, er wäre der Kaufhausdirektor.«

»Das war Ronald«, erklärte Opa. »Ein feiner Kerl. Er kannte jeden Kunden des Kaufhauses persönlich. Aber was habt ihr da gerade von Waffen erzählt?«

»Ich habe gesagt, wir haben deine kleine Pistole dabei, für den Fall, dass es Ärger geben sollte. Ich weiß, es ist nur eine winzige Kinderwaffe. Aber in Florida gibt es jede Menge Kriminalität.«

»Keine Waffen«, sagte Harry mit Nachdruck. »Versprechen Sie mir das, oder ich bin raus aus der Sache.«

»Wenn es nach mir geht, können Sie sofort aussteigen«, grummelte ich. »Es war ja nicht meine Idee, Sie mitzunehmen.«

»BeBe!«, rief Eloise. »Du hast versprochen, nett zu sein.«

»Das ist doch nett«, presste ich hervor.

»Keine Waffen«, sagte Eloise und umfasste von hinten meine Schultern mit den Händen. »Versprich es.«

»Okay«, gab ich widerstrebend nach.

»Versprichst du es hoch und heilig?« Eloise ließ nicht locker.

»Schon gut, schon gut. Ich verspreche es.«

»Verdammte Linksradikale«, murmelte Opa.

»Keine Waffen!«, wiederholte Eloise.

»Was für andere Waffen haben Sie gemeint, hätten wir?«, fragte Harry.

»Eloise ist attraktiv. Wir sind beide schlau, und in meinem Fall habe ich zusätzlich eine genaue Kenntnis von dem Kriminellen, den wir verfolgen. Ich weiß, wie er tickt und wie er vorgeht.«

»Wissen Sie auch, wie man eine Yacht stiehlt?«, wollte Harry wissen.

»Leihen. Wir werden uns eine ausleihen. Aus dem Grund habe ich ja zugestimmt, Sie mitzunehmen.«

»Nicht wegen meiner Klugheit und meines guten Aussehens?«

»Hah!«, schnaubte ich. »Wir brauchen eine Besatzung für das Boot. Sie sind ein Kapitän, also sollten Sie in der Lage sein, eine Yacht zu fahren.«

»Leichteste Übung«, erwiderte Harry. »Aber noch mal zurück, wie genau wollen Sie an die besagte Yacht rankommen?«

»Das weiß ich, wenn wir dort ankommen.«

»Und wenn wir die Yacht haben, wie wollen Sie dann Ihr Geld von Moseley zurückstehlen?«

»Ganz einfach. Ich werde ihm die Yacht verkaufen.«

»Ich dachte, das wäre mein Job«, meldete sich mein Großvater zu Wort.

»Richtig«, stimmte ich zu. »Opa wird unser Yacht-Verkäufer sein. Mit so was hat er Erfahrung. Er ist brillant. Er könnte einem

Eskimo Eis verkaufen. Aber in unserem Fall verkauft er Reddy eine Yacht. Auf die Weise werde ich mein Geld bekommen.«

»Unser Geld«, korrigierte Opa. »Ich finde ja immer noch, wir sollten den Kerl einfach kidnappen und ihm die Seele aus dem Leib prügeln, bis er es auch so rausrückt.«

»Und wir werden in den Knast wandern, weil wir etwas verkauft haben, das uns gar nicht gehört. In Südflorida. Wo es, wie Sie bereits festgestellt haben, jede Menge Kriminalität gibt«, sagte Harry.

»Kein Gefängnis«, krähte Eloise vom Rücksitz. »Das hab ich schon durch. Hat einer von euch schon mal Fingerabdrücke abgenommen bekommen? Eure Schuhe und alle anderen Sachen abgeben müssen? Ich schon, und ich habe nicht vor, das jemals wieder zu erleben, nicht mal für meine beste Freundin. Nicht für alle Shrimps in Savannah.«

»Nein, nein, nein.« Ich schüttelte den Kopf über Eloises und Harrys Mangel an Optimismus. »Es ist doch ganz einfach. Wir holen uns eine Yacht. Leihen eine. Setzen Eloise als Besitzerin ein. Inserieren die besagte Yacht zu einem Schnäppchenpreis und warten, bis Moseley angekrochen kommt. *Voilà!* Ich hab mein Geld.«

Ich gestattete mir ein selbstzufriedenes Lächeln über meinen ausgeklügelten Plan – und das, obwohl ich mit so viel Negativität aus der eigenen Truppe konfrontiert war.

»Sie sind verrückt.« Harry schüttelte den Kopf. »Das ist kein Plan. Das ist ein Hirngespinst. Und ein gefährliches noch dazu.«

38

Als wir zwei Stunden nördlich von Fort Lauderdale waren, rief ich erneut Sabrina Berg an, erreichte aber wieder nur die Mailbox.

Eloise und ich hatten am Abend vor unserer Abfahrt zehn frustrierende Minuten damit verbracht, uns das verwackelte Video des mysteriösen Rodolfo Martinez anzuschauen, das die Yachtbesitzerin an James geschickt hatte.

»Ist er das?«, fragte Eloise mit zusammengekniffenen Augen, während der Mann im Video damit beschäftigt war, Schranktüren in der Kabine zu öffnen und immer wieder vor einem großen Spiegel innehielt, offenbar, um sich selbst darin zu bewundern.

»Ich kann es nicht genau sagen«, erwiderte ich und drückte den Pause-Knopf auf der Fernbedienung. »Der Körperbau stimmt, die Haare könnten auch passen, bis darauf, dass sie länger und dunkler sind. Das schlechte Licht und seine dunkle Sonnenbrille machen es auch nicht gerade leichter.«

»Aber du glaubst, dass er es ist, oder?«, fragte Eloise.

»Ja, schon. Er ist es. Wahrscheinlich.«

»Wahrscheinlich?« Eloise schaute mich an. »BeBe, wahrscheinlich ist nicht gut genug, um den weiten Weg nach Fort Lauderdale auf sich zu nehmen.«

Das Video lief indes weiter, und die verschwommene Figur drehte sich gerade vor dem Spiegel. Und da entdeckte ich es – ein Glitzern an seinem Handgelenk.

»Hurensohn«, rief ich aus und drückte wieder auf Pause. Dann lehnte ich mich so weit nach vorn, dass meine Nasenspitze fast den Bildschirm berührte.

»Hurensohn!«, wiederholte ich. »Er ist es tatsächlich.«

»Woher willst du das wissen?«, fragte Eloise.

»Siehst du das?« Ich tippte mit dem Zeigefinger auf den Fernseher. »Er trägt die Armbanduhr meines Vaters. Es ist eine antike, 22-Karat Gold Piaget. Mama hat sie ihm zur silbernen Hochzeit geschenkt. Sie lag in meinem Schmuckkästchen. Dieser verlogene, niederträchtige Bastard!«

»Dreist«, meinte Eloise nur.

»Dafür wird er bezahlen«, knurrte ich wütend. »Ordentlich bezahlen wird er.«

»Wenigstens hat er sie nicht verkauft. Wie das Gemälde deiner Tante.«

»Ich reiß ihm den Arm aus und prügel ihn damit tot«, drohte ich grollend.

Jetzt, nach einer kurzen Pinkelpause und einem weiteren Halt, um ein Kitkat und Milchschokolade für meinen Großvater zu kaufen, waren wir nur noch eine Stunde von Lauderdale entfernt. Ich wurde langsam nervös, weil ich meine Kontaktperson noch nicht erreicht hatte.

Ich wählte wieder Sabrina Bergs Nummer. Es klingelte fünfmal, doch schließlich ging sie dran.

»Sabrina?«, sagte ich schnell. »Hier ist BeBe Loudermilk.«

»Ach, hallo«, grüßte sie. Sie sprach mit deutlichem Südstaatenakzent. »Ich habe gerade mit Ihrem Anwalt gesprochen. Er hat mir gesagt, dass Sie vielleicht auf dem Weg hierher sind. Sie gehen also davon aus, dass Rodolfo Martinez der Mann ist, den Sie suchen?«

»Ja, das stimmt. Ich bin mir sicher. Hören Sie, ich bin noch etwa eine Stunde von Fort Lauderdale entfernt. Ich wollte fragen, ob Sie vielleicht kurz Zeit haben, sich mit mir zu treffen?«

»Hm«, machte sie nachdenklich. »An wann hatten Sie denn gedacht? Morgen früh habe ich einen Termin im Nagelstudio, danach eine Verabredung zum Mittagessen und um drei habe ich Tennis …«

Ich warf einen Blick auf die Uhr im Armaturenbrett. Es war fast drei Uhr. Ich hatte das Gefühl, seit Tagen im Auto zu sitzen.

»Wie wäre es mit heute Nachmittag? Ich weiß, es ist sehr kurzfristig, und ich dränge mich wirklich ungern auf, aber ich muss wirklich dringend mit Ihnen sprechen.«

»Ja, das würde gehen. Ich treffe mich um sechs mit einer Freundin zum Abendessen am Yachthafen.«

Das ließ mich aufhorchen. »Am Yachthafen? Ist das derselbe Hafen, wo Sie auch Ihr Boot liegen haben?«

»Hatte. Vergangenheit«, korrigierte sie mich. »Ich habe die *Pair-o'-Docs* verkauft. An den am wenigsten Bietenden.« Sie kicherte. »Mein Ex hat einen Anfall bekommen, als er davon erfahren hat. Jetzt bin ich gerade dabei, mir ein neues zu kaufen. Eins ohne hässliche Erinnerungen.«

»Gibt es in der Nähe des Hafens ein Café oder so, wo wir uns zum Reden treffen könnten?«

»Da gibt es den *Kompass*«, schlug sie vor. »Es ist in der Seventeenth Street, direkt am Wasser. Kennen Sie das?«

»Nein, aber wenn Sie mir den Weg erklären, finde ich es«, versprach ich selbstbewusst.

Obwohl ich wirklich einen guten Orientierungssinn habe, weigerte sich Harry zu glauben, dass ich wusste, wo wir hinfuhren. Eine Stunde und zehn Minuten später (und zweimal falsch abbiegen) hielt Harry vor der Tür eines großen hölzernen Gebildes, das aussah wie die Disney-Version eines Piratenschiffs.

Er hatte den Motor noch nicht ausgestellt, da kam schon ein braungebrannter Junge in weißem Shirt, Khakishorts und beigem Tropenhelm angerannt und riss die Fahrertür auf.

»Willkommen im *Kompass*«, rief der Junge fröhlich. »Parkservice kostet sieben Dollar.«

»Allmächtiger!«, rief Opa vom Rücksitz. »Wir wollen das Auto parken und kein Zimmer mieten.«

Harry sah mich hilfesuchend an.

»Lassen Sie mich einfach hier raus«, schlug ich vor. »Schauen Sie mal, ob Sie ein vernünftiges Motel in der Nähe finden. Ich rufe Sie auf dem Handy an, wenn ich abgeholt werden will.«

Ich setzte mir Opas alte Golfkappe aus Leinenstoff auf und meine dunkle Sonnenbrille, nur für den Fall, dass sich Reddy irgendwo auf dem Gelände herumtrieb.

»Lassen Sie uns etwas zu essen suchen«, sagte Opa zu Harry. »Und einen Getränkeladen. Ich glaube, ich bin dehydriert.«

Sabrina Berg hatte mir gesagt, dass sie einen weißen Hosenanzug und einen orangen Schal tragen und an der Bar sitzen würde. Sie hatte allerdings nicht erwähnt, dass der Hosenanzug von Donna Karan war und sie selbst eine afro-amerikanische Hammerbraut.

»Sabrina?«, sprach ich sie an, als sie gerade einen Schluck aus einem langstieligen Martiniglas nahm. Ihre nackten Unterarme waren mit einem halben Dutzend Goldarmreifen behangen, und am Ringfinger ihrer rechten Hand prangte ein riesiger Brillantring, dessen Diamant bestimmt fünf Karat hatte.

»BeBe!«, grüßte sie herzlich. »Sie haben mich ja doch gefunden.« Sie klopfte einladend auf den leeren Barhocker neben ihrem. »Ich habe mir schon langsam Sorgen gemacht, dass Sie verlorengegangen sind.«

»Mein Fahrer ist ein paar Mal falsch abgebogen«, erklärte ich. »An Ihrer Wegbeschreibung lag es nicht.«

Eine Barkeeperin im kurzen Seemannskostümchen legte einen Bierdeckel vor mich auf den Tresen. »Was darf's sein?«, fragte sie.

»Die machen hier einen großartigen Lemon-Martini«, schlug Sabrina vor.

»Den probiere ich gern«, sagte ich.

Sabrina hielt ihr halbleeres Glas in die Luft. »Für mich noch mal dasselbe.«

Ich schätzte Sabrina Berg auf Mitte dreißig. Die schimmernden, dunklen Haare fielen ihr weich um die Schultern, ihre milchkaffeebraune Haut war makellos. Sie war der Inbegriff von Luxus und Klasse.

»Also«, setzte Sabrina an, als unsere Getränke vor uns standen. »Was soll ich Ihnen denn über diesen Rodolfo Martinez erzählen?«

»Alles, was Sie wissen.« Ich schaute mich schnell im Gastraum um. Die eine Wand war komplett aus Glas und schaute auf die Anlegeplätze und einen Wald aus strahlend weißen Yachten und Segelbooten hinaus. Obwohl es erst halb fünf war, war der *Kompass* gut gefüllt mit hippen Yacht-Typen und älteren, gut angezogenen Männern und Frauen in teurer Urlaubskleidung.

»Ich habe Ihrem Anwalt schon alles erzählt«, meinte Sabrina. »Ich habe einen Anruf von diesem Mann bekommen. Er sagte, er hätte die Anzeige für die *Pair-o'-Docs* in der Liste der BUC gesehen, und er wollte sie sich gern anschauen. Wir haben uns am Pier verabredet. Er kam pünktlich. Hat eine Menge Fragen gestellt und viel Zeit im Maschinenraum verbracht. Ich hatte das Gefühl, er kannte sich mit Booten aus.«

»Auf dem Video konnte man sein Gesicht schlecht erkennen«, bemerkte ich. »Hat er denn überhaupt mal die Sonnenbrille abgenommen?«

»Nein.« Ihre großen braunen Augen weiteten sich. »Das hat mich auch stutzig gemacht. Ich meine, wir sind hier in Südflorida, es trägt also jeder eine Sonnenbrille. Aber seine war so eine verspiegelte, wie sie die Highway-Polizisten manchmal tragen, wissen Sie?«

Ich nickte. »Was sonst noch?«

Sie spielte an ihren Armreifen. »Ich glaube, seine Haare waren gefärbt. Auch das ist nichts Ungewöhnliches hier.« Sie schnitt eine Grimasse. »Männer – die glauben, wenn sie sich die Haare etwas dunkler färben, würden sie aussehen wie Enrique Iglesias. Von wegen! Mir ist jedenfalls aufgefallen, dass die Haare auf seinen Armen eher blond waren. Es passte also nicht zusammen. Und ich fragte mich, wieso er färbte. Bestimmt nicht, um die Grauen zu überdecken. So alt ist er doch noch gar nicht, oder?«

Jetzt verzog ich das Gesicht. »Ich habe keine Ahnung, wie alt er wirklich ist. Wie sich rausgestellt hat, war alles, was er mir erzählt hat, eiskalt gelogen.«

»Süße, ich kann Ihren Verdruss nur allzu gut nachvollziehen. Wenn ich einen Dollar bekäme für jede Lüge, die mir mein Ex aufgetischt hat …« Sie lachte. »Hey! Wenn man es genau nimmt, habe ich einen Dollar für jede seiner Lügen bekommen. Und das sind am Ende knapp über zwölf Millionen. Sie können sich also ausmalen, was für ein Riesen-Arschloch er ist.«

»Mein Anwalt hat mir erzählt, Sie hätten mit ihm zu Mittag gegessen?«, kehrte ich zum Thema zurück.

»Das stimmt. Hier im *Kompass*«, antwortete Sabrina. »Es war sein Vorschlag gewesen. Was mich nicht überrascht hat. In der Umgebung sind mindestens ein halbes Dutzend Häfen. Es ist ein beliebter Treffpunkt für die Yachtbesitzer. Und nicht nur für die.« Sie deutet zu einer Gruppe jüngerer Leute, die sich am anderen Ende des Tresens versammelten. Sie waren alle in den Zwanzigern, sonnengebräunt, die Frauen in knappen Sommerkleidchen oder Hotpants und Shirts, die Männer in Shorts und Poloshirts. »Diese Kids sind wahrscheinlich Crewmitglieder der größeren Yachten. Die meisten leben an Bord, der *Kompass* ist also eine Art Clubhaus für sie, wenn sie mal an Land sind oder gerade zwischen zwei Jobs stehen.«

»Hmm«, machte ich und schaute mich erneut um, insgeheim in der Hoffnung, Reddy zu erblicken.

»Er ist nicht hier«, versicherte mir Sabrina, als hätte sie meine Gedanken gelesen. »Ich hätte Sie schon angerufen, wenn ich ihn hier gesehen hätte.«

»Worüber haben Sie denn beim Essen mit ihm geredet?«, fragte ich.

»Über die *Pair-o'-Docs*. Wie viel der Unterhalt kostet, Spezifikationen, solche Sachen. Ich hatte einen Ordner mit den Daten, sonst hätte ich ihm seine ganzen Fragen gar nicht beantworten können.«

»Sie sind nicht oft mit dem Boot gesegelt?«

Sie johlte auf. »Ja, klar. Auf einem Liegestuhl an Bord. Süße, ich bin ein Stadtmädchen aus Atlanta, Georgia. Die Yacht war das Spielzeug meines Mannes. Um ehrlich zu sein, wird mir auch ziemlich schnell schlecht, wenn ich mich zu weit vom Land entferne. Ich meine, ich liebe es, herumzusegeln, aber ich gehöre nicht zu den Leuten, denen es gefällt, eine Woche lang in dieser winzigen Kajüte zu hausen. Also, wenn ich verreise, buche ich mir ein Zimmer im Ritz oder im Breakers, wissen Sie, was mich meine?«

»Ich weiß genau, was Sie meinen.«

»Und diese Schlampe, Cissy Owens! Die Yacht ist einfach nicht groß genug, dass ich auch nur eine weitere Minute mit diesem Pferdegesicht dort hätte verbringen können. Einmal sind wir übers Wochenende mit ihr und Chip nach Bimini gefahren, das hat mir gereicht. Ich hab Adam gesagt, dass die beiden ja vielleicht beste Freunde sind, aber dass ich aus der Sache raus bin.«

»Chip Owens? Ist das der plastische Chirurg, der Miteigentümer des Boots war?«

»Hm-hm«, nickte Sabrina. »Er ist ein Titten-Arzt. Das ist alles, was er tut. Und Sie sollten sehen, was er in Cissy reingestopft hat, das ist seine Frau. So ein zierliches weißes Püppchen ohne Arsch, und dann kommt sie da an mit einer Doppel-D-Oberweite. Die Kleine konnte kaum noch aufrecht gehen. Und er hat sich doch tatsächlich erdreistet, Adam vorzuschlagen, mich auf ein C-Körbchen aufzustocken, wenn ich will. Als Hochzeitsgeschenk! Ich hab Adam gesagt, wenn er große Titten will, hätte er Dolly Parton heiraten sollen, nicht Sabrina Daniels.«

Die Barkeeperin huschte vorbei, und Sabrina hielt schnell ihr leeres Martiniglas in die Höhe. »Noch einen«, orderte sie. »Und für meine Freundin hier auch.«

Ich begann, Sabrina Berg zu mögen.

Sie nahm ihre Handtasche – aus der neuen Kate-Spade-Kollektion; ich bin vielleicht arm, aber ich lese immer noch *Elle* und *Vogue* – und zog einen goldenen Handspiegel hervor, mit dessen Hilfe sie ihren apricotfarbenen Lippenstift auffrischte.

»Er ist irgendwie süß. Auf eine oberflächliche Art und Weise«, sagte sie, während sie Spiegel und Lippenstift wieder wegpackte.

»Wer jetzt?«

»Rodolfo, oder wie auch immer er heißt. Ich kann schon verstehen, wie er Sie an den Haken bekommen hat. Er ist so ein Frauenversteher-Typ. Ich meine, er hat tatsächlich meine Schuhe bemerkt, als wir zusammen essen waren. Aber nicht auf eine schwule Art, wissen Sie?«

»Ja, ich weiß«, bestätigte ich reuevoll.

»Ihm hat die *Pair-o'-Docs* total gut gefallen«, erzählte Sabrina. »Er meinte, er mag die klassischen Modelle lieber als die modernen. Er konnte es nicht fassen, dass ich sie so billig verkaufen wollte. Ich meine, er war echt fasziniert. Ich dachte schon, er würde mir die erste Rate gleich hier in der Bar bezahlen.«

»Und was war dann?«, fragte ich. »Wenn er so verrückt danach war?«

Die Barkeeperin brachte die nächste Runde Getränke, und Sabrina nahm einen tiefen Schluck aus ihrem Glas. Alkohol stand ihr gut. Ihre Augen funkelten, ihre Gesichtszüge waren angeregt. Sie sah aus wie jemand, mit dem man viel Spaß haben konnte.

»Er wollte mit ihr rausfahren«, antwortete sie. »Allein.«

»Und Sie haben nein gesagt?«

»Aber hallo, habe ich das«, erwiderte Sabrina. Mir fiel auf, dass ihre Sprache unkultivierter wurde, je mehr sie trank. »Da kommt irgend so ein dahergelaufener Typ und denkt, er könnte mit ein paar Geldscheinen rumwedeln und dann mit einem Boot wie der *Pair-o'-Docs* davonfahren? Nicht mit mir! Ich hab ihm gesagt, er soll seinen Mechaniker holen, damit er sie sich anschaut. Ich würde meinen Anwalt anrufen, dass er eine Crew organisiert, mit der sie dann alle zusammen für eine Stunde oder so rausfahren können, um zu sehen, wie sie läuft. Aber bevor er mir nicht einen Scheck über mindestens fünfzigtausend präsentiert, setzt er keinen Fuß auf mein Boot.«

»Wie hat er das aufgenommen?«

»Hat gesagt, das Geld sei kein Problem. Er wollte einen Kumpel anrufen, der sich mit der Elektronik auskennt, und mich dann wieder anrufen, um einen Termin zu vereinbaren.«

»Aber er hat nicht wieder angerufen?«

»Nee. Am nächsten Tag habe ich die Yacht einem Pärchen aus Maine gezeigt. Sie waren ganz versessen auf das Boot. Wollten nicht mal die Technik checken lassen. Sie haben es sich am Donnerstag angesehen und mich gleich danach angerufen, dass sie es kaufen wollen. Schon einen Tag später haben wir uns im Büro meines Anwalts getroffen und das Geschäft besiegelt. Alles in bar.«

»Glück gehabt«, entgegnete ich. »Ich wette, Rodolfo hatte vor, Sie nicht nur um das Boot zu erleichtern.«

»Vielleicht«, erwiderte sie. »Er sah eigentlich schon so aus, als könnte er es sich leisten. Ich meine, mal abgesehen von dieser lächerlichen Sonnenbrille wirkte er äußerst wohlhabend. Schicke

Klamotten, Jaguar, gute Manieren. Wissen Sie, er trug so eine goldene Armbanduhr, ich schwöre, die hätte auch Cary Grant in einem dieser alten Filme tragen können.«

Ich zuckte zusammen. »Das war die Uhr meines Vaters. Er hat sie mir gestohlen.«

»Ach, Süße.« Sie tätschelte mir den Arm. »Der ist echt fällig.«

Ich nahm einen Schluck Martini und schob das Glas dann weg. Es schmeckte wirklich gut, aber ich musste nüchtern bleiben, um jedes bisschen Information aufzunehmen, das Sabrina mir gab, ehe sie zu betrunken war.

»Die Telefonnummer, die er Ihnen gegeben hat«, hakte ich nach. »Haben Sie die noch?«

Sie griff in ihre Tasche und fischte eine Visitenkarte heraus. Sie war aus schwerem Papier und die Schrift eingraviert. »Rodolfo Martinez«, las ich. Keine Adresse, kein Geschäft angegeben. Nur eine Telefonnummer, mit Vorwahl von Fort Lauderdale.

»Die können Sie gern haben«, sagte Sandra. »Aber die Nummer ist nicht mehr vergeben. Ich hab ihn angerufen, um ihm mitzuteilen, dass die Yacht verkauft ist, und hab ihm eine Nachricht hinterlassen. Als ich es später noch mal probiert habe, hieß es, die Nummer wäre nicht mehr vergeben.«

»Sie haben es ein zweites Mal probiert? Obwohl Sie das Boot schon verkauft hatten? Wieso?«

Sie kicherte. »Wollen Sie die Wahrheit wissen?«

»Natürlich.«

»Aber, psst.« Sie legte den Zeigefinger auf die Lippen, wobei sie den Lippenstift etwas verschmierte. »Sagen Sie meinem Anwalt nichts davon. Er würde mich umbringen, wenn er davon wüsste. Adam wartet nur auf neue Argumente, um unsere Abmachung über das Sorgerecht für die Kinder neu aufzurollen. Wissen Sie, mir war klar, dass Ihr Rodolfo etwas im Schilde führte. Aber ich war gelangweilt genug, um rausfinden zu wollen, was es war. Ich wollte ihn sein Spiel spielen lassen und sehen, wie weit er es treibt. Und hey, ich muss es Ihnen ja nicht sagen. Der Kerl hat einfach was. Ich dachte mir, was soll's. Ich hatte noch nie was mit einem Kubaner. Vielleicht war das meine Gelegenheit, es mal auszuprobieren.«

»Zum Glück haben Sie es nicht gemacht«, sagte ich zu ihr. »Oder Ihr Ring da wäre Geschichte. Zusammen mit allem anderen, was Sie besitzen – bis hin zu Ihren Goldfüllungen.«

Sie grinste und zwinkerte. Sie war wirklich schon betrunken von diesen Martinis.

»Wer sagt denn, dass ich es nicht getan habe?«

»Was? Mein Anwalt meinte, Sie hätten ihn nie wieder gesehen.«

»Pssst«, machte sie wieder und lehnte sich so weit vor, dass sie fast in meinem Schoß lag. »Anwälte müssen nicht alles wissen.«

»Wollen Sie mir sagen, dass Sie mit ihm geschlafen haben?«

Sabrina leckte über den Rand ihres Martiniglases. »Mmm-hmm. Und, Süße, wenn ich nicht so klug wäre, würde ich ihn wiederhaben wollen, so gut war er.«

Ich war sprachlos.

»Hören Sie«, fuhr sie fort. »Mein Ex hatte ständig was mit Prostituierten. Er ist mit einer dieser Edelnutten sogar eine Woche nach Eleuthera gefahren! Und ich lebe die ganze Zeit wie eine Nonne, weil mein Anwalt meint, ich sollte ihm nichts in die Hand geben, was er vor Gericht gegen mich verwenden kann. Also war ich, während der Scheidungsprozess und der Sorgerechtsstreit lief, die Unschuld in Person. Und danach, wissen Sie, hatte ich einen Haufen Geld, ja, und das alleinige Sorgerecht für unsere Tochter – aber wann hatte ich das letzte Mal Spaß gehabt?«

Ich nickte mitfühlend. Und überhaupt, wer war ich, dass ich über Sabrina Berg urteilen konnte?

»Wollen Sie mir davon erzählen?«, fragte ich.

»Die schmutzigen Details?« Ihre Augen begannen zu leuchten.

»Nein«, antwortete ich schnell. »Ich kenne die schmutzigen Details, was Roy Eugene Moseley angeht. Erzählen Sie mir einfach von dem, äh, Date. Wohin hat er sie ausgeführt? Wessen Auto haben Sie genommen? Hat er von seinem Privatleben gesprochen? Wissen Sie, wo er wohnt?«

»Hui.« Sabrina setzte sich auf. »Immer schön langsam. Das sind ja eine Menge Fragen.«

»Sorry. Erzählen Sie mir einfach von Ihrem Date, wenn Sie wollen. Wie lang ist das eigentlich her?«

Sie nahm noch einen Schluck Martini, der schon wieder fast leer war. Die Barfrau machte Anstalten, zu uns zu kommen, doch ich schüttelte unmerklich den Kopf, in der Hoffnung, dass sie den Hinweis verstand. Ich wollte vermeiden, dass Sabrina zu betrunken war, um mir die Geschichte mit Reddy zu erzählen.

»Hmm. Letzte Woche?«

»Das ist ja noch gar nicht lang her«, sagte ich hoffnungsvoll.

»Ja, mal sehen. Es war am, oh, ich weiß, letzten Donnerstag. Genau, weil Chantal am Samstag ihre Geburtstagsparty hatte und ich am Freitagmorgen mit ihr ein neues Kleid kaufen gegangen bin.«

»Chantal ist Ihre Tochter?«

»Die süßeste Fünfjährige, die Sie sich vorstellen können«, sagte Sabrina stolz. »Wenn er auch sonst nichts kann, Adam macht wirklich wunderschöne Babys. Der Bastard.«

»Also, Sie sind Donnerstag vor einer Woche mit Rodolfo ausgegangen?«

»Ja.«

»Wie ist es dazu gekommen? Ich dachte, er war unter seiner Nummer nicht mehr erreichbar?«

»Er hat mich angerufen«, erklärte Sabrina mit einem Hauch Selbstgefälligkeit. »Er meinte, er wollte nur sichergehen, dass die *Pair-o'-Docs* wirklich verkauft ist, aber wir wussten beide, dass er eigentlich anrief, um zu sehen, ob *ich* noch verfügbar war.«

»Wohin hat er Sie ausgeführt?«

»Zu *Mark's*, in Las Olas. Kennen Sie das?«

»Fürchte nicht.«

»Unglaublich gutes Essen. Sollten Sie wirklich mal ausprobieren, während Sie hier sind.«

»Hat er Sie in dem geliehenen Jaguar abgeholt?«

»O nein«, erwiderte Sabrina schnell. »Ich wollte nicht, dass er in die Nähe meines Hauses oder Chantal kam. Adam hat seine kleinen Spione überall, und er hätte es sofort mitbekommen, wenn ich von einem Date abgeholt worden wäre – besonders, wenn derjenige im Jaguar vorgefahren wäre. Nein, Rodolfo hat das *Mark's* vorgeschlagen, also haben wir uns dort getroffen.«

»Worüber haben Sie sich im Restaurant unterhalten?«

»Ach, das Übliche. Über das Essen. Er schien eine ziemliche Ahnung von Essen und Wein zu haben. Bestand darauf, für mich zu bestellen. Ich hatte ein fantastisches Hudson Valley Foie Gras mit Heidelbeeren. Und danach schwarzen Zackenbarsch mit Krabbenkruste und so einer Pilzsauce. Himmlisch! Und natürlich wusste er zu jedem Gang den passenden Wein. Irgendwann hat er angefangen, mir Fragen zu stellen. Über meinen Exmann, was für ein Arzt er ist, wo er seine Praxis hat. Ich hatte ihm bereits erzählt, dass Adam mich auf der Yacht betrogen hatte, und was das anging, war er überaus verständnisvoll. Meinte, es wäre nur gerecht, dass ich so eine gute Abfindung bekommen hatte. Natürlich wollte er auch dazu die Details wissen, aber ich speiste ihn damit ab, dass ich zufrieden sein konnte. Er ist ein ziemlicher Händchenhalter, oder?«

»Was? Wer?«

»Na, Rodolfo. Er hat die ganze Zeit über meine Hand gehalten, und dann danach …«

»Wahrscheinlich, weil er versucht hat, Ihnen heimlich den dicken Diamantring vom Finger zu ziehen«, sagte ich.

»Hm-hm«, machte Sabrina zustimmend. Sie hielt die Hand hoch und bewunderte ihren Ring. »Für diesen Klunker musste ich *hart* arbeiten. Ich wusste, was er im Schilde führte. Es war wie ein Spiel für mich.«

»Hat er auch über sich geredet?«

»Er hat mir einen Haufen gequirlte Kacke aufgetischt, wenn Sie das meinen. Dass seine Familie ihr Geld mit Zuckerrohr gemacht hat. Hat immer mal wieder einen spanischen Ausdruck eingestreut. Wissen Sie, ich hatte auf meiner katholischen Highschool vier Jahre Spanischunterricht. Und meine Lehrerin war Kubanerin. Mal davon abgesehen, hab ich die letzten acht Jahre hier in Havanna-Nord gelebt. Ich weiß also, wie es klingen sollte.«

»Was haben Sie nach dem Essen getan?«

»Ich dachte, Sie wollten keine schmutzigen Details hören?« Sabrina grinste verschlagen.

»Äh, ja, den Teil können Sie getrost meiner Phantasie überlassen.«

»Wie gesagt, er hat sich schon während des Essens an mich rangemacht. Sie wissen schon, meine Hand gehalten, meinen Oberschenkel gestreichelt. Alles sehr sexy. Und, Süße, ich war nicht abgeneigt. Natürlich ist er davon ausgegangen, dass wir zu mir gehen. Aber das konnte er knicken. Ich war auf ein bisschen Sex aus, ja, aber ich würde ihn auf keinen Fall in mein Haus lassen, wo mein Kind schlief. Am Ende hat er mich dann tatsächlich zu sich eingeladen.«

»Sie waren bei ihm in der Wohnung?« Mein Puls beschleunigte sich.

Sie zuckte nur mit den Achseln. »Wieso nicht? Okay, ich hatte ziemlich viel Wein getrunken. Und ich wusste, was er vorhatte, aber es war mir egal. Er wirkte nicht seltsam oder gewalttätig oder so. Und ich hatte ein Kondom in der Handtasche, also dachte ich mir, wieso nicht? Jeder hat doch mal etwas Spaß verdient, oder?«

»Wo wohnt er?«, fragte ich aufgeregt.

»In einem dieser neu hochgezogenen Komplexe, die über die Küstenwasserstraße schauen«, antwortete Sabrina.

»Hat das Gebäude einen Namen oder so?«

»Keine Ahnung. Ich bin ihm nur in meinem Auto hinterhergefahren. Ist aber nur zehn Minuten vom Restaurant entfernt, so viel kann ich sagen. Und die Wohnung war im siebten Stock oder so.«

Super. Ich fragte mich, wie viele hundert neu hochgezogener Apartmentkomplexe es entlang der Küstenwasserstraße in Fort Lauderdale gab.

»Vielleicht fällt Ihnen der Name ja wieder ein.«

»Glaub ich nicht.« Sabrina knabberte an der Zitronenscheibe, die in ihrem geleerten Martiniglas zurückgeblieben war. »Es war dunkel. Ich hatte nur Interesse daran, flachgelegt zu werden, nicht seine Adresse zu bekommen.«

»Sorry«, sagte ich. »Wie war die Wohnung so?«

»Schick. Schon fast protzig. Moderne Möbel, teure Kunst. Viel Schnickschnack. Das war auf keinen Fall seine Wohnung.«

»Wie kommen Sie darauf?«

»Ich wusste es einfach. Die Wohnung war von einem Profi eingerichtet worden. Sie wissen schon, mit drapierten Vorhängen und so. Okay, da war noch eine Sache. Der Esstisch hatte eine Milchglasplatte und verchromte Tischbeine. Sehr modern. Und dazu gab es das passende Tischset! Teller, Besteck, Servietten, alles – inklusive einer Deko aus Seidenblumen. Haben Sie je einen Single-Mann gekannt, der ein solches Tischset mit Seidenblumen besitzt?«

»Nein. Die meisten Single-Männer, die ich kenne, haben dreckige Unterwäsche als Tischdeko.«

»Genau das meine ich. Ich dachte, vielleicht hat er die Wohnung möbliert gemietet. Aber als er mich dann später nicht ins

320

Badezimmer zum Duschen lassen wollte, wusste ich, dass es nicht seine Wohnung war.«

»Er hat Sie nicht duschen lassen?« Ich zog die Augenbrauen hoch.

»Nö. Ich wollte nicht nach fremdem Mann riechen, wenn ich nach Hause kam, wissen Sie? Ich meine, Chantal kommt nachts oft zu mir ins Bett gekrochen. Aber er hatte diese lahme Ausrede, dass der Heißwasserboiler kaputt ist. Ich meine, der Kerl lügt echt wie gedruckt!«

»Allerdings«, stimmte ich zu.

»Na ja, der Abend war dann sowieso schnell zu Ende, als er diesen Anruf bekam.«

»Hat er gesagt, wer ihn angerufen hat?«

»Er meinte, es war sein Aktienhändler. Was garantiert auch gelogen war. Aber ich hatte bekommen, was ich wollte, und er, na ja, er hat wohl nicht ganz bekommen, was er wollte, da ich ihm gleich klargemacht hatte, dass es eine einmalige Sache war. Also bin ich nach Hause gefahren. Er hat mich noch zum Auto gebracht und mir einen Gute-Nacht-Kuss gegeben. Er hat schon gute Manieren, oder? Und ich hab aufgepasst, dass er mir auch nicht folgt. Was er nicht getan hat. Das war das letzte Mal, dass ich Rodolfo Martinez gesehen oder etwas von ihm gehört habe. Oder wie auch immer er jetzt heißt.«

39

Nachdem ich Harry angerufen hatte, dass er mich abholen konnte, verließ ich mit Sabrina das Restaurant. »Sind Sie sicher, dass Sie fahren können?«, fragte ich, als sie leicht schwankte und sich an einem Seilgeländer vor dem Eingang festhalten musste. »Kann ich Ihnen ein Taxi rufen?«

»Nein, das passt schon«, entgegnete sie. »Meine Freundin holt mich sowieso ab. Und dann kauf ich uns eine teure Flasche Vino und was Gutes zu essen. Und nachher gehe ich allein heim zu meinem Kind.« Ihr Gesicht hellte sich auf. »Hab ich Ihnen von meiner Chantal erzählt?«

»Das süßeste kleine Mädchen in ganz Broward County«, erwiderte ich lächelnd.

»Vergessen Sie Broward – sie ist das süßeste Ding im ganzen verdammten Staat von Florida«, meinte Sabrina und breitete überschwänglich die Arme aus.

Ein kleines rotes Mazda-Cabrio mit offenem Verdeck bog in die Auffahrt zum Restaurant ein und hupte. Die Fahrerin, eine attraktive Blondine, wedelte wild mit den Armen.

»Da ist meine Freundin M'Linda«, sagte Sabrina. »Hey, wieso kommen Sie nicht einfach mit? Wir haben bestimmt jede Menge Spaß. M'Linda kennt die ganzen guten Clubs.«

»Sorry«, bedauerte ich aufrichtig. »Ich werde auch von jemandem abgeholt.«

»Von Ihrem Freund?« Sie zwinkerte übertrieben.

»Na ja, es ist ein Mann, aber wir haben nichts miteinander«, erklärte ich. In dem Moment bog der dunkelrote Electra um die Ecke und hielt hinter dem kleinen Mazda. Harry saß am Steuer, er war allein im Auto.

»Kommen Sie mit, und wir finden einen Freund für Sie«, lockte mich Sabrina, während sie sich mit dem Türgriff des Autos ihrer Freundin abmühte.

»Vielleicht ein anderes Mal«, lehnte ich ab. »Vielen Dank, dass Sie sich mit mir getroffen haben. Sie haben mir wirklich weitergeholfen. Ich wünsche Ihnen alles Gute.«

»Kommen Sie schon, BeBe!« Sabrina ließ sich in den Mazda plumpsen. »Wir machen einen drauf.«

»Geht nicht.« Ich zeigte auf den Electra. »Mein Freund ist da.«

Sabrina reckte den Hals, um einen Blick zu erhaschen. »Hey, ist das Ihr Freund?«, fragte sie schrill.

»Nein«, entgegnete ich schnell. »Er ist nur *ein* Freund.«

»Wie ist sein Name?«

»Harry. Ich muss los. Rufen Sie mich an, wenn Ihnen noch etwas einfällt. Auf Wiedersehen.« Ich gab ihr einen flüchtigen Kuss auf die Wange, doch sie schlang die Arme um mich und drückte mich an sich.

»Hey Harry«, rief sie aufgedreht, als sie mich wieder losgelassen hatte.

Harry hatte eine Straßenkarte auf dem Lenkrad vor sich ausgebreitet und schaute jetzt verwundert auf, als eine fremde Frau seinen Namen rief.

»Hi Harry«, wiederholte Sabrina. »Sie sind süß!«

Er lachte und winkte ihr beschämt zu.

»Wieso vögeln Sie nicht mit BeBe?«, krähte Sabrina. »Sie muss mal wieder richtig durchgevögelt werden!«

»Sabrina!«, brachte ihre blonde Freundin sie zur Räson. »Du bist doch betrunken!«

Die zwei Frauen schüttelten sich vor Lachen, und M'Linda lenkte den Mazda zurück auf die Straße und brauste davon.

Ich schaute ihnen hinterher, wie sie mit quietschenden Reifen auf die Seventeenth Street einbogen, und stieg seufzend in den Electra.

»Neue Freunde?« Harry legte die Karte weg.

»Die hübsche, dunkelhäutige Frau war Sabrina Berg. Sie hatte vier Lemon-Martinis«, erklärte ich. »Ich glaube, das war mindestens einer zu viel.«

»Wie auch immer.« Er schüttelte den Kopf und fuhr los – allerdings mit wesentlich gemäßigter Geschwindigkeit, was gut war, denn es war Freitagnachmittag und die Straßen in Fort Lauderdale waren voll mit protzigen Autos und reichen Menschen, die damit angeben wollten, wie jung und schön und sorgenfrei sie waren.

»Ist was?«, fragte ich.

»Ach, nichts«, entgegnete Harry. »Wie ist es gelaufen?«

»Besser als erwartet«, antwortete ich. »Wie war es bei euch? Habt ihr eine Unterkunft für uns gefunden? Und hat Opa seinen Scotch bekommen?«

»Ja und ja«, sagte Harry. Ein weißer Mercedes schnitt uns, so dass Harry hart auf die Bremsen steigen musste, um einen Auffahrunfall zu verhindern. »Verdammt«, murmelte er. »Wie halten die Leute hier das nur aus?«

»Sie meinen das fabelhafte Wetter?« Es war schon fast sechs Uhr, aber die Sonne schien immer noch, und die Palmen, die die Straße säumten, wiegten sich sanft in der Brise, die vom nahen Meer kam.

»Alles. Es ist alles zu viel. Zu viele Autos, zu viele Menschen … zu viel einfach.«

Er hatte schlechte Laune, das war offensichtlich.

»Wo ist denn das Motel?«, fragte ich, darauf bedacht, das Thema zu wechseln. »Und wo sind Opa und Eloise?«

»Sie kaufen Lebensmittel ein. Das Motel ist ganz in der Nähe.«

»So schlimm? Ich habe ihr gesagt, dass wir uns die Strandpreise nicht leisten können. Und es ist immerhin noch Hochsaison.«

»Nein, so schlimm ist es nicht«, erwiderte er. »Ist so ein Alter-Leute-Schuppen. Heißt Mangobaum. Wahrscheinlich, weil auf dem Parkplatz ein kleiner, knorriger Mangobaum steht. Aber sauber. Wir müssen uns allerdings die Zimmer teilen.«

»Wer? Sie und ich?«

»Davon träumen Sie wohl.« Harry lachte. »Nein, ich meinte Männer und Frauen. Ich und Spencer und Sie und Eloise. Sie hatten nur noch zwei Zimmer, und billig ist es auch nicht. Hundert Dollar die Nacht.«

»Oh.« Ich hatte gehofft, etwas Günstigeres zu finden. Aber weil Opa dabei war, wollte ich auch nicht in der schlechtesten Gegend absteigen.

»Die Zimmer sind kleine Apartments, mit einem kleinen Herd und Kühlschrank. Deshalb wollte Eloise was einkaufen. Wir dachten, wir könnten ein bisschen Geld sparen, wenn wir morgens Müsli essen und uns vielleicht noch Sandwichs für unterwegs machen können.«

»Gute Idee«, lobte ich. »Obwohl ich nicht hoffe, dass wir zu lang hier sein werden.«

»Haben Sie einen Hinweis bekommen, wo Reddy-Boy stecken könnte?«

»Sozusagen. Er hat Sabrina in *seine* Wohnung mitgenommen. Sie ist in einem dieser neu gebauten Komplexe an der Küstenwasserstraße. Sie hatte den Eindruck, dass er sich in einem möblierten Apartment eingenistet hat.«

»Nicht schlecht«, gab Harry zu. »Hat Sie Ihnen das bevor oder nachdem sie sich betrunken hat erzählt?«

»Sie ist eine nette Dame.« Ich hatte irgendwie das Bedürfnis, meine neue Freundin verteidigen zu müssen. »Sie ist von ihrem Exmann betrogen worden. Sabrina ist eigentlich eine ziemlich Taffe. Sie hat Reddy auf Anhieb als Betrüger erkannt.«

»Aber sie ist trotzdem mit ihm nach Hause gegangen?«

Ich zuckte mit den Achseln. »Er hat eben das gewisse Etwas. Das ist alles, was ich dazu sagen kann.«

Er drehte den Kopf zu mir und setzte an, etwas zu sagen, überlegte es sich dann aber wohl anders.

»Hatte Ihnen James nicht gesagt, dass Sabrina Reddy nur einmal getroffen hat?«

»Ja. Aber wie sich rausgestellt hat, erzählt sie ihrem Anwalt nicht immer alles. Sie hat ihn tatsächlich ein zweites Mal getroffen. Für ein Date.«

»Ach, herrje!« Harry verdrehte die Augen.

»Sparen Sie sich Ihre Kommentare«, warnte ich. »Wir haben jetzt deutlich mehr Infos als noch vor ein paar Stunden, auch wenn ich zugeben muss, dass es nicht viel ist. Ich habe den Namen des Restaurants, wo sie sich getroffen haben. Es heißt *Mark's* und liegt am Las Olas Boulevard.«

»Das ist doch diese Hauptpromenade«, meinte Harry. »Lauter teure Läden und teure Restaurants.«

»Sie meinte, es wären von dort nur zehn Minuten mit dem Auto zur Wohnung gewesen. Es muss ein Neubau sein, und es muss möblierte Apartments geben. Das ist schon mal besser als nichts. Morgen können wir zu dem Restaurant fahren und versuchen rauszufinden, zu welchem Wohngebäude er sie gebracht hat.«

»Er ist wahrscheinlich eh längst über alle Berge«, sagte Harry griesgrämig.

Ich wusste zwar, dass er durchaus recht haben konnte, trotzdem wollte ich es nicht hören.

Harry setzte den Blinker und brachte den Electra vor einem schmalen Grünstreifen zum Stehen. »Hier ist es«, verkündete er.

Das Mangobaum-Motel hatte eindeutig schon bessere Zeiten gesehen – so vor zwanzig Jahren vielleicht. Der asphaltierte Parkplatz war überall rissig, und Unkraut wucherte aus den Löchern. Der symbolische Mangobaum ließ die verdorrten Äste fast bis zum Boden hängen. Ein flackernder Neonpfeil zeigte auf einen Betonklotz, das ein großes Schild als »Rezeption« kennzeichnete.

»Oh«, machte ich beim Aussteigen. »Und dafür zahlen wir hundert Dollar die Nacht?«

»Es wird noch besser«, prophezeite mir Harry.

Ich folgte ihm den rissigen Bürgersteig entlang zu den Motelzimmern. Es schienen an die zwei Dutzend zu sein, in Hufeisenform um den Pool angeordnet. Das Schwimmbecken war erstaunlich sauber, ein glitzerndes türkisfarbenes Oval, eingerahmt von weißen Pflastersteinen, auf denen weiße Plastikliegestühle aufgestellt waren. Ein paar kleine Mädchen planschten im flachen Teil des Pools, und ein glatzköpfiger Mann mittleren Alters grillte in Badehosen Würstchen auf einem Einweggrill. Salsa-Musik drang aus einer geöffneten Zimmertür, und vor einer anderen Tür saßen ein paar Leute auf Klappstühlen zusammen und tranken Bier aus der Dose und rauchten. Ein paar Türen weiter saß ein älterer Mann und las ein Buch.

Trotz des etwas schäbigen Flairs musste ich überrascht feststellen, dass der Mangobaum eine gewisse Gemütlichkeit ausstrahlte.

»Das sind unsere beiden.« Harry zeigte auf Zimmer Nummer vierzehn und fünfzehn, das zweite und dritte von der Mitte des Hofs aus gesehen. Ich hatte schon die Hand an der Klinke, als die Tür aufging und Eloise den Kopf herausstreckte.

»Hey!«, sagte sie und riss die Tür weiter auf. »Willkommen in Mangoville.«

Das Zimmer war etwa so groß wie die Zimmer im Breeze Inn, vielleicht ein wenig größer. Zwei Einzelbetten mit grell gemusterten Überwürfen waren durch einen Nachttisch aus hellem Holz getrennt, auf dem eine unfassbar hässliche Lampe stand. Außerdem gab es noch eine lange, niedrige Kommode mit einem Spiegel darüber, zwei ausgeblichene Sessel und eine kleine Küchenzeile in der Ecke, bestehend aus kleinem Kühlschrank, Kochplatte und Toaster. Die Wände waren in einem giftigen Orange-Gelb gestrichen, und der Terrazzoboden war blank. Eine altmodische Klimaanlage ratterte über einem der Betten, und ein großes Fenster ging hinaus auf den Poolbereich.

»Home sweet home«, sagte ich und ließ mich auf eine der Matratzen fallen, was ein fürchterliches Quietschen verursachte.

»Das ist deins«, erklärte Eloise und setzte sich auf das andere Bett. »Wie findest du es?«

»Ist nicht direkt das Breakers«, entgegnete ich. »Aber sieht okay aus.«

Eloise seufzte. »Überleg nur, was ich daraus machen könnte!«

»Vielleicht können Sie mit dem Manager einen Deal aushandeln«, schlug Harry vor. »Deko-Tipps gegen unsere Zimmerkosten.«

»Meinen Sie nicht, das hätte ich nicht schon versucht«, entgegnete Eloise. »Der Besitzer führt das Hotel. Mr Patel. Er hielt nicht viel von der Idee. Könnt ihr euch vorstellen, dass er die Zimmer gerade erst in dieser Horrorfarbe gestrichen hat?« Sie schauderte. »Ich wette, er hat die Möbel alle in irgendeinem Ausverkauf erstanden. Bei ›Geschmacklos-für-Alle‹.«

»Ist meine Suppe fertig?« Opa stand in der Verbindungstür zum anderen Zimmer. Er trug ein paar knallrot-karierte Schwimmshorts, schwarze Socken und ein blau-kariertes Poloshirt. Er passte schon perfekt zum Rest der Senioren in Fort Lauderdale.

»Oh, sorry, Spencer.« Eloise sprang vom Bett auf. »Ich wollte sie dir gerade warm machen, da sind BeBe und Harry zurückgekommen.«

Sie ging zur Küchenecke und öffnete eine Dose Tomatencremesuppe.

»Suppe zum Abendessen?« Ich rümpfte die Nase.

»Vier Dosen für einen Dollar«, sagte Opa triumphierend. »Und ich hatte noch einen Coupon!« Er griff in die Hosentasche seiner Shorts und zog ein Bündel aus der Zeitung ausgeschnittener Coupons hervor.

»Spencer ist ein super Einkäufer, BeBe«, erklärte mir Eloise und leerte die Suppe in einen Aluminiumtopf.

»Es wäre noch besser gewesen, wenn Seniorentag gewesen wäre«, fügte Opa hinzu. Er setzte sich in einen Sessel und nahm die Fernbedienung für den Fernseher. »Wie war dein Treffen?«

»Gut«, antwortete ich. Ich war absichtlich etwas vage gewesen, was mein Verhältnis zu Reddy Millbanks anging. Für ihn war er nur ein geschäftlicher »Berater« gewesen, der mich böse übers Ohr gehauen hatte.

»Die Frau, mit der ich mich im *Kompass* getroffen habe, war sehr hilfsbereit. Morgen können wir anfangen, nach der Wohnung zu suchen, in der Reddy zuletzt gewohnt hat.«

»Hier unten läuft der Wetterkanal auf Spanisch«, stellte Opa fest. »Ist das nicht was?«

Während wir alle den Fernsehbildschirm anstarrten, drehte sich Eloise zu mir und zog fragend eine Augenbraue hoch. »Später«, formte ich wortlos mit den Lippen.

Harry schaute die Dosensuppe mit unverhohlenem Ekel an. »Reicht das überhaupt für alle?«

»Wir haben vier Dosen«, entgegnete Eloise fröhlich. »Und Käse und Cracker.«

»Und zum Nachttisch Obstsalat aus der Dose«, fügte Opa hinzu. »Von der guten Sorte mit den großen Ananasstücken. Aber ihr jungen Leute müsst auch keine Suppe essen«, meinte er, während er durch das Fernsehprogramm zappte. »Geht ruhig schön essen. Ich lade euch ein.«

Mit einer übertriebenen Geste zog er einen Zwanzigdollarschein aus der Hosentasche, in der er auch die Coupons aufbewahrte. »Ich musste deiner Großmutter versprechen, dass ich dir ein gutes Essen spendiere.«

»Oma!«, rief ich. »Hast du sie angerufen? Geht es ihr gut?«

»Ja, alles bestens«, antwortete er. »Sie wollte heute Abend mit ihren Mädels vom Bridgeclub zum American-Legion-Bingo. Da gibt es Bier für fünfzig Cent, und du weißt doch, wie gern Lorena mal ein Bier trinkt.«

»Und wer fährt dann?«, fragte ich alarmiert.

»Die fahren mit einem Bus hin«, erklärte Opa. »Kannst du dir vorstellen? Ein ganzer Bus voller betrunkener alter Hühner?«

»Na ja«, meinte ich unsicher und schaute zwischen Eloise und Harry hin und her. »Ich schätze, wir könnten essen gehen. Wir müssen ja nicht lang machen. Immerhin haben wir morgen jede Menge vor.«

»Ich habe genug für heute«, verkündete Eloise. Sie hielt ein Hochglanzmagazin in die Höhe. »Spencer hatte sogar einen Coupon für die neue Ausgabe von *Coastal Living*. Ich werde noch was essen und duschen und vor dem Schlafen ein wenig lesen.«

»Wir können euch doch nicht einfach hierlassen«, meinte ich.

»Wieso denn nicht?«, fragte Opa entrüstet. »Denkst du, ich brauche einen Babysitter?«

»Nein!«, sagten Eloise und ich wie aus einem Mund.

»Geht ihr zwei ruhig essen«, drängte Eloise. »Wirklich. Ich hab gar keinen großen Hunger. Spencer hat mir vorhin ein Kitkat von sich abgegeben, als wir einkaufen waren.«

Ich warf ihr einen vielsagenden Blick zu, dass sie aufhören sollte, mich mit Harry verkuppeln zu wollen. Sie ignorierte es.

»Wollen Sie etwas essen?«, fragte mich Harry.

»Ich bin am Verhungern«, gab ich zu.

»Vorn an der Ecke ist so ein kleines brasilianisches Café«, sagte Harry. »Das habe ich vorhin gesehen. Wir könnten mal vorbeigehen und es uns anschauen. Mögen Sie brasilianisches Essen?«

»Keine Ahnung. Hab es noch nie probiert.«

40

Marias Café lag in einer schmuddeligen Einkaufsstraße, zwischen einem Laden zum Scheckeinlösen und einem Waschsalon.
»Da wollten Sie hin?«, fragte ich zweifelnd.
»Ja.« Harry zog mich an der Hand durch die Eingangstür. »Kommen Sie, erweitern Sie mal Ihren Horizont. Sie werden das Essen lieben. Es ist sehr bodenständig, nicht so schickimicki, sondern einfach gutes Essen. Die brasilianische Küche mag ich von allen südamerikanischen am liebsten.«
Nicht so schickimicki war maßlos untertrieben. *Marias Café* bestand aus einem langen Linoleumtresen und ein paar winzigen Tischen mit blumengemusterten Plastiktischdecken. Die Gerichte standen auf einer riesigen schwarzen Tafel, die hinter dem Tresen an der Wand hing. Nichts auf der Karte sagte mir irgendwas, doch ein appetitlicher Grillgeruch lag in der Luft. Mein Magen knurrte vorfreudig.
Eine junge Latina mit strähnigen Haaren, die sie in einem schiefen Haarknoten direkt auf dem Kopf trug, stand in weißer Nylonschürze hinter der Theke. Sie war die einzige Person im Raum. Die Restaurantbesitzerin in mir rechnete unweigerlich durch, wie viel es kostete, den Laden geöffnet zu haben. Sie fragte sich auch, wieso an einem Freitagabend so wenig los war.
»Das klingt alles super!«, meinte Harry, während er die Tafel studierte.

»Essen Sie hier oder zum Mitnehmen?«, fragte das Mädchen.

»Ihre Entscheidung.« Harry nickte mir zu. »Sie haben mich heute Abend ganz in der Hand.«

Er zuckte bedeutungsvoll mit einer Augenbraue. Es war das erste Mal, dass er etwas ansatzweise Anzügliches gesagt hatte, und es brachte mich so aus der Fassung, dass ich keinen Ton herausbrachte.

»Wir essen hier«, teilte Harry dem Mädchen mit. »Können wir einen Cocktail bekommen?«

Statt einer Antwort schob sie ihm eine laminierte Getränkekarte hin. »Sie können sich selbst einen Platz aussuchen. Sagen Sie mir einfach Bescheid, wenn Sie bestellen wollen.«

Harry schob mir einen Stuhl hin, und wir setzten uns an einen Tisch am Fenster.

»Kann ich mir ein Glas Wein bestellen?«, fragte ich. »Ich meine, ich weiß, Opa hat uns nur zwanzig Dollar gegeben, aber …«

»Machen Sie sich darüber mal keine Gedanken. Das Abendessen geht auf mich«, sagte Harry, ohne den Blick von der handgeschriebenen Karte zu nehmen. »Sind Sie bereit für das komplette authentische Erlebnis der brasilianischen Küche?«

»Ja, klar. Wieso nicht?«

»Okay.« Er rief das Mädchen zum Tisch. »Wir würden dann bestellen.«

Sie schlenderte zu uns rüber und stemmte abwartend eine Hand in die Hüfte.

Harry ratterte eine Bestellung runter, die für mich nach fließendem Portugiesisch klang, obwohl ich keins der Worte erkannte. Sie schrieb fleißig mit und verschwand dann hinter einer Schwingtür, die vermutlich zur Küche führte.

Einen Moment später tauchte sie wieder auf, zwei Gläser mit milchigem Inhalt und einen kleinen Teller frittierter Objekte auf einem Tablett balancierend.

Als sie alles vor uns abgestellt hatte, nahm Harry das Glas und nippte daran. Er nickte zufrieden. Ich hob meins an, und er klickte sein Glas sachte dagegen.

»Prost«, sagte er.

Ich nahm einen vorsichtigen Schluck.

»Mmm«, machte ich. »Irgendwie wie ein gepimpter Kokosnuss-Milchshake?«

»Könnte man sagen. Übersetzt heißt der Drink Jungfrauenschweiß.«

Wir lachten beide über den Namen. Der Jungfrauenschweiß war süß und stark, und ich trank ihn viel zu schnell.

»Finden Sie nicht auch, dass es an der Zeit ist, sich zu duzen?«, fragte Harry.

»Von mir aus«, stimmte ich zu, schon zu angeheitert, um etwas dagegen zu haben.

Wir prosteten uns erneut zu. Dann schob Harry mir den Teller mit dem Frittierten hin. »Das sind *salgadinhos*. Vorspeisen. Die kleine Stücke hier sind frittierte Linguica, das ist Wurst.«

Die Wurst war ziemlich scharf, aber lecker.

»Und das«, er legte mir ein weiteres frittiertes Stück hin, »ist ein frittiertes Fischbällchen. Es ist eigentlich ein portugiesisches Gericht, aber die brasilianische und die portugiesische Küche haben viel gemeinsam.«

Noch bevor wir mit den Vorspeisen fertig waren, brachte das Mädchen zwei weitere Teller aus der Küche, auf denen eine Art Salat angerichtet waren.

»Das sind ja nur Tomaten und Palmenherzen«, stellte ich erleichtert fest. Ich probierte eine Gabel. »Mit einem sehr leckeren Vinaigrette-Dressing.«

»Brasilianer lieben Palmenherzen«, meinte Harry und schob sich einen Bissen in den Mund. »In Lebensmittelläden in Lateinamerika verkaufen sie die Dinger in riesigen Einmachgläsern.«

Er machte eine rasche, kaum wahrnehmbare Handbewegung, und die Kellnerin erschien wieder am Tisch. Er murmelte ihr etwas zu, und sie kehrte mit dem nächsten, seltsam aussehenden Cocktail zurück. Er war so ähnlich wie der erste und doch irgendwie anders.

»Jaguarpisse«, übersetzte Harry lachend. »Du hast gesagt, du willst das authentische Erlebnis. Das ist eine weitere Kokosnussvariation. Schmeckt sie dir?«

»Klar.« Die Jaguarpisse verpasste mir einen ordentlichen Rausch. Was konnte man daran nicht mögen?

Nach dem Salat bekamen wir Schüsseln mit zerstoßenen schwarzen Bohnen.

»*Caldinho de feijao*«, verkündete Harry.

Die Bohnen waren vorzüglich, sie dufteten nach einer Art Schweinefleisch. Ich löffelte die Schüssel restlos leer.

»Und jetzt der Hauptgang«, sagte Harry, als das Mädchen mit dem nächsten Tablett voller Essen bei uns auftauchte – dieses Mal mit kleinen törtchenförmigen Teilen und einer Platte Fleischspieße.

»Ich kann nicht mehr«, stöhnte ich. »Ich platze gleich.«

»Du kannst noch und du wirst«, widersprach er und lud mir Törtchen und Fleischspieße auf den Teller.

»Das hier«, er deutete auf die Törtchen, »sind *empadinhas*. So ähnlich wie die mexikanischen *empanadas*. Diese hier sind mit Shrimps gefüllt. Und das«, er zeigte auf die Spieße, »ist *churrasco*. Brasilianisches gegrilltes Rindfleisch.«

Ich pickte in meinem Essen herum. Es schmeckte alles wunderbar, aber ich konnte einfach nicht mehr essen. Harry dagegen schaufelte fröhlich in sich hinein. Es machte Spaß, ihm dabei zuzuschauen. Er aß mit unverhohlenem Genuss, leckte sich die Finger, tunkte den Fleischsaft mit Brot auf und schnalzte begeistert mit der Zunge.

»Kann ich dich etwas fragen?« Ich stützte die Ellenbogen auf den Tisch.

»Sicher«, antwortete er kauend.

»Woher weiß ein Fischer aus Savannah so viel über brasilianisches Essen?«

»In Brasilien gibt es auch Fische«, entgegnete er. »Es ist ein großartiges Land. Großartige Menschen.«

Ich nahm noch einen Schluck von meiner Jaguarpisse. »Ich würde mich gern für Sabrina entschuldigen«, sagte ich mit vom Alkohol gelockerter Zunge.

»Für was denn?«

»Du weißt schon, für das, was sie vor dem *Kompass* gesagt hat. Sie war ziemlich dicht, und ihr Vorschlag war unhöflich.«

»Ach so, das.« Er tupfte sich mit der Serviette den Mund ab. »Ich fand es nicht unhöflich. Vielleicht ein wenig ordinär, aber nicht unhöflich. Immerhin hat sie gesagt, dass ich süß bin. So hat mich schon lang niemand mehr genannt. Wahrscheinlich seit meine Mutter gestorben ist.«

»Eloise hat das auch schon über dich gesagt.«

Er legte seine Serviette beiseite. »Eloise ist eine Frau mit ungewöhnlichem Geschmack.«

»Ich finde, sie hat einen sehr guten Geschmack. Schau dir doch nur an, was sie aus dem Breeze Inn gemacht hat.«

Harry dachte darüber nach. »Aber du hast nicht denselben Geschmack?«

»Das habe ich nicht gesagt.«

»*Du* hast nicht gesagt, dass ich süß bin.«

»Süß ist nicht das Wort, das ich benutzen würde«, gab ich zu. »Du bist …«

»Ungepflegt?«

»Nein.«

»Griesgrämig?«

»Ja, aber wir reden hier über dein Aussehen.«

»Was dann?«

»Moment. Darüber muss ich erst nachdenken.«

Schließlich schob er seinen leeren Teller von sich.

»Nachtisch«, sagte er lächelnd.

»Nein!«, rief ich. »Nicht einen Bissen mehr. Ich explodiere.«

»Du musst aber«, widersprach er gnadenlos. »Ist schon bestellt.«

Als hätte sie es gehört, erschien das Mädchen mit zwei kleinen flachen Tellerchen an unserem Tisch, worauf sich eine Art Pudding befand.

»Flan«, erklärte Harry und stach mit dem Dessertlöffel durch die feste, karamellisierte Zuckerkruste. »Du hast nicht richtig gelebt, bis du brasilianischen Flan probiert hast.«

»Nein«, protestierte ich, zwang mir aber doch ein Löffelchen des Nachtischs rein, nur um festzustellen, dass er recht hatte. Der Flan war einfach himmlisch. Samtig-cremig, mit der richtigen Süße und einem Hauch Vanille.

»Kaffee?«, fragte er, während er sich meines übriggebliebenen Flans annahm.

»Nein, danke«, erwiderte ich schwach. »Du musst mich wahrscheinlich sowieso zum Mangobaum zurücktragen.«

Das Mädchen brachte die Rechnung, und Harry lachte. »Dreißig Dollar, plus Trinkgeld«, sagte er und zog das Geld aus seinem Geldbeutel. »Ist es nicht unglaublich, dass eine solche Mahlzeit nur so wenig kostet?«

»Allerdings«, sagte ich ehrlich erstaunt. »Wenn ich dieses Essen in meinem Restaurant in Savannah serviert hätte, wären wir bei mindestens einhundertzwanzig Dollar gewesen.«

Draußen war es inzwischen dunkel geworden. Harry nahm wie selbstverständlich meinen Arm und führte mich zum Motel zurück.

Der kleine Innenhof lag verlassen da. Der Pool leuchtete einladend blau im fahlen Mondlicht. Blassgrünes Licht sickerte durch die zugezogenen Vorhänge der umliegenden Zimmer.

Wir steuerten auf ein paar Liegestühle am Pool zu und ließen uns in stillschweigender Übereinkunft darauf nieder. Baumfrösche quakten aus dem Dschungel aus Palmen und Orchideen, Farnen und anderen tropisch aussehenden Pflanzen. Die warme Brise, die durch die Palmenwedel strich, brachte einen süßen, blumigen Duft mit.

»Was ist das für ein Geruch?«, fragte ich und legte den Kopf in den Nacken.

»Blühender Ingwer«, antwortete Harry, ohne zu zögern.

»Woher –«

»In Fort Lauderdale gibt es auch Fische«, erklärte Harry. »Ich mag es einfach, die Dinge benennen zu können. Wusstest du, dass eine richtig frische Ingwerwurzel, wenn man sie gleich nach dem Kaufen einpflanzt, normalerweise ausschlägt? Also, vorausgesetzt, das Klima stimmt«, fügte er hinzu. »Ich habe hinter dem Büro im Breeze Inn eine Wurzel gesetzt. Wäre doch schön, den Geruch auch zu Hause zu haben.«

»Wir sollten überhaupt ein paar dieser Pflanzen auch bei uns haben«, sagte ich träumerisch. »Wir könnten ein bisschen gärtnern. Hibiskus wird in Savannah auch wachsen. Und vielleicht ein paar dieser Farne, wenn der Winter nicht zu hart ist. Und weißt du, was auch schön wäre?«

»Was denn?«

»Ein Pool! Nichts Großes oder Ausgefallenes. Nur ein hübsches, kleines Becken zum Abkühlen, vielleicht mit einem Whirlpool am Ende für die Gäste, die im Winter kommen. Und ein schöner Innenhof. Der Parkplatz ist sowieso zu groß. Ich finde, der erste Eindruck, wenn man auf das Motel zufährt, könnte wesentlich besser sein.«

»Ein Pool wäre toll«, stimmte Harry zu. »Würde aber was kosten.«

»Ja«, entgegnete ich seufzend. »Ein Pool, Garten, Innenhof, das nimmt alles wertvollen Platz auf dem Grundstück ein, ohne dass es direkt Profit einbringt. Ich meine, sind wir doch mal ehrlich. Mit einem Motel lässt sich heutzutage nicht mehr wirklich was verdienen. Schau dir doch das Ding hier an. Es ist ein Dinosaurier. Ich gebe es nur ungern zu, aber diese verdammten Sandcastle-Leute hatten die richtige Idee. Eigentumswohnungen sind heutzutage das einzig Wahre.«

Harry wandte genervt den Blick ab.

»Was ist?«

»Muss es bei dir eigentlich immer nur um den Profit gehen?«

»Ich bin Geschäftsfrau«, entgegnete ich. »Dafür muss ich mich nicht entschuldigen. Also, ja, wenn ich ein Unternehmen leite, will ich auch Profit machen.«

Harry setzte sich auf und schwang die Beine auf die eine Seite der Liege, so dass er mich anschaute. »Wolltest du nie etwas tun, nur weil du es liebst?«, fragte er. »Weil es sich gut und richtig und einfach anfühlt?«

Seine unausgesprochene, aber sehr wohl so gemeinte Kritik traf mich, und ich senkte den Blick.

»Ich habe es geliebt, das Restaurant zu führen«, sagte ich leise. »Ich habe es geliebt, immer neue Menschen kennenzulernen und ihnen gutes Essen in einer schönen Umgebung zu servieren. Und ja, ich habe es auch geliebt, Geld zu verdienen. War das *Guale* erfolgreich, hieß das auch, dass ich erfolgreich war. Macht mich das zu einem geldgierigen Geizhals? Ich meine, ist es nicht das, was die meisten Menschen im Leben erreichen wollen?«

»Manche Menschen definieren Erfolg anders«, entgegnete er.

»Und wie definiert Harry Sorrentino Erfolg?«

»Tun zu können, was ich gern tue«, antwortete er, ohne zu zögern. »Es auf die beste Art und Weise zu tun, ohne jemandem weh zu tun. Mein Leben so zu leben, dass ich es mit Menschen, die mir etwas bedeuten, verbringen kann. Ich bin kein sehr komplizierter Mensch, BeBe.«

Jetzt richtete ich mich auch auf. »Siehst du, und ich finde, du bist sehr wohl kompliziert.«

»Wieso denn?«, fragte er.

»Du steckst voller Widersprüche«, meinte ich. »Du gefällst dir in der Rolle des salzverkrusteten Proleten. Und doch bist du überhaupt nicht so. Du kennst dich mit Essen aus. Du bist offenbar weit gereist. Und du liest. Offenbar ziemlich viel.«

»Viele Leute lesen«, erwiderte er. »Denkst du, Proleten lesen nicht?«

»Was hat das mit den Jura-Büchern auf sich?«, platzte ich heraus. Das hatte mich schon seit meiner ersten Nacht im Breeze Inn interessiert.

»Ich habe Jura studiert«, erklärte er nach einer kurzen Pause.

»Wo?«

»Was tut das zur Sache? Ich habe nie in dem Beruf gearbeitet. Ich habe nicht mal das Staatsexamen abgelegt.«

»Wieso nicht?«

»Ich wollte nie Anwalt sein. Ich wollte nur wissen, wie das Gesetz funktioniert. Deshalb war ich auf der Lawschool.«

»Und hast du rausgefunden, was du wissen wolltest?«

»Ich habe schon ein paar Antworten gefunden«, antwortete er vorsichtig. »Es hat mir nicht gefallen, wie das Gesetz funktioniert, also habe ich einen anderen Weg gefunden, meine Brötchen zu verdienen.«

»Mit Fischen.«

»Ja, mit Fischen«, wiederholte er. »Es macht mich glücklich. Wenn ich einen guten Tag hatte und viel gefangen habe, bin ich erfolgreich.«

340

»Was ist so gut daran?«, fragte ich. »Also, ich meine die Frage ernst. Nicht von oben herab, wie du jetzt vielleicht wieder denkst. Mich interessiert wirklich, was dir am Fischen so gut gefällt.«

»Alles daran gefällt mir«, antwortete er schlicht. »Ich liebe die körperliche Arbeit, das Arbeiten auf dem Schiff, einen besonders großen Fisch als Trophäe nach Hause zu bringen, bei jedem Wetter draußen zu sein. Am meisten mag ich die Herausforderung. Die richtige Kombination zu finden aus Temperatur, Wellen, Tageszeit, Meerestopographie und dem richtigen Köder für den jeweiligen Fisch, den ich fangen will. Manches davon ist eine Wissenschaft, das andere ist Kunst.« Er zuckte mit den Schultern. »Und der Rest ist einfach pures Glück.«

Er gähnte herzhaft. »Ich weiß nicht, wie es dir geht, aber ich bin ziemlich k. o.«

»War auch ein langer Tag.« Ich wollte mich aufrappeln, doch der tiefe Liegestuhl machte die Sache gar nicht so einfach.

Harry zog mich hoch und in seine Arme. Seine Lippen streiften meine Stirn, dann küsste er mich zaghaft auf den Mund.

»Wofür war das denn?«, fragte ich zu geschockt, um meine Überraschung zu verbergen.

»Ich hatte mich gefragt, wie es wohl ist«, erklärte er.

»Und, zu welchem Schluss bist du gekommen?«

Er küsste mich wieder, langsamer. Seine Hände waren in meinen Locken, und er ließ sie über meinen Rücken nach unten wandern, bis an meine Hüfte, die er an sich zog. Ich schlang die Arme um seinen Hals und nahm mir Zeit, zu erkunden, wie er sich anfühlte. Seine Schultern waren breit und muskulös, seine Wangen kratzig von seinem Dreitagebart.

Harry lehnte sich zurück und betrachtete mich im Mondlicht. »Ziemlich gut«, sagte er schließlich. »Was denkst du?«

Ich fuhr ihm mit den Fingern durch das kurze braune Haar. »Wie alt bist du eigentlich?«

341

⌂♥ 41

Wie alt bist *du* denn?«, erwiderte er die Frage und fuhr mir mit den Fingerspitzen über die Lippen.

»Nicht fair. Ich hab zuerst gefragt.«

»Zu alt, um süß genannt zu werden«, meinte er.

»Komm schon. Die Zeit der Wahrheit ist gekommen. Also, ich bin fünfunddreißig.«

»Glück gehabt.« Harry küsste mich wieder. »Du bist schon volljährig.«

»Schon länger«, versicherte ich ihm. »Jetzt raus mit der Sprache.«

»Was denkst du denn, wie alt ich bin?«

Ich machte einen Schritt zurück und umkreiste ihn musternd.

»Netter Hintern«, kommentierte ich und ließ die Finger darübergleiten. Ich drückte seinen Bizeps. »Muskulöser Körperbau.« Ich stellte mich vor ihn. »Darf ich?« Ich griff nach dem obersten Knopf seines Hemds.

»Nur zu«, lud er mich ein. »Nur dass du's weißt, du bist dann als Nächste dran.«

»Hmm«, machte ich ausweichend. Ich ließ mir Zeit mit den Knöpfen. »Nette Brustmuskeln.« Ich fuhr mit den Fingern über seine Brustwarzen. Die Brusthaare waren graumeliert, wie ich es in Erinnerung hatte, als er im Breeze mal oben ohne gearbeitet hatte. Aber er hatte genau die richtige Menge, nicht glatt rasiert wie ein Leistungssportler, aber auch nicht so eine Flokati-Behaarung, wie sie manche Männer hatten.

»Du hast graue Haare«, stellte ich fest.

»Überall«, stimmte er zu. »Willst du auch den Rest sehen?« Er fasste sich an den Hosenbund.

»Nicht nötig, danke«, sagte ich und legte schnell meine Hand auf seine, um ihn davon abzuhalten, sich weiter auszuziehen.

Er küsste mich gierig und murmelte mir ins Ohr: »Lady, wenn ich gewusst hätte, dass dieses Alter-Raten so viel Spaß macht, hätten wir das schon viel früher machen können.«

»Okay.« Ich hielt sein Gesicht zwischen den Händen. »Ich bin bereit.«

»Nicht so bereit wie ich«, entgegnete er und ließ die Hände unter meine Bluse gleiten.

»Du bist achtundvierzig.«

»Falsch«, erwiderte er schnell. »Vielleicht solltest du mich noch ein bisschen weiter ausziehen und es noch mal versuchen. Oder ich könnte dich ausziehen.« Er zog mich in Richtung des Liegestuhls.

Eine Tür öffnete sich, und eine ältere Frau mit einem winzigen weißen Pudel unter dem Arm trat heraus. »Mach schnell Pipi, Snuffy. Mama will ins Bett.«

Sie setzte den Hund ab, der prompt zu uns rübergelaufen kam und uns anschaute.

»Beeil dich, Snuffy«, forderte Harry den Hund flüsternd auf.

Doch Snuffy hatte andere Pläne. Er umkreiste uns zweimal, schnüffelte an unseren Beinen und setzte sich dann schwanzwedelnd vor uns auf den Boden.

»Snuffy!«, rief sein Frauchen.

»Jetzt mach schon«, sagte Harry seufzend.

Ich beugte mich runter und kratzte den Pudel hinterm Ohr, woraufhin der sich auf den Rücken rollte und mir den Bauch hinstreckte. Harry stieß ihn sanft mit der Spitze seines Segelschuhs an.

»Hör auf«, sagte ich, konnte mir das Lachen aber nicht verkneifen. »Los, komm, ich dachte, du hättest gesagt, du wärst müde. Es ist schon spät, und ich muss auch ins Bett.«

»Da wollte ich dich ja hinbringen«, sagte Harry und zog mich wieder in Richtung Liegestuhl.«

»Das wird heute nichts.« Ich riss mich los und steuerte auf mein Zimmer zu.

»Hey, sieh mal«, rief mir Harry nach.

Ich drehte mich um. Snuffy hob sein Beinchen an einer Palme.

»Zu spät«, sagte ich.

Er war sofort neben mir. »Lass uns auf mein Zimmer gehen. Du hast immer noch nicht mein Alter erraten.«

»Mein Großvater schläft mit dir in einem Zimmer«, erinnerte ich ihn. »Ich habe nicht vor, ihm einen Herzinfarkt zu verpassen.«

»Er ist achtzig. Wahrscheinlich schläft er schon seit Stunden«, meinte Harry. »Wir können ja ganz leise sein.«

»Du kennst meinen Opa nicht.« Ich legte ihm die Arme um den Hals und küsste ihn. »Sorry, aber wir werden diese Unterhaltung ein anderes Mal fortsetzen müssen.«

»Du könntest dich später zu mir rüberschleichen, wenn er schläft«, schlug Harry vor. »Ich könnte dir zu Diensten sein.«

»Nee.«

»Ich könnte mich zu dir rüberschleichen.«

»Sorry. Ich habe auch eine Zimmergenossin.«

»Ich könnte uns ein anderes Zimmer mieten.«

»Vielleicht ein anderes Mal. Gute Nacht, Harry«, sagte ich und öffnete die Tür zu meinem Zimmer. »Schlaf gut.«

42

Stunden später hörte ich das leise Klicken der Verbindungstür zwischen unseren Zimmern und lächelte verschlafen in mich hinein. Romeo war gekommen. Ich gratulierte mir insgeheim dazu, das pinke Satinnachthemdchen angezogen zu haben, das mir Eloise gespendet hatte, und betete, dass meine Mitbewohnerin, die dafür bekannt war, den tiefsten Schlaf der Welt zu haben, nicht aufwachen würde.

»Hey!«, dröhnte Opas Stimme durchs Zimmer.

Ich rollte mich auf die Seite und öffnete ein Auge. Er stand im Durchgang, vollständig bekleidet, mit einer anderen kurzen Hose – dieses Mal mit lila-orangem Blumenmuster – und einem eingegangenen weißen »I ♥ NY«-T-Shirt. Dazu trug er weiße Zori-Sandalen. Wenigstens hatte er die dunklen Socken weggelassen.

»Hey Opa«, flüsterte ich. »Wie viel Uhr ist es?«

»Neun Uhr«, antwortete er viel zu laut. »Ich hab mir schon Sorgen gemacht, dass ihr zwei hier drüben tot seid.«

Ich setzte mich ruckartig auf und schaute auf den Radiowecker neben dem Bett. Es war tatsächlich schon neun Uhr.

Opa ging zum Fenster und riss die Jalousien hoch, so dass ich vom grellen Sonnenschein geblendet wurde.

»Was?« Eloise schreckte hoch. »Was ist los? Ist was passiert?«

»Es ist schon fast Mittag«, erklärte Opa. »Ich will vor dem Mit-

345

tagessen noch was frühstücken. Aber die Milch und der Orangensaft sind bei euch im Kühlschrank.«

»Oh.« Sie sank zurück in ihr Kissen. »Ist es wirklich schon neun Uhr?«

»Ich fürchte schon«, antwortete ich und streckte mich gähnend. »Schätze, wir haben verschlafen.«

»Allerdings«, bekräftigte Opa. »Der halbe Tag ist schon rum. Ich dachte, wir hätten einen Verbrecher zu schnappen.« Er öffnete den winzigen Kühlschrank und linste hinein.

»Ich mach dir Frühstück, Opa«, sagte ich. »Lass mich nur schnell unter die Dusche hüpfen.«

»Ich mach das schon«, bot Eloise an und tapste in Richtung Küchenecke. »Dusch du ruhig zuerst, ich geh dann nach dir.«

»Wo ist Harry?«, fragte ich, als wäre mir gerade erst eingefallen, dass er fehlt.

»Weg«, antwortete Opa.

»Wie, weg?« Meine Souveränität begann zu bröckeln.

»Keine Ahnung. Ich bin zum Zähneputzen ins Bad, und als ich rausgekommen bin, war er verschwunden. Hat aber noch sein Bett gemacht, bevor er weg ist. Netter Kerl, dieser Harry.«

Ich ging zum Fenster und schaute raus. Ich entdeckte den Buick durch die Blätter eines blühenden Buschs. »Das Auto hat er nicht genommen«, stellte ich erleichtert fest.

Eloise hielt zwei Schachteln in die Höhe. »Cornflakes oder Früchtemüsli?«

»Nimm lieber das Müsli«, entschied Opa. »Ich neige zu Verstopfung, wenn ich reise. Lorena kauft mir normalerweise immer getrocknete Pflaumen, wenn wir im Urlaub sind.«

»Gut zu wissen«, sagte Eloise und füllte ein rosa Plastikschüsselchen mit Früchtemüsli.

Ich lief ins Bad und drehte die Dusche auf. Wo war Harry nur hingegangen?, fragte ich mich, als ich unter dem warmen Wasser stand und die Haare wusch. War er tatsächlich davongerannt, gerade als es zwischen uns interessant wurde?

Nein, entschied ich, als ich mich abtrocknete und ein paar weiße Jeans und ein türkisfarbenes Top anzog, das mir Eloise am Vortag auf ihrer Shoppingtour mitgenommen hatte. Ohne Auto konnte er nicht weit gekommen sein. Außerdem war er doch derjenige gewesen, der am Abend zuvor den ersten Schritt gemacht hatte. Und wenn er sich von ein bisschen harmlosem Knutschen abschrecken ließ, brauchte ich ihn auch nicht in meinem Leben. Hatte ich Männern nicht sowieso abgeschworen? Was hatte ich mir nur dabei gedacht?

Ich warf einen prüfenden Blick in den Spiegel, während ich die Zähne putzte. Was gab es da eigentlich wegzurennen? Ich war eine durchaus attraktive Frau. Meine Haare waren fast natürlich blond, ich hatte gute Haut – obwohl mir zu viel Sonne nicht unbedingt guttat –, blaue Augen und dunkle, dichte Wimpern. Meine Augenbrauen waren wahrscheinlich ein wenig zu dunkel für meine Haarfarbe, aber ich konnte es mir gerade nicht leisten, sie mir professionell aufhellen zu lassen. Meine Oberlippe war vielleicht ein bisschen zu voll, aber Männer standen in der Regel darauf.

Also, was zur Hölle hatte Harry Sorrentino für ein Problem? Und wieso musste er schon wieder verschwinden – gerade jetzt, wo wir zur Durchführung meines Plans jede Hilfe brauchen konnten?

Scheiß drauf, entschied ich und verteilte Haarschaum in meine handtuchtrockenen Haare. Eloise und Opa und ich würden das auch ohne ihn hinbekommen. Aber ich würde den Teufel tun, mich zu beeilen, ihm das Geld zurückzubezahlen, das ich ihm schuldete. Sollte er ruhig warten.

Scheiß auf Harry Sorrentino.

Ich stürmte aus dem Bad – und lief dem Mann der Stunde direkt in die Arme. Genau genommen warf ich ihn fast zu Boden.

»Hey!«, sagte er, und als er meine aufeinandergepressten Lippen sah, fügte er hinzu: »Was ist denn los?«

»Was ist *bei dir* los?«, erwiderte ich bissig. »Wo warst du?«

»Was denn? Habe ich den Morgenappell verpasst?« Er teilte die geschälte Orange, die er in der Hand hielt, und bot mir ein Stückchen an.

»Du hast es wieder getan«, sagte ich vorwurfsvoll und lehnte die angebotene Orangenscheibe ab. »Bist einfach verschwunden. Ohne ein Wort zu einem von uns.«

Harry schaute von mir zu Eloise, die im Schneidersitz auf ihrem Bett saß und im Anzeigenteil der Zeitung blätterte.

»Ist sie heute mit dem falschen Fuß aufgestanden, oder liegt es an mir?«, fragte er.

»Sie hat Verlustängste«, meinte Eloise, ohne aufzuschauen.

»Hab ich nicht!«

»Sie war schon immer ein Morgenmuffel«, gab jetzt auch noch Opa seinen Senf dazu. »Sie hätten sie sehen sollen, als sie ein Baby war. Sie hat jeden Morgen wie am Spieß geschrien, wenn ihre Mutter sie aus ihrem Bettchen geholt hat. Süßes, kleines Ding, aber gemein wie eine Schlange, bis sie ihr erstes Fläschchen intus hatte.«

»Er ist einfach verschwunden!« Ich schaute meine beste Freundin und meinen ältesten lebenden Verwandten hilfesuchend an. »Findet das außer mir denn niemand bedenklich? Besonders wo wir so viel zu tun haben und die Zeit sowieso schon knapp ist?«

»Ich finde es okay«, sagte Eloise. »Er hat mir die Kleinanzeigen des *Sun-Sentinel* mitgebracht. Ich kann es nicht fassen, wie viele Flohmärkte heute stattfinden. Und ein Schokocroissant habe ich auch bekommen.«

»Mir hat er ein paar schöne, reife Bananen mitgebracht«, meinte Opa und schälte sich eine. »Ich wette, wenn du ein bisschen netter zu ihm bist, bekommst du auch ein Geschenk.«

Harry hielt eine weiße Papiertüte in die Höhe. »Das ist eigentlich dein Croissant, aber angesichts deiner Laune …«

Ich schnappte ihm die Tüte aus der Hand. »Schon gut. Vielleicht war ich ein wenig voreilig. Vielleicht brauche ich einfach einen Kaffee oder eine Cola light.«

Er streckte mir eine entsprechende Dose hin. »So eine?«

»Du bist wirklich gut«, gab ich zähneknirschend zu.

»Ich war in einem Internetcafé und habe ein bisschen recherchiert«, erklärte Harry.

»Was denn?«

Er nahm ein paar Zettel von der Küchentheke. »Das ist die BUC-Liste aller Yachten, die gerade für mehr als zwei Millionen verkauft werden.«

»Wow.« Ich blätterte die Papiere durch. »Das ist doch super.«

»Freu dich nicht zu früh«, mahnte Harry. »In Lauderdale werden sehr viele teure Boote verkauft. In ganz Südflorida, um genau zu sein. Aber im Moment gibt es im ganzen Bundesstaat nur zwei Seeigel-Yachten, die angeboten werden. Eine in Fort Myers. Also an der Westküste. Die andere in Jacksonville.«

Ich zupfte ein Stückchen von meinem Schokocroissant ab und schob es mir nachdenklich in den Mund. »Das ist nicht so gut.«

Harry nippte an seinem Kaffee im Styroporbecher. »Ich habe auch die Bootsanzeigen im *Sun-Sentinel* gecheckt. Nichts. Und ich habe sogar so eine Boot-Zeitschrift gekauft. Auch Fehlanzeige. Muss es denn wirklich eine Seeigel sein? Wie wäre es mit einer Feadship-Yacht? Scheichs aus dem Mittleren Osten und Rapstars besitzen Feadships. Im Hafen in Thunderbolt haben sie letztes Jahr eine repariert. Ein sehr schönes Schiff.«

»Ich weiß nur, dass der Typ verrückt nach Seeigel-Yachten ist«, meinte ich. »Vielleicht würde er sich auch auf ein anderes Boot einlassen. Aber ich weiß einfach nicht, wo wir anfangen sollen.«

»Okay«, sagte Harry. »Wie machen wir dann weiter?«

»Wir müssen immer noch rausfinden, wo Reddy wohnt«, erinnerte ich ihn. »Sabrina meinte, es war nur zehn Minuten von *Mark's*, dem Restaurant an der Las-Olas-Promenade, entfernt.«

»Ich weiß, wo das ist«, schaltete sich Eloise ein. »Ich habe es gestern aus dem Auto gesehen, als wir einkaufen waren.«

»Ich glaube, die Straße, die du meinst, heißt Galt Ocean Mile«, fügte Harry hinzu. »Sie ist gesäumt mit neuen Wohnkomplexen bis runter nach Hollywood und Hallandale. Es müssen an die fünfzig, sechzig Gebäude sein, auf die die Beschreibung zutrifft. Wir müssen es erst ein bisschen eingrenzen können, um den Typen zu finden.«

»Du hast recht«, sagte ich und setzte mich zu Eloise aufs Bett. »Wir müssen es doch anders aufziehen. Vielleicht sollten wir uns einfach eine Seeigel suchen – auch wenn sie nicht zum Verkauf steht. Wir wissen ja, dass die Boote ziemlich selten sind. Also, wenn wir eine finden, ist die Chance groß, dass auch Reddy nicht weit ist.«

»Was schlägst du vor? Dass wir jeden Hafen in der Umgebung absuchen?«, fragte Harry. »Das könnte Tage oder sogar Wochen dauern.«

»Vielleicht können wir bei den Häfen anrufen und fragen, ob eine Seeigel dort vor Anker liegt«, überlegte ich laut.

Harry schüttelte den Kopf. »Du hast offensichtlich noch nicht so viele Hafenbesitzer kennengelernt. Diese Art von Information haben die nicht unbedingt parat, und selbst wenn, würden sie sie nicht an irgendeinen Fremden am Telefon rausgeben.«

Opa stellte seine leere Müslischüssel in die Spüle. »Ihr Kinder sagt mir Bescheid, wenn ihr mich braucht, okay? Ich gehe in mein Zimmer. Es gab Erdrutsche in Kalifornien. Waldbrände, Fluten, Dürren. Für kein Geld der Welt würde ich dort wohnen wollen.«

Eloise schaute von ihrer Zeitung auf. »Also. Haben wir einen Plan für heute?«

»Ich schätze nicht«, antwortete ich trübsinnig.

»Ist es in Ordnung, wenn ich mir das Auto mal leihe? Diese Anzeigen haben mich ganz wuschig gemacht. Florida ist ein großartiger Ort, um Zeug aus der Mitte des Jahrhunderts zu kaufen. Im Laden gehen die Sachen gerade weg wie heiße Semmeln, und in Savannah komme ich nicht an Nachschub ran.«

»Was bedeutet denn aus der Mitte des Jahrhunderts?«, fragte Harry.

»Sachen aus den Fünfzigern und Sechzigern«, erklärte Eloise. »Meine hippen, jungen Kunden, besonders die Kunstfreunde, lieben das Zeug. Und Florida ist der perfekte Ort, weil so viele alte Leute hierherziehen und ihre Möbel und so weiter mitbringen. Und irgendwann sterben sie hier. Deshalb nennt man ja Florida auch das Wartezimmer Gottes.«

»Das habe ich gehört«, rief Opa aus dem Nachbarzimmer.

»Ist das nicht ein bisschen makaber?«, meinte Harry.

»Finde ich nicht«, entgegnete Eloise. »Es ist eher eine Art Wiederverwertung. Und es hält mich im Geschäft.« Sie nahm ihre Tasche und steckte ihr Handy ein. »Ruft mich an, wenn was los ist oder ihr mich braucht. Wenn nicht, bin ich gegen Mittag zurück.« Sie zwinkerte mir vielsagend zu.

Ich folgte ihr nach draußen.

»Was sollte denn das Zwinkern eben?«, wollte ich wissen.

»Du weißt schon«, sagte sie grinsend. »Ich wollte euch beiden etwas Zeit zu zweit geben.«

»Wie uns beiden?«

»Na, dir und Harry.«

»Wieso sollten wir Zeit zu zweit brauchen?«

»Ich bin doch nicht blind.« Eloise verdrehte die Augen. »Du solltest mir eher dankbar sein, als mich hier so auszufragen.«

»Hast du uns gestern Abend heimlich beobachtet?«

»Ich habe nur die Vorhänge vorziehen wollen. Dabei ist mir eine Bewegung am Pool aufgefallen.«

»Du hast uns beim Rumknutschen zugeschaut? Das ist schon irgendwie krank.«

»Es war ein Versehen«, verteidigte sich Eloise. »Ein unschuldiges Versehen.«

»Ja, klar«, entgegnete ich.

»Ich hätte diesen kleinen Köter umbringen können«, meinte sie finster. »Gerade als es spannend wurde.« Sie fächelte sich Luft zu. »Ooh. Mir wird ganz heiß, wenn ich nur daran denke. Erinnere mich daran, dass ich heute Abend Daniel anrufe.«

43

Harry und ich vertrieben uns den Vormittag mit Rommé spielen und Diskussionen über die beste Taktik, Reddy zu finden, kamen jedoch zu keinem zufriedenstellenden Ergebnis. Mittags machten wir eine Pause und aßen Tomatensuppe und Käse-Sandwichs. Danach sahen wir zwei Stunden fern, wo irgendwelche Fischer-Sendungen liefen und eine Kochsendung, in der alle Rezepte mit Frühstücksfleisch gemacht waren.

Ab und zu durchbrach Opa die Monotonie unseres Vormittags, wenn er zu uns rüberkam, um uns ein Update der Erdrutsch-situation zu geben, oder sich beschwerte, dass das örtliche NBC keine Wiederholungen von *Golden Girls* brachte wie der Kanal, den er in Savannah empfing.

Harry und ich vermieden es strikt, über die Ereignisse des vorherigen Abends zu reden. Obwohl seine Hand einmal flüchtig meine streifte, als er eine Spielkarte vom Stapel nahm, woraufhin ich ziemlich peinlich errötete.

»Entspann dich«, sagte er so leise, dass nur ich es hören konnte. »Ich versuche nicht, dir an die Wäsche zu gehen.« Er schielte in Richtung der Verbindungstür. »Zumindest nicht in diesem Moment.«

»Eloise weiß es«, sagte ich, den Blick starr auf meine Karten gerichtet.

»Sie weiß, dass ich dir an die Wäsche will?«

»Sie hat gesehen, wie ich *dir* gestern Abend an die Wäsche wollte«, raunte ich.

Er lachte. »Sie hat zugesehen?«

»Wie kannst du das lustig finden?«

»Nicht lustig. Amüsant. Und wieso flüstern wir?«

»Ich will nicht, dass mein achtzigjähriger Großvater davon erfährt.«

»Zu spät.«

»Was?« Ich warf entsetzt meine Karten auf den Tisch.

»Aha, da war also der Herzbube«, sagte Harry mit Blick auf meine aufgedeckte Hand.

»Was weiß mein Großvater?«, fragte ich beharrlich.

»Er weiß, dass du eine junge Frau mit einem gesunden Sexualtrieb bist.« Harry stand auf und ging zur Küchenzeile. »Willst du eine Orange oder so?«

»Er hat uns gesehen? Gestern Abend?«

»Offenbar schon. Aber keine Sorge, ich glaube, er findet es okay.«

»O mein Gott.« Ich vergrub das Gesicht in den Händen. »Was hat er gesagt?«

»Er hat gar nichts gesagt. Aber auf meinem Kissen lag ein Kondom, als ich nachts ins Zimmer gekommen bin«, erklärte Harry. »Von der gerippten Sorte für mehr Spaß für beide.«

»Das ist das Ende der Zivilisation, wie wir sie kennen«, stöhnte ich. »Mein Großvater und meine beste Freundin beobachten mich heimlich, während ich –«

»Ist doch egal«, unterbrach mich Harry. »Du bist Single. Ich bin Single. Wir sind beide volljährig.«

»Du hast mir immer noch nicht gesagt, wie alt du bist«, fiel mir auf einmal ein.

»Mir hat unser kleines Ratespiel gestern Abend gefallen.« Harry legte eine Hand auf mein Knie und ließ sie nach oben über meinen Oberschenkel gleiten. »Ich dachte, wir könnten heute Abend da weitermachen, wo wir aufgehört hatten.«

»Nein!« Ich wischte energisch seine Hand von meinem Bein. »Wir werden keinen Sex haben, während mein Großvater uns vom anderen Zimmer aus zuhört.«

»Was, wenn ich uns woanders ein Zimmer miete?«

»Nein! Dann wüsste er doch auch, was wir tun.«

»Wann können wir es denn dann tun?«

»Keine Ahnung. Vielleicht ... wenn wir wieder in Savannah sind. Wieso bist du dir überhaupt so sicher, *dass* wir es tun werden?«

»Oh, wir werden es tun. Seit dem ersten Tag, als du im Breeze Inn aufgetaucht bist und angefangen hast, mich rumzukommandieren, wusste ich, dass wir zusammen im Bett landen würden. Es war nur eine Frage der Zeit.«

Er verschränkte die Arme so selbstgefällig vor der Brust, dass ich ihn am liebsten eigenhändig umgebracht hätte.

Doch in dem Moment klingelte mein Handy, und er kam noch einmal davon.

»Ich dachte schon, Sie wären verschollen.« Die Stimme kam mir bekannt vor, aber ich konnte sie nicht einordnen, bis ich aufs Display schaute. Sandra Findley.

»Hi Sandra.«

»Ich dachte, Sie wollten mich über die Entwicklungen auf dem Laufenden halten«, stellte sie vorwurfsvoll fest.

»Sorry«, sagte ich. »Es gab noch nicht wirklich etwas zu berichten. Gestern habe ich mich mit Sabrina Berg getroffen. Sie ist ein ziemlicher Fuchs. Wie sich rausgestellt hat, ist sie mit Reddy tatsächlich ausgegangen. Er hat sie danach in ein Apartment mitgenommen, in dem er gewohnt hat, aber da sie ein paar Drinks zu viel hatte an dem Abend, weiß sie nicht mehr genau, wo die Wohnung war. Also schauen wir uns hier unten ein bisschen um und versuchen, weitere Hinweise zu finden.«

»Ich glaube, ich habe etwas, das Ihnen weiterhilft«, sagte Sandra. »Die Buchhalterin meiner Mutter hat mich heute Morgen angerufen. Sie wollte wissen, ob Mutter aus irgendeinem Grund zwei Kreditkartenrechnungen bezahlt.«

Mein Puls beschleunigte sich, und ich machte ein Daumen-Hoch-Zeichen in Harrys Richtung. »Es ist Sandra«, sagte ich zu ihm. »Aus Vero Beach.«

Er erwiderte das Zeichen.

»Als ich meine Mutter zur Rede gestellt habe, hat sie erst so getan, als wüsste sie nicht, wovon ich spreche«, erzählte Sandra. »Aber als ich ihr eine Kopie der Rechnung vorgelegt habe, die mir die Buchhalterin zugefaxt hatte, gab sie zu, Reddy ihre Kreditkarte gegeben zu haben. Angeblich damit er sie zum Essen ausführen konnte, ohne sich schämen zu müssen, dass sie jedes Mal bezahlte. Können Sie sich das vorstellen? Sie behauptete, vergessen zu haben, dass er die Karte hatte. Ich weiß nicht, ob ich ihr das glauben soll. Sie ist in letzter Zeit tatsächlich ziemlich vergesslich geworden. Mein Bruder und ich werden uns mal ernsthaft mit ihr über Finanzen unterhalten müssen. Aber ich wollte Ihnen noch schnell davon erzählen, ehe ich bei American Express anrufe und die Karte sperren lasse.«

»Moment mal«, unterbrach ich ihre Tirade.

»Wenn ich mir vorstelle, wie dieser Schleimbolzen da draußen rumläuft und fröhlich auf unsere Kosten shoppen geht, sehe ich rot«, fuhr Sandra ungerührt fort. »Sie sollten die Rechnung von Burdines sehen! Er hat sich für achthundert Dollar Unterwäsche gekauft. Und eine Sonnenbrille für dreihundert Dollar.«

»Sandra«, sagte ich bestimmt. »Warten Sie mal. Bitte sperren Sie die Karte noch nicht.«

»Wieso denn nicht? Er hat jetzt auch Palm Beach für sich entdeckt. Er war in jedem verdammten Shop in der Worth Avenue. Armani, Escada, Saks, Chanel, Dior. Er hat sich für eintausendvierhundert Dollar eine Sporttasche von Louis Vuitton gekauft. Wussten Sie, dass Louis Vuitton Sporttaschen macht?«

»Na ja, äh, schon. In meinem früheren Leben hatte ich einen Rucksack von Louis Vuitton«, gestand ich. »Aber ich habe sie mit meinem eigenen Geld gekauft. Natürlich hat ihn jetzt Reddy. Falls er ihn nicht mit meinen anderen Habseligkeiten verkauft hat.«

»Wir müssen ihn unbedingt aufhalten«, meinte Sandra. »Sie sollten sehen, in was für Restaurants er essen geht. Die meisten davon kann selbst ich mir nicht leisten.«

»Bitte, sperren Sie einfach die Karte noch nicht«, wiederholte ich. »Wenn Sie die Karte sperren, merkt er, dass ihm jemand auf der Spur ist, und taucht vielleicht wieder ab. Hören Sie, könnten Sie mir die Rechnung vielleicht hierher faxen?«

»Ja, kann ich machen. Wo sind Sie denn?«

Ich verzog das Gesicht. »In einem Motel namens Mangobaum.« Ich wühlte auf dem vollgestellten Nachttisch, bis ich die laminierte Karte mit den Kontaktdaten des Hotels gefunden hatte. »Hier ist die Faxnummer.« Ich diktierte sie ihr. »Schicken Sie es einfach zu Händen von BeBe Loudermilk.«

»Na gut«, sagte sie widerstrebend. »Sie haben zwei Tage. Und dann sperre ich die Karte, egal, was passiert.«

»Zwei Tage«, versprach ich. »Und dann können Sie herkommen und sie höchstpersönlich zerschneiden.«

»Das ist nicht das Einzige, das ich zerstören würde«, entgegnete sie wütend.

Ich legte auf und lächelte triumphierend. »Reddy war offenbar im Kaufrausch. Mit Polly Findleys American Express Karte.«

»Und?«

»Sandra faxt uns die Rechnung hierher. Dann können wir sehen, wo er war und was er gemacht hat.«

»Nicht schlecht.« Harry schnalzte mit der Zunge.

»Allerdings.«

Eine Viertelstunde später lief ich zur Rezeption des Mangobaums.

Der Mann hinter dem Tresen trug knallgelbe Polyesterhosen. Und sonst nichts. Kein Hemd, keine Schuhe. Er war fast kahl, mit genau sieben ergrauten Haarsträhnen, die er sich über den glänzenden Schädel gekämmt hatte. Seine Haut sah aus wie geöltes Mahagoni. Er trug eine schwarz umrandete Buddy-Holly-Brille. Mister Mangobaum. Eine Art Sitar-Musik tönte aus dem Radio, und er wiegte sich dazu im Rhythmus, als wäre er in seiner eigenen Welt.

»Ja, bitte?«, sagte er, als er mich erblickte, ganz offensichtlich genervt von der Unterbrechung.

»Ich bin BeBe Loudermilk aus Zimmer fünfzehn. Ist ein Fax für mich angekommen?«

Er runzelte die Stirn. »Loudermilk?«

»Zimmer fünfzehn. Ich erwarte ein Fax.«

»Ghita!«, rief er nach hinten.

Eine dunkelhaarige junge Frau trat aus dem Vorhang hinter dem Tresen hervor. Sie trug normale, moderne Kleidung – blaue Jeans-Shorts, Oversize-T-Shirt –, aber ihre exotische Schönheit passte irgendwie nicht in diese schäbige Umgebung. Der Mann redete mit ihr in einer Sprache, die ich nicht verstand. Sie verschwand wieder und kehrte kurz darauf mit einem Bündel Papiere zurück. Er nahm ihr die Zettel ab und blätterte sie durch.

»Macht vierzig Dollar«, verkündete er.

»Was?«

»Acht Seiten. Fünf Dollar pro Seite Übermittlungsgebühr«, erklärte er.

»Das ist doch verrückt. Das können Sie nicht machen. Das ist Wucher!«

Er schloss die Augen und bewegte sich weiter zur Musik. Vor und zurück. Wie ein Schlangenbeschwörer. Ich starrte ihn an, aber er sah mich nicht. Wir waren offenbar in einer Pattsituation.

»Schreiben Sie es auf die Rechnung«, lenkte ich schließlich ein.

»Nur gegen bar«, entgegnete er, ohne die Augen zu öffnen.

»Bin gleich wieder da.« Ich stürmte wütend aus dem Büro.

Eloise war zurück und packte gerade einen großen Pappkarton aus. »Warte, bis du das siehst«, rief sie mir begeistert entgegen. »Ich habe die Hauptader getroffen. Kannst du das glauben, ich war die ganze Zeit nur auf einem Flohmarkt? Der Kofferraum vom Auto deines Opas ist randvoll. Ich musste sogar noch bei einem UPS-Shop vorbeifahren und schon ein paar Sachen vorausschicken. Und ich habe an der A1A bei ein paar Antiquitätenläden haltgemacht und noch was von den Sachen verkauft. Ich habe meine Investition von sechshundert Dollar in etwa fünfzehn Minuten vervierfacht.«

»Das ist ja toll!« Ich streckte die Hand aus. »Gib mir mal vierzig Dollar, okay?«

Sie gab mir das Geld, ohne nachzufragen, wofür ich es brauchte. So ist es eben mit besten Freunden. Den einen Tag beobachten sie dich heimlich, den nächsten leihen sie dir Geld.

Ich ging zurück zur Rezeption und klatschte zwei Zwanziger auf den Tresen. Mister Mangobaum öffnete die Augen und schaute das Geld an, dann stopfte er die Scheine in die Taschen seiner gelben Hose. Erst dann schob er mir die Blätter hin.

Zurück im Zimmer breitete ich die Seiten der Abrechnung in chronologischer Reihenfolge auf der Bettdecke aus. »Dann wollen wir mal sehen«, sagte ich zu Harry und Eloise.

Wie auch immer wir ihn jetzt nennen wollen – Reddy, Randall, Rodolfo oder Roy Eugene –, der Mann war zweifellos ein anspruchsvoller Kenner teurer Konsumgüter.

Alle Läden, die Sandra Findley genannt hatte, fanden sich auf der Kreditkartenabrechnung, dazu noch ein paar Dutzend Restaurants und Shops, von denen ich noch nie gehört hatte.

Aber es war der kleinste Betrag, der mir ins Auge stach.

»Seht mal.« Ich deutete aufgeregt auf eine Belegposition über 52,80 Dollar bei einer Tankstelle am DuPont Boulevard. Fünf Tage später gab es wieder eine Position für dieselbe Tankstelle, dieses Mal über 32,37 Dollar. Und der Name tauchte noch vier weitere Male auf.

»Und hier.« Ich zeigte auf eine Restaurantrechnung für die *Sandbar*. Ich schnappte mir das Telefonbuch und suchte die Adresse raus. Sie lag ebenfalls am DuPont Boulevard.

Inzwischen hatte Harry die Landkarte auf dem Bett ausgebreitet.

»DuPont ist gleich an der A1A. Und nicht weit weg von Galt Ocean Mile«, sagte er und tippte mit seinem Zeigefinger auf die Karte.

»Wo gibt er sonst noch Geld aus?«, fragte Eloise eifrig. »Das macht Spaß!«

»Noch zwei Rechnungen von der *Sandbar*«, sagte ich, während ich mit dem Finger über die Positionen fuhr. »Drei Rechnungen um die fünfundzwanzig Dollar bei einem Beach Market Deli.«

Eloise hatte das Telefonbuch auf den Knien und durchforstete die Geschäftsseiten. »Auch am DuPont Boulevard«, sagte sie.

»Er spielt jetzt auch Golf«, sagte ich. »Hier ist eine Rechnung bei einem Grande Oaks Golfclub.«

»Wieder DuPont Boulevard«, verkündete Eloise. Dann runzelte sie auf einmal die Stirn. »Hey.« Sie blätterte zurück. »Alle diese Orte, an denen er gegessen und eingekauft hat, haben dieselbe Adresse.«

Sie nahm ihr Handy und wählte die letzte Nummer, die sie nachgeschlagen hatte, vom Grande Oaks Golfclub.

»Hallo«, sagte sie, als am anderen Ende abgenommen wurde. »Können Sie mir sagen, wo Ihr Golfclub ist?«

Sie hörte zu, nickte und legte wieder auf.

»Das erklärt einiges«, sagte sie. »All diese Geschäfte sind Teil desselben Resorts. Dem Bahia-Mar-Hotel und -Yachthafen.«

»Bahia-Mar-Yachthafen?« Ich schlug freudig auf die Bettdecke. »Das ist es. Da hängt er ab. Wir haben ihn!«

Ich schaute Harry an, doch er hatte einen seltsamen Ausdruck auf dem Gesicht.

»Hast du Bahia Mar gesagt?«, fragte er Eloise. Inzwischen waren wir alle zum Du übergegangen.

»Ja«, bestätigte sie. »Bahia Mar. Klingt so Oldschool-Florida. Ich kann es kaum erwarten, es mir anzuschauen.«

»Bahia-Mar-Yachthafen«, wiederholte er mit verklärter Stimme. »Mann, ich habe ganz vergessen, dass das hier unten ist. Das ist der Ort, wo Travis McGee die *Busted Flush* liegen hatte. Anlegeplatz F-18. Bahia-Mar-Yachthafen. Dieser Hurensohn!«

44

Ich schaute über Harrys Schulter auf die Karte. »Wie weit weg ist denn Bahia Mar? Und wie schnell könnten wir los?«

»Ich schätze, etwa fünfzehn Minuten mit dem Auto. Und ich bin soweit.«

Er trug weite Khakishorts, ein T-Shirt mit einer Aufschrift des Savannah-Sportfischer-Billfish-Turniers und ausgetretene Bootsschuhe. Außerdem hatte er immer noch seinen Dreitagebart. Zu meinem eigenen Verdruss musste ich feststellen, dass ich den raubeinigen Kapitänslook allmählich anziehend fand.

»Was meinst du?«, fragte ich Eloise. »Kann er so bei einem feinen Yachthafen auftauchen?«

»Er schon«, erwiderte Eloise spitz. »Du aber nicht. Was, wenn du Reddy in die Arme läufst? Du lässt noch unsere Tarnung auffliegen.«

»Ich bleibe bestimmt nicht hier«, protestierte ich. »Außerdem bin ich die Einzige, die weiß, wie er aussieht.«

»Wir haben doch das Video gesehen«, erinnerte mich Eloise. »Ich sage ja nicht, dass du hierbleiben sollst. Ich sage nur, dass du auf jeden Fall unerkannt bleiben musst.«

Ich schaute sie an. Sie schaute mich an. Wir gaben uns grinsend High Five.

Sie öffnete eine der schwarzen Plastiktüten, die sie von ihrer morgendlichen Einkaufstour mitgebracht hatte.

»Du hättest sehen sollen, was diese Frau für Klamotten im Schrank hatte.« Sie breitete Kleidungsstücke auf dem Bett aus. »Sie war ein ultimatives Fashion-Victim. Ich habe Flatterkleider aus den goldenen zwanziger Jahren gesehen bis hin zu einem St.-John-Anzug, der noch das Preisschild am Ärmel baumeln hatte. Von den richtig teuren Sachen habe ich nichts gekauft. Aber ein paar Sachen habe ich doch mitgenommen. Für alle Fälle.«

»Okay«, sagte sie. »Sei einfach offen. Denk dran, wir wollen, dass du wie jemand anderes aussiehst.«

Sie legte einen gelb-orange-karierten Hosenanzug aus Polyester neben mich. Dann fügte sie noch einen gelben Schal und ein Paar grobe Oxfordschuhe mit Kreppsohle dazu.

»Nein.« Ich zog eine Grimasse. »Nicht für zwei Millionen Dollar trage ich dieses Outfit. Besonders mit diesen Schuhen.« Ich hielt sie am ausgestreckten Arm in die Höhe.

»Was ist denn verkehrt mit den Schuhen?«, fragte Opa, der mit einem knallroten Eis am Stiel in der Hand ins Zimmer geschlendert kam. »Ich mag die Schuhe. Lorena hat genau so ein Paar, das sie immer zum Bingo anzieht.«

Ich steckte die Schuhe zurück in den Plastiksack. »Wenn ich diese Dinger trage, werde ich von jedem alten Sack in der Stadt angemacht. Nichts für ungut, Opa.«

»Hmm«, machte Eloise nachdenklich.

»Was haben wir sonst noch?«, fragte ich.

Sie zuckte mit den Schultern. »Jede Menge Cocktailkleider aus den sechziger Jahren. Aber in so einem Ding kannst du nicht zum Yachthafen gehen. Du würdest viel zu verkleidet aussehen.«

Sie kramte weiter in der ersten Tüte und schleifte dann eine zweite an, die sie ebenfalls aufs Bett leerte.

»Warte mal«, sagte sie dann. »Ich hab's. Du wirst großartig aussehen.«

363

Sie hielt mir ein Paar weiße Baumwoll-Caprihosen hin. »Bobbie Brooks!«, verkündete Eloise. »Sehr passend für so ein Resort. Und die Hosen sind eh wieder in Mode.« Sie warf mir ein türkisfarbenes kurzes Oberteil hin. Ich hielt es mir an.

»Nicht schlecht«, gab ich zu.

»Frühe Ann-Margret«, meinte Eloise. »Aber das ist noch nicht alles.«

Sie nahm den ursprünglich verschmähten Seidenschal und band ihn mir um den Kopf, den Knoten erst unter meinem Kinn und dann alternativ im Nacken.

Sie schüttelte den Kopf. »Du siehst immer noch aus wie die Sechziger-Jahre-Version von BeBe Loudermilk. Warte mal. Ich hab noch ein paar Sachen im Auto.« Sie sauste nach draußen und kehrte kurz darauf mit einer Einkaufstasche von Burdine zurück, die sie ebenfalls vor mir auskippte. »Accessoires!«, rief sie strahlend.

Sie warf mir eine schulterlange schwarze Perücke zu. »Probier die mal an.«

Die Perücke hatte ein Pony, das mich an den Augenbrauen kitzelte, und machte unten eine leichte Welle nach außen. Ich hatte noch nie in meinem Leben einen Pony gehabt. Nie.

Eloise drehte den Schal zu einem Stirnband und knotete ihn. »Hmm. Erinnert mich irgendwie an Marlo Thomas in ihrer *That Girl*-Zeit.«

Sie wühlte weiter in ihrer Accessoiresammlung, bis sie eine Sonnenbrille mit weißem Rahmen gefunden hatte, die so groß war, dass sie die obere Hälfte meines Gesichts fast vollständig verdeckte. Dazu passend kramte sie noch ein Paar weiße Plastikkreolen hervor.

»Yes!«, rief sie aus. »Wir kommen der Sache schon näher.«

Ich stand auf und betrachtete mich im Spiegel über der Kommode.

Harry legte den Kopf schief.

»An wen erinnert sie mich?«, fragte er mit nachdenklich zusammengekniffenen Augen.

»Jackie Kennedy«, verkündete Opa.

Eloise umkreiste mich abschätzend und schnalzte mit der Zunge. »Du siehst irgendwie immer noch aus wie du selbst.« Sie schaute Harry an. »Wenn Sie sie so auf der Straße träfen, würden Sie dann denken ›Hey, das ist BeBe, die sich für Halloween verkleidet hat‹?«

»Vielleicht«, meinte Harry. »Das liegt aber auch an ihrer Figur.« Er grinste.

»Ich hab eine Idee«, rief Eloise. Sie schnappte sich die Hose und das Oberteil und ging ins Bad, wobei sie mich mit dem Zeigefinger hinter sich herlotste. »Komm mal mit.«

Sie schloss die Badezimmertür hinter uns. »Ausziehen«, befahl sie. »Bis auf die Unterwäsche.«

Ich wagte es nicht, mich zu widersetzen.

Sie reichte mir ein paar Lagen zusammengefaltetes Klopapier. »Stopf dir das in den BH.«

»Was? Wieso das denn?«

»Gott hat dir ein B-Körbchen geschenkt, und jetzt bekommst du von mir und Charmin Ultra Soft ein C-Körbchen.«

Sie trat hinter mich und kürzte mit ein paar beherzten Griffen meine BH-Träger um bestimmt zwei Zentimeter.

»Autsch!«, rief ich aus. »Was soll das?«

»Deine Mädels müssen richtig schön hoch und aufrecht sitzen«, erklärte sie. »Wir motzen dich ordentlich auf.«

»Die hängen mir gleich am Kinn«, beschwerte ich mich.

»So soll's sein.« Sie gab mir einen Klaps auf den Po.

»Au. Hör auf damit.«

»Platt wie ein Pfannkuchen«, kommentierte sie kopfschüttelnd. »Aber da kann ich jetzt auch nichts dagegen machen.«

»Was? Du hast auf deinem tollen Flohmarkt keine Po-Implantate gekauft?«

Sie kramte summend in ihrem Kosmetiktäschchen. »Setz dich da hin«, befahl sie und deutete auf den Klodeckel.

Ich setzte mich.

Sie riss mir die Perücke und das Stirnband wieder runter und wickelte mir ein Handtuch um die Haare. »Augen zu.«

Einen Moment später schmierte sie mir eine fies riechende Creme auf Gesicht und Hals. »Die habe ich mir für die Beine mitgenommen, weil sie um diese Jahreszeit noch so käseweiß sind.«

»Was?«, fragte ich alarmiert.

»Ist nur ein bisschen Selbstbräuner«, beruhigte sie mich.

Ich öffnete die Augen. »Bräune aus der Tube?«

»Es muss etwa eine halbe Stunde einwirken, bevor es wirkt«, erklärte Eloise und reichte mir die Tube. »Schmier dir auch was auf die Arme und Beine. Und keine Sorge. Ich benutze das Zeug den ganzen Sommer, wenn ich keine Lust auf Stumpfhosen habe.«

Sie machte sich daran, mir Make-up aufzutragen, tupfte und zupfte und malte, während sie die ganze Zeit fröhlich vor sich hin summte. Ich meinte, das Lied als »I Enjoy Being a Girl« zu erkennen.

»Jetzt kannst du dich anziehen«, sagte sie schließlich. »Und Vorsicht mit der weißen Caprihose. Nicht, dass da Selbstbräuner drankommt.«

»Jetzt noch die Perücke und das Band«, sagte sie immer noch summend. »Und noch ein bisschen Lippenstift. In Korallenrot! Perfekt.«

Sie drehte mich an den Schultern, so dass ich mich im Spiegel betrachten konnte.

»Voilà!«

»O mein Gott«, stöhnte ich.

»Nur noch eine Sache.« Sie verschwand ins Schlafzimmer und

kam mit einem Paar hochhackigen quietschgelben Plateau-Schuhen zurück, die garantiert original siebziger Jahre waren.

»Fertig!« Sie riss die Badezimmertür auf, damit ich ins Schlafzimmer treten konnte.

Ich stakste vorsichtig los. Mit den hochgepushten Brüsten und den Elton-John-Schuhen hatte ich Angst, jeden Moment nach vorn umzukippen.

Mein Großvater und Harry saßen an der Küchenzeile und teilten sich eine Tüte Erdnussflips. Opa hatte seinen hoffentlich ersten Scotch des Tages vor sich stehen.

»Und?« Ich drehte mich unsicher. »Bin das immer noch ich?«

»Nein«, antwortete Harry schnell. »Nicht mal annähernd.«

»Super!« Eloise wirkte überaus zufrieden. »Gebt mir noch zehn Minuten, um mich selbst fertig zu machen, dann können wir losdüsen.«

»Ich ziehe mich auch lieber um«, sagte Opa. »Wir können ja nicht zulassen, dass uns die Damen in den Schatten stellen, oder, Harry?«

»Schätze nicht«, erwiderte Harry. Er wandte den Blick nicht von mir ab.

Zehn Minuten später kam Opa wieder ins Zimmer. Seine weißen Haare hatte er mit irgendeiner glänzenden Pomade zurückgestrichen. Er trug leicht vergilbte Leinenhosen, ein knallpinkes Hemd und einen zweireihigen blauen Blazer mit Goldknöpfen. Außerdem hatte er eine Seidenkrawatte angelegt.

»Eine Krawatte?«, fragte ich. »Opa, ich weiß ja nicht …«

»Fantastisch!«, rief Eloise, die gerade aus dem Bad kam, und klatschte begeistert in die Hände. »Spencer, du siehst so gut aus. Und so vornehm!« Sie zwinkerte mir zu. »BeBe, wir werden auf deinen Großvater aufpassen müssen, damit nicht irgendeine reiche Trulla versucht, in das Territorium deiner Großmutter einzudringen.«

367

»Ooh«, machte Opa und errötete.

»Hey«, beschwerte ich mich, als ich Eloises Outfit erblickte. »Das ist unfair!«

Sie hatte ganz offensichtlich die besten Stücke für sich selbst aufgehoben. Sie trug ein kurzes hellgrünes Sommerkleid aus Viskose, passende Riemchenschuhe und einen Strohhut mit pinkgrün gepunktetem Band.

»Wie kommt es, dass du so entzückend aussiehst und ich wie –«

»Huch!«, rief Opa und beugte sich nach vorn, um mein Gesicht näher zu betrachten. »Was ist denn mit dir passiert?«

»Nichts.« Ich nahm die Sonnenbrille ab. »Wieso?«

»Deine Haut«, sagte er. »Soll die so aussehen?«

»Wie denn?« Ich schaute auf meine Hände, die auf einmal dunkelorange waren.

Ich rannte ins Bad und schaute in den Spiegel. Mein Gesicht hatte dieselbe dunkle Kupferfarbe. »Eloise!«, schrie ich. »Was hast du mit mir gemacht?«

»Das ist doch nur ein bisschen Selbstbräuner.« Eloise huschte hinter mir ins Bad. »Wie gesagt, ich benutze das Zeug die ganze Zeit. Aber bei mir hat es das noch nie …«

Sie studierte mit zusammengekniffenen Augen die Selbstbräunertube. »Oh. Hier ist das Problem. Wow. Die Verpackung sieht genau gleich aus wie die, die ich immer zu Hause habe. Aber das hier ist ›X-Treme Caribbean‹. Ich kaufe sonst immer ›Sun-Kist Dust‹.«

Opa streckte den Kopf durch die Tür. »Weißt du, wie du aussiehst?«

»Wie eine Crack-Hure!«, stöhnte ich. »Ich sehe aus wie eine Crack-Hure, die ein paar Jahre zu lang in der Sonne gelegen hat.«

»Nein, das meine ich nicht.« Opa runzelte die Stirn. »Ich habe die mal auf diesem MTV-Sender gesehen. Wenn im Wetterkanal nichts Interessantes kommt, schalte ich da manchmal rein. Weißt du, wen ich meine?«

»Sieht doch okay aus«, rief Harry aus dem anderen Zimmer. »Können wir jetzt mal los?«

»Ich kann so nicht vor die Tür gehen«, protestierte ich.

»Du bist einfach nicht daran gewöhnt, brünett zu sein.« Eloise zerrte mich aus dem Bad und auf die Tür zu. »Mit der schwarzen Perücke und dem Augen-Make-up siehst du ganz fantastisch aus. Sogar exotisch. Hab ich nicht recht, Männer?«

»Du siehst heiß aus«, sagte Harry und musterte mich von oben bis unten.

»Jetzt weiß ich es wieder.« Opa schnipste mit den Fingern. »Du siehst aus wie diese Jennifer Lopez. Nur nicht ganz so – wie sagen die immer – *bootielicious.*«

45

Das Bahia-Mar-Hotel und der dazugehörige Yachthafen waren schon irgendwie zauberhaft. Manikürte grüne Rasenflächen, Palmen ... und Parkservice.

»Finde dich damit ab«, sagte ich zu Opa, als er gerade wieder etwas einwenden wollte.

Auf der Fahrt hatten wir den Plan durchgesprochen.

»Ich werde mich im Yachthafen umsehen, ob es ein spezielles Boot gibt, auf das es der alte Roy Eugene abgesehen haben könnte«, sagte Harry. »Spencer, Sie könnten sich vielleicht ein bisschen in eine Bar setzen, um die Lage zu checken.«

»Klar«, erwiderte Opa. »Ich werde ganz unauffällig sein.« Er warf einen Blick auf seine Armbanduhr. »Es ist fast fünf. Meint ihr, es gibt schon Happy-Hour-Preise?«

»Wir sind in Florida«, erklärte ich. »Die haben die Happy Hour erfunden. Ich würde sagen, Eloise und ich hängen dann in einer Bar ab, in der Opa nicht ist. Und immer dran denken«, warnte ich an ihn gewandt. »Nicht mehr als zwei Scotch mit Wasser. Oder ich verpetze dich bei Oma.«

Die *Sandbar* lag etwas oberhalb des Yachthafens mit Panoramablick auf die Flotte aus Yachten, Segelbooten und alle möglichen anderen Boote. Eloise und ich teilten uns auf. Sie übernahm das eine Ende der Bar, während ich das andere observierte. Es war noch früh am Samstagabend, doch die Bar füllte sich bereits mit den ersten Gästen, die noch unentschlossen in den Ecken herumstanden und auf die Bedienung warteten.

Es dauerte nur etwa dreißig Sekunden, bis ich Gesellschaft hatte.

Er war klein und bullig und hatte Sonnenbrand auf der Nase und im Nacken. Auf seinem dunkelgrünen Poloshirt war über der Brusttasche der Schriftzug »Grande Oaks Golf- & Country-Club« aufgestickt, und er trug ein Stirnband mit Sonnenschild auf dem Kopf. Er schob sich an den Tresen und lehnte sich nach vorne, ein selbstsicheres Lächeln auf den Lippen.

»Haben Sie schon bestellt?«

Ich schaute mich kurz um, als wollte ich sichergehen, dass er mit mir redete.

»Nein, noch nicht.«

»Ich bin Pete«, stellte er sich vor.

»Und ich bin Jennifer. Aber alle nennen mich Jen.«

»Hey Davey«, rief er in die andere Richtung. Ein Barkeeper, der gerade eine ordentliche Show mit dem Cocktailshaker abzog, drehte sich zu ihm um.

»Hallo Pete«, grüßte er. »Was willst du trinken?«

Pete sah mich fragend an. Wieso nicht?, dachte ich.

»Lemon-Martini«, antwortete ich.

»Mach uns zwei davon.« Pete streckte die entsprechende Anzahl Finger in die Höhe.

Davey brachte uns unsere Getränke, und Pete fing an, mir seine Lebensgeschichte zu erzählen. Er verkaufte irgendwelche Software, kam ursprünglich aus Columbus, Ohio, lebte aber seit vier Jahren in Lauderdale. »Es ist das Paradies«, erklärte er.

»Also, vielleicht nicht gerade im August. Und was machen Sie hier?«

»Ich bin nur für ein paar Tage zu Besuch«, erklärte ich. »Ich komme aus Atlanta.«

»Hab mir doch gleich gedacht, dass ich da einen kleinen Südstaatenakzent raushöre«, meinte Pete.

Er stellte mir noch ein paar Fragen, wie man sie so von Männern in Bars gestellt bekommt, und ich antwortete mit der üblichen Mischung aus Wahrheit und Lüge, die Frauen dann in der Regel antworten.

»Also«, sagte ich fröhlich. »Sie sind Golfer. Spielen Sie viel hier auf dem Platz?«

»So oft ich kann«, erwiderte er. »Ich bin auch Mitglied hier. Spielen Sie auch?«

»Nicht wirklich«, erklärte ich. »Aber ich glaube, ein Freund von mir spielt auch hier. Vielleicht kennen Sie ihn? Rodolfo Martinez?«

Er runzelte die Stirn. »Kommt mir nicht bekannt vor.«

»Er ist ziemlich neu hier, glaube ich«, fügte ich hinzu.

Ich machte eine ausschweifende Geste über den Yachthafen. »Ach, ich liebe den Blick auf diese wunderschönen Boote da draußen«, sagte ich übertrieben seufzend.

»Große Spielzeuge für große Jungs«, entgegnete Pete leichthin. »Ich hab eine sieben Meter lange Ski-Nautique, aber die liegt bei mir zu Hause vor Anker. In Lighthouse Point.«

»Wie schön. Kennen Sie sich mit Booten aus?«

»Ich komme schon klar auf dem Wasser«, meinte Pete. »Hey, hätten Sie Lust auf eine kleine Mondscheinausfahrt? Ich könnte das Boot abends mal herbringen, Sie abholen und zum Essen ausführen. Es gibt jede Menge Restaurants am Wasser, die einen Steg zum Anlegen haben.«

»Ich weiß nicht recht«, erwiderte ich zögernd. »Ich bin mit einer Freundin hier.«

»Dann bringen Sie die doch mit«, bot Pete an. »Es gibt genug Platz an Bord.«

Ich nahm einen Schluck Martini, um Zeit zu gewinnen. Pete konnte mir offenbar keine brauchbaren Informationen liefern. Er war nett und harmlos, aber ich musste ihn trotzdem allmählich loswerden.

»Die Sache ist die«, setzte ich zögerlich an. »Sie ist wirklich meine Freundin.«

»Hm?« Harmlos *und* ahnungslos.

Ich beugte mich nach vorn und flüsterte ihm ins Ohr: »Ich stehe auf Frauen.«

Er richtete sich ruckartig auf. Sein Gesicht war um etliche Rottöne heller. »Nicht im Ernst?«

»Sorry.« Ich zuckte entschuldigend mit den Schultern.

Der Nächste war Cliff, ein süßer, blonder Schnösel-Typ aus Long Island, der wegen der Hochzeit seines College-Mitbewohners in der Stadt war.

»Kenne ich Sie nicht von irgendwoher?«, fragte er und quetschte sich neben mich an die Bar.

Ich senkte die Sonnenbrille, um ihn mir genauer anzuschauen. Er hatte dunkelblaue Augen und ein putziges Grübchen im Kinn. Der Ausdruck »Verführung eines Minderjährigen« kam mir in den Sinn.

»Eher nicht«, sagte ich mit aufrichtigem Bedauern. »Ich war noch nie auf Long Island.«

Obwohl ich wusste, dass es nicht richtig war, ließ ich zu, dass er mir einen Drink spendierte. Aber als er anfing, an meinem Ohrläppchen zu knabbern und nach der Möglichkeit fragte, sich heute Abend zu treffen, um ein bisschen zusammen »abzuhängen«, musste ich die Sache beenden.

»Na los, lauf, Cliffie«, seufzte ich. »Such dir jemanden in deinem Alter zum Spielen.«

Eine Reggae-Band machte sich auf der winzigen Bühne gegenüber der Bar für ihren Auftritt bereit. Inzwischen war es so voll, dass es schwierig war, sich zu bewegen oder sich vernünftig zu unterhalten.

Ich musste mich an der Stange an der Bar hochdrücken, um Eloise zu entdecken. Sie saß am anderen Ende der Bar, vertieft ins Gespräch mit einem Mann mit Stroh-Cowboyhut.

»Darf ich Ihnen etwas zu trinken spendieren?«

Der neue Mann an meiner Seite sagte, sein Name sei Howard. Er war ein angegrauter Aktienhändler aus Boynton Beach, der sich gar nicht erst die Mühe machte, seinen Ehering zu verbergen.

»Spielen Sie zufällig Tennis?«, fragte er mit Blick auf meine Extrembräune.

»Nicht so oft«, winkte ich ab. »Ich stehe eher auf Bootfahren.«

»Ich hab eine Zehn-Meter-Hatteras, die gleich hier vor Anker liegt«, prahlte er und zeigte aus dem Fenster.

»Wow!«, machte ich, als wüsste ich, was eine Hatteras wäre. »Ich kannte in Jacksonville mal jemanden, der ein wirklich schönes Boot hatte. Eine Seeigel. Haben Sie so eine mal gesehen?«

»Da muss Ihr Bekannter es aber gut getroffen haben«, meinte Howard. »Die Seeigel-Yachten sind das Beste vom Besten.«

»Ja.« Ich seufzte. »Ich habe seitdem nie wieder so ein Boot gesehen.«

»Machen Sie einen kleinen Spaziergang mit mir«, schlug Howard vor und ließ seine Hand auf meinen Oberschenkel gleiten. »Dann können Sie noch eins sehen. Es liegt am selben Anlegesteg wie meins.«

»Wirklich?« Ich schob seine Hand unauffällig beiseite. »Eine echte Seeigel? Wie heißt sie?«

»*Reefer Madness*«, antwortete Howard stirnrunzelnd. »Angeblich gehört sie irgendeinem abgewrackten Rockstar. Können Sie sich das vorstellen? Der Kerl gibt einer Acht-Millionen-Yacht einen so dämlichen Namen wie *Reefer Madness*.«

»Was haben Sie gesagt, wo liegt sie vor Anker?«, fragte ich und glitt von meinem Barhocker.

»Gleich die nächste Anlegestelle hinter meiner«, sagte Howard und legte mir die Hand an den Rücken. »Warten Sie, bis Sie die süße kleine Kabine auf meiner Hatteras gesehen haben.«

»Oh.« Ich verzog bedauernd das Gesicht. »Ich fürchte, daraus wird nichts.«

»Wieso nicht?«, fragte er und ließ die Hand weiter nach unten gleiten, bis sie auf meinem angeblich nicht Musikvideo-tauglichen Hintern zu liegen kam.

»Genitalherpes«, hauchte ich ihm ins Ohr und huschte davon.

46

Um acht Uhr trafen wir uns zu viert wieder im Eingangsbereich des Hotels.

»Ich habe unsere Yacht gefunden!«, rief Eloise und hüpfte aufgeregt auf und ab.

»Ich auch«, erwiderte ich. »Sie heißt *Reefer Madness.*«

»Sie ist ein Sechsundzwanzig-Meter-Modell«, fügte Harry hinzu, während er dem Mitarbeiter vom Parkservice den Abholschein für den Buick reichte.

»Der Kerl, dem sie gehört, ist aus irgend so einer Rock 'n' Roll-Band«, ergänzte Opa und glättete seine Krawatte. Er tätschelte sich die Brusttasche. »Ich hab mir den Namen der Gruppe aufgeschrieben. Seltsamer Name.« Er zog eine Serviette hervor und versuchte, mit zusammengekniffenen Augen seine eigene, krakelige Handschrift zu entziffern. »Ach, ja. Jetzt weiß ich es wieder. Meatball?«

»Meatball?«, wiederholte Eloise. »Spencer, sind Sie sich da ganz sicher?«

»Das hat der Mann gesagt. Was zur Hölle ist denn das für ein Name, Meatball?«

»Ich habe noch nie was von einer berühmten Band namens Meatball gehört«, meinte ich.

»›Bat Out of Hell‹«, las Opa weiter von der Serviette ab. »Das war ihr großer Hit. Aber ich habe oft MTV geschaut und noch nie von einem Song mit dem Titel gehört.«

»Du meinst bestimmt Meat Loaf!«, sagte Eloise. »Das war der Name ihres ersten großen Hitalbums ›Bat Out of Hell‹.«

»›Paradise by the Dashboard Light‹«, fügte Harry hinzu. »Das war ein Meilenstein des Songwriting. Also, nicht dass ich je ein großer Meat-Loaf-Fan gewesen wäre. Jimmy Buffett dagegen könnte ich jeden Tag hören.«

Ich überlegte kurz. »Also, nimmst du lieber einen *Cheeseburger in Paradis*e als ein Hackbällchen? Was sagt das wohl über dein Alter aus?«

»Das sagt nichts über mein Alter aus«, entgegnete Harry. »Hier geht es nur um Musikgeschmack.«

»Was soll das denn alles?«, rief mein Großvater dazwischen. »Meat Loaf, Cheeseburger? Ihr Kinder habt doch keine Ahnung von Musik. Seht euch meine Generation an, wir haben großartige Lieder hervorgebracht. Songs wie ›Begin the Beguin‹ oder ›Flat-Foot Floozie with the Floy-Floy‹.«

Der Junge vom Parkservice fuhr mit dem Electra vor, Harry gab ihm ein Trinkgeld, und wir stiegen ins Auto, ohne unser Gespräch zu unterbrechen.

»Ich habe die Yacht schon gesehen«, sagte Harry. »Und, Mann, das ist echt ein schwimmender Palast. Ich wette, das Ding würde locker für vier Millionen weggehen. Da würde selbst ich überlegen, es zu stehlen.«

»Hat jemand eine Spur von Reddy gesehen?«, fragte ich.

»Schwer zu sagen«, antwortete Harry. »Ich habe ein paar Runden durch den Yachthafen gedreht, ehe ich mit dem Hafenmeister gesprochen habe, der mir gesagt hat, wo die *Reefer Madness* liegt, auch wenn er nicht recht rausrücken wollte, wem sie gehört. Er meinte, sonst hätte sich noch niemand nach einer Seeigel erkundigt, und er hat auch niemanden gesehen, auf den unsere Beschreibung von Roy Eugene passt. Allerdings laufen da wirklich viele Leute rum. Der Hafenmeister hat mir lediglich verraten, dass der Besitzer der Yacht in Nashville wohnt und es eine Crew an Bord gibt, die aus zwei oder drei Personen besteht.«

»Reddy ist da bestimmt irgendwo«, sagte ich. »Das weiß ich. Ich kann es spüren.«

»Was hast du sonst noch so gespürt, Jennifer?«, fragte Harry grinsend.

Ich streckte ihm die Zunge raus. »Ich habe gespürt, dass ich in der Bar permanent angebaggert wurde. Ich wurde zum Abendessen eingeladen und zu einer Mondscheinausfahrt, und zwei Männer sind sogar direkt zum Punkt gekommen und haben mir Sex vorgeschlagen. Ich habe euch doch gleich gesagt, dass dieses Outfit mich wie eine Nutte aussehen lässt. Wie war es bei dir, Eloise?«

»Na ja, also nicht alle Typen, die dich angesprochen haben, waren Loser«, entgegnete Eloise kichernd. »Ich hab gesehen, wie dir dieser süße blonde Kerl etwas ins Ohr gesäuselt hat.«

»Ach ja?« Harry schaute mich mit hochgezogenen Augenbrauen an.

»Der war noch ein Kind«, erwiderte ich. »Kaum aus den Windeln raus.«

»Ich wäre jederzeit bereit, ihn zu babysitten«, lachte Eloise.

»Könnten wir mal zum Thema zurückkommen? Außerdem habe ich gesehen, wie du selbst mindestens einem heißen Typ ziemlich nahgekommen bist an deinem Ende der Bar«, bemerkte ich.

»Reine Recherche«, entgegnete Eloise. »Und zufällig hat mir genau dieser Typ erzählt, dass er bis vor kurzem mit einer Frau zusammen gewesen war, die als Köchin auf der *Reefer Madness* arbeitet. Sie heißt Emma Murphey. Sie haben Schluss gemacht, weil das Boot, auf dem er arbeitet, einen dreimonatigen Trip nach St. Croix machen wird. Er wollte, dass sie auch dort anheuerte, aber sie wollte ihren Job auf der *Reefer Madness* nicht aufgeben. Es ist offenbar ein bequemer Job, weil der Besitzer nur ein- oder zweimal im Jahr an Bord ist. Die restliche Zeit hängt die Crew wohl nur rum und macht sich einen faulen Lenz. Mein Typ, sein Name ist Jason, hat mir gesagt, Emma geht auch immer in diese Bar, in der du gestern auch warst, BeBe.«

»Du meinst den *Kompass*?«

»Ja, genau. Ein anderer aus der Crew heißt Liam. Einen Nachnamen konnte ich leider nicht in Erfahrung bringen.«

»Das ist doch schon mal super«, sagte ich. »Gute Arbeit.«

»Ich weiß.« Eloise warf stolz den Kopf in den Nacken. »Aber hey, BeBe, was ist nur mit den Männern hier los? Ich meine, wie viele Männer mittleren Alters sich heute an mich rangemacht haben, die sich benehmen wie Teenager. Wie halten das die Singlefrauen hier nur aus?«

»Jetzt weißt du, wieso ich dreimal verheiratet war«, meinte ich. »Alles ist besser als so was.«

»Sogar Richard?«, hakte Eloise nach.

»Nichts ist schlimmer als Richard«, entgegnete ich.

»Vergiss Richard«, schaltete sich Harry ein.

»Glaub mir, das versuche ich«, erklärte ich ihm. »Eloise, hat dir dein neuer Freund auch erzählt, wie Emma aussieht?«

»Klein, dunkle Haare, große grüne Augen, lange Beine, große Titten«, antwortete Eloise.

»Klingt nach einer Frau, die ich mal treffen sollte«, meinte Harry. Er warf einen Blick in den Rückspiegel zu meinem Großvater.

»Hey Spencer, ich glaube, wir sind jetzt mal dran, in einer Bar abzuhängen und Frauen aufzureißen, meinen Sie nicht auch?«

Ich verpasste ihm einen herzhaften Stoß in die Rippen.

»Wie bitte?« Opa setzte sich ruckartig auf.

»Harry findet, ihr zwei solltet losziehen und Frauen aufreißen«, wiederholte Eloise. »In dieser Bar, in der BeBe gestern war.«

»Aufreißen?« Opa blinzelte verwirrt.

379

»Rein zu Recherchezwecken, versteht sich«, fügte Harry hinzu.

Opa schaute auf seine Armbanduhr. »Vielleicht ein anderes Mal. Es war ein ziemlich anstrengender Tag für mich. Ich muss mich dringend über den bevorstehenden Kälteeinbruch bei den Great Lakes informieren. Vielleicht setzt ihr mich einfach beim Motel ab?«

»Mich auch«, sagte Eloise schnell. »Ich will die Sachen, die ich gestern gekauft habe, noch mal durchgehen und sortieren. Was ich behalten will und was ich bei eBay verkaufe. Ich habe meine kleine Digitalkamera dabei, vielleicht fange ich gleich an, die Sachen abzufotografieren.«

»Du tust es schon wieder«, stellte ich mit warnendem Unterton fest.

»Was denn?«

»Das weißt du genau. Dasselbe, was du auch gestern Abend gemacht hast.«

»Uns zwingen, Zeit zu zweit zu verbringen«, erläuterte Harry.

»Hat doch gut geklappt, oder nicht?«, grinste Eloise. »Ich habe noch keine Beschwerden gehört.«

»Von mir bestimmt nicht«, sagte Harry.

»Guter Junge«, lobte Opa.

Ich drehte mich zu den Rückbank-Verschwörern um. »Okay, ihr zwei. Es wird jetzt nicht mehr rumspioniert. Das ist zufällig mein Privatleben. Auch wenn ich euer Interesse zu schätzen weiß, brauche ich garantiert keine Cheerleader. Und,« fügte ich mit festem Blick auf meinen Großvater hinzu, »Harry braucht keinen Coach. Und keine, äh, Utensilien zur Familienplanung. Wenn du verstehst, was ich meine.«

»Sicherheit geht vor«, entgegnete Opa und verschränkte die Arme vor der Brust.

»Nur mal so aus Interesse«, sagte ich, »könnte ich erfahren, wo du das überhaupt herhattest?«

»Das ist aus so einem Automaten auf der Herrentoilette in *Henrys Diner*«, erwiderte er. »Ich hatte es immer im Geldbeutel. Für alle Fälle.«

»*Henrys Diner?*«, fragte Harry. »Das hat doch dicht gemacht, als ich noch ein Kind war. So vor zwanzig, fünfundzwanzig Jahren?«

»Ist das schon so lang her?« Opa zog erstaunt die Augenbrauen hoch.

»Grundgütiger.« Ich schüttelte den Kopf. »Antike Kondome. Genau das, was ich gebraucht habe.«

»Hey Harry«, schaltete sich Eloise ein, »wenn Sie es nicht wollen, kann ich es dann haben? Das verkauft sich bestimmt super auf eBay.«

47

Tschak, bumm, bumm, bumm. Tschak, bumm, bumm, bumm. Die Bässe wummerten so laut, dass die Eingangstür des *Kompass* bebte.

»Da drinnen steppt der Bär«, meinte Harry und trat beiseite, um mich als Erste eintreten zu lassen.

»Ach, du Schande«, murmelte ich, während ich mich in den überfüllten Eingangsbereich schob und ihn hinter mir herzog.

Im *Kompass* bot sich heute Abend ein völlig anderes Bild. Was am Freitagnachmittag noch ein lichtdurchflutetes Restaurant mit hohen Decken gewesen war, war jetzt ein stockdunkler, höhlenartiger Nachtclub, in dem es nur so dröhnte von lauter Musik und einem noch lauteren Publikum.

An der Wand mit den Fenstern war eine Plattform aufgebaut, auf der ein DJ auflegte, der von einem Scheinwerfer angestrahlt wurde. Davor bewegte sich eine Masse aus wackelnden Köpfen – offenbar die Tanzfläche. Mehr war bei dem schummrigen Licht nicht auszumachen.

Wir bewegten uns nur zentimeterweise vorwärts, doch irgendwann kamen wir am Empfangstisch an, wo ein muskelbepackter, kubanisch aussehender Typ in engem rotem Satinshirt stand.

»Zehn Dollar pro Nase«, verkündete er mit gelangweilter Stimme.

»Zehn Dollar? Um mir Konservenmusik von irgendeinem DJ

anzuhören?« Es war zwar meine Stimme, aber der Einfluss meines Großvaters, der aus mir sprach.

Er hielt eine Rolle Tickets in die Höhe. »Im Eintritt ist ein freies Getränk enthalten. Bleiben Sie oder gehen Sie?«

»Wir bleiben«, beschloss Harry kurzerhand und bezahlte für uns beide.

Der Türsteher riss zwei Tickets von der Rolle ab und reichte sie Harry, der mich mit der Hand an meinem Rücken vorwärtsschob.

»Wie wollen wir das denn machen?«, schrie ich Harry ins Ohr, damit er mich hören konnte. »Das müssen mindestens dreihundert Leute hier drinnen sein. Das ist der reinste Affenzirkus.«

Sein Blick schweifte bereits über den Raum, zweifellos auf der Suche nach Emma.

»Wir teilen uns auf«, sagte er. »Ich übernehme die rechte Seite, du die linke. Wir treffen uns wieder an der Tür in, was, einer Stunde?«

Ich warf einen Blick auf die billige Plastikarmbanduhr, die ich vorher noch in einer Drogerie gekauft hatte.

»Um halb elf«, stimmte ich zu. »Und lass dich ja nicht dabei erwischen, wie du mit irgendwelchen Frauen flirtest, außer sie haben große Titten und grüne Augen.«

»Abgemacht.« Lachend verschwand er in der Menge.

Ich brauchte etwa fünfzehn Minuten, um mich an die Bar durchzuschieben. Währenddessen wurde mir ein halbes Dutzend Mal auf meine sowieso schon schmerzenden Zehen getreten und zweimal an den Po gefasst. Als ich endlich am Tresen ankam, war ich kurz davor, mir einzugestehen, dass meine Mission aussichtslos war. Jede Frau in diesem Raum schien kurze dunkle Haare und einen großen Busen zu haben.

Zehn Minuten später hatte ich mir einen der hart umkämpften Plätze vorn an der Bar gesichert, und ein Barkeeper tauchte vor mir auf. Er war streichholzdünn und hatte schulterlange, blassblonde Haare, einen noch blasseren Schnurrbart und trug ein pinkes Rüschenhemd.

Mit einem erleichterten Seufzen händigte ich ihm mein Ticket aus. »Maker's Mark mit Wasser, bitte.«

»Sorry. Damit bekommen Sie nur die günstigeren Getränke«, erklärte er. »Jim Beam?«

»Okay«, stimmte ich zähneknirschend zu.

Er brachte mein Getränk und stellte es vor mir ab.

»Ist es hier abends immer so voll?«, fragte ich.

»Samstagabend ist schon ziemlich verrückt«, erklärte er. »Dann kommen ein Haufen Touristen, plus die Stammgäste. Sind Sie das erste Mal hier?«

»Das erste Mal samstags«, antwortete ich. »Ich suche nach einer jungen Frau, die hier wohl öfter sein soll. Sie ist Köchin auf einer Yacht. Ihr Name ist Emma?«

Er schüttelte den Kopf. »Sorry. Ich arbeite erst seit ein paar Wochen hier. Ich kenne noch nicht die Namen aller Stammgäste.«

Ich seufzte. »Kurze dunkle Haare. Grüne Augen. Große Brüste, lange Beine?«

»Kenne ich nicht, würde ich aber gern.«

»Ja, Sie und jeder andere Mann in der Stadt.« Widerwillig legte ich eine Fünfdollarnote auf den Tresen. »Vielleicht einer der anderen Barkeeper?«

Der Schein verschwand blitzartig. »Wie war noch mal der Name?«

»Emma Murphey. Sie arbeitet auf der *Reefer Madness*, die oben im Bahia-Mar-Yachthafen vor Anker liegt.«

Fünf Minuten später war mein Getränk geleert und mein neuer Freund verschwunden. Ich wusste, ich musste nach ihm suchen, aber die Elton-John-Schuhe drückten fürchterlich, und die verkürzten BH-Träger schnitten in mein protestierendes Fleisch.

Mit dem Rücken zur Bar beobachtete ich die Menge. Jeder Kopf im Raum wippte im Takt zu »Brick House« von den Commodores.

Shake it down, shake it down, shake it down, verlangte der Song jetzt. Grundgütiger, mein Kopf wippte auch mit.

»Sie suchen Emma?«

Ich fuhr herum. Der blonde, junge Barkeeper war zurück, in Begleitung einer ebenfalls blonden sehr großen Person fragwürdigen Geschlechts, die ebenfalls ein pinkes Rüschenhemd trug.

»Das ist Joy«, sagte mein neuer Freund.

»Freude – echt jetzt?«, fragte ich.

»Sparen Sie sich die Witze«, winkte Joy ab. »Hab sie alle schon gehört.« Ihre Stimme war erstaunlich hoch, angesichts ihres androgynen Aussehens. »Was wollen Sie denn von Emma?«

Jetzt musste ich mir schnell etwas einfallen lassen. Ich entschied mich für eine Halbwahrheit.

»Ich bin Restaurantbesitzerin, und ich habe gehört, sie soll eine gute Köchin sein«, erklärte ich.

»Wer hat Ihnen das erzählt?«, fragte Joy misstrauisch.

»Irgendjemand im Grill-Restaurant, drüben im Bahia Mar«, antwortete ich. »Ich habe den Namen vergessen, aber derjenige meinte, wenn ich eine Küchenaushilfe suche, sollte ich mal Emma Murphey fragen.«

»Emma ist heute Abend nicht hier«, sagte Joy. »Aber ich habe gehört, dass sie vielleicht wirklich einen neuen Job sucht. Dieses Arschloch, für den sie gerade arbeitet, hat ihr ziemlich übel mitgespielt.«

»Meinen Sie Meat Loaf?«

Joy runzelte die Stirn. »Wer ist denn Meat Loaf? Emma meinte, der Typ heißt Doobie.«

Ach, diese jungen Leute, dachte ich. So unschuldig. So ahnungslos. Joy kannte wahrscheinlich nicht mal den Text von »Brick House«, von »I'd Do Anything for Love (But I Won't Do That)« mal ganz zu schweigen.

»Können Sie mir vielleicht sagen, wie ich Emma kontaktieren kann?«, fragte ich.

»Ich bin doch nicht ihre Agentin oder so«, entgegnete Joy sichtlich genervt. »Sie könnte im *Dirty Dan's* drüben an der A1A sein. Das ist in dem großen Shoppingcenter, wo auch ein Publix und ein Blockbuster drin ist.«

»Danke.« Ich reichte Joy die Hand. Sie streckte sie mir mit nach oben gedrehter Handfläche hin. Erwartungsvoll.

»Okay«, sagte ich und zog einen weiteren Fünfdollarschein aus der Hosentasche. Der Schein verschwand blitzartig. Noch so eine professionelle Hilfsbereite.

»Nur fünf? Wollen Sie mich verarschen?«, meckerte Joy beleidigt.

»Fünf«, erwiderte ich bestimmt. »Es ist ja nicht so, als wären Sie ihre Agentin oder so.«

Im Auto auf dem Weg zu *Dirty Dan's* erstattete ich Harry Bericht über meine zugegebenermaßen etwas dünnen neuen Informationen.

»Der Name von Emmas Chef ist Doobie«, sagte ich. »Und sie hat erzählt, dass er ihr in letzter Zeit übel mitgespielt hat.«

»Ich habe ein Mädchen gefunden, das diesen Liam kennt«, erwiderte Harry. »Sie meinte, er arbeitet nebenher in einem Radioshack irgendwo in der Stadt.«

»Wusste sie auch, in welchem?«, fragte ich. »In einer Stadt dieser Größe gibt es bestimmt ein halbes Dutzend Radioshacks.«

»Nö. Nur, dass er ein Technik-Freak ist. Er ist wohl nicht so der Typ, der in Bars geht. Sie meinte, sie hat ihn im *Starbucks* in der Nähe vom Bahia Mar kennengelernt.«

»Aha, ein *Starbucks*-Fan«, stellte ich fest. »Das ist super. Wenn man einmal nach dem Zeug süchtig ist, will man nichts anderes mehr haben. Wir können das morgen früh mal überprüfen. Und hoffen, dass er nicht einen ganzen Sack von dem Kaffee gekauft hat und ihn sich jetzt auf dem Boot selbst aufbrüht.«

Die Fünf-Dollar-Information von Joy beinhaltete leider nicht die genaue Wegbeschreibung zu *Dirty Dan's*. Wir fuhren eine Stunde lang die A1A hoch und runter, bis wir ein Shoppingcenter gefunden hatten, das sowohl einen Publix Supermarkt als auch einen Blockbuster hatte. Und *Dirty Dan's*.

Die Bar war eine kleine, schäbige Eckkneipe, die nach abgestandenem Bier und verbranntem Popcorn roch. Gleich am Eingang passierte man eine Reihe Spielautomaten. Wir entdeckten Emma sofort. Eine junge Frau mit kurzen dunklen Haaren, in extrakurzen Hotpants, die tief auf der Hüfte saßen. Ein hautenges weißes Spaghettiträgertop setzte ihre angekündigten Vorzüge perfekt in Szene. Sie starrte mit gerunzelter Stirn auf das Golden-Tee-Golf-Computerspiel.

»Shit!«, fluchte sie und schlug auf den Automaten ein.

»Emma?«

»Ups. Sorry. Warten Sie darauf, zu spielen?«

»Nein. Ehrlich gesagt, hatte ich gehofft, mit Ihnen reden zu können«, erklärte ich.

»Ach so, okay. Sind Sie die Frau, die eine Köchin für ihr Restaurant sucht?«

»Woher wissen Sie das?«

Sie lachte. »Joy hat mich angerufen. Was für ein Restaurant ist das denn? Denn wenn Sie von Bar-Essen reden, will ich gar nicht Ihre Zeit verschwenden.«

»Nein –« Weiter kam ich nicht.

»Hören Sie.« Emma stütze den Ellenbogen auf dem Spielautomaten auf. »Ich hab vielleicht keinen Abschluss von der Johnson

& Wales oder so, aber ich kann verdammt gut kochen. Wollen Sie
französische Küche? Pazifisch? Afrokaribisch? Das kann ich alles.
Aber ich nehme nicht noch einen Job als Küchenhilfe oder sonst
was an.«

Sie holte tief Luft. »Also?«

»Lassen Sie uns reden«, schlug ich vor. Ich machte eine Handbewegung in Harrys Richtung. »Das ist mein Freund Harry. Können wir uns irgendwo unterhalten?«

»Klar.« Wir folgten ihr ans andere Ende der Bar. Harry setzte
sich links und ich rechts von ihr.

»Hey Alton«, rief sie dem Barkeeper zu, einem älteren Mann
mit kurzgeschorenen graumelierten Haaren. »Bring mir ein
Speckled Brown Hen.«

»Ist das wieder eine Art von Martini?«, fragte ich.

Emma lachte. »Das ist Bier von einer kleinen Brauerei hier aus
der Stadt. Ich stehe nicht so auf harten Alkohol.«

»Ich nehme auch so eins«, rief Harry.

»Ich auch«, fügte ich hinzu.

Alton brachte uns das Bier und eine Schüssel Nüsse, nickte uns
zu und verschwand wieder.

»Also«, sagte Emma. »Wie sieht Ihr Angebot aus?«

»Wieso erzählen Sie mir nicht erst mal etwas über Ihren derzei-
tigen Job?«, erwiderte ich.

Sie fuhr sich mit den Händen durch die Haare, so dass sie zu
Berge standen. Doch bei ihr sah das süß aus.

»Verstehen Sie mich nicht falsch. Ich mag Doobie, wirklich.
Wenn er clean ist, Mann, dann ist er der Beste. Total lustig und
nett. Und er liebt gutes Essen. Oder zumindest hat er das. Er war
bereit, alles zu probieren. Wir haben manchmal an ganz kleinen
Inseln angelegt, und ich bin an Land gegangen, um frischen Fisch,
Obst und was sonst noch angeboten wurde, zu kaufen. Und er war
echt für alles offen. ›Überrasch mich‹, hat er immer gesagt und

mir Geld fürs Einkaufen in die Hand gedrückt. Es war ein Traumjob, wissen Sie?«

»War? Ist das nicht mehr so?«, fragte Harry.

Sie zuckte mit den Achseln. »Es liegt nicht an Doobie, sondern an seiner Alten.«

»Wer ist Doobie eigentlich«, wollte ich wissen.

»Doobie. Sie wissen schon, Doobie Bauers.«

»Ehrlich gesagt, sagt mir das nichts«, gestand ich.

»Ja, ich vergesse immer, dass die Leute nur die Band und Meat Loaf kennen. Also, außer es sind wirkliche Fans. Wissen Sie, Doobie war ganz am Anfang dabei.«

»Also, ist er ein Bandmitglied von Meat Loaf?«, fragte Harry.

»War. Er war bis zum dritten Album dabei, glaube ich. Und dann, als Meat die Band aufgelöst hat, um in die Entzugsklinik zu gehen, hat Doobie erst mal Studioarbeit gemacht. Er hat ein paar große Hits für andere Bands geschrieben und war sogar mit Def Leppard auf Tour. Aber bekannt ist er eigentlich nur durch seine Zeit bei Meat Loaf.«

»Interessant«, sagte ich. »Aber wir haben seine Yacht gesehen, die *Reefer Madness*. Die muss ja eine ganze Menge wert sein. Kann sich ein Exmusiker so ein Boot wirklich leisten?«

»Machen Sie Witze?« Emma zog die Augenbrauen hoch. »Natürlich kann er sich das leisten. Sie sollten mal seine Ranch in Nashville sehen. Eins muss man sagen, auch wenn Doobie echt schon ewig ein Drogenproblem hat, so war er doch immer ein cleverer Geschäftsmann. Ein paar seiner Songs wurden sogar für Soundtracks großer Kinofilme verwendet. Haben Sie die neue Werbung für den Toyota Avalon mal gesehen? Dazu hat Doobie auch die Musik geschrieben.«

»Wow.« Jetzt war ich tatsächlich beeindruckt. »Aber Sie haben gesagt, Ihr Job ist jetzt nicht mehr so gut?«

Emma nahm einen Schluck aus ihrer Bierflasche und tupfte

sich den Mund dann mit einer Papierserviette ab. »Ja, es ist echt ätzend. Ich sollte eigentlich gar nichts davon wissen und schon gar nicht darüber reden, aber Anya zwingt Doobie, die *Reefer Madness* zu verkaufen. Also werde ich meinen Job bald verlieren.«

»Wer ist Anya, und wieso zwingt sie ihn, die Yacht zu verkaufen?«, hakte ich nach.

»Sie ist seine Alte«, erklärte Emma. »Was für eine blöde Kuh! Wenn sie sich nur verpissen und ihn in Ruhe lassen würde, wäre alles cool. Hören Sie«, sagte sie traurig, »Doobie ist im Musikgeschäft. Es ist kein Geheimnis, dass er – wie nennt man das noch mal?« Sie malte mit den Fingern Gänsefüßchen in die Luft. »Probleme mit Substanzmissbrauch hat. Ich meine, Doobie ist ein Rockmusiker der alten Schule. Das Geschäft ist gnadenlos. Jedes Mal, wenn er ins Studio geht, steht eine Menge Geld auf dem Spiel. Er kann nur noch entspannen, wenn er Gras raucht oder sich eine Line reinzieht. Er fliegt also ab und zu hier runter, wir fahren mit der *Reefer* raus, er trinkt ein paar Gläser Champagner, wird ein bisschen high. Was schadet das schon?«

»Anya sieht das anders, nehme ich an?«, fragte Harry.

»Es macht sie wahnsinnig«, erwiderte Emma. »Sie lässt ihn nicht mal mehr ohne sie hier runter kommen, und wenn sie dann hier sind, lässt sie ihren persönlichen Assistenten das ganze Boot nach Drogen absuchen und stiftet alle an, Doobie nüchtern zu halten.«

Emma kicherte. »Das letzte Mal, als sie hier waren, war es total lustig. Anya ist wie ein aufgescheuchtes Huhn rumgerannt und hat alle schikaniert. Ich meine, sie hat mich makrobiotisches Essen für ihn kochen lassen. Braunen Reis und gedämpftes Gemüse! Und sobald sie nicht geguckt hat, hat Doobie etwas aus seinem Geheimversteck geholt und sich zugedröhnt. Als wir wieder in Bahia Mar eingelaufen sind, war sie so sauer, das ging gar nicht mehr. Sie hatten einen heftigen Streit. Mann, was für eine Schlampe! Da hat sie Doobie dann gesagt, dass sie weg ist, wenn er das Boot nicht verkauft und endlich clean wird.«

Emma nahm noch einen Schluck Bier. »Wenn Sie mich fragen, sollte er das Boot behalten und ihren dürren Arsch vor die Tür setzen. Aber ich darf da ja leider nicht mitreden.«

Harry und ich tauschten einen kurzen, verschwörerischen Blick.

Doch Emma war nicht dumm. Sie bemerkte den Blick.

»Hey. Was ist hier los? Wieso interessieren Sie sich so für Doobie? O Mann, sie hatten nie vor, mir einen Job als Köchin anzubieten, oder?«

Sie war uns gegenüber aufrichtig gewesen, also entschied ich mich jetzt auch für die Wahrheit.

»Ich besitze tatsächlich ein Restaurant, Emma«, antwortete ich. »Aber ich habe da so einen Typen kennengelernt …«

»Ja«, unterbrach mich Emma kopfschüttelnd. »Die alte Geschichte. Und er hat sie übers Ohr gehauen, stimmt's?«

Ich war so baff, dass ich nur lachen konnte. »Genau. Er hat mich um mein gesamtes Vermögen betrogen. Deshalb bin ich auch hier unten in Fort Lauderdale. Um nach dem Übeltäter zu suchen.«

»Und was hat das alles mit mir zu tun?«, fragte Emma und nickte in Harrys Richtung. »Und was hat er damit zu tun?«

Gute Frage.

»Harry und ich sind … Freunde«, erklärte ich. »Er ist der Manager des Hotels, das mir in Savannah gehört. Und wir, äh …«

»Wir mögen uns«, fügte Harry grinsend hinzu. »Wobei sich das gerade erst entwickelt.«

»Der Mann, der mich beraubt hat – sein wahrer Name ist Roy Eugene Moseley –, ist wahrscheinlich gerade hier in Fort Lauderdale. Wir gehen davon aus, dass er sich im Yachthafen vom Bahia Mar rumgetrieben hat, weil er großes Interesse an Yachten hat. An großen, teuren Yachten. Er hat eine besondere Schwäche für Seeigel-Yachten. Und die *Reefer Madness* ist derzeit die einzige Seeigel in der Gegend.«

»Ich verstehe immer noch nicht, was das mit mir zu tun hat.«

»Roy Eugene war letztes Jahr kurz davor, eine solche Seeigel-Yacht von einer Witwe in Vero Beach zu stehlen«, erwiderte ich. »Und wir gehen davon aus, dass er sich darauf vorbereitet hatte, eine weitere Seeigel hier in Fort Lauderdale zu kaufen, oder wohl eher zu stehlen. Zum Glück für die Frau, der das Boot gehörte, hat sie die Yacht an einen ehrlichen Käufer verkauft, ehe Roy Eugene wirklich ins Spiel kam.«

»Und Sie denken, er hat es jetzt auf die *Reefer* abgesehen?« Emma bekam große Augen.

»Vielleicht«, sagte Harry.

»Ziemlich sicher«, ergänzte ich. »Wir konnten über seine Kreditkartenabrechnung feststellen, was er so treibt. Er spielt im Bahia Mar Golf, isst in den Restaurants dort und geht abends in die Bar.«

»Dann rufen Sie doch die Polizei«, schlug Emma vor.

»Die Polizei wird nichts unternehmen«, erwiderte ich verbittert. »Und selbst wenn sie ihn festnehmen würden, was dann? Davon bekomme ich auch nicht zurück, was ich verloren habe.«

Sie zog die Augenbrauen hoch. »Und was war das genau?«

»Alles. Mein Haus, meine Möbel, mein Geld. Ich musste mein Restaurant schließen, alle meine Angestellten entlassen. Er hat sogar die Ersparnisse meiner Großeltern mitgehen lassen.«

»Das ist wirklich hinterhältig«, stellte Emma fest. »Von wie viel Geld reden wir denn?«

»Über zwei Millionen«, gestand ich. »Dinge wie die antike Uhr meines Vaters und ein unersetzliches Gemälde, das ein Familienerbstück gewesen ist, nicht mitgezählt.«

Emma nippte an ihrem Bier.

Harry entschuldigte sich und verschwand in Richtung Toilette.

»Er ist süß«, raunte mir Emma zu. »Haben Sie schon mit ihm geschlafen?«

Ich lief rot an. »Wieso fragt mich das eigentlich jeder?«

»Wieso nicht?«, meinte Emma. »Sie sind doch hetero, oder? Sonst wäre es natürlich etwas anderes. Aber wie alt ist er eigentlich?«

»Ich habe keine Ahnung«, gab ich zu. »Er will es mir nicht verraten.«

Ich fand, es war an der Zeit, das Thema zu wechseln. »Wenn Sie nicht auf dem College waren, wo haben Sie dann das Kochen gelernt?«

»Ach, hier und da«, sagte sie leichthin. »Ich hab ein paar Kurse auf der Volkshochschule belegt, in ein paar Bars und Restaurants gearbeitet. Ich hab gerade in der *Sandbar* gearbeitet, als ich Doobie kennengelernt habe. Dort war ich als Bedienung angestellt, hab mich aber immer wieder in die Küche gestohlen und den Koch überredet, mich Sachen ausprobieren zu lassen. Einmal, als Doobie da war, habe ich ein Ceviche aus rotem Schnapper gemacht, und er war total begeistert davon. Hat mich gleich für die *Reefer* engagiert. Das ist jetzt zwei Jahre her.«

Sie seufzte schwer. »Ich wusste die ganze Zeit, dass der Job zu gut war, um wahr zu sein.«

Harry kehrte von der Toilette zurück, und wir bestellten eine weitere Runde Bier.

»Also.« Emma schaute zwischen mir und Harry hin und her. »Sie haben mir immer noch nicht gesagt, wie ich in die Geschichte passe.«

»Ich weiß es auch nicht so genau«, entgegnete ich.

Wir beschrieben ihr, wie Roy Eugene derzeit aussah, aber sie hatte ihn nicht in der Nähe der *Reefer Madness* gesehen.

»Wann soll das Boot denn verkauft werden?«, fragte ich.

»Das entscheidet Anya. Sie hat uns noch nichts Offizielles mitgeteilt, aber letzten Monat wurde schon Ernie entlassen. Im Moment sind nur noch Liam und ich an Bord und halten alles am Laufen. Sobald ich einen neuen Job finde, bin ich auch weg. Liams Freundin wohnt in Boca, er wird wahrscheinlich erst mal zu ihr ziehen, bis er was Neues hat, aber ich kann mir gerade keine Wohnung leisten, deshalb kann ich nicht sofort kündigen.«

»Wollen Sie auf einer anderen Yacht arbeiten?«, fragte ich.

»Auf keinen Fall.« Sie schüttelte vehement den Kopf. »Ich will einen richtigen Job, in einem richtigen Restaurant.«

»Haben Sie mit Doobie mal darüber geredet?«, wollte Harry wissen.

»Das geht nicht«, erwiderte sie.

»Wieso nicht?«, fragte ich.

»Er ist in der Entzugsklinik«, antwortete Emma. »Es soll eigentlich niemand wissen. Nach jener letzten Ausfahrt hat ihn Anya ins Betty Ford Center einweisen lassen. Der arme Kerl. Ich hab gehört, die haben da ganz mieses Essen.«

»Sagen Sie mal, Emma«, meinte ich. »Was halten Sie davon, wenn wir uns was für Sie überlegen?«

Ihre grünen Augen leuchteten auf. »Ich hatte gehofft, dass Sie das sagen würden. Sie können auf mich zählen.«

48

Auf der Heimfahrt schwieg Harry, doch das war nicht schlimm, da es mir die Gelegenheit gab, ihn mir genauer anzuschauen.

Wieso war mir eigentlich nie aufgefallen, wie sexy der Mann war? Ich schloss die Augen und versuchte, mir über seine plötzliche Anziehungskraft auf mich klarzuwerden. Er war nicht auf die Art gut aussehend, dass man gleich seine Freundin anstupsen und auf ihn hinweisen würde, wie es bei Reddy gewesen war, als ich ihn das erste Mal gesehen hatte. Er hatte auch nicht den Sunnyboy-Look von Sandy Thayer, meinem ersten und dritten Ehemann. Genauso wenig wie die unterschwellige Sinnlichkeit von Richard dem Erbärmlichen.

Genau genommen war er wie keiner der Männer, mit denen ich bisher zusammen war. Er war, kann man das sagen? Ein erwachsener Mann. Ich linste wieder zu ihm rüber und dachte, dass es mir gefiel, wie seine Haare sich weigerten, am Kopf anzuliegen, und auch die Tatsache, dass er nie mit Haargel dagegen vorging. Ich mochte seine wachen grau-grünen Augen und die knittrigen Lachfalten, die von den Augenwinkeln ausgingen. Ich stand sogar auf sein markantes Kinn, das jetzt mit dichten Stoppeln bedeckt war.

»Du starrst mich an«, stellte Harry fest.

»Ja«, stimmte ich zu.

»Wahrscheinlich überlegst du gerade, wie du den nächsten

Schritt machen und mich noch hier auf dem Fahrersitz besteigen kannst, ohne dass wir mit diesem Schlachtschiff im Graben landen.«

»Nicht wirklich«, entgegnete ich.

Aber trotzdem rutschte ich auf dem weinroten Ledersitz etwas näher an ihn ran und dankte meinem Großvater insgeheim, dass er diese Achtziger-Jahre-Limousine behalten hatte, die vorn noch eine durchgehende Sitzbank hatte.

»Schon besser«, sagte Harry lächelnd. Er schlang den Arm um meine Schulter und zog mich an sich, so dass ich fast auf seinem Schoß landete. Dann gab er mir einen Kuss auf die nackte Schulter.

»Woran denkst du?«, wollte er wissen.

»Ich habe daran gedacht, wie froh ich bin, dass du mit mir hier runtergefahren bist.«

»Ich hatte ja keine andere Wahl«, erwiderte Harry. »Wenn du allein gefahren wärst, hätte ich Angst gehabt, dass du jemanden umbringst.«

»Nein, jetzt mal im Ernst«, entgegnete ich. »Ich kann dir nicht sagen, wie schön es ist, endlich einen erfahrenen Mann in meinem Leben zu haben.«

»Das hast du allerdings richtig erkannt.« Harry legte die Fingerspitzen von oben an meine Brust.

»Mmm.« Ich kuschelte mich an ihn. »Du bist der Mann, Harry.«

»Warte nur ab, bis wir wieder im Motel sind«, warnte er mich augenzwinkernd. »Ich denke schon den ganzen Tag daran. Das ganze Wochenende.« Er küsste meinen Hals. »Du machst mich verrückt. Das weißt du, oder?«

»Auf eine gute Art, hoffe ich. Ich denke daran, seit ich die *Reefer Madness* im Bahia Mar vor Anker habe liegen sehen. Es wird alles gut werden.«

Harry küsste meinen Hals und zog mir mit der freien Hand die Perücke vom Kopf, so dass sie im Fußraum landete. Sanft kämmte er mir mit den Fingern durch die plattgedrückten Haare und rieb mir den Nacken. Seine Berührung war fest und warm, und ich schmiegte mich an ihn.

»Du bist eine faszinierende Frau, BeBe Loudermilk«, sagte er. »Du machst mich sogar in diesem seltsamen Aufzug an. Ich kann nicht fassen, dass ich Sexfantasien von einer Frau habe, die angezogen ist wie eine Siebziger-Jahre-Gogo-Tänzerin.«

»Was auch immer bei dir funktioniert«, erwiderte ich und schlüpfte mit der Hand unter den Kragen seines Sporthemds.

»Oh, Lady«, raunte er. »Du funktionierst auf jeden Fall bei mir.«

»Und es wird immer nur besser, oder?« Ich küsste ihn fest auf den Mund.

»Warte«, sagte er schon leicht atemlos. »Wir sind gleich im Motel. Höchstens noch fünf Minuten. Was hältst du davon, wenn ich uns ein anderes Zimmer miete? Wir hätten die ganze Nacht zusammen. Nur wir zwei.«

»Alter Fuchs.«

Ich wartete bei offener Tür im Auto, während er in die Rezeption des Mangobaums verschwand. Fünf Minuten später kam er wieder herausgestürmt und warf die Tür polternd hinter sich zu. Sein Gesichtsausdruck sagte zwar schon alles, aber ich musste trotzdem fragen.

»Was ist los?«

»Keine freien Zimmer.« Er schlug wütend auf das Dach des Buick. »Kannst du dir vorstellen, dass in diesem stinkenden Kakerlakenloch kein einziges Zimmer mehr frei sein soll?«

Ich schaute rüber zur großen Anzeigetafel vor dem Motel, auf der tatsächlich in Neonlettern *BELEGT* stand.

Er kniete sich neben das Auto und nahm meine Hand. »Ich

würde ja sagen, wir fahren zu einem anderen Hotel, aber du weißt, was man sagt.«

Ich seufzte und gab ihm einen Kuss. »Ja. Kein Geld, keine Liebe.«

Er erwiderte meinen Kuss und half mir aus dem Auto.

»Das wird nicht immer so sein, das verspreche ich dir.«

»Ich weiß.«

Harry blieb noch mal stehen und schaute ins Innere des Wagens.

»Der Rücksitz sieht aber auch ziemlich geräumig aus.« Er zuckte vielsagend mit den Augenbrauen. »Ledersitze.«

»No way! Wir werden hier nicht auf ›Paradise by the Dashboard Light‹ machen. Nicht heute Nacht. Und auch in keiner anderen Nacht. Jetzt komm schon, mein Hübscher. Bringst du mich noch zu meiner Tür?«

49

Bei einer Schüssel Cornflakes und einer Tasse Instantkaffee legte ich meinen Komplizen den Plan dar, der sich am Abend zuvor in meinem Kopf geformt hatte.

»Ich war heute Morgen im Internetcafé«, erklärte ich.

»Ja, du musst echt früh aufgestanden sein«, meinte Eloise. »Ich habe gar nicht mitbekommen, wie du gegangen bist. Genau genommen habe ich dich gestern Nacht auch nicht heimkommen hören.«

»Ich habe mich auf Zehenspitzen reingeschlichen. Aber hört mir jetzt mal zu. Ich hab im Internet nach Meat Loaf gesucht. Ihr glaubt nicht, wie viele Webseiten es über die gibt. Das ist echt nicht mehr normal.«

»Mag sein«, sagte Eloise. »Aber viel wichtiger: Habt ihr gestern Abend diese junge Frau gefunden? Die angeblich auf der Yacht arbeitet?«

»Ja. Emma. Sie ist cool. Es hat sich rausgestellt, dass der Typ, dem die Yacht gehört, Doobie Bauers heißt. Der offiziellen Meat-Loaf-Biographie im Internet zufolge ist sein richtiger Name Douglas Jefferson Bauers. Er hat den Spitznamen Doobie wohl schon seit der Highschool.«

»Interessant«, meinte Opa. »Ich erinnere mich an eine Fernsehshow, die *Dobie Gillis* hieß.«

»Ja«, sagte Harry. »Das ist was anderes. Was ganz anderes.«

399

»Doobie Bauers hat an einigen der großen Hits von Meat Loaf mitgeschrieben«, fuhr ich fort. »Und hat noch viele andere erfolgreiche Songs vorzuweisen. Er hat sieben Platin-Alben, zwei Grammys und einen Haufen Geld. Ursprünglich war er Keyboarder. Aber in den letzten Jahren war er nicht mehr wirklich auf Tour, soweit ich sehen konnte. Er hat offenbar ein ziemliches Einsiedlerleben geführt.«

»Armer Kerl«, kommentierte Eloise.

»Hier ist das einzige Foto, das ich von ihm auftreiben konnte.« Ich schob ihnen ein ausgedrucktes Foto hin.

»Das ist ein altes Pressefoto von 1997«, erklärte ich. »Es ist im *Rolling Stone* erschienen, zu einem Artikel über den Versuch einer Meat-Loaf-Reunion-Tour.«

Eloise betrachtete das Foto eingehend. »Keyboarder Schrägstrich Komponist Doobie Bauers sagt ›Nein, danke‹ zu einer weiteren Runde Meat Loaf«, las sie die Bildunterzeile laut vor.

»Dem Artikel zufolge hatte Doobie damals das Gefühl, dass seine Musik sich in eine völlig andere Richtung entwickelt hatte«, erklärte ich. »Außerdem war er zu dem Zeitpunkt gerade ziemlich außer Form geraten. Er wog wohl um die einhundertfünfzig Kilo. Schlimmer als Meat Loaf selber.«

»O Mann«, meinte Harry. »Das ist hart.«

»Keine Sorge. Doobie hat angeblich direkt danach wieder fünfzig Kilo abgenommen. Dummerweise hat er sich gleichzeitig eine hässliche, kleine Meth-Sucht zugelegt.«

Wir nahmen nacheinander den Ausdruck in die Hand und starrten das fünfzehn Jahre alte Foto des Keyboarders Schrägstrich Komponisten Doobie Bauers an. Darauf zu sehen war ein bärtiger Mann mittleren Alters, der eine Baseballkappe und eine unauffällige Brille trug und über ein Keyboard gebeugt stand.

»Ich habe gelesen, dass er niemals ohne Kappe aus dem Haus gegangen ist«, erzählte ich den anderen.

»Hat bestimmt 'ne Glatze«, sagte Eloise mit wissendem Lächeln.

»Und wie gesagt, das ist das aktuellste Foto, das ich finden konnte. Die anderen waren alle aus den Siebzigern, als er noch auf Tour war. Auf denen trägt er die dunklen Haare bis zum Po und hat einen balkenartigen Schnauzer. Damals war er spindeldürr und offenbar ein Fan von hautengen schwarzen Lederhosen.«

»Zu seiner Verteidigung – das ist jetzt weit über dreißig Jahre her«, warf Harry ein. »Sogar Mick Jagger sieht langsam nicht mehr so frisch aus.«

»Mick Jagger sieht älter aus als Opa«, entgegnete ich.

Ich legte ein weiteres Foto auf die Küchenanrichte. Dieses zeigte eine attraktive Blondine in einem mit Sicherheit maßgeschneiderten Hosenanzug und mit breitkrempigem Sonnenhut auf dem Kopf.

»›Anya Bauers, Mitorganisatorin der Benefizgala zugunsten des Kinderkrankenhauses‹«, las Eloise vor. »Das ist seine Frau? Sie sieht aber sehr viel jünger aus als der alte Doobie.«

»Sie ist auch schon die dritte Mrs Bauers«, sagte ich. »Meiner Recherche zufolge ist sie gerade mal fünfunddreißig. Jung genug, um Doobies Tochter zu sein. Sie kommt nicht sehr oft nach Fort Lauderdale, weil sie wohl so eine Art Sonnenallergie hat. Deshalb trägt sie auch auf allen Fotos diese riesigen Sonnenhüte.«

»Wer kommt denn nicht gern nach Fort Lauderdale?«, fragte Opa verdutzt. »Die Sonne, das Meer. In fast allen Restaurants Happy Hour. Und überall Seniorenrabatte!«

»Sie hasst nicht unbedingt Lauderdale«, meinte ich. »Emma – die Köchin auf der Yacht – hat erzählt, dass sie nicht mag, dass Doobie hierherkommt, weil er dann mit der *Reefer* rausfährt und, äh, Dummheiten macht.«

»Schleppt er Frauen ab?«, fragte Opa grinsend. »Ich hab in der

Bar gestern jedenfalls eine Menge hübscher Frauen gesehen, die es wert gewesen wären, sie abzuschleppen. Also, wenn ich so was machen würde.«

»Die Frauen sind nicht sein Problem«, erklärte ich. »Emma meinte, wenn er auf der *Reefer* ist, gibt er sich die volle Dröhnung mit Kokain oder Alkohol oder Marihuana – oder allem zusammen.«

»Tragisch.« Eloise schüttelte mitfühlend den Kopf.

»Emma hat uns wirklich sehr weitergeholfen«, sagte ich.

»Also war der gestrige Abend ein Erfolg?«, fragte Eloise.

»In gewisser Hinsicht schon.« Harry legte mir unter dem Tisch eine Hand auf den Oberschenkel.

Ohne eine Miene zu verziehen, wischte ich sie beiseite.

»Ich glaube, ich weiß jetzt, wie ich mein Geld von Roy Eugene Moseley zurückbekommen kann«, erklärte ich den anderen drei. »Und ich glaube wirklich, dass es funktionieren könnte. Ich brauche natürlich eure Hilfe«, sagte ich in Richtung Opa und Eloise nickend.

»Also«, fuhr ich fort. »Wir können das nur durchziehen, wenn wir eine ordentliche Crew für die Yacht haben. Glücklicherweise hat Emma eingewilligt, uns zu helfen, und sie glaubt, Liam, das andere Crewmitglied, das außer ihr noch an Bord der *Reefer Madness* ist, wird auch mitmachen.«

»Wieso?«, fragte Eloise. »Was springt für sie dabei raus?«

»Wenn Anya Bauers die Yacht wirklich verkauft, was offenbar bald passieren wird, verlieren die zwei sowieso ihren Job.«

Eloise schüttelte den Kopf. »Der Grund ist noch nicht triftig genug, um dafür eine Gefängnisstrafe zu riskieren – um einer Frau zu helfen, die sie gerade erst kennengelernt hat.«

»Emma ist Köchin«, erwiderte ich. »Sie wird einen Job brauchen – ich habe ein Restaurant.«

»Hattest«, korrigierte Eloise.

»Und wenn wir das *Guale* wieder aufmachen, was hoffentlich bald der Fall sein wird, kann Daniel sicher kompetente Hilfe gebrauchen.«

»Und der andere Typ? Wie war noch mal sein Name?«

»Liam. Den kenne ich noch nicht, aber Emma sagt, er würde bestimmt mitmachen. Und notfalls bezahle ich ihm eben etwas dafür, das ist mir die Sache wert.«

»Glücklicherweise«, fuhr ich fort, »müssen wir Harrys Motivation nicht in Frage stellen. Denn ohne jemanden wie Harry wäre die ganze Operation nicht möglich.«

»Einen erfahrenen Mann«, sagte Harry grinsend und schob mir wieder die Hand auf den Oberschenkel. »Der aus völlig selbstlosen Gründen dabei ist.«

»Einen Mann, der weiß, wie man ein Boot stiehlt«, ergänzte ich. »Genaugenommen hat er schon öfters ein Boot gestohlen.«

»Moment mal«, protestierte Harry. »Die *Jitterburg* ist mein eigenes Boot. Und ich hab sie nicht wirklich gestohlen, sondern nur geliehen.«

»Noch besser. Harry hier wird uns helfen, die *Reefer Madness* zu leihen.«

»Werde ich?«

»Ja.« Ich klapperte mit den Wimpern in seine Richtung. »Und du wirst außerdem Doobie Bauers spielen.«

»Aber nicht den superdicken Doobie«, sagte Harry.

»Du wirst der durchtrainierte, sexy, leicht von Drogen benebelte Doobie sein«, erklärte ich. »Und du, Eloise, spielst die hübsche, aber zickige Anya Bauers.«

»Das Zickige gefällt mir.« Eloise betrachtete eingehend das Foto von Anya Bauers.

»Das sollte dir auch nicht allzu schwerfallen«, meinte ich augenzwinkernd.

»Und was ist mit mir?«, fragte mein Großvater. »Habt ihr

mich nur mitgenommen, um den ganzen Tag den Wetterkanal zu schauen und in Bars rumzusitzen?«

»Ganz und gar nicht«, erwiderte ich. »Ich bin froh, dass du den Blazer und die Krawatte mitgenommen hast. Denn du übernimmst die wichtigste Rolle von allen. Du wirst den Makler spielen, der die *Reefer Madness* an Roy Eugene Moseley verkauft – für, sagen wir, 4,8 Millionen Dollar?«

»Er hat dir doch nur zwei Millionen gestohlen«, bemerkte Eloise stirnrunzelnd.

»Aber die *Reefer Madness* ist viel mehr wert als das. Ich habe mir im Internet mal die Preise angeschaut. Außerdem bekommt Sandra Findley dann noch ihr Erbe zurück. Und der Makler erhält zehn Prozent Provision, was in etwa dem entspricht, was Roy Eugene von meinen Großeltern gestohlen hat.«

Opa zog zweifelnd die Augenbrauen zusammen. »Ich hasse es, hier der Spielverderber zu sein, junge Dame, aber dein Plan hat einen grundlegenden Fehler. Es ist illegal, etwas zu verkaufen, das einem nicht gehört. Und meinst du nicht, Doobie Bauers wird ziemlich sauer sein, wenn er rausfindet, dass jemand seine Yacht verkauft hat?«

»Er wird es nie erfahren«, erwiderte ich. »Doobie ist in einer Entzugsklinik in Phoenix. Bis er entlassen wird, liegt die *Reefer* wieder an ihrem Anlegeplatz im Bahia-Mar-Yachthafen. Aber ich werde mein Geld wiederhaben, und Roy Eugene Moseley wird im Gefängnis sitzen.«

»Und wenn etwas schiefgeht?«, wandte Eloise ein. »Wenn wir das Geld nicht bekommen und Roy Eugene die *Reefer Madness* stiehlt, wir das Boot nicht zurückbringen können und die Polizei auftaucht?«

»Dein Onkel James ist ein sehr guter Anwalt«, erwiderte ich gelassen. »Er hat schließlich auch dich schon einmal vor dem Gefängnis bewahrt.«

50

Eloise

Am Montag brachten wir das ZU-VERKAUFEN-Schild an Bug und Heck der *Reefer Madness* an. Um zwei Uhr nachmittags am selben Tag bezog Spencer seine Position an der Bar des Grillrestaurants im Bahia Mar, ausgestattet mit einem Handy und genug Geld für zwei Scotch und ein Schinkensandwich. Und Harry und ich hatten unseren ersten Auftritt als Doobie und Anya, die ewig streitenden Bauers.

Jemand anderes zu sein hat am Anfang wirklich Spaß gemacht. Natürlich hatte ich mich für meinen Einsatz vorher beim örtlichen Secondhandladen eingedeckt. Dabei hatte ich mich für einen schicken Boho-Stil entschieden: Seidentops und Caprihosen in hellen Farben, ein paar süße Sommerkleidchen, Sandalen – und natürlich breitkrempige Strohhüte. Insgesamt gab ich achtundsechzig Dollar für meine Garderobe, inklusive der zwölf Dollar für die Prada-Sandalen, die ich unbedingt haben musste, aus.

BeBe wollte mir die Haare Anya-blond färben, aber den Kampf konnte ich für mich entscheiden. Mein Argument war, dass ich sowieso fast immer Hüte tragen würde, und außerdem, wer sagte denn, dass Anya Bauers nicht des Blonds überdrüssig geworden war und sich zur Abwechslung an Rot gewagt hatte – was meiner Haarfarbe entsprach?

Harry war nicht besonders kooperativ, was seine eigene Garderobe anging. Ich hatte ihm vom Secondhandladen zwei völlig akzeptable Hawaiihemden von Tommy Bahama und bunte Shorts mitgebracht, und BeBe konnte ihn sogar dazu überreden, kurz reinzuschlüpfen. Kurz.

»Auf keinen Fall«, sagte er bestimmt, als er einen Blick in den Spiegel geworfen hatte. »Ich sehe aus wie eine hawaiianische Obstfliege.«

»Du siehst toll aus«, versuchte es BeBe und zupfte an ihm herum. »Wie Jimmy Buffett, nur jünger.«

»Zur Hölle, nein.« Harry zog sich das Hemd über den Kopf, ohne sich die Mühe zu machen, die Knöpfe zu öffnen. »Nicht mal für dich. So sehr stehe ich auch nicht unter deiner Fuchtel. Noch nicht«, fügte er hinzu.

Ich streckte ihm das Foto von Doobie Bauers hin. »Du sollst er sein, weißt du noch? Nicht Harry Sorrentino.«

»Na schön«, lenkte Harry ein. »Ich habe mir schon meine eigenen Gedanken gemacht. Nachdem ich dich bei diesem schicken Laden abgesetzt habe, bin ich selbst ein bisschen Einkaufen gewesen.« Er holte eine zerknitterte Papiertüte hervor. »Beim Secondhandladen der Krebsstiftung.« Er verschwand im Bad, und als er wieder rauskam, staunten BeBe und ich nicht schlecht. Die Verwandlung war perfekt.

Er trug ein Paar abgeschnittene Armyhosen, darüber ein ausgewaschenes lila-blaues Grateful-Dead-T-Shirt mit der Aufschrift »It's All Good«. Seine nackten Füße steckten in gebrauchten braunen Ledersandalen. Seine alte Florida-Marlins-Baseballkappe hatte er verkehrt herum auf dem Kopf, und mir fiel das erste Mal auf, dass er sich offenbar seit einer Woche nicht rasiert hatte.

»O mein Gott«, murmelte BeBe. »Er hat seinen inneren Obdachlosen entdeckt. Das Einzige, was fehlt, ist das Pappschild, auf dem steht ›Arbeite für Essen‹.«

Harry grinste und hielt ein kleines Metallgerät in die Höhe.

»Ist das eine Joint-Klammer?«, quietschte ich auf. »Harry, du bist ein Genie!«

Er zuckte mit den Achseln. »Hab ich in der Hosentasche der Shorts gefunden.«

Die nächsten drei Tage verbrachten wir an Deck der *Reefer*, unter einem unfassbar blauen Himmel, und versuchten, das zu tun, was die Reichen und Schönen so taten. Harry lümmelte die meiste Zeit in einem Liegestuhl und kippte ein Corona nach dem anderen in sich hinein, während Musik aus dem unerschöpflichen Rock-CD-Archiv des echten Doobies lief. Ich lag derweil im Bikini unter einem Sonnenschirm und widmete mich der Lektüre der Zeitschriften und Magazine, die die echte Anya zurückgelassen hatte. *Vogue, O, Elle, Harper's Bazaar, Self* und ja – sogar eine drei Monate alte Ausgabe der *Cosmopolitan*.

»Seien Sie ein böses Mädchen!«, lautete der Titel eines *Cosmo*-Artikels, den Anya mit einem Eselsohr markiert hatte. »Mach ihn so richtig scharf, bis er um Gnade winselt.«

Das war's dann mit meiner katholischen Erziehung, dachte ich, und riss den Artikel vorsichtig aus dem Heft, um ihn mir später in Ruhe durchzulesen. Mama würde noch ein paar extra Rosenkränze beten müssen, um meine arme Seele zu retten. Daniel hingegen würde sich über diese Art von Inspiration sicherlich freuen.

Während wir auf der faulen Haut lagen, werkelten Liam und Emma auf der Yacht herum, polierten und wischten und hielten das Boot abfahrbereit. Gegen Mittag brachte Emma uns Tabletts mit einem leichten Snack und tropischen Fruchtdrinks.

»Ich könnte mich an diese Art Leben gewöhnen«, meinte Harry an diesem ersten Tag, nachdem er ein Sandwich mit gegrilltem Zackenbarsch verputzt hatte und sich für seine zweite Siesta des Tages bereitmachte.

Während Harry schlief, tauchte Liam plötzlich neben mir auf.

»Sonnencreme?«, fragte er und drückte aus einer Tube einen Tropfen auf meine nackte Schulter.

Ich zuckte zusammen, als die kühle Creme meine Haut berührte. »Nein, danke«, lehnte ich schnell ab.

»Anya will immer, dass ich sie eincreme«, entgegnete er, und sein träger Blick ruhte eine Sekunde zu lang auf meinen Brüsten.

»Was sagt Doobie denn dazu?«, fragte ich und zog das Handtuch um mich.

»Doob? Mann, so lang das Bier kalt und die See ruhig ist, ist bei dem alles cool.«

Ich stand auf und spazierte zur Reling, die zur Hafenseite zeigte, stets darauf bedacht, den Hut tief ins Gesicht gezogen zu halten. Im Yachthafen ging es an dem Tag zu wie in einem Taubenschlag. Boote fuhren ab und legten an, Yachtbesitzer spritzten ihre Decks ab, Vorräte wurden mit Sackkarren an Bord gebracht. Als ich so an der Reling lehnte und das Treiben beobachtete, bemerkte ich einen Mann auf einem silbernen Mountainbike, der langsam vorbeifuhr. Er drehte den Kopf, als er das Schild am Heck des Schiffs entdeckte. Trotz seiner dunklen Sonnenbrille konnte ich sehen, dass er von dem Anblick angetan war. Schnell huschte ich zurück zu meinem Liegestuhl.

»Harry«, sagte ich leise.

Nichts.

»Harry, wach auf. Da ist gerade ein Mann auf einem Fahrrad vorbeigefahren. Ich glaube, es könnte Roy Eugene gewesen sein.«

Doobies Musik verursachte mir allmählich Kopfschmerzen. Ich setzte mich auf den Rand von Harrys Liege. Er hatte die Kappe übers Gesicht gelegt, die sich bei jedem Schnarcher leicht hob und senkte. Ich beugte mich über sein Ohr.

»Harry!«

Er fuhr erschrocken hoch. »Himmel! Was ist los?«

»Du hast geschnarcht.«

»Das gehört zu meiner Tarnung. Hast du mich geweckt, um mir das zu sagen?«

»Ich habe dich geweckt, weil da gerade ein Kerl auf einem Fahrrad vorbeigefahren ist und sich unser ZU-VERKAUFEN-Schild ganz genau angeschaut hat«, erklärte ich. »Ich denke, es könnte sich um unseren Mann handeln.«

»Gut.« Harry legte sich wieder hin. »Weck mich, wenn er bereit ist, den Scheck zu unterschreiben.«

»Du bist nutzlos«, stellte ich fest.

»Und nenn mich nicht Harry«, fügte er hinzu, ehe er die Augen schloss.

An unserem dritten Tag auf der *Reefer* fiel mir auf, dass Harry wesentlich weniger Zeit damit verbrachte, wesentlich weniger Bier zu trinken. Nach einem leichten Lunch aus Hummerschwanz-Salat verzichtete er auf sein übliches Nickerchen und streunte stattdessen ruhelos auf der Yacht herum. Zwei Stunden lang war er im Motorraum verschwunden, woraufhin er ölverschmiert und schweißgebadet wieder auftauchte und vor Begeisterung nur so sprühte.

»Mann, Mann«, sagte er und ließ sich mit einem großen Glas, dessen Inhalt verdächtig nach Eistee aussah, auf seinem Liegestuhl nieder. »Doppelter 750er Dieselmotor mit einem Pod-Antrieb für die 360-Grad-Drehung! Wir könnten heute Abend losfahren und morgen Nachmittag in Belize sein und in Bonefish und Tarpun schwelgen.«

Ich senkte die Januar-Ausgabe von *Town & Country*. Ich war inzwischen derart gelangweilt davon, Artikel über die aktuellen Trends im nichtchirurgischen Lifting zu lesen, und irritiert von Anzeigen für »neckischen«, Diamant-verkrusteten Plunder, der mehr kostete, als das Haus meiner Eltern wert war, und ernsthaft verärgert über die Geschichte einer High-Society-Dame aus Houston, die vierzigtausend Dollar ausgegeben hatte, um Orchideen für die Deko eines Wohltätigkeitsballs einfliegen zu lassen.

»Reich und sonnenunverträglich zu sein ist unglaublich anstrengend«, teilte ich Harry mit. »Ich werde nicht mal richtig braun. Kein Wunder, dass Anya Bauers so eine blöde Ziege ist.«

»Versuch es doch mal mit reich und zugedröhnt«, erwiderte Harry. »Und diese verdammte Musik die ganze Zeit! Mir bluten bald die Ohren. Ich weiß nicht, wie lang ich das noch ertrage.«

Im Augenwinkel sah ich einen silbernen Schatten vorbeihuschen. »Schau jetzt nicht hin«, raunte ich Harry zu. »Aber da ist wieder der Typ auf dem Fahrrad.«

»Verspiegelte Sonnenbrille, weiße Schildkappe?«, fragte Harry, ohne den Kopf in die entsprechende Richtung zu drehen.

»Genau.«

»Er dreht um, und fährt noch mal vorbei. Mein Gott, du könntest recht haben«, wisperte Harry. Er stand auf und streckte sich gähnend, dann schlenderte er zur Treppe, die zum Unterdeck führte, wo er sich übers Geländer beugte. »Liam«, rief er polternd. »Bring mir meine Bong.«

»Doobie!«, quietschte ich, meiner Rolle entsprechend aufgebracht. »Wage es ja nicht! Ich rufe deinen Psychiater an.«

»Fick dich, Anya«, zischte Harry.

Ich stemmte die Hände in die Hüften und funkelte ihn böse an. »Das kannst du ja schon mal nicht, du schlappschwänziger Möchtegern.«

»Langsam«, flüsterte Harry. »Wer wird denn gleich so persönlich werden? Ich bin ein Drogenabhängiger auf Entzug, erinnerst du dich?«

»Hey Emma«, rief er dann laut. »Wir brauchen hier oben dringend ein paar Nachos mit Käse. Und eine Flasche Champagner für mich. Und ein paar Beruhigungspillen für meine Alte.«

Jetzt sprang ich ebenfalls auf und schrie von der Galerie. Irgendwie tat es fast gut. »Wagt es ja nicht, ihm irgendwas zu bringen. Keiner von euch! Wenn ihr euren Job behalten wollt, bis wir diese verdammte Schüssel verkauft haben, dann bleibt ihr genau dort, wo ihr gerade seid!«

Harry kam zurück und ließ sich in seinen Liegestuhl plumpsen. »Okay«, sagte er dann. »Er ist weitergefahren. Die Show ist vorbei.«

Emma stand auf dem Unterdeck und starrte mich mit großen Augen an. »Das war alles nur gespielt, oder?«, flüsterte sie.

»Wir hatten einen Zuschauer«, erklärte ich. »Und ich glaube, wir haben den Köder ausgeworfen.«

»Mann«, sagte Emma. »Das war gruselig. Sie haben genauso geklungen wie Anya.«

»Danke«, erwiderte ich. »Wenn du das gut gefunden hast, dann warte mal den zweiten Akt ab.«

Ich setzte mich wieder zu Harry an Deck, und gemeinsam taten wir so, als würden wir uns ignorieren. Da klingelte mein Handy. Ich lauschte lächelnd und verabschiedete mich.

»Das war Spencer«, erklärte ich. »Er hat gerade einen Anruf von einem Mann namens Rory Mason bekommen, der die *Reefer* gern mal besichtigen würde. Er kommt morgen Nachmittag um vier vorbei.«

»Gut.« Harry fuhr sich mit der Hand übers zugewucherte Kinn. »Lass uns die Sache hinter uns bringen. Nichts für ungut, Eloise, aber ich weiß nicht, wie lang ich es noch ertrage, mit dir verheiratet zu sein.«

51

Das Spiel läuft«, sagte Harry, als er mich am Mittwochabend anrief.

Ich umklammerte mein Handy. »Seid ihr sicher, dass er es ist?«

Meine Nerven lagen blank. Seit Harry und Eloise vor drei Tagen an Bord der *Reefer Madness* gegangen waren, hatte ich die Zeit damit totgeschlagen, im Motelzimmer auf und ab zu gehen und darauf gewartet, dass Reddy anbeißt. Ich hatte versucht, Telenovelas zu schauen, Bücher zu lesen und sogar mich am Pool in die Sonne zu legen, aber ich war zu angespannt, um mich auf irgendetwas länger als eine Stunde konzentrieren zu können.

Mein Großvater war auch keine Hilfe. Er saß den ganzen Tag in der Bar des Bahia Mar und mimte den Yachtmakler, was ihm einen riesigen Spaß zu machen schien. Jeden Abend kam er mit neuen Geschichten von Leuten zurück, die er kennengelernt hatte, und erzählte mir mit leuchtenden Augen, was er in der Bar alles im Fernsehen geschaut hatte.

Er hatte sogar eine neue Leidenschaft: den Golf-Kanal. Nach seinem ersten Tag als professioneller Kneipenhocker kehrte er ganz aufgeregt ins Motel zurück, um seine Entdeckungen mit mir zu teilen. »Siehst du«, rief er und zeigte auf den Fernseher. »Das ist die erste Qualifizierungsrunde für die Masters.« Er tippte mit dem Finger auf den Bildschirm. »Das ist Davis Love der Dritte. Ich hab damals noch seinen Daddy spielen sehen, als ich mit den Kumpels von Zuhause nach St. Simons zum Golfen gefahren bin.«

»Das ist toll, Opa«, meinte ich. »Hat heute jemand wegen der Yacht angerufen?«

»Nee.« Er winkte ab. »Nur irgend so ein Ausländer, der angeblich eine Schuhfabrik in Südafrika besitzt. Ich hab ihm gesagt, dass wir schon einen Käufer haben.«

»Bist du sicher, dass das nicht Reddy war?«, fragte ich nervös. »Das ist genau die Art Geschichte, die er sich ausdenken würde. Mir hat er doch auch erzählt, er wäre ein Millbanks aus Charleston, was alles ein Haufen Lügen war.«

»Dieser Kerl war aber älter«, erwiderte Opa. »Garantiert nicht euer Mann. Jedenfalls hab ich heute nach dem Mittagessen eine Show mit Chi-Chi Rodriguez gesehen, der vorgeführt hat, wie man richtig puttet. Danach hab ich noch die British Open von 1998 geschaut. In dem Jahr war es extrem windig und regnerisch …«

Als er seinen Bericht beendet hatte, kam er wieder auf die Anrufe zurück, und ich erfuhr, dass sich noch jemand gemeldet hatte. »Der Typ meinte, er sei in der Entertainment-Branche. Hast du schon mal von jemandem gehört, der sich A. T. Money nennt?«

»Das ist ein bekannter Rap-Star«, erklärte ich. »Er hat letztes Jahr die Nationalhymne bei den World Series gesungen. Hat er dich persönlich angerufen?«

»Sein Manager. Zumindest hat er das behauptet«, antwortete Opa. »Er klang schwarz.«

»Das würde Sinn ergeben. A. T. Money ist schwarz. Du hast aber nichts Blödes gesagt, oder?«

Mein Großvater war kein Rassist, aber er war eben in Savannah geboren und aufgewachsen.

»Quatsch«, erwiderte er. »Ich hab ihm nur gesagt, dass wir kurz davor sind, einen Kaufvertrag abzuschließen, und hab mir seine

Telefonnummer geben lassen, damit wir ihn anrufen können, falls der andere Interessent abspringt.«

»Gut mitgedacht.« Ich nickte anerkennend.

Am Mittwochabend, kurz nachdem Harry angerufen hatte, kam Opa in mein Motelzimmer geeilt. Er trug ein brandneues pinkes Golfhemd, das »Grande Oaks Golf« über der Brusttasche gestickt hatte. In der Hand hielt er eine Styroporbox, und eine braune Papiertüte klemmte unter seinem Arm.

»Du hast mit ihm geredet?«, fragte ich und stürzte ihm aufgeregt entgegen. »Bist du dir sicher, dass es Roy Eugene ist?«

Opa stellte die kleine Box auf der Anrichte ab und öffnete die Papiertüte, die eine Flasche Scotch enthielt.

»Er ist es auf jeden Fall«, sagte er. »Da ist was zu essen für dich drin. Dir müssen die Truthahn-Sandwichs doch schon zum Hals raushängen. Außerdem dachte ich, du würdest heute Abend gern ein bisschen feiern.«

In der Styroporbox befand sich ein Hackbällchen in dickflüssiger brauner Sauce, ein Häufchen klumpiger Kartoffelbrei und blassgekochter Brokkoli.

»Wie schön«, sagte ich und gab ihm einen Kuss auf die Wange. »Das, äh, sieht lecker aus.«

»Los, iss es besser gleich, bevor es noch kalt wird«, drängte er mich. »Das war das Happy-Hour-Angebot im Diner an der Ecke. Und kannst du dir vorstellen, dass es nur 1,99 Dollar gekostet hat?«

Ich pickte an dem Hackbällchen herum und gab mir redlich Mühe, meinen mangelnden Enthusiasmus zu verbergen. »Erzähl mir von dem Treffen morgen. Ich will alles ganz genau wissen. Harry hat nur gesagt, dass Reddy sich das Boot um vier Uhr nachmittags anschauen will.«

»Nicht nur anschauen.« Opa goss sich Whiskey in ein angeschlagenes Wasserglas, das er mit Leitungswasser auffüllte. »Er will auch eine kleine Spritztour damit machen.«

»Nein! Das können wir nicht machen. Das ist zu riskant. Was, wenn mit dem Boot etwas passiert? Oder wenn Reddy versucht, es zu stehlen?«

»Das nennt sich eine Probefahrt und ist gang und gäbe in der Branche«, erklärte Opa und bot mir sein Glas Scotch an.

Ich nahm einen tiefen, beruhigenden Schluck. »Woher weißt du denn, was in der Branche gang und gäbe ist?«

»Du bist nicht die Einzige, die hier Recherche betreibt«, erwiderte Opa sichtlich stolz. »Ich habe am Montag bei einem sehr netten Laden an der Seventeenth Street haltgemacht, Case Marine Sales, und hatte ein langes Gespräch mit einem der Yachtverkäufer dort. Sehr erhellend. Er hat mir alle meine Fragen beantworten können, und ich durfte mir sogar ein paar mittelgroße Yachten anschauen. Mein Liebling war eine sechzehn Meter lange Bertram. Die *Lucy Goosey*. Wunderschönes Boot. Und kostet nur 750 000 Dollar.«

»Du denkst nicht ernsthaft darüber nach, eine Yacht zu kaufen, oder? Du bist zu alt für so was. Außerdem würde Oma das nie erlauben.«

Er seufzte. »Ich weiß. Lorena erlaubt mir gerade so, Batterien für die Taschenlampe zu kaufen. Aber ein Mann darf doch wohl noch Träume haben. Und jetzt bin ich perfekt darauf vorbereitet, mich mit Reddy oder Roy Eugene oder Rory, wie er sich jetzt nennt, auseinanderzusetzen.«

»Ich kann es nicht fassen, dass du ihn schon getroffen hast«, sagte ich.

»Er ist wirklich sehr überzeugend. Kann sich sehen lassen, der Mann. Wenn ich es nicht besser wüsste, würde ich wirklich glauben, dass er ein frühpensionierter Kieferorthopäde ist.«

»Kieferorthopäde!«, rief ich aus. »Er wird wirklich immer dreister.«

»Frühpensioniert«, ergänzte Opa. »Seit er diese neuen, unsichtbaren Zahnspangen erfunden hat, die alle Kinder tragen wollen.«

»So ein Lügner.« Ich knirschte mit den Zähnen. »Was hat er dir sonst noch erzählt?«

»Nur, dass er schon seit geraumer Zeit nach einer Yacht sucht und dass er sich vor kurzem entschieden hat, eine Seeigel zu kaufen. Er war angeblich in Michigan und hat sich die Fabrik angeschaut.«

»Wahrscheinlich hat er versucht, eine Yacht direkt aus der Werft zu stehlen«, meinte ich.

»Er behauptet, dass er auch ein Haus am Wasser kaufen möchte«, erzählte Opa weiter. »Sagt, er sei von Charleston hier runtergezogen und habe gerade Freunde, deren Boot im Bahia-Mar-Yachthafen liegt, besucht, als er das Schild am Bug der *Reefer Madness* gesehen hat.«

»Sehr gut.« Ich bedeutete ihm mit einer Handbewegung, fortzufahren.

»Er hat eine Menge Fragen gestellt. Wollte wissen, wie lang der derzeitige Besitzer die Yacht schon hat, wer er ist, wie viele Meilen das Boot zurückgelegt hat und warum es verkauft wird.«

»Was hast du ihm gesagt?«

»Ich habe gesagt, dass ich das nicht am Telefon beantworten kann.« Opa kicherte zufrieden. »Da hat er angeboten, sich mit mir zu treffen und mich auf einen Drink einzuladen. Was wir heute Nachmittag gemacht haben.«

»Und?«

»Ich habe alles sehr vage gehalten«, erklärte Opa. »Du wärst sehr stolz auf mich gewesen. Ich habe ihm gesagt, dass der Name des Besitzers vertraulich ist, aber dass ich verraten kann, dass er in der Unterhaltungsbranche tätig ist. Dass er das Boot vor drei Jahren neu gekauft hat und dass der Motor nur vierhundert Meilen auf dem Buckel hat.«

»Wirklich sehr gut«, lobte ich ihn beeindruckt.

»Er hat mich rundheraus gefragt, ob der Besitzer Doobie Bauers ist. Ich habe mich erst eine ganze Zeit gewunden, es dann aber doch schließlich zugegeben, und er musste mir schwören, es niemandem weiterzusagen. Und dann habe ich ihm gesagt, dass mein Klient die Yacht verkaufen will, weil ihm sein Beruf nicht genug Freizeit lässt, um sie vernünftig zu nutzen.«

»Du bist echt gut. Ich hatte ja keine Ahnung, was alles in dir steckt, Opa.«

»Ich bin selbst von mir überrascht«, gab er zu. »Wusste gar nicht, dass Lügen so viel Spaß machen kann.«

»Hör auf meinen Rat«, sagte ich, »und lass es lieber nicht zu einer Gewohnheit werden.«

»Jedenfalls«, fuhr er fort. »Rory, oder wie auch immer er heißt, wusste schon eine ganze Menge über das Boot und über Doobie und Anya Bauers. Er wusste sogar, dass sie derzeit an Bord sind.«

»Gut«, sagte ich vorsichtig.

»Und er hat darauf bestanden, dass sie morgen bei der Probefahrt dabei sind«, fügte er hinzu.

»Was?«

»Hat behauptet, ein großer Fan von Meat Loaf zu sein.«

»Nein, das kann nicht sein. Reddy ist nicht der Typ dafür. Er ist außerdem viel zu jung, um Meat Loaf zu kennen. Nun, auf jeden Fall sieht Harry sehr überzeugend aus. Und Eloise auch.«

»Das hoffe ich doch«, entgegnete Opa und lehnte sich in seinem Stuhl zurück. »Bei der Probefahrt stehen immerhin fünf Millionen Dollar auf dem Spiel.«

»Fünf Millionen? Ich dachte, wir hätten 4,8 Millionen Dollar gesagt?«

»Ich habe ein wenig aufgerundet«, erklärte Opa. »Nachdem ich mir die anderen Yachten angeschaut hatte, schien mir der erste Preis zu gering für die *Reefer Madness*.«

»Wie hat Reddy auf den Preis reagiert?«

»Er hat versucht, mich runterzuhandeln«, antwortete Opa. »Aber ich habe ihm gesagt, der Preis ist nicht verhandelbar. Und ich hab ihn angewiesen, morgen einen Scheck über fünfzigtausend Dollar mitzubringen.«

»Was?! Hast du vor, ihn zu vertreiben?«

»Überhaupt nicht. Das ist so üblich. Eine Anzahlung – wie beim Handel mit Immobilien«, erklärte mein Großvater mit ernster Miene. »Außerdem wissen wir dann gleich, ob er das Geld wirklich hat, wenn wir den Scheck einlösen. Auf die Art sind wir ihm einen Schritt voraus.«

»Du machst mir Angst, alter Mann.«

Opa grinste nur und schlürfte seinen Scotch.

52

Eloise

Um halb vier hatte ich Herzrasen. Mein Mund war trocken, meine Handflächen schwitzten, sogar meine Augen juckten. »Ich kann das nicht«, sagte ich zu Harry. »Ich kann nicht so tun, als wäre ich die echte Anya. Ich bin nicht wie BeBe. Ich bin nicht so draufgängerisch wie sie. Ich *kann* das nicht.«

»Das klappt schon«, meinte Harry mit erstaunlich beruhigender Stimme. »Du warst doch die ganze Woche schon Anya Bauers. Und was für eine tobende Zicke du warst, allein der Klang deiner Stimme lässt meine Eier schrumpfen. Armer alter Doobie«, fügte er kopfschüttelnd hinzu.

»Das liegt nur an dir«, jammerte ich. »Du bist so überzeugend als Doobie, dass ich dich am liebsten erwürgen würde. Ich verstehe wirklich, wieso diese Frau so ist. Aber ich kann das nicht vor Reddy. Ich werde es bestimmt vermasseln. Er wird mir die Rolle niemals abkaufen. Und was dann? Was, wenn er eine Waffe dabei hat oder so? Ich werde alles verderben, und dann ist es nur meine Schuld.«

Wir befanden uns unten in der Kabine der *Reefer Madness* und machten uns für das Treffen mit Spencer und dem Mann, der sich Rory Mason nannte, bereit.

Ich zog mein kürzestes, engstes Sommerkleid an, legte dick Make-up auf, suchte meinen protzigsten Modeschmuck und meinen größten Strohhut raus, der ein knallpinkes Modell von Helen Kaminski war.

»Du wirst das bestimmt ganz großartig machen«, redete Harry mir zu. »Sag dir einfach immer, dass du wirklich Anya bist. Und ich wirklich Doobie.«

Er lehnte sich über das Marmorwaschbecken, seifte sich die Hände ein und rieb sich dann über die Augen.

»Was tust du da?«

Tränen liefen ihm übers Gesicht. Er blinzelte, rieb sich wieder die Augen und blinzelte wieder.

»Mann, das brennt wie Hölle«, murmelte er.

»Ach so«, sagte ich, als mir dämmerte, was er vorhatte. Er rieb sich das Kinn, das inzwischen mit schon fast zentimeterlangen Stoppeln bedeckt war. Dann nahm er seine Flasche Corona und leerte die Flasche in einem Zug, wobei er das Bier teilweise über sein Kinn und auf sein Hemd laufen ließ. Er rülpste laut.

Sein heutiges Outfit bestand aus einem roten Van-Halen-T-Shirt, das zu einem blassen Rosa verwaschen war, und verkrumpelten Khakishorts. Schuhe trug er keine.

»Du bist wirklich abstoßend«, sagte ich voller Bewunderung.

»Denk einfach immer daran.« Er gab mir einen Klaps auf den Po.

Wir gingen zusammen zur Kombüse, um zu sehen, wie weit Emma mit den Vorbereitungen für unsere kleine Ausfahrt war.

Sie wirbelte in der blitzenden Edelstahlküche herum, verteilte Petersilie auf einer silbernen Platte voller Minipasteten, füllte Champagnergläser und stapelte exquisite kleine Brownies übereinander.

Harry klaute sich eine Minipastete, kaute hastig und ließ die Krümel über sein Shirt rieseln. »Die sind verdammt gut«, stellte er fest. »Krabben?«

»Krabben und Avocado«, antwortete Emma. Sie sah richtig professionell aus in ihrer weißen Kochschürze und den engen weißen Jeans. »Die Brownies sind mit Amaretto-Espresso-Geschmack.«

Ich nahm mir einen und erklärte ihn für göttlich.

»Sagen Sie das Ihrer Freundin«, meinte Emma an mich gewandt, »denn nachdem das hier über die Bühne gegangen ist, werde ich dringend einen neuen Job brauchen.«

»Wenn BeBe Ihnen sagt, dass sie einen Job für Sie hat, dann ist das auch so«, erwiderte ich. »Wir sind seit Jahren sehr gut befreundet. Sie wird Sie nicht hängenlassen.«

»*Sie* dürfen uns heute aber auch nicht hängenlassen okay?«, schaltete sich Harry ein. »Und vergessen Sie, dass sie den Namen BeBe je gehört haben.«

»Ich habe noch nie von ihr gehört, *Doobie*«, stimmte Emma zu. Sie wischte ihm einen Krümel aus dem Bart. »Mein Gott, Sie sehen mit jedem Tag mehr aus wie er.« Sie seufzte. »Armer Doobie. Er hasst Entzug.«

»Wo steckt Liam?«, fragte Harry mit Blick auf seine Armbanduhr. »Spencer und Rory werden bald hier sein. Wir wollen so schnell wie möglich in die Gänge kommen.«

»Er ist noch schnell Eis holen gegangen«, sagte Anya. »Er kommt bestimmt gleich wieder.«

Wir hörten Schritte an Deck. »Das wird er sein«, meinte Emma. »Ich werde ihm mal besser zur Hand gehen.« Harry verschwand.

Mir war flau, und ich eilte zurück zur Hauptkabine, wo ich im Medizinschränkchen ein paar Magentabletten fand, die ich allerdings sofort wieder ins Waschbecken erbrach.

Als ich mir gerade die Zähne putzte, hörte ich Stimmen an Deck, und mein Magen krampfte sich erneut zusammen.

»Hey, Anya-Baby«, rief Harry. »Schaff deinen Arsch hier hoch. Wir haben Besuch.«

Ich puderte mir das Gesicht und frischte meinen Lippenstift auf, dann schlüpfte ich in ein Paar hochhackige Sandalen und setzte den Hut auf.

Ich hörte, wie der Motor der Yacht brummend zum Leben erwachte. Ich schaute aus dem Bullauge der Kabine und sah davor das Wasser schäumen. Wir legten ab. Showtime.

Spencer und der »Kunde« standen auf dem Sonnendeck im hinteren Teil des Boots und beobachteten, wie wir uns geschmeidig von der Anlegestelle entfernten.

»Hier ist Anya«, rief Harry, als er mich erblickte.

Ich ging auf die Gruppe zu, in der Hoffnung, dass niemand bemerkte, wie weich meine Knie waren, und dass meine Hände zitterten.

»Anya«, begrüßte mich Spencer freundlich und nahm meine Hand. »Darf ich dir Rory Mason vorstellen?«

Mason streckte mir die Hand entgegen, und als ich ihm meine gab, hielt er sie einen kleinen Moment zu lang fest.

Es war nicht schwer zu verstehen, wieso BeBe sich so schnell in den Kerl verliebt hatte. Seine Haare waren viel heller als auf dem Video von Sabrina Berg. Sie waren jetzt fast blond, was seinen dunklen Teint noch besser zur Geltung brachte. Er war groß, mit blassblauen Augen hinter einer Schildpatt-Hornbrille. Er trug weiße Leinenhosen und ein blaues Seidenhemd, das der Farbe seiner Augen entsprach.

»Schön, Sie kennenzulernen«, brachte ich hervor. Ich musste mich konzentrieren, weil ich befürchtete, mir vor Angst in die Hosen zu machen.

»Danke, dass Sie die Probefahrt so kurzfristig einrichten konnten«, sagte Rory. Er sprach mit authentischem Südstaatenakzent, nicht zu übertrieben und von einer guten Erziehung zeugend. »Ich muss Ihnen sagen, dass ich dieses Boot bewundere, seit ich es das erste Mal gesehen habe.«

Mein Kopf war plötzlich völlig leer. Mir fiel nichts Passendes ein, was ich erwidern konnte. Was, wenn ich es vermasseln würde? Hatte er mich bereits durchschaut? Wusste er, dass ich eine Betrügerin war?

Harry kam mit einer halbleeren Bierflasche in der einen und einer klimmenden Zigarette in der anderen Hand auf mich zugeschlendert.

»Verdammt, Anya«, blaffte er mich an. »Geh mit diesen verfluchten High Heels von meinem Teakdeck runter. Wie oft muss ich dir das eigentlich noch sagen – keine Absätze!«

Ich schaute ihn an und drehte ihm dann wütend den Rücken zu. Mir schoss das Blut in die Wangen.

»Sie müssen meinen Mann entschuldigen, Rory«, sagte ich möglichst ruhig. »Er ist etwas durch den Wind, weil er der Tatsache ins Auge sehen muss, dass wir die *Reefer* tatsächlich verkaufen.«

Ohne Warnung packte mich Harry am Arm und schob mich auf einen der Liegestühle. Dann riss er mir die Schuhe von den Füßen und warf sie in hohem Bogen über Bord.

»Doobie!«, schrie ich auf. »Diese Schuhe haben zweihundert Dollar gekostet.«

»Hey, schaut mal.« Harry wandte sich an Spencer und Rory, die meinen flegelhaften Ehemann entsetzt anstarrten. »Jetzt ist die Schlampe genauso wie damals, als ich sie kennengelernt habe. Dumm und barfuß.«

Spencer lachte nervös. »Doobie macht gern Witze. Immer der alte Spaßvogel, was, Doobie?«

Harry zuckte mit den Schultern. »Wie auch immer.« Er zog an der Zigarette und schnipste den Stummel dann über die Reling. »Also, Rory. Was halten Sie von unserem kleinen schwimmenden Palast?«

»Schön«, erwiderte Rory bemüht locker.

Er starrte mich erwartungsvoll an. Ich nahm mir ein Glas Champagner von dem Tablett, das Emma in der Hand hielt, und leerte das Glas auf einen Zug. Vielleicht konnte der Alkohol meine Nerven beruhigen.

»Natürlich muss ich mir noch die Mechanik und die Elektronik anschauen«, erklärte Rory.

»Das Zeug kann Ihnen Liam zeigen«, meinte Harry gleichgültig. »Oder, Spencer?«

Spencer machte eine Handbewegung in Richtung der Treppe zum Steuerhaus. »Wenn es Ihnen nichts ausmacht, bleibe ich hier unten. Meine Knie bringen mich um.«

»Kein Problem.« Rory ging auf das Steuerhaus zu.

Als er außer Sichtweite war, verpasste ich Harry einen Tritt ans Schienbein. »Geh mit«, raunte ich ihm zu. »Ich will nicht, dass er mit Liam allein ist.«

Harry zog eine Augenbraue hoch, tat aber wie geheißen.

»Was ist denn mit Liam?«, fragte Spencer flüsternd.

»Keine Ahnung«, entgegnete ich. »Wahrscheinlich gar nichts. Ich bin nur ziemlich nervös. Ich hätte die ganze Sache am liebsten schon hinter mir.«

Spencer tätschelte mir mitfühlend die Schulter. »Dauert ja nicht mehr lang. Wir fahren nur etwa drei Meilen raus – zu einer Stelle, die Hillsdale Cut heißt. Hin und gleich wieder zurück. Mach nur so weiter, Kind.«

Ich schenkte ihm ein schwaches Lächeln und zwang mich, wieder im Liegestuhl Platz zu nehmen, anstatt den anderen hinterherzurennen und selbst nach dem Rechten zu sehen.

Eine halbe Stunde später kamen Harry und Rory zurück und gingen nach unten, um den Motor zu inspizieren, wie ich annahm. Harry war weiterhin laut und unfreundlich, und Rory Mason wirkte auch schon entsprechend genervt.

Es war ein wunderschöner Nachmittag für eine Ausfahrt. Die See war ruhig und smaragdgrün, und die tiefstehende Sonne war noch warm, ohne brutal zu sein. Ich war die reiche Lady auf einer Fünf-Millionen-Dollar-Yacht. Und mir war zum Kotzen zumute.

Harry und Rory kehrten aus dem Motorraum zurück und leisteten mir auf dem Sonnendeck Gesellschaft. Kurz darauf kam Emma herauf und brachte frische Getränke.

»Appetizer im Salon?«, fragte sie. »Der Wind hat ein wenig aufgefrischt.«

»Gute Idee.« Ich erhob mich eilig.

»Fuck Appetizer«, murmelte Harry. »Dieser Schnickschnack ist was für Schnösel. Bring mir lieber Nachos und Tequila.«

»Wir werden die Appetizer im Salon zu uns nehmen«, sagte ich zu Emma. »Und für Doobie kannst du etwas Mineralwasser bringen. Er hatte heute schon genug zu trinken.«

»Schlampe«, zischte Harry. Dann sank er auf einen Liegestuhl neben meinem. Ich bedeutete Spencer und Rory mit einer Handbewegung, dass sie mir folgen sollten.

»Ich möchte mich für Doobies Verhalten entschuldigen«, sagte ich zu Rory, nachdem er auf einer der schwarzen Lederbänke neben mir Platz genommen hatte. »So ist er immer, wenn er kurz davor ist, wieder ins Studio zu gehen, um Songs aufzunehmen. Ich dachte, das Boot würde ihm helfen, sich zu entspannen, aber stattdessen hat es gewisse, äh, Verhaltensmuster verstärkt. Weshalb wir beschlossen haben, die *Reefer* zu verkaufen.«

»Er ist Alkoholiker. Und der Alkohol macht ihn nicht netter«, meinte Rory verständnisvoll. »Wenn ich das richtig sehe, nimmt er auch Drogen. Und Sie scheinen eine so wunderbare Dame zu sein. Wieso tun Sie sich das an?«

Ich nahm mir eine Krabbenpastete und aß mit extra kleinen Bissen, um mir etwas einfallen zu lassen, das ich erwidern konnte. Ich warf Spencer einen flehenden Blick zu.

»Anya versucht alles, um Doobie zu helfen«, sagte Spencer. »Und wo wir schon dabei sind, vielleicht sollte ich lieber mal an Deck gehen und nach ihm schauen. Wir wollen ja nicht, dass er noch aus Versehen über Bord geht.«

Rory schaute Spencer hinterher. »Sieht so aus, als wäre es für

425

alle Beteiligten besser, wenn Ihrem Mann genau das passieren würde.«

»Sagen Sie so was nicht«, rief ich entrüstet aus. »Sie kennen ihn nicht. Er war nicht immer so. Er ist kreativ. Und er hat schwache Nerven. Sein Therapeut sagt, er braucht uneingeschränkte Unterstützung.«

Rory lehnte sich in eins der Kissen zurück und sah sich im Salon um. Sein Blick schweifte über Doobies gerahmte Albumcover und seine Platinplatten, den Plüschteppich und die Mahagonivertäfelung, den Flatscreenfernseher und die Glasvitrine, randvoll mit glitzernden Kristallgläsern und teurem Porzellangeschirr.

Seine Hand streifte meinen Nacken. »Sie reden immer nur davon, was er braucht. Was ist mit Ihnen? Was brauchen Sie, Anya?«

Ich schluckte und kaute auf meiner Unterlippe. Das war surreal. Machte er sich wirklich an mich ran? Wo zur Hölle waren Spencer und Harry?

Wir hörten Schritte. »Komm schon, Doobie«, sagte Spencer. »Niemand ist sauer auf dich. Wir sind doch alle Freunde hier. Komm und iss etwas mit uns. Anya macht sich schon Sorgen um dich.« Rorys Hand glitt unauffällig zurück auf die Bank.

Kommt gefälligst hierher, flehte ich im Stillen. Anya macht sich hauptsächlich um sich selbst Sorgen, weil ihr sie mit dem Hai allein gelassen habt.

Harry torkelte in den Salon und sank in meinen Schoß. »Hey Baby«, gurrte er und streichelte mir über die Wange. »Es tut mir leid. Ich kauf dir neue Schuhe. Ich kauf dir ein Dutzend neuer Schuhe. Wie wäre das, Baby?«

Ein Ausdruck von Abscheu huschte über Rorys Gesicht, dann sprang er auf. »Ich schaue mir noch die Kabinen an, wenn das in Ordnung ist.«

»Natürlich«, sagte Spencer. »Ich führe Sie ein bisschen herum.«

Ich lehnte mich erleichtert zurück, als die zwei den Salon verlassen hatten. »Wag es ja nicht, mich noch mal mit ihm allein zu lassen«, raunte ich Harry zu.

Er setzte sich auf. »Hat er sich an dich rangemacht?«

»Er war kurz davor. Der Typ ist total schmierig. Und er würde es begrüßen, wenn du über Bord gingst.«

Irgendwie brachten wir den Rest der Ausfahrt hinter uns. Spencer sorgte dafür, dass Rory beschäftigt war, zeigte ihm sämtlichen Schnickschnack auf der Yacht, und ich hielt mich möglichst fern von ihm.

Als wir wieder in den Hafen des Bahia Mar einliefen, wusste ich durch die Gespräche zwischen Spencer und ihm, dass Rory sich entschieden hatte. Er würde die *Reefer Madness* kaufen.

Ich schaffte es, mein Lächeln aufrechtzuerhalten, als wir uns wieder auf dem Sonnendeck versammelten und Freundlichkeiten austauschten.

»Also?« Rory bedachte Harry mit einem kühlen, abschätzigen Blick. »Kommen wir ins Geschäft?«

»Reden Sie mit Spencer«, entgegnete Harry. »Er ist der Geschäftsmann.«

»Ja?« Rory streckte Spencer die Hand hin.

»Ja«, antwortete Spencer. »Ich bringe Sie zu Ihrem Auto, und wir können über die Bedingungen sprechen.«

Die zwei Männer verließen das Boot und gingen in Richtung Parkplatz, wobei sie sich leise unterhielten. Geh schon, dachte ich. Hau ab. Meine Nerven lagen blank. Ich war kurz davor, zu kollabieren.

»Die Bedingung lautet cash«, rief Harry ihnen hinterher. »Morgen. Nicht später als Mittag. Ich will endlich zusammenpacken und nach Nashville zurück. Bis Mittag, hören Sie?«

Die anderen beiden gingen weiter, ohne sich umzudrehen. »Harry«, sagte ich leise. »Ruf BeBe an. Sag ihr, wir sind quitt. Und sag ihr, dass du mir ein neues Paar Schuhe schuldest.«

53

Eloise

Ich traf Emma in der Küche an, wo sie am Aufräumen war. »Sie waren wunderbar«, lobte ich sie. »Die Appetizer waren genau richtig – elegant und nicht zu pompös. Wir können Ihnen gar nicht genug danken, dass Sie uns geholfen haben.«

Sie hielt ein Champagnerglas gegen das Licht und polierte es mit einem weichen Tuch. »Gern geschehen. War auf eine Art mein Schwanengesang hier, wissen Sie? Glauben Sie, dass er es uns abgekauft hat?«

Ich rieb mir den verspannten Nacken. »Ich hoffe doch. Spencer hat gerade angerufen. Rory hat ihm den Scheck für die Anzahlung gegeben. Fünfzigtausend Dollar. Es ist ein Barscheck, also gehe ich davon aus, dass er gedeckt ist. Jetzt müssen wir nur noch den morgigen Tag überstehen, und die Show ist vorbei.«

»Ja«, sagte Emma leise. »Irgendwie bin ich traurig, hier wegzugehen. Ich hätte es nicht gedacht, aber es ist so. Dieser Ort war jetzt fast zwei Jahre lang mein Zuhause. Und ich werde es vermissen, für Doobie zu arbeiten. Er ist wirklich ein Schatz. Diese Krabbenpastete mochte er am liebsten. Und die Brownies, obwohl ich für euch seine spezielle Lieblingszutat weggelassen habe.«

»Das weiß ich zu schätzen«, sagte ich. »Also, Emma, was haben Sie jetzt vor? Ich meine, bis BeBe wieder in Savannah ist und das *Guale* wieder aufmachen kann? Haben Sie irgendwelche Pläne?«

»Kurzfristig, ja«, sagte sie. »Eine der Kellnerinnen der *Sandbar* heiratet diese Woche. Ich kann in ihrem Apartment wohnen, bis sie aus den Flitterwochen zurückkommt, und so lang kann ich auch ihre Schichten in der Bar übernehmen. Ehrlich gesagt, sobald ich hier fertig aufgeräumt habe, gehe ich zu ihrem Junggesellinnenabschied.«

»Ich räume hier fertig auf«, erklärte ich. »Sie haben für heute genug getan.«

»Okay«, sagte sie zögerlich. »Ich schätze, das ist in Ordnung. Ich werde heute Abend bei einer Freundin übernachten. Aber ich bin morgen früh zurück, um meine Sachen zu packen.«

»Alles klar. Bis morgen Mittag sollte das Geschäft mit Rory abgewickelt sein.«

Ich ließ mir Zeit beim Aufräumen der Küche. Jedes Teil passte genau in den ordentlichen kleinen Schrank. Zu schade, dass das Leben nicht auch so einfach aufzuräumen war, dachte ich. Ich war gerade dabei, die Edelstahlarbeitsplatte abzuspritzen, als sich mir die Nackenhaare aufstellten.

Ich fuhr herum. Liam stand in der Tür, er beobachtete mich mit trägem Blick. Er trug enge Blue Jeans, kein Shirt, keine Schuhe. Er war tief gebräunt, schlank, muskulös und auf eine gewisse Art beunruhigend.

»Das war eine beeindruckende Vorstellung, die Sie da heute abgeliefert haben«, sagte er.

»Danke.« Ich stellte den Glasreiniger zurück unter die Spüle. »Fertig«, sagte ich lächelnd.

»Wo ist denn Ihr Freund?«, fragte er.

»Harry?« Ich wollte gerade klarstellen, dass er nicht mein Freund war, doch dann überlegte ich es mir anders. »Er ist mit Spencer gegangen, um den Papierkram für morgen fertig zu machen.«

Liam nickte. »Fünf Millionen Dollar. Das ist eine Menge Geld.«

»Wir stehlen das Geld ja nicht von Rory«, stellte ich fest. »Er hat es meiner Freundin gestohlen. Und Spencer. Ihre gesamten Ersparnisse. Er hat das auch anderen Frauen angetan. Er ist ein Verbrecher. Und das Geld gehört nicht ihm.«

Liam fuhr mit der Hand über die glänzende Arbeitsplatte. »Aber die *Reefer* gehört Ihnen auch nicht.«

Ich runzelte die Stirn. »Ich dachte, Sie hätten das verstanden. Wir verkaufen sie ja nicht wirklich an Rory. Sobald sein Scheck eingelöst ist, wird es einen anonymen Anruf bei der Polizei geben. Mit dem Hinweis, dass die Yacht gestohlen wurde. Doobie bekommt sein Boot zurück. Wir haben unser Geld. Alles ist gut.«

»Ja«, meinte er langgezogen. »Ich verstehe den Plan. Ich weiß nur nicht, ob ich wirklich dabei mitmachen will, wissen Sie?«

Mir lief ein eisiger Schauer über den Rücken. »Aber Sie haben zugestimmt. Sie haben Emma gesagt, dass Sie uns helfen würden. Hören Sie, wenn Sie Angst haben, Ärger zu bekommen ...«

Er kam näher und berührte den Träger meines Sommerkleids. »Oh, ich hab keine Angst, Ärger zu bekommen. Ehrlich gesagt, törnt es mich irgendwie an. Wie steht es mit Ihnen?«, fragte er mit hochgezogenen Augenbrauen. »Törnt es Sie auch an?«

Ich spürte seinen heißen Atem in meinem Nacken. Ich wich einen Schritt zurück, doch mein Rücken stieß an die Spüle.

»Diese Situation macht mich gerade sehr nervös«, sagte ich wahrheitsgemäß. »Genau genommen macht mich dieses Gespräch extrem nervös.«

»Sie sind süß, wenn Sie nervös sind.« Liam strich mir eine Haarsträhne hinters Ohr. »Eigentlich sind Sie die meiste Zeit ziemlich süß. Was macht denn eine heiße Braut wie Sie mit so einem alten Sack wie Harry?«

»Hören Sie, Liam, was wollen Sie genau von uns? Geld? Ich kann noch mal mit Harry reden. Sobald das Geschäft über die Bühne gegangen ist, wollten wir Ihnen sowieso etwas für Ihre Hilfe geben.«

»Geld ist gut.« Liam schaute durch halbgeschlossene Augen auf mich hinab. »Aber euch alle erwartet morgen der große Zahltag, und zwar nur, weil ich für eure Zielperson heute eine Probefahrt mit der *Reefer* gemacht habe. Ohne mich wäre das alles nicht passiert.«

Ich atmete tief durch. »Ehrlich gesagt hätten wir auch ohne Sie rausfahren könne. Harry kann ein Boot lenken. Er ist sogar Kapitän eines Charterboots. Aber das tut jetzt nichts zur Sache. Sie haben uns geholfen, und wir haben vor, Sie dafür zu entlohnen.«

»Ich habe mir etwas anderes vorgestellt«, entgegnete Liam. »Den Mittelsmann zu übergehen, könnte man sagen. Das Geschäft direkt mit dem Käufer zu machen.«

»Das können Sie nicht tun«, fuhr ich ihn an. »Es ist alles schon vereinbart. Rory macht das Geschäft mit uns. Wenn sich jetzt noch etwas ändert, wird er bestimmt misstrauisch und taucht ab. Sie kennen ihn nicht. Er ist ein Krimineller. Genau genommen gehen wir davon aus, dass er irgendetwas versuchen wird, um uns übers Ohr zu hauen.«

»Psst.« Liam drückte mir einen Finger auf die Lippen. »Sie haben so einen schönen, kleinen Mund. Aber Sie reden zu viel. Denken zu viel nach.« Er schlang den Arm um meine Taille und zog mich an sich, dann küsste er mich, schob mir seine Zunge in den Mund, bewegte die Hände über meinen Körper und umfasste meine Brüste.

»Liam!« Ich schubste ihn weg. »Hören Sie auf damit!«

»Kommen Sie schon.« Er packte meine Handgelenke und hielt sie fest. »Sie wollen mir sagen, dass Sie nicht angetörnt sind? Sie wollen mir sagen, dass Sie nicht die ganze Zeit darüber nachgedacht haben, wie Sie das Geschäft ohne Harry und die anderen abwickeln können und das Geld für sich behalten?«

»Nein!« Ich versuchte, mich aus seinem Griff zu befreien.

Er packte mich an den Schultern und drückte mich gegen die

Anrichte. »Ich schon.« Sein Atem ging schnell. »Wenn jemand mit der *Reefer* Geld macht, dann bin ich es. Wenn sie jemand verkauft, dann ich. Also, meine Süße. Wie sieht's aus? Bleiben Sie bei Harry und gehen arm nach Hause? Oder lassen Sie sich von Liam die guten Dinge im Leben zeigen?«

»Sie können doch nicht –«, setzte ich an.

»O doch. Ich kann sehr wohl«, erwiderte er ruhig. »Und ich werde. Sie haben es selbst gesagt, Rory will dieses Boot. Er will es unbedingt. Ihm ist es egal, wem er das Geld zahlt. Es wird ein Leichtes sein. Sie sagen mir einfach, wo ich Rory finde, ich rufe ihn heute Abend an, sage ihm, dass sich die Bedingungen geändert haben. Dass Sie und ich jetzt seine Geschäftspartner sind. Kein Makler. Kein Harry. Und wenn er die Yacht von uns kauft, ist sie – sagen wir – eine halbe Million günstiger.«

Mir wurde kalt. Da hatte ich mir Sorgen gemacht, dass Roy Eugene Moseley uns durchschaut, dabei hatte Liam die ganze Zeit auf seine Gelegenheit gewartet, sich das Boot selbst unter den Nagel zu reißen. Und das Geld. Und mich.

Harry, verdammt, dachte ich, komm zurück. Sofort.

»Was meinst du, Süße?« Nun duzte er mich schon.

Liam lehnte am Türrahmen, die Daumen in den Bund seiner Jeans gehakt. Ich bemerkte, dass er seine Reflexion im Glas des Bullauges selbstverliebt betrachtete.

Plötzlich war ich sauer. Oh, ja, dachte ich. Ja, Liam, du bist so ein heißer Typ. Ich wette, dein ganzes Leben lang erzählen dir die Frauen schon, wie heiß du bist. Wie könnte dir jemand widerstehen?

»Ich meine … wieso nicht?«, entgegnete ich achselzuckend.

»Du bist dabei?«

»Ja.«

»O-kay.« Er streckte mir die Handfläche zum High Five hin. »Das schreit nach einer kleinen Feier.« Er nahm meine Hand.

»Komm mit.« Er führte mich durch den engen Gang in Richtung Kabine.

O Gott, dachte ich. Er wird mich in die Kabine schleifen und vergewaltigen.

»Wo gehen wir hin?«, fragte ich und rammte die Fersen in den Boden. »Hör zu, ich finde dich ja süß und so, aber ich bin nicht bereit, jetzt schon den nächsten Schritt zu machen. Und Harry kommt auch bald zurück. Wenn er mich mit dir erwischt, weiß ich nicht, wozu er fähig ist. Das war nicht alles gespielt heute. Er ist wirklich ziemlich aufbrausend. Und ich habe Angst davor, dass er richtig wütend wird.«

»Scheiß drauf«, erwiderte Liam. »So ein alter Sack wie der? Mit dem werde ich locker fertig. Entspann dich.« Er zog wieder an meiner Hand. »Nur eine kleine Party. Nichts Ernsthaftes. Los, komm, ich zeig dir was.«

»Hier rein.« Er öffnete die Tür zur Hauptkabine. »Verdammt, Eloise, ich werde dich nicht vergewaltigen. Ich musste noch nie eine Frau dazu zwingen. Ich will dir nur etwas zeigen.«

Widerwillig folgte ich ihm in die Kabine. Er öffnete eine Schiebetür in der Wand. Es war ein Kleiderschrank voller Männerkleidung. Er kniete sich hin und schob einen Koffer beiseite. Als er da so auf dem Boden hockte, hatte ich den Gedanken, ihm einfach eins über die Rübe zu geben und um mein Leben zu laufen. Doch ehe ich mich nach etwas umschauen konnte, womit ich ihn niederschlagen konnte, stand er auch schon wieder auf. In der Hand hielt er eine blaue Adidas-Sporttasche.

»Was ist das?«, fragte ich.

Er nahm die Tasche und leerte sie auf dem Bett aus.

»Doobies geheimer Vorrat«, erklärte er mit breitem Grinsen.

Es war ein Sammelsurium an verbotenen Substanzen: eine große Tüte Marihuana, ein kleineres Tütchen weißes Pulver, ein Dutzend Fläschchen mit Pillen in allen Farben.

»Woher weißt du, wo er das versteckt?«, fragte ich. »Emma meinte, Anya hätte das Boot auf den Kopf gestellt und sein Versteck nie entdeckt.«

»Was glaubst du, von wem er das Zeug hat? Er konnte kaum riskieren, es selbst mitzubringen, wenn er an den Flughäfen in Nashville und Atlanta durch die Kontrollen musste. Und Anya hat ihn mit Adleraugen beobachtet. Hat ihn keine Minute allein gelassen, sobald sie in Lauderdale waren. So war es viel einfacher. Er hat mich angerufen und gesagt, wann sie kommen würden, und ich bin ein bisschen für ihn shoppen gegangen.«

»Wow.« Meine Gedanken rasten. Wie zur Hölle kam ich aus der Situation wieder raus?

Er nahm die große Tüte. »Exzellentes Jamaica-Gras. Hab ich auf unserem letzten Trip besorgt. Und das Koks ist auch erste Sahne. Doobie hat mich mit diesem Kerl bekanntgemacht, der das Premiumzeug vertickt. Oder vielleicht stehst du mehr auf Ludes?« Er neigte den Kopf und zwinkerte mir zu. »Also, was hättest du gern?«

»Oh.« Ich überlegte krampfhaft. Sag was. Verdammt. »Um ehrlich zu sein, wird mir von so was immer schlecht. Das war schon auf dem College so. Selbst vom leichtesten Gras wird mir so übel, dass ich mir die Seele aus dem Leib kotzen muss. Mit Koks ist es dasselbe. Aber gegen einen Drink hätte ich nichts einzuwenden.«

»So wird es aber nicht so lustig.«

»Mir egal, was du machst«, sagte ich großmütig. »Aber ich hätte jetzt wirklich Lust auf einen Cosmopolitan. Meinst du, wir haben die Zutaten an Bord?«

»Na klar. Anya trinkt immer Cosmos. Sie ist so eine Heuchlerin. Wenn sie sich mit Wodka die Kante gibt, ist das okay, aber wehe, Doobie raucht ein bisschen Gras, um sich zu entspannen.«

Ich begann, die Drogen zurück in die Tasche zu stopfen. »Wenn du mir sagst, wo ich alles finde, mache ich uns eine Kanne voll. Weißt du zufällig, ob wir Triple Sec haben?«

Er streckte die Hand nach der Tüte Marihuana aus. »Bist du sicher, dass du nichts davon probieren willst? Das ist echt gutes Zeug, bringt dich garantiert ganz sanft runter.«

»Nein, danke. Alkohol bleibt die Droge meiner Wahl.«

»Wie du meinst.« Er fing an, sich einen Joint zu drehen. »Steht alles im Schnapsregal im Salon. Ich komm gleich nach.«

Ich fand den Alkohol und Limettensaft in dem Regal im Salon, genau wie Liam gesagt hatte. Ich hielt den Cocktailshaker gegen das Licht. Er war aus geschliffenem Glas mit Edelstahldeckel. Sehr vornehm. Ich goss Wodka und Triple Sec hinein, gab Cranberry- und Limettensaft dazu und füllte alles mit Crushed Ice auf. Nach einem beherzten Schütteln goss ich mir ein Glas voll ein und nahm einen großen Schluck, um mir etwas Mut anzutrinken. Dann zog ich das Fläschchen hervor, das ich heimlich von Doobies Vorrat abgezweigt hatte, und entnahm ein halbes Dutzend blauer Pillen. Ich hatte keine Ahnung, was es war, aber es war mir auch egal, solang es Liam ausknockte. Ich zerdrückte die Pillen mit dem Boden der Wodkaflasche und gab das Pulver in den Shaker. Ich schüttelte alles ordentlich durch.

Schritte. Meine Hände zitterten. Nach kurzem Zögern zerdrückte ich noch zwei Pillen und fügte sie der Mischung hinzu, die ich nach einem weiteren Schütteln in ein Martiniglas goss.

»Hier steckst du.« Liam schlenderte in den Salon. Er trug jetzt Schuhe und ein Hemd, das er nicht zugeknöpft hatte. In der einen Hand hielt er einen angezündeten Joint, und seine Augenlider waren noch schwerer als vorher, falls das überhaupt möglich war. »Hast du alles gefunden?«

Er streckte den Arm nach mir aus, und ich drückte ihm das randvolle Martiniglas in die Hand.

»Ja. Probier mal. Ist eine Spezialität von mir.«

435

»Mädchengesöff«, sagte er abschätzig. Doch er nippte trotzdem daran. »Schmeckt irgendwie anders. Du hast noch eine andere Zutat reingetan, oder?«

»Meine Geheimzutat«, erklärte ich augenzwinkernd. Ich nahm einen tiefen Schluck von meinem eigenen Glas und wartete ab.

Er fläzte sich auf die Bank, nahm die Fernbedienung und schaltete den Fernseher ein. Es lief MTV, wo drei Latino-Mädchen in weißen Kunstlederbikinis sich vor einem riesigen Neonkruzifix wälzten, während ein finster dreinblickender Schwarzer in Mönchskutte eine Rapversion von »Faith of Our Fathers« zum Besten gab. Ich fragte mich unwillkürlich, ob Spencer dieses Video schon gesehen hatte. Ich musste ihn bei Gelegenheit mal fragen. Falls ich es je lebend hier rausschaffen würde.

»Komm, setz dich zu mir.« Liam legte die Hand neben sich auf die Bank. »Ich beiße nicht. Wir sind doch jetzt Partner, oder? Du und ich. Partner müssen sich gut verstehen.«

Ich nahm den Cocktailshaker und setzte mich auf die Kante der Bank. »Lass mich dein Glas auffüllen«, sagte ich. »Partner.«

54

Als das Telefon im Motelzimmer klingelte, betrachtete ich es misstrauisch. Jeder, der mich kannte, würde mich auf meinem Handy anrufen. Doch als ich das Mobiltelefon vom Nachttisch nahm, stellte ich fest, dass die Batterie leer war.

»BeBe?« Die Stimme flüsterte so leise, dass man sie kaum hörte.

»Wer ist denn da?«

»Ich bin's, verdammt. Eloise.«

»Wieso flüsterst du?«

»Ich stecke in Schwierigkeiten«, hauchte sie in den Hörer.

»Komm sofort hier rüber. Jetzt. Bring Harry und Spencer mit.«

»Die sind aber nicht hier«, erwiderte ich. »Wo bist du denn? Was ist los?«

»Ich bin auf der Yacht. Komm. Sofort. Her.«

Und damit legte sie auf.

Wie sollte ich denn dort hinkommen? Opa und Harry hatten den Buick genommen. Ich saß schon den ganzen Nachmittag im Motelzimmer und wurde fast verrückt vor Langeweile und Nervosität. Ich schnappte mir meine Handtasche und war schon halb aus der Tür, als es mir wieder einfiel: meine Verkleidung. Reddy konnte immer noch am Yachthafen rumhängen und die *Reefer Madness* beobachten.

Fluchend rief ich mir ein Taxi. Ich zog mir die dunkle Perücke über die Haare und stopfte mir ein paar Socken in den BH.

Für eine aufwendigere Kostümierung war jetzt keine Zeit. Ich schlüpfte gerade in die gelben Plateauschuhe, als draußen schon das Taxi hupte.

»Bahia-Mar-Yachthafen«, wies ich den Fahrer an. Er drehte sich zu mir um und starrte mich an.

»Arbeiten Sie?«

Oh, ich wusste, welche Art Arbeit er meinte.

»Nein«, entgegnete ich finster. Ich reichte ihm einen Zwanzigdollarschein. »Könnten Sie sich bitte beeilen? Es ist eine Art Notfall.«

»Bei euch Leuten hier ist doch alles ein Notfall«, murmelte er mürrisch, hielt aber schon zehn Minuten später am Yachthafen.

»Soll ich Sie in einer Stunde wieder abholen«, fragte er und zwinkerte mir wissend zu.

»Nein, danke. Mein Zuhälter holt mich ab.«

Ich klapperte, so schnell es meine hohen Schuhe zuließen, bis zum Ende des Piers, wo die *Reefer Madness* vor Anker lag. Ich schaute mich hastig um, ob mich jemand beobachtete, dann ging ich an Bord.

So aus der Nähe raubte mir die Schönheit der *Reefer Madness* noch mehr den Atem. Dagegen wirkte die *Blue Moon*, die Roy Eugene in Savannah hatte, wie ein Badewannenspielzeug. Alles war weiß und glänzend und roch nach viel Geld. Weit und breit war niemand zu sehen.

Das Sonnendeck war leer. Ich kickte die Schuhe weg und schlich auf Zehenspitzen zum Bug des Boots. Dort war auch niemand. Als ich zum Heck zurückgekehrt war, öffnete ich eine Tür, die zur Kabine zu führen schien. »Eloise?«, flüsterte ich.

»Komm hier rein.« Eine Hand packte mich am Arm.

»Was soll das?« Eloise saß auf einer riesigen schwarzen Lederbank neben einem Fremden, der mit bunten Bungeeseilen verschnürt war.

»Das ist Liam, der Bootsmann der *Reefer*«, erklärte sie flüsternd.

»Was ist mit ihm passiert?«

Sie hatte offenbar geweint. »Er, er hat sich an mich rangemacht. Mich geküsst …«

»Also hast du ihn gefesselt? Das erscheint mir ein bisschen extrem, Eloise.«

»Er wollte uns hintergehen!«, rief sie aufgebracht. Obwohl es schon fast unangenehm warm war, rieb sie sich die Arme, als würde sie frieren. »Er hat gedroht, zu Reddy zu gehen und mit ihm das Geschäft zu machen, ohne Harry und Spencer. Und wenn ich nicht mitmache, wollte er uns bei Reddy verpfeifen. Und ich hatte solche Angst. Er wollte alles kaputtmachen.«

»Und dann hast du ihn gefesselt«, sagte ich nickend.

»Nein. Nicht gleich. Erst habe ich so getan, als würde ich mitspielen«, erklärte Eloise.

»Er wollte es feiern. Hat mir Doobies geheimen Vorrat gezeigt. Unten in der Hauptkabine. Da liegt eine ganze Sporttasche voller Drogen. Koks und Marihuana und Pillen und ich weiß nicht, was sonst noch. Er wollte, dass ich mit ihm einen Joint rauche, und ich habe uns Cosmopolitans gemixt und in sein Glas acht oder neun dieser blauen Pillen getan, die ich unten habe mitgehen lassen, als er nicht geschaut hat.«

Ich ging vor Liam in die Hocke. Seine Augenlider flatterten. Ich hob seinen Arm an und ließ ihn wieder fallen. Wie ein toter Fisch. »Was waren das für Pillen?«

»Als ob mich das interessiert hätte! Es hat doch funktioniert, oder? Er hat zwei Cosmos getrunken, dann war er auf einmal still und ist getaumelt und dann zack! Er war ausgeknockt. Und jetzt mach ich mir Sorgen. Was, wenn ich ihm eine Überdosis gegeben hab? Was, wenn er stirbt? O mein Gott, was, wenn er aufwacht? Wir müssen irgendwas tun.«

»Beruhig dich erst einmal.« Ich rieb ihre Hände, die eiskalt waren. »Seine Atmung klingt normal. Er hat Puls. Und er spuckt kein Blut oder so.«

»Du hast wieder *Emergency Room* geschaut, oder?«

»Und *General Hospital*. Wusstest du, dass es hier einen eigenen Kanal für Seifenopern gibt?«

»BeBe! Was machen wir jetzt?«, jammerte Eloise. »Wir müssen uns was überlegen. Was, wenn Reddy hier auftaucht und uns mit Liam sieht?«

»Zeig mir den Drogenvorrat«, verlangte ich. »Wir müssen rausfinden, was du ihm gegeben hast und ob es ihn eventuell umbringen kann.«

Liam stöhnte fast lautlos und erschauderte.

»Warte mal«, sagte ich. »Zuerst müssen wir ihn besser verschnüren. Er sieht ziemlich kräftig aus. Und wir müssen ihn woanders hinschaffen.«

»Im Bug des Boots ist ein großer Spind, in dem sie die Schwimmwesten und das Zeug verstauen. Dort können wir ihn erst mal einschließen.«

Ich packte ihn unter den Armen, Eloise nahm die Füße, und irgendwie schafften wir es, ihn gemeinsam zu dem Spind zu schleppen, wo wir ihn zwischen Taue und Schwimmwesten legten. Doch der Spind hatte kein Schloss.

»Das wird schon gehen, bis wir etwas Besseres finden«, meinte ich.

»Was hältst du davon, wenn wir ihn mit so einem Tau fesseln?«, schlug Eloise vor.

»Nein, die sind zu dick. Lass uns mal schauen, ob wir was anderes finden.«

»Vielleicht einen Gürtel oder so«, sagte Eloise. »Doobie und Anyas Schränke in der Kabine sind voll mit Klamotten. Dort können wir mal schauen. Und die Sporttasche ist auch da.«

»Heilige Schande«, rief ich aus, als sie die Tür zur Hauptkabine öffnete. Alles war in Cremefarben gehalten, vom Teppich bis zu den schweren Satinvorhängen und den seidenen Überwürfen auf dem riesigen Doppelbett.

»Schau mal nach oben«, forderte mich Eloise auf, während sie zielstrebig auf einen der Wandschränke zuging.

Die Decke war verspiegelt.

»Hui«, machte ich. »Man sollte doch meinen, dass das einen auf einem Boot seekrank macht.«

Sie warf mir eine blaue Sporttasche hin. Ich öffnete den Reißverschluss und leerte den Inhalt aufs Bett. »Nicht schlecht«, sagte ich mit großen Augen. »Jetzt wissen wir auch, wieso die Yacht *Reefer Madness* heißt.« Ich durchstöberte die Pillenfläschchen auf der Suche nach den blauen Kapseln, die Eloise mir beschrieben hatte.

»Die hier?«, fragte ich und kippte mir ein paar blaue Pillen in die Handfläche.

»Ja, gut möglich«, erwiderte sie.

Das Fläschchen hatte kein Etikett. Ich betrachtete eine der Kapseln im Licht, um zu sehen, ob ich eine Aufschrift oder Nummern darauf entdecken konnte. »Nichts.«

»Er hat was von Ludes gesagt.« Eloise öffnete eine Schublade.

»Quaaludes«, sagte ich. »Das ergibt Sinn. Ich habe gehört, die werden nicht mehr hergestellt, aber manche Leute kaufen sie noch auf dem Schwarzmarkt. Das könnte der Grund sein, wieso da kein Etikett drauf ist und auch nichts auf die Pillen gedruckt ist. Wenn es Quaaludes sind, wird ihm nichts passieren. Er wird nur ein sehr langes Nickerchen machen und mit Kopfschmerzen aufwachen.«

»Schau dir das mal an.« Eloise hielt einen schwarzen Spitzenstrumpfhalter in die Höhe.

»Ooh, Anya«, sagte ich mit einem Anflug von Bewunderung. »Sieht aus, als hättest du eine ungezogene Seite.«

441

»Ist aus Frankreich«, erklärte Eloise, die das Etikett studierte. Sie zog noch mehr Wäschestücke hervor, einen schwarzen Seiden-BH und die winzigsten Tangas, die ich je gesehen hatte.

»Interessanter Lockenstab«, meinte Eloise und legte einen Gummistab auf die Kommode. »Ich glaube, ich habe noch nie einen batteriebetriebenen gesehen.«

»Nein, nein, meine kleine katholische Prinzessin«, kicherte ich. »Das ist kein Lockenstab. Das ist ein Vibrator. Das perfekte Geschenk für eine Frau, die alles hat.«

»Was?« Eloise betrachtete den Vibrator genauer, und ihr Gesicht lief rot an. Dann lief sie zum Waschbecken und wusch sich hastig die Hände.

Ich nahm ihren Platz an der Kommode ein. »Lass mal sehen, was da sonst noch so drin ist.«

Ich kramte ein paar schwarze Seidenstrümpfe hervor. »Wir könnten ihm damit die Hände zusammenbinden.«

»Das ist echte Seide.« Eloise befühlte anerkennend den Stoff. »Es wäre eine Schande, die kaputtzumachen.«

»Aha.« Ich grub noch tiefer in der Schublade. Dann zog ich eine flache Samtschachtel heraus. »Ich glaube, ich habe den Familienschmuck der Bauers gefunden.«

Ich öffnete den Deckel der Schachtel. Auf einem edlen Innenfutter aus rotem Satin lag ein Paar glänzend silberne Handschellen mit schwarzem Fellüberzug.

»Perfekt.« Eloise nahm mir die Schachtel aus der Hand und schob die Schublade mit der Hüfte zu. »Ich will gar nicht wissen, was da sonst noch drin ist.«

Liam schnarchte friedlich vor sich hin, als wir zum Spind zurückkamen. Wir rollten ihn auf die Seite und schlossen ihn mit den Handschellen an einem Wasserrohr an.

»Siehst du? Stell dir einfach vor, er hält nur etwas länger Siesta«, sagte ich zu Eloise.

»Und was jetzt? Lassen wir ihn einfach hier liegen?«

»Müssen wir wohl. Wir können ihn ja schlecht jetzt von Bord schleifen – viel zu auffällig. Er kann die Nacht hier verbringen. Die Männer können sich morgen um ihn kümmern.«

»Wo wir schon von ihnen sprechen«, sagte Eloise, »wo stecken die eigentlich? Harry meinte, sie wollten sich um den Papierkram für den Yachtverkauf kümmern. Aber das ist schon Stunden her.«

»Keine Ahnung, wo sie gerade stecken. Ich denke, sie amüsieren sich irgendwo.«

Eloise verschränkte die Arme vor der Brust. »Ich bleibe jedenfalls keine weitere Nacht auf diesem Boot. Nicht mit diesem perversen Schwein. Und nicht mit diesem, diesem *Ding*, das wir in der Kommode gefunden haben.«

»Okay, okay«, beruhigte ich sie und hakte mich bei ihr unter. »Du warst sehr tapfer und clever. Lass mich nur noch schnell Doobies Vorräte wieder im Schrank verstecken. Dann fahren wir zurück zum Mangobaum und bestellen uns Pizza. Harry und Spencer können hier heute Nacht die Stellung halten.«

55

Zurück im Motel fanden wir meinen Großvater ausgestreckt auf seinem Bett vor. Er war noch vollständig bekleidet, inklusive Socken und Schuhe. Aus seiner Brusttasche ragte eine nicht angezündete Zigarette heraus und ein rotes Cocktailfähnchen mit der Aufschrift »Embers Lounge«. Mit jedem leisen Schnarchen blies er eine Scotch-Wolke aus.

»Opa.« Ich tätschelte ihm vorsichtig die Wange. »Wach auf.«

Er schüttelte den Kopf und murmelte etwas.

»Wach auf«, wiederholte ich und rüttelte an seinen Schultern. »Wo ist Harry? Was habt ihr zwei die ganze Zeit gemacht?«

Er öffnete ein Auge. »Geschäfte. Haben Geschäfte gemacht.« Er klopfte sich auf die Brusttasche und zog dann umständlich ein gefaltetes Stück Papier hervor. »Alles bereit für morgen. Alles bereit.« Damit drehte er den Kopf weg und war sofort wieder eingeschlafen.

Ich faltete das Papier auseinander und hielt es Eloise hin.

»Kaufvertrag für die *Reefer Madness*«, sagte ich. »Sieht ziemlich offiziell aus.«

Ein weiteres Papier flatterte auf die Bettdecke. Eloise hob es auf und hielt es mir dann vor die Nase. »Das sieht auch offiziell aus.«

Es war ein Barscheck über fünfzigtausend Dollar, ausgestellt auf S & L Yachthandel.

»Super. Er hat sogar daran gedacht, sich einen Firmennamen auszudenken.«

»Wer ist S und L?«, fragte Eloise.

»Spencer und Lorena«, antwortete ich, ohne zu zögern. »So hieß das Möbelgeschäft, das sie an der Broughton Street hatten. S & L Qualitätsmöbel. Achtzig Jahre alt und immer noch ein hoffnungsloser Romantiker.«

»Opa!« Ich schüttelte ihn wieder. »Wo ist Harry?«

»Zurück zum Boot«, murmelte er schlaftrunken. »Alles bereit.«

Ich beugte mich zu ihm und gab ihm einen Kuss auf die Wange. »Allerdings«, erwiderte ich leise. Dann zog ich ihm die Schuhe aus und deckte ihn mit dem Überwurf zu.

»Und was jetzt?«, fragte Eloise, während sie mir durch die Verbindungstür in unser Zimmer folgte.

Ich zog mir die Perücke vom Kopf und warf sie über einen Stuhl. »Wir gehen früh schlafen. Morgen ist der große Tag«, sagte ich, während ich die Socken aus meinem BH entfernte. »Morgen wird sich alles entscheiden.«

»Was ist mit Liam?« Eloise ließ sich auf ihr Bett fallen. »Was, wenn er sich befreien kann? Sollten wir Harry nicht wenigstens Bescheid sagen, dass er dort ist?«

Ich ging zum Telefon auf dem Nachttisch und wählte Harrys Handynummer. Es klingelte dreimal, dann ging die Mailbox dran. »Harry«, sagte ich schnell. »Ich bin's. Du hast einen Passagier an Bord, der in einem Gerätespind im Bug der Yacht festgebunden ist. Es ist Liam. Er wollte uns betrügen, also hat Eloise ihm ein paar Pillen eingeflößt. Lass ihn nicht gehen. Ich erkläre dir alles morgen früh. Ciao.«

»Zufrieden?«, fragte ich Eloise, die sich bereits umzog.

»Ich schätze schon. Aber du hast mir deinen Plan noch nicht verraten.«

Ich ging ins Bad, um mir den Selbstbräuner aus dem Gesicht zu waschen.

»Erkläre ich dir morgen früh«, rief ich und fügte hinzu: »Gleich nachdem ich mir selbst darüber klargeworden bin.«

56

Es war Gefahr im Verzug. Travis McGee konnte es in der flirrenden Stille der tropischen Hitze schmecken, riechen und hören. »Kopf runter«, raunte er der braungebrannten Blondine zu. Im nächsten Moment drückte er ihr den kalten Stahlgriff des Revolvers in die zitternden Hände. Er küsste sie, und seine unnachgiebige Wärme umgab sie für ein paar viel zu kurze Sekunden. Dann zog er das Messer aus der Scheide, nahm die blitzende Klinge zwischen die Zähne und robbte auf dem Bauch vorwärts. Die Schüsse kamen ohne Warnung, trafen ihn und schleuderten ihn herum, während sein Blut rot und heiß durch die Luft spritzte. »Trav!«, schrie sie.

»BeBe!«

Ich setzte mich ruckartig auf, die Augen vor Angst geweitet.

Eloise stand barfuß und im Schlafanzug vor meinem Bett.

»Alles okay?«, fragte sie gähnend. »Du hast wie am Spieß geschrien.«

»Schlimmer Traum«, erwiderte ich und gähnte ebenfalls. »Wie viel Uhr ist es?«

»Halb acht.« Sie ließ sich auf ihr Bett zurückfallen. »Ich schwöre dir, ich habe das Gefühl, gerade erst eingeschlafen zu sein.«

»Dann schlaf noch ein bisschen.«

Doch da klingelte das Telefon. Ich tastete danach, der Hörer fiel mir aus der Hand, und es dauerte einen Moment, bis ich ihn an mein Ohr geführt hatte.

»BeBe? Habe ich dich geweckt?«

Es war Harry. »Nein«, erwiderte ich. »Das war Travis.«

»Wer?«

»Ach, egal. Was gibt's?«

»Willst du mir vielleicht mal erklären, wieso ihr zwei Liam angegriffen, unter Drogen gesetzt und gefesselt habt?«

»Ist er wach? Du hast ihn aber nicht gehen lassen, oder?«

»Nein. Er ist immer noch bewusstlos. Ich habe ihn nicht angefasst. Und was diese Handschellen angeht – «

»Aber er ist am Leben, oder? Wir wollen nicht, dass er stirbt. Nur dass er ruhiggestellt ist. Für den Moment jedenfalls.«

»Er atmet«, entgegnete Harry.

»Sag mir, dass er am Leben ist«, flehte Eloise mit aneinandergepressten Handflächen.

»Er ist am Leben. Aber er schläft noch«, beruhigte ich sie.

»Sag Harry, dass er es verdient hat.«

»Er hat es verdient«, gab ich an Harry weiter.

»Er hat mich begrabscht«, fügte Eloise hinzu.

»Er – «

»Ich kann sie hören«, unterbrach mich Harry. »Ihr habt ihn unter Drogen gesetzt und gefesselt, weil er seine Hände nicht bei sich behalten konnte? Haltet ihr das für klug?«

»Er hat gedroht, uns zu hintergehen«, erklärte ich. »Er wollte dich und Opa aus dem Geschäft raushalten und das Geld nur mit Eloise teilen. Wenn sie nicht mitmacht, hat er gedroht, Reddy zu verraten, was los ist.«

»O-kay. Vergiss, dass ich euch je in Frage gestellt habe.«

»Mach ich. Und was ist mit Opa? Was hast du gestern Abend mit ihm gemacht?«

»Ich?«, protestierte Harry. »Wenn ich nicht gewesen wäre, würde er immer noch in diesem Loch hängen. Dem *Embers*. Er wollte noch einen trinken gehen, nachdem wir den Kaufvertrag aufgesetzt hatten. Irgendein anderer alter Knacker hatte ihm erzählt, dass es in der Bar Seniorenrabatte gibt. Er hat sich ein bisschen amüsiert, okay? Er war erst bereit zu gehen, als sie nach zehn die Preise angehoben haben.«

»Schon gut«, lenkte ich ein. »Ich glaube, ich weiß jetzt, wie wir heute vorgehen.«

»Ich bin ganz Ohr.«

Ich zog Randalls Barscheck aus der Nachttischschublade. »Sein Scheck ist auf ein Konto bei der Bank of America ausgestellt. Es gibt zwei Niederlassungen in der Nähe des Yachthafens. Eine ist gleich hier die Straße runter, die andere ein paar Blocks weiter. Sobald die Bank öffnet, bringe ich den Scheck dorthin, um zu sehen, ob er gedeckt ist.«

»Gute Idee«, sagte Harry.

»Und dann eröffne ich ein Konto bei genau seiner Bank«, fuhr ich fort. »Auf S & L Yachthandel. Sobald Randall den großen Scheck ausstellt, fahren wir zu der Bank und legen das Geld auf unser Konto. Da der Scheck von derselben Bank ist, werden sie die Summe nicht zurückhalten.«

»Wenn es einen großen Scheck gibt«, entgegnete Harry.

Mir lief ein kalter Schauer über den Rücken. »Wie meinst du das?«

»Er führt etwas im Schilde. Ich habe gestern Nacht auf einem Liegestuhl an Deck geschlafen. Er ist mindestens dreimal mit dem Fahrrad vorbeigefahren und hat das Boot beobachtet.«

»Hat er dich gesehen?«

»Nein«, erwiderte Harry. »Ich hatte die Liege unter das Vordach gezogen. Es war stockdunkel. Er konnte mich gar nicht sehen.«

Ich dachte kurz nach. »Er kann uns das Boot nicht stehlen. Nicht allein.«

»Nein«, stimmte Harry zu. »Das werde ich nicht zulassen.«

»Dann plant er etwas anderes. Mit dem Geld.«

»Ergibt Sinn.«

»Wir müssen ihn in dem Glauben lassen, dass er mit dem Diebstahl davonkommt«, sagte ich.

»Was?«, riefen Eloise und Harry gleichzeitig aus.

»Wir lassen uns von ihm den Scheck geben, so dass er denkt, er hat uns übers Ohr gehauen, und dann drehen wir den Spieß um«, erklärte ich.

»Wie denn?«, fragte Eloise.

»Wie das?«, wollte auch Harry wissen.

»O Mann, wir bräuchten hier dringend 'ne Lautsprecherfunktion«, seufzte ich. »Hört zu, ich versuche nur so zu denken wie er. Er muss uns einen Scheck über den Kaufpreis ausstellen, so sind die Bedingungen. Aber ich kenne Reddy, er hat bestimmt nicht vor, für etwas zu bezahlen, das er auch stehlen könnte. Ich wette, er übernimmt die *Reefer*, legt ab und macht dann sofort kehrt, um bei der Bank das Kapital abzuziehen, damit wir den Scheck nicht einlösen können.«

»Kann er das denn machen?«, fragte Eloise.

»Wir werden ihm keine Chance dazu geben.«

»Und wie genau wollen wir ihn davon abhalten?«, fragte Harry.

»Wir lassen ihn die *Reefer* nehmen«, erklärte ich, »und sorgen dafür, dass er gerade ein kleines Stück vom Yachthafen wegkommt, aber nicht weiter.«

»Und was dann?«, fragte Eloise.

»Ich schätze, da komme ich ins Spiel«, sagte Harry.

Ich wandte mich an Eloise. »Genau, da kommt Harry ins Spiel. Kannst du das machen?«, fragte ich an ihn gewandt. »Das Boot so manipulieren, dass es nur ein kleines Stück fährt – so dass wir genug Zeit haben, zur Bank zu kommen und das Geld noch vor zwei Uhr, bevor sie schließen, auf unserem Konto zu verstauen?«

»Das kann er«, sagte Eloise zuversichtlich.

»Kein Problem«, bekräftigte Harry.

»Wo wir schon von Problemen reden«, meinte ich. »Ich frage mich, was wir mit Liam machen sollen. Wenn Reddy wirklich noch am Hafen rumhängt, können wir ihn unmöglich so gehen lassen. Nicht, solange das Geschäft noch nicht abgewickelt und alles in trockenen Tüchern ist.«

»Überlasst das mir«, sagte Harry. »Es sollte nicht ungewöhnlich sein, dass ich meine persönlichen Sachen von Bord hole, ehe die Yacht den Besitzer wechselt, oder?«

»Stimmt.«

»Wenn Eloise und Spencer heute Morgen wieder hierherfahren, sollen sie bei Home Depot vorbeifahren und eine große Plastikplane kaufen. Und ein paar Bier. Warsteiner.«

»Das mit der Plane leuchtet mir ein, aber wofür brauchst du das Bier?«, fragte ich.

»Wir haben keins mehr da«, erklärte Harry. »Die Seeluft macht durstig. Kann ich dich was fragen?«

»Alles.«

»Glaubst du wirklich, dass dein verrückter Plan aufgehen kann?«

Ich schaute zu Eloise rüber, die im Schneidersitz auf ihrem Bett saß und die *Today Show* schaute. Ich dachte an Opa, der im anderen Zimmer seinen Rausch ausschlief. Und an Harry. Ich hatte in den vergangenen Tagen viel über Harry nachgedacht. Darüber, was für eine Art Mann er war, was er vom Leben wollte. Was ich vom Leben wollte. Zwei verschiedene Realitäten. Und dennoch …

»Es wird funktionieren«, sagte ich. »Es muss einfach funktionieren.«

»Okay, Kleines«, sagte er sanft. »Das ist alles, was ich hören wollte. Dann bis bald.«

»Nicht bald genug.«

Ich dachte an den Traum, den ich noch vor ein paar Minuten gehabt hatte. Wieder überlief mich ein Schauer.

»Sei vorsichtig, Harry Sorrentino, hörst du?«

»Mach ich, Kleines.«

57

Nach seiner langen Ausgehnacht sah mein Großvater doch etwas mitgenommen aus. Seine Hände zitterten leicht, als er sich mit seiner Fliege abmühte, und unter seinen Augen zeigten sich dunkle Ränder.

»Bist du sicher, dass du fit genug bist?«, fragte ich, als er sich auf den Beifahrersitz des Buick schob.

»Wieso sollte ich das nicht sein?«, entgegnete er patzig.

»Ich habe den Eindruck, dass du, äh, gestern Abend einen über den Durst getrunken hast.«

»Mir geht's prächtig«, versicherte er mir stur. »Kümmere du dich um deinen Job, ich kümmere mich um meinen. Hast du den Scheck dabei?«

»Klar.« Ich tätschelte den Umschlag auf dem Sitz zwischen uns.

»Überlass mir einfach das Reden«, sagte Opa. »Ich bin schon wesentlich länger im Geschäft als du, junge Dame.«

»Aye, aye, Sir«, erwiderte ich kleinlaut.

Als die Niederlassung der Bank of America gegenüber des Bahia-Mar-Yachthafens um neun Uhr am Freitagmorgen öffnete, waren Opa und ich die ersten Kunden, die durch die Tür traten.

Meine Sorgen waren völlig unbegründet gewesen. Spencer marschierte geradewegs auf den Kundenservice-Schalter in der Lobby zu und streckte der Frau Randalls Scheck entgegen.

»Junge Dame, ich würde gern wissen, in welcher Niederlassung dieser Scheck ausgestellt wurde.«

Sie nahm einen Schluck Kaffee und schaute von mir zu meinem Großvater. Doch dann nahm sie den Scheck und tippte auf ihrem Computer herum.

»Dieses Konto wurde in unserer Niederlassung im Broward Plaza eröffnet«, erklärte sie nach wenigen Minuten. »Das ist etwa drei Kilometer von hier entfernt. Kennen Sie das Shoppingcenter?«

»Ja, kenne ich«, sagte ich.

»Kann ich sonst noch etwas für Sie tun?«, fragte sie.

»Nein, danke«, erwiderte Opa und tippte sich an den Hut.

Wir fuhren weiter zum Broward Plaza. Sobald wir die Bank betreten hatten, ging Opa wieder zielstrebig auf den ersten freien Schalter zu, der von einer jungen Frau in hellrotem Blazer besetzt war. Ihrem Namensschild zufolge hieß sie Veronica Gallegos.

»Guten Tag, Miss Gallegos«, grüßte Opa und nahm den Hut ab.

»Guten Tag«, erwiderte sie, ganz offensichtlich beeindruckt von seiner Höflichkeit. »Wie kann ich Ihnen behilflich sein?«

Er zog Randalls Scheck hervor. »Mein Name ist Spencer Loudermilk. Ich würde gern ein Konto bei Ihrer Bank eröffnen und diesen Scheck darauf einzahlen.«

Sie nahm den Scheck entgegen, nickte und wühlte in einer Schublade nach den entsprechenden Formularen. »Möchten Sie sich nicht setzen?«

»Vielen Dank.« Opa setzte sich und machte eine Handbewegung in meine Richtung. »Das ist meine Enkelin und Geschäftspartnerin, BeBe Loudermilk. Wir würden sie gern als Mitinhaberin des Kontos eintragen lassen.«

»Okay. Soll es ein Geschäftskonto oder ein privates Konto sein?«

»Ein Geschäftskonto«, antwortete er. »S & L Yachthandel.«

»Und möchten Sie es als Girokonto oder nur als Sparkonto nutzen?«

»Nur als Sparkonto.«

Sie nickte und schob ihm ein paar Papiere hin, die er ausfüllen sollte. Er runzelte die Stirn und nickte mir zu. »Mein Großvater hat heute Morgen etwas Probleme mit den Augen«, erklärte ich ihr.

Miss Gallegos wartete geduldig, bis ich die Formulare ausgefüllt hatte, und gab die Daten dann in den Computer ein. Zehn Minuten später überreichte sie uns das Sparbuch.

Ich füllte den Zettel für die Einzahlung aus und gab ihn ihr zurück. »Noch eine Sache«, sagte ich.

»Wir werden heute Nachmittag eine beträchtliche Summe einzahlen, wahrscheinlich von demselben Konto ausgehend, von dem der jetzige Scheck kam. Da wird es doch keine Probleme mit der Deckung geben, oder?«

Sie runzelte die Stirn. »Das ist ein Barscheck. Da ist die Deckung garantiert. Der Scheck wurde von einem Konto hier in unserer Niederlassung ausgestellt, ich könnte schnell nachschauen, ob genug Kapital vorhanden ist, wenn Sie möchten.«

Miss Gallegos tippte wieder auf ihrer Computertastatur herum, dann starrte sie ein paar Sekunden auf den Bildschirm. »Ich denke, auf diesem Konto befindet sich genug Guthaben, um eine sehr große Summe abzuheben.«

Opa stand auf und tippte sich an den Hut. »Es war mir ein Vergnügen, mit Ihnen Geschäfte zu machen.«

»Bis bald«, verabschiedete auch ich mich.

Opa summte leise vor sich hin, als wir zum Mangobaum zurückfuhren.

»Was ist das für ein Lied?«, fragte ich.

Er schaute mich entsetzt an. »Das kennst du nicht?«

»Nein. Aber es klingt schön. Wie heißt es?«

»›To Each His Own‹«, antwortete Opa und summte weiter. »Das ist unser Song, Lorenas und meiner. Damals war das ein gro-ßer Hit. Wir haben uns jeden Samstagabend rausgeputzt und sind tanzen gegangen. In Garden City gab es die *Bamboo Ranch*. Dort haben wir uns Buddy Livingstons Band angehört. Er hatte vier Schwestern, die wirklich gut singen konnten – Irene, Darlene, Marlene und Earlene. Und dann gab es noch den *Remler's Club Royale* am Victory Drive. Da haben wir zum ersten Mal ›To Each His Own‹ gehört.«

»Lustig«, erwiderte ich. »Ich war mit zwei verschiedenen Män-nern verheiratet, und ich hatte mit keinem davon ein eigenes ›Lied‹. Wenn ich es mir recht überlege, war ich auch nie wirklich tanzen. Vielleicht mal auf einer Hochzeit oder so. Und beim Tel-fair Ball.«

Opa schnaubte verächtlich und schüttelte den Kopf.

»Was denn?«

»Sandy war menschlich in Ordnung. Nette Familie und so wei-ter. Aber er war nicht der richtige Mann für dich. Ist es nie gewe-sen. Und was Richard angeht –«

»Das kannst du dir sparen«, unterbrach ich ihn warnend. »Ich habe schon zugegeben, dass es ein riesiger Fehler war. Ich finde, ich sollte einen … wie nennt man das beim Golfen? Wenn man den Abschlag verhauen hat und ihn streichen lassen kann?«

»Einen Mulligan.«

»Ja, genau. Richard war mein Mulligan.«

»Du weißt auch, was ein Silverstein ist?«, fragte er und bekam glänzende Augen.

»Die Leute, die das Juweliergeschäft in der Broughton Street hatten, wo jetzt der *Starbucks* ist?«

»Nein. Beim Golfen, wenn man einen absolut grandiosen Schlag schafft, kann der andere Spieler ›Silverstein‹ rufen, und du musst den Abschlag wiederholen. Es ist wie ein Witz unter Golfern.«

»Verstehe ich nicht.«

»Kannst du auch nicht«, winkte Opa ab. »Ich und Lorena, wir sind jedenfalls ein Silverstein. Und ich würde alles genau so wieder machen. Jede Minute davon.«

An der nächsten roten Ampel lehnte ich mich zu ihm rüber und gab ihm einen Kuss auf die Wange. »Du alter Softie.«

Er räusperte sich. »Ich hab noch etwas zu sagen. Ich wollte es eigentlich nicht ansprechen, aber da wir sowieso bei dem Thema sind, empfinde ich es meine Pflicht, dir meine Meinung zu sagen.«

»Oh-oh.«

»Es geht um Harry.«

Ich spürte, wie ich rot anlief. »Hör zu, Opa, ich …«

»Er ist ein guter Kerl, BeBe. Ein ehrenhafter Mann. Er ist aufrichtig und hart arbeitend. Scheut nicht davor zurück, sich die Hände schmutzig zu machen. Und er scheint sehr angetan von dir zu sein. Also, ich wollte dir nur sagen, wenn ihr zwei –«

»Können wir das bitte einfach überspringen?«, flehte ich. »Nichts für ungut, aber es ist mir wirklich nicht sehr angenehm, mit dir über mein Liebesleben zu sprechen.«

»Ich sag ja bloß.«

Jetzt summte ich vor mich hin, um ihn zu übertönen. »Ich höre gar nicht hin.«

»Vermassle das nicht«, ermahnte mich mein Großvater. »Keine Mulligans mehr.«

58

Eloise

Ich dachte schon, BeBes Großvater würde direkt an der Kasse des 7-Eleven einen Herzinfarkt bekommen, als ihm der Verkäufer den Preis des Sixpacks Warsteiner nannte. »Sechs Dollar und achtundsiebzig Cent? Für Bier?« Er wischte sich aufgebracht mit dem Taschentuch über die Stirn. »Ich hab Anzüge im Schrank, die weniger gekostet haben.«

»*Que?*«, entgegnete der Kassierer verwirrt.

»Ach, egal.« Ich legte das Geld auf die Theke. »Ich mach das.«

»Auf gar keinen Fall!« Spencer legte entschlossen seine Hand auf das Geld. »Ich verbiete es. Deutsches Bier! Das haben wir jetzt vom Marshallplan.«

»Spencer!«, zischte ich. »Lass uns einfach das Bier kaufen und weiterfahren. Es ist schon bald Mittag. Reddy könnte jeden Moment bei der Yacht auftauchen. Und Harry braucht sein Bier. Und die Plane. *Bevor* Reddy kommt.«

»Dann gehen wir in ein anderes Geschäft«, entschied Spencer und wandte sich zum Gehen. »Das ist typisch für diese verdammten 24-Stunden-Läden. Elende Halsabschneider, alle miteinander.«

»Vergiss das Bier.« Ich schielte nervös auf meine Armbanduhr. Es war schon nach elf. »Lass uns einfach zum Yachthafen fahren. Ich kaufe das Bier für Harry später.«

»Von mir aus«, grummelte Spencer und stieg in den Buick.

»Ich verstehe aber immer noch nicht, wofür er ausgerechnet eine Plane braucht.«

BeBe und ich hatten beschlossen, Spencer vorerst nichts von Liams Schicksal zu erzählen. Wir befürchteten, dass es seinen Enthusiasmus dämpfen könnte. Bei mir war es jedenfalls so.

»Ich glaube, das hat was mit dem Boot zu tun«, meinte ich. »Harry kennt sich damit aus.«

Blöde Ausrede!, dachte ich.

Auf halbem Weg den Pier runter kam uns schon Harry entgegengelaufen. Sein Shirt war schweißdurchtränkt und sein Gesicht rot von der Sonne.

»Wieso habt ihr denn so lang gebraucht?«, fragte er ungeduldig. »Wir müssen mit der Show beginnen. Ich habe Rory schon zweimal mit dem Fahrrad vorbeifahren sehen.«

»Sorry«, entschuldigte ich mich und reichte ihm die Tasche mit der Plastikplane. »Bei Home Depot war die Hölle los, und dann habe ich mich auch noch verfahren, weil ich hinter dem Shoppingcenter falsch abgebogen bin.«

»Hast du eine Ahnung, was die für ein Sixpack von deinem deutschen Bier da haben wollen?«, schimpfte Spencer. »Fast sieben Dollar!«

»Wir mussten das Bier auslassen«, erklärte ich Harry. »Die Zeit war zu knapp.«

»Ich muss den Kerl dringend einladen und wegschaffen«, murmelte Harry. »Habt ihr den Kofferraum vom Buick offen gelassen?«

»Was für einen Kerl?«, fragte Spencer.

»Das ist, äh, so ein Fischerausdruck für Ausrüstung«, sagte ich schnell. *Blöde Ausrede!*

»Ich hole mir mal eine Schubkarre vom Hafenmeister, um, äh, die Ausrüstung zu verladen.« Harry machte kehrt und lief in die Richtung zurück, aus der er gekommen war. »Wir treffen uns dann bei der *Reefer*.«

»Ich laufe schon mal vor«, sagte ich zu Spencer, der mir zu gemütlich schlenderte. »Ich muss noch meine Sachen in der Kabine zusammenpacken.«

Als ich bei der *Reefer* ankam, streckte Emma den Kopf aus der Kombüse. »O mein Gott, Eloise«, flüsterte sie. »Wir haben ein Problem.«

»Ich weiß«, erwiderte ich. »Ich wollte Liam nicht weh tun. Er sollte nur eine Weile schlafen, damit er aufhört, mich zu begrabschen. Aber er wollte alles kaputtmachen.«

»Ich rede doch gar nicht von Liam«, sage sie schnell. »Ich rede von Doobie.«

»Du meinst Harry?«

»Ich meine den *echten* Doobie Bauers! Anya hat gerade angerufen. Die echte Anya. Doobie ist aus der Entzugsklinik getürmt. Gestern. Sie denkt, dass er auf dem Weg hierher ist.«

»Nein!«, rief ich entsetzt aus. »Das kann er nicht machen. Nicht jetzt.«

»Das hab ich auch gesagt. Aber Anya hat nachgeschaut. Er hat ein Ticket nach Fort Lauderdale gekauft.« Sie warf einen Blick auf ihre Armbanduhr. »Sein Flugzeug sollte jetzt bald landen.«

»Nein, nein, nein«, jammerte ich. »Das kann doch nicht sein.«

Harry kam mit der Schubkarre über den Landungssteg an Bord. »Was kann nicht sein? Ist Liam aufgewacht?«

»Es ist Doobie«, erklärte Emma. »Er ist bald hier. In Fort Lauderdale.«

»Grundgütiger«, murmelte Harry und ließ die Griffe der Schubkarre los.

»Was hat Anya sonst noch gesagt?«, wandte ich mich wieder an Emma.

»Sie hat eigentlich nach Liam gefragt«, antwortete sie. »Zu dem Zeitpunkt wusste ich noch nicht, dass ihr ihn im Gerätespind festgebunden habt.«

»Wie war das?«

Wir fuhren alle drei herum. Spencer stand wie versteinert auf dem Landungssteg. »Ihr habt unseren Bootsmann gefesselt?«

»Das ist eine lange Geschichte«, meinte ich. »Er wollte uns hintergehen und die *Reefer Madness* selbst an Rory verkaufen.«

»Und was habt ihr da über Doobie gesagt?«, fragte Spencer weiter und trat zu uns aufs Sonnendeck.

»Er ist aus der Entzugsklinik weggelaufen und auf dem Weg hierher. Zur *Reefer Madness*«, wiederholte Emma. »Er hat offenbar seinem Mitbewohner in der Klinik erzählt, dass er vorhat, nach Lauderdale zu fliegen, die *Reefer* zu beladen und dann nach Bimini abzuhauen. Anya hat angerufen, um Liam zu sagen, dass er Doobie unter keinen Umständen mit der Yacht rausfahren lassen darf. Sie ist jetzt auch unterwegs nach Lauderdale.«

Die Sonne brannte mir auf den Kopf, ich spürte, wie mir der Schweiß den Rücken hinablief. »Wir müssen hier weg«, sagte ich panisch. »Wenn Doobie hier auftaucht und rausfindet, was los ist, kommen wir alle ins Gefängnis.«

»Beruhige dich«, sagte Harry. »Niemand muss hier ins Gefängnis – außer Roy Eugene Moseley. Hört zu, wir machen es so: Emma, du bist die Einzige, die Doobie wirklich kennt. Wie wird er vom Flughafen zum Yachthafen kommen? Hat er dort ein Auto abgestellt?«

»Nein. Anya bestellt normalerweise eine Limo. Aber wenn Doobie allein kommt, ruft er einfach auf der Yacht an und lässt sich von Liam am Flughafen abholen.«

»Dann lasst uns mal hoffen, dass er das dieses Mal auch tut«, sagte Harry inbrünstig. »Bleib in der Nähe des Telefons, okay? Wenn er anruft, sag ihm, dass Liam beschäftigt ist und dass du ihn abholst. Du hast doch ein Auto, oder?«

»Ja.«

»Super. Wenn er anruft, holst du ihn ab und hältst ihn hin. Sag ihm, du musst noch Lebensmittel einkaufen, fahr mit ihm zum Getränkemarkt oder was auch immer. Lass dir was einfallen. Nur kommt auf keinen Fall zur Yacht, bevor ich dich anrufe und dir sage, dass die Luft rein ist.«

»Aber was, wenn er nicht anruft? Was, wenn er einfach ein Taxi nimmt? Ich meine, bei Doobie weiß man nie, er ist ziemlich unberechenbar«, wandte Emma ein.

»Ich bleibe hier am Telefon«, bot ich an. »Falls er anruft, sage ich ihm, ich bin Liams Freundin und dass er gerade unterwegs ist und ein paar Besorgungen macht. In der Zwischenzeit kannst du dich draußen aufhalten und ihn abfangen, sollte er mit dem Taxi kommen.«

»Und was dann?«

»Hinhalten«, sagte Harry. »Egal wie. Halte ihn nur vom Yachthafen fern. Du hast ein Handy, oder?«

Sie zog es aus der Hosentasche.

»Gut. Gib mir mal deine Nummer. Ich ruf dich an, sobald hier alles abgewickelt ist. Und denk dran, lass ihn nicht in die Nähe des Piers.«

Sie sagte Harry ihre Nummer, die er in sein Handy einspeicherte.

Emma warf sich eine große Leinentasche über die Schulter. »Viel Glück, Leute.«

»Eloise«, wandte sich Harry an mich, »ich muss unter Deck noch ein paar Sachen erledigen. Wir haben keine Zeit zu verlieren. Du und Spencer bleibt hier oben und haltet nach Rory Ausschau. Sollte er auftauchen, während ich noch beschäftigt bin, müsst ihr ihn auch hinhalten. Lasst ihn nicht an Bord, bis ich es euch sage.«

»Und wie?«, jammerte ich.

»Rory steht auf dich, oder? Setz deinen Charme ein.«

»Ich habe aber keinen Charme. Ich mache mir gleich vor Angst in die Hosen.«

»Das lässt du bleiben«, sagte Harry ernst. »Spencer, du bist ihr Flügelmann. Halt sie ruhig und pass auf, dass Rory nicht an Bord kommt.«

»Geht klar.« Spencer salutierte, doch Harry war schon auf dem Weg zum Motorraum.

»Also dann«, sagte Spencer zu mir. »Lass uns loslegen. Du hast gesagt, du musst noch deine Sachen packen, oder?«

»Stimmt.« Ich holte tief Luft.

»Mist«, rief ich aus. »Liam! Was machen wir mit Liam? Er liegt immer noch gefesselt im Geräteschrank. Was, wenn er versucht, sich zu befreien, wenn Rory gerade an Bord ist?«

»Ich kümmere mich um Liam«, sagte Spencer. »Dieser hinterhältige Verräter. Pack du mal deine Sachen. Du kannst die Schubkarre benutzen, die Harry mitgebracht hat.«

»Alles klar. Je früher ich hier wegkomme, desto besser.«

Meine Sachen waren schnell gepackt. Ich hatte nur einen Pyjama, meinen Toilettenbeutel und eins der Anya-Bauers-Sommerkleider mitgebracht. Ich stopfte alles in meine Tasche und schaute mich dann noch einmal in der Kabine um.

Da fiel mir Doobies Vorrat wieder ein. Ich öffnete den Schrank und zog die Sporttasche heraus. Dann leerte ich mir noch ein paar der magischen blauen Pillen in die Handfläche. Ich verstaute die Tasche wieder und ging rüber in die Kombüse.

Es war noch nicht einmal Mittag, aber ich brauchte dringend einen Drink, um meine Nerven zu beruhigen. Ich ging nicht davon aus, dass sie ein Beruhigungsmittel für Elefanten vorrätig hatten.

Stattdessen bereitete ich einen Krug mit Bloody Mary zu. Ich war gerade dabei, Salz und Tabasco hinzuzufügen, als Spencer die Küche betrat. Er war schick wie immer: dunkelblaue Stoffhosen, weißes Golf-Shirt, blassgelbes Sportjackett. Das gesamte Outfit hatte ich in meinem Lieblings-Secondhandladen erstanden.

»Cocktail?«, fragte ich und hielt den Krug in die Höhe.

Er schaute auf seine Armbanduhr. »Irgendwo auf der Welt ist es bestimmt schon fünf Uhr«, erwiderte er fröhlich.

»Wie geht es Liam?«, fragte ich und nippte an meinem Glas.

»Er wirkt ein bisschen unruhig.« Spencer drückte sich eine Limette ins Glas.

»O Gott.« Ich goss mein restliches Getränk in die Spüle. Kein Alkohol der Welt konnte mich jetzt beruhigen.

»Keine Sorge«, entgegnete Spencer. »Ihr Mädchen habt ihn ordentlich verschnürt. Er geht erst mal nirgendwo hin.«

»Wir müssen ihn von Bord schaffen.« Ich trommelte mit den Fingern auf der Edelstahlarbeitsplatte herum. »Und mich auch. Ich will hier weg. Ich will nach Hause. Ich will zu meinem Hund. Ich will zu meinem Freund. Himmel hilf, ich glaube, ich will sogar zu meiner Mami.«

Spencer tätschelte mir die Hand. »Na, na. Das wird schon alles. Es ist ja fast geschafft.«

»Fast«, wiederholte Harry und streckte den Kopf in die Kombüse. »Ich habe im Motorraum ein paar Vorkehrungen getroffen. Ich mache mich schnell ein bisschen frisch, dann komme ich zu euch rauf aufs Sonnendeck.«

»Und was ist mit Liam?«, fragte ich wieder.

»Zu spät, um ihn wegzubringen«, entgegnete Harry. »Aber mach dir keine Sorgen, wir schaffen ihn schon noch fort.«

»Bloody Mary?« Spencer hielt ihm den Krug hin.

Harry schüttelte den Kopf. »Ich wünschte, ich hätte ein Warsteiner.«

Kurz nach Mittag hatten wir drei uns kunstvoll um einen Tisch unterm Sonnenschirm auf dem Sonnendeck drapiert. Harry zog ein Kartenspiel hervor, und er und Spencer spielten eine Runde Rommé, als wären sie völlig sorgenfrei.

Um eins lagen meine Nerven blank. Das Telefon hatte nicht

geklingelt. Auf dem Pier wimmelte es von Menschen, aber von Rory Mason war weit und breit nichts zu sehen. Um Viertel nach eins rief Emma vom Parkplatz an. »Habt ihr irgendwas gehört?«

»Nichts«, antwortete ich. »Keine Spur von Doobie bei dir?«

»Nein. Ich hab sogar noch mal versucht, Anya in Nashville anzurufen. Sie geht nicht dran. Ein Flug von Nashville kommt um vier hier an. Außer er hat den Nonstop-Flug genommen, was bedeuten würde, dass er in einer halben Stunde hier sein könnte.«

Ich ließ die Hand mit dem Telefon sinken. »Vielleicht nehme ich jetzt doch einen Drink.«

Um halb zwei kam Rory Mason an Bord geschlendert, als würde die *Reefer Madness* bereits ihm gehören. Er hatte einen Rucksack über der Schulter und grinste breit.

Harry war sofort in seiner Rolle. Er klatschte die Karten auf den Tisch. »Verdammt, Sie sind zu spät. Vergessen Sie es einfach. Ich habe es mir anders überlegt. Ich behalte das verdammte Boot.«

Rory schaute von mir zu Harry und dann zu Spencer.

»Doobie macht nur Witze«, sagte ich schnell. »Er ist es nicht gewöhnt, warten zu müssen. Wie schon gesagt, er ist ziemlich gereizt im Moment. Sobald wir wieder in Nashville sind, geht es ins Studio.«

»Halt die Klappe, Anya«, befahl Harry. »Red nicht über mich, als wäre ich nicht da. Wieso machst du Rory hier nicht was zu trinken, während die Erwachsenen das Geschäftliche erledigen. Und schau noch mal nach, ob du deine Sachen auch alle eingepackt hast. Und ich meine, wirklich alles.«

Ich stand auf und lief in die Kabine. Ich schnappte mir meine Tasche, sah mich um und ging dann in die Küche. Erst da kamen mir Harrys Worte wieder in den Sinn. Ich sollte *alle* meine Sachen einpacken, hatte er gesagt.

Was war mit Liam? Wir konnten ihn schlecht im Geräteschrank

465

zurücklassen, oder? Andererseits konnten wir ihn jetzt auch nicht von Bord schaffen, wo Rory an Deck saß.

Ich rannte zum Bug des Boots und blieb vor dem Spind stehen. Es war alles still. Mir wurde schlecht. Liam, entschied ich kurzerhand, würde schon bald Rorys Problem sein. Sobald ich diese Yacht verlassen hatte und diesen Yachthafen. Und diesen Staat.

Ich war gerade dabei, ein Tablett mit dem Krug voll Bloody Mary und Gläsern zu füllen, als das Telefon klingelte. Ich nahm hastig den Hörer ab. »Hallo?«

»Hey. Wer ist da?«, fragte eine herrische Stimme.

Ich stellte das Glas ab, das ich gerade in der Hand hatte, und atmete tief durch. »Hier ist Eloise. Ich bin die Freundin von Liam.«

»Aha. Hier ist Doobie. Sag Liam, dass er seinen Arsch zum Flughafen bewegen soll, um mich abzuholen. Und sag ihm, dass ich um vier Uhr ablegen will. Und keine Ausreden.«

»Äh, na ja, Liam ist gerade nicht hier«, sagte ich. »Ich schicke Ihnen Emma, okay?«

»Scheiße«, fluchte Doobie. »Ich wollte, dass Liam mir noch ein paar Sachen besorgt. Aber egal. Sag Emma, dass sie sofort herkommen soll. Und wenn Liam zurückkommt, schick ihn zum Candystore. Wir werden jede Menge Süßigkeiten brauchen für diesen Trip.«

59

Eloise

Ich fasste mir an die Hosentasche, in der ich die magischen blauen Pillen verstaut hatte. Vielleicht sollte ich auch mal eine nehmen, dachte ich. Eine Chill-Pille. Ich könnte ein bisschen Beruhigung gut gebrauchen. Meine Hände zitterten so sehr, dass ich die Idee mit dem Tablett wieder verwarf und einfach zwei gefüllte Gläser an Deck brachte.

Rory studierte gerade die Papiere, die ihm Spencer gegeben hatte. Ich stellte die Gläser auf dem Tisch ab. »Alles bereit«, sagte ich fröhlich.

Harry sah mich fragend an.

»Emma hat angerufen«, erklärte ich. »Sie holt einen Freund am Flughafen ab. Jetzt sofort.«

Rory unterschrieb die Papiere und schob sie über den Tisch zurück. »Sieht alles gut aus.«

»Wird auch Zeit«, meinte Harry. »Wo ist der verdammte Scheck?«

»Doobie!«, rief ich entrüstet.

»Ist schon in Ordnung«, erwiderte Rory schmunzelnd. »Ich kann es Ihrem Mann nicht verübeln. Es ist eine Menge Geld.« Er fasste in seinen Rucksack und zog ein Handy und ein in Krokodilleder eingebundenes Notizbuch hervor. Das Telefon legte er auf den Tisch, schlug das Notizbuch auf und zog einen Scheck heraus, den er Spencer reichte.

467

Dann hielt er ihm das Handy hin. »Sie können die Bank anrufen, wenn Sie wollen, um zu überprüfen, dass genügend Kapital vorhanden ist. So viel Geld trage ich nicht mit mir herum.«

»Das ist nicht notwendig.« Spencer betrachtete den Scheck, ehe er ihn an Harry weiterreichte.

»In Ordnung?«, fragte Spencer. Sein Adamsapfel hüpfte aufgeregt auf und ab.

Harry zuckte gelassen mit den Schultern, als würde er jeden Tag Geschäfte über mehrere Millionen abschließen. »Sieht gut aus.«

Ich stand abrupt auf. »Dann lasst uns gehen. Ich hab noch ein paar Dinge zu erledigen, ehe wir nach Nashville aufbrechen.«

Harry hob eine Hand. »Moment noch.« Er schaute zu Rory. »Wann genau planen Sie, die *Reefer* in Besitz zu nehmen?«

»Ab sofort.« Rory stand auf. »Ich habe lang auf diesen Moment gewartet. Ich will gleich mit ihr rausfahren. Eine erste Ausfahrt zur Inbetriebnahme, wenn Sie so wollen.«

»Sofort?«, wiederholte Harry. »Wir haben noch ein paar Dinge, die wir entladen müssen. Wie wäre es, wenn Sie in einer Stunde wiederkommen? Dann kann ich mein Zeug packen und –«

»Jetzt sofort«, unterbrach ihn Rory mit fester Stimme. Sein Lächeln war verschwunden. »Sie hatten den ganzen Morgen Zeit, Ihre Sachen zu entladen. Jetzt sind die Papiere unterschrieben. Sie haben Ihren Scheck.« Er streckte die Hand aus, immer noch ohne zu lächeln. »Es war mir ein Vergnügen, mit Ihnen Geschäfte zu machen. Was Sie noch an Bord haben, werde ich zusammenpacken und beim Hafenmeister hinterlassen.«

»Scheiße, Mann«, murmelte Harry. »Das nenn ich mal 'ne zügige Übernahme.«

»Genau.« Rory geleitete uns zum Landungssteg. Ich wollte gerade Harry von Bord folgen, als sich mir eine Hand in den Nacken legte. »Sie nicht, Anya. Doobie, Sie haben doch nichts dagegen, wenn ich mit Ihrer Frau ein paar Worte unter vier Augen wechsle?«

Harry drehte sich um. Ich spürte, wie meine Knie weich wurden. Mein Blick schrie: »Nein! Lass mich nicht hier!« Aber ich brachte kein Wort heraus.

»Es wird nur einen Moment dauern«, erklärte Rory mit seidenweicher Stimme. Seine Fingerspitzen massierten ganz leicht meinen Nacken. Es fühlte sich an, als würde sich eine Schlange um meinen Hals wickeln. Ich unterdrückte den Reflex zu würgen.

»Na gut, aber nur eine Minute«, räumte Harry widerwillig ein. »Wie sie schon gesagt hat, wir haben noch ein paar Dinge zu erledigen.«

Rory führte mich zurück an den Tisch, an dem wir bis eben gesessen hatten. Er lehnte sich so dicht zu mir, dass seine Lippen meinen Hals streiften. »Wollen Sie wirklich bei diesem abgewrackten Höhlenmenschen bleiben?«

»Er ist mein Mann«, brachte ich hervor.

»Verlassen Sie ihn. Ich will Ihnen was zeigen.« Er beugte sich über seinen Rucksack. Meine Hand glitt in meine Tasche, und ich ließ schnell zwei der magischen blauen Pillen in sein halbleeres Glas fallen. Mit der anderen Hand steckte ich sein Handy ein, das auf dem Tisch lag, und betete, dass er es nicht bemerkte.

Als er sich wieder aufrichtete, hielt er eine kleine schwarze Samtschachtel in der Hand.

»Das schlagende Argument«, sagte er und hielt mir die Schachtel hin.

Ich öffnete sie mit angehaltenem Atem. Darin lag ein Paar wunderschöne Smaragdohrringe. Jeder Stein war mit winzigen Diamanten eingefasst.

»Was?« Ich sah ihn fragend an. »Wofür sind die?«

»Die sind für Sie«, erwiderte er leichthin. »Eine so wunderschöne Lady sollte wunderschöne Dinge haben.« Er machte eine Handbewegung zum Pier. »Was bekommen Sie denn von ihm? Sorgen? Erniedrigung?«

469

Ich klappte die Schachtel wieder zu und gab sie zurück. »Ich kann nicht. Er ist vielleicht ein Arschloch, aber er ist mein Arschloch.«

»Sie machen einen Fehler«, entgegnete Rory. »Machen Sie sich doch nichts vor. Er wird sich nie ändern. Das tun Süchtige nie.«

»Vielleicht.«

»Wie alt ist er überhaupt«, fragte Rory verächtlich. »Er könnte Ihr Vater sein.«

Das war genug. Ich wandte mich ab und marschierte entschlossen zum Steg. Nur runter von diesem Boot. Weg vom Yachthafen. Einfach weg.

Als ich am Pier ankam, warteten Harry und Spencer auf mich. Ich drehte mich noch einmal um. Rory stand auf dem Sonnendeck und beobachtete mich. Ich zeigte ihm den Mittelfinger.

Er schüttelte den Kopf, hielt aber sein Glas hoch.

»Prost!«, rief ich.

Er lachte und leerte sein Getränk.

»Arschloch«, murmelte ich.

»Lasst uns hier verschwinden«, sagte Harry. »Es ist zehn vor zwei. Ich will bei der Bank sein, bevor er die dort anruft und sein Konto schließen lässt.«

»Ich glaube nicht, dass er so schnell irgendwo anruft.« Ich präsentierte ihnen das Handy, dass ich vom Tisch geklaut hatte.

»Und was ist mit Liam?«, fragte Spencer.

»Ist nicht mehr unser Problem«, erwiderte Harry. »Du hast es doch gehört, ich wollte ja noch entladen. Aber er hat es nicht zugelassen. Also soll er doch selbst mit Liam fertig werden.«

Ich hatte auf einmal ein schlechtes Gewissen. »Was, wenn ihm was passiert? Er könnte in dem Schrank verhungern. Oder verdursten oder so.«

Wir hatten gerade die halbe Strecke zum Parkplatz zurückgelegt, als der Dieselmotor der *Reefer* hinter uns aufheulte.

»Los, schneller«, drängte uns Harry. »Die Bank. Wir müssen vor ihm dort sein.«

»Aber Liam!«, protestierte ich. »Wer weiß, wie lang es dauert, bis Rory ihn findet.«

»Er wird nur etwa eine halbe Stunde fahren können, bis ihm der Treibstoff ausgeht«, erklärte Harry. »Dann wird er genug Zeit haben, auf dem Boot rumzurennen und seinen blinden Passagier zu entdecken.«

»Aber, wie …?«

»Ich habe die Tankanzeige manipuliert«, entgegnete Harry. »Können wir jetzt los?«

»Alles klar. Aber ich sollte euch vielleicht noch sagen, dass ich selbst ein bisschen was manipuliert habe.«

»Was denn?«

»Ich habe ihm heimlich ein paar Ludes in den Bloody Mary getan.«

»Was, wie denn?«, rief Harry erstaunt.

»Als er mich zurückgerufen hat. Er hat sich über seinen Rucksack gebeugt, um was rauszuholen, da habe ich die Gelegenheit genutzt. Ich hatte Angst, dass er eine Pistole ziehen könnte, oder so. Und ich hatte mir die Pillen vorher in die Hosentasche gesteckt. Nur zur Sicherheit. Es waren auch nur ein paar. Dabei habe ich mir auch das Handy geschnappt.«

Harry grinste. »Dank uns wird Roy Eugene Moseley eine kurze und ungewöhnliche Ausfahrt haben.«

Wir waren fast beim Buick angelangt, als wir einen alten weißen Toyota auf den Parkplatz einbiegen sahen. Als der Wagen uns passierte, nickte uns die Fahrerin unmerklich zu. Der Mann auf dem Beifahrersitz hatte die Baseballkappe tief in die Stirn gezogen und trug eine dunkle Sonnenbrille.

»Das ist Emma«, sagte ich. »Und Doobie Bauers.«

»Los, schnell ins Auto«, erwiderte Harry. »Wir müssen hier weg.«

471

Spencer nahm auf dem Rücksitz Platz, während ich mich neben Harry auf den Beifahrersitz schob.

»Zu schade.« Spencer schaute aus dem Heckfenster. »Ich hätte gern gesehen, was als nächstes passiert.«

»Später«, meinte Harry. »Jetzt müssen wir erst mal diesen Scheck auf unser Konto einzahlen.«

Fünf Minuten später hielten wir vor der Bank of America. »Mach den Motor aus«, wies Spencer Harry an. »Er verbrennt zu viel Öl, wenn man den Motor zu lang laufen lässt.«

Harry seufzte und rollte das Fenster runter. Es war um die dreißig Grad. Schweiß lief ihm übers Gesicht. Ich fühlte mich selbst ziemlich überhitzt.

Doch Spencer schienen die Temperaturen nichts auszumachen. Er stieg aus und ging schwungvoll auf die Eingangstür zu.

Harry und ich warteten im Auto. Es war eine Minute vor zwei auf Harrys Armbanduhr, 1.56 Uhr zeigte die Digitaluhr im Buick. Harry drehte am Radio herum, wechselte die Sender von Gospel zu Country zu Oldies zu Rock.

»Was wollte Rory denn von dir, als er dich aufs Boot zurückgerufen hat?«, fragte er.

»Er wollte, dass ich dich verlasse. Er hat mir sogar ein paar echt schicke Smaragdohrringe angeboten«, erklärte ich. »Er meinte, du wärst ein Süchtiger und dass du dich nie ändern wirst.«

»Das ist doch Quatsch«, entgegnete Harry. »Menschen können sich immer ändern.«

»Du hast gefragt. Ich gebe dir nur das Gespräch wieder.«

»Der ist ein professioneller Aufschneider. Ein pathologischer Lügner, ein Dieb, ein Betrüger«, schimpfte Harry. »Was hat er sonst noch gesagt?«

»Er hat dich einen Höhlenmenschen genannt«, kicherte ich. »Und er meinte, du seist zu alt für mich. Hey, Harry, wie alt bist du eigentlich?«

Er starrte mich finster an. »Nicht, dass es von Belang wäre«, fügte ich schnell hinzu. »Du hast einen sehr jungen Geist.«

Fünf Minuten später kam Spencer fröhlich pfeifend aus der Bank spaziert. Er öffnete die Autotür und schlüpfte auf den Rücksitz. »Alles erledigt«, verkündete er.

»Wirklich?« Ich drehte mich nach hinten um. »Bist du sicher? Der Scheck ist gedeckt? Und du hast es noch vor zwei geschafft?«

»Alles erledigt und in trockenen Tüchern«, erklärte Spencer. Er reichte mir ein Blatt Papier. »Das ist der Einzahlungsbeleg. Ich habe es gleich auf BeBes Konto in Savannah überweisen lassen. Fünf Millionen. Alles gut und legal.«

»Einigermaßen«, entgegnete ich.

Harry ließ den Motor des Buick an, und wir fuhren davon.

»Lasst uns noch mal beim Parkplatz des Yachthafens vorbeifahren«, schlug ich vor. »Ich würde zu gern sehen, wie der echte Doobie Bauers aussieht.«

»Auf keinen Fall«, erwiderte Harry entschieden. »Wir werden nicht mehr in die Nähe des Yachthafens kommen. Was, wenn Reddy Liam schon gefunden hat? Was, wenn er direkt wieder umgedreht hat? Wir machen uns lieber sofort aus dem Staub, ehe es hier zu heiß wird.«

BeBe saß vor dem Eingang des Mangobaums auf ihrem Koffer, die Ellbogen auf den Knien abgestützt. Neben ihr standen drei weitere Koffer. Sie sprang auf, sobald sie uns auf den Parkplatz einbiegen sah. »Was ist passiert? Habt ihr das Geld?«

»Haben wir!«, rief Spencer und sprang aus dem Auto, noch bevor Harry es richtig geparkt hatte. »Bei Gott, wir haben es geschafft. Wir haben ihn ordentlich abgezogen.«

»Wirklich?«, quietschte BeBe aufgeregt. »Ihr habt das Geld? Er ist auf die ganze Geschichte reingefallen?«

»Haken ausgeworfen, angebissen und rausgezogen«, meinte

Harry. BeBe fiel ihm um den Hals. Er hob sie hoch und wirbelte sie herum. Sie küssten sich übermütig.

»Kommt, lasst uns hier verschwinden.« BeBe nahm ihren Koffer. »Ich kann es kaum erwarten, zurück nach Savannah zu kommen, und ich kann es noch weniger erwarten, mein Haus zurückzukaufen und diese verdammten Arrendales dazu zu zwingen, mein Gemälde wieder rauszurücken.«

»Und was dann?« Harry lud die Koffer in den Buick. »Was passiert, wenn du das alles erledigt hast?«

»Ich bekomme mein altes Leben zurück«, erwiderte sie triumphierend. »Nur besser. Weil ich jetzt dich habe.«

»Oh«, sagte Harry und schaute auf seine Uhr. »Ich schätze, dann sollten wir uns besser auf den Weg machen. Wir wollen ja nicht, dass du noch mehr von deinem alten Leben verpasst, oder?«

60

Da ist nur noch eine Sache«, meinte Eloise. »Ihr seid uns noch was schuldig. Mir und Spencer.«

»Wie meinst du das?«, fragte ich und drehte mich zum Rücksitz um.

»Wir müssen noch mal zum Bahia-Mar-Yachthafen fahren«, erklärte sie. »Auch wenn du dagegen bist, Harry. Wir können nicht einfach abhauen, ohne zu wissen, was weiter passiert. BeBe, als wir gerade zur Bank fahren wollten, ist Emma auf den Parkplatz eingebogen. Mit dem echten Doobie.«

»Was?« Ich schaute Harry an. »Stimmt das?«

»Yep. Doobie ist gestern aus der Entzugsklinik getürmt und heute Morgen nach Fort Lauderdale geflogen. Anya hat bei Emma angerufen, um sie zu warnen, dass er auf dem Weg zur Yacht ist, und dass Liam auf keinen Fall zulassen darf, dass Doobie mit der *Reefer Madness* rausfährt.«

»Und dann hat Doobie selbst angerufen«, fuhr Eloise aufgeregt fort. »Ich wäre fast gestorben, als ich ans Telefon gegangen bin und er gesagt hat, er wäre schon am Flughafen.«

»Wollte er nicht wissen, wer du bist?«

»Ich habe ihm einfach gesagt, ich sei Liams Freundin«, erklärte Eloise. »Ich habe gesagt, Liam wäre unterwegs, Besorgungen machen, und dass ich Emma schicken würde, damit sie ihn am Flughafen abholt. Und dann hat Doobie mich angewiesen, Liam auszurichten, dass er zum Candystore gehen soll, weil sie eine Menge Candys für ihre Fahrt nach Bimini bräuchten. Das ist bestimmt Doobies Code an Liam, um ihm zu sagen, dass er ihm Drogen kaufen soll.«

»Anya ist auch auf dem Weg hierher«, fügte Harry hinzu. »Ihr Flugzeug sollte inzwischen gelandet sein.«

»Die Kacke ist am Dampfen«, stellte Opa fest. »Da wäre ich jetzt auch gern Mäuschen.«

»Deshalb müssen wir ja unbedingt zum Yachthafen zurück«, wiederholte Eloise. »Ich brenne darauf, zu erfahren, wie es weitergeht.«

»Wir können doch auch Emma fragen«, meinte ich. »Sie kann uns später alles erzählen. Wenn wir wieder in Savannah sind. Aber wir sollten jetzt nicht alles riskieren, nur weil ihr unbedingt noch mal zum Hafen wollt.«

Harry schaute mich von der Seite an.

»Was?«

»Ich war ja erst auch dagegen. Aber Eloise hat recht. Sie hat sich für dich ein Bein ausgerissen. Sie wurde von Liam begrabscht und von Roy Eugene angebaggert. Und alles nur aus Freundschaft zu dir. Es wird ja nicht lang dauern. Wir können doch einfach mal vorbeifahren und schauen, was passiert. Meinst du nicht, dass du ihr das schuldig bist?«

Mein Großvater nickte mir zu und zwinkerte nicht gerade subtil.

»Okay«, sagte ich mit einem übertriebenen Seufzer. »Ich habe lange genug in diesem Motelzimmer festgesessen. Lasst uns vorbeifahren und uns die Show ansehen. Aber wenn wir auch nur eine Spur von Reddy entdecken, fährst du sofort weiter, Harry.«

»Keine Sorge. Keiner von uns ist auf ein Wiedersehen scharf.«

»Er hat mir aber wirklich schöne Ohrringe gekauft«, wandte Eloise ein. »Smaragde mit Diamanten.«

»Wahrscheinlich nicht echt«, entgegnete Harry. »Wie alles an ihm.«

Als wir beim Bahia-Mar-Yachthafen ankamen, war dort die Hölle los. Am Eingang standen drei Einsatzwagen der Polizei von Fort Lauderdale mit eingeschaltetem Blaulicht, daneben parkten eine Reihe anderer Autos und Vans mit Satellitenschüsseln auf dem Dach. Ein Helikopter kreiste über dem Hafen.

»Wow«, rief Eloise staunend aus und las die Logos auf den Vans vor. »CBS, ABC, NBC und Fox. Die ganzen großen Fernsehsender sind da.«

»Schaut mal.« Opa zeigte aus dem Fenster. »Dieser Kerl im orangen T-Shirt und Baseballkappe. Das ist der, den wir in Emmas Auto gesehen haben.«

»Das ist Doobie«, bestätigte Harry. »Das muss er sein.«

Der echte Doobie Bauers war umgeben von uniformierten Polizisten und einer Horde mit Kameras und Mikrofonen bewaffneter Reporter. Er redete aufgeregt und gestikulierte wild in Richtung der Anlegestelle. Während wir die Szene beobachteten, hielt ein Taxi vor dem Eingang und eine zierliche Blondine sprang heraus und rannte auf die Menge zu. Ihr auf dem Fuß folgte ein schwarzgekleideter Mann mittleren Alters mit Ziegenbärtchen.

»Roll mal die Fenster runter«, bettelte Eloise. »Das muss Anya sein. Ich frage mich, wer das bei ihr ist? Los, macht die Fenster auf, ich will hören, was als Nächstes passiert?«

Harry öffnete alle Fenster, doch wir waren noch zu weit weg.

»Ich kann gar nichts verstehen«, beschwerte sich Opa. Er öffnete die Wagentür. »Ich geh jetzt da rüber.«

»Ich auch«, verkündete Eloise und stieg ebenfalls aus.

Harry schaute mich achselzuckend an. »Nur ein paar Minuten«, sagte er und zog sich die Kappe tiefer ins Gesicht. »Niemand hier kennt uns. Wir sind nur interessierte Passanten.«

»Und unentdeckte Mitverschwörer«, murmelte ich, konnte jedoch auch nicht widerstehen. Ich drehte meine Haare ein und versteckte sie unter Eloises Strohhut. Dazu setzte ich mir meine große Sonnenbrille auf.

»Warte auf mich«, rief ich Harry hinterher, der schon losgegangen war.

Wenig später standen wir am Rand der Schaulustigen. Da ich nicht sonderlich groß bin, war es mir unmöglich, durch die Masse an Kameraleuten und Reportern irgendetwas zu sehen.

»Was ist da los?«, fragte ich schließlich einen Teenager, der mit einer kleinen Kamera das Geschehen filmte.

»Dieser ältere Kerl im orangen T-Shirt da behauptet, jemand hätte seine Yacht gestohlen«, erklärte der Junge und senkte die Kamera. »Er ist angeblich irgendein berühmter Rockstar. Hab ich im Polizeifunk mitgehört. Deshalb bin ich hergekommen. Dachte, vielleicht könnte ich ein bisschen was aufnehmen und es an eine dieser Polizei-Fernsehsendungen wie *COPs* oder *Hard Copy* verkaufen. Aber, Mann, der ist echt ganz schön alt.«

»Wie heißt er?«, stellte ich mich dumm.

Eine junge Frau mit einem bunt bedruckten T-Shirt drehte sich zu uns um. »Doobie Bauers. Er war mal bei Meat Loaf in der Band. Deshalb hat mich mein Produzent hergeschickt. Aber jetzt mal im Ernst. Meat Loaf? Der ist doch echt von vorgestern«, sagte sie verächtlich. »Total die Zeitverschwendung.«

Jetzt hörte ich eine hohe Frauenstimme, die offenbar auf die Polizisten einredete. Ich stellte mich auf die Zehenspitzen, um besser sehen zu können, doch die Reporter verstellten mir die Sicht. Ich sah kurz zu den anderen, die ebenfalls versuchten, mehr vom Geschehen mitzubekommen, und ging dann ein bisschen umher und schob mich durch die Menge. Schließlich gelang es mir, mich zwischen einen großen Schwarzen mit ausgefahrenem Mikro und eine kleine Dunkelhaarige zu zwängen, die in ihrem gelben Leinenanzug deutlich als Collegeabsolventin zu identifizieren war. Sie kritzelte wie wild auf ihrem Notizblock herum.

»Was stehen Sie da so tatenlos herum wie die Schafe?«, schrie Anya gerade einen der Polizisten an. »Hier ist ein Verbrechen geschehen. Dieses Boot ist sieben Millionen Dollar wert. Und Sie stehen nur rum und tun gar nichts.«

Ich hörte, wie Doobie etwas sagte, konnte aber nicht hören, was.

»Was ist los?«, fragte ich an die Journalistin mit dem Notizbuch gewandt. »Wer ist diese Frau? Wieso regt sie sich so auf?«

»Sie heißt Anya Bauers«, erklärte die junge Frau, ohne ihr hektisches Schreiben zu unterbrechen. »Und das ist ihr Mann, Doobie. Wird D-O-O-B-I-E geschrieben. Er ist offenbar aus dem Betty Ford Center abgehauen und heute hier aufgetaucht. Sie ist ihm nachgeflogen. Wollte ihn wohl aufhalten, nehme ich an. Aber jetzt ist seine Yacht gestohlen worden, und sie schreit die Cops an, dass sie etwas unternehmen sollen.«

»Wer ist der Typ, der ganz schwarz angezogen ist?«, fragte ich. Der Mann mit dem Ziegenbärtchen hatte einen Arm um Doobies Schulter gelegt, offenbar bemüht, ihn zu beruhigen. Doch je mehr er auf ihn einredete, desto mehr schien sich Doobie aufzuregen.

»Jemand meinte, das wäre sein Therapeut«, erklärte die Reporterin. »Aber jemand anderes hat gesagt, es wäre sein Manager.«

»Ich habe gehört, es sei sein Ernährungsberater«, schaltete sich ein kahlköpfiger Mann in weißem Hemd und gestreifter Krawatte ein. »Seine Frau hat den Polizisten erklärt, dass ihr Mann Probleme mit dem Elektrolythaushalt hat und sich deswegen so aufführt.«

Ein weiterer Journalist mit Headset drehte sich zu dem Mann mit dem Mikro neben mir um. »Hey Jack«, rief er ihm zu. »Die vom Newsdesk im Sender haben gerade angerufen. Die Küstenwache hat gemeldet, dass sie die vermisste Yacht gefunden haben.

Ist wohl auf eine Sandbank aufgelaufen, nur ein paar Kilometer von hier. Stell dir vor, der Name der Yacht ist *Reefer Madness*. Sie schleppen sie gerade zum Hauptsitz der Küstenwache ab.«

Die junge Journalistin neben mir gluckste und kritzelte weiter.

»O Mann«, fuhr der Mann mit dem Headset fort. »Sie haben gerade durchgegeben, dass die Drogenfahndung sie an der Anlegestelle erwartet. Offenbar haben sie einen riesigen Drogenvorrat an Bord entdeckt. Der Kerl, der die Yacht gestohlen hat, wurde schon mit Haftbefehl gesucht. Den Bootsmann haben sie gefesselt in einem Schrank gefunden. Er sagt, er wurde als Geisel genommen. Lass uns gehen. Ich will dort sein und Aufnahmen von dem Boot bekommen, bevor die Kripo alles absperrt.«

Ich schob mich vorsichtig rückwärts und entfernte mich aus der Menge, um Harry zu finden. Er stand am Rand bei einem Kameramann von FoxTV.

»Hey«, sagte er und kam zu mir rüber. »Hast du schon gehört? Sie haben die *Reefer Madness* gefunden. Offenbar ist der Kerl, der sie gestohlen hat, auf eine Sandbank aufgelaufen. Hatte keinen Treibstoff mehr. Was für ein Loser!«

»Ja«, seufzte ich. »Es geht doch nichts über ein Happy End.«

61

Ich musste irgendwo zwischen Daytona und St. Augustine eingeschlafen sein. Als Harry mich wachrüttelte, überquerten wir gerade die Brücke über den Back River. Es war dunkel, und ich konnte Opas sonores Schnarchen vom Rücksitz hören.

»Wie viel Uhr ist es?«, fragte ich und gähnte zwanglos.

»Kurz vor eins«, antwortete er leise. »Ich habe Eloise schon heimgefahren, aber du hast dich nicht gerührt.«

»Tut mir leid. Ich hätte auch mal fahren sollen, aber ich war einfach so müde. Ich glaube, ich habe in den letzten Tagen nie mehr als drei oder vier Stunden am Stück geschlafen.«

»Ist schon gut. Hör zu, ich lass mich von dir bei Mikey Shannon in Tybee Terrace absetzen, wenn das okay ist.«

»Mikey? Wieso? Kommst du nicht zurück zum Breeze mit mir?«

»Ich komme nach«, erwiderte Harry. »Mikey hat Jeeves für mich gehütet. Ich habe ihn vorhin angerufen, und er meinte, er lässt die Tür für mich offen. Cheri und ihre Tochter schlafen wahrscheinlich schon tief und fest bei mir in der Wohnung, deshalb bleibe ich heute Nacht bei Mikey auf dem Sofa und verbringe morgen früh etwas Zeit mit Jeeves. Der arme Hund denkt wahrscheinlich schon, dass ich ihn vergessen habe.«

»O-kay«, sagte ich langgezogen. »Klingt, als hättest du schon alles geplant.«

»Es ist spät«, entgegnete Harry. Er warf über den Rückspiegel einen Blick auf den Rücksitz und lachte leise. »Dein Opa Spencer ist echt 'ne Nummer, das weißt du, oder?«

»Ja, das weiß ich. Er mag dich auch.«

»Weil ich ihm den Scotch bezahlt habe.«

»Nein, nicht nur deswegen.« Ich nahm Harrys Hand. »Er hat mir gesagt, dass er einverstanden ist.« Ich errötete und schaute schnell weg. »Du weißt schon, mit uns. Er hat mir gesagt, dass ich es dieses Mal nicht vermasseln soll.«

»Wie nett von ihm.« Er zog seine Hand weg, um den Blinker zu setzen.

»So, hier sind wir«, sagte er und bog in ein Wohngebiet, bestehend aus einstöckigen Blockbungalows, ein. Er parkte hinter einem Haus, vor dem ein rotes Fahrrad am Fahrradständer angeschlossen war.

Harry sprang aus dem Auto und ging zum Kofferraum, um sein Gepäck zu holen. Er kam zu meinem Fenster, das ich runtergekurbelt hatte. Ich lehnte mich raus, die Luft roch süß, und es war fast kein Verkehr, wodurch ich mir einbildete, das sanfte Rollen der Wellen vom Strand her zu hören. Fast zu Hause, dachte ich.

»Na dann«, sagte ich. Er beugte sich zu mir und küsste mich sanft. »Dann sehen wir uns morgen?«

»Ja«, erwiderte er. »Absolut. Bis morgen.«

Ich sah ihm nach, wie er zum Hintereingang des Bungalows ging, und als ich hörte, wie die Tür ins Schloss fiel, rutschte ich hinters Steuer und fuhr die Strandpromenade runter zum Breeze Inn.

Das Schild am Parkplatz zeigte, dass wir keine Zimmer frei hatten, was mich unwillkürlich lächeln ließ. Ich überlegte, wann wir außer dem Wochenende vor St. Patrick's Day je voll belegt gewesen waren.

»Opa«, sagte ich und öffnete die hintere Wagentür. »Opa, wach auf. Wir sind da.«

»Ich weiß.« Er setzte sich auf. »Ich wollte euch jungen Leuten nur etwas Privatsphäre geben.«

»Die wir gar nicht gebraucht hätten«, meinte ich und setzte mich zu ihm auf den Rücksitz. »Also, was meinst du? Kannst du heute Nacht noch nach Hause fahren? Oder willst du lieber hier übernachten?«

»Nach Hause«, sagte er nur. »Lorena erwartet mich schon.« Er stieg aus und drückte ächzend den Rücken durch.

»Ich bin zu alt für solche Sachen«, erklärte er.

»Bist du gar nicht!«, widersprach ich. »Du warst großartig. Du bist mein Held.«

Er gab mir einen flüchtigen Kuss auf die Stirn. »Ich bin auch stolz auf dich, junge Dame. Das war ich schon immer. Von allen meinen Enkelkindern bist du mir am ähnlichsten. Du hast ein Gespür fürs Geschäftliche. Du weißt, was du willst, und du scheust nicht davor zurück, es dir zu holen.«

»Ich wünschte, du hättest recht. Wir wissen beide, dass ich ein ziemlicher Chaot bin. Aber trotzdem danke für die Blumen. Danke, dass du an mich glaubst. Und dass du für mich da warst, als ich dich gebraucht habe.«

»Immer wieder gern.« Er öffnete den Kofferraum und reichte mir meinen Koffer.

»Sag Oma, dass ich sie diese Woche mal anrufe.« Ich warf ihm eine Kusshand zu, und er stieg in den Buick und fuhr davon.

In Harrys Wohnung brannte Licht, also beschloss ich, nachzusehen, ob Cheri noch wach war.

Cheri öffnete die Tür, noch bevor ich geklingelt hatte. Sie war barfuß und trug ein Oversize-T-Shirt mit dem Logo einer Motorradmarke darauf. Sie hielt eine brennende Zigarette zwischen den Fingern und eine Bierdose in derselben Hand.

»Hallo, hallo!«, rief sie fröhlich. »Ich hab die Scheinwerfer vom Auto gesehen. Hat alles geklappt in Florida?«

»Ja, alles super«, erwiderte ich und fragte mich gleichzeitig, wieso ich mich nicht so toll fühlte, obwohl alles so super gelaufen war.

»Ihr habt den Kerl gefunden, der dich betrogen hat?«, fragte sie.

»Ja, haben wir.«

Sie trat auf die Veranda und schaute sich um. »Wo ist denn Harry?«

»Er übernachtet bei Mikey Shannon, weil er euch so spät nicht mehr wecken wollte.«

»Ach, Quatsch!«, winkte sie ab. »Harry weiß doch, dass ich nie vor drei oder vier Uhr morgens ins Bett gehe. Nach all den Jahren als Barkeeperin kann ich mich einfach nicht an normale Schlafenszeiten gewöhnen.«

»Und er wollte Jeeves sehen«, fügte ich hinzu.

»Klar.« Sie nickte.

»Wie ist es hier gelaufen? Gab es irgendwelche Probleme?«, fragte ich.

»Keine, mit denen ich nicht fertig geworden wäre«, entgegnete sie. »Ihr habt hier wirklich alles total süß hergerichtet. Meine Tochter und ich hatten viel Spaß, den Laden zu führen.«

»Und ihr seid voll belegt!«, stellte ich fest. »Ich kann es kaum glauben.«

»Ja. Eine Gruppe Lehrerinnen aus Atlanta ist übers Wochenende gekommen. Ich hab noch nie erlebt, dass Frauen so wild feiern. Die haben sich echt 'ne gute Zeit gemacht.«

»Mein Zimmer ist hoffentlich nicht auch vermietet, oder?«

»Nein, nein«, beruhigte mich Cheri. »Ich bin davon ausgegangen, dass ihr vor Montag zurückkommt, also hab ich es leer gelassen. Stephanie hat es aber für dich geputzt. Wir finden beide, dass es das hübscheste Zimmer von allen ist. Ich hoffe, es ist okay, dass wir einen Blick hineingeworfen haben.«

»Ja, natürlich«, versicherte ich ihr. »Ich kann euch gar nicht genug danken für alles, was ihr hier getan habt. Harry hatte mir schon angekündigt, dass ihr das super machen werdet, und er hatte mehr als recht.«

»Na ja«, sagte sie bescheiden. »Harry ist auch ein guter Freund.«

»Hey.« Ich hatte plötzlich einen Einfall. »Hättest du vielleicht Interesse an einem Job hier?«

Sie zog an ihrer Zigarette. »Ja, vielleicht.«

»Ich brauche dringend Hilfe. Und ich kann es mir jetzt auch leisten, jemanden anzustellen. Ich bräuchte dich für die Zimmer und andere Haushaltsarbeiten, und wahrscheinlich müsstest du auch ab und zu die Rezeption besetzen.«

»Das kann ich alles«, sagte sie stolz. Doch dann runzelte sie die Stirn.

»Warte mal. Harry meinte, du würdest das Motel verkaufen, sobald du wieder zurück bist.«

»Das hat er dir erzählt? Was hat er denn sonst noch gesagt?«

»Nur, dass du dein altes Leben zurückwillst. Du weißt schon, in der Stadt und so. Er meinte, du wolltest dich nicht damit abgeben, ein mickriges altes Motel auf Tybee zu führen.«

»Es ist ein Inn«, korrigierte ich. »Und ich habe es nie mickrig genannt. Es wird so oder so eine Weile dauern, bis ich meine Sachen alle erledigt und in Ordnung gebracht habe. In der Zwischenzeit brauche ich dringend jemanden, der mir hilft.«

Cheri streckte die Hand aus. »Du hast jemanden. Wann kann ich anfangen?«

»Hast du doch schon.« Ich schüttelte ihr die Hand.

Wie angekündigt, war mein Zimmer leer und blitzsauber. Ich blieb einen Moment lang im Türrahmen stehen, um mein Reich zu betrachten. Es war sogar noch kleiner, als ich es in Erinnerung hatte. Aber der gestrichene Holzboden glänzte frisch gewienert, das Bett war mit schneeweißen Laken bezogen, und der ganze

485

Raum roch schwach nach Reinigungsmittel und Bleiche. Cheri hatte das Fenster in der Küchenecke geöffnet, und die Baumwollvorhänge bewegten sich sacht in der Brise, die vom Meer herauf kam. Ich stellte meinen Koffer ab und ließ mich aufs Bett fallen.

Matratzen, dachte ich. Ich würde für alle Zimmer im Breeze neue, gute Matratzen kaufen. Meine Gäste würden nie solch dünne Billigmatratzen ertragen müssen wie wir im Mangobaum. Ich nahm mir außerdem vor, neue Bettwäsche zu kaufen. Und große, flauschige Badehandtücher. Daunenkissen. Feine Baumwolllaken. Die, die wir jetzt hatten, stammten wahrscheinlich noch aus der Zeit, als das Breeze Inn gebaut worden war. Und Fernseher, dachte ich schläfrig, mit Kabelanschluss. Und DVD-Player. Wir konnten auch eine kleine Bibliothek mit Filmen und Büchern im Büro einrichten. Und während wir schon dabei waren, konnten wir auch gleich eine Espressomaschine kaufen. Damit wir zu Daniels Muffins ordentlichen Kaffee servieren konnten. Und frisches Obst. Wir würden in jedes Zimmer einen Obstkorb stellen.

Nichts am Breeze Inn würde mehr mickrig sein, schwor ich mir. Falls. Falls ich mich entschloss, es nicht zu verkaufen. Wenn Harry mir helfen würde, es zu leiten. Wenn Harry hier wäre …

62

Doch Harry war nicht da. Als ich am nächsten Morgen aufstand, war sein alter Kombi vom Parkplatz verschwunden, er musste also vorbeigekommen sein, um ihn abzuholen. Ich verbrachte den ganzen Sonntagvormittag im Büro, erledigte Papierkram, checkte ein paar Gäste aus. Ich bezahlte Cheri und ihre Tochter, und wir vereinbarten einen Plan, wie sie sich die Arbeit als Zimmermädchen aufteilen konnten. Von Harry fehlte jede Spur.

Mittags rief ich Sandra Findley an.

»Sandra? Hier ist BeBe Loudermilk.«

»BeBe!«, rief sie aus. »Wo sind Sie? Es lief hier überall in den Nachrichten. Sie haben es geschafft, nicht wahr? Sie haben den Hurensohn erwischt!«

»Nicht ich persönlich«, sagte ich bescheiden. »Die Küstenwache. Wir haben nur dafür gesorgt, dass die ihn schnappen konnte. Ehrlich gesagt, bin ich schon wieder zurück in Savannah.«

»Und das Geld? Was ist mit dem Geld?«

»Ich glaube, Sie werden zufrieden sein«, meinte ich. »Wohin soll ich es überweisen?«

»Unglaublich, einfach unglaublich«, sagte sie immer wieder, bevor sie mir ihre Bankdaten durchgab. »Sie haben es tatsächlich geschafft. Ich kann es nicht fassen, dass Sie einen professionellen Betrüger übers Ohr gehauen haben.«

»Ich hatte auch sehr viel Hilfe«, erklärte ich ihr. »Und ziemliches Glück. Und ohne Ihre Beharrlichkeit wäre wahrscheinlich auch nichts von alledem passiert.«

»Ich kann es kaum erwarten, meinem Bruder davon zu erzählen«, sagte Sandra aufgeregt. »Hey! Sie sind gar nicht auf den Drink bei mir vorbeigekommen. Dabei schulde ich Ihnen inzwischen viel mehr als das.«

»Beim nächsten Mal«, vertröstete ich sie. »Jetzt muss ich mich erst mal um das Geschäftliche kümmern.«

Um zwei Uhr hatte ich eine ganze Kanne Kaffee intus und die Sonntagszeitungen von Savannah und Atlanta gelesen, ein entspanntes Telefonat mit meiner Großmutter geführt und eine ellenlange Einkaufsliste zusammengeschrieben.

Um drei hielt ich das Warten nicht mehr aus. Ich ging zu meinem Lexus und fuhr bei *Doc's Bar* vorbei. Keine Spur von Jeeves oder Harry. Als Nächstes checkte ich Mikey Shannons Wohnung in Tybee Terrace, wo ich Harry am Abend zuvor rausgelassen hatte, aber auch dort war sein Kombi nirgends zu sehen.

Scheiß drauf, dachte ich. Ich würde einfach in die Stadt fahren, mir ein spätes Mittagessen gönnen und bei meinem Haus in der West Jones Street vorbeifahren, nur um sicherzugehen, dass es noch stand.

Ich hatte vor, direkt in die Innenstadt zu fahren. Doch als ich bei der Brücke ankam, wo es zum Marsden-Hafen abging, bog der Lexus einfach in diese Richtung ab, als hätte er auf einmal seinen eigenen Kopf. Ich wusste nicht, ob ich froh sein sollte oder besorgt, dass Harrys Auto auch dort nicht geparkt war.

Die *Jitterburg* war jedenfalls dort. Sie lag auf einem Anhänger, mit einem *ZU-VERKAUFEN*-Schild am Bug. Einer Eingebung folgend hielt ich davor an, stieg aus und schaute mich um.

Es war nur ein Boot, soweit ich das beurteilen konnte. Sicher nicht annähernd so luxuriös und eindrucksvoll wie die Yachten im Hafen vom Bahia Mar. Was fanden Männer an Booten nur so faszinierend?, fragte ich mich. Reddy war genauso besessen davon gewesen, eine Seeigel zu besitzen wie Harry davon, die *Jitterburg* zurückzubekommen. Beide waren für ihr Ziel bereit gewesen, zu lügen, zu stehlen und zu betrügen.

Ich ließ meine Hand über den ausgeblichenen gelben Rumpf der *Jitterburg* gleiten. Ich fragte mich, wie lang es noch dauern würde, bis Harry sie zurückkaufen konnte. Er würde die viertausendachthundert Dollar erhalten, die ich ihm schuldete, sobald er beim Breeze Inn auftauchte. Doch wenn es stimmte, was er erzählt hatte, reichte das nicht annähernd aus, um seine Schulden bei den Hafenbesitzern zu begleichen.

Wieso nicht?, dachte ich. Wieso sollte ich das Boot nicht einfach selbst auslösen? Ich konnte es mir jetzt sicherlich leisten. Und Harry war der Grund dafür, dass ich es konnte. Er war mit nach Fort Lauderdale gefahren, ohne dass ich ihm irgendetwas versprochen hätte, und hatte meisterlich abgeliefert. Wenn Harry nicht dabeigewesen wäre, hätten wir niemals eine Chance gehabt, einen Weltklasse-Betrüger wie Reddy zu erwischen. Ich war Harry etwas schuldig. Und zwar nicht zu wenig.

Ich traf Tricia Marsden an ihrem Schreibtisch im Büro des Yachthafens an, bis zu den Ellenbogen in Papierkram. Ihre Finger glitten blitzschnell über die Tastatur eines Taschenrechners.

»Hallo«, sagte ich, als ich die Schiebetür öffnete.

»Kann ich was für Sie tun?« Sie schaute nicht mal von ihren Berechnungen auf, was mir die Gelegenheit gab, sie etwas genauer zu betrachten. Tricia war ganz anders, als ich sie mir vorgestellt hatte. Ihr volles, dunkles Haar hatte sie zu einem Pferdeschwanz zusammengefasst. Sie war schlank, braungebrannt und trug ein weißes, tief ausgeschnittenes Shirt und eine Brille mit rosa Gestell, die ihr auf die Nasenspitze gerutscht war.

»Ich interessiere mich für die *Jitterburg*.«

Damit hatte sie nicht gerechnet. Sie schaute überrascht auf. Ich erwiderte ihren Blick. Harry hatte mir erzählt, dass Tricia Marsden eine eiskalte, berechnende Geschäftsfrau war. Er hatte allerdings vergessen, zu erwähnen, dass sie umwerfend schön war, mit ihren strahlend blauen Augen, dichten schwarzen Wimpern und dem vollen Schmollmund.

»Wie interessiert?«, fragte sie misstrauisch.

»Ich bin daran interessiert, das Boot zu kaufen«, erklärte ich. »Wie viel kostet es?«

Sie lächelte. »Sie machen Witze, oder?«

»Ganz und gar nicht. Es ist doch zu verkaufen, oder nicht?«

»Doch, schon. Zweiunddreißigtausendfünfhundert Dollar.« Sie zog die Augenbrauen hoch, als wartete sie meine Reaktion ab.

»In Ordnung.« Ich kramte mein Scheckbuch hervor.

»In Ordnung?«

»Ja.«

Sie runzelte die Stirn. »Darf ich fragen, was Sie mit einem Fischerboot wie der *Jitterburg* wollen? Das ist ja nicht gerade ein Sportflitzer oder so.«

»Ich weiß.« Ich sah sie an. »Soll ich den Scheck auf den Marsden-Hafen oder auf Sie persönlich ausstellen?«

»Ich habe einen Stempel«, erklärte sie. »Soll ich das Boot nicht noch mal von einem Mechaniker durchchecken lassen?«

»Ist nicht nötig«, sagte ich, während ich den Scheck ausfüllte. »Ich habe gehört, sie läuft einwandfrei.«

»Von wem haben Sie das gehört?« Sie stand auf.

»Harry Sorrentino.«

Sie setzte sich wieder hin. »Woher kennen Sie Harry?«

»Wir sind befreundet.« Ich trennte den Scheck aus dem Heftchen heraus und reichte ihn ihr.

Sie betrachtete ihn. »BeBe Loudermilk. Sind Sie nicht die Frau, die das Breeze Inn gekauft hat?«

»Das ist richtig.«

»Also sind Sie seine Chefin.«

»Und eine Freundin«, fügte ich hinzu.

»Eine sehr gute Freundin offensichtlich.«

»Ich begleiche nur eine Schuld.« Ich wandte mich zum Gehen. »Ich werde das ZU-VERKAUFEN-Schild von der *Jitterburg* entfernen, wenn Sie nichts dagegen haben. Und ich sage Harry, dass er sein Boot abholen kann. Wann er möchte?«

»Der Anhänger gehört mir«, erklärte sie und verzog den Schmollmund.

»Ist der auch zu verkaufen?«

»Nicht an ihn.«

Ich drehte mich wieder zu ihr um. »Hören Sie, was haben Sie eigentlich für ein Problem mit Harry? Ich weiß, er hat Ihnen Geld geschuldet, aber ich kann mir vorstellen, dass er da nicht der einzige Fischer hier in der Gegend ist, nachdem das Wetter letztes Jahr so ungünstig war. Sie haben jetzt Ihr Geld wieder. Ist es nicht an der Zeit, darüber hinwegzukommen?«

»Was ich für ein Problem habe?« Sie schüttelte den Kopf. »Darüber hinwegkommen? Wieso fragen Sie nicht ihn, was ich für ein Problem mit ihm habe.«

»Er hat gesagt, Sie und er wären nicht gerade befreundet.«

»Nicht gerade befreundet ist gut.« Sie lachte. »So kann man es auch ausdrücken. Hat er nicht erwähnt, dass wir mal verheiratet waren?«

»Nein«, entgegnete ich leise. »Das hat er nicht erwähnt.«

»Wieso sollte er auch?« Ihre Stimme klang verbittert. »Es ist lang her. Und er redet nicht gerade gern darüber. Aber so ist Harry eben.«

»Ich sage ihm, dass er die *Jitterburg* abholen kann.«

»Tun Sie das. Und sagen Sie ihm auch, dass er es in den nächsten vierundzwanzig Stunden erledigen soll, sonst berechne ich ihm Liegegebühren.«

»Blöde Kuh«, murmelte ich, während ich die Tür hinter mir zuwarf. Ich riss das Schild vom Schiffsrumpf ab und schmiss es auf den Rücksitz des Lexus. Dann verließ ich mit quietschenden Reifen den Parkplatz des Hafens und fuhr in Richtung Savannah-Zentrum.

Das geht dich nichts an, ermahnte ich mich selbst, während ich den Victory Drive hinunterbrauste, ohne die hohen Azaleen in ihrer pink und lila Pracht wahrzunehmen. Sie war vor langer Zeit mit ihm verheiratet, versuchte ich es rational zu sehen, und fuhr gen Norden auf die Drayton Street.

Hier stimmte doch etwas nicht, dachte ich beunruhigt, als ich auf die West Jones einbog. Ich hatte Harry von meinen drei unglücklichen Ehen erzählt, er hatte sogar verständnisvoll reagiert, es jedoch nicht für nötig gehalten, seine eigene Vergangenheit mit der schönen, aber zickigen Tricia Marsden zu erwähnen.

Ach, du Schande! Ich bremste direkt vor meinem Haus. Oder genauer gesagt, vor Steve und Gretchen Arrendales Haus. Ich war gezwungen anzuhalten, weil ein riesiger Umzugswagen die Straße blockierte. Die Haustür der Arrendales stand offen, und Männer in weißen Overalls schleppten emsig Möbel aus dem Haus und verstauten sie in dem Lkw.

Ich sprang aus meinem Wagen und lief zum Bürgersteig. Im Fenster der Arrendales prangte ein *ZU-VERKAUFEN*-Schild, und genau das gleiche war auch im Fenster meines Hauses aufgestellt.

»Hey«, rief ich und rannte zwei der Männer hinterher, die einen massiven, hässlichen, pseudo-antiken Mahagoni-Kabinettschrank aus dem Haus der Arrendales trugen. »Was geht hier vor sich?«

»Umzug«, erklärte einer der Männer kurz angebunden. Er hatte ein rotes Tuch um den Kopf gebunden, und seine Oberarme waren dick wie Baumstämme.

»Die Arrendales? Wo ziehen sie denn hin?«

Die Männer waren am Lkw angekommen und hievten den Schrank die Metallrampe hoch. Ich folgte ihnen auf die Ladefläche, die halb gefüllt war mit Umzugskartons und in wattierte Folie verpackte Möbel.

»Neues Haus am Turner's Rock«, sagte einer der Männer und setzte ächzend das eine Ende des Kabinettschranks ab.

»Sind sie noch hier? Im Haus?«

»Nein, Gott sei Dank«, antwortete der mit dem Kopftuch. »Sie ist schon drüben im neuen Haus. Damit *sie* alles beaufsichtigen kann.« Er zog eine Grimasse.

Ich schaute mich im Wagen um, auf der Suche nach dem Maybelle-Johns-Gemälde. *Meinem* Maybelle-Johns-Gemälde.

»Haben Sie schon die Kunstwerke im Haus eingepackt?«, fragte ich. »Ich suche nach einem bestimmten Bild. Einem Ölgemälde mit einem kleinen Mädchen darauf.«

»*Sie* hat alle Gemälde selbst eingepackt«, erklärte ein anderer mit weißer Baseballkappe. »Hat uns ungebildeten Affen nicht zugetraut, ihre wertvolle Kunstsammlung anzurühren.«

»Aber das Gemälde mit dem kleinen Mädchen. Haben Sie es gesehen? Bevor sie alles eingepackt hat?«

Der mit dem Kopftuch zuckte mit den Schultern. »Das Haus war voll mit Gemälden. Sehen für mich alle gleich aus.«

Ich verließ den Wagen wieder und lief ins Haus der Arrendales.

Drinnen herrschte heilloses Durcheinander. Überall stapelten sich Umzugskartons, aufgerollte Teppiche und verschnürte Möbelstücke. Die Wände waren kahl. Ich rannte nach oben, nur um sicherzugehen, doch dort war schon alles ausgeräumt.

Als ich wieder nach unten kam, ging ich durch die Hintertür in den Garten und von da über das kleine schmiedeeiserne Tor in die Gasse hinter den Häusern. Dann betrat ich meinen eigenen Garten. Hinter meinem Haus. Ich schob eine leere Mülltonne zum Küchenfenster und kletterte darauf, um hineinzuschauen. Leer. Die Küche war genauso unbewohnt wie beim letzten Mal.

Ich ging zurück zu meinem Auto, wo ich mein Handy hervorholte und James Foleys Nummer wählte. Er ging nicht dran. Obwohl Sonntag war, versuchte ich es in seinem Büro. Auch dort war niemand zu erreichen. Voller Verzweiflung rief ich Eloise an.

»Hey.« Sie ging nach dem ersten Klingeln dran. »Bist du schon los zum Shoppen, um dein unrechtmäßig erworbenes Vermögen auszugeben?«

»Nein«, entgegnete ich finster. »Ich bin zur West Jones Street gefahren. Um sicherzugehen, dass mein Haus noch nicht abgerissen wurde. Aber es ist noch schlimmer.«

»Was?«

»Es ist verkauft worden. An die Arrendales. Und jetzt verkaufen die es wieder, genau wie ihr eigenes Haus.«

»Wieso, wo ziehen sie denn hin?«

»Die Umzugsfirma ist gerade dort. Von den Männern weiß ich, dass die Arrendales ein neues Haus am Turner's Rock gekauft haben. Aber ich habe mein Gemälde nirgends finden können. Ich muss sofort mit deinem Onkel sprechen, aber ich erreiche ihn nicht. Hast du eine Ahnung, wo er ist?«

»Das habe ich tatsächlich. James und Jonathan sind auf einem Ausflug mit der Historischen Gesellschaft nach Charleston. Mama hat vorhin erzählt, dass sie heute Abend zurückkommen.«

»Das ist ein Albtraum«, stöhnte ich. »Und ich kann nicht aufwachen.«

»Entspann dich«, riet mir Eloise. »James wird das schon alles wieder hinbekommen. Geh ein bisschen an den Strand und leg die Füße hoch. Weißt du noch, wie man das macht?«

»Nur vage.«

Ich beschloss, das späte Mittagessen ausfallen zu lassen. Genau wie das Shopping. Ich war nicht in der Stimmung. Und als ich kurz darauf wieder auf den Strand zufuhr, zogen am Horizont rabenschwarze Wolken auf. Das war es dann auch mit meinem Strandausflug.

Harrys alter Kombi parkte vor dem Büro des Breeze Inn. Ich atmete langsam aus. Entspannen. Füße hochlegen. Und um Himmels willen – ihn nicht fragen, wieso er nie erwähnt hat, dass er verheiratet war.

63

Harry saß am Küchentisch und schraubte am selben Außenbordmotor herum, den er schon seit dem Tag, als ich ihn kennengelernt hatte, reparierte.

Als ich das Büro betrat, hüpfte Jeeves vom Sessel und kläffte mich fröhlich an, ehe er zu mir gelaufen kam, um mir das Privileg zu gönnen, ihn hinter den Ohren kraulen zu dürfen.

Harry schaute auf, bot mir aber nicht seine Ohren zum Kraulen an, also zollte ich seinem Hund noch etwas Aufmerksamkeit, der sich nicht beschwerte.

»Du bist wieder da«, stellte ich fest. Ach, was.

»Ja.« Er legte den Schraubenzieher beiseite und wischte sich die ölverschmierten Hände an einem Tuch ab. »Du auch, wie's aussieht.«

Das war vielleicht eine geistreiche Unterhaltung, die wir da führten. Wie Hepburn und Tracy. Und auch wieder nicht.

»Ich war in der Stadt, um nach dem Rechten zu sehen.« Ich setzte mich ihm gegenüber an den Tisch.

Er streckte mir die Bierflasche hin, die neben dem Motor auf dem Tisch gestanden hatte. »Willst du auch eins?«

»Nein, danke.«

»Wie ist denn die Lage in der Stadt?« Er wandte sich wieder dem Motor zu.

»Nicht sehr gut«, gestand ich. »Diese blöden Arrendales, die mein Gemälde von Roy Eugene Moseley gekauft haben? Sie ziehen um. Ihr Haus und meins haben beide *ZU-VERKAUFEN*-Schilder in den Fenstern. Und mein Gemälde ist nicht mehr da. Ich habe nachgesehen.«

»Das ist doof.« Harry nahm einen Schluck Bier und betrachtete ein für mich nicht identifizierbares Stück Metall, das er aus dem Motor rausgeschraubt hatte.

»Doof? Diese Leute … diese Opportunisten ziehen um und haben mein Gemälde mitgenommen. Und mein Haus ist verkauft worden.«

»Kauf das Haus doch einfach zurück«, meinte Harry leichthin. »Du kannst es dir doch jetzt leisten. Und kauf dir ein neues Gemälde. Das kannst du dir auch leisten.«

»Wir reden hier nicht von irgendeinem Gemälde«, ereiferte ich mich. »Wir reden von einem Maybelle-Johns-Porträt meiner Tante. Es ist ein Familienerbstück, Harry. Die Künstlerin – eine berühmte Malerin aus Savannah – wird keine Porträts mehr anfertigen. Und meine Tante – die gemalt wurde, als sie ein kleines Mädchen war – ist schon lange tot.«

»Oh«, machte er. Nicht »O nein!« oder »O mein Gott, wie furchtbar«. Nur »Oh«. Was eher klang wie »Oh, na und?« oder »Oh. Ist doch kein großes Ding.«

»Was ist mit deinem Haus?« Er lehnte sich zurück und wandte mir endlich seine volle Aufmerksamkeit zu. »Weißt du, ob es schon wieder verkauft wurde?«

»Keine Ahnung. Ich habe versucht, James Foley anzurufen, aber Eloise sagt, er kommt erst heute Abend wieder zurück.«

»Und was jetzt?«, fragte er.

»Ich warte«, seufzte ich. »Ich hasse warten. Das liegt mir gar nicht.«

»Du bist eine Frau der Tat«, stellte er fest.

»Das klingt so, als wäre es etwas Schlechtes.«

»Nicht schlecht. Aber wahr.«

Ich stand abrupt auf. »Ich hasse es einfach, ein Opfer zu sein. Ich hasse es, mich hilflos zu fühlen und keine Kontrolle über die Dinge zu haben, die in meinem Leben passieren. Vor allem über *wichtige* Dinge«, fügte ich hinzu.

»Niemand mag dieses Gefühl«, erwiderte Harry.

Er versuchte, vernünftig zu argumentieren, was ich gerade gar nicht gebrauchen konnte. »Aber es passiert eben jedem mal. Dann muss man damit umgehen und versuchen, das Beste aus der Situation zu machen«, fuhr er fort.

»Tust du das auch?«, fragte ich, und es klang ungewollt gehässig.

»Wer? Ich? Ich versuche nur, diesen verdammten Motor zum Laufen zu bringen. Mikey hat ein altes Flachbodenboot gefunden, das in der Bucht an Land gespült wurde. Und wenn ich diesen Motor in Gang bekomme, können wir ein bisschen Krabben und Garnelen fischen, sobald das Wetter sich etwas bessert.«

»Was ist mit der *Jitterburg*?«, fragte ich.

Er sah mich überrascht an. »Was soll damit sein?«

Ich griff in meine Tasche und warf ihm die Schlüssel, die mir Tricia Marsden gegeben hatte, zu. Er fing sie aus der Luft und starrte sie verdutzt an.

»Wo hast du die Schlüssel zu meinem Boot her?«

»Tricia Marsden hat sie mir gegeben«, erklärte ich. »Interessante Frau, diese Tricia.«

»Inwiefern interessant?«

»Sie sieht umwerfend aus. Nicht unbedingt die Art Frau, von der man erwartet, dass sie einen Fischereihafen leitet.«

»Ach, ja?« Er zuckte mit den Schultern. »Finde ich nicht.«

»Sie ist wunderschön«, stellte ich fest. »Und du musst das zu einem anderen Zeitpunkt in deinem Leben auch gedacht haben.«

Er verengte die Augen zu Schlitzen. »Hat es einen Grund, dass wir dieses Gespräch über Tricia Marsden führen?«

»Sie kann dich nicht ausstehen.«

»Das beruht auf Gegenseitigkeit.«

»Und doch warst du mit ihr verheiratet.«

»Verdammt!« Er sprang auf und ging im Zimmer auf und ab. Jeeves sprang auf, die Ohren aufgeregt wackelnd, und trottete ihm hinterher.

»Was soll das? Was hast du auf einmal mit Tricia?« Er blieb direkt vor mir stehen.

»Ich bin spontan zum Marsden-Hafen gefahren«, erwiderte ich und wich seinem intensiven Blick aus. »Ich hatte es gar nicht vor. Ich war auf dem Weg in die Stadt und bin aus einem Impuls heraus zum Hafen abgebogen, als ich das Schild gesehen habe. Ich dachte, ich schaue mal, was es braucht, dass du die *Jitterburg* zurückbekommen kannst.«

»Das hast du entschieden. Aus einem Impuls heraus.«

»Ja«, verteidigte ich mich. »Ich bin dir was schuldig. Und nicht zu wenig. Dafür, dass du mit mir nach Florida gefahren bist. Dafür, dass wir das Geld von Reddy zurückbekommen haben. Das hätten wir ohne dich niemals geschafft.«

»Du schuldest mir genau viertausendachthundert Dollar. Nicht einen Cent mehr. Das war unsere Abmachung.«

»Da muss ich dir widersprechen«, entgegnete ich vorsichtig. »Ich habe das Boot ausgelöst. Es gehört wieder dir. Aber Tricia will es so schnell wie möglich aus dem Hafen entfernt haben. Sie sagt, sie berechnet dir Liegegebühren, wenn du es nicht innerhalb der nächsten vierundzwanzig Stunden abholst. Und sie wollte den Anhänger nicht mitverkaufen, auf dem es liegt. Sie hasst dich wirklich, Harry.«

Er lief ins Bad und schloss die Tür.

Und was jetzt?

Ich hörte die Toilettenspülung, dann lief Wasser. Fünf Minuten später kam er heraus und kehrte an seinen Platz am Tisch zurück, wo er sich wieder seiner Arbeit an dem verdammten Motor widmete. Wenn ich das Teil hätte hochheben und aus der Tür werfen können, hätte ich es getan.

»Harry?« Ich setzte mich auf den Stuhl gegenüber und nahm ihm den Schraubenzieher aus der Hand.

Er legte beide Handflächen auf die Tischplatte. »Ich wünschte wirklich, du wärst heute nicht zum Hafen gefahren.«

»Aber ich habe es nun mal getan.«

»Was erwartest du denn jetzt von mir? Was soll ich sagen?«

»Wie wäre es mit, ›Danke, BeBe‹. Oder vielleicht, ›Habe ich erwähnt, dass ich mal mit Tricia Marsden verheiratet war? Ist 'ne lustige Geschichte‹. Oder ich weiß auch nicht, vielleicht könntest du einfach normal mit mir reden und dich nicht so verhalten, als wäre das zwischen uns in Florida nie passiert. Ich würde es wirklich schätzen, wenn du irgendetwas davon sagen würdest.«

Er nahm sein Bier und leerte die Flasche auf einen Zug.

»Es ist keine lustige Geschichte«, entgegnete er ausdruckslos. »Nicht mal eine interessante. Aber wenn du sie unbedingt hören willst, erzähle ich sie dir. Tricia und ich waren vor Jahren für etwa zehn Minuten verheiratet. Ich rede nie darüber, und ich versuche, auch nicht daran zu denken, weil es mich an eine nicht sehr positive Zeit in meinem Leben erinnert. Ich war mit ihrem vorherigen Mann, Jimmy, befreundet. Tricia und ich kannten uns schon seit Jahren. Als Jimmy Krebs bekam, hat er sich Sorgen gemacht, was aus ihr wird, wenn er nicht mehr da ist. Ihre Mutter war abgehauen, als sie noch klein war. Also haben wir geheiratet. Schlechte Idee. Ganz schlechte Idee. Wir haben uns wegen allem gestritten. Und dann haben wir uns getrennt. Was die erste gute Idee war, die wir hatten.«

500

»Worüber habt ihr euch gestritten?«, wollte ich wissen. »Und wieso hasst sie dich immer noch so?«

»Hab ich doch gesagt. Über alles. Und nichts. Wieso interessiert dich das?«

»Weil du mich interessierst.« Ich verschränkte die Arme vor der Brust. »Erinnerst du dich?«

Er schaute weg.

»Wir wollten unterschiedliche Dinge. Nach Jimmys Tod hatte Tricia diese großen Pläne. Den Hafen erweitern, Wohnungen bauen, ein Restaurant eröffnen. Lauter solche Sachen. Und sie dachte, dass ich das auch wollen müsste. Aber das tat ich nicht. Sie dachte, weil ich Jura studiert hatte, müsste ich als Anwalt arbeiten. Aber das wollte ich nicht. Ich bin Fischer. Darin bin ich gut. Das ist es, was mir Spaß macht. Sie ist immer noch sauer deswegen. Und mir ist es scheißegal. Zufrieden?«

»Nein«, entgegnete ich. »Was ist mit uns? Du gehst mir aus dem Weg, seit wir aus Florida zurückgekommen sind. Was ist da los?«

»Ich weiß nicht.« Er fuhr sich mit den Fingern durch die Haare. »Ich … ich hab das Gefühl, dass wir denselben Weg einschlagen wie ich damals mit *ihr*. Du bedeutest mir etwas. Das tust du wirklich. Du bist anders als alle Frauen, die ich je getroffen habe. Du bist herrisch und lustig und sexy, und du kannst mich rasend machen, so dass ich dich am liebsten auf die Planken schicken würde, aber in der nächsten Sekunde …«

Ich stand auf und setzte mich auf seinen Schoß. Ich schlang die Arme um seinen Hals. »In der nächsten Sekunde, was?«

Er küsste mich. Dann seufzte er. »Nein, nein. Das kann nicht klappen.«

»Wieso denn nicht?« Ich küsste ihn zurück. Dann knabberte ich an seinem Ohr und flüsterte: »Ich bin nicht wie Tricia. Ich will dich nicht zu etwas machen, das du nicht bist. Du kannst fischen

501

oder Krabben fangen oder Ziegen hüten, wenn du das möchtest. Solang du mich mein Zeug machen lässt.«

Er schüttelte den Kopf. »Das ist es ja gerade. Wir wollen verschiedene Dinge. Du hast mir tausend Mal gesagt, dass du dein altes Leben zurückwillst. Ich weiß, wie dein altes Leben aussah. Du bist wie diese Frau in dem Billy-Joel-Song, ein Uptown Girl. Du willst ein großes Haus in der Stadt, und dein Restaurant und deinen Schmuck und Partys und all das. Und das will ich nicht. Ich bin glücklich hier im Breeze, so wie es ist. Ich bin glücklich auf der *Jitterburg*, wenn ich fischen kann und ab und zu bei *Doc's* ein Bier trinken. Es wird nicht funktionieren, BeBe.«

Er erhob sich und setzte mich kurzerhand auf dem Boden ab.

Ich stand langsam auf und klopfte mir den Hosenboden ab.

»Das ist der größte Mist, den ich je gehört habe, Harry Sorrentino!«, rief ich. »Woher willst du denn wissen, was ich will? Und woher willst du wissen, was mich glücklich macht, wenn du dir nicht mal die Zeit nimmst, rauszufinden, ob du mich glücklich machst?«

Doch er hörte mir gar nicht mehr zu. Er ging in sein Zimmer und fing an, seine Kleidung aus dem Schrank zu nehmen und sie aufs Bett zu werfen, wo noch sein unausgepackter Koffer lag.

»Wo willst du hin?«, fragte ich. »Sag mir nicht, du läufst jetzt einfach weg.«

»Ich checke aus«, brachte er gepresst hervor. »Ich kann hier nicht mehr bleiben. Du brauchst mich sowieso nicht mehr. Du hast Cheri und Stephanie. Sie können die Rezeption besetzen. Bis du das Inn an diese Baulöwen verkaufst.«

Ich ging zum Bett und setzte mich auf den Koffer, die Arme vor der Brust verschränkt. »Nein, nein, nein. Ich werde das nicht zulassen. Ich werde nicht zulassen, dass du einfach verschwindest. Ich habe meinem Großvater versprochen, dass ich es dieses Mal nicht vermassele. Und das werde ich auch nicht.«

Seine Stimme war angespannt. »Ich wollte das auch nicht auf diese Art machen, aber du hast mich in die Ecke getrieben. Es gibt Dinge, die du einfach nicht kontrollieren kannst, BeBe. Ich werde jetzt gehen. Neben Mikeys Wohnung in Tybee Terrace ist gerade etwas frei. Lass meine Sachen einfach hier liegen, ich hole sie ab, wenn du nicht hier bist.«

»Einfach so?« Ich starrte ihn fassungslos an.

»Ja«, erwiderte er. »Ich muss mein Boot abholen.« Dann wandte er sich abrupt um. Ich warf mich aufs Bett und schloss die Augen. Ich konnte ihm nicht dabei zusehen, wie er ging. Ich konnte es einfach nicht. Die Tür fiel ins Schloss. Doch einen Moment später wurde sie wieder geöffnet.

»Harry?« Ich setzte mich ruckartig auf.

»Hab was vergessen«, murmelte er. Ich sah ihm ungläubig dabei zu, wie er zum Küchentisch ging und sich den Außenbordmotor auf die Schulter lud. Er ging ohne ein weiteres Wort. Wieder fiel die Tür ins Schloss, dann hörte ich ein leises Winseln. Jeeves saß aufrecht auf seinen Hinterläufen, die Ohren bebten, und die schwarzen Knopfaugen glänzten vor unausgesprochener Traurigkeit.

Ich sprang auf, nahm den Hund in die Arme und drückte mein Gesicht in sein Fell.

Die Tür ging wieder auf. Harry streckte mürrisch die Arme aus, und Jeeves sprang hinein.

Er schloss die Tür erneut, und ich hörte, wie der Motor des Kombis rüttelnd ansprang.

Ich lief auf die Veranda, unglaublich wütend über die Ungerechtigkeit der Situation. »Zum Teufel mit dir, Harry Sorrentino … und mit deinem kleinen Hund auch!«, schrie ich.

Ein Kind, das auf seinem Fahrrad vorbeifuhr, wurde erst langsamer, bevor es hastig davonradelte.

64

James Foley hatte einen hollywoodreifen Teint vorzuweisen und trug ein teueres Seidensakko. Seine alte Achtzigerjahre-Brille – die ihn immer wie eine jüngere Version von Mister Magoo hatte aussehen lassen – war durch ein tragisch hippes neues Modell ersetzt worden. Er lehnte sich in seinem Schreibtischstuhl zurück und goss sich Mineralwasser aus einer Glasflasche ein.

»Du wirkst verändert«, stellte ich fest und musterte ihn von oben bis unten. »Ist das Jonathans Werk?«

Er errötete. »Und Janets. Die beiden sind meinen Kleiderschrank durchgegangen und haben alles ausgemistet, bis auf das Tweedsakko, das ich gekauft habe, ehe ich ins Priesterseminar gegangen bin. Sie meinten, das wäre jetzt schon so lang aus der Mode, dass es schon wieder in sei.«

»Ich mochte es lieber, als du noch süß und kautzig warst«, stellte ich fest. »Das hatte irgendwie was Einzigartiges. Schwul und auf eine sympathische Art ahnungslos.«

»Ja, na ja.« Er hüstelte verlegen und tippte dann auf den geöffneten Aktenordner auf seinem Schreibtisch. »Ich habe Steve Arrendale heute Morgen angerufen, gleich nachdem ich mit dir gesprochen hatte.«

»Was hat er gesagt?«, fragte ich und lehnte mich neugierig nach vorn. »Wo ist das Gemälde? Wird er es mir zurückverkaufen?

Wieso ziehen sie um? Und wie kam es dazu, dass mein Haus wieder verkauft wurde?«

»Eins nach dem anderen«, sagte James schmunzelnd. »Zunächst einmal haben die Arrendales dein Maybelle-Johns-Gemälde. Es tut mir leid, BeBe, aber Arrendale sagt, er hat nicht vor, es dir zurückzugeben.«

»Ich kaufe es«, entgegnete ich bestimmt. »Es ist mein Gemälde, James.«

Er hob eine Hand. »Wir kommen gleich noch mal auf das Gemälde zu sprechen. Zu dem Grund, weshalb sie umziehen – das hat mit Mrs Arrendales Schwangerschaft zu tun.«

»Gretchen«, murmelte ich finster. »Diese opportunistische soziale Aufsteigerin.«

»Sie haben wohl vor kurzem erfahren, dass sie Drillinge erwartet«, meinte James.

»Wie passend. Die Bitch bekommt gleich einen ganzen Wurf. Ich hoffe, sie haben alle Kolik. Gleichzeitig.«

»Tss-tss«, machte James. »Gretchen Arrendale ist derzeit nicht in der Lage, Treppen zu laufen. Und wie du weißt, haben beide Häuser das Schlafzimmer im oberen Geschoss.«

»Das erklärt, wieso sie ihr Haus verkaufen, aber wieso verkaufen sie auch gleich meins?«

»Die Arrendales hatten dein Haus von der St. Andrews Holding gekauft«, erklärte James. »Sie hatten sogar schon begonnen, die Wände zwischen den beiden Häusern einzureißen. Aber dann haben sie das mit den Babys erfahren und sich entschlossen, etwas Moderneres zu kaufen, das besser geeignet ist für eine Familie mit drei kleinen Kindern. Sie haben ein Einfamilienhaus in diesem Neubaugebiet am Turner's Rock gefunden, es gekauft und die beiden Stadthäuser letzte Woche zum Verkauf ausgeschrieben.«

»Also könnte ich mein Haus zurückkaufen? Und ihrs auch? Ich müsste nicht mehr neben den Arrendales wohnen?«

»Ich glaube, sie würden ein vernünftiges Angebot nicht ausschlagen. Jonathan meinte, in der Stadt würden Gerüchte umgehen, dass es finanziell bei den beiden gerade nicht rosig aussieht.«

Ich lehnte mich zurück und ließ die Informationen sacken. Die Arrendales, gesegnet seien ihre gierigen kleinen Herzen, boten mir an, was ich wollte. Mein Haus. Und wenn James recht hatte, konnte ich wahrscheinlich sogar den Preis vorgeben. Ich hatte das Geld. Ich konnte es tun. Also, weshalb sprang ich nicht vor Freude im Dreick?

»Ich will nur das Gemälde meiner Tante Alice«, sagte ich. »Das ist mir das Wichtigste.«

»Seit wann denn das?« James schaute über den Rand seiner schicken neuen Brille. Ich stellte erfreut fest, dass er nichts gegen seine Lachfältchen unternommen hatte. Gott sei Dank.

»Seit eben«, erklärte ich. »Es gibt auch noch andere Häuser, wie mir erst gestern Abend wieder jemand gesagt hat.«

»Andere Gemälde auch?«, fragte James.

»Nicht wie meins. Hör zu, können wir die Stadthäuser nicht als Druckmittel einsetzen? Ich könnte den Arrendales anbieten, dass ich ihnen mein und ihr Haus abkaufe – zu dem von ihnen genannten Preis –, wenn der Maybelle Johns in dem Deal inbegriffen ist.«

»Ich werde nachfragen«, versprach James.

»Wenn sie mir das Gemälde zurückverkaufen, werde ich dafür sorgen, dass Gretchen ins Komitee des Telfair Balls eingeladen wird«, fügte ich rasch hinzu.

»Ich werde es erwähnen«, meinte James.

»Wenn wir schon von den unmöglichen Arrendales sprechen«, sagte ich, »gibt es eigentlich was Neues von unserer einstweiligen Verfügung gegen Sandcastle Realty?«

»Der Richter hat unserem Antrag stattgegeben«, antwortete James.

»Das war doch schon, bevor wir nach Florida gefahren sind«, erinnerte ich ihn.

»Aber als du weg warst, gab es ein paar interessante Entwicklungen«, fuhr er fort. »Ich habe ja bereits erwähnt, dass es um die Finanzen der Arrendales nicht gut bestellt ist, aber ich habe außerdem gehört, dass die Geldgeber hinter Sandcastle Realty nervös werden, so viel Geld in ein Projekt zu stecken, dass derart in der Schwebe hängt.«

»Gut«, sagte ich lächelnd. »Sehr gut.«

»Sie haben mir den Auftrag gegeben, dir ein – wie ich finde – ziemlich interessantes Angebot zu machen«, sagte James.

»Schieß los.«

»Sie wollen dir 2,6 Millionen Dollar zahlen, wenn du auf deinen Anspruch auf das Breeze Inn verzichtest.«

»So viel? Wirklich?«

James nickte. »Roy Eugene Moseley hat sechshundertfünfzigtausend Dollar von deinem Geld für das Motel gezahlt. Sie bieten an, diesen Betrag zu vervierfachen und das Geld, das sie für das Vorverkaufsrecht an Moseley gezahlt haben, zu vergessen. Aber sie wollen so schnell wie möglich eine Antwort. Idealerweise wollen sie den Bau der ersten Häuser noch bis zum Ende des Sommers abgeschlossen haben. Die Uhr tickt, BeBe.«

Ich stand auf und ging zum Fenster hinter James' Schreibtisch. Die Sonne schien und ließ das von der ansässigen Industrie verschmutzte Wasser des Savannah Rivers grün und einladend erscheinen.

Ein schwerer schwarzer Schlepper tuckerte auf dem Fluss vorbei. Ich erkannte den Namen am Rumpf des Schiffes: *Barbara Jane.* Es gehörte zu Waymire Towing. Die Waymire-Familie besaß, schon seit ich denken konnte, Schlepper, die auf dem Savannah River auf und ab fuhren. Alle Boote der Firma waren nach den Töchtern des Gründers Ray Waymire benannt: Barbara, Alice und

Helen. Ich wusste, wenn ich jetzt den Factor's Walk hinuntergehen würde, könnte ich das Dock der Waymires sehen, wo die *Helen II* und die *Alice II* vor Anker lagen.

Das war typisch für Savannah. In Atlanta, dem verrückten, hektischen Atlanta blieb nichts beim Alten. Firmen wurden gegründet und gingen wieder pleite, Unternehmen kauften andere auf und verkauften sie ein paar Jahre später wieder. Es ging nur um Geld und Wirtschaftlichkeit. Aber Savannah war irgendwie anders. In Savannah halten wir stur an den Dingen fest, um uns das Gefühl von Kontinuität zu bewahren.

Mir fiel der alte Witz ein, dass es drei Leute aus Savannah braucht, um eine Glühbirne auszutauschen: Einen, der die neue Birne reinschraubt, während die anderen beiden ein Komitee gründen, um die alte Glühbirne zu erhalten.

Ich dachte an das Breeze Inn. Die Existenz des Breeze war eigentlich für niemanden wirklich von Bedeutung. Es war kein historisches Gebäude, kein Schauplatz eines Bürgerkriegs. Es war nicht einmal besonders hübsch. Wahrscheinlich würde es mich nie reich machen. Andererseits, wenn ich es jetzt verkaufte, wäre ich eine wohlhabende Frau. Ich hätte mein altes Leben zurück.

»BeBe?«

James drehte sich in seinem Schreibtischstuhl zu mir um.

»Ich glaube, ich behalte es«, sagte ich.

»Wie bitte?«

»Ich werde das Breeze nicht verkaufen«, bestätigte ich mit fester Stimme.

Ich ging um den Schreibtisch herum und setzte mich wieder auf den Stuhl ihm gegenüber. »Kannst du mir die Details dazu ausarbeiten? Ich kann Sandcastle das Geld für das Vorverkaufsrecht jetzt zurückzahlen.«

Er runzelte die Stirn. »Es könnte etwas kompliziert werden, aber wenn du das wirklich willst …«

»Das tue ich.«

Er nickte und machte sich Notizen auf einem Schreibblock. »Ich werde Janet gleich auf die Sache ansetzen. Zunächst wäre da noch eine Sache. Ich habe heute Morgen einen Anruf von einem Anwalt aus Vero Beach erhalten. Owen Techet.«

»Techet?«

»Er repräsentiert Sandra Findley«, erklärte James. »Er dachte, es würde dich vielleicht interessieren, dass Roy Eugene Moseley am Freitag in Fort Lauderdale festgenommen wurde. Er wird mehrerer Vergehen angeklagt, darunter Diebstahl, Betrug, Einbruch, Hehlerei und Widerstand gegen die Staatsgewalt. Eine Kaution ist nicht ausgesetzt.«

»Hmm«, machte ich und bemühte mich, möglichst unbeteiligt zu klingen. »Interessant.«

»Ja, allerdings«, entgegnete James. Er zog einen wattierten Umschlag aus einer Schublade und schob ihn mir über den Tisch zu. »Das kam heute Morgen mit dem Kurier.«

Ich öffnete den Umschlag, und ein dickes goldenes Band fiel mir in den Schoß. »Die Uhr meines Vaters!«, rief ich begeistert.

»Roy Eugene Moseley trug sie, als er festgenommen wurde«, sagte James. »Jay Bradley hatte der Polizei in Lauderdale die Liste der gestohlenen Dinge geschickt, die du zusammengestellt hattest, nachdem Moseley verschwunden war. Techet hat sie überredet, dir die Uhr gleich zurückzugeben.«

Ich legte mir die Uhr ums Handgelenk. Sie baumelte daran wie ein zu großes Armband, aber das war mir egal.

»Nach Moseleys Festnahme haben sie rausgefunden, dass er sich unbefugt in einem Apartment in einer Luxuswohnanlage namens La Dolce Vita in Fort Lauderdale einquartiert hatte. Als sie die Wohnung durchsucht haben, fanden sie sein Gepäck, das jede Menge teuren Schmuck enthielt. Owen Techet sagte, die Smaragd-Diamant-Ohrringe der Findley-Frau waren in seinem

Toilettenbeutel, dazu noch zwei Diamantringe, einer in Weißgold, der andere in Rotgold, ein Opalring, ein paar Perlenketten und andere wertvolle Stücke.«

»Mein Schmuck«, rief ich und drehte aufgeregt die Uhr meines Vaters an meinem Handgelenk. »Omas Schmuck. Ich hätte nie gedacht, dass ich irgendetwas davon je wiedersehen würde.«

»Hast du ja auch noch nicht«, erinnerte mich James. »Techet sagt, die Polizei von Lauderdale wird den Opfern von Moseley alle gestohlenen Stücke präsentieren, sobald die Vorwürfe gegen ihn im Einzelnen geklärt sind.«

Ich zuckte bei dem Wort »Opfer« zusammen.

»Die Geschichte, wie Moseley festgenommen wurde, ist tatsächlich ganz amüsant«, fuhr James fort. »Er befand sich auf einer Luxusyacht namens *Reefer Madness*, die er offenbar auf eine Sandbank gesetzt hat, nur ein paar Meilen von dem Yachthafen entfernt, aus dem er sie zuvor gestohlen hatte.«

»Wirklich?«

»Die Küstenwache hat das Boot gefunden.«

»›Semper Paratus‹«, erwiderte ich grinsend.

»Wie bitte?«

»Das Motto der Küstenwache. Es bedeutet –«

»Allzeit bereit«, ergänzte James. »Ich war fünfundzwanzig Jahre Priester, wie du weißt.«

»Klar.«

»Als die Küstenwache Roy Eugene Moseley an Bord der Yacht festgenommen hat, bestand er beharrlich darauf, dass sein Name Rory sei. Und sie haben das Boot gründlich durchsucht, wobei sie den Bootsmann, einen Mann namens Liam McConnell, gefunden haben. Er lag gefesselt und mit Handschellen festgemacht in einem Geräteschrank. Außerdem haben sie noch jede Menge Drogen an Bord gefunden.«

James faltete die Hände auf der Tischplatte.

»Sollte ich dir vielleicht noch ein paar Fragen zu deinem Ausflug nach Florida stellen?«

»Besser nicht«, entgegnete ich.

»Mr Techet lässt ausrichten, dass seine Klientin, Sandra Findley, gern mit dir sprechen würde, wenn du dich von dem Ausflug erholt hast.«

»Ich werde sie anrufen«, sagte ich und erhob mich. »Wir haben noch etwas Geschäftliches zu erledigen. War das alles?«

»Noch eine Sache.« James schielte auf den Ordner, der vor ihm lag. »Mich hat ein Makler angerufen, während du unterwegs warst. Er hat einen Klienten, der ein Restaurant im historischen Viertel eröffnen möchte und geeignete Räumlichkeiten sucht. Er würde gern mit dir über das *Guale* reden, ob die Möglichkeit besteht, es zu pachten oder gleich zu kaufen.«

Seltsam. Jahrelang hatte sich mein Leben um das *Guale* gedreht. Es hatte kaum einen Tag gegeben, den ich nicht dort verbracht hatte. In den letzten Tagen jedoch hatte ich fast gar nicht an mein Restaurant gedacht. Aber ich hatte Emma Murphey einen Job versprochen. In einem Restaurant.

»Ich muss darüber nachdenken.« Damit ging ich zu ihm und gab ihm einen Kuss auf die Stirn.

»James!«, rief ich entsetzt aus. »Benutzt du etwa Haargel?«

65

Eloise

Am Montag war ich so froh gewesen, wieder zu Hause zu sein, dass es mich nicht mal gestört hatte, die banalen Dinge für meinen Laden zu erledigen, die mich normalerweise zu Tode langweilen. Heute sortierte ich eine Zigarrenkiste voll mit altem Modeschmuck, den ich bei einer Auktion zusammen mit einem Haufen anderer Sachen ersteigert hatte.

Das meiste davon war wertlos: billige Plastikperlenketten, hoffnungslos verknotete, unechte Gold- und Silberkettchen, wie wir sie wohl früher alle ganz unten in den Schmuckkästchen unserer Mütter gefunden hatten. Doch ich hatte die Kiste gekauft, weil ich eine signierte Miriam-Haskell-Sonnen-Brosche unter dem restlichen Schund entdeckt hatte. Jetzt war es an der Zeit, die Kiste auszukippen und nach weiteren verwertbaren Sachen zu durchsuchen.

Ich betrachtete gerade ein Paar tropfenförmige Strassohrringe mit Sterlingsilbereinfassung unter der Juwelierslupe, in der Hoffnung, das Eisenberg-Siegel zu finden, als mein Telefon klingelte. Es war Daniel.

»Hey«, sagte er atemlos. »Kannst du mich am Restaurant treffen?«

»Welches Restaurant?« Das *Guale* war immerhin seit Wochen geschlossen, und er hatte seither ein halbes Dutzend Catering-Jobs angenommen oder in anderen Küchen ausgeholfen.

»*Guale*«, antwortete er. »Komm am besten zur Hintertür. Kannst du gleich los?«

Ich schnappte mir meine Handtasche und die Schlüssel für meinen Truck und lief zur Tür. Jethro, der auf dem Boden unter meinem Arbeitstisch geschlafen hatte, sprang plötzlich auf und rannte mir hinterher.

»Na gut«, sagte ich zu ihm. »Aber du musst im Truck bleiben. In Restaurants gibt es ziemlich strenge Regeln, was Hunde angeht.«

Ihm schien es nichts auszumachen, und als ich die Beifahrertür meines alten türkisfarbenen Pick-up-Trucks öffnete, sprang er sofort hinein und setzte sich auf seinen angestammten Platz.

Fünf Minuten später bog ich in die Gasse hinter dem *Guale* ein, das in der Congress Street, im Herzen des alten Marktviertels der Stadt, lag.

Als ich hinter dem Restaurant parkte, kam Daniel schon aus der Hintertür. Er trug die engen schwarzen Jeans, die ich am liebsten an ihm mochte, ein ausgeblichenes schwarzes T-Shirt und abgewetzte Chucks.

Ich sprang aus dem Auto. Jethro blieb auf seinem Platz, zufrieden damit, dass er den Kopf aus dem geöffneten Fenster hängen konnte.

»Hey«, sagte ich und begrüßte Daniel mit einem Kuss. »Was gibt es denn so Wichtiges, dass ich alles stehen und liegen lassen sollte?«

Er griff in seine Hosentasche und zog einen Schlüssel heraus.

»Wir haben etwas zu feiern«, sagte er mit leuchtenden Augen. »Wir öffnen das *Guale* wieder. Und BeBe macht mich zum vollwertigen Partner.«

»Wirklich? Das ist ja toll.«

»Sobald wir wieder auf den Beinen sind und Gewinn machen, werde ich anfangen, BeBe Raten zu bezahlen, um auch ihren Anteil zu übernehmen. Das *Guale* wird mir gehören.«

»Daniel!« Ich fiel ihm um den Hals. »O Baby, das ist großartig. Ich kann es noch gar nicht fassen. Aber wann hat BeBe denn beschlossen, das Restaurant zu verkaufen? Als ich gestern Abend mit ihr gesprochen habe, hat sie es gar nicht erwähnt.«

Er öffnete die Hintertür zum Restaurant. »Ich habe das Gefühl, sie hat es erst heute Morgen entschieden. Sie hat angerufen und mich gebeten, sie hier zu treffen. Als ich ankam, stand sie im Eingang und schaute sich um, als würde sie das Restaurant nicht wiedererkennen. Sie hat nur gemeint, sie wäre nicht mehr mit dem Herzen dabei. Die einzige Bedingung bei unserem Deal ist, dass ich irgend so eine Frau einstelle, die ihr in Lauderdale kennengelernt habt.«

»Das ist Emma«, erklärte ich. »Sie ist eine wunderbare Köchin und wird eine großartige Bereicherung für die Küche des *Guale* sein.«

»Na ja, mal sehen«, erwiderte er skeptisch und klang dabei wie das launische Genie, für das er gern gehalten wurde.

»Und was ist mit BeBe?«, fragte ich. »Was macht sie, wenn sie das Restaurant nicht mehr leitet? Das *Guale* war doch quasi ihr Lebensinhalt.«

»Das hat sie mir nicht gesagt, und ich habe auch nicht gefragt.«

»Typisch Mann.«

Er hielt die Tür auf und bedeutete mir mit einer übertriebenen Geste einzutreten.

»*Entrez!*«, sagte er.

Die Küche war dunkel und kühl und ungewohnt still. Und das erste Mal seit Jahren kamen keine deliziösen Düfte aus den Töpfen oder dem großen Ofen. Es roch eigentlich nur schwach nach Essigreiniger.

Ich folgte Daniel durch die dunkle Küche und musste einen Schreckensschrei unterdrücken, als er sich plötzlich umdrehte und die Arme um mich schlang.

»Du gehörst mir, Eloise Foley«, sagte er mit rauer Stimme. »Das *Guale* gehört mir, und du gehörst mir. Und wir sind hier, um diesen denkwürdigen Augenblick zu feiern.«

»Champagner?«

»Später.« Er nahm meine Hand und führte mich aus der Küche. »Zunächst dachte ich, wir könnten mal das große Ledersofa im privaten Essbereich ausprobieren.«

66

Nachdem ich James Foleys Kanzlei verlassen hatte, beschloss ich, beim Heim vorbeizufahren und meine Großeltern zu besuchen. Mein Großvater war gerade dabei, Einkaufstüten in die Wohnung zu tragen.

Oma machte sich sofort ans Auspacken und hatte auch prompt etwas am Inhalt auszusetzen.

»Spencer Loudermilk«, rief sie und hielt eine Flasche mit knallrotem Handspülmittel in die Höhe. »Was soll diese abscheuliche Flüssigkeit denn bitte sein?«

»Spüli«, entgegnete er und vertiefte sich in die Fernsehzeitschrift, was meiner Meinung nach völlig unnötig war, da er sowieso das gesamte Programm auswendig kannte.

»Es ist jedenfalls kein Spülmittel, das ich je gesehen habe«, stellte sie missbilligend fest. »Du weißt doch genau, dass ich immer das grüne verwende.«

»Aber bei dem da hat man eine zweite Flasche kostenlos dazubekommen.« Opa schaltete mit der Fernbedienung den Fernseher ein und setzte sich in seinen Sessel.

»Na super«, erwiderte Oma ironisch. »Jetzt habe ich zwei Flaschen von irgendeinem Zeug, das ich nicht vorhabe zu benutzen.«

Sie ging zur Speisekammer und holte eine Flasche Dr Pepper, die sie in ein Glas voller Eiswürfel goss. »Das muss ich auch immer selbst kaufen«, beklagte sie sich. »Dein Großvater bringt mir immer diese Billigverschnitte mit. Das Zeug schmeckt wie Batterie-säure.«

Sie stellte mir das Glas auf den Küchentisch, und ich nahm Platz. »Jetzt erzähl mal, was hör ich da von einem neuen Mann in deinem Leben? Dein Großvater sagt, du bist ganz angetan von ihm.«

Ich seufzte. »Ja, das war ich. Aber ich glaube nicht, dass es was wird mit Harry.«

»Harry. Das ist ein guter, starker Name. Den hört man nicht mehr so oft heutzutage«, erwiderte sie. »Ich mag den Namen.«

»Du würdest den Mann auch mögen, glaube ich. Wenn ich es mir recht überlege, ist es der erste Harry, den ich je gedatet habe«, sagte ich. »Wobei, eigentlich hatten wir gar kein richtiges Date. Außer dem einen, unten in Fort Lauderdale, als er mich zum Abendessen ausgeführt hat.« Großmutter räumte weiter die Tü-ten aus, verstaute Dosen in einer Schublade und Milch und Eier im Kühlschrank. »Wie kommst du darauf, dass es nicht funktio-nieren wird mit diesem Harry?«

»Er hat es gesagt. Gestern. Und danach hat er seine Sachen ge-packt. Er verlässt mich und das Breeze Inn.«

Sie schnalzte missbilligend mit der Zunge. »Wie schade. Und wie geht es dir damit?«

»Ich bin sauer. Verletzt. Verwirrt. Endlich schaffe ich es, dieses Chaos, zu dem mein Leben geworden ist, wieder einigermaßen auf die Reihe zu bekommen. Ich finde endlich einen Mann, den ich mag – und respektiere. Und er lässt mich sitzen.«

»Hat er gesagt, dass er dich nicht mehr mag?«

»Nein. Er hat gesagt, dass er verrückt nach mir ist. Aber er meint, dass wir nicht dieselben Dinge wollen im Leben.«

»Das ist doch lächerlich«, erklärte Oma kopfschüttelnd. »Und typisch für Männer, sich irgendeine blöde Ausrede einfallen zu lassen, um wegzulaufen. Liebes, wenn du es diesem Mann über-lässt, werdet ihr zwei nie heiraten.«

»Heiraten!« Ich riss entsetzt die Augen auf. »Wer sagt denn hier was von heiraten? Ich stand schon dreimal vor dem Altar, und es hat nie funktioniert.«

»Aber ein Mulligan ist doch erlaubt.« Opa kam in die Küche geschlendert. Er öffnete eine Keksdose und nahm sich eine Handvoll Kekse heraus.

»Leg die sofort zurück«, befahl Oma und gab ihm einen Klaps auf die Hand. »Ich hab keine Lust, dich zum Arzt fahren zu müssen, weil du dir mit dem Süßkram den Magen verdorben hast.«

Opa senkte schuldbewusst den Blick und ließ die Kekse wieder in die Dose fallen.

»Und ich hab die leere Kitkat-Verpackung am Boden der Einkaufstüte gefunden«, fuhr sie fort. »Du glaubst wohl, du kannst mich veräppeln, Spencer Loudermilk.«

Sie schüttelte wieder den Kopf und faltete die Plastiktüten ordentlich zusammen, die sie dann in eine Stofftüte steckte, die an der Küchentür hing.

»Zurück zu dir«, sagte sie schließlich. »Liebst du diesen Mann?«

»Ja, Ma'am.«

»Und du sagst, er liebt dich auch?«

»Behauptet er zumindest.«

»Dann müsst ihr heiraten«, stellte sie unumwunden fest. »Du wirst auch nicht jünger, weißt du. Wenn du noch länger wartest, werden deine Eierstöcke auf die Größe von Rosinen zusammenschrumpeln.«

»So alt bin ich auch nicht«, protestierte ich.

»Du bist fast vierzig. Ich war neunzehn, als ich deinen Vater bekommen habe. Und deine Mutter war siebenundzwanzig, als du geboren wurdest.«

»Ich bin erst fünfunddreißig.«

»Und wie alt ist dieser Harry?«

»Will er mir nicht sagen«, gestand ich. »Aber ich weiß, dass er älter ist als ich. Außerdem, wer sagt denn, dass ich überhaupt Kinder will?«

»Ich sage das«, entgegnete meine Großmutter bestimmt. »Wir brauchen dringend ein neues Baby in dieser Familie. Und die Frauen deiner Brüder werden sicher keine Kinder mehr bekommen. Was wahrscheinlich ein Segen ist.«

»Du gehst zu weit«, sagte ich. »Mich in eine Bruthenne verwandeln zu wollen, nur damit du wieder mit einem Baby spielen kannst.«

Oma schlug eine Schranktür zu. »Das reicht jetzt. Ich werde mir dein Gejammer über dein missglücktes Liebesleben nicht länger anhören. Wenn du in diesen Mann verliebt bist, solltest du zu dem Motel rausfahren und es ihm sagen.«

Sie stolzierte ins Wohnzimmer und nahm Opa die Fernbedienung aus der Hand.

»Na los, geh schon«, sagte sie und winkte mich aus der Tür. »Gleich kommt meine Lieblingskochsendung. Ich hatte genug Seifenoper für heute.«

67

Als ich auf den Parkplatz einbog, zeigte das Neonschild am Breeze Inn an, dass wir noch Zimmer frei hatten, was ich als passend empfand, da Harrys Vista Cruiser mit geöffnetem Kofferraum vor dem Eingang der Managerwohnung stand.

Alter Schlawiner, dachte ich bei mir, wartet, bis ich weg bin, um seine Sachen auszuräumen. Meine Großmutter lag falsch, was uns anging. Es würde nie funktionieren, aber ich hatte nicht vor, ihn gehen zu lassen, ohne dass er wusste, was er verpasste.

»Verdammt, Harry«, rief ich und stürmte ins Büro. Ich lief zum Schlafzimmer, wo sein Koffer an der Tür stand. Jeeves saß auf dem Sofa und bellte eine freundliche Begrüßung, doch sein Herrchen war nirgends zu sehen.

»Was ist denn jetzt schon wieder?«, kam es gedämpft aus dem Hauswirtschaftsraum.

In Erwartung, ihn beim Einpacken seiner Fischereiausrüstung vorzufinden, betrat ich das Zimmer.

Stattdessen saß er im Schneidersitz auf dem Boden, im Schoß etwas, das aussah wie die Innereien der Waschmaschine.

»Ich dachte, du ziehst aus«, sagte ich.

»Das dachte ich auch.« Er schob die Teile auf den Boden.

»Tust du das denn nicht?«

Er seufzte und schaute zu mir hoch. »Hilf mir mal auf.«

Ich streckte ihm die Hände hin und zog ihn hoch.

520

»Die verdammte Waschmaschine ist wieder kaputt«, meckerte er mit einer Handbewegung über die triefnasse Wäsche auf dem Boden neben der Maschine. »Hat eine ganze Ladung Handtücher geschreddert.«

Er hob ein zerfetztes weißes Handtuch auf, um es mir zu zeigen. Der beißende Chlorgeruch ließ mich zurückzucken.

»Du hast wieder zu viel Bleiche reingetan«, stellte ich fest. »Nicht die Maschine ist das Problem, du bist es.«

»Das hat Tricia auch gesagt«, entgegnete er und wischte sich die Hände an der Rückseite seiner Jeans ab.

»Tricia? Seit wann hörst du darauf, was deine Exfrau sagt?«

Er zuckte bei dem Wort »Exfrau« zusammen. »Sie kann auch nicht immer falsch liegen. Das ist statistisch gar nicht möglich.«

»Was genau hat dich zu dieser Erkenntnis gebracht?«, fragte ich mit hochgezogenen Augenbrauen.

»Ich war gestern noch am Hafen, um das Boot abzuholen. Da bin ich ihr begegnet. Sie hat mir alle möglichen Fragen gestellt. Zum Beispiel, wieso du mir zweiunddreißigtausendfünfhundert Dollar vorstreckst, um mein Boot zurückzukaufen, wenn wir *nur* Freunde sind.«

»Und was hast du gesagt?«

»Dass es ein Kredit ist. Ich habe ihr gesagt, dass ich es dir zurückzahlen werde. Da ist sie ziemlich laut geworden.« Er schüttelte den Kopf. »Mann, die Frau kann echt fluchen wie ein Seemann.«

»Ich bin mir sicher, deine zartbesaitete Seele war erschüttert«, entgegnete ich.

Er grinste und berührte die Uhr, die lose an meinem Handgelenk baumelte. »Was ist das denn?«

Ich nahm sie ab, um sie ihm zu zeigen. »Die gehörte meinem Dad. Reddy trug sie, als er verhaftet wurde. Die Polizei hat sie ihm abgenommen, und dieser Anwalt unten in Florida, der für

Sandra Findley arbeitet, hat sie James zugeschickt. Ich habe sie heute Morgen wieder bekommen.«

Er drehte sie um und studierte die Gravur. Dann gab er sie mir zurück. »Wirklich schön.«

Ich holte tief Luft. »Ich würde sie gern dir geben, Harry.«

»Mir? Nein. Wie du schon über das Gemälde deiner Tante gesagt hast – es ist ein Familienerbstück. Das kann ich nicht annehmen.«

Ich nahm seine Hand und legte ihm die Uhr an.

»Es ist ein Geschenk«, sagte ich. »Keine Leihgabe. Um dir zu danken … für alles.«

»Du hast mir schon mein Boot zurückgekauft. Wir sind quitt. Also, nicht richtig. Ich schulde dir immer noch etwas.«

»Ich rede nicht von Geld«, sagte ich und kämpfte gegen unerwartete Tränen an. »Du hast mir gezeigt, was wirklich wichtig ist. Als ich dich kennengelernt habe, dachte ich, ich hätte alles verloren. Was ich auch irgendwie hatte. Aber ich rede nicht von materiellen Werten. Ich rede von Vertrauen. Als ich hier rauskam, zum Breeze Inn, musste ich dir vertrauen. Ich hatte keine andere Wahl. Und so wie es aussieht, hatte ich Glück.«

»Nein.« Er legte mir die Hände auf die Schultern. »Ich bin derjenige, der Glück hatte. Ich habe eine zweite Chance bekommen. Die ich laut Tricia gar nicht verdient habe. Sie hat mich einen dickköpfigen, emotionalen Krüppel genannt. Und dass sie nicht versteht, was du in mir siehst.«

»Na ja.« Ich nahm seine Hand und küsste sie, trotz des Öls daran. »Du bist ein Mann der unbegrenzten Möglichkeiten. Und du bist ziemlich gut mit deinen Händen.«

»Ich will ja nicht angeben oder so«, sagte er, »aber mir wurde schon gesagt, dass ich der beste verdammte Charterkapitän der Küste bin. Dir würde nie an exzellentem Fisch mangeln … wenn wir, du weißt schon, zusammen wären.«

Ich wich einen Schritt zurück.

»Harry Sorrentino«, rief ich mit leuchtenden Augen. »Ist das deine Art, mir einen Antrag zu machen? Denn wenn es das ist –«

Er zog mich unbeholfen in seine Arme, küsste mich dann aber mit einer Zärtlichkeit, die mir den Atem raubte.

Als er fertig war, ließ er mich nicht los.

»Ich bin leider gerade arm wie eine Kirchenmaus. Nun, ich besitze einen 35-PS-Außenbordmotor und eine Beteiligung an einem Flachboot, und ich habe eine große und wertvolle Fischereiausstattung. Aber du weißt ja, dass ich ein Arbeitstier bin. Ich kenne mich zwar im Restaurantbetrieb nicht aus, aber ich bin bereit, alles zu lernen. Und dir zu helfen, wenn ich gerade nicht so viel beim Fischen zu tun habe.«

»Ich verkaufe das *Guale* an Daniel«, erklärte ich. »Aber da gibt es dieses alte Motel hier auf Tybee, mit dem ich liebäugele …«

Er zog eine Augenbraue hoch. »Und was ist mit deinem Stadthaus? Und deinem alten Leben?«

Ich holte tief Luft. »Es hat sich rausgestellt, dass nicht alles in meinem alten Leben erhaltenswert ist. Ich werde mein Stadthaus zurückkaufen. Aus sentimentalen Gründen, könnte man sagen. Ich kann mir vorstellen, hier draußen ein neues Leben aufzubauen. Das Breeze ordentlich herzurichten. Vielleicht ein neues Restaurant zu eröffnen, mehr Land auf Tybee zu kaufen.«

»Könnte eine gute Investition sein«, meinte Harry.

»Und ein schöner Ort, um Kinder großzuziehen«, fügte ich hinzu.

»Kinder?«

Im Zimmer nebenan gab Jeeves ein besorgtes Kläffen von sich.

»Irgendwann vielleicht. Meine Großmutter ist der Meinung, ich schulde ihr ein paar Enkelkinder. Und sie hat darauf hingewiesen, dass ich nicht jünger werde, womit sie wohl leider recht hat.«

Er nickte nachdenklich. »Okay.«

»Also, das heißt, nur wenn du nicht zu alt bist, um Kinder zu haben«, entgegnete ich.

Ich musterte ihn mit schief gelegtem Kopf, und mir gefiel, was ich sah. »Wie alt bist du jetzt eigentlich, Harry Sorrentino?«

Er hob mich hoch und trug mich aus dem Hauswirtschaftsraum ins Büro. Dort setzte er mich ab, um die Haustür zu verschließen. Und er schob sogar den Riegel vor.

»Noch eine Sache.« Ich ging zum Schreibtisch und betätigte einen Knopf. Draußen summte es, als die Anzeige des Neonschilds sich auf *BELEGT* stellte.

»Also«, sagte ich dann. »Was hast du da vorhin über deine Ausstattung gesagt?«

Rezepte

Breeze Inn Crabcakes

Wenn Sie auch zu den Leuten gehören, die sich vor dem Frittieren scheuen, sind diese Crabcakes genau das Richtige für Sie, weil sie im Ofen gebacken werden. Und während die Crabcakes im Ofen sind, ist genug Zeit, sich einen Blue Breeze Cocktail zu mixen!

1 Esslöffel	Butter
2 Esslöffel	gehackte rote Zwiebeln
1	Knoblauchzehe, gehackt
2 Esslöffel	rote Paprika, gehackt
½ Teelöffel	Old-Bay-Crab-Boil-Seasoning
3 Esslöffel	Half-and-Half (halb Milch, halb Sahne)
1 Esslöffel	brauner Senf
1	Ei
½ Teelöffel	gehackte Petersilie
450 Gramm	weißes Krabbenfleisch

Topping:

½ Tasse	Semmelbrösel
¼ Tasse	geriebener Parmesankäse
2 Esslöffel	Pflanzenöl
2 Esslöffel	geschmolzene Butter

Das Gemüse in der Butter anbraten, etwa 3 Minuten lang. Old-Bay-Gewürz, Half-and-Half und Senf dazugeben. Gut vermischen. Das Ei, Petersilie und Semmelbrösel hinzufügen und alles gut vermengen. Das Krabbenfleisch vorsichtig unterheben.

Aus der Masse 8 Bällchen formen und plattdrücken, so dass sie gut 1 cm hoch sind – je nach Wunsch können auch kleinere Pasteten gemacht werden, als kleine Vorspeisenhäppchen zum Beispiel. Semmelbrösel und Parmesan vermischen. Das Topping auf beiden Seiten der Krabbenküchlein verteilen und etwa 2 Stunden in den Kühlschrank stellen.

Die Pasteten auf ein Backblech legen, mit Öl-Butter-Mischung besprenkeln und bei 200° für 7 bis 10 Minuten in den Ofen schieben.

Als Vorspeise können die Mini-Crabcakes mit Remoulade auf einem Salatbett angerichtet werden. Als Hauptspeise kann man sie mit Mango-Salsa servieren.

Blue Breeze Cocktail

In den Coktailshaker geben:

4 Unzen	Limonade (120 ml)
2 Unzen	Wodka (60 ml)
1 Unze	Blue Curacao (30 ml)

Schütteln und über Eiswürfel in ein großes Glas geben. Mit Mineralwasser aufgießen und rühren. Mit einer Limettenscheibe und 3 bis 4 Blaubeeren auf einem Cocktailspießchen garnieren.

Danksagung

Wie immer bin ich meinen Freunden und ein paar anderen Leuten zu Dank verpflichtet, die mir bei der Recherche für *Auf Liebe gebaut* geholfen haben. Anne Landers hat mich in die Geheimnisse der Gastronomie eingeweiht; Bob Dykema und Jeff Johnston von Thunderbolt Yacht Sales haben mir alles über den Kauf einer Yacht erzählt, und Jimmy Marsden war eine große Hilfe mit allem, was mit Booten zu tun hat. Polly Powers Stram und Jacky Yglesias haben mit mir ihr umfangreiches Wissen über Savannah und Tybee geteilt sowie ihre große Liebe zu der Gegend. Oline Cogdill hat mir mit den Infos zu Fort Lauderdale sehr geholfen. Danke auch an Virginia Reeve und Ron und Leuveda Garner dafür, dass sie mir ihr Viertel in Tybee gezeigt haben. Alle eventuellen Fehler oder nicht korrekte Darstellung der Tatsachen sind meine Schuld, nicht ihre. Natürlich verdanke ich alles der Liebe und der Unterstützung meiner Familie – Tom, Katie und Andy Trocheck, die mir helfen, nicht den Verstand zu verlieren, und mich immer daran erinnern, dass ich ohne sie nichts wäre! Auch meiner Harper-Collins-Familie bin ich natürlich zu Dank verpflichtet, besonders Carolyn Marino, Jennifer Civiletto, Leslie Cohen und Elly Weisenberg, genau wie dem SKLA Team, Stuart Krichevsky, Shana Cohen und Liz Coen. Ohne sie wäre ich aufgeschmissen.